【传世经典 文白对照】

太平广记

五

卷一七六至卷二一七

〔宋〕李昉 等 编

高光 王小克 主编

中华书局

目录

第五册

太平广记

卷第一百七十六
器量一

乐　广　　　刘仁轨　　　娄师德　　　李　勣　　　李日知
卢承庆　　　裴　冕　　　郭子仪　　　宋　则

乐　广

晋乐令广女适大将军成都王颖。王兄长沙王乂,执权于洛,遂构兵相图。长沙亲近小人,远外君子,凡在朝者,人怀危惧。乐令既处朝望,加有婚亲,小人谗于长沙。尝问乐令,神色自若,徐答曰:“广岂以五男易一女?”由是释然,无复疑意。出《世说新语》。

刘仁轨

唐刘仁轨为左仆射,戴至德为右仆射,皆多刘而鄙戴。时有一老妇陈牒,至德方欲下笔,老妇顾左右曰:“此刘仆射?戴仆射?”左右以戴仆射言。急就前曰:“此是不解事仆射,却将牒来。”至德笑,令授之。戴仆射在职无异迹,当朝似不能言。及薨后,高宗叹曰:“自吾丧至德,无所复闻。当其在

乐 广

晋惠帝时,尚书令乐广的女儿嫁给大将军、成都王司马颖。成都王司马颖的哥哥长沙王司马乂在洛阳执掌大权,于是起兵图谋大事。长沙王亲近小人,疏远君子,凡在朝做官的人,都感到不安和害怕。乐广不仅朝廷上有威望,而且和成都王又有姻亲关系,所以就有小人向长沙王进谗言。长沙王曾质问乐广,乐广神态自若,缓缓地说:"我怎么可能用五个儿子换一个女儿呢?"长沙王听了,因此放下心来,不再猜疑他了。出自《世说新语》。

刘仁轨

唐高宗时,刘仁轨任左仆射,戴至德任右仆射,大家都尊崇刘仁轨而鄙薄戴至德。当时有一位老妇人呈递申述状,戴至德刚要下笔批示,老妇人看看左右的人问道:"这是刘仆射呢? 还是戴仆射呢?"左右的人回答她说是戴仆射。老妇人急忙上前说:"这是不管事的仆射,把诉状还给我。"戴至德一笑,让人把诉状还给了她。戴至德在职期间,没什么出色的业绩,在皇帝和同僚面前,也不善言辞。直到他死后,唐高宗非常痛惜,感叹道:"自从我失去了戴至德,再也听不到什么意见了。当他在我身边的

时,事有不是者,未尝放我过。"因出其前后所陈,章奏盈篋。阅而流涕,朝廷始追重之。出《国史异纂》。

娄师德

纳言娄师德,郑州人。为兵部尚书,使并州,接境诸县令随之。日高至驿,恐人烦扰驿家,令就厅同食。尚书饭白而细,诸人饭黑而粗。呼驿长责之曰:"汝何为两种待客?"驿将恐,对曰:"邂逅浙米不得,死罪。"尚书曰:"卒客无卒主人,亦复何损?"遂换取粗饭食之。

检校营田,往梁州,先有乡人姓娄者为屯官,犯赃,都督许钦明欲决杀令众。乡人谒尚书,欲救之。尚书曰:"犯国法,师德当家儿子,亦不能舍,何况渠!"明日宴会,都督与尚书曰:"犯国法俱坐。"尚书曰:"闻有一人犯国法,云是师德乡里,师德实不识,但与其父为小儿时共牧牛耳。都督莫以师德宽国家法。"都督遽令脱枷至。尚书切责之曰:"汝辞父娘,求觅官职,不能谨洁,知复奈何?"将一樏饐饼与之曰:"噇却,作个饱死鬼去!"都督从此舍之。

后为纳言、平章事。父检校屯田,行有日矣。谘执事早出,娄先足疾,待马未来,于光政门外横木上坐。须臾,有一县令,不知其纳言也,因诉身名,遂与之并坐。令有一丁,远觇之,走告曰:"纳言也。"令大惊,起曰:"死罪。"纳言曰:"人有不相识,法有何死罪。"令因诉云:"有左嵬,以其

时候,我有不对的地方,未曾放过我。"唐高宗把戴至德前前后后陈事的奏章拿出来,竟装满了一匣子。唐高宗一边看一边流眼泪,朝廷才开始追思尊重他。出自《国史异纂》。

娄师德

纳言娄师德,是郑州人。任兵部尚书时,巡视并州,与并州相邻的几个县的县令们随行。中午到了驿站,担心人多打扰驿站的人,娄师德就让大家在厅堂里一起吃饭。他吃的是精细的白米饭,而别人吃的却是粗糙的黑米饭。便把驿长叫来,责备说:"你为什么用两种米来招待客人?"驿长很惶恐,说:"一时搞不到细米,我该死。"娄师德说:"有仓促的客人没有仓促的主人,粗米又有什么不好?"便换了黑米饭和大家一起吃。

随后,到梁州去考查屯田,先前有一个和他同乡同姓的人在那里做屯田官,犯了贪污罪,都督许钦明准备杀了他以做示众人。那个乡人来见娄师德,想求他救他。娄师德说:"犯了国法,就是我的长子,也不能放过,何况是你!"第二天宴会上,许钦明对娄师德说:"犯了国法都要受到惩处。"娄师德说:"我听说有个人犯了国法,说是我的同乡,我其实不认识他,只是他的父亲与我小时候一起放过牛罢了。请都督不要因为我而失了法度。"许钦明立即让人给那个人去了刑具,带到大厅。娄师德严词训斥说:"你辞别父母,来求官职,但是做了官,却不严谨廉洁,你知道下场吗?"拿了一碟馄饼给他,说:"吃去吧,做个饱死鬼去!"许钦明于是开释了那个人。

娄师德后来升为纳言、平章政事。又一次巡察屯田,出行的日子已经定了。随行人员已先起程,娄师德脚有毛病,等马未来,坐在光政门外的大横木上。不一会儿,有个县令不知道他是纳言,自我介绍后,跟娄师德并坐在大横木上。县令的一个手下远远瞧见,赶忙走过来告诉县令,说:"这是纳言。"县令大惊,赶忙站起来赔不是,并称:"死罪。"娄师德说:"你因为不认识我才和我平坐,法律上有什么死罪这一条。"县令说:"有个叫左嶷的,以其

年老眼暗奏解。某夜书表状亦得，眼实不暗。"纳言曰："道是夜书表状，何故白日里不识宰相？"令大惭曰："愿纳言莫说向宰相，纳言南无佛不说。"公左右皆笑。

使至灵州，果驿上食讫，索马，判官谘："意家浆水亦索不得，全不祗承。"纳言曰："师德已上马，与公料理。"往呼驿长责曰："判官与纳言何别？不与供给？索杖来。"驿长惶怖拜伏。纳言曰："我欲打汝一顿，大使打驿将，细碎事，徒浼却名声。若向你州县道，你即不存生命，且放却。"驿将跪拜流汗，狼狈而走。娄目送之，谓判官曰："与公踬顿之矣。"众皆怪叹。其行事皆此类。浮休子曰："司马徽、刘宽，无以加也。"出《朝野金载》。

李昭德为内史，师德为纳言，相随入朝。娄体肥行缓，李屡顾待，不即至。乃发怒曰："可耐杀人田舍汉。"娄闻之，乃笑曰："师德不是田舍汉，更阿谁是？"师德弟拜代州刺史，将行，谓之曰："吾以不才，位居宰相。汝今又得州牧，叨遽过分，人所嫉也，将何以全先人发肤？"弟长跪曰："自今后，虽有人唾某面上，某亦不敢言，但拭之而已。以此自勉，庶不为兄忧。"师德曰："此适为我忧也。夫人唾汝者，发怒也。汝今拭之，是恶其唾。恶而拭，是逆人怒也。唾不拭，将自干，何如？"弟笑而受之。武后年，竟保宠禄。出《国史异纂》。

李　勣

唐英公李勣为司空，知政事。有一番官者参选被放，

年老眼神不好请求解职。其实这个人的辞职书就是晚上写的,眼睛并没大病。"娄师德取笑他,说:"可不是,那个人说他晚上眼神不好,你呢,为什么大白天不认识宰相?"县令很惭愧,说:"请纳言千万别向宰相说,你就是老佛爷了。"娄师德左右的人都笑了。

　　娄师德出使到灵州,在驿站吃完了饭,娄师德让人牵来马,他的判官说:"我们连水也要不来,根本没人提供。"娄师德说:"我已经上马,这件事我来处理。"便叫来驿长责备道:"判官同我有什么分别?你竟敢不供给他吃喝?拿木杖来。"驿长惶惧,连忙叩头。娄师德说:"我要打你一顿,大使打驿将,是一件小事,只是弄脏了名声。如果我告诉你的上司,你就会丢掉性命,我暂且放过你吧。"驿长叩头流汗,狼狈而去。娄师德望着他的背影,跟判官说:"我替你挫辱他了。"大家都惊叹。娄师德做事,都大致如此。浮休子说:"司马徽、刘宽也超不过他。"出自《朝野佥载》。

　　李昭德为内史,娄师德为纳言,相随入朝。娄师德身体肥胖,走得慢,李昭德好几次停下来等他,他还是赶不上。李昭德生气了,说:"可奈可杀的乡巴佬。"娄师德听了也不发火,却笑道:"如果我不是乡巴佬,还有谁是呢?"娄师德的弟弟被任命为代州刺史,临行,娄师德对他说:"我没有才能,却做到宰相。现在你呢,又去做很高的地方官。得到恩惠过分了,人家会嫉妒我们,将怎样才能保全性命呢?"他的弟弟长跪说:"从今以后,即使有人把口水吐到我脸上,我也不敢还嘴,把口水擦去就是了。我以此来自勉,希望不会成为哥哥的忧虑之处。"娄师德说:"这恰恰是我最担心的。人家拿口水唾你,是人家对你发怒了。如果你把口水擦了,说明你不满。不满而擦掉,使人家就更加发怒。应该是让唾沫不擦自干,怎么样?"他弟弟会心地笑着接受了他的建议。武则天当政时,娄师德也没有失去宠禄。出自《国史异纂》。

李　勣

　　唐太宗时,英国公李勣做司空,参知政事。有一番官参选被外放,

来辞英公。公曰:"明朝早,向朝堂见我来。"及期而至,郎中并在傍。番官至辞,英公颦眉谓之曰:"汝长生不知事尚书侍郎,我老翁不识字,无可教汝,何由可得留,深负愧汝,努力好去。"侍郎等惶惧,遽问其姓名,令南院看榜,须臾引入,注与吏部令史。

英公时为宰相,有乡人尝过宅,为设食,客裂却饼缘。英公曰:"君大少年,此饼,犁地两遍熟,概下种锄垎,收刈打飏讫,硙罗作面,然后为饼。少年裂却缘,是何道? 此处犹可,若对至尊前,公作如此事,参差斫却你头。"客大惭悚。

浮休子曰:"宇文朝,华州刺史王罴,有客裂饼缘者,罴曰:'此饼大用功力,然后入口。公裂之,只是未饥,且擎却。'客愕然。又台使致罴食饭,使人割瓜皮大厚,投地。罴就地拾起,以食之,使人极悚息。今轻薄少年裂饼缘,割瓜侵瓤,以为达官儿郎,通人之所不为也。"出《朝野佥载》。

李日知

唐刑部尚书李日知自为畿赤,不曾行杖罚,其事克济。及为刑部尚书,有令史受敕三日,忘不行者。尚书索杖剥衣,唤令史总集,欲决之。责曰:"我欲笞汝一顿,恐天下人称你云,撩得李日知嗔,吃李日知杖,你亦不是人,妻子亦不礼汝。"遂放之,自是令史无敢犯者。设有稽失,众共责之。出《朝野佥载》。

他去向李勣辞别。李勣说："明天早晨你到朝房来见我。"次日早晨按约定到了朝房，郎中都在旁边。那个番官来辞别，李勣皱着眉头对他说："你平素不知道奉侍尚书侍郎吗？我老汉不认字，没办法教你，有什么理由能帮你留下，深感对不起你，多努力吧，好自为之。"侍郎等听了害怕，马上问他叫什么名字，并带着他到南院看榜，很快又领回来，重新签署他到吏部去做令史。

李勣做宰相时，有同乡人曾路过他家，李勣为他准备饭食，这个人把饼边扯掉，只吃中间的部分。李勣说："年轻人啊，这个饼要犁地两遍才麦熟，下种莳弄，收割打场，扬麦完用磨来磨，用罗来罗，然后面才能做成饼。年轻人把饼边扔了，是什么道理？在我这里还可以，如果在皇帝面前，你这样吃，差不多要砍你的头。"那个人很惭愧和害怕。

浮休子说："宇文化及朝，华州刺史王黑也遇到有客把饼边扯掉，王黑说：'这张饼费了多大的力气，然后才能吃到口里。你把饼边扯下来，只是你不饿，你给我举着。'客人惊呆了。又一次，台使侍候王黑吃饭，那人去瓜皮很厚，扔到地上。王黑从地上拾起来，让那人吃掉了，那人极其慌恐。如今一些没品行的年轻人丢饼边、切瓜皮很厚，以为自己是达官的儿郎，其实，学识通广的人是不做的。出自《朝野金载》。

李日知

唐代刑部尚书李日知自从任畿县、赤县地方官，不曾施杖刑，事情就能解决。做刑部尚书后，有一令史接受任务后竟然忘记，三天没有处理。李日知叫人拿来板子，剥了他的衣服。把所有的令史都集合一起，准备打他板子。责备说："我本要打你一顿板子，又担心天下人说你这家伙真行，能把李日知惹火，吃了李日知板子，人家就不拿你当人了，你老婆孩子也不尊重你了。"就饶过了他，从此令史们没人敢再犯了。如果有谁出了闪失，大家就一起责备他。出自《朝野金载》。

卢承庆

卢尚书承庆,总章初考内外官。有一官督运,遭风失米。卢考之曰:"监运失粮,考中下。"其人容止自若,无一言而退。卢重其雅量,改注曰:"非力所及,考中中。"既无喜容,亦无愧词。又改曰:"宠辱不惊,可中上。"出《国史异纂》。

裴 冕

李齐物,天宝初为陕州刺史,开砥柱之险,石中铁犁铧有"平陆"字,因改河北县为平陆县。齐物性褊急,怒陕县尉裴冕于州城大路,冠冕之士鄙之。后冕为宰相,除齐物太子宾客。时人嘉冕不报私怨。出《谭宾录》。

郭子仪

郭子仪为中书令,观容使鱼朝恩请游章敬寺,子仪许之。丞相意其不相得,使吏讽,请君无往。邠吏自中书驰告郭公,军容将不利于公,亦告诸将。须臾,朝恩使至,子仪将行,士衷甲请从者三百人。子仪怒曰:"我大臣也,彼非有密旨,安敢害我!若天子之命,尔曹胡为?"独与童仆十数人赴之。朝恩候之,惊曰:"何车骑之省也?"子仪以所闻对,且曰:"恐劳思虑耳。"朝恩抚胸捧手,呜咽挥涕曰:"非公长者,得无疑乎?"出《谭宾录》。

子仪有功高不赏之惧,中贵人害其功,遂使盗于华

卢承庆

卢承庆做尚书,总管官吏政绩的考评。有一位官员负责漕运,遇到大风,翻了船,损失了米。卢承庆在评语上写:"监运失粮,考中下。"那个人神态自若,没说一句话就退下了。卢承庆看重这个人很有雅量,改评语为:"非力所及,考中中。"那个人既未表示高兴,也未表示惭愧。卢承庆又改评语为:"宠辱不惊,可以考中上。"出自《国史异纂》。

裴冕

唐玄宗天宝初年,李齐物任陕州刺史,开辟砥柱山的险阻时,在乱石中发现铁犁铧,上面铸有"平陆"二字,因此改陕州河北县为平陆县。李齐物是个急性子,在大道上对陕县县尉裴冕发火,以致有身份的人都鄙视裴冕。后来裴冕做了宰相,任用李齐物为太子宾客。当时的人们都称颂裴冕,说他心地公正,不报私怨。出自《谭宾录》。

郭子仪

郭子仪任中书令,观容使鱼朝恩请他一起游章敬寺,郭子仪答应了。宰相考虑到郭子仪和鱼朝恩之间有矛盾,派人劝阻郭子仪,希望他不要去。郭子仪的部属也从中书省骑马跑到他那里去,说鱼朝恩将对他不利,并且把这话告诉了将领们,请他们劝阻。不一会儿,鱼朝恩派来请郭子仪的人到了,郭子仪刚要走,部下三百人全副武装请求同他一起去。郭子仪生气地说:"我是国家的大臣,他如果没有天子的密诏,怎么敢害我!如果是天子的命令,你们能做什么?"说完,只带了十几个童仆去赴约。鱼朝恩正等待郭子仪,见他轻车简从,非常惊讶地说:"为何车马这么少?"郭子仪把他听到的话告诉鱼朝恩,并说:"恐怕劳你费心思。"鱼朝恩抚摸着胸口、握着郭子仪的手,流涕呜咽着说:"不是您这样的长者,能不怀疑我吗?"出自《谭宾录》。

郭子仪担心功高不封赏,宦官嫉恨他的功劳,暗中差人到华

州,掘公之先人坟墓。公裨将李怀光等怒,欲求物捕其党。及公入奏,对扬之日,但号泣自罪。因奏曰:"臣领师徒,出外征伐,动经岁年,害人之兄、杀人之父多矣。其有节夫义士,刃臣于腹中者众。今构衅辱,宜当其辜。但臣为国之心,虽死无悔。"由是中外翕然莫测。

公子弘广常于亲仁里大启其第,里巷负贩之人,上至公子簪缨之士,出入不问。或云:王夫人、赵氏爱女,方妆梳对镜,往往公麾下将吏出镇去,及郎吏,皆被召,令汲水持帨,视之不异仆隶。他日,子弟焦列启谏,公三不应。于是继之以泣曰:"大人功业已成,而不自崇重,以贵以贱,皆游卧内,某等以为虽伊霍不当如此也。"公笑而谓曰:"尔曹固非所料。且吾官马粟者五百匹,官饩者一千人,进无所往,退无所据。向使崇垣扃户,不通内外,一怨将起,构以不臣,其有贪功害能徒,成就其事,则九族齑粉,噬脐莫追。今荡荡无间,四门洞开,虽谗毁是兴,无所加也,吾是以尔。"诸子皆伏。《郭氏旧史》说:辛云景曾为公之吏使,后除潭州都督,将辞,累日不获见。夫人王氏及赵氏爱女乃谓云景曰:"汝弟去,吾为汝言于令公。"云景拜于庭。夫人傅粉于内,曰:"吾大喜,且喜汝得一吃饭处。"赵氏女临阶濯手,令云景汲水。夫人曰:"放伊去。"云景始趋而去矣。

永泰元年,仆固怀恩卒,诸蕃犯京畿,子仪统众御之。至泾阳,而虏已合。子仪率甲士二千出入。虏见而问曰:"此何人也?"报曰:"郭令公。"回纥曰:"令公在乎?怀恩谓

州,去挖了他的祖坟。郭子仪的副将李怀光等人非常气愤,想找
人抓捕那些挖祖坟的人。等郭子仪入朝奏对那天,面对皇上,只
是流泪长哭,自称有罪。向皇帝奏说:"我领师徒,外出征伐,动
不动就几年,害了人家的兄长,杀了人家的父亲,这情况是很多
的。那些节夫义士,想朝我肚子捅刀子的人也很多。今天我受
到掘坟的污辱,应当承受这些罪过。但是,我报效国家的热心,
即使死了也无悔。"由于这个,朝廷内外都猜不透郭子仪这个人。

　　他的儿子郭弘广曾在长安亲仁里大造府第,里巷中的商贩、
上至显贵公子,出入都不过问。有人说:郭子仪的夫人王氏和赵
氏爱女,正在对镜梳头时,往往就有出镇的郭子仪帐下的将领,
和属员出入,都会被叫住,让他们打水取巾,对待他们和仆隶没
什么两样。有一天,子弟们忧虑地给郭子仪提意见,郭子仪再三
不作答。于是,他们流着泪说:"大人功业已获成功,却不自重,
不论贵贱,都可以出入卧室,我们想,即便是伊尹、霍光那样的
人,也不会这样做。"郭子仪笑着对他们说:"不是你们所想的。
咱们家吃官粮的马就有五百匹、吃官饭的上千人,现在进没地方
走,退没地方守。假如筑起高墙,锁上门户,内外不通,一怨产
生,有人诬告说我有造反的心,再有贪功嫉贤的人加以佐证,陷
害成功,咱们全家就会被搓成粉末,那时候,咬肚脐子后悔都来
不及。现在咱们院落板荡荡,四门大开着,小人们即使怎样的向
皇帝进谗,也没什么来加罪于我,我为的是这个啊。"子弟们都表
示钦服。《郭氏旧史》说:辛云景曾是郭子仪的吏使,后升任潭州都督,将向郭
子仪辞行,几天都没见到郭子仪。夫人王氏及赵氏爱女于是对辛云景说:"你只
管离开,我们替你跟令公说一声。"辛云景在庭院里行了拜礼。夫人在屋里傅粉,
说:"我非常高兴,高兴你找到了一个吃饭的地方。"赵氏爱女站在台阶旁洗手,
叫辛云景给她取水。夫人说:"让他走。"辛云景才快步离去。

　　唐代宗永泰元年,仆固怀恩病故,诸番进犯京畿,郭子仪率
兵抵御。刚到泾阳,诸番力量已经汇合。郭子仪率两千部众出入
期间。番兵看到了,问道:"这个领兵的是什么人?"回答说:"他
是郭令公。"回纥头领说道:"怎么郭令公还在? 仆固怀恩告诉

吾,天可汗已弃四海,令公殂谢,中国无主,故某来。今令公在,天可汗在乎?"子仪报曰:"皇帝万寿无疆。"回纥皆曰:"怀恩欺我。"子仪使谕之。回纥曰:"令公若在,安得见之?"子仪出,诸将皆曰:"戎狄不可信也,请无往。"子仪曰:"虏有数十倍之众,今力不敌,奈何?但至诚感神,况虏乎?"诸将请选铁骑五百为从,子仪曰:"此适足为害也。"及传呼曰:"令公来!"初疑,皆持兵注目以待之。子仪乃数十骑徐出,免胄劳之曰:"安乎?久同忠义,何至于是?"回纥皆舍兵降马曰:"是吾父也。"

子仪长六尺余,貌秀杰。于灵武加平章事,封汾阳王,加中书令。图形凌烟阁,加号尚父,配飨代宗庙庭。有子八人,婿七人,皆重官。子暧,尚升平公主,诸孙数十人。每诸生问安,颔之而已。事上诚荩,临下宽厚。每降城下邑,所至之处必得志。前后连罹幸臣程元振、鱼朝恩等,潜毁百端。时方握强兵,或临戎敌,诏命征之,未尝以危亡回顾。亦遇天幸,竟免患难。

田承嗣方跋扈,狠傲无礼,子仪尝遣使至魏州,承嗣辄望拜,指其膝谓使者曰:"此膝不屈于人若干岁矣,今为公拜。"麾下老将若李怀光辈数十人,皆王侯重贵,子仪麾指进退如仆隶焉。始光弼齐名,虽威略不见,而宽厚得人过之。岁入官俸二十四万,私利不预焉。其宅在亲仁里,居

我，大唐皇帝死了，郭令公也死了，中国没有头脑了，所以我才来的。现在郭令公在，大唐皇帝在不在呢？"郭子仪差人告诉他说："皇帝万寿无疆。"回纥头领说："我们叫仆固怀恩骗了。"郭子仪使人晓谕番兵。回纥头领说："郭令公若在的话，我能见他吗？"郭子仪将要出见，诸位将领都说："戎狄不可相信，请不要前往。"郭子仪说："敌虏有几十倍于我之众，真打起来，咱们的力量是敌不过的，怎么办？但是至诚可以感动神灵，何况是敌虏呢？"将领们要选五百精锐的骑兵给他做护卫，郭子仪说："那恰恰足以招来麻烦。"等传呼说："郭令公来了！"番兵们开始怀疑，都拿着武器瞪着眼睛等待他。郭子仪仅率几十骑人马出阵，摘下头盔来慰劳说："你们安好啊？我们长久以来同怀忠义，现在怎么到了这个地步？"回纥头领率先放下兵器下马，说："您是我们的父辈啊。"

郭子仪身长六尺多，相貌俊秀。唐肃宗在灵武封他为天下兵马副元帅，加平章政事，又封为汾阳王，又加中书令。后来把他的像画在凌烟阁上，德宗时又加号为尚父，逝世后，配享代宗庙庭，极有尊荣。有八个儿子、七个女婿，都做到很大的官。他的儿子郭暧，娶了代宗的女儿升平公主，有几十个孙子和孙女。这些人每次给他问安或祝寿的时候，他仅点头而已。郭子仪事上忠诚，临下又非常宽厚。每攻打城邑，所到之处，每战必克。前后不断遭受幸臣程元振、鱼朝恩百般诋毁。当时他正手握重兵，或者临敌作战，皇帝命令征讨，未曾顾及自己的危亡。也是遇到上天宠幸，始终能免于祸患。

田承嗣正跋扈，傲慢无礼，郭子仪曾派使者到魏州，田承嗣则望着使君下拜，指着自己的膝盖说："我这膝盖不屈于人很多年了，现在我只好为郭令公一屈了。"郭子仪部下的老将像李怀光等数十人，都是封王封侯的重臣，郭子仪指挥他们进退若仆隶一般。当年，郭子仪同李光弼齐名，虽然威武稍不如李光弼，但是在宽厚得人心方面，是超过他的。每年他家的俸银有二十四万两，其他的收入尚且不算。郭子仪的住宅在长安的亲仁里，占

其地四分之一，通永巷，家人三千，相出入者，不知其居。代宗不名，呼为大臣。天下以其身存亡为安危者殆二十年。校中书令考二十四年，权倾天下而朝不忌，功盖一代而主不疑，侈穷人欲而君子不罪。富贵寿考，繁衍安泰，终始人伦之盛无缺焉。卒年八十五。出《谭宾录》。

宋　则

宋则家奴执弩弦断，误杀其子，则不之罪。出《独异志》。

整个亲仁里的四分之一。四通八达的巷子，家人三千，出出入入亲仁里的人，甚至分不出哪一家是郭子仪的府第。代宗很恩宠他，从来不直呼郭子仪的名字，而称为大臣。天下靠他支撑安稳了二十多年。做中书令二十四年，权倾天下而朝臣们不妒忌；功盖一代而皇帝从不猜疑；过着穷奢极欲的生活而没有人不满。郭子仪一生富贵长寿，子孙安康，自始至终享受天伦之乐，没有缺憾。去世的那年八十五岁。出自《谭宾录》。

宋　则

宋则的家奴不小心拉断了弓弦，射死了他的儿子，宋则没治他的罪。出自《独异志》。

卷第一百七十七

器量二

陆象先　　元　载　　董　晋　　裴　度　　于　頔
武元衡　　李　绅　　卢　携　　归崇敬　　夏侯孜
陈敬瑄　　葛　周

陆象先

　　唐陆兖公象先为同州刺史，有家僮遇参军不下马。参军欲贾其事，鞭背见血，曰："卑吏犯公，请去。"兖公从容谓之曰："奴见官人不下马，打也得，不打也得。官人打了，去也得，不去也得。"参军不测而退。出《国史补》。

元　载

　　鱼朝恩于国子监高坐讲《易》，尽言《鼎》卦，以挫元载、王缙。是日，百官皆在，缙不堪其辱，载怡然。朝恩退曰："怒者常情，笑者不可测也。"出《国史补》。

陆象先

唐朝兖国公陆象先任同州刺史,他的家童走在路上遇到了参军,没有下马。参军想用这件事讨好陆象先,拿马鞭子把这个家童脊背打出了血,而后说:"卑贱的小吏得罪您,请赶他走吧。"陆象先从容地对他说:"奴才见了参军不下马,打也行,不打也行。参军既已把他打了,走也行,不走也行。"参军摸不透他的意思,自行退去。出自《国史补》。

元　载

宦官鱼朝恩在国子监高坐在上面讲《易经》,洋洋洒洒地大谈《鼎》卦,其用意在于羞辱这方面的学者元载和王缙。当天,百官都在场,王缙受不住污辱,表现出愤怒的样子,而元载却安适自在的样子,满面微笑。鱼朝恩讲完退下来说:"王缙发怒,是人之常情;而元载微笑,却深不可测。"出自《国史补》。

董　晋

董晋与窦参同列，时政事决在窦参，晋但奉诏唯诺而已。既而窦参骄盈犯上，德宗渐恶之。参讽晋，奏给事中窦申为吏部侍郎。上正色曰："岂不是窦参遣卿奏也？"晋不敢隐讳。上因问参过失，晋具奏之。旬日，参贬官。晋累上表辞官，罢相，受兵部尚书，寻除东都留守。会汴州节度李万荣疾甚，其子乃为乱。以晋为汴州节度使。

时晋既授命，唯将判官僚从十数人，都不召集兵马。既至郑，瑄武将吏都无至者。晋将吏及郑州官吏皆惧，共劝晋云："都虞候邓惟恭合来迎候。承万荣疾甚，遂总领军事，今相公到此，尚不使人迎候，其情状岂可料耶？恐须且回避，以候事势。"晋曰："某奉诏为汴州节度使，准敕赴任，何可妄为逗留。"人皆忧其不测，晋独恬然。来至汴州数十里，邓惟恭方来迎候。晋俾其不下马。既入，仍委惟恭以军众。惟恭探晋何如事体，而未测浅深。

初万荣既逐刘士宁，代为节度使，委兵于惟恭。及疾甚，李乃归朝廷。惟恭自以当便代居其位，故不遣候吏，以疑惧晋心，冀其不敢进，不虞晋之速至。晋之速至留以近，方迎，然心常快快。惟恭以骄盈慢法，潜图不轨，配流岭南。朝廷恐晋柔懦，寻以汝州刺史陆长源为晋行军司马。晋宽厚，谦恭简俭，每事因循多可，兵粗安。长源性滋彰云为，

董　晋

　　唐德宗时,董晋和窦参同列,当时所有的政事都由窦参决定,董晋只是唯唯服从而已。不久窦参自满傲慢冒犯了皇上,德宗渐渐不满意他了。窦参婉言劝说董晋,要他向皇帝奏请给事中窦申做吏部侍郎。德宗严肃地说:"这难道不是窦参让你请奏的吗?"董晋不敢隐讳,以实话相告。德宗就问窦参的过失,董晋一一回禀。十天后,窦参便被贬了官。董晋也好几次上表要求辞官,德宗罢了他的宰相职务,任命他为兵部尚书,接着又任命他为东都留守。正赶上汴州节度使李万荣病重,他的儿子作乱。德宗就任命董晋为汴州节度使。

　　董晋接到任命时,只带了判官、侍从等十几个人,没有召集兵马。到了郑州以后,瑄武军将吏都没有来迎接他的。董晋的部下和郑州的官吏都很害怕,一起劝董晋说:"汴州节度府的都虞候邓惟恭是应该来迎接的。他乘着李万荣病重,于是总领了军事,现在您到了这里,他还不派人来迎接您,这情状怎么能估料呢? 恐怕咱们得暂时回避一下,以等待势态发展。"董晋说:"我奉诏做汴州节度使,只能按敕令到任,怎么可以妄自逗留不前?"大家都担心他有危险,唯独董晋自己安然自处。到了离汴州几十里的地方,邓惟恭才来迎接。董晋让他不要下马。进了汴州之后,仍委托邓惟恭主持军务。邓惟恭打探董晋是如何处事的,但摸不清他的深浅。

　　当初,李万荣赶跑了前节度使刘士宁后,取而代之,并且把兵权交给邓惟恭。等他病重,才归顺朝廷。邓惟恭自以为他应当接替李万荣做节度使,故意不派人迎接董晋,来让董晋心生疑惧,希望董晋不敢进汴州,没有想到董晋会来得这样神速。董晋这么快地来了,临近了汴州,邓惟恭才去迎接,但心里常怏怏不痛快。董晋以骄傲轻慢法律,暗中图谋不轨的罪名,把邓惟恭发配到岭南。朝廷担心董晋柔弱,不久又派汝州刺史陆长源做他的行军司马。董晋性格宽厚,待人谦和,恭敬节俭,每做事,多按照过去的旧例办,部队逐渐地安定下来。陆长源生性好动彰显所为,

请改易旧事，务从峭刻。晋初皆许之，及案牍已成，晋乃且罢。又委钱谷支计于判官孟叔度，轻佻，好慢易军人，人皆恶之。

晋卒于位。卒后十日，汴州大乱，杀长源、叔度，军人脔食之。长源轻言无威仪，自到汴州，不为军州所礼重。及董晋疾亟，令之节度晋后事，长源便扬言："文武将吏多弛慢，不可执守宪章，当尽以法绳之。"由是人人怨惧。叔度性亦苛刻，又纵恣声色，数至乐营，与诸妇人戏，自称孟郎，由是人轻而恶之。出《谭宾录》。

裴　度

裴晋公度为门下侍郎，过吏部选人官，谓同过给事中曰："吾徒侥幸至多，此辈优一资半级，何足问也。一生注定未曾退量。"公不信术数，不好服食。每语人曰："鸡猪鱼蒜，逢著则吃；生老病死，时至即行。"其器抱弘达皆此类。出《因话录》。

又晋公在中书，左右忽白以印失所在，闻之者莫不失色。度即命张筵举乐，人不晓其故，窃怪之。夜半宴酣，左右复白印存，度不答，极欢而罢。或问度以其故，度曰："此徒出于胥吏辈盗印书券耳。缓之则存，急之则投诸水火，不复更得之矣。"时人伏其弘量，临事不挠。出《玉泉子》。

要求改变旧法,务必严厉苛刻。开始,董晋都答应了,陆长源要实施的方案已经制定出来,董晋却改变了初衷,暂未实行。董晋把管钱粮收支会计的事,委派给判官孟叔度,孟叔度是一个轻浮的人,好轻慢军人,大家都讨厌他。

董晋在汴州节度使任上逝世。他死后十天,汴州大乱,乱军杀死了行军司马陆长源和节度判官孟叔度,并且把他们剁成肉块吃了。陆长源这个人说话随便,没有威仪,自到汴州后,地方官和部将都没人尊重他。等董晋病重的时候,令他节制调度董晋后事,他就扬言说:"汴州的文官武将多松弛简慢,不执守法规,全当依法惩治。"因此人们怨恨他又惧怕他。而孟叔度生性刻薄,又放纵声色,常到妓馆里和女人调笑,自称孟郎,人们都看不起他、厌恶他。出自《谭宾录》。

裴　度

晋公裴度任门下侍郎,到吏部去选官佐,跟同路一起去的给事中说:"我这个人升官,只是靠很多侥幸。这些人升个一级半级很难,何必问了。一生注定不曾退而自省。"裴度不相信抽签算命,也不贪图穿得好,吃得好。经常和人家说:"鸡猪鱼蒜,碰着就吃;生老病死,顺其自然,该死了,就去顺应死亡。"他的气度弘达,大致这样。出自《因话录》。

裴度在中书省,左右的人忽然禀报说官印丢了,听见此事的人都惊慌失措。裴度却叫人设宴饮酒作乐,谁都不明白他为什么这样做,私下认为他很奇怪。夜深宴会正酣畅时,左右的人又禀报说官印还在,并没有丢失,裴度也不搭理,尽欢而散。有人问裴度印都丢了,为什么还这样镇定,裴度说:"这准是下面的小官拿去私自盖印了。慢一点处理,印就可以送回来;处理急了,他肯定给你丢到水里、火里,就没有办法再找到了。"当时的人都佩服他的大度,遇事不乱。出自《玉泉子》。

于 頔

　　郑太穆郎中为金州刺史，致书于襄阳于司空頔。郑傲倪自若，似无郡使之礼。书曰："阁下为南溟之大鹏，作中天之一柱。骞腾则日月暗，摇动则山岳颓。真天子之爪牙，诸侯之龟镜也。太穆孤幼二百余口，饥冻两京。小郡俸薄，尚为衣食之节。赐钱一千贯，绢一千匹，器物一千两，米一千石，奴婢各十人。"且曰："分千树一叶之影，即是浓阴。减四海数滴之泉，便为膏泽。"于公览书，亦不嗟讶。曰："郑使君所须，各依来数一半，以戎费之际，不全副其本望也。"

　　又有匡庐符戴山人，遣三尺童子，赍数尺之书，乞买山钱百万。公遂与之，仍如纸墨衣服等。又有崔郊秀才者寓居于汉上，蕴积文艺，而物产罄悬。无何与姑婢通，每有阮咸之纵。其婢端丽，饶音伎之能，汉南之最姝也。姑贫，鬻婢于连帅，连帅爱之。以类无双，给钱四十万，宠盼弥深。郊思慕无已，即强亲府署，愿一见焉。其婢因寒食果出，值郊立于柳阴，马上连泣，誓若山河。崔生赠之以诗曰："公子王孙逐后尘，绿珠垂泪滴罗巾。侯门一入深如海，从此萧郎是路人。"或有嫉郊者，写诗于座。于公睹诗，令召崔生，左右莫之测也。郊甚忧悔而已，无处潜遁也。及见郊，握手曰："'侯门一入深如海，从此萧郎是路人。'便是公制作也？四百千小哉，何惜一书，不早相示。"遂命婢同归。至帏幌奁匣，悉为增饰之，小阜崔生矣。

于　颀

　　郎中郑太穆任金州刺史,写信给于襄阳于司空于颀。郑太穆骄傲,目空一切,似乎没有郡使之礼。信中说:"阁下是南海的大鹏鸟,中天的砥柱。腾飞起来日月都会被遮掩,摇动起来山岳也要倾倒。真是皇上的重臣,各地官员的楷模。我郑太穆孤幼一家二百多口人,分住在东西两京,挨饿受冻。我管理的小郡,薪俸少,尚为衣食之节用。现在请你赐我一千贯钱、一千匹绢、一千两买东西的银子、一千石米,再给我十名女婢、十名男仆。"又说:"这对于你,不过是分千树的一叶,但这一叶对于我,就是浓荫。对于你,就如减少大海的几滴水,对我,那便是一片肥沃的大泽了。"于颀读了信,没有叹息,也无惊讶。只是说:"郑使君要的东西,依次各给一半。因为军队用钱之时,所以不能全满足他的愿望。"

　　又,庐山有一个叫符戴的山人,差了一个小童子持着数尺长的信到于颀那里,请求给钱一百万,把庐山买下来。于颀便给了他一百万,还外赠纸墨、衣服等。还有一个寓居汉水边上叫崔郊的读书人,积累了文学上的才能,但财物贫乏。不久跟他姑姑的婢女私通,每每有阮咸一样的放纵欢乐。那婢女端庄秀丽,富有歌舞弹唱的技能,是汉南一带最美的女子。崔郊的姑姑家贫,把这个婢女卖给了于颀,于颀非常喜欢这个婢女。以为天下无双,就给了他姑姑四十万文钱,宠爱她越来越深。崔郊对这个女子思念不已,就亲到于颀府署近,希望能见到女子一面。婢女在寒食节那天果然出了门,正逢崔郊等在柳树下,两个人相见,饮泣不已,山盟海誓。崔郊赠女子一诗说:"公子王孙逐后尘,绿珠垂泪滴罗巾。侯门一入深如海,从此萧郎是路人。"有嫉妒崔郊的人,就把这首诗写下来,贴在厅座上。于颀看到这首诗,叫人把崔郊召到府上,左右的人猜不出他的用意。崔郊又忧又悔,但无处可以遁逃。等于颀见了崔郊,握着他的手说:"'侯门一入深如海,从此萧郎是路人。'便是先生写的呀?四十万是一笔小钱,你何惜一封信,不早点告诉我。"马上命婢女同他一起回去,至于帏帐、奁匣,都给准备了,让崔生稍微富裕一些。

初有客自零陵来,称戎昱使君席上有善歌者,襄阳公遽命召焉。戎使君不敢违命,逾月而至。及至,令唱歌,歌乃戎使君送伎之什也。公曰:"丈夫不能立功业,为异代之所称,岂有夺人姬爱,为己之嬉娱?"遂多以缯帛赠行,手书逊谢于零陵之守也。云溪子曰:"王敦驱女乐以给军士,杨素归德言妻。临财莫贪、于色不吝者罕矣。时人用为雅谈。历观相国挺特英雄,未有于襄阳公者也。"戎使君诗曰:"宝钿香娥翡翠裙,妆成掩泣欲行云。殷勤好取襄王意,莫向阳台梦使君。"出《云溪友议》。

武元衡

武黄门之西川,大宴。从事杨嗣复狂酒,逼元衡大觥,不饮,遂以酒沐之。元衡拱手不动,沐讫,徐起更衣,终不令散宴。出《乾𦠆子》。

李 绅

李相绅镇淮南,张郎中又新罢江南郡,素与李隙,事具别录。时于荆溪遇风,漂没二子。悲戚之中,复惧李之仇己,投长笺自首谢。李深悯之,复书曰:"端溪不让之词,愚罔怀怨。荆浦沉沦之祸,鄙实悯然。"既厚遇之,殊不屑意。张感涕致谢,释然如旧交,与张宴饮,必极欢醉。

张尝为广陵从事,有酒妓尝好致情,而终不果纳。

当初，有从零陵来的人说，在太守戎昱家的酒席上看到了一个歌唱得很好的女子，于頔就让人把她招来。戎昱官小不敢违背他的命令，拖了一个多月，才把那女子送来。等到来了，于頔就叫她唱歌，那女子唱的就是戎昱送歌女的事。于頔说："大丈夫不能建功立业，为后世所称颂，哪里能夺人所爱，为自己来玩乐呢？"于是赠了许多丝绸，亲自写信向戎昱道歉。云溪子说："晋朝王敦把乐伎送给士兵，隋朝杨素送还徐德言的妻子。面对财物不贪、面对美色不爱的人，是少有的。世人当为雅谈。纵观历代做宰辅的独特英雄，没有超越于頔这种大器量的。"戎昱作诗道："宝钿香娥翡翠裙，妆成掩泣欲行云。殷勤好取襄王意，莫向阳台梦使君。"出自《云溪友议》。

武元衡

黄门侍郎武元衡去西川，举行宴会践行。从事杨嗣复狂饮，喝得大醉，强逼武元衡用大酒杯喝酒。武元衡不喝，杨嗣复就把酒浇在他身上，并声称我用酒来给你洗澡。武元衡拱起手一动不动，任他浇完了酒，才缓缓地站起来换了一身衣服，始终没叫宴席散了。出自《乾馔子》。

李 绅

丞相李绅镇守淮南，郎中张又新在江南郡守的任上罢官，张又新和李绅一向不和，这事在别的书上有记载。张又新罢官后还乡时，在荆溪上遇风翻船，淹死了两个儿子。身遭不幸，悲痛之中，又担心李绅会报复他，便给李绅写了很长的一封信，自己俯首谢罪。李绅很同情他，便在回信中说："端溪争论之辞，我没有记恨。荆浦沉船之祸，我实在同情。"之后又十分优厚地对待张立新，对过去一点也不介意。张又新非常感激，亲自道谢，二人释嫌和好，同旧时朋友一样，二人一起宴饮，一定要尽欢喝个大醉。

张又新曾任过广陵从事，曾和一位酒妓很要好，但始终没娶她。

至是二十年，犹在席。目张悒然，如将涕下。李起更衣，张以指染酒，题词盘上，妓深晓之。李既至，张持杯不乐。李觉之，即命妓歌以送酒。遂唱是词曰："云雨分飞二十年，当时求梦不曾眠。今来头白重相见，还上襄王玳瑁筵。"张醉归，李令妓随去。出《本事诗》。

又

刘尚书禹锡罢和州，为主客郎中。集贤学士李绅罢镇在京，慕刘名，尝邀至第中，厚设饮馔。酒酣，命妙妓歌以送之。刘于座上赋诗曰："鬌髻梳头宫样妆，春风一曲杜韦娘。司空见惯浑闲事，断尽江南刺史肠。"李因以妓赠之。出《本事诗》。

卢 携

故相卢携为监察日，御史中丞归仁绍初上日，传语携曰："昔自潮东推事回，韝袋中何得有绫四十匹？请出台。"后携官除洛阳县令，寻改郑州刺史，以谏议征入。至京，除兵部侍郎，入相。自洛阳入相一百日。数日，问何不见归侍郎，或对云："相公大拜请假。"携即除仁绍兵部尚书，人情大洽也。出《闻奇录》。

归崇敬

归崇敬累转膳部郎中，充新罗册立使。至海中流，波涛迅急，舟船坏漏。众咸惊骇，舟人请以小艇载。崇敬曰：

到现在二十年后，还在酒席间。二人四目相对，愁闷萦怀，眼泪就要流下来了。李绅去换衣服，张又新用手指蘸着酒，在木盘上题词，女子深晓词义。李绅回来后，张又新端着酒杯闷闷不乐。李绅发觉了，就叫女妓唱歌助酒。女子便唱了张又新刚写的词："云雨分飞二十年，当时求梦不曾眠。今来头白重相见，还上襄王玳瑁筵。"张又新喝得大醉而归，李绅让女妓和他一起归去。出自《本事诗》。

又

尚书刘禹锡从和州任上罢官，改任主客郎中。集贤学士李绅也从淮南节度使任上罢归京城，仰慕刘禹锡的大名，曾邀请到家里，摆了很丰盛的酒席款待他。喝酒喝到酣畅时，李绅让一个非常美貌的歌妓唱歌献给刘禹锡。刘禹锡即席赋诗说："鬌髻梳头宫样妆，春风一曲杜韦娘。司空见惯浑闲事，断尽江南刺史肠。"李绅就把那歌妓送给他了。出自《本事诗》。

卢 携

原相卢携做监察御史期间，御史中丞归仁绍刚上任，传话给卢携说："你过去在浙东做推事回来，马上驮的袋子里怎么会有四十四绫子？请拿到御史台来。"后来，卢携官拜洛阳令，不久改任郑州刺史，以谏议大夫征召入朝。到了京城，又被任命为兵部侍郎，接着，就升任宰相。卢携自洛阳令到升任宰相，仅仅不过一百天。过了几天，卢携没有看到归仁绍，就问怎么没见到归侍郎，有人告诉他说："在您授任宰相职务时，他请假了。"卢携立即提拔归仁绍任兵部尚书，人情就非常融洽了。出自《闻奇录》。

归崇敬

归崇敬几次升迁，做到了膳部郎中，充当新罗册立使。他一次乘船到了海上，大海中波浪迅急，所乘的舟船坏漏。船上的人都异常惊慌，撑船的人请求用小船载归崇敬逃生。归崇敬对他说：

"舟人凡数十百，我岂独济？"逡巡，波涛稍息，举舟竟免为害。出《谭宾录》。

夏侯孜

与王生同在举场。王生有时价，孜且不侔矣。尝落第，偕游于京西凤翔，连帅馆之。一日，从事有宴召焉。酒酣，从事以骰子祝曰："二秀才明年若俱得登第，当掷堂印。"王生自负才雅，如有得色，怒曰："吾诚浅薄，与夏侯孜同年乎！"不悦而去。孜及第，累官至宰相。王生竟无所闻。孜在蒲津，王生之子不知其故，偶获孜与父平昔所尝来往笔札累十数幅，皆孜手迹也。欣然挈之以谒孜，孜即见，问其所欲，一以依之。即召诸从事，以话其事。出《玉泉子》。

陈敬瑄

陈太师敬瑄虽滥升重位，而颇有伟量。自镇西川日，乃委政事于幕客，委军旅于护戎。日食蒸犬一头，酒一壶。一月六设曲宴。即自有平生酒徒五人狎昵。焦菜一碗，破三十千。常有告设吏偷钱，拂其牒而不省。营妓玉儿者，太师赐之卮酒，拒而不饮，乃误倾泼于太师，污头面，遽起更衣。左右惊忧，立候玉儿为齑粉。更衣出，却坐，又以酒赐之。玉儿请罪，笑而恕之。其宽裕率皆此类。出《北梦琐言》。

"船上总共有数十百的人，我怎么能自己逃命呢？"不久，浪涛平息了一些，整条船上的人最后都免于海难。出自《谭宾录》。

夏侯孜

夏侯孜与姓王的读书人同在考场应试。姓王的是一个呼声很高的人，夏侯孜暂且不能与他相提并论。但是二人都落第而归，结伴到京西凤翔去游玩，住在连帅处。有一天，从事设宴招待他们。酒喝到畅快处，从事拿出骰子来祝祷说："我给你们预卜一下，两位秀才如果明年都能高中，当掷一个堂印出来。"姓王的自以为学问好，本有得意之色，一下子又发怒了，说："我确实浅薄，但是也不至于和夏侯孜同年！"很不高兴地离去了。夏侯孜不仅考中，而且官运亨通，累官做到宰相。那个姓王的竟默默无闻。夏侯孜在蒲津，王生的儿子不了解情况，偶然翻出夏侯孜同他父亲以前来往的书信累计十几封，都是夏侯孜亲笔写的。很高兴地持着这些书信去见夏侯孜，夏侯孜接见之后，问他有什么要求，并一一照办。又召集各从事，向他们述说当年的往事。出自《玉泉子》。

陈敬瑄

太师陈敬瑄虽然糊里糊涂地升了大官，却颇有大器量。从镇守西川开始，就把行政事务委托给幕僚，军务委托给部将。每天蒸吃一条狗，喝一壶酒，每月摆六次宴席，款待部曲。就和五个平生嗜好喝酒的人来往过密。一碗焦菜就花掉三十千钱。曾经有人来报告办筵席的人偷钱，他把文状丢在一边而不理。有个军妓叫玉儿的，陈敬瑄给她酒，拒绝不喝，却误把酒泼向陈敬瑄，弄脏了他的头和脸，他立刻起身换衣服。左右的人又惊又忧，等着玉儿要被剁成肉酱。陈敬瑄换了衣服出来，坐回到席位上，不但没发火，还赏酒给玉儿吃。玉儿请罪，陈敬瑄笑着宽恕了她。他的宽厚待人，大致都像这样。出自《北梦琐言》。

葛 周

梁葛侍中周镇兖之日,尝游从此亭。公有厅头甲者,年壮未婚。有神彩,善骑射,胆力出人。偶因白事,葛公召入。时诸姬妾并侍左右,内有一爱姬,乃国色也,专宠得意,常在公侧。甲窥见爱姬,目之不已。葛公有所顾问,至于再三,甲方流眄于殊色,竟忘其对答。公但俯首而已。既罢,公微哂之。或有告甲者,甲方惧,但云神思迷惑,亦不计忆公所处分事。数日之间,虑有不测之罪。公知其忧甚,以温颜接之。未几,有诏命公出征,拒唐师于河上。时与敌决战,交锋数日,敌军坚阵不动。日暮,军士饥渴,殆无人色。公乃召甲谓之曰:“汝能陷此阵否?”甲曰:“诺。”即揽辔超乘,与数十骑驰赴敌军,斩首数十级。大军继之,唐师大败。

及葛公凯旋,乃谓爱姬曰:“大立战功,宜有酬赏,以汝妻之。”爱姬泣涕辞命,公勉之曰:“为人之妻,可不愈于为人之妾耶?”令具饰资妆,其直数千缗。召甲告之曰:“汝立功于河上,吾知汝未婚,今以某妻,兼署列职。此女即所目也。”甲固称死罪,不敢承命。公坚与之,乃受。噫!古有绝缨、盗马之臣,岂逾于此?葛公为梁名将,威名著于敌中。河北谚曰:“山东一条葛,无事莫撩拨”云。出《玉堂闲话》。

葛　周

　　梁代侍中葛周镇守兖州时，曾游从此亭。葛公手下有一厅头甲，正当壮年，没有娶妻。这个人生得有神采，又善于骑马射箭，胆识力气超过常人。偶然一次因有事禀报，葛周召他入见。当时，葛周的妻妾们都并侍左右，其中有一个葛周的爱姬，天香国色，专宠得意，常待在葛周身边。厅头甲窥见到这女人，目光就盯着不动了。葛周问他什么话，说了好几次，他也没能回神儿，厅头甲正盯着美姬，竟忘记了回话。葛周只是低头而已。过后，葛周微微地笑了下。有人告诉了厅头甲，厅头甲很害怕，称说自己神思不清，也不记得葛周布置的事了。好些日子，提心吊胆，担心将有不测之罪。葛周知道他很害怕，很温和地待他。不久，有诏命让葛周率部出征，抵御唐师于河上。双方决战，打了几天，唐师部伍不乱。傍晚，士兵又饥又渴，大都没了人色。葛周就把厅头甲叫来，说："你能攻陷敌阵吗？"厅头甲说："能。"就骑马冲出去，与几十个骑兵驰赴敌军，斩杀数十人。葛周以大部队紧跟其后，唐师大败。

　　等到葛周胜利归来，葛周对他的爱姬说："厅头甲立了这样的大功，应当有奖赏，你做他的妻子吧。"爱姬流着眼泪推辞，葛周勉励她说："你去给人家做妻子，可不比给人做妾强？"让人给她准备了嫁妆，价值几千缗。葛周把厅头甲请来，对他说："你在河上立了很大的战功，我知道你没成亲，现在我把某女给你做妻子，又兼任署上的职务。这个女子就是当日你专目注视的那个女子。"厅头甲连称死罪，不敢答应。葛周一定坚持给他，他才接受。嘿！古代有绝缨、盗马的事例，哪里超过了葛周的事迹？葛周是梁代的名将，威名著称于敌中。河北有一条谚语说："山东一条葛，无事莫撩拨"，意思说山东人葛周，没事你可别惹他。出自《玉堂闲话》。

卷第一百七十八

贡举一

总叙进士科

进士科,始于隋大业中,盛于贞观、永徽之际。缙绅虽位极人臣,不由进士者,终不为美。以至岁贡,恒不减八九百。其推重,谓之白衣公卿,又曰一品白衫。其艰难,谓之三十老明经,五十少进士。其负倜傥之才,变通之术,苏、张之辨说,荆、聂之胆气,仲由之武勇,子房之筹画,弘羊之书算,方朔之诙谐,咸以是而晦之。修身慎行,虽处子之不若。其有老死于文场者,亦无所恨。故有诗曰:"太宗皇帝真长算,赚得英雄尽白头。"李肇曰:"进士为时所尚久矣,是故俊乂由此出者,终身为文人。"故争名常切,为时所弊。其都会谓之举场;通称谓之秀才;投刺谓之乡贡;得第谓之前进士;互相推敬,谓之先辈;俱捷谓之同年;近年及第,未过关试,皆称新及第进士。所以韩中丞仪,常有知闻近过关试。仪以一篇

总叙进士科

进士科,始于隋炀帝大业年间,到唐太宗贞观、高宗永徽年间兴盛起来。官绅们即使位极人臣,不是进士出身,终以为憾事。以致每年的举子,常不少于八九百人。大家推重举子,称他们为"白衣公卿",又叫"一品白衫"。科举很艰难,常有些三十多岁的人仍未考中,被称为"老明经",五十岁中了进士,被称为"少年进士"。那些自恃有风流才气、变通的技能,像苏秦、张仪那样的口才,荆轲、聂政那样的胆量,仲由那样的勇武,张良那样的智谋,桑弘羊那样的精于书算,东方朔那样的诙谐,都因这而晦暗。修养品行、谨慎行动,即使处子那样的洁身自好也赶不上。还有老死在考场上的,无怨无悔。所以有诗说:"太宗皇帝真长算,赚得英雄尽白头。"李肇说:"进士为世人推崇尊重很久了,所以才俊的人在进士中产生,才终身做文人。所以读书人争名常常很急切,被当时所诟病。大都会是考场;考生通称为秀才;由地方官保送的称为乡贡;考中的人称为前进士;相互推敬,称对方为先辈;同科一起考中的称同年;近年考中了进士,但没通过吏部的考核,都称为新考中的进士。所以中丞韩仪,曾听闻考关试。韩仪以一诗

记之曰："短行纳了付三铨,休把新衔恼必先。今日便称前进士,好留春色与明年。"有司谓之座主；京兆府考而升者,谓之等第；外府不试而贡者,谓之拔解；然拔解亦须预托人为词赋,非谓白荐。将试相保,谓之合保；群居而赋,谓之私试；造请权要,谓之关节；激扬声价,谓之还往。既捷,列姓名于慈恩寺塔,谓之题名；大宴于曲江亭子,谓之曲江会；曲江大会在关试后,亦谓闻喜宴。后同年各有所之,亦谓之为离会可也。籍而入选,谓之春闱；不捷而醉饱,谓之打毷氉；匿名造榜,谓之无名子；退而肄业,谓之过夏；执业以出,谓之夏课；挟藏入试,谓之书策：此其大略者也。其风俗系于先达,其制置存于有司。虽然,贤者得其大者,故位极人臣,常十有二三,登显列十有六七。而元鲁山、张睢阳有焉,刘关、元修有焉。出《国史补》。

进士归礼部

俊秀等科,此皆考功主之。开元二十四年,员外郎李昂性不容物,乃集贡士与之约曰："文之美恶,悉之矣。考校取检,存乎至公。如有请托于人,当悉落之。"昂外舅常与进士李权邻居相善,遂言之于昂,昂果怒,集贡人,数权之过。权谢曰："人或猥知,窃闻于左右,非求之也。"昂因曰："观众君子之文,信美矣。然古人云,瑜不掩瑕,忠也。其词或有不典雅,与众详之若何?"皆曰："唯。"权出谓众曰："向之言,其意属我也。昂意在此,吾落必矣,又何籍焉?"乃阴求昂瑕。

记载说："短行纳了付三铨,休把新衔恼必先。今日便称前进士,好留春色与明年。"主考官称座主;由京兆府考试而擢升的称等第;外府未经考试被推荐的,称拔解;然而拔解也须事先托人交所作辞赋,不是凭空推荐。入考场之前要互相保证,称为合保。大家在一起作赋,互相评点,称为私试;造访、宴请有权势的人,称为关节;宣扬声名、身价叫还往。京试一旦考中,把姓名列榜,贴在慈恩寺塔上,叫题名;在曲江亭大宴,叫曲江会;曲江大会在关试后举行,亦称"闻喜宴"。之后,同年考中的进士各有要赴任之所,所以也称为"离会"。登记而入选,叫春阑;没有考中心中愁闷、借酒浇愁的,叫打毷氉;不署真名登榜的,叫无名子;没有考中继续读书准备再考的,称过夏;持书复习而出,叫夏课;挟带书本入试的,称书策;这些是科举考试上大略的称呼。这是先达们创立的科举风俗,规章记录在礼部衙门。虽然,有才学有品行的人都遵循科举的要求,由科举中试,做到最高官职的,常常十人中有二三人;做到显要官职的,十人中有六七人。元鲁山、张巡、刘关、元修都是这样的人。出自《国史补》。

进士归礼部

　　京试中的俊秀等科,都由考功员外郎主考。唐玄宗开元二十四年,员外郎李昂生性不能容物,就召集举子们同他们约定说:"大家的才华都在文章里面。考试录用,公平公正。如果谁要托人说情,我一定让他落榜。"他的岳父跟参加考试的李权曾为邻居,相处又好,便向李昂给李权说情,李昂果然发怒,召集诸生,数落李权的过错。李权道歉说:"或者有人知道,他私下里听左右的人说的,但我并没求他说情。"李昂于是说:"我看大家的文章写得的确很好。但是古人说,好的玉石也不掩盖不足,这是很对的。假如文章中有不恰当的地方,与大家一起推敲,如何?"大家称:"是。"李权走出之后,对大家说:"李昂刚才的话,是冲着我来的。李昂之意在此,我肯定落榜,我还有什么希望?"于是暗地里搜集李昂的过错。

他日，昂果摘权章句小疵，榜于通衢以辱之。权拱而前，谓昂曰："礼尚往来。鄙文之不臧，既得而闻矣，而执事昔以雅什，尝闻于道路，愚将切磋，可乎？"昂怒而应曰："有何不可！"权曰："'耳临清渭洗，心向白云闲'，岂执事之词乎？"昂曰："然。"权曰："昔唐尧老耄，厌倦天下，将禅许由。由恶闻，故洗耳。今天子春秋鼎盛，不揖让于足下，而洗耳何哉？"昂闻惶骇，诉于执政，谓权狂不逊，遂下权吏。初昂强复，不受嘱请。及有势位，求者莫不允从。由是廷议以省郎位轻，不足以伏多士，乃命礼部侍郎专知焉。出《摭言》。

府　解

京兆府解送，自开元、天宝之际，率以在上十人，谓之等第。必求名实相副，以滋教化之源。小宗伯倚而选之，或悉中第。不然，十得其七八。苟异于是，则往往牒贡院，请放落之由。暨咸通、乾符，则为形势吞爵临制，近同及第。得之者互相夸诧，车服多侈靡，不以为僭，仍期集人事，真实之士不复齿矣。所以废置不定，职此之由。出《摭言》。

诸州解

同、华解与京兆无异，若首送，无不捷者。元和中，令狐楚镇三峰，时及秋赋。榜云："特置五场试。"盖诗、歌、文、赋、帖经为五。常年以清要诗题求荐者，率不减十数人，其年莫有至者。虽不远千里而来，闻是皆寝去。

几天后,李昂果然摘出李权文章中的小毛病,张贴在大路旁,羞辱李权。李权向李昂行礼,上前说:"礼尚往来。我的文章写得不好,已经知道了,而您过去高雅的文章,曾在路上听说过,我要切磋一下,可以吗?"李昂生气地回应说:"有什么不可以!"李权说:"'耳临清渭洗,心向白云闲',这是您的诗吗?"李昂说:"是。"李权说:"从前唐尧年老,厌倦于天下政事,打算禅位给许由。许由厌恶听闻这件事,所以才洗耳。当今皇上年轻力强,不会把皇位禅让给您,您为什么要洗耳呢?"李昂听了这话,非常惶恐惊惧,告诉执政,说李权狂妄不谦逊,结果把李权给抓了起来。当初,李昂很坚决,不受托付。后来他做了有权势的官,别人求他办事,没有不答应的。因为这个,廷议认为省郎职务不高,不足以让众多读书人折服,就令礼部侍郎专管这件事。出自《摭言》。

府　解

从唐玄宗开元、天宝年开始,每年由京兆府举荐学子一般十人以上,称为"等第"。一定要求名副其实,以巩固教化的基础。小宗伯主持从这些人中筛选,这些人有可能全部考中。不全中的话,也可能考中十分之七八。如果出现不同情况,要由礼部行文,请贡院说明落榜的缘由。到了唐懿宗、唐僖宗咸通、乾符年间,则为形势所迫,选官制度被破坏,等第者简直同中第差不多。这些人互相夸耀吹捧,坐着好车,穿着华丽的衣服,不以为过分。期集人事,真才识学的人视为不齿。由于这个原因,此后解送时废时置就不固定了。出自《摭言》。

诸州解

同州、华州举荐的贡士,同京兆府府解差不多,如果是第一名被举荐的,没有不被选中的。唐宪宗元和年间,令狐楚镇守三峰,正值秋季赋试。发布告说:"专门设置五场考试,以取人才。"五场大体指诗、歌、文、赋、帖经。常年以清要的诗题求荐的,大概不少于十几人,但这一年却一个没有。即使从千里以外赶来,明了情况,也都离去了。

惟卢弘正独诣华请试。公命供帐酒馔，侈靡于往时。

华之寄客毕纵观于侧。弘正自谓独步文场。楚命日试一场，务精不务敏也。弘正已试两场，马植下解状。植将家子，从事辈皆窃笑。楚曰："此未可知。"既而试《登山采珠赋》。略曰："文豹且异于骊龙，采斯疏矣。白石又殊于老蚌，割莫得之。"楚大伏其精当，遂夺弘正解头。后弘正自丞郎使判盐铁，俄而为植所据。弘正以手札戏植曰："昔日华元，已遭毒手。今来蹉务，又中老拳。"大中中，纥干峻与魏镖争府元，而纥干屈居其下。翌日，镖暴卒，时父皋方镇南海，由是为无名子所谤曰：离南海之日，应得数斤。当北斗之前，未销一捻。因此峻兄弟皆罢举。张又新时号张三头。进士状头，宏词敕头，京兆解头。原缺出处，今见《摭言》卷二。

试杂文

垂拱元年，吴道师等二十七人及第。榜后敕批云："略观其策，并未尽善。若依令式，及第者惟止一人。意欲广收，通滞并许及第。"后至调露二年，考功员外刘恩立奏，议加试帖经与杂文，文高者放入策。寻以则天革命，事复因循。至神龙二年，方行三场试。故恒列诗赋题目于榜中矣。出《摭言》。

唯独卢弘正只身赶往华州，要求参加考试。令狐楚命人给他安排住处酒食，比以前奢侈。

令狐楚的门客都在旁观看。只有卢弘正自认为独步考场。令狐楚令每天考一场，求精而不求快。卢弘正已经考完两场，马植也来参与。马植是一个将门后代，同卢弘正争雄，从事们都私下笑他。但是令狐楚说："考得好不好还未可知。"一会儿，考《登山采珠赋》。马植的赋大概为："文豹和骊龙是不一样的，你到山上采珠子，大相径庭。石头和蚌根本不是一回事，剖开石头，怎么会得到珠子？"令狐楚认为马植论述精当，于是夺了卢弘正的第一给了马植。后来卢弘正以丞郎使的官，主管盐铁事务，不久被马植替代。卢弘正亲自写信取笑他，说："当年考试，已遭你毒手。现在管理这么点小事，又中了你的拳头。"唐宣宗大中年间，纪干峻同魏锬争夺府的第一名，纪干峻失利，屈居魏锬后面。第二天，魏锬暴死，当时纪干峻的父亲镇守南海，便有人匿名诽谤：纪干泉从南海回来，一定带回很多钱财。正当魏锬同纪干峻争夺考试第一的时候，未受得了他手指一捻。因为这个，纪干峻的弟兄们都拒绝参加地方考试。张又新当时号称进士状头、博学宏词科敕头、京兆解头"三头"。进士状头，宏词敕头，京兆解头。原缺出处，今见《摭言》卷二。

试杂文

武后垂拱元年，吴道师等二十七人中进士。发榜后，武则天批示说："大体上看了你们的'策'，并没写得完善。若根据程式，考中的只有一个人。我想扩大及第的人数，通融让你们考中。"后来到了调露二年，考功员外郎刘恩奏请，提议进士考试增加帖经和杂文，文章写得好的再参加"策"的考试。不久，由于武则天攫取了唐政权，又因循了旧制。到唐中宗神龙二年，才颁行三场试的制度。所以此后考试固定地将诗、赋的题目列入其中了。出自《摭言》。

内出题

开成中,高锴知举。内出《霓裳羽衣曲赋》《太学创置石经诗》。进士试诗赋,自此始也。出《卢氏杂说》。

放杂文榜

常衮为礼部,判杂文榜后云:"他日登庸,心无不锐。通宵绝笔,恨即有余。"所放杂文过者,常不过百人。鲍祭酒防为礼部,帖经落人亦甚。时谓之"常杂鲍帖"。出《传载故实》。

放　榜

贞观初,放榜日,太宗私幸端门,见进士于榜下缀行而出,喜谓侍臣曰:"天下英雄入吾彀中矣。"进士榜头,竖粘黄纸四张,以毡笔淡墨,衮转书曰"礼部贡院"四字。或曰,文皇顷以飞帛书之。又云,象阴注阳受之状。进士旧例,于都省御考试,南院放榜。南院乃礼部主事受领文书于此。凡版样及诸色条流,多于此例之。张榜墙乃南院东墙也,别筑起一堵高丈余,外有壖垣。未辨色,即自北院将榜,就南院张挂之。元和六年,为监生郭东里决破棘篱,篱在壖垣之下,南院正门外亦有之。坼裂文榜,因之后来,多以虚榜自省门而出,正榜张亦稍晚。出《摭言》。

又

郑薰知举,放榜日,唯舍人毕诚到宅谢恩。至萧倣放榜日,并无朱紫及门。时论诮之。出《卢氏杂说》。

内出题

唐文宗开成年间,高锴主持考试。宫内出题《霓裳羽衣曲赋》《太学创置石经诗》。进士考诗、赋,就是从此时开始的。出自《卢氏杂说》。

放杂文榜

常衮在礼部任官,批阅杂文试卷后说:"他日应考中选,绝对要锐意向前。虽然点灯耗油,写出文章又让人不满意。"常衮阅卷能让通过的,常常不超过一百人。祭酒鲍防后来也任礼部的官,在帖经考试上淘汰的人也很多。当时的人称他们为"常杂鲍帖"。出自《传载故实》。

放　榜

唐太宗贞观初年,放榜的日子,唐太宗私自来到端门,看见进士们从榜下接连不断地走出来,非常高兴,对随行人员说:"天下的人才,都到我的彀中了。"进士榜的榜头,竖着贴了四张黄纸,用毛笔淡墨滚转书写着"礼部贡院"四个字。有人说是唐太宗以前用飞白书写的。又说,如阴注阳受的字样。考进士的惯例,要经过都省、皇帝的考试,在南院放榜。南院是由礼部主事在这里发放文书。凡是版样和体例,多照此例子。贴榜的地方是南院的东墙。是另外筑的墙,高一丈多,外有矮墙。天尚未明,即从北院捧着榜,到南院去张贴。唐宪宗元和六年被国子监的学子们从郭东里踏破了棘篱墙,篱笆墙在矮墙之下,南院正门外也有。把贴榜文的墙也给挤倒了。所以,后来先由省门贴一个副榜,晚一点再张贴正式的榜文。出自《摭言》。

又

郑薰做主考,放榜的那天,只有舍人毕诚登门道谢。萧做做主考,放榜那天,并没有什么穿官服的人到他家里去拜谢。当时的人讥笑这两件事。出自《卢氏杂说》。

五老榜

天复元年，杜德祥榜，放曹松、王希羽、刘象、柯崇、郑希颜等及第。时上新平内难，闻放新进士，喜甚。诏选中有孤贫屈人，宜令以名闻，特敕授官。故德祥以松等塞诏，各授校正。制略曰："念尔登科之际，当予反正之年。宜降异恩，各膺宠命。"松，舒州人，学贾司仓为诗，此外无他能，时号松启事为送羊脚状。希羽，歙州人，词艺优博。松、希羽，甲子皆七十余。象，京兆人；崇、希颜，闽人。皆以诗卷及第，亦俱年逾耳顺矣。时谓五老榜。出《摭言》。

谢　恩

放榜后，状元已下，到主司宅门，下马缀行而立，敛名纸通呈，入门并叙立于阶下，北上东向。主司列席褥，东面西向。主事揖状元已下与主司对拜。拜讫，状元出行致词，又退著行，各拜，主司答拜。拜讫，主司云："请诸郎君叙中外。"状元已下，各各齿叙，便谢恩。余人如状元礼。礼讫，主事云："请状元曲谢名第，第几人谢衣钵。"衣钵谓得主司名第。其或与主司先人同名第，即谢大衣钵，如践世科，即感泣而谢。谢讫，即登阶，状元与主司对座。于时公卿来看，皆南行叙座。饮酒数巡，便起，赴期集院。或云，此礼部不恒，即有于都省致谢，公卿来看者，或不坐而即回马也。三日后，又曲谢。其日，主司方一一言及荐导之处，俾其各谢挈维之力。苟特达而取，亦要言之矣。出《摭言》。

五老榜

　　唐昭宗天复元年,杜德祥放榜,选中了曹松、王希羽、刘象、柯崇、郑希颜等及第。当时皇上刚刚平定内乱,听说新科进士放榜,非常高兴。下诏从进士中挑孤、贫及有冤屈的,当把他们的名字报给他,由他专门委任官职。所以杜德祥就拿曹松这五个人来敷衍,都授了校正的官。制书大意是:"感念你们中选之际,正是我拨乱反正之年。应给予你们格外的恩惠和殊荣,各人都承担宠信的任命。"曹松是舒州人,学贾岛作诗,此外并没什么别的能力。当时传言曹松说事答话的样子像捧献羊腿似的。王希羽是歙州人,诗词、琴棋有较高的造诣。曹松、王希羽都是七十多岁。刘象是京都人,柯崇、郑希颜是福建人。都是以诗及第,年龄也都超过了六十岁。所以当时称这一榜为"五老榜"。出自《摭言》。

谢　恩

　　放榜之后,状元以下,到主考官的住宅门口,下马一个接一个排队站立,把名帖一起呈送给主考官,进门按中试的次序在台阶下站着。由北面上台阶面东站着。主考官们列坐于东,面西。主事官作揖,状元以下向主考官们行礼,主考官还礼。对拜之后,状元出列致辞,退回入列,一一行礼,主考官还礼。拜完了,由主考官说:"诸郎君谈谈朝里朝外。"状元以下于是各个按年龄发表看法,结束要行大礼谢皇恩。其他人都同状元一样行礼。行完礼,主事官宣布:"请状元遍谢名第,第几人谢衣钵。"衣钵,是指考中主考官的名次。若与主考官先人考得一样的名次,就谢大衣钵,如世代参加科举,就要感泣而谢了。曲谢结束,状元登上台阶,与主考官对坐。这时官员们可以来观看,从南面走,面北依次入座。同进士们喝酒几巡,就站起来,依次退到期集院去。或说,这项礼部不固定。就有在都省致谢,公卿过来观看,有不坐就骑马返回的。三天后,遍谢一次。这一次主考官们才可一一和进士们谈及荐引之处,让他们各谢提携护持之力。如果是特别录取的,也要按规定做。出自《摭言》。

期　集

谢恩后，方诣期集院。大凡敕下已前，每日期集。两度诣主司之门。然三日后，主司坚请已，即止。同年初到集所，团司所由辈参状元后，更参众郎君。拜讫，俄有一吏当中庭唱曰："诸郎君就坐。"双东只西。其日醵罚不少。又出抽名纸钱、每人十贯文。其叙名纸，见状元，俄于众中骞抽三五个，便出此钱。铺底钱。自状元已下，每人三十贯文。出《摭言》。

过　堂

敕下后，新及第进士过堂。其日，团司先于光范门里东廊供帐，备酒食。同年于此候宰相上堂后参加，于时主司亦命召知闻三两人会于他处，此筵罚钱不少。宰相既集，堂吏来请名纸。生徒随座主至中书，宰相横行，都堂门里叙立。堂吏通云："礼部某姓侍郎领新及第进士见相公。"俄而有一吏，抗声屈主司。及登阶，长揖而退，立于门侧，东向。然后状元已下叙立阶上。状元出行行，致词云："今月某日，礼部放榜，某等幸忝成名，皆在相公陶镕之下，不任感惧。"状元在左右，即云梦寐。言揖退位。乃自状元已下，一一自称姓名讫。堂吏云："典客。"主司复长揖，领生徒退。诣舍人院，主司栏入。舍人公服靸鞋，延接主司。然舍人礼貌谨敬有加，随事叙杯酒。然于阶前补席褥，舍人登席，诸生皆拜，舍人答拜。状元出行致词，答拜。又拜如初，便出。于廊下候主司出，一揖而已。当时诣宅谢恩，

期　集

　　进士们谢完了皇恩、师恩之后，才到期集院去。大凡敕令下达之前，每天都要去。还要到主考官的衙门去两次。这样三日后，由主考官坚决请求不必再来，就停止了。同年第一次期集，由团司带着大家拜见状元，然后互拜。参拜结束，不一会儿，有一礼部的吏员在庭院中宣布："诸郎君就座。"名次双数的坐在东面，单数的坐在西面。这一日凑钱饮酒的不少。又出"抽名纸钱"，每人十贯。把名纸排顺序放好，见状元，一会儿从众名纸中抽取三五个，由抽中的出钱。铺底钱。自状元以下，每人出三十贯。出自《摭言》。

过　堂

　　皇帝的敕令下达后，新考中的进士过堂。过堂的那天，团司先在光范门里东廊设置帐篷、准备酒食。同年进士在这里等候宰相就座后参见，这时主考官也令二三名见多识广的人相会在另外的地方，研究每个参与过堂的人出多少钱。宰相坐好后，堂吏来要进士们的名纸。进士们在主持官的引导下到中书省，宰相东西向行走，进士们在都堂门里按次序站立。由堂吏通报："礼部某侍郎领新考中的进士拜见宰相。"之后，又一吏员大声请主考官。等登上台阶，行长揖礼而退，至门侧而立，面东向。然后状元以下按名次登阶而立。状元出列，向宰相及考官们致射辞："某月某日，礼部放榜，某等幸运地系列在考中的名单中，这都是在宰相的教导下所取得的成绩，不胜感激惶恐。"状元在左右，即云梦罼。致辞完了，行过礼，退回原位。从状元以下一一向前自报名次、姓名。之后，堂吏宣布："典客。"主考官向宰相等人再次行长揖礼，然后率进士们退下石阶。到舍人院去，主考官进入。舍人穿着官衣官靴，恭迎主考官和进士们。舍人十分礼貌严谨恭敬，向进士们逐个递上酒。在石阶前铺席子，舍人和主考官就座，进士们都向他们行拜礼。舍人还礼。状元出列致辞，舍人答拜。又向开始一样行礼，结束后，走出舍人院。进士们不能先走，要在廊下等主持官出来，向他们作一个揖。当时前往主考官府宅谢恩，

便致饮席。 出《摭言》。

题　名

神龙已来,杏园宴后,皆于慈恩塔下题名,同年中推一善书者。已时他有将相,则朱书之。及第后,知闻或遇未及第时题名处,则为添"前"字。故昔人有诗云:"曾题名处添前字,送出城人乞旧衣。"出《摭言》。

关　试

吏部员外于南省试判两节,试后授春关,谓之关试。诸生谢恩,其日称门生,谓之一日门生。自此方属吏部矣。原缺出处,今见《摭言》卷三。

宴　集

曲江亭子,安史未乱前,诸司皆有,列于岸浒。幸蜀之后,皆烬于兵火矣,唯尚书省亭子存焉。进士开宴,常寄其间。既撤馔,则移乐泛舟,都为恒例。宴前数日,行市骈阗于江头。其日,公卿家倾城纵观于此,有若东榻之选者十八九。钿车珠幕,栉比而至。或曰:乾符中,薛能为大京兆尹,杨知至将携家游。致书于能,假舫子,已为新人所假。能答书曰:"已为四十子之鸠居。"知至得书,怒曰:"昨日郎吏,敢此无礼!"能自吏部郎中拜京兆少尹,权知大尹。

之后便去宴会。_{出自《摭言》。}

题 名

唐中宗神龙年以来,进士们参加过杏园宴之后,都到慈恩寺的大雁塔下把名字逐一写在上面。同年当中推举一位字写得好的人来写。这些字写好,由工匠錾刻在上面。过后,其中如果有人做到将相的官,重新用朱笔描一遍。及第后,知悉有人在未及第时在别处题过名字,要加一"前"字。所以过去有人在诗中写道:"曾题名处添前字,送出城人乞旧衣。"出自《摭言》。

关 试

考中进士后,吏部员外郎在尚书省试判考试两场,考过后授春关,称为关试。参加的诸生要向皇帝谢恩,那一日要称门生,所谓"天子门生"或"一日门生"。此后,这些人就由礼部交给吏部,等待任命了。原缺出处,今见《摭言》卷三。

宴 集

宴会的场所在曲江亭子,安史之乱以前,各部都有曲江亭子,一般建在水边上。唐玄宗逃了蜀地之后,这些亭子都被兵火烧掉了,只有尚书省的亭子还在。进士宴会,常安排在曲江亭子里举行。撤了酒席之后,泛舟池上,听歌看舞,都是惯例。举行宴会前的几天,进士们骑马列队络绎不绝地从街市走到江头。当日,达官贵人们全都出来在这里观看,好像其中十有八九被他们选做自己的女婿似的。用金宝装饰的车子,珠饰的帷幕密密排列着而来。有人说:唐僖宗乾符年间,薛能任大京兆尹,杨知至准备带家里人游历京城。写信给薛能,请他借楼船做水上游,却已被进士先借走了。薛能回信说:"已成为四十子的鸠巢。"杨知至收到信,愤怒地说:"昨日的小官,敢这么无礼!"薛能原做吏部郎中,后来升任京兆少尹,代理京兆府事。

开成五年,李景让中榜。于时上在谅暗,乃放新人游宴,率常雅饮。诗人赵嘏以诗寄之曰:"天上高高月桂丛,分明三十一枝风。满怀春色向人动,遮路乱花迎马红。鹤驭迥飘云雨外,兰亭不在管弦中。居然自是前贤事,何必青楼倚翠空。"

宝历,杨嗣复具庆下,继放两榜。时於陵自东洛入觐,嗣复率生徒迎于潼关。既而大宴于新昌里第,於陵与所执坐于正寝,公领诸生翊坐于两序。时元、白俱在,皆赋诗于席上,唯刑部侍郎杨汝士诗后成,元、白览之失色。诗曰:"隔坐应须赐御屏,尽将仙翰入高冥。文章旧价留鸳掖,桃李新阴在鲤庭。再岁生徒陈贺宴,一时良史尽传馨。当时疏传虽云盛,讵有兹筵醉醁醽。"汝士其日大醉,归来谓子弟曰:"我今日压倒元白。"出《摭言》。

唐文宗开成五年,李景让中进士。当时皇上正在居丧,放新人们入宫游宴,和往常一样庄正地喝酒。诗人赵嘏写了一首诗送给李景让,说:"天上高高月桂丛,分明三十一枝风。满怀春色向人动,遮路乱花迎马红。鹤驭迥飘云雨外,兰亭不在管弦中。居然自是前贤事,何必青楼倚翠空。"

　　唐敬宗宝历年间,杨嗣复父母俱在,考中进士后,连放了两榜。当时,杨於陵从洛阳到长安来朝见皇上,杨嗣复率进士们到潼关去迎接。接着在新昌里的府第举行盛大宴会,杨於陵与各官员坐在正厅,杨嗣复带着进士们像鸟翼似的坐在东西两个厢房。当时元稹和白居易都在场,都即席作诗,只有刑部侍郎杨汝士最后一个写完,元稹和白居易读了之后脸色变了。他的诗是:"隔坐应须赐御屏,尽将仙翰入高冥。文章旧价留鸳掖,桃李新阴在鲤庭。再岁生徒陈贺宴,一进良史尽传馨。当时疏传虽云盛,讵有兹筵醉酿醽。"杨汝士那天喝得大醉,回去跟家中子弟说:"我今天的诗把元稹和白居易都压过了。"出自《摭言》。

卷第一百七十九
贡举二

杜正玄

隋仁寿中，杜正玄、正藏、正伦，俱以秀才擢第。隋代举进士，总一十人，正伦一家三人。出《谭宾录》。

李义琛

武德五年，李义琛与弟义琰、三从弟上德同年三人进士。义琛等陇西人，世居郓城。国初草创未定，家业素贫乏，与上德同居。事从姑，定省如亲焉。随计至潼关，遇大雪，逆旅不容。有咸阳商人见而怜之，延与同寝处。居数日，雪霁而去。琛等议鬻驴，以一醉酬之。商人窃知，不辞而去。复先赠以稻粮。琛后宰咸阳，召商人，与之抗礼亲厚。位至刑部侍郎、雍州长史，义琰相高宗，上德司门郎中。出《摭言》。

杜正玄

隋文帝仁寿年间,杜正玄、杜正藏、杜正伦,都以秀才而中进士第。隋文帝时,每年只取十名进士,那一科,杜正伦一家三兄弟都考中了。出自《谭宾录》。

李义琛

唐高祖武德五年,李义琛同他的二弟李义琰以及三堂弟李上德,三人同年中了进士。他们是陇西人,世代居住在邺城。唐政权刚建立不久,不是很稳固,李义琛家境一向贫寒,跟李上德住在一起。奉事他的堂姑,昏定晨省像对待自己的亲娘一样。三兄弟商议到潼关去,遇到大雪,旅店不接纳他们。有位咸阳的商人看见了很同情他们,请他们一起住。住了好几天,雪停了要离开。李义琛三兄弟商议把所骑的驴卖掉,请商人喝酒,以报答他。商人私下听到他们的打算,没告别就走了。又事先赠送给他们粮食。李义琛后来做了咸阳县丞,把那个商人请来,以平等的礼节待他。李义琛后来升到刑部侍郎,也做过雍州长史,李义琰在唐高宗时做到宰相,李上德做到司门郎中。出自《摭言》。

陈子昂

陈子昂，蜀射洪人。十年居京师，不为人知。时东市有卖胡琴者，其价百万。日有豪贵传视，无辨者。子昂突出于众，谓左右："可辇千缗市之。"众咸惊问曰："何用之？"答曰："余善此乐。"或有好事者曰："可得一闻乎？"答曰："余居宣阳里。"指其第处："并具有酒，明日专候。不唯众君子荣顾，且各宜邀召闻名者齐赴，乃幸遇也。"来晨，集者凡百余人，皆当时重誉之士。子昂大张宴席，具珍羞。食毕，起捧胡琴，当前语曰："蜀人陈子昂有文百轴，驰走京毂，碌碌尘土，不为人所知。此乐贱工之役，岂愚留心哉！"遂举而弃之。异文轴两案，遍赠会者。会既散，一日之内，声华溢都。时武攸宜为建安王，辟为记室，后拜拾遗。归觐，为段简所害。出《独异志》。

王　维

王维右丞年未弱冠，文章得名，性闲音律，妙能琵琶。游历诸贵之间，尤为岐王之所眷重。时进士张九皋声称籍甚，客有出入公主之门者，为其地。公主以词牒京兆试官，令以九皋为解头。维方将应举，言于岐王，仍求庇借。岐王曰："贵主之强，不可力争，吾为子画焉。子之旧诗清越者可录十篇，琵琶新声之怨切者可度一曲，后五日至吾。"维即依命，如期而至。岐王谓曰："子以文士请谒贵主，何门可见哉！子能如吾之教乎？"维曰："谨奉命。"

岐王乃出锦绣衣服，鲜华奇异，遣维衣之，仍令赍琵

陈子昂

陈子昂是蜀郡射洪县人。在京城住了十年，没有人知道他。当时东市有一个卖胡琴的，要价一百万。每天都有有钱的人去看这件东西，没人明白它的价值。陈子昂突然从人群里走出来，跟左右的人说："我可以用车装载一千缗来买它。"大家都惊讶地问："这东西有什么用？"陈子昂回答说："我善于弹奏这件乐器。"有好事的人便问："你能弹给我们听听吗？"陈子昂说："我住在宣阳里。"指着他的住处，告诉说："明天我一起准备美酒，专门等候诸位。不仅各位荣幸地惠顾，各位还可以邀请一些知名人士一起来，就是大家会一会，很荣幸。"第二天早晨，聚集了一百多人，都是当时名望很高的人士。陈子昂摆了盛大的宴席，好酒好菜款待他们。吃过饭，站起来捧出胡琴，对客人们说："蜀人陈子昂有文章好几百轴，跑到京城来，东奔西走，却不为人所知。这件乐器是贱工制作，怎么值得我放在心上！"于是把胡琴举起来摔了。把他写的文章取出来，摆了两案子，分别赠送给客人。宴会散了以后，一天之内，陈子昂的名声溢满京都。当时武攸宜被封为建安王，征他做记室，后来又授官拾遗。回家省亲，被段简杀死。出自《独异志》。

王　维

王维王右丞未成年时，因文章出名，娴熟于音律，擅长弹奏琵琶。来往于各显贵之间，尤其被岐王眷爱看重。当时进士张九皋声名很高，有经常出入公主家里的人，把张九皋的文章拿给公主，为其周旋。公主将张九皋的词作给京兆府的主考官，让他们取张九皋为府解第一名。王维正打算参加考试，把这件事告诉岐王，请求岐王保护帮助。岐王说："以公主的尊贵和势力，是不能力争的，我给你想办法。你把过去写的诗，选清越的抄十篇，琵琶曲子悲切的准备一曲，五天后，到我这里来。"五天后，王维就按照他说的如期而来。岐王说："你以文士的身份去谒见公主，怎么能接见你呢！你能按我教的做吗？"王维说："谨听你的命令。"

岐王拿出锦绣的衣服，华美奇异，让王维穿上，让他捧着琵

琶，同至公主之第。岐王入曰："承贵主出内，故携酒乐奉宴。"即令张筵，诸伶旅进。维妙年洁白，风姿都美，立于行，公主顾之，谓岐王曰："斯何人哉？"答曰："知音者也。"即令独奉新曲。声调哀切，满坐动容。公主自询曰："此曲何名？"维起曰："号《郁轮袍》。"公主大奇之。岐王因曰："此生非止音律，至于词学，无出其右。"公主尤异之，则曰："子有所为文乎？"维则出献怀中诗卷呈公主。公主既读，惊骇曰："此皆儿所诵习，常谓古人佳作，乃子之为乎？"因令更衣，升之客右。维风流蕴藉，语言谐戏，大为诸贵之钦瞩。岐王因曰："若令京兆府今年得此生为解头，诚为国华矣。"公主乃曰："何不遣其应举？"岐王曰："此生不得首荐，义不就试，然已承贵主论托张九皋矣。"公主笑曰："何预儿事，本为他人所托。"顾谓维曰："子诚取，当为子力致焉。"维起谦谢。公主则召试官至第，遣宫婢传教，维遂作解头，而一举登第矣。

　　及为太乐丞，为伶人舞黄师子，坐出官。黄师子者，非一人不舞也。天宝末，禄山初陷西京，维及郑虔、张通等，皆处贼庭。洎克复，俱因于宣杨里杨国忠旧宅。崔圆因召于私第，令画数壁。当时皆以圆勋贵无二，望其救解，故运思精巧，颇绝其能。后由此事，皆从宽典；至于贬黜，亦获善地。今崇义里窦丞相易直私第，即圆旧宅也，画尚在焉。维累为给事中。禄山授以伪官，及贼平，兄缙为北都副留守，

琵一起到公主的府第。岐王进去对公主说:"承蒙您看得起我,所以我带着好酒还有好的音乐来为宴会助兴。"公主即刻让人备办酒席,各伶人依次进来。王维正少壮之年,面目洁白,风姿美好,站在行列里,公主看见他,问岐王:"这个人是谁?"岐王说:"他是知音人。"就让王维独奏新曲。王维的琵琶弹得哀哀切切,满座的人为之动容。公主亲自问道:"这个曲子叫什么名字?"王维站起来回答说:"叫《郁轮袍》。"公主觉得非常奇怪。岐王趁机说:"这个读书人不仅精通音律,至于诗词文章,没人能超过他。"公主更觉得王维不一般,就问:"你有什么文章吗?"王维就把怀里的文章拿出来呈献给公主。公主读了王维的诗后,非常吃惊,说:"这都是我儿子和张九皋这些少年们读的,都说是古人佳作,原来是你写的呀?"于是让他换了衣服,坐在客位的首席。王维风雅含蓄,谈吐谐趣,深为在座的达官贵人们钦佩、瞩目。岐王于是说:"若令今年京兆府的推荐,让王维做第一,绝对是全国的光荣。"公主却问:"那为什么不让他去参加考试?"岐王说:"这个读书人不能做首荐,他是不肯参加考试的,然而听说已承公主举荐了张九皋。"公主笑着说:"我其实不参与少年们的事,本来是别人托我的。"公主回头对王维说:"你确实可取,我当为你尽力推荐。"王维站起来谦恭地致谢。公主就把主考官叫到府里,叫她的婢女传话,王维于是做了府解第一名,一举登第。

　　王维后来做太乐丞,教伶人跳黄狮子舞,获罪罢官。黄狮子舞,不是一个人跳的。唐玄宗天宝末年,安禄山攻陷长安,王维同郑虔、张通这些人都在贼庭。到平定叛乱,收复了长安,把他们都关押在宣杨里杨国忠原来的府第里。崔圆把王维请到私宅,让他画几幅壁画。当时都认为崔圆显贵无二,郑虔、张通等人都指望他解救,所以王维作画构思精巧,充分发挥了自己的才艺。后来因为这件事情,郑虔等人都得到从宽发落;即使被贬出京,也能得到一个好地方。现在的长安崇义里丞相窦易直的私宅,就是崔圆过去的住宅,那些壁画还在。王维累官至给事中。安禄山授给王维伪官,安禄山被平定后,兄弟王缙做北都副留守,

请以己官爵赎之，由是免死。累为尚书右丞。于蓝田置别业，留心释典焉。 <small>出《集异记》。</small>

杨　暄

杨国忠之子暄，举明经，礼部侍郎达奚珣考之，不及格，将黜落，惧国忠而未敢定。时驾在华清宫，珣子抚为会昌尉。珣遽召使，以书报抚，令候国忠，具言其状。抚既至国忠私第，五鼓初起，列火满门，将欲趋朝，轩盖如市。国忠方乘马，抚因趋入，谒于烛下。国忠谓其子必在选中，抚盖微笑，意色甚欢。抚乃白曰："奉大人命，相君之子试不中，然不敢黜退。"国忠却立大呼曰："我儿何虑不富贵？岂藉一名？为鼠辈所卖！"即不顾，乘马而去。抚惶骇，遽奔告于珣曰："国忠恃势倨贵，使人之惨舒，出于咄嗟，奈何以校其曲直？"因致暄于上第。既为户部侍郎，珣才自礼部侍郎转吏部侍郎，与同列。暄话于所亲，尚叹己之淹徊，而谓珣迁改疾速。 <small>出《明皇杂录》。</small>

萧颖士

萧颖士开元二十三年及第，恃才傲物，曼无与比。常自携一壶逐胜郊野，偶憩于逆旅，独酌独吟。会有风雨暴至，有紫衣老人领一小僮避雨于此。颖士见之散冗，颇肆陵侮。逡巡，风定雨霁，车马卒至，老人上马，呵殿而去。颖士仓忙觇之，左右曰："吏部王尚书。<small>尚书名丘。</small>"颖士常造门，未之面，极惊愕。明日，具长笺造门谢。丘命引至

请求以他的官爵来赎王维,由此免死。又逐渐升到尚书右丞。王维在蓝田买了别墅,潜心研究佛经。<small>出自《集异记》</small>。

杨　暄

杨国忠的儿子杨暄应明经科考试,由礼部侍郎达奚珣考他,不及格,达奚珣准备让杨暄落第,又惧怕杨国忠的势力,不敢决定。当时,唐玄宗在华清池,达奚珣的儿子达奚抚做会昌县尉。达奚珣立即派使者给达奚抚送了书信,让他去等候杨国忠,讲清情况。达奚抚到了杨国忠的私宅,天刚五更,宅第烛光、火把通明,杨国忠将去上朝,车辆冠盖如市。杨国忠刚乘上马,达奚抚就跑进来,在烛光下参谒。杨国忠以为他的儿子一定能考中,手扶彩幡的杆子微笑着,很高兴的样子。达奚抚却禀告说:"奉我父亲的命令,来报告宰相,您儿子没有考中,然而不敢免去他。"杨国忠退了几步站住,大声说:"我儿子还愁不富贵吗?哪里在乎一个进士?被你们这些鼠辈出卖!"丢下达奚抚,骑马走了。达奚抚很害怕,立即赶回去见父亲,说:"杨国忠倚仗自己有势力倨傲,让人心情愁闷,叹息不已,怎么跟他说理呢?"达奚珣没有办法,叹来叹去,终于把杨暄取在前几名。杨暄做到户部侍郎后,达奚珣才由礼部侍郎转为吏部侍郎,与他同列。杨暄在亲信面前还叹息自己的官升得慢,反说达奚珣转官快。<small>出自《明皇杂录》</small>。

萧颖士

唐玄宗开元二十三年,萧颖士考中进士,他自恃才华,傲视他人,以为没有能与他相比的。曾经自己拎着一壶酒寻胜到了郊外,偶然住在旅店,独酌独吟。赶上风雨突至,有位穿紫衣的老人领着一个小童在此避雨。萧颖士见老人闲散,任意凌辱他们。很快,风定雨停,车马都来了,老人上了马,侍卫前呵后殿而去。萧颖士急忙去看,他身边的人说:"这是吏部王尚书。<small>尚书名丘。</small>"过去萧颖士曾去求见,没有被接见,此时很惊愕。第二天,写了很长的信,到王尚书家里去谢罪。王尚书让人把萧颖士领到

庑下，坐责之。且曰："所恨与子非亲属，当庭训之耳。"顷曰："子负文学之名，踯忽如此，止于一第乎？"颍士终扬州功曹。出《明皇杂录》。

乔彝

乔彝，京兆府解试时，有二试官。彝日午扣门，试官令引入，则已曛醉。视题曰《幽兰赋》，彝不肯作，曰："两个汉相对，作得此题？速改之。"遂改《渥洼马赋》，曰："此可矣。"奋笔斯须而成。警句云："四蹄曳练，翻瀚海之惊澜。一喷生风，下湘山之乱叶。"便欲首送。京兆曰："乔彝峥嵘甚，以解副荐之可也。"出《幽闲鼓吹》。

许孟容

许孟容进士及第，学究登科，时号锦袄子上著莎衣。蔡京与孟容同。出《摭言》。

张正甫

李丞相绛，先人为襄州督部。方赴举，求乡荐。时樊司空泽为节度使，张常侍正甫为判官，主乡荐。张公知绛有前途，启司空曰："举人中悉不如李秀才，请只送一人。诸人之资，悉以奉之。"欣然允诺。又荐绛弟为同舍郎，绛感泽殊常之恩，不十年登庸。泽之子宗易为朝官，人问宗易之文于绛，绛戏而答曰："盖代。"时人因以"盖代"为口实。相见论文，必曰："莫是李三盖代否？"及绛为户部侍郎也，

偏房的廊屋下,坐下来责备他。并说:"遗憾和你不是亲属,不然我一定要像父训子一样教训你。"停了一会儿又说:"你自恃才名,傲慢如此,只是考中个进士吗?"萧颖士最后做官做到扬州功曹。出自《明皇杂录》。

乔彝

乔彝参加京兆府推荐的考试时,有两个考官。乔彝快到中午时去敲门请见,考官让人领他进来,自己醉醺醺的。一看题目是《幽兰赋》,乔彝不肯作,说:"两个男人相对坐在这里,写这个《幽兰赋》?请快快改个题目。"考官就改题目为《渥洼马赋》,乔彝说:"这可以了。"挥笔疾书,片刻而成。其中有这样的警句:"四蹄曳练,翻瀚海之惊澜。一喷生风,下湘山之乱叶。"考官准备取他第一。京兆府尹说:"乔彝这个人锋芒太露,以第二名推荐可以。"出自《幽闲鼓吹》。

许孟容

许孟容考中进士,又通过了学究科考试,当时的人说他这是穿了锦袄子在上面又套了一层蓑衣。蔡京与许孟容相同。出自《摭言》。

张正甫

丞相李绛,先父为襄州都督的部属。李绛准备赴考,需要州县推荐。当时司空樊泽为节度使,常侍张正甫为判官,主持乡荐。张正甫知道李绛有前途,就向樊泽禀告说:"举子中都不如李绛,请只举荐他一个人。把准备赠送给诸举子的资费全都给他。"樊泽高兴地答应了。又举荐李绛的弟弟做同舍郎,李绛感激樊泽不同寻常的恩德,不到十年,李绛做到宰相。樊泽的儿子樊宗易在朝里做官,有人问李绛樊宗易的文章怎么样,李绛开玩笑地说:"盖世文章。"当时的人把"盖世"作为谈资。每看到什么新的文章,必说:"莫不是李三盖世的文章?"等李绛做了户部侍郎,

常侍为本司郎中。因会，把酒请侍郎唱歌，李终不唱而哂之，满席大噱。出《嘉话录》。

阎济美

阎济美，前朝公司卿许与定分，一志不为，某三举及第。初举，刘单侍郎下杂文落。第二举，坐王侍郎杂文落第。某当是时，年已蹭蹬，常于江徼往径山钦大师处问法。是春，某既下第，又将出关。因献坐主六韵律诗曰："謇谔王臣直，文明雅量全。望炉金自跃，应物镜何偏。南国幽沉尽，东堂礼乐宣。转今游异士，更昔至公年。芳树欢新景，青云泣暮天。唯愁凤池拜，孤贱更谁怜。"座主览焉，问某，今年何者退落？具以实告。先榜落第，座主赧然变色，深有遗才之叹，乃曰："所投六韵，必展后效。足下南去，幸无疑将来之事。"某遂出关。

秋月，江东求荐，名到省后，两都置举，座主已在洛下。比某到洛，更无相知，便投迹清化里店。属时物翔贵，囊中但有五缣，策蹇驴而已。有举公卢景庄已为东府首荐，亦同处焉。仆马甚豪，与某相揖，未交一言。久乃问某曰："阎子自何至止？"对曰："从江东来。"敬奉不敢怠。景庄一旦际暮醉归，忽蒙问某行第，乃曰："阎二十，消息绝好，景庄大险。"某对曰："不然，必先大府首荐。声价已振京洛，如某远地一送，岂敢望有成哉？"景庄曰："足下定矣。"

十一月下旬，遂试杂文。十二月三日，天津桥放杂文榜，景庄与某俱过。其日苦寒。是月四日，天津桥

张正甫做了户部郎中。在一次宴会上,张正甫持着酒杯请李绛唱歌,李绛微笑不唱,满席大笑。出自《嘉话录》。

阎济美

阎济美,前朝公、司、卿对他有定评,所以他一心应考不做其他的事,经三次才考中。第一次考,他的杂文被侍郎刘单批落。第二次考,又因为王侍郎考他杂文批落。当时,他的年龄已长,曾到江边往径山钦大师处问法。这年春天,因为落第,他准备出关。于是向主考赠送了一首六韵诗:"謇谔王臣直,文明雅量全。望炉金自跃,应物镜何偏。南国幽沉尽,东堂礼乐宣。转今游异士,更昔至公年。芳树欢新景,青云泣暮天。唯愁凤池拜,孤贱更谁怜。"主考读了他的诗,问他今年因何落第。阎济美把两试不中的因由以实相告。对他前两榜落第,主考惭愧得变红了脸,深深叹息自己的失误,又为他的才华惋惜,便说:"你送来的这首六韵诗,肯定会有用处。你如今南行,希望不要担心将来的事情。"阎济美于是出了关。

秋天,朝廷要求各地举荐人才,江东请求举荐阎济美,名字报到礼部后,在长安和洛阳分别设立考场,主考官已到了洛阳。等阎济美到了洛阳,更没有认识的人,便投宿在清化里的一个客店里。当时物价昂贵,他的口袋里仅有五匹缣,赶着一头瘤驴而已。有个举子卢景庄已被洛阳作为头名举荐,也住在这里。这个人很有钱,跟着不少仆人,骑着高头大马,初次见面,与阎济美作了揖,没说一句话。过了些日子,卢景庄才问阎济美:"你从哪里来?"阎济美说:"从江东来。"对人家很敬重,不敢怠慢。一天傍晚,卢景庄喝醉了酒回来,忽然问阎济美是排行老几,阎济美回答后,卢景庄接着说:"阎二十,你的消息绝好,我非常危险了。"阎济美说:"不是这样,必定先录取大府的首荐。你的名声已振两京,像我这样从远地方举荐来的,哪敢期望什么成功呢?"卢景庄说:"你肯定考中了。"

十一月下旬,考试杂文。十二月三日,天津桥放杂文榜,卢景庄和阎济美都通过了。那天,天气极为寒冷。这月四日,天津桥

作铺帖经，景庄寻被绌落，某具前白主司曰："某早留心章句，不工帖书，必恐不及格。"主司曰："可不知礼闱故事？亦许诗赎。"某致词后，纷纷去留。某又遽前白主司曰："侍郎开奖劝之路，许作诗赎帖，未见题出。"主司曰："《赋天津桥望洛城残雪诗》。"某只作得二十字。某诗曰："新霁洛城端，千家积雪寒。未收清禁色，偏向上阳残。"已闻主司催约诗甚急，日势又晚，某告主司："天寒水冻，书不成字。"便闻主司处分："得句见在将来。"主司一览所纳，称赏再三，遂唱过。

其夕，景庄相贺云："前与足下并铺，试《蜡日祈天宗赋》，窃见足下用鲁丘对卫赐。据义，卫赐则子贡也，足下书'卫赐'作'驷马'字，唯以此奉忧耳。"某闻是说，反思之，实作"驷马"字，意甚惶骇。比榜出，某滥忝第，与状头同参座主。座主曰："诸公试日，天寒急景，写札杂文，或有不如法。今恐文书到西京，须呈宰相。请先辈等各买好纸，重来请印，如法写净送纳，抽其退本。"诸公大喜。及某撰本却请出，"驷"字上朱点极大。座主还阙之日，独揖前曰："春间遗才，所投六韵，不敢惭忘，聊副素约耳。"出《乾𦜆子》。

潘　炎

侍郎潘炎，进士榜有六异：朱遂为朱滔太子；王表为李纳女婿，彼军呼为驸马；赵博宣为冀定押衙；袁同直入番为阿师；窦常二十年称前进士；奚某亦有事。时谓之六差。窦常新及第，薛某给事宅中逢桑道茂。给事曰："窦秀才新及第，早晚得官。"桑生曰："二十年后方得官。"一坐皆哂，

考帖经,卢景庄不久考场除名,阎济美上前对考官说:"我早先重视章句,没有专力学习帖书,恐怕不及格。"考官说:"不明了考试旧例吗? 允许用诗赋来代替帖书。"听到阎济美的问话后,考生们纷纷离开。阎济美又快步走上前,对考官说:"考官大人既然开出鼓励劝勉之路,允许以诗代替帖试,但未见题目。"考官即出题目:"《赋天津桥望洛城残雪诗》。"阎济美只写了二十字。他的诗写道:"新霁洛城端,千家积雪寒。未收清禁色,偏向上阳残。"已听到考官催要交卷,天色又将晚,阎济美又对考官说:"天寒水冻,写不成字。"便听到考官吩咐:"把现在写完的拿来。"考官一看阎济美交上来的诗句,再三赞赏,于是就通过了。

晚上,卢景庄向他表示祝贺,说:"那天同你临桌考试,考题《蜡日祈天宗赋》,偷看到你用孔子对卫赐的典故。依义,卫赐就是子贡,你把'卫赐'写了'卫驷',我很替你担忧。"阎济美听后想了半天,确实作"驷马"字,心里很惶惧。等贴出榜来,阎济美胡乱考中了,跟考第一的一起拜见主考官。主考官说:"你们考试的日子,天又冷,要求的又急,所做杂文,或许不合定法。今天若把你们的文章送到长安要呈给宰相审阅,怕不合适。请你们去买好纸,重新给你们盖印,按着定法抄好送来,把旧卷子抽回去。"举子们非常高兴。阎济美把原卷拿来,错讹的"驷"字上面有一个极大的朱红笔点。主考官携卷子回长安那天,独拱手对阎济美说:"春闱没有取中你,屈了你的才,你赠送给我的六韵诗,不敢忘记,这次取中你,姑且实现先前的约定。"出自《乾𦠆子》。

潘　炎

潘炎任礼部侍郎,担任考官,主持的进士榜有六异:朱遂是朱滔的太子;王表是李纳的女婿,李纳的军队呼他为驸马;赵博宣是冀定押衙;袁同直做了番王的国师;窦常中进士,二十年后得任职官;还有一个奚某也有说道。当时被称"六差"。窦常新中进士,薛某在给事府中遇见桑道茂。给事说:"窦秀才新考中,早晚会授给官职。"桑道茂说:"二十年后才得官。"在座的人都忍不住笑了,

不信。然果耳五度奏官，皆敕不下，即摄职数四。其如命何！ 出《嘉话录》。

令狐峘

大历十四年改元建中，礼部侍郎令狐峘下二十二人及第。时执政间有怒荐托不从，势拟顷覆。峘惶恐甚，因进其私书。上谓峘无良，放榜日窜逐，不得与生徒相面。后十年，门人田敦为明州刺史，峘量移本州别驾，敦始使陈谢恩之礼。 出《摭言》。

熊执易

熊执易通于《易》义。建中四年，侍郎李纾试易《简知险阻论》。执易端座割析，倾动场中，一举而捷。 出《国史补》。

不相信。果不其然，五次奏请给窦常任官，皇帝的敕令都没有批下，多次做暂时署理的临时官。确实二十年后才得任职官，这就是命运！ 出自《嘉话录》。

令狐峘

唐德宗大历十四年改年号为建中，礼部侍郎令狐峘主持科举下二十二人及第。当时执政的人中有人恼怒他没录取所荐所托的人，准备找他的毛病，罢他的官，把他整倒。令狐峘非常惶恐，把这些请托人的私信呈送德宗。德宗认为令狐峘这样做不好，发榜那天放逐了他，并且不准他跟门生见面。十年后，他的学生田敦做了明州刺史，令狐峘被朝廷起用为明州别驾，田敦才有机会向令狐峘行谢师礼。 出自《摭言》。

熊执易

熊执易通晓《易经》义理。唐德宗建中四年，侍郎李纾考熊执易《简知险阻论》。熊执易正襟危坐，剖析条理分明，倾动了在场的所有人，一举考中。 出自《国史补》。

卷第一百八十

贡举三

常 衮

唐德宗初即位,宰相常衮为福建观察使治其地。衮以辞进,乡县小民,有能读书作文辞者,亲与之为主客之礼。观游宴飨,必召与之。时未几,皆化翕然。于时欧阳詹独秀出,衮加敬爱,诸生皆推服。闽越之人举进士,繇詹始也。詹死于国子四门助教,陇西李翱为传,韩愈作哀辞。出韩愈《欧阳詹哀词序文》。

宋 济

唐德宗微行,一日夏中至西明寺,时宋济在僧院过夏。上忽入济院,方在窗下,牍鼻葛巾抄书。上曰:"茶请一碗。"济曰:"鼎水中煎,此有茶味,请自泼之。"上又问曰:"作何事业?"兼问姓行。济云:"姓宋第五,应进士举。"

常衮

唐德宗刚即位,常衮还没有做到宰相,时任福建观察使治理其地。常衮以博学宏词科中进士,等做了观察使,对于乡县百姓有能读书写文章的一律尊重,亲自与他们行主客之礼。游历、宴会,一定招他们过来。没多久,治境民风和顺。当时欧阳詹在读书人中特别杰出,常衮对他格外厚爱,读书人都表示推重佩服。闽越人中进士的,从欧阳詹开始。欧阳詹死在国子监四门助教的任上,陇西人李翱为其作传,韩愈为其作悼文。出自韩愈《欧阳詹哀词序文》。

宋济

唐德宗微服私访,夏日的一天中午到了西明寺,当时宋济在西明寺过夏。德宗忽然走进宋济的院子,宋济穿着犊鼻裤,戴着布头巾,正在窗下抄书。德宗说:“请给我一碗茶水喝。”宋济说:“壶里有开水,这茶有味,请自己倒。”德宗又问:“你做什么事业?”并问他姓名排行。宋济说:“姓宋,排行老五,正在读书准备应试。”

又曰:"所业何?"曰:"作诗。"又曰:"闻今上好作诗,何如?"宋济云:"圣意不测……"语未竟,忽从辇递到,曰:"官家、官家。"济惶惧待罪。上曰:"宋五大坦率。"后礼部放榜,上命内臣看有济名。使回奏无名,上曰:"宋五又坦率也。"出《卢氏小说》。

或有客讥宋济曰:"白袍子何纷纷?"济曰:"为朱袍、紫袍纷纷耳。"出《国史补》。

牛锡庶

牛锡庶性静退寡合,累举不举。贞元元年,因问日者,曰:"君明年合状头及第。"锡庶但望偶中一第尔,殊不信也。时已八月,未命主司。偶至少保萧昕宅前,值昕杖策,将独游南园。锡庶遇之,遽投刺,并赍所业。昕独居,方思宾友,甚喜,延与之语。及省文卷,再三称赏。因问曰:"外间议者以何人当知举?"锡庶对曰:"尚书至公为心,必更出领一岁。"昕曰:"必不见命。若尔,君即状头也。"锡庶起拜谢。复坐未安,忽闻驰马传呼曰:"尚书知举。"昕遽起。锡庶复再拜曰:"尚书适已赐许,皇天后土,实闻斯言。"昕曰:"前言期矣。"明年果状头及第。出《逸史》。

崔元翰

崔元翰为杨炎所引,欲拜补阙,恳曰:"愿举进士,由此独步场中。然不晓程试,先求题目为地。"崔敖知之。旭日,

德宗又问："擅长什么？"宋济回答说："作诗。"德宗又问："听说现在的皇上也好作诗，你认为他的诗怎么样？"宋济说："皇上的诗意不好猜测……"没等话说完，跟随皇上的车马陆续到了，有人呼："官家官家。"宋济又惊又怕，等德宗治罪。德宗说："宋老五很坦率啊。"后来礼部放进士榜那天，德宗让侍臣去看有没有宋济的名字。侍臣回来说没有他的名字，德宗又说："宋老五又很坦率了。"出自《卢氏小说》。

有人讥笑宋济说："你一个白袍子忙碌啥呀？"宋济说："为了官家的朱袍子、紫袍子忙呗。"出自《国史补》。

牛锡庶

牛锡庶性格文静，不合群，考了几年都没有考中。唐德宗贞元元年，于是向算卦的问卜。算卦的说："你明年当中状元及第。"牛锡庶只希望考中而已，很不信。当时已是八月，还没有确定考官。牛锡庶偶然走到少保萧昕家门前，碰到萧昕拄着手杖，打算独自到南园散步。牛锡庶碰上他，忙递上自己的名帖，并送上自己所写的文章。萧昕独居，正想找人为伴，碰到牛锡庶十分高兴，就把牛锡庶请到屋里，跟他交谈。等到看了他的文章，再三赞赏。萧昕于是问："你听到外面议论谁任主考官没有？"牛锡庶说："尚书您大公无私之心，必定还要再主持一年科考。"萧昕说："不一定被任命。若真是那样，你就是状元了。"牛锡庶站起来致谢。坐回去还没坐安稳，忽听到有人驰马传呼说："尚书为主考官。"萧昕立刻站起来。牛锡庶又再拜说："您刚才已经答应的事，天地都听见了。"萧昕说："我说过的话算数。"牛锡庶第二年果然中了状元及第。出自《逸史》。

崔元翰

崔元翰被杨炎举荐，准备授补阙官职，崔元翰恳切地说："希望能参加进士考试，靠此独步考场。但是不知道程试考什么，请预先得到题目好做些准备。"这事被崔敖知道了。考试那天早晨，

都堂始开，敖盛气白主司曰："若出《白云起封中》题，敖请退。"主司为其所中，卒愕然换之。是岁，二崔俱捷。出《国史补》。

湛贲

彭伉、湛贲俱袁州宜春人，伉妻又湛姨也。伉举进士擢第，湛犹为县吏。妻族为置贺宴，皆官人名士，伉居席之右，一座尽倾。湛至，命饭于后阁，甚无难色。其妻忿然责之曰："男子不能自励，窘辱如此，复何为容？"湛感其言，孜孜学业。未数载，一举登第。伉常侮之，其时伉方跨驴，纵游于郊郛，忽有家僮驰报："湛郎及第。"伉失声而坠，故袁人谑曰："湛贲及第，彭伉落驴。"出《摭言》。

尹极

贞元七年，杜黄裳知举。闻尹极时名籍籍，乃微服访之。问场中名士，极唯唯。黄裳乃具告曰："某即今年主司也。受命久矣，唯得一人，某他不能尽知，敢以为请。"极耸然谢曰："既辱下问，敢有所隐？"即言子弟有崔元略，孤进有沐藻、令狐楚数人。黄裳大喜。其年极状头及第。试《珠还合浦赋》，藻赋成，忽假寐，梦人告曰："何不叙珠来去之意？"既寤，乃改数句，又谢恩。黄裳谓藻曰："叙珠来去，如有神助。"出《闽川名士传》。

都堂的大门刚开，崔敖怒气冲冲地对主考官说："若考《白云起封中》这个题目，我请退出。"主考官明白崔敖知道了题目泄漏的事，愕然之后另行出题。当年，崔元翰和崔敖都被取中。出自《国史补》。

湛贲

彭伉和湛贲都是袁州宜春人，彭伉的妻子是湛贲的姨。彭伉参加进士考试登第，湛贲还是个县吏。老丈人家为彭伉举行宴会，以示庆贺，参加的人都是当地的官员和名士，彭伉坐在尊席的席右，在座的人都很倾慕他。湛贲来了，让他在后面小阁屋里吃饭，他并没有难看的脸色。妻子生气地责备说："男子汉不能自己激励上进，受污辱到这种地步，又有什么脸见人？"湛贲非常受她的话触动，于是孜孜不倦地求学。没几年，一举考中。彭伉曾经羞辱过湛贲，那天，彭伉正骑着驴在野外郊游，忽然家童来报告："湛贲中了进士。"他失声从驴上跌下来，所以袁州人戏谑地说："湛贲及第，彭伉落驴。"出自《抚言》。

尹极

唐德宗贞元七年，杜黄裳主持科举。听说尹极当时的名声很大，就微服去访察他。问到尹极今年参加考试的人中有哪些名人，尹极非常谦恭，都唯唯诺诺。杜黄裳便告诉他说："我就是今年的主考官。老早就接受了任命，希望能得到一个人，我不能完全了解，敢请你介绍一下。"尹极惊慌地道歉说："承蒙您问我，哪敢有隐瞒呢？"就说太学中有崔元略，非常出色的有沐藻、令狐楚等人。杜黄裳非常高兴。当科，尹极考中了状元。试题中有《珠还合浦赋》，沐藻做完了赋，忽然打了个盹儿，梦中有人告诉他："你怎么不写珠子来去之意？"沐藻醒来，便把文章改了几句，又谢恩。杜黄裳说："你的文章中论述珠子的丢失与找回，似乎有神仙帮助。"出自《闽川名士传》。

李　程

李程贞元中试《日五色赋》，先榜落矣。初出试，杨於陵省宿归第，遇程于省门，询之所试。程探靴靿中得赋稿，示之。其破题曰："德动天鉴，祥开日华。"於陵览之，谓程曰："公今须作状元。"翌日，杂文无名。於陵深不平，乃于故册子末缮写，而斥其名氏，携之以诣主文。从容绐之曰："侍郎今者新赋试，奈何用旧题？"主文辞以"非也"。於陵曰："不止题目，向有人赋此，韵脚亦同。"主文大惊，於陵乃出程赋示之。主文叹赏不已。於陵曰："当今场中若有此赋，侍郎何以待之？"主文曰："无则已，有即非状元不可也。"於陵曰："苟如此，侍郎已遗贤矣，此乃李程所作。"亟命取程所纳而对，不差一字。主文因面致谢，谋之於陵，于是擢为状元，前榜不复收矣。或云出榜重收。

程后出镇大梁，闻浩虚舟应宏词，复赋此题，颇虑浩愈于己，专驰一介取原本。既至，将启缄，尚有忧色，及睹浩破题曰："丽日焜煌，中含瑞光。"程喜曰："李程在里。"出《摭言》。

蔡南史

贞元十二年，驸马王士平与义阳公主反目。蔡南史、独孤申叔播为乐曲，号《义阳子》，有团雪散雪之歌。德宗闻之怒，欲废科举，后但流斥南史乃止。出《国史补》。

李　程

唐德宗贞元年间,李程考中试,作《日五色赋》,被批落榜。刚出考场,杨於陵从尚书省值宿回家,在省门口碰到李程,杨於陵问他考试情况。李程从靴筒里掏出手稿给杨於陵看。开头破题道:"德动天鉴,祥开日华。"杨於陵看完对李程说:"你此次应该做状元。"第二天,考杂文,李程又榜上无名。杨於陵很气不平,便在旧试题集的后面抄写了李程的文章,但没署名,拿着去见主考官。从容地诳他说:"侍郎这次考赋,怎么用旧题?"主考说"没有的事"。杨於陵说:"不仅题目是旧题,而且以前有人写过,连限韵都一样。"主考官大吃一惊,杨於陵就把李程的赋拿出来给他看。主考官赞赏不停,杨於陵说:"现在的考场上若有人写出了这样的赋,侍郎你怎么办?"主考官说:"没有则罢,有的话,肯定是状元了。"杨於陵说:"这样的话,侍郎你已经把好的人才给丢掉了,这文章是李程所作。"主考官立即让人把李程的卷子拿来对照,一字不差。主考官便当面道歉,并同杨於陵商量,于是擢取李程为状元,前面的榜不再收回。_{或说出榜重新收回。}

李程后来出镇大梁,听说有个叫浩虚舟的去参加宏词科的考试,也作这个题目,很担心浩虚舟的文章超过自己,专门派了一个仆人把浩虚舟的文章取来。取到后拆封前还感到忧虑,等读到浩虚舟的破题:"丽日焜煌,中含瑞光。"李程高兴了,说:"他这破题,没有超过我。"_{出自《摭言》。}

蔡南史

唐德宗贞元十二年,驸马王士平同义阳公主翻脸。蔡南史和独孤申叔二人将此创作为乐曲传播,曲名《义阳子》,其中有团雪、散雪之歌。德宗听闻这件事很恼怒,认为蔡南史有失文人体统,想废掉他科举的机会,后来只是流放了蔡南史才作罢。_{出自《国史补》。}

牛僧孺

牛僧孺始举进士,致琴书于灞浐间,先以所业谒韩愈、皇甫湜。时首造愈,值愈他适,留卷而已。无何,愈访湜,时僧孺亦及门。二贤览刺忻然,同契延接,询及所止。对曰:"某方以薄伎小丑呈于宗匠,进退惟命。一囊犹置于国门之外。"二公披卷,卷首有《说乐》一章。未阅其词,遽曰:"斯高文,且以拍板为何等?"对曰:"谓之乐句。"二公相顾大喜曰:"斯高文必矣。"僧孺因谋所居,二公沉然良久,乃曰:"可于客户税一庙院。"僧孺如所教。造门致谢,二公又诲之曰:"某日可游青龙寺,薄暮而归。"二公联镳至彼,因大署其门曰:"韩愈、皇甫湜同访几官不遇。"翌日,辇毂名士咸观焉。奇章之名,由是赫然矣。僧孺既及第,过堂,宰相谓曰:"扫厅奉候。"僧孺独出曰:"不敢。"众耸异之。出《摭言》。

杨虞卿

杨虞卿及第后,举宏词,为校书。来淮南就李鄘婚姻。遇前进士陈商,启护穷窘,虞卿未相识,闻之,倒囊以济。出《摭言》。

苗 缵

苗粲子缵应举,而粲以中风语涩,而心绪至切。临试,又疾呕。缵乃为状:"请许入试否?"粲犹能把笔,淡墨为书曰"入入!"其父子之情切如此。其年,缵及第。出《嘉话录》。

牛僧孺

牛僧孺刚中进士,携琴书游于灞水、浐水之间,先拿着他的文章谒见韩愈和皇甫湜。当时牛僧孺先拜访韩愈,逢上韩愈出门去了,便留下文章。没多久,韩愈拜访皇甫湜,正好牛僧孺也登门拜访。韩愈和皇甫湜看了牛僧孺的名帖,非常高兴,二人一起延请他,询问牛僧孺的行止。牛僧孺说:"我以薄技献丑于两位前辈,进退都听从你们的指教。一个皮囊还在城门之外。"韩愈和皇甫湜打开牛僧孺的文章,卷首是《说乐》一章。没有看下文,便说:"这是好文章,为何用拍板?"牛僧孺回答说:"是乐句。"二人相望,非常高兴,说:"这一定是好文章了。"牛僧孺趁机向他们谋得一处房子,二人沉默了很久才说:"可以到客户处租一庙院。"牛僧孺照他们说的办了。又登门拜谢,二人又教他说:"某日你可以去游青龙寺,傍晚时分回来。"那天,韩愈和皇甫湜骑马并行到牛僧孺住的地方,在大门上题字:"韩愈、皇甫湜同访牛僧孺不遇。"第二天,京都许多名人都去参观。牛僧孺的大名,由是显赫起来。牛僧孺及第后,过堂时,宰相说:"扫厅等候。"牛僧孺独自应声说:"不敢。"参加过堂的进士们都感到惊奇。出自《摭言》。

杨虞卿

杨虞卿及第后,通过宏词科考试,授职校书郎。到淮南同李廓结成姻亲。遇到前进士陈商,陈商向他诉说自己的穷困窘迫之状,杨虞卿并不认识陈商,但听他说了,倾囊相助。出自《摭言》。

苗　缵

苗粲的儿子苗缵参加科举考试,苗粲因为中风说话不流畅,但是望子成龙的心迫切。临近试期,苗粲的病情加重。苗缵就把字写在纸上道:"允许我入试吗?"苗粲还能握笔,用淡墨在纸上写了"入入"二字。父子的科举情切就是如此。当年,苗缵中了进士。出自《嘉话录》。

费冠卿

费冠卿元和二年及第,以禄不及亲,永怀罔极之念,遂隐于池阳九华山。长庆中,殿中侍御史李行修举冠卿孝节,征拜右拾遗。制曰:"前进士费冠卿尝与计偕,以文中第。禄不及于荣养,恨每积于永怀。遂乃屏身丘园,绝迹仕进。守其至性,十有五年。峻节无双,清飙自远。夫旌孝行,举逸人,所以厚风俗而敦名教也。宜陈高奖,以儆薄夫。擢参近侍之荣,载伫移忠之效,可右拾遗。"冠卿竟不应征命。出《摭言》。

李固言

李固言生于凤翔庄墅,性质厚,未熟造谒。始应进士举,舍于亲表柳氏京第。诸柳昆仲,率多谑戏,以固言不闲人事,俾信趋揖之仪,候其磬折。密于头巾上帖文字云"此处有屋僦赁"。固言不觉,及出,朝士见而笑之。许孟容为右常侍,于时朝中薄此官,号曰貂脚,颇不能为后进延誉。固言始以所业求见,谋于诸柳。诸柳与导行卷去处,先令投许常侍。固言果诣之,孟容谢曰:"某官绪闲冷,不足发君子声彩。"虽然,亦藏之于心。又睹头巾上文字,知其朴质。无何,来年许知礼闱,乃以固言为状头。出《摭言》。

殷尧藩

元和九年,韦贯之榜,殷尧藩杂文落矣。阳汉公乃贯之前榜门生,盛言尧藩之屈,贯之为之重收。出《摭言》。

费冠卿

唐宪宗元和二年,费冠卿中进士,因俸禄不够奉养父母,怀着报答养育之恩的心,于是隐居于池阳的九华山。唐穆宗长庆年间,殿中侍御史李行修举荐费冠卿有孝行节义,征辟他入朝做右拾遗。朝廷的制书说:"前进士费冠卿曾进京赶考,以文才考中进士。因俸禄不能孝养父母,心中怨恨绵绵。因此身退隐居田园,不肯做官。守住自己淳厚的性情,十五年了。这样高风亮节,世上无双,清雅之风自行远扬。表彰孝行,举荐人才,以此敦厚风俗教化。应当给予奖掖,以儆戒那些不孝顺的人。提拔任用皇上身边的荣幸,让他承载着忠心向皇上您效力,可以做右拾遗。"费冠卿最终却没有应征。出自《摭言》。

李固言

李固言生于凤翔农村,性格纯朴敦厚,不熟悉造访拜谒的门路。开始去参加进士考试,住在表亲柳氏京城的家里。柳家的兄弟们,大多捉弄他,因李固言不熟悉人事,让他相信有向前作揖的礼仪,便让他躬身如钟磬。还把写了"此处有屋出租"的字条偷偷贴在李固言的头巾上。李固言自己没发觉,等到出门,朝士们看见了都笑他。许孟容任右常侍,当时朝中轻视这个官职,人称常侍官为貂脚,不能替后进说好话举荐。李固言开始拿自己的文章去求见,请柳氏兄弟谋划。柳氏兄弟指引他投放之处,先让他去投许孟容。李固言果然去拜见了许孟容,许孟容逊谢说:"我这官职清闲冷落,不能发扬你的声名。"虽然这样说,还是把李固言记在了心里。又看到李固言头巾上的纸条,知道他忠厚。不久,许孟容掌管礼部考试,取李固言做了状元。出自《摭言》。

殷尧藩

唐宪宗元和九年,韦贯之发榜,殷尧藩考杂文试没被取中。阳汉公是韦贯之的前榜门生,竭力为殷尧藩分辨,说他受了委屈,韦贯之因此重新取中了殷尧藩。出自《摭言》。

施肩吾

施肩吾元和十年及第。以洪州之西山乃十二真君羽化之地，灵迹具存，慕其真风，高蹈于此。尝赋《闲居遣兴》七言诗一百韵，大行于世。出《摭言》。

张正甫

张正甫为河南尹，裴度衔命伐淮西，置宴府西亭。裴言一举人词艺，好解头。张正色曰："相公此行何为也？争记得河南解头。"裴有惭色。出《摭言》。

冯 陶

冯宿之三子陶、韬、图，兄弟连年进士及第，连年登宏词科。一时之盛，代无比焉。当太和初，冯氏进士及第者，海内十人，而公家兄弟叔侄八人。出《传载故实》。

张 环

张环兄弟七人并举进士。出《谭宾录》。

杨三喜

杨敬之拜国子司业，次子载进士及第，长子三史登科，时号杨三喜。出《摭言》。

施肩吾

施肩吾在唐宪宗元和十年考中进士。因洪州的西山是十二真君羽化升仙的地方,灵迹都在,仰慕那里的真风,就去那里隐居。每天吟诗作赋,曾作《闲居遣兴》七言诗一百韵,风行于当世。出自《摭言》。

张正甫

张正甫任河南尹,裴度奉命讨伐淮西,张正甫在府中西亭为裴度设宴饯行。裴度提到有一举人的才学很好,地方应取他为解头。张正甫正色说:"相公此行要做什么?怎么还记得这个河南府解首荐?"裴度面有惭色。出自《摭言》。

冯　陶

冯宿有三个儿子冯陶、冯韬、冯图,兄弟三人连续考中进士,连续通过博学宏词科考试。为一时之盛,当代没有能和他相比的。唐文宗太和初年,冯氏进士及第的全国共十人,而冯宿一家兄弟叔侄就占了八个。出自《传载故实》。

张　环

张环兄弟七人同时考中进士。出自《谭宾录》。

杨三喜

杨敬之官拜国子司业,二儿子杨载考中进士,大儿子杨三史登科,时称"杨三喜"。出自《摭言》。

卷第一百八十一
贡举四

李逢吉　　章孝标　　刘　轲　　崔　群　　李翱女
贺拔惎　　李宗闵　　庾承宣　　张　祜　　卢　求
杜　牧　　刘　蕡　　薛保逊　　贾　岛　　毕　诚
裴德融　　裴思谦　　李　肱
苏景胤　　张元夫

李逢吉

　　元和十一年，岁在丙申，李逢吉下三十三人皆取寒素。时有语曰："元和天子丙申年，三十三人同得仙。袍似烂银文似锦，相将白日上青天。"李德裕颇为寒进开路。及谪官南去，或有诗曰："八百孤寒齐下泪，一时回首望崖州。"出《摭言》。

章孝标

　　章孝标元和十三年下第。时辈多为诗以刺主司，独章为《归燕》诗，留献侍郎庾承宣。承宣得时，展转吟讽，诚恨遗才。仍候秋期，必当荐引。庾果重典礼曹，孝标来年擢第。群议以为二十八字而致大科，则名路可遵，递相砥砺也。诗曰："旧累危巢泥已落，今年故向社前归。连云大厦

李逢吉

唐宪宗元和十一年,岁次丙申,李逢吉名下录取的三十三人都是贫寒之人。当时流传这样的话:"元和天子丙申年,三十三人同得仙。袍似烂银文似锦,相将白日上青天。"宰相李德裕很给那些贫寒的学子们创造条件。他被贬官南去,有人写诗说:"八百孤寒齐下泪,一时回首望崖州。"出自《摭言》。

章孝标

唐宪宗元和十三年,章孝标应试落第。当时很多落第人写诗讽刺主考官,唯独章孝标作了首《归燕》诗,留给了侍郎庚承宣。庚承宣收到他的诗作时,反复吟诵,实在遗憾没有取中这样有才华的人。打算到秋试的时候,必定举荐他。庚承宣果然再次被点了主考官,章孝标第二年就登第了。大家议论说以二十八字就被取大科,那成名的道路是可遵循的。于是互相激励。章孝标的二十八字诗是:"旧累危巢泥已落,今年故向社前归。连云大厦

无栖处,更望谁家门户飞。"出《云溪友议》。

刘　轲

刘轲慕孟轲为文,故以名焉。少为僧,止于豫章高安之果园。后复求黄老之术,隐于庐山。既而进士登第。文章与韩、柳齐名。出《摭言》。

崔　群

崔群元和自中书舍人知贡举。夫人李氏因暇,尝劝树庄田,以为子孙之业。笑曰:"予有三十所美庄良田,遍在天下,夫人何忧?"夫人曰:"不闻君有此业。"群曰:"吾前岁放春榜三十人,岂非良田邪?"夫人曰:"若然者,君非陆贽相门生乎?"曰:"然。"夫人曰:"往年君掌文柄,使人约其子简礼,不令就试。如君以为良田,即陆氏一庄荒矣。"群惭而退,累日不食。出《独异志》。

李翱女

李翱江淮典郡。有进士卢储投卷,翱礼待之,置文卷几案间,因出视事。长女及笄,闲步铃阁前,见文卷,寻绎数四,谓小青衣曰:"此人必为状头。"迨公退,李闻之,深异其语。乃令宾佐至邮舍,具白于卢,选以为婿。卢谦让久之,终不却其意。越月随计,来年果状头及第。才过关试,径赴嘉礼。催妆诗曰:"昔年将去玉京游,第一仙人许状头。今日幸为秦晋会,早教鸾凤下妆楼。"后卢止官舍,迎内子,有庭花开,乃题曰:"芍药斩新栽,当庭数朵开。东风与拘束,留待细君来。"人生前定,固非偶然耳。出《抒情诗》。

无栖处,更望谁家门户飞。"出自《云溪友议》。

刘 轲

刘轲仰慕孟子的文章,所以起名刘轲。少年时做和尚,住在豫章高安的果园里。后来又探究黄老之术,隐居庐山。不久进士登第。文章同韩愈、柳宗元齐名。出自《摭言》。

崔 群

唐宪宗元和年间,中书舍人崔群主持贡举。他的夫人李氏趁空闲曾劝崔群买置一些田产,好做子孙的产业。崔群笑着说:"我有三十所美庄良田,遍及天下,你担心什么呢?"夫人说:"没听说过你有这些产业。"崔群说:"我前年春天主持京试,取中了三十名进士,这难道不是良田吗?"夫人说:"如果这样,你算不算宰相陆贽的门生?"崔群说:"当然是。"夫人接着说:"如果这样,你过去主持考试,为什么让人告诉陆赞的儿子陆简礼不让他参加考试?像你认为门生就是良田,那么陆家就有一块良田荒芜了。"崔群羞惭而退,好几天没有吃饭。出自《独异志》。

李翱女

李翱任江淮地方官。有一进士卢储送文卷给他,李翱待之以礼,他把文卷放在桌子上,就出去办事了。他的长女已经成年,闲着没事走进铃阁,看到桌上的文卷,研读再三,对小婢女说:"这个人准中状元。"等李翱回来,听到女儿的话,很惊奇,便让他的幕宾佐吏到卢储住的旅舍跟卢储说明,选他做女婿。卢储谦辞了很久,最后没推脱掉李翱的好意,答应了。随着一个月一个月过去,来年京试,卢储果然考中状元。才通过关试,卢储直接来赴婚礼。并作了一首催妆诗:"昔年将去玉京游,第一仙人许状头。今日幸为秦晋会,早教鸾凤下妆楼。"后来卢储在官舍迎接妻子,院庭花开,又题诗说:"芍药斩新栽,当庭数朵开。东风与拘束,留待细君来。"人生前缘已定,本并非偶然。出自《抒情诗》。

贺拔惎

王起长庆中再主文柄，志欲以白敏中为状元，病其人与贺拔惎还往。惎有文而落拓。因密令亲知申意，俾敏中与惎绝。前人复约，敏中忻然，皆如所教。既而惎造门，左右绐以敏中他适，惎迟留不言而去。俄顷敏中跃出，连呼左右召惎，于是悉以实告。乃曰："一第何门不致？奈轻负至交。"相与尽醉，负阳而寝。前人睹之，大怒而去。告于起，且云："不可必矣。"起曰："我比只得白敏中，今当更取贺拔惎矣。"出《摭言》。

李宗闵

李宗闵知贡举，门生多清秀俊茂，唐伸、薛庠、袁都辈，时谓之玉笋班。出《因话录》。

庾承宣

庾承宣主文后六七年，方授金紫。时门生李石先于内庭恩赐矣。承宣拜命之初，石以所服紫袍、金鱼拜献座主。出《摭言》。

张 祐

张祐元和、长庆中深为令狐楚所知。楚镇天平日，自草荐表，令以新旧格诗三百篇随表进献。辞略曰："凡制五言，合苞六义。近多放诞，靡有宗师。前件人久在江湖，早攻篇什。研几甚苦，搜索颇深。流辈所推，风格罕及。谨令录新旧格诗三百首，自光顺门进献，望请宣付中书。"

贺拔惎

唐穆宗长庆年间，王起再次掌握文士考选的权柄，心里想取白敏中为状元，但是又不满意他同贺拔惎往来。贺拔惎有文才，但狂放无羁。于是王起私下令亲信把他的意思告诉给白敏中，让白敏中断绝同贺拔惎的交往。亲信把这话传给白敏中，白敏中欣然答应，都按照他教的做了。不久贺拔惎拜访白敏中，白敏中的家人骗他说白敏中出门不在家，贺拔惎逗留了一会儿，什么话也没说就走了。不一会儿，白敏中跑出来，连让仆人把贺拔惎喊回来，全部如实相告。并且说："凭着才学，一第哪个达不到，怎么能对不起朋友？"于是共同饮酒，大醉，睡至日头老高尚未起床。王起的人看到这情形，发怒而去。告诉了王起，并且说："不可取白敏中。"王起说："我本来只想取中白敏中，现在应该同时取中贺拔惎了。"出自《摭言》。

李宗闵

李宗闵主持贡举，取中的进士多清秀俊逸，比如唐伸、薛庠、袁都等人，当时被人们称为"玉笋班"。出自《因话录》。

庾承宣

庾承宣做了六七年的主考官，才授给他金鱼带和紫衣。他的学生中李石在他之前就受到内庭恩赐了。庾承宣拜受前，李石把他所穿的紫袍、应佩带的金鱼敬献给老师。出自《摭言》。

张　祐

唐元和、长庆年间，张祐深为令狐楚了解。令狐楚镇守天平期间，亲自写举荐书，让张祐以新、旧格律诗三百篇随同他的表章一起送到长安。表辞大意说："凡作五言诗，都应包含六义。近来多有浮夸虚妄之作，没有师法。而张祐久在江湖，很早就攻读诗书。研究甚苦，探索颇深。同辈推崇，风格也很少有人达到。谨让他选旧、新格律诗三百首，从光顺门进献，望请皇上交中书省办理。"

祐至京师,方属元稹在内庭。上因召问祐之词藻高下,稹对曰:"张祐雕虫小巧,壮夫耻不为者。或奖激之,恐变陛下风教。"上颔之,由是失意而归。祐以诗自悼曰:"贺知章口徒劳说,孟浩然身不更疑。"出《摭言》。

卢　求

杨嗣复第二榜卢求者,李翱之子婿。先是翱典合浉郡,有一道人诣翱言事甚异。翱后任楚州,或曰桂州。其人复至。其年嗣复知举,求落第。嗣复,翱之妹婿,由是颇以为嫌。因访于道人,言曰:"细事,亦可为奏章一通。"几砚纸笔,复置醇酎数斗于侧,其人以巨杯引满而饮。寝少顷而觉,觉而复饮酒尽,即整衣冠北望而拜,遽对案手疏二缄。迟明授翱曰:"今秋有主司,且开小卷。明年见榜,开大卷。"翱如所教。寻报至,嗣复依前主文,即开小卷。词云:"裴头黄尾,三求六李。"翱奇之,遂寄嗣复。已有所贮,彼疑漏泄。及放榜,开大卷,乃一榜焕然,不差一字。其年,裴求为状元,黄驾居榜末,次则卢求耳。余皆契合。后翱领襄阳,其人又至,翱愈敬异之。谓翱曰:"鄙人再来,盖仰公之政也。"因命出诸子,熟视,皆曰不继翱之所得。遂遣诸女出拜之,乃曰:"尚书他日外孙三人,皆位至宰辅。"后求子携、郑亚子畋、杜审权子让能,皆为将相。出《摭言》。

杜　牧

崔郾侍郎既拜命,于东郡试举人。三署公卿,皆

张祜到了长安，碰上元稹在朝堂。皇帝便召见他，品评张祜的诗，元稹说："张祜刻意雕琢辞章的技能，有气魄的人以此为耻，根本不这样写诗。如果予以鼓励，恐怕有失陛下的教化风范。"皇上点头，张祜失意而归。张祜以诗自悼说："贺知章口徒劳说，孟浩然身不更疑。"出自《摭言》。

卢　求

　　杨嗣复第二次做考官，考中的卢求，是李翱的女婿。先前，李翱主管合肥郡，有一道人去见他，说的事情非常怪异。李翱后任官楚州，或者是桂州。那个道人又来了。当时，杨嗣复主持科举，卢求没有考中。杨嗣复是李翱的妹夫，李翱因此很有些猜疑。李翱于是访于道人，道人说："这是小事，我可以写一道表文。"于是准备了几砚纸笔，又准备了几斗美酒放在旁边，道人用大杯倒满而饮。睡了一会儿醒来，醒来又把所有的酒喝光了，就整理了下衣帽，向北而拜，之后，很快就在书案上亲手写了两封信。早晨交给李翱，说："今年秋天任命了主考官，再打开小卷看。明年京试放榜，就打开大卷看。"李翱答应照办。不久，邸报送到，由杨嗣复依前例做主考官，就打开了小卷。上面的文字是："裴头黄尾，三求六李。"李翱很奇怪，把这张小卷寄给杨嗣复。杨嗣复秘密保存，恐怕泄露。等到京试放榜，打开大卷，同榜上竟一字不差。当年裴求中了状元，黄驾在榜末，卢求居第二名。其余的人名也全吻合。后来李翱做襄阳刺史，道人又来了，李翱更加敬重他。道人对李翱说："我所以又来，是因为仰慕你的政绩。"李翱把他的儿子叫出来，道士一个个瞧了很久，说他们都不能继承你的所得。于是让女儿们出来拜见道士，道士却说："日后你有三个外孙，都能做到宰相。"后来，卢求的儿子卢携、郑亚的儿子郑畋、杜审权的儿子杜让能，都做到了相。出自《摭言》。

杜　牧

　　侍郎崔郾受命做主考官后，在东郡开试举人。三署大员们都

祖于长乐传舍。冠盖之盛，罕有加也。时吴武陵任太学博士，策蹇而至。郾闻其来，微讶之。及离席与言，武陵曰："侍郎以峻德伟望，为明天子选才俊，武陵敢不薄施尘露？向者偶见大学生数十辈，扬眉抵掌读一卷文书。就而观之，乃进士杜牧《阿房宫赋》。若其人，真王佐才也。侍郎官重，恐未暇披览。"于是缙笏，朗宣一遍。郾大奇之。武陵请曰："侍郎与状头。"郾曰："已有人。"武陵曰："不然，则第三人。"郾曰："亦有人。"武陵曰："不得已，即第五人。"郾未遑对。武陵曰："不尔，却请此赋。"郾应声曰："敬依所教。"既即席，白诸公曰："适吴太学以第五人见惠。"或曰："为谁？"曰："杜牧。"众中有以牧不拘细行问之者，郾曰："已许吴君，牧虽屠狗，不能易也。"崔郾东都放榜，西都过堂。杜紫微诗曰："东都放榜未花开，三十三人走马回。秦地少年多酿酒，即将春色入关来。"出《摭言》。

刘蕡

太和二年，裴休等二十三人登制科。时刘蕡对策万余字，深究治乱之本。又多引《春秋》大义，虽公孙弘、董仲舒不能肩也。自休已下，靡不敛衽。然以指斥贵幸，不顾忌讳，有司知而不取。时登科人李邰诣阙进疏，请以己之所得，易蕡之所失。疏奏留中。蕡期月之间，屈声播于天下。出《摭言》。

刘蕡，杨嗣复之门生也。既直言忤，中官尤所嫉怒。中尉仇士良谓嗣复曰："奈何以国家科第，放此风

齐集长乐传舍。冠盖相属,盛况很少有能超过的。当时吴武陵任太学博士,骑着瘸驴而来。崔郾听说他来了,有些惊讶,等离席同他说话,吴武陵说:"侍郎您以德高望重为圣明天子选取人才,我怎么敢不帮您略尽微力呢。以前我在太学里偶然看见学子们好几十人,又是赞扬又是鼓掌在读一卷书。我靠近了一看,原来是进士杜牧的《阿房宫赋》。若论这个人,真正是辅佐君王的人才。您是官高位重,恐怕没功夫读这篇文章。"于是取出插在腰带的笏,高声朗读了一遍。崔郾称奇。吴武陵请求说:"请您选他做状头。"崔郾说:"已经有人。"吴武陵说:"那么,第三名。"崔郾说:"也已经有人了。"吴武陵说:"实在不得已,第五名吧。"崔郾没来得及作答。吴武陵就说:"不这样,就对不起这篇赋了。"崔郾应声说:"敬依你说的办。"崔郾就座后,对在座的各官员说:"刚才吴太学帮我选中一位第五名。"有人问:"是谁?"崔郾答说:"杜牧。"当中有人说杜牧这个人不拘小节,崔郾说:"我已经答应了吴武陵,杜牧即使是个杀狗的人,也不能更改。"崔郾在洛阳放榜,进士们到长安过堂。杜牧作诗说:"东都放榜未花开,三十三人走马回。秦地少年多酿酒,即将春色入关来。"出自《摭言》。

刘蕡

唐文宗太和二年,裴休等二十三人参加皇帝亲诏的殿试。当时刘蕡的对策有上万字,深刻探究了治乱之本。又多引用《春秋》大义为佐证,即使公孙弘、董仲舒那样的学问家也无法跟他比拟。从裴休以下,没有不敬重他的。然而刘蕡的文章中,抨击宦官权贵,无所忌讳,所以有关部门虽然明知刘蕡的才华,也不敢取中。当时殿试取中的进士李邰到宫门外进书,请把自己的学位让给刘蕡。李邰的上书被留在宫中没有回音。刘蕡一月之间,声名远播天下。出自《摭言》。

刘蕡是杨嗣复的门生。由于直言得罪了权贵,中官尤其憎恨他。中尉仇士良对杨嗣复说:"为什么趁国家科举,放出这个疯

汉耶?"嗣复惧,答曰:"嗣复昔与贲及第时,犹未风耳。"出《玉泉子》。

薛保逊

薛保逊好行巨编,自号金刚杵。太和中,贡士不下千余人,公卿之门,卷轴填委,为阍媪脂烛之费。因之平易者曰:"若薛保逊卷,即所得倍于常也。"出《摭言》。

贾 岛

贾岛不善呈试,每试,自叠一幅。巡铺告人曰:"原夫之辈,乞一联,乞一联!"出《摭言》。

毕 诚

毕诚及第年,与一二人同行,听响卜。夜艾人稀,久无所闻。俄遇人投骨于地,群犬争趋。又一人曰:"后来者必衔得。"出《摭言》。

裴德融

裴德融讳皋,值高锴知举,入试。主司曰:"伊讳皋,某棋下就试,与及第,困一生事。"后除屯田员外郎。时卢简求为右丞,裴与除郎官一人同参。到宅,右丞先屈前一人入。从容多时,前人启云:"某与新除屯田裴员外,同祗候右丞,裴员外在门外多时。"卢遽使驱使官传语曰:"员外是何人下及第?偶有事,不得奉见。"裴仓遑失错,骑前人马出门去。出《卢氏杂说》。

汉子来?"杨嗣复恐惧,回答说:"我先前取他及第时,他还没有疯。"出自《玉泉子》。

薛保逊

薛保逊喜欢长篇大论,自己号称"金刚杵"。唐文宗太和年间,被举荐的读书人不下上千人,公卿家里堆满了他们的卷轴,常被当作看门老妪的灯火之资。于是掮客们说:"如果是薛保逊的文章,比平常人的文章卖价要高出一倍。"出自《摭言》。

贾　岛

贾岛不善写呈状,每次参加科考,常写好几幅呈状叠在一起。监场的人说:"又是你这家伙,拿一张来,拿一张来!"出自《摭言》。

毕　诚

毕诚及第那年,曾与一二人同行,听响声以卜吉凶。夜深人稀,长时间听不到说话的。突然间遇到一个人往地上扔骨头,一群狗在后面追抢。又有一人说:"后来的准能抢得到。"出自《摭言》。

裴德融

裴德融忌讳"皋"字,碰上高锴主持科举,他去参加考试。高锴说:"你忌讳'皋'字,在我名下应考,我让你及第,阻挠你一生事。"后来被任命为屯田员外郎。当时卢简求为右丞,裴德融同另一新任命的郎官一起去参见。到了卢宅,卢简求叫那人先进去。同那人闲谈很长时间,那人启奏说:"我和新任命的屯田员外郎裴德融一起恭敬地探望您,他在外面等了好长时间了。"卢简求马上让部属传话,问:"裴德融是哪位主考的门生?"并说:"因为偶然有事,我没空见你。"裴德融惊慌失措,骑上那位郎官的马出门而去。出自《卢氏杂说》。

裴思谦

高锴第一榜，裴思谦以仇士良关节取状头。锴庭谴之，思谦回顾厉声曰："明年打春取状头。"第二年，锴知举，诫门下不得受书题。思谦自怀士良一缄入贡院，既而易以紫衣，趋至阶下，白锴曰："军容有状，荐裴思谦秀才。"锴不得已，遂接之。书中与思谦求巍峨，锴曰："状元已有人，此外可副军容诣。"思谦曰："卑吏面奉军容处分，裴秀才非状元，请侍郎不放。"锴俯首良久曰："然则略要见裴学士。"思谦曰："卑吏便是。"思谦人物堂堂，锴见之改容，不得已，遂从之。出《摭言》。

李　肱

开成元年秋，高锴复司贡籍。上曰："夫宗子维城，本枝百代。封爵使宜，无令废绝。常年宗正寺解送人，恐有浮薄，以忝科名。在卿精拣艺能，勿妨贤路。其所试赋，则准常规，诗则依齐梁体格。"乃试《琴瑟合奏赋》《霓裳羽衣曲》诗。主司先进五人诗，其最佳者李肱，次则王收。日斜见赋，则《文选》中《雪》《月赋》也。况肱宗室，德行素明，人才俱美，敢不公心，以辜圣教。"乃以榜元及第。《霓裳羽衣曲》诗，李肱云："开元太平时，万国贺丰岁。梨园献旧曲，玉座流新制。凤管递参差，霞衣统摇曳。宴罢水殿空，辇余春草细。蓬壶事已久，仙乐功无替。讵肯听遗音，圣明知善继。"上览之曰："近属如肱者，其不忝乎？有刘安之

裴思谦

高锴第一次做主考，裴思谦打通了宦官权贵仇士良的关节，取了状头。高锴在庭院中谴责他，裴思谦回头看着他厉声说："明年春天我要取状头。"次年，高锴仍主持科举，告诫属员不得给裴思谦发题目。裴思谦怀揣仇士良的一封书信进入贡院，一会儿又换上紫袍，快步走到高台下，对高锴说："军容使有信给你，举荐秀才裴思谦。"高锴不得已，就接过了荐书。荐书里为裴思谦索要状头，高锴说："状元已经有人选了，其他名次可以按照军容使的意思办。"裴思谦说："我当面请示了军容使的处置，如果状元不给裴思谦，请侍郎您不要放榜。"高锴低着头想了半天，说："那么我总得见见裴思谦这个人。"裴思谦说："我就是。"裴思谦相貌堂堂，高锴认识了之后，改变了态度，没有别的方法，答应了他的要求。出自《摭言》。

李 肱

唐文宗开成元年秋，高锴又一次负责贡籍。皇上说："宗室子弟是皇家的屏障，嫡庶代代相传。让他们合宜地封爵，不能废除。但是常年宗正寺选送的人，恐怕有的人轻浮浅薄，有辱科名。你那里一定要精选人才，不要妨碍了进贤之路。他们所考的赋，依照常规，考的诗则用齐、梁的体例。"高锴于是以《琴瑟合奏赋》为赋题，以《霓裳羽衣曲》为诗题。经过考核，高锴先把五个人的诗呈给文宗皇帝，其中最好的是李肱，其次是王收。并且说，李肱的赋作得很快，日影刚斜，就交了卷，他的赋，就是《文选》中的《雪赋》和《月赋》。况且李肱还是皇家宗室子弟，他的德行一向清明，人品才学都优秀，我怎么敢不出以公心，辜负皇上的教诲呢？"所以请让李肱为状元。李肱的《霓裳羽衣曲》诗为："开元太平时，万国贺丰岁。梨园献旧曲，玉座流新制。凤管递参差，霞衣统摇曳。宴罢水殿空，辇余春草细。蓬壶事已久，仙乐功无替。讵肯听遗音，圣明知善继。"文宗皇帝读了李肱的文章，说："宗室里有李肱这样的人，就不辱没宗室呢？如果他有刘安的

识，可令著书；执马孚之正，可以为传。秦嬴统天下，子弟同匹夫，根本之不深固，曹冏曷不非也？"出《云溪友议》。

苏景胤　张元夫

太和中，苏景胤、张元夫为翰林主人。杨汝士与弟虞卿及弟汉公，尤为文林表式。故后进相谓曰："欲入举场，先问苏、张。苏、张犹可，三杨杀我。"大中、咸通中，盛传崔慎相公常寓尺题于知闻。或曰："王凝、裴瓒、舍弟安潜，朝中无呼字知闻，厅里绝脱靴宾客。"凝终宣城，瓒礼部尚书，安潜侍中。太平王崇、窦贤二家，率以科目为资，足以升沉后进。故科目举人相谓曰："未见王、窦，徒劳谩走。"出《摭言》。

后有东西二甲，东呼西为茫茫队，言其无艺也。出《卢氏杂说》。

开成、会昌中，又曰："郑杨段薛，炙手可热。"又有薄徒，多轻侮人。故裴泌应举，行《美人赋》以讥之。又有大小二甲；又有汪巳甲；又有四字，言深耀轩庭也；又有四凶甲；又芳林十哲，言其与内臣交游，若刘晔、任息、姜垍、李岩士、蔡铤、秦韬玉之徒。铤与岩士，各将两军书题，求状元，时谓之对军解头。太和中，又有杜颛、窦纵、萧嶰，极有时称，为后来领袖。文宗曾言进士之盛。时宰相对曰："举场中自云：乡贡进士，不博上州刺史。"上笑之曰："亦无奈何。"出《卢氏杂说》。

才识，可以让他去著书；有马孚的操守，可以立传。秦朝赢政虽然统一了天下，他的子孙如同匹夫，全没出息，国家的根基就动摇了，曹冏怎么能不非议赢秦呢？"出自《云溪友议》。

苏景胤　张元夫

唐文宗太和年间，苏景胤、张元夫为翰林主人。杨汝士和他的弟弟杨虞卿、杨汉公，尤其是文林中的表率。所以后进的举子们相互说："想入考场，先问苏、张；苏、张即便可以，三杨杀我。"唐懿宗大中、咸通年间，盛传宰相崔慎曾经把题目给朋友看，说："王凝、裴瓒和我弟弟崔安潜，在朝堂上没有呼他们字的结交，家里没有脱靴子的宾客。"王凝做到宣城刺史，裴瓒做到礼部尚书，崔安潜做到侍中。太平郡的王崇、窦贤两家，都以科考为资，足以让后进的学子或升或沉。所以参加科考的学子们相互说："不经王崇、窦贤推荐，有才学也白搭。"出自《摭言》。

后来有东、西二甲，东部的学子称西部的学子为"茫茫队"，意思说他们没有真才实学。出自《卢氏杂说》。

唐文宗开成、唐武宗会昌年间，又有传言："郑、杨、段、薛，炙手可热。"还有些没品行的人，多轻视辱没人。所以裴泌参加考试，作了篇《美人赋》来讥讽。又有什么大甲、小甲、汪巴甲等等，都取四字为称，意在炫耀学问；还有什么四凶甲、芳林十哲等，称他们和朝中内臣们有交情，像刘晔、任息、姜坦、李岩士、蔡锭、秦韬玉之徒，都是这样的人。蔡锭和李岩士各用两军为题做文章，争夺状元，被时人称为"对军解头"。唐文宗太和年间，杜颜、窦纵、萧嶙，极为时人称誉，后来成为领袖人物。文宗皇帝曾谈论过关于读书和科举的盛况，当时宰相说："举场里都说：中了进士，做不上州刺史。"文宗笑着说："那也没办法。"出自《卢氏杂说》。

卷第一百八十二
贡举五

崔 蠡

唐崔蠡知制诰日，丁太夫人忧，居东都里第。时尚清苦俭啬，四方寄遗，茶药而已，不纳金帛。故朝贤家不异寒素。虽名姬爱子，服无轻细。崔公卜兆有期，居一日，宗门士人有谒请于蠡者，阍吏拒之，告曰："公居丧，未尝见他客。"乃曰："某崔家宗门子弟，又知尊夫人有卜远之日，愿一见公。"公闻之，延入与语。直云："知公居缙绅间，清且约。太夫人丧事所须，不能无费。某以辱孙侄之行，又且赀用稍给，愿以钱三百万济公大事。"蠡见其慷慨，深奇之。但嘉纳其意，终却而不受。此人调举久不第，亦颇有屈声。

蠡未几服阕，拜尚书右丞，知礼部贡举。此人就试，蠡第之为状元。众颇惊异，谓蠡之主文，以公道取士，

崔 蠡

　　唐代的崔蠡任制诰期间,居母丧,住在东都里家里。当时崇尚清苦俭朴,四方寄来的东西,只是茶和药而已,不送钱物。所以即使身为朝廷大臣,也无异于寒门。他们的宠姬爱子,穿得也无轻软细致的。崔蠡占卜了母亲的下葬日子,一天,一个本家的学子前来谒见,被门人挡在门外,说:"主人居丧期间,不会见客人。"那人说:"我是崔氏宗门子弟,又知道太夫人下葬的日子不远,希望能见一下崔公。"崔蠡听到,把他请到屋里,同他交谈。那人直接就说:"我知道您居官期间,清廉简约。太夫人故去,办丧事所需不能没钱。我是太夫人的孙侄辈,家里又能拿出稍补给的钱,愿意拿出三百万来资助您办大事。"崔蠡见他慷慨,心中称奇。但是仅仅接受了他的好意,拒收了他的钱财。这个人多次考试都没有中第,也确实屈才。

　　崔蠡不久丧假期满,官拜尚书右丞,主管礼部贡举。此人应试,崔蠡取他为状元。人们颇觉奇怪,说崔蠡做主考,以公正取士。

崔之献艺,由善价成名,一第则可矣,首冠未为得。以是人有诘于蠡者,答曰:"崔某固是及第人,但状头是某私恩所致耳。"具以前事告之,于是中外始服,名益重焉。出《芝田录》。

卢 肇

李德裕抑退浮薄,奖拔孤寒。于时朝贵朋党,德裕破之,由是结怨,而绝于附会,门无宾客。唯进士卢肇,宜春人,有奇才。德裕尝左宦宜阳,肇投以文卷,由此见知。后随计京师,每谒见,待以优礼。旧例:礼部放榜,先呈宰相。会昌三年,王起知举,问德裕所欲,答曰:"安用问所欲为,如卢肇、丁稜、姚鹄,岂可不与及第邪?"起于是依其次而放。出《玉泉子》。

丁 稜

卢肇、丁稜之及第也,先是放榜讫,则须谒宰相。其导启词语,一出榜元者,俯仰疾徐,尤宜精审。时肇首冠,有故不至,次乃稜也。稜口吃,又形体小陋。迨引见,即俯而致词,意本言"稜等登科",而稜赪然发汗,鞠躬移时,乃曰:"稜等登,稜等登。"竟不能发其后语而罢,左右皆笑。翌日,有人戏之曰:"闻君善筝,可得闻乎?"稜曰:"无之。"友人曰:"昨日闻稜等登稜等登,非筝声邪?"出《玉泉子》。

顾非熊

顾非熊,况之子,滑稽好辩。凌轹气焰子弟,为众所怒。非熊既为所排,在举场垂三十年,屈声聒人耳。会昌中,

那个人科举，是由善价换得成功，中第就可以，中状元就不应该。因此有人用这件事来责问崔蠡，崔蠡说："他本来就中了进士，不过做状元是我私恩给他的。"就把先前的事如实相告，大家才心服，崔蠡的名望也因此更高了。出自《芝田录》。

卢 肇

李德裕把一些轻浮浅薄的人淘汰掉，奖励起用一些贫寒之士。当时朝贵的党羽，李德裕毫不客气地破除，因此同他们结怨，他绝不会与他们往来，门下也没有什么宾客。只有学子卢肇，他是宜春人，有奇才。李德裕曾外放宜阳任官，卢肇把自己的文章拿给他看过，所以了解他。后跟随他到了长安，每次见面，李德裕对他很客气。旧时的惯例：礼部放榜，要提前请示宰相。唐武宗会昌三年，王起主持科举，问李德裕想录取谁，李德裕说："哪里用问我想录取谁，像卢肇、丁稜、姚鹄这些人，哪能不让他们中进士呢？"王起于是依次取中了他们。出自《玉泉子》。

丁 稜

卢肇、丁稜中了进士，放了榜，则需要过堂，参谒宰相。谒见时开头的词语，都由榜首来说，低头抬头，快慢，尤其应当精确谨慎。当时卢肇为状元，因故没来，第二名是丁稜，该由他来致辞。丁稜有口吃病，而且其貌不扬。等见了宰相，俯首致辞本应说"稜等登科"，可是他紧张得满面通红流汗，鞠了很长时间的躬才说出："稜等登，稜等登。"竟不能说出后面的话来，只好作罢，左右的人都笑他。次日，有人取笑他说："听说你擅长弹筝，能给我们弹一曲吗？"丁稜说："哪有这事？"那人说："昨天听你说'稜等登，稜等登'，不是弹筝的声音吗？"出自《玉泉子》。

顾非熊

顾况的儿子顾非熊，滑稽好辩。由于讥讽那些权贵家的公子哥儿，惹恼了那些人。在他们的排挤下，在科场考了三十年，也没被取中，为他叫屈的声音聒噪人的耳朵。唐武宗会昌年间，

陈商放榜,上怪无非熊名,召有司追榜,放及第。时天下寒进,皆知劝矣。诗人刘得仁贺诗曰:"愚为童稚时,已解念君诗。及得高科晚,须逢圣主知。"出《摭言》。

李德裕

李德裕以己非由科第,恒嫉进士举者。及居相位,贵要束子。德裕尝为藩府从事日,同院李评事以词科进,适与德裕官同。时有举子投文轴,误与德裕。举子既误,复请之曰:"某文轴当与及第李评事,非与公也。"由是德裕志在排斥。出《玉泉子》。

张渍

张渍会昌五年陈商下状元及第。翰林覆,落渍等八人。赵胃南贻渍诗曰:"莫向春风诉酒杯,谪仙真个是仙才。犹堪与世为祥瑞,曾到蓬山顶上来。"出《摭言》。

宣宗

宣宗酷好进士及第,每对朝臣问及第,苟有科名对者,必大喜,便问所试诗赋题目,拜主司姓名。或有人物稍好者,偶不中第,叹惜移时。常于内自题"乡贡进士李道龙"。出《卢氏杂说》。

卢渥

唐陕州廉使卢渥,在举场甚有时称。曾于浐水逆旅,遇宣宗皇帝微行。意其贵人,敛身回避。帝揖与相见,

陈商主考放榜，武宗皇帝怪罪没有顾非熊的名字，让礼部收回原榜，重新放榜，取中了顾非熊。当时，天下穷苦的读书人，都能自勉自励。诗人刘得仁作了一首贺诗，诗道："愚为童稚时，已解念君诗。及得高科晚，须逢圣主知。"出自《摭言》。

李德裕

李德裕因为自己不是科第出身，常常嫉妒进士出身的人。等他做了宰相之后，经常以权势束缚他们。李德裕曾做藩府从事时，同院的李评事是宏词科的进士，恰好跟李德裕的官位相同。当时有一读书人打算把自己的文章送给李评事，但错送了李德裕。那人投错后，又请求讨回说："我的文章当送给进士李评事的，不是给你的。"所以李德裕竭力排斥进士出身的人。出自《玉泉子》。

张 渎

唐武宗会昌五年，陈商做主考，取张渎为状元。翰林院复核，张渎等八人落榜。赵胃南赠张渎诗说："莫向春风诉酒杯，谪仙真个是仙才。犹堪与世为祥瑞，曾到蓬山顶上来。"出自《摭言》。

宣 宗

唐宣宗极好进士及第的，每次问及朝臣们的出身，如有回答自己是哪科的进士，必定非常高兴，会问及中试时诗、赋考的什么题目，主考是哪一位。假如有文章和名声好的人偶然没有考中，他一定会感叹半天。常在宫中自题"乡贡进士李道龙"。出自《卢氏杂说》。

卢 渥

唐朝陕州观察使卢渥，在举行科举考试的考场上很有声名。曾经在沪水一个的旅店里，碰到微服出访的唐宣宗。他感觉出唐宣宗是个大贵人，想起身回避。唐宣宗却跟他作揖见面，

乃自称进士卢渥。帝请诗卷，袖之，乘骡而去。他日对宰臣，语及卢渥，令主司擢第。渥不自安，恐僭冒之辱。宰相问渥与主上有何阶缘，渥乃具陈因由，时亦不以为忝，盖事业亦得之矣。渥后自廉察入朝，知举，遇黄寇犯阙，不及终场。赵崇大夫戏之曰："出腹不生养主司也。"然卢家未尝知举，卢相携耻之，拔为主文章，不果也。出《北梦琐言》。

刘　蜕

荆南解比号天荒。大中四年，刘蜕以是府解及第。时崔铉作镇，以破天荒钱七十万资蜕。蜕谢书略曰："五十年来，自是人废；一千里外，岂曰天荒？"出《摭言》。

苗台符　张读

苗台符六岁能属文，聪悟无比。十余岁博览群籍，著《皇心》三十卷，年十六及第。张读亦幼擅词赋，年十八及第。同年进士，又同佐郑薰少师宣州幕。二人常列题于西明寺东廊，或窃注之曰："一双前进士，两个阿孩儿。"台符十七不禄，读位至礼部侍郎。出《摭言》。

许道敏

许道敏随乡荐之初，获知于时相。是冬，主文者将莅事于贡院，谒于相门。相大称其卓苦艺学，宜在公选。主文受命而去。许潜知其旨，则磨砺以须，屈指试期，大挂人口。俄有张希复员外结婚于丞相奇章公之门。亲迎之夕，

他自称是进士卢渥。唐宣宗请他赠诗，并把诗放在袖子里，骑着骡子走了。后来唐宣宗跟宰臣谈到卢渥，让主考官取中他。卢渥很不安，担心受到冒称进士的羞辱。宰相问卢渥跟皇上怎么攀附上的，卢渥便详细说了因由，当时也不以为污辱，大概因为是当时卢渥事业已成功。后来卢渥由观察使被征召入朝，主管科举，正值黄巢兵犯长安，考试没有终场。大夫赵崇开他的玩笑，说："你是个大肚子生不出进士的主考。"卢家没有做过主考官，宰相卢携以为耻辱，于是提拔卢渥做主考，竟然没有做成。出自《北梦琐言》。

刘 蜕

荆南一带解送举子，频频不成，被称为"天荒"。唐宣宗大中四年，刘蜕以荆南府解中进士。当时崔铉镇守荆南，以钱七十万资助刘蜕，称为"破天荒钱"。刘蜕回信致谢，大意是："五十年来，自是人废；一千里外，哪里能说天荒。"出自《摭言》。

苗台符 张读

苗台符六岁能做文章，聪慧无比。十几岁博览群书，著《皇心》三十卷，十六岁考中进士。张读也是很小就擅长吟诗作赋，十八岁中进士。跟苗台符是同年进士，二人又一起在少师郑薰宣州幕府那里做佐官。二人经常在宣州西明寺的东廊下张贴他们的诗作，有人暗中批注说："两个前进士，一对小孩子。"苗台符十七岁死去，张读做到礼部侍郎。出自《摭言》。

许道敏

许道敏通过乡荐入京之初，当时宰相很了解他。那年冬天，主考官到贡院开始筹备工作，谒见宰相。宰相向主考官盛赞许道敏卓越刻苦的学业，应在公选之列。主考官授命而去。许道敏暗地里知道了，更加刻苦用功，准备应考，屈指一算，考期已到，登记报了名。不久有员外郎张希复娶宰相奇章公的女儿。迎亲那天晚上，

辟道敏为傧。道敏乘其喜气,纵酒飞章,摇佩高谭,极欢而罢。无何,时相敷奏不称旨,移秩他郡。人情恐异,主文不敢第于甲乙。自此晦昧壈坎,不复振举。继丁家故,乖二十载。至大中六年崔玙知举,方擢于上科。时有同年张读一举成事,年十有九。乃道敏败于垂成之冬,傧导张希复之子,牛夫人所生也。出《唐阙史》。

崔殷梦

崔殷梦,宗人瑶门生也,夷门节度使龟从之子。同年首冠于壤。壤白瑶曰:"夫一名男子,饰身世以为美,他不可以等将也。近岁关试内,多以假为名,求适他处,甚无谓也。今乞侍郎,不可循其旧辙。"瑶大以为然。一日,壤等率集同年诣瑶起居。既坐,瑶笑谓壤等曰:"昨得大梁相公书,且欲崔先辈一到。骏马健仆,往复当不至稽滞,幸诸先辈留意。"壤以坐主之命,无如之何。出《玉泉子》。

颜 标

郑侍郎薰主文,举人中有颜标者,薰误谓是鲁公之后。时徐方未宁,志在激劝忠烈,即以标为状元。及谢恩日,从容问及庙院,标曰:"标寒进也,未尝有庙院。"薰始大悟,塞默而已。寻为无名子所嘲曰:"主司头脑太冬烘,错认颜标作鲁公。"出《摭言》。

温庭筠

温庭筠灯烛下未尝起草,但笼袖凭几,每赋一韵,

请许道敏给他做傧相。许道敏借着这个喜庆的气氛,纵酒赋诗,洋洋洒洒,高谈阔论,极欢而散。没过几天,当时宰相因为陈奏事务不合皇上的意,外放去做地方官。人们担心牵连,主考官不敢取中许道敏。许道敏从此困顿,不再重振士气。接着又死了老人,二十年没好运气。到唐宣宗大中六年崔玙主持科举,才被录取为甲第。当时有个同年张读一举成名,仅十九岁。张读,就是许道敏差点考取进士又没成功的那个冬天,给做傧相的张希复、牛夫人所生的儿子。出自《唐阙史》。

崔殷梦

崔殷梦是本家崔瑶的门生,夷门节度使崔龟从的儿子。同年第一名进士名于壤。于壤对崔瑶进言说:"堂堂一名男子汉,夸耀自己出身显贵,高人一等是不足取的。近年关试时借出身高贵为名,求往好的地方,很没意思。现在请侍郎不要遵循旧例。"崔瑶认为是这样。一天,于壤等率集同年进士到崔瑶那里去问安。坐下之后,崔瑶笑着对于壤等人说:"昨天大梁相公来信,想要你们和崔殷梦一起到他那里去做客。骏马和健壮的仆役都准备好了,往来当不至于拖延,请各位做好准备。"于壤等人因为是座主崔瑶的意思,没什么办法,只好服从。出自《玉泉子》。

颜 标

侍郎郑薰主持科考,举人中有个叫颜标的,郑薰误认为他是鲁公颜真卿的后代。当时徐淮一带尚未安宁,为了激励忠烈之士,便取颜标为状元。等到谢恩的日子,郑薰从容问起颜标宗祠,颜标回答说:"我是一介寒士,未曾有什么宗祠,不是世家。"郑薰才恍然大悟自己弄错了,便沉默不语。不久被无名者嘲笑说:"主考官头脑太迂腐,错把颜标当成了颜鲁公的后代。"出自《摭言》。

温庭筠

温庭筠灯烛下写诗不曾打草稿,只袖手靠着几案,每赋一韵,

一吟而已。故场中号为温八吟。出《摭言》。

卢 象

崔沆及第年，为主罚录事。同年卢象俯近关宴，坚请假，往洛下拜庆。既而淹缓久之，及同年宴于曲江亭子，象以雕辎载妓，微服弹鞚，纵观于侧，遽为团司所发。沆判之，略曰："深搀席帽，密映毡车。紫陌寻春，便隔同年之面；青云得路，可知异日之心。"出《摭言》。

翁彦枢

翁彦枢，苏州人，应进士举。有僧与彦枢同乡里，出入故相国裴公垣门下。以其年耄优惜之，虽中门内，亦不禁其出入。手持贯珠，闭目以诵佛经，非寝食，未尝辍也。垣主文柄，入贡院。子勖、质，日议榜于私室，僧多处其间，二子不之虞也。其拟议名氏，迨与夺进退，僧悉熟之矣。归寺而彦枢访焉，僧问彦枢将来得失之耗，彦枢具对以无有成遂状。僧曰："公成名须第几人？"彦枢谓僧戏己，答曰："第八人足矣。"

即复往裴氏之家，二子所议如初，僧忽张目谓之曰："侍郎知举邪？郎君知举邪？夫科第国家重事，朝廷委之侍郎，意者欲侍郎划革前弊，孤贫得路。今之与夺，率由郎君，侍郎宁偶人邪？且郎君所与者，不过权豪子弟，未尝以一贫人艺士议之，郎君可乎？"即屈其指，自首及末，不差一人。其豪族私仇曲折，毕中二子所讳。勖等大惧，即问僧所欲，且以金帛啖之。僧曰："贫僧老矣，何用金帛为？

一吟而就。故场中称他为"温八吟"。出自《摭言》。

卢　象

崔沆中进士那年,为监酒令主赏罚的主罚录事。快到曲江宴会时,同年卢象坚决请假,回洛阳归家省亲。逗留了很多日子,等同年们到曲江亭子宴会时,卢象用装饰着华美帷幕的轿车载着歌妓,穿着便服,信马而行,引来许多人围观,很快被团司发觉。崔沆的判词大略是:"戴着高高的席帽,人群密遮着毡车。京郊的大道上寻花问柳,就断了同年的情谊。现在刚刚得到了地位就这样胡闹,可知后来的心意了。"出自《摭言》。

翁彦枢

翁彦枢是苏州人,去参加进士考试。有一苏州和尚与翁彦枢为同乡,出入原相国裴垣门下。因和尚年老,裴府很优待他,即使中门以内,也不禁止他进出。和尚手持念珠,闭目诵经,不是吃饭、睡觉,从不停止。裴垣主持科考,入了贡院。他的儿子裴勋、裴质每天在家里议论榜名,和尚多数在场,二子也不防备他。他二人拟议名氏、定夺中谁、落谁,和尚全听得明明白白。和尚回到寺里,翁彦枢去拜访他,和尚问翁彦枢考试得失的消息,翁彦枢回答说心里没有成功的底。和尚说:"你想中第几名?"翁彦枢以为和尚开他的玩笑,顺口答:"第八名就行。"

和尚又到裴家去,裴勋、裴质在那里议论如初,和尚忽然把眼睛睁开,对他们说:"是你父亲做主考,还是你们做主考?科考举士是国家重要的事,朝廷委任侍郎做主考,本意是让他革除以往的弊端,让贫苦的读书人能有个出路。今日的定夺,一概由你们决定。难道侍郎是木偶吗?你们弟兄想选中的人不过是些权贵的公子哥儿,未曾提到一个有才的贫苦学子,我说的你们认可不?"于是扳着手指从榜首到榜末,不差一人。把其中豪族间的私仇曲折,全都说中了二子所避讳之处。裴勋、裴质很害怕,就问和尚有什么要求,并且以钱财利诱。和尚说:"我老了,要钱财做什么用?

有乡人翁彦枢者，徒要及第耳。”勋等曰：“即列在丙科。”僧曰：“非第八人不可也。”勋不得已许之。僧曰：“与贫僧一文书来。”彦枢其年及第，竟如其言。出《玉泉子》。

刘虚白

刘虚白与裴坦早同砚席，坦主文，虚白犹是举子。试杂文日，帘前献一绝句云：“二十年前此夜中，一般灯烛一般风。不知岁月能多少，犹著麻衣侍至公。”孟棨年长于魏公，放榜日，棨出行曲谢，沆泣曰：“先辈吾师也。”沆泣，棨亦注。棨出入场籍三十年。长孙藉与张公旧交，公兄呼藉。公尝讽其改图，藉曰：“朝闻道，夕死可矣。”出《摭言》。

封定卿

大中后，进士尤盛。封定卿、丁茂珪，举子与其交者，必先登第，而二公各二十举方成名。何进退之相悬也？先是李都、崔雍、孙瑝、郑嵎四君子，蒙其眄睐者因是进升。故曰：“欲得命通，问瑝、嵎、都、雍。”出《北梦琐言》。

冯　藻

唐冯藻，常侍宿之子，涓之叔父，世有科名。藻文彩不高，酷爱名第，已十五举。有相识道士谓曰：“某曾‘入静’观之，此生无名第，但有官职也。”亦未之信。更应十举，已二十五举矣。姻亲劝令罢举，且谋官。藻曰：“譬如一生无成，更誓五举。”无成，遂三十举，方就仕宦。历卿监峡牧，终于骑省。出《北梦琐言》。

我的同乡翁彦枢，只想要中第。"裴勋、裴质立即答应："列在末等里。"和尚说："非第八名不可。"裴勋、裴质不得已，只好答应。和尚说："给我立个字据。"翁彦枢那年及第，竟像他说的，中了第八名。出自《玉泉子》。

刘虚白

刘虚白跟裴垣是早年同学，裴垣主持科考，刘虚白还是个考生。考杂文那天，刘虚白在竹帘前向裴垣献了一首诗："二十年前此夜中，一般灯烛一般风。不知岁月能多少，犹着麻衣侍至公。"孟棨比崔沆年长，放榜那天，孟棨向主考崔沆表示谢意，崔沆流泪说："你的父亲是我的老师。"崔沆流泪，孟棨也流泪。孟棨出入考场三十年。长孙藉跟张公是旧交，张公称长孙藉为兄长。张公曾经劝长孙藉做点别的，长孙藉说："早晨闻道，晚上死了也可以。"出自《摭言》。

封定卿

唐宣宗大中后期，进士风尤盛。举子们只要能跟封定卿、丁茂珪交往，就一定先得中进士，但是他们两个人却都是考了二十年才考中的。为何进与退如此悬殊呢？先前李都、崔雍、孙瑝、郑崿被称为四君子，蒙他们看重的，才有了中第和晋升的机会。所以有人说："要想运气好，就问瑝、崿、都、雍四君子。"出自《北梦琐言》。

冯藻

唐朝的冯藻是常侍冯宿的儿子，是冯涓的叔父，冯氏家族世代都有科名。冯藻的文采不高，但是非常热衷功名，已经考了十五次。有个相识的道士跟他说："我曾'入静'替你看了，你一生都无名第，只有官职。"冯藻也没相信。又考了十次，已经考了二十五次了。亲家劝他作罢，暂且谋个官职。冯藻说："即使一生无成，我也要再考五次。"也没考中，共考了三十次，才去谋官。做到峡州牧，最后官止于散骑常侍任上。出自《北梦琐言》。

赵 琮

赵琮妻父为锺陵大将。琮以久随计不第,穷悴甚,妻族益相薄,虽妻父母不能不然也。一日,军中高会,州郡谓之春设者,大将家相率列棚以观之。其妻虽贫,不能无往。然所服故弊,众以帷隔绝之。设方酣,廉使忽驰吏呼将,将惊且惧。既至,廉使临轩,手持一书笑曰:"赵琮得非君子婿乎?"曰:"然。"乃告之:"适报至,已及第矣。"即授所持书,乃榜也。将遽以榜奔归,呼曰:"赵郎及第矣!"妻之族即撤去帷障,相与同席,竞以簪服而庆遗焉。 出《玉泉子》。

赵 琮

　　赵琮的岳父是一位锺陵将军。赵琮因长时间进京应试不中,穷困憔悴得厉害,妻族的人更加瞧不起他,即使岳父、岳母也是一样。一天,军中举办盛大宴会,州郡称这为春设,岳父家搭了棚子,一家人坐在棚下看。他的妻子虽然跟他受穷,也不能不去。但是她穿的衣服破旧,将军家的人嫌弃,就用布帘子把她隔开。宴会正高潮时,观察使忽然差人骑马传呼将军,将军又惊又惧,马上前往。到达后,观察使站在窗边,手里拿着一封信,笑问:"赵琮是你的女婿吧?"将军说:"是。"观察使于是跟他说:"刚才来了关报,他已中了进士。"就把信交给将军,那封信就是抄录的榜文。将军立刻拿着榜文往回跑,跑回之后就喊:"赵琮中进士了!"妻族立即把布帘子撤掉,跟赵琮的妻子同席,争着给她换了华丽的衣服,向她祝贺。出自《玉泉子》。

卷第一百八十三
贡举六

刘邺

刘邺字汉藩,咸通中,自长春宫判官召入内庭,特赐及第。韦保义以兄在相位,应举不得,特赐及第,擢入内庭。出《摭言》。

叶京

叶京,建州人也,极有赋名。向游大梁,常预公宴,因与监军使面熟。及至京师时已遂登科,与同年连镳而行。逢其人于通衢,马上相揖。因之谤议喧然,后颇至沉弃,终于太学博士。出《摭言》。

李蔼

李蔼应举功勤,敏妙绝伦,人谓之束翅鹞子。咸通二年及第。出《卢氏杂说》。

刘邺

刘邺字汉藩，唐懿宗咸通年间，由长春宫判官任上被召入内朝，特别赐给他进士及第。韦保义因兄长做宰相，应举没考上，也赐给进士及第，提拔入内朝为官。出自《摭言》。

叶京

叶京是建州人，他的赋极有名。过去游历大梁，曾参加官家的宴会，于是同监军使相识。等回到京城时已经登科了，与同年们骑马并行，在大街上遇到那位监军使，在马上相互之间行了揖礼。因此非议声四起，后来他颇被沉弃，只做到太学博士。出自《摭言》。

李蔚

李蔚应举，用功勤奋，才思敏捷，无人能比，被人称为"束翅鹞子"。唐懿宗咸通二年考中进士。出自《卢氏杂说》。

房 珝

房珝,河南人,太尉之孙。咸通四年垂成而败。先是名第定矣,无何写试之际,仰泥土落,击翻砚瓦,污试纸。珝以中表重地,祇荐珝一人,主事不获已,须应之。珝既临曙,更请印副试,主司不诺,遂罢。出《摭言》。

汪 遵

许棠,宣州泾县人,早修举业。乡人汪遵者幼为小吏,洎棠应二十余举,遵犹在胥徒。然善为绝句诗,而深晦密。一旦辞役就贡,会棠送客至灞浐,忽遇遵于途中。棠讯之曰:"汪都,都者,吏之呼也。何事至京?"遵对曰:"此来就贡。"棠怒曰:"小吏无礼。"而果与棠同砚席,棠甚侮之。后遵成名五年,棠始及第。出《摭言》。

刘允章

刘允章题目《天下为家赋》,给事中杜裔休进疏论。事虽不行,时以为当。崔澹《至仁伐不仁赋》,亦颇招时议。薛耽《盛德日新赋》,韵脚云"循乃无已"。刘子震通状,请改为"修"字,当时改正。出《卢氏杂说》。

王 凝

王凝清族重德,冠绝当时。每就寝息,必叉手而卧,或虑梦中见其先祖。曾牧绛州,于时司空图方应进士举,自别墅到郡。谒见后,更不访亲知,阍吏遽申司空秀才出郭矣。

房 珝

房珝,河南人,祖父做过太尉。唐懿宗咸通四年差点就考中了。先前他的名第已经确定,但不知怎么正在考试时房上的泥土落下来,打翻了砚台,污损了卷纸。房珝认为河南立于中央,是个重要的地方,只举荐了他一个人,主持考试的不得已,须再考他。但是天快亮时,他向监场的试官请求更换卷纸时,主考官没答应,因此落第。出自《摭言》。

汪 遵

许棠,是宣州泾县人,很早就开始修科考的学业。同乡汪遵年少时即为吏员。到了许棠考完二十多次,汪遵还是小吏。汪遵善作绝句好诗,他这才艺却深藏不露。一天,他辞去了吏职去参加考试,在路上遇到送客到灞、浐的许棠。许棠问他说:"汪都,都,是对小吏的叫法。到京城来做什么?"汪遵回答说:"此来参加京试。"许棠发怒说:"小吏无礼。"结果考试时与许棠同堂,许棠竭力侮辱他。后来汪遵考中进士五年后,许棠才考中。出自《摭言》。

刘允章

刘允章出的题目是《天下为家赋》,给事中杜裔休上疏表示异议。题目虽然没被采纳,但时人认为得当。而崔澹的《至仁伐不仁赋》也颇招时人的议论。薛耽的《盛德日新赋》,用"循乃无已"的切音作韵脚比较别扭。刘子震请他直接用"循"和"无"来切音,得出"修"字做韵脚,比较恰当,薛耽采纳了。出自《卢氏杂说》。

王 凝

王凝有清廉的家世,注重德行,远远超出当世。每次睡觉,一定叉手仰卧,或许觉得梦中会见到先祖。王凝曾任绛州刺史,当时司空图正赴京参加科举考试路过绛州,从别墅到城郡。谒见后,不再访亲戚朋友,守门小吏立即申报说司空图出城了。

或入郭访亲知,即不造郡齐。王知之,谓其专敬,愈重之。及知举,司空一捷,列第四人登科。同年讶其名姓甚暗,成事太速,有浮薄者号之为司徒空。王知有此说,因召一榜门生开筵,宣言于众曰:"某切忝文柄,今年榜帖,全为司空先辈一人而已。"由是图声彩益振。出《北梦琐言》。

卢尚卿

咸通十一年,以庞勋盗据徐州,久屯戎卒,连年飞挽,物力方虚,因诏权停贡举一年。是岁,进士卢尚卿自远至关,闻诏而回。乃赋《东归》诗曰:"九重丹诏下尘埃,深璨文闱罢选才。桂树放教遮月长,杏园终待隔年开。自从玉帐论兵后,不许金门谏猎来。今日霸陵桥上过,关人应笑腊前回。"出《年号记》。

李 尧

李尧及第,在偏侍下,俯逼起居宴,霖雨不止,因遣赁油幕以张去声。之。尧先人旧庐升平里,凡用钱七百缗。自所居连亘通衢迤之一里余,参御辈不啻千余人,鞯马车舆,阗咽门巷,往来无有沾湿者。而金壁照耀,别有嘉致。尧时为丞相韦保衡所委,干预政事,号为李八郎。其妻又南海韦宙女,恒资之金帛,不可胜纪。出《摭言》。

高 湜

咸通十二年,礼部侍郎高湜知举,榜内孤贫者,公乘亿有赋三百首,人多书于壁。许棠有《洞庭》诗尤工,时人谓

司空图有时入城拜访亲友，但不到刺史府第。王凝知道了，认为这是司空图对自己的尊重，愈加看重司空图。等到王凝主持考试，司空图一举考中，考了第四名登科。同年们惊讶司空图并无名声而成事太快，有轻浮浅薄的人就称他为司徒空。王凝知道有这些说法，于是宴集同榜的门生，对他们说："我真切地感到有愧于主考官的位置，但今年这一榜，全是为了司空图一个人。"由此，司空图名声、风采大大提高。出自《北梦琐言》。

卢尚卿

唐懿宗咸通十一年，因为庞勋占据徐州，长久地驻扎军队，连年运送粮草不断，物力正虚，皇帝于是下诏停一年贡举。那年，进士卢尚卿由远处应举到陕州，听到诏命返回故乡。于是作《东归诗》："九重丹诏下尘埃，深璪文闱罢选才。桂树放教遮月长，杏园终待隔年开。自从玉帐论兵后，不许金门谏猎来。今日霸陵桥上过，关人应笑腊前回。"出自《年号记》。

李 尧

李尧中进士，双亲一方去世，一方尚在，被催促着参加皇帝的起居宴，大雨不止，于是派人买油布遮盖挡雨。李尧祖上的老房子在升平里，他总共花了七百缗钱买油布。从住所到大街差不多有一里地长，驾车的不只千余人，骑马乘轿者往来熙熙攘攘，塞满门巷，往来的人没有被雨淋湿的。而且金碧照耀，极有情致。李尧当时被宰相韦保衡所重用，参与政事，被称为"李八郎"。他的妻子是南海韦宙的女儿，家里很有钱，经常资助李尧钱财，资助的数量不可计算。出自《摭言》。

高 湜

唐懿宗咸通十二年，礼部侍郎高湜主持科举考试，取中一些贫苦举子，其中公乘亿有赋三百首，许多人把他的赋抄写出来张挂在墙上。许棠的《洞庭诗》一诗尤其工整，被时人称为

之许洞庭。最者有聂夷中,少贫苦,精于古体。有《公子家》诗云:"种花满西园,花发青楼道。花下一禾生,去之为恶草。"又咏《田家》诗云:"父耕原上田,子劚山下荒。六月禾未秀,官家已修仓。"又云:"锄田当日午,汗滴禾下土。谁念盘中餐,粒粒皆辛苦。"又云:"二月卖新丝,五月粜新谷。医得眼前疮,剜却心头肉。我愿君王心,化为光明烛。不照绮罗筵,只照逃亡屋。"所谓言近意远,合三百篇之旨也。出《摭言》。

公乘亿

公乘亿,魏人也,以词赋著名。咸通十三年,垂三十举矣。尝大病,乡人误传已死。其妻自河北来迎丧,会亿送客至坡下,遇其妻。始夫妻阔别,积十余岁。亿时在马上,见一妇粗缳跨驴,依稀与妻类,因睨之不已。妻亦如是。乃令人诘之,果亿。内子与之相持而泣。路人叹异之。后旬日,亿登第矣。出《摭言》。

孙龙光

孙龙光,崔殷梦下状元及第。前一年,尝梦积木数百,龙光践履往复。既而请一李处士圆之,处士曰:"贺郎君,喜来年必是状元。何者?已居众材之上。"出《摭言》。

王 璘

长沙日试万言,王璘词学寓赡,非积学所致。崔詹事廉问,持表荐之于朝。先是试之于使院,璘请书吏十人,皆给几砚,璘衫绤扪腹,往来口授,十吏笔不停辍。首题《黄河赋》,三十字数刻而成。又《鸟散余花落》诗三十首,援毫而就。时忽风雨暴至,数幅为回飙所卷,泥滓沾渍,不胜舒卷。

"许洞庭"。最杰出的是聂夷中,少时家贫,精于古体诗。他的《公子家》一诗道:"种花满西园,花发青楼道。花下一禾生,去之为恶草。"又咏《田家》一诗道:"父耕原上田,子劚山下荒。六月禾未秀,官家已修仓。"又写道:"锄田当日午,汗滴禾下土。谁念盘中餐,粒粒皆辛苦。"又写道:"二月卖新丝,五月粜新谷。医得眼前疮,剜却心头肉。我愿君王心,化为光明烛。不照绮罗筵,只照逃亡屋。"所说的言辞浅近而意义深远,符合《诗经》的旨意了。出自《摭言》。

公乘亿

公乘亿,魏州人,以辞赋著称。唐懿宗咸通十三年,将近考了三十次都没考中。曾经生了大病,乡人误传他已死去。他的妻子从河北到京城去迎丧,正碰到他送客人到山坡下,遇到了妻子。夫妻分别了十多年。当时公乘亿骑在马上,见一女子戴着粗佩带、骑着驴子,长得依稀像妻子,于是不停地斜着眼看她。他妻子也一样。请人打听,果然是公乘亿。妻子与他相抱着流泪,路人叹息,觉得怪异。十几天后,公乘亿中了进士。出自《摭言》。

孙龙光

孙龙光,在崔殷梦主考时中了状元。科举前一年,孙龙光曾梦见自己在数百根积木上走来走去。之后,请李处士圆梦,李处士说:"祝贺你,来年准中状元。为什么呢?木者,材。已居众材之上,寓意取得状元。"出自《摭言》。

王　璘

长沙日试万言科,王璘词学丰富,并非学习积累所能达到。崔詹事访察清楚,写了奏章向朝廷举荐。先在使院考他,王璘请十名书吏都备好几案、笔砚,穿着细葛布单衣、摸着肚子,踱步口授,十个书吏挥笔不停。首题《黄河赋》,三十字数刻就写成了。又作《鸟散余花落》诗三十首,提笔一挥而成。当时忽然狂风暴雨突至,好几幅写成的诗卷被狂风卷走,被泥滓弄脏,舒展不开。

璘曰："勿取，但将纸来。"复纵笔一挥，斯须复十余篇矣。时未停午，已积七千余言。崔公语试官曰："万言不在试限，但请召来饮酒。"《黄河赋》复有僻字百余，请璘对众朗宣，旁若无人。至京，时路岩方当轴，遣一介召之。璘意在沽激，曰："请俟见帝。"岩闻之，大怒，亟命奏废万言科。璘杖策而归，放旷于杯酒间，虽屠沽无间然矣。出《摭言》。

蒋 凝

乾符中，蒋凝应宏词。为赋止及四韵，遂白而去。试官不之信，逼请所谓，凝以实告。既而比之诸公，凝有德色。试官叹息久之。顷刻之间，播于人口。或称之曰："白头花钿满面，不若徐妃半妆。"出《摭言》。

吴 融

吴融字子华，广明、中和间久负屈声。虽未擢第，同人率多执贽谒之，如先达。有王图者工词赋，投卷凡旬月，融既见之，殊不言图之臧否，但问图曰："吏曾得卢休信否？何坚卧不起？惜哉！融所得不如他。"休，图之中表，长于八韵，向与融同砚席，晚年抛废，归镜中别墅。出《摭言》。

卢光启

卢光启先人伏法，光启兄弟修饰赴举，谓亲知曰："此乃开荒也。"然其立性周谨。著《初举子》一卷，即进取诸

王璘说："不用拾了，只要把纸拿来。"又纵笔一挥，片刻又写好了十余篇。时间还没到中午，已经写了七千余言。崔公对考官说："万言科不在考试指定的范围里，请他来喝酒。"《黄河赋》中有生僻字一百多个，崔公请王璘当众朗读，王璘旁若无人。到了京城，当时路岩正掌大权，差一仆人召见他。王璘矫情意在以此赢得名誉，说："请等我见到皇帝后再去见他。"路岩听了，非常恼怒，立即奏请取消万言科。王璘策马而归，之后，放浪形骸，寄情于杯酒间，即使是屠户、卖酒的，也与他们相处无间。出自《摭言》。

蒋 凝

唐僖宗乾符年间，蒋凝考博学宏词科。作赋仅写了四韵，就请示试官要交卷而去。试官不相信，逼问他为什么，蒋凝如实相告。随后试官拿他的卷子同别人的比较，蒋凝脸上有得意之色。试官叹息了良久。蒋凝的赋顷刻之间被口耳传诵。有人称赞说："白头花钿满面，比不上徐妃半妆。"出自《摭言》。

吴 融

吴融字子华，唐僖宗广明、中和年间，长时间背负屈声。虽然没有考中，许多同代人执礼物去拜见他，像对待有学问的先达。有一个叫王图的，擅长辞赋，把自己的文章拿给吴融评阅，过了一个月，吴融见他后，不谈他文章的好坏，只是问他："你听到过关于卢休的消息吗？他为什么坚持蛰伏不求取功名？很可惜呀！我的学问不如卢休。"卢休和王图是表亲，擅长八韵诗，以前跟吴融是同窗，晚年荒废，回到镜中别墅居住。出自《摭言》。

卢光启

卢光启的父亲因罪被处死，卢光启同他的兄弟隐姓埋名去应科举考试，跟亲友说："我们兄弟此次应考是去开荒。"卢光启培养的性格谨慎，做事周详。著有《初举子》一卷，其进取诸

事,皆此类也。策名后,扬历台省,受知于租庸张濬。濬出征并、汾,卢每致书疏,凡一事别为一幅。朝士至今敩之,盖重叠别纸,自光启始也。唐末举人,不问事行文艺,但勤于请谒,号曰精切,亦皆法于光启尔。其族弟汝弼尝为张濬出征判官,传檄四方,其略云:"致赤子之流离,自朱耶之版荡。"自谓人曰:"天生朱耶赤子,供我之笔也。"出《北梦琐言》。

王彦昌

王彦昌太原人,家世簪冕,推于鼎甲。广明岁驾幸西蜀,敕赐及第。后为嗣薛王知柔判官。昭宗幸石门时,宰臣学士不及随驾,知柔以京兆尹权中书,事属近辅。表章继至,勤于批答。知柔以彦昌名闻,遂命权知学士。居半岁,出拜京兆尹,加左常侍、大理卿。为寺胥所累,南迁。出《摭言》。

杜　昇

杜昇父宣猷终宛陵。昇有词藻。广明岁,苏导给事刺剑州,昇为军卒。驾幸西蜀,例得召见,特敕赐绯。导寻入内庭,韦中令自翰长拜主文。昇时已拜小谏,抗表乞就试,从之。登第数日,有敕复前官并服色。议者荣之。出《摭言》。

昇自拾遗赐绯,却应举及第,又拾遗,时号著绯进士。出《卢氏杂说》。

郑昌图 被嘲附

广明年中,凤翔副使郑侍郎昌图未及第前,尝自任

事,都与此相类似。及第后,在台省做官,知遇于租庸使张濬。张濬出征并州、汾州,卢光启每次给他写奏疏信札,总是一件事写一张纸上。朝士们至今还在效仿,大概一张纸写一件事,始于卢光启。唐末举荐人才,先不问行事才学,而勤于请谒,称为"精切",也都是跟卢光启学来的。他的堂弟卢汝弼,曾做过张濬的出征判官,传檄四方,大致的意思是:"导致赤子流离失所,都是因为朱邪所造成的动荡不安。"他自己对别人说过:"老天生下朱邪赤心,就是供我做文章来骂的。"出自《北梦琐言》。

王彦昌

王彦昌,太原人,出身官宦之家,被推为鼎甲。僖宗皇帝广明年到了西蜀,赐给他进士及第。后来做了嗣薛王李知柔的判官。昭宗皇帝到石门时,大臣、学士们来不及跟随,李知柔以京兆尹署理中书省,职权近乎宰辅。表章一个接一个送来,往来文件特别多,他勤恳地批阅。李知柔因王彦昌的名声,就任命他为署理学士。半年后,升他为京兆尹,又加衔左常侍、大理寺卿。后来受到大理寺的吏员牵连,贬官南方。出自《摭言》。

杜 昇

杜昇的父亲杜宣猷死于宛陵。杜昇有文采。唐僖宗广明年间,给事中苏导出任剑州刺史,杜昇当时仅是军中小卒。僖宗驾幸西蜀,按玄宗故例,由皇帝召见,特赐给杜昇绯衣。苏导不久任官内庭,韦中书令以翰林学士身份做主考官。当时杜昇已做拾遗,上表请求参加科试,皇帝准许。中第几天后,皇帝命他复职,并仍赐给他绯衣。议论的人以为光荣。出自《摭言》。

杜昇由拾遗赐绯衣,辞了官去应考及第,又做了拾遗,被当时称为"着绯进士"。出自《卢氏杂说》。

郑昌图被嘲附

唐僖宗广明年间,凤翔节度副使、侍郎郑昌图未及第前,曾自诩

以广度弘襟，不拘小节，出入游处，悉恣情焉。洎至舆论喧然，且欲罢举。其时同里有亲表家仆，自宋亳庄上至，告其主人云："昨过洛京，于谷水店边，逢见二黄衣使人西来，某遂与同行。至华岳庙前，二黄衣使与某告别，相揖于店后面，谓某曰：'君家郎君应进士举无？'仆曰：'我郎主官已高，诸郎君见修学次。'又问曰：'莫亲戚家儿郎应无？'曰：'有。'使人曰：'吾二人乃是今年送榜之使也，自泰山来到金天处，押署其榜，子幸相遇。'仆遂请窃窥其榜，使者曰：'不可，汝但记之。'遂画其地曰：'此年状头姓，偏傍有"阝"，名两字，下一字在口中。榜尾之人姓，偏傍亦有此"阝"，名两字，下一字亦在口中。记之记之。'遂去。"郑公亲表颇异其事，遂访岐副具话之，具勉以就试。昌图其年状头及第，榜尾邹希回也。姓名画点皆同。出《玉堂闲话》。

又咸通中，以进士车服僭差，不许乘马。时场中不减千人，谁势可热手，亦皆骑驴。或嘲之曰："今年敕下尽骑驴，短袖长秋满九衢。清瘦儿郎犹自可，就中愁杀郑昌图。"相国魁伟甚，故有此句。出《摭言》。

程 贺

唐崔亚郎中典眉州，程贺以乡役充厅仆，其弟在州曹为小书吏。崔公见贺风味有似儒生，因诘之曰："尔读书乎？"贺降阶对曰："薄涉艺文。"崔公指一物，俾其赋咏。雅有意思，因令归。选日，装写所业执絷，甚称奖之，俾称进士。依崔之门，更不他岐。凡二十五举及第。每入京，馆于博陵之第，常感提拔之恩。亚卒之日，贺为崔公缞服三年，人皆美之。出《北梦琐言》。

以为气度宽宏，襟怀广大，不拘小节，出入游玩之处，都纵情玩乐。等到舆论大哗，自己打算不参加科举。当时他同里表亲家的仆人从宋亳的庄上回来，对主人说："昨天经过洛阳，在谷水店边遇到两个黄衣使者从西来，我就与他们同行。到了华岳庙前，他们俩同我告别，在店后面互相作揖，对我说：'你家郎君有没有应科举考试？'我说：'我家主人官位已经很高，他的孩子们正在读书。'黄衣使者又问：'莫非是你主人亲属儿郎中有应举的？'我说：'有。'那使者便告诉我说：'我们二人是今年送榜的使臣，从泰山来，到全天去送榜，咱们有幸相遇。'我于是想偷偷看下榜文，使者说：'不行。你只要记住。'于是在地上划字，说：'今年状元姓的偏旁有个"阝"，名字是两字的，下一字在口里边。最后一位进士，姓氏旁也有个"阝"，也是两字的名，尾字也在口里。记住记住。'他们就走了。"郑昌图的表亲觉得很奇怪，便访得郑昌图，把这件事全部告诉了他，并鼓励他去应考。郑昌图那年果然中了状元，榜尾进士名叫邹希回。姓名笔画都相同。出自《玉堂闲话》。

还有，唐懿宗咸通年间，因为进士们骑乘和服饰超越本分，所以不许骑马。当时参试的不下千人，即使有的人权势大，也都骑驴。有人嘲笑说："今年敕下尽骑驴，短袖长秋满九衢。清瘦儿郎犹自可，就中愁杀郑昌图。"相国人长得高大魁梧，所以有此句。出自《摭言》。

程　贺

唐朝郎中崔亚掌管眉州，程贺出徭役充当官厅仆人。他的弟弟在眉州府里做小书吏。崔亚认为程贺言谈气质像读书人，便问他："你读过书吗？"程贺走下台阶说："多少接触过一些书。"崔亚就指物为题，让他赋诗。程贺的诗文雅正而且意境颇好，崔亚就让他回家读书。选了一个日子，程贺带着自己的文章，以学生礼去见崔亚，崔亚很夸奖他，推荐他应进士。程贺始终依傍崔亚，不去投靠别人。程贺考了二十五次才考中。每次到京，都住在崔亚的府第，一直感念崔亚的提拔之恩。崔亚去世的时候，程贺为他戴孝三年，人们都称赞他的操守。出自《北梦琐言》。

陈峤

陈峤谒安陆郑诚，三年，方一相面。从容诚谓峤曰："识闵廷言否？"峤曰："偶未知闻。"诚曰："不妨与之往还，其人文似西汉。"出《摭言》。

秦韬玉

秦韬玉出入田令孜之门。车驾幸蜀，韬玉已拜丞郎，判盬。及小归公主文，韬玉准敕放第，仍编入其年榜中。韬玉致书谢新人，皆呼同年。略曰："三条烛下，虽阻文闱，数仞墙边，幸同恩地。"出《摭言》。

陆扆

陆扆举进士，属僖宗幸梁洋，随驾至行在，与中书舍人郑损同止逆旅。扆为宰相韦昭度所知，欲身事之速了，屡告昭度，昭度曰："奈已深夏，复使何人为主司？"扆以郑损对，昭度从之。因令扆致意，榜帖皆扆自定。其年六月，状头及第。后在翰林署，时苦热，同列戏之曰："今日好造榜矣。"然扆名冠一时，兄弟三人，时谓三陆，希声及威也。出《北梦琐言》。

张曙

张曙、崔昭纬，中和初西川同举，相与诣日者问命。时曙自恃才名籍甚，人皆目为将来状元。崔亦分居其下。无何，日者殊不顾曙，第目崔曰："将来万全高第。"曙有愠色。日者曰："郎君亦及第，然须待崔家郎君拜相，

陈峤

陈峤去拜见安陆的郑诚，三年才见上一面。郑诚安闲自得地问陈峤说："认识闵廷言吗？"陈峤说："没听说过这个人。"郑诚便说："那么你不妨同他交往，这个人的文章与西汉的大家相似。"出自《摭言》。

秦韬玉

秦韬玉出自田令孜的门下。唐僖宗驾幸蜀地时，秦韬玉已授职丞郎，主管盐务。等到归崇敬的儿子主持科考，僖宗亲下诏命，让秦韬玉中第，并把他编进这一年榜中。秦韬玉致谢新进士的信中，都称为同年。大略说："三条烛下，我虽然科考受阻，几仞高的墙边，有幸成为一同受恩之地。"出自《摭言》。

陆扆

陆扆进京科举，赶上唐僖宗逃亡梁洋，陆扆便追到僖宗的驻地，同中书舍人郑损住在一个旅店。宰相韦昭度很了解陆扆，陆扆希望自己快一些成为进士，几次恳求韦昭度，韦昭度说："无奈现在已是深夏，不是试期，又让谁做主考官呢？"陆扆就说，请郑损就合适，韦昭度答应了。韦昭度让陆扆去说，榜文、书贴，都由陆扆自己制定。那年六月，陆扆以状元及第。后来在翰林院任职，正赶上大热天，同僚跟他开玩笑，说："这样的日子，很适合造榜。"然而陆扆名冠一时，兄弟三人，时称"三陆"，另外二陆是陆希声和陆威。出自《北梦琐言》。

张曙

唐僖宗中和初年，张曙和崔昭纬同被西川举荐赴试，二人一起到占卜者那里占卜前程。当时张曙自恃才名很高，人们都认为他是将来的状元。崔昭纬也甘居他下位。到了不久，占卜者根本不理会张曙，只看着崔昭纬说："你将来万无一失定高中。"张曙脸上有怒色。占卜者说："你也能考中，但要等崔家郎君做了宰相，

当此时过堂。"既而曙果以惨恤不终场，昭纬其年首冠。曙以篇什刺之曰："千里江西陪骥尾，五更风小失龙鳞。昨夜浣花溪上雨，绿杨芳草为何人？"崔甚不平。会夜饮，崔以巨觥饮张，张推辞再三。崔曰："但吃却，待我作宰相，与郎君取状头。"张拂衣而去，因之大不叶。后七年，崔自内廷大拜。张后于裴贽下及第，果于崔下过堂。出《摭言》。

崔昭矩

崔昭矩，大顺中裴贽下状元及第。翌日，兄昭纬登庸。王倜，丞相鲁公损之子。倜及第，翌日，损登庸。倜过堂别见，归点亲迎拜席曰："状元及第，榜下版巡。"脱白期月，无疾而卒。出《摭言》。

贾　泳

贾泳父修有义声。泳落拓，不拘细碎。尝佐武臣倅晋州，时昭宗幸蜀，三榜裴相贽，时为前主客员外，客游至郡，泳接之傲睨。裴尝簪笏造泳，泳戎装一揖曰："主公尚书邀放鹞子，勿怪。"如此偬偬而退，裴贽颇衔之。后裴三主文柄，泳两举为裴所黜。既而谓门人曰："贾泳老倒可哀，吾当报之以德。"遂放及第。出《摭言》。

那时候由他给你过堂。"不久,张曙果因为丧事没能考完终场,而崔昭纬这年中了状元。张曙赠诗讽刺崔昭纬,诗道:"千里江西陪骥尾,五更风小失龙鳞。昨夜浣花溪上雨,绿杨芳草为何人?"崔昭纬甚感不平。恰逢夜里一起饮酒,崔昭纬用大杯灌张曙酒,张曙再三推辞不肯喝。崔昭纬说:"你喝下去,等我做了宰相,一定让你做状元。"张曙拂袖而去,因此二人关系很不和谐。七年后,崔昭纬在内廷拜为宰相。后来裴贽做主考官,张曙在他主持下及第,果然由崔昭纬过堂。出自《摭言》。

崔昭矩

唐昭宗大顺年间,裴贽主考,崔昭矩在他手下中状元。第二天,他的哥哥崔昭纬提拔为宰相。王偲是丞相鲁公王损的儿子。王偲考中的第二天,王损提拔为宰相。因为宰相是他的父亲,过堂的时候,王偲个别拜见,归点时,王损以宰相的身份,按照礼法亲迎王偲中了状元,相互行礼,说:"状元及第,榜下版巡。"中举一个月后,王偲无病死去。出自《摭言》。

贾泳

贾泳的父亲贾修有仁义之名。贾泳性格放浪不羁,不拘小节。曾经协助武将守晋州,当时唐昭宗逃亡蜀地,"三榜相"裴贽时为前主客员外,曾游历到晋州,贾泳接待他很傲慢。后来裴贽也曾经头戴冠簪、手持手版去拜访贾泳,贾泳穿着军服,仅一作揖,说:"尚书邀请我们一起去放风筝,请别见怪。"就急匆匆退下去了,裴贽心理颇怀恨。后来裴贽三次做主考,贾泳考了两次都被裴贽黜出。最后一次对门客们说:"贾泳老而值得同情,我应该以德报怨。"于是取中他做了进士。出自《摭言》。

卷第一百八十四
贡举七

昭　宗

　　昭宗皇帝颇为孤进开路。崔凝覆试,但是子弟,无问文章高下,率多退落,其间屈人颇多。孤寒中,唯程晏、黄韬擅场之外,其余以呈试考之,滥得亦不少矣。然如王贞白、张蠙律诗,赵观文古风之作,皆臻前辈之阃阈者也。出《摭言》。

韦　甄

　　韦甄及第,势固万全矣。然未知名第高下,未免挠怀。俄聆于光德里南街,忽睹一人扣一板门甚急。良久,轧然门开,呼曰:"十三官尊体万福。"既而甄果是第十三人矣。出《摭言》。

昭　宗

　　唐昭宗李晔很为有才气的读书人创造条件。崔凝主持复试，凡是官宦子弟，不问文才高下好坏，大多不取，其间屈落很多人才。贫苦的读书人中，只有程晏、黄韬是临场考试及第，其余的靠举荐考试，滥竽充数的也不少。但是，像王贞白、张蠙的律诗，赵观文的古风之作，都达到前辈的门槛。出自《摭言》。

韦　甄

　　韦甄应试，本万无一失势必中的。但不知道中了第几名，未免心绪不安。不久忽然听见光德里南街一人叩板门很急促。好久，门户"轧"的一声打开，喊着说："十三官尊体万福。"不久放榜，他果然中了第十三名进士。出自《摭言》。

刘 纂

刘纂者,商州刘蜕之子也,亦善为文。乾宁中,寒栖京师,偶与一医士为邻。纂待之甚至,往往假贷之。其人即枢密使门徒。嗣薛王为大京兆,医工因为知柔诊脉。从容之际,盛言纂之穷且屈,知柔甚领览。会试官以解送等第,禀于知柔。知柔谓纂是开府门前人医者之言,必开府之意也,非解元不可。由是以纂居首送,纂亦莫知其由。自是纂落数举,方悟,竟无以自雪。出《摭言》。

锺 傅

唐朝自广明庚子之乱,甲辰,天下大荒,车驾再幸岐梁。饥殍相望,郡国率不以贡士为意。江西节帅锺傅起于义聚,奄有疆土,充庭述职,为诸侯表式,而乃孜孜以荐贤为急务。虽州里白丁,片文只字求贡于有司者,莫不尽礼接之。至于考试之辰,设会供帐,甲于治平。行乡饮之礼,尝率宾佐临视,拳拳然有喜色。后大会以饯之,筐篚之外,率皆资以桂玉:解元三十万,解副二十万,其余皆不减十万。垂三十载,此志未尝稍息。时举子者以公卿关节,不远千里而求首荐,岁常不下数辈。

卢文焕

卢文焕,光化二年状元及第,颇以宴醵为急务。常府开宴,同年皆患贫,无以致之。一旦给以游齐国公亭子,既自皆解带从容。焕命团司牵驴。时柳璨告文焕,以驴从非己有。

刘 纂

刘纂,是商州刘蜕的儿子,也很擅长做文章。唐昭宗乾宁年间,贫居长安,恰巧同一位医士为邻。刘纂对待医士很周到,经常向他借些东西。这个人是枢密使的门客。嗣薛王李知柔任京兆尹,因病请这个医士给他诊脉。闲谈中,医士很恳切地把刘纂穷困和他考试不中屈才的情况详细告诉给李知柔,因而李知柔对刘纂的情况比较了解。正逢试官把各地举荐的名单送呈李知柔审阅。李知柔以为刘纂是开府门前医士所提到的人,一定是开府的意思,非点解元不可。因此以刘纂为首选报送,刘纂也不知其中的缘由。此后他几次落选才明白过来,最后也没办法自己解释明白。出自《摭言》。

锺 傅

唐朝自唐僖宗广明庚子年之乱后,甲辰年,遍地饥荒,僖宗再次巡幸到岐、梁。人们饥饿相望,各地都不把贡士当作一回事。江西节度使锺傅起身聚众起义,占有广大疆土,在朝廷上述职,是诸侯的楷模,以孜孜以求、努力荐贤为当务之急。即使治下白丁,只要片纸只字,向有关部门要求举荐,他都能以礼对待。至于乡考之时,朝会供设帷帐,比太平安定时还好。行乡饮礼,曾率宾佐亲监省视,脸上显出很高兴的样子。考试后,大会学子,除了赠以普通的礼物之外,一律都资助钱财去京师;解元三十万,解副二十万,其余中举者十万。将近三十年,这种志向未曾稍有停止。当时学子们通过朝中关节,不远千里到锺傅那里,希望得到锺傅的首荐,每年常不下数辈。

卢文焕

卢文焕是唐昭宗光化二年的状元及第,很喜欢以凑份子喝酒为急务。常常府里开宴,同年们都贫穷,没法凑出钱来。一天他哄骗他们说去游齐国公子亭,接着大家都解带从容游玩。卢文焕让团司牵驴给大家骑。当时柳璨告诉卢文焕说,自己从来没骑过驴。

文焕曰："药不瞑眩，厥疾弗瘳。"璨甚衔之。居四年，璨登庸，文焕忧戚日加。璨每遇之曰："药不瞑眩，厥疾弗瘳。"出《摭言》。

赵光逢

光化二年，赵光逢放柳璨及第。光逢后三年不迁。时璨自内庭大拜，光逢始以左丞征入。未几，璨坐罪诛死，光逢膺大用，居重地十余岁。上表乞骸，守司空致仕。二年，复征拜上相。出《摭言》。

卢延让

卢延让光化三年登第。先是延让师薛能为诗，词意入癖，时人多笑之。吴融向为侍御史，出官峡中。延让时薄游荆渚，贫无卷轴，未遑贽谒。会融表弟滕籍者，偶得延让百篇。融既览，大奇之，且曰："此无他贵，语不寻常耳。"于是称之于府主成汭。时故相张公职于是邦，常以延让为笑端。及融言之，咸所改观。由是大获举粮，延让深所感激。然犹困循，竟未相面。值融赴急征，寻入内庭，孜孜于公卿间称誉不已。光化戊午岁，来自襄之南。融一见如旧相识，延让呜咽流涕，于是攘臂成之矣。出《摭言》。

韦贻范

罗隐、顾云俱受知于相国令狐绹。顾虽嵯贾之子，而风韵详整。罗亦钱塘人，乡音乖剌。相国子弟每有宴会，顾独预之。风韵谈谐，莫辨其寒素之士也。顾文赋为时

卢文焕说："药需要吃到迷迷糊糊的程度，不然这穷病是不能治好的。"柳璨深恨他。过了四年，柳璨升任宰相，卢文焕忧虑日甚一日。柳璨每次见到他就重复他的话，说："药需要吃到迷迷糊糊的程度，不然这穷病是不能治好的。"_{出自《摭言》。}

赵光逢

唐昭宗光化二年，赵光逢放榜，取中柳璨为进士。此后三年，赵光逢没有升官。当时柳璨在内廷做了宰相，赵光逢才以左丞征入内朝。不久，柳璨因罪被诛，赵光逢得以重用，居要职十余年。上表告老，以司空虚衔离任。两年后，又起用为宰相。_{出自《摭言》。}

卢延让

卢延让唐昭宗光化三年登进士及第。先前，卢延让跟薛能学诗，他的诗意怪诞，时人多讥笑他。吴融以前任侍御史，外放峡州任职。卢延让当时在荆渚一带游历，因为贫穷，没有卷轴，没时间准备诗文去谒见请教。赶上吴融的表弟滕籍偶然得到卢延让百篇诗文。吴融看到后，非常惊奇，并且说："别的没有突出之处，出语不同寻常。"于是向主官成汭推荐。当时原宰相张公在这里任职，经常把卢延让当作笑柄。等听了吴融的评价，都有所改变。所以卢延让得到丰富的资助，很感激吴融。但由于依旧困窘，竟未与吴融相见。适逢吴融被急调回京赴任，不久进入内朝，不断地在公卿间称赞卢延让。光化戊午年，卢延让从襄南到京应试。吴融与他一见如故，卢延让呜咽流泪，于是经过努力获取了成功。_{出自《摭言》。}

韦贻范

罗隐、顾云二人都为宰相令狐绹所了解。顾云虽是盐商的儿子，但风韵周详严整。罗隐也是钱塘人，说话口音别人难懂。令狐绹的子侄们每举行宴会，都是顾云一个人参加。顾云风韵言谈，没人能看得出他是一个商贾的儿子。顾云的文赋为时人

所称。而切于成名，尝有启事陈于所知，只望丙科尽处，竟列于尾株之前也。罗既频不得意，颇怨望，竟为贵游子弟所排，契阔东归。黄寇事平，朝贤议欲召之。韦贻范沮之曰："某与同舟而载，虽未相识，舟人告云：'此有朝官。'罗曰：'是何朝官？我脚夹笔，亦可敌得数辈。'必若登科通籍，吾徒为秕糠也。"由是不果召。出《北梦琐言》。

杨玄同

唐天祐年，河中进士杨玄同老于名场，是岁颇亦彷徨，未涯兆朕，宜祈吉梦，以卜前途。是夕，梦龙飞天，乃六足。及见榜，乃名第六。则知固有前定矣。出《玉堂闲话》。

封舜卿

封舜卿梁时知贡举。后门生郑致雍同受命，入翰林为学士。致雍有俊才，舜卿才思拙涩，及试五题，不胜困弊，因托致雍秉笔。当时识者，以为座主辱门生。同光初致仕。出《北梦琐言》。

高辇

礼部贡院，凡有榜出，书以淡墨。或曰："名第者，阴注阳受，淡墨书者，若鬼神之迹耳。此名鬼书也。"范质云："未见故实，涂说之言，未敢为是。"尝记未应举日，有登第者相告，举子将策名，必有异梦。今聊记忆三数梦，载之于此。

所称道。他的成名心很殷切，曾将此心意说给朋友听，只望在丙科尾末考取就可以。罗隐频频失意之后，颇有怨声，竟然为那些公子哥们所排挤，离别东归。黄巢之乱被平息之后，朝中贤达的官员们议论，准备召他入朝。韦贻范从中作梗说："我和他一起坐船，虽然不相识，但船夫告诉他：'船上有朝官。'而罗隐却说：'是什么朝官？我用脚夹着笔，也可以抵得上他们好几个人。'如果这样的人也登科中第，咱们这些朝臣都成了秕糠了。"因此，没有召罗隐。<small>出自《北梦琐言》。</small>

杨玄同

唐昭宗天祐年间，河中进士杨玄同已经考得老态龙钟了，那年颇拿不定主意，不知道自己前程如何，就企望做一个好梦，来占卜前途。那天晚上，梦见了有龙飞到天上，龙有六足。等到放榜，果然中了第六名进士。由此而知，命运是前定的。<small>出自《玉堂闲话》。</small>

封舜卿

封舜卿在后梁时主持过科考。后来，门生郑致雍同他一起接受任命入翰林为学士。郑致雍有出众的才智，封舜卿才思笨拙生涩，考到第五题，封舜卿忍不了困顿疲惫，便托郑致雍代笔。当时有识之士认为这是主考官给学生带来的耻辱。后唐庄宗同光初年，封舜卿离职归养。<small>出自《北梦琐言》。</small>

高　辇

礼部贡院凡放榜，都用淡墨书写。意思是："凡中第的人，都是阴间注定的，在阳间领受，用淡墨来写，类似鬼神的笔迹，称为'鬼书'。"范质说："没有见到可参考的旧事，无稽之谈，不敢认同。"我曾记得应考之前，有已经中第的人告诉，说举子将要科举及第，一定做奇异的梦。现在暂且把记忆中的几个梦，记载在这里。

　　高辇应举，梦雷电晦冥，有一小龙子在前，吐出一石子，辇得之。占者曰："雷电晦冥，变化之象，一石十科也。将来科第，其十数矣。"及将放榜，有一吏持主文帖子至，问小吏姓名，则曰姓龙。询其名第高卑，则曰第十人。又郭俊应举时，梦见一老僧屐于卧榻上，蹒跚而行。既寤，甚恶之。占者曰："老僧上座也，著屐于卧榻上行，屐高也，君其巍峨矣。"及见榜，乃状元也。王汀应举时，至滑州旅店，梦射王慎徵，一箭而中。及将放榜，或告曰："君名第甚卑。"汀答曰："苟成名，当为第六人。"及见榜，果如所言。或者问之，则告以梦："王慎徵则前年第六人及第，今射而中之，故知亦此科第也。"质于癸巳年应举。考试毕场，自以孤平初举，不敢决望成名，然忧闷如醉。昼寝于逆旅，忽有所梦。寐未眈间，有九经蒋之才相访，即惊起而坐，且告以梦。梦被人以朱笔于头上乱点，已牵一胡孙如驴许大。蒋即以梦占之曰："君将来必捷，兼是第三人矣。"因问其说，即曰："乱点头者，再三得也；朱者，事分明也；胡孙大者为猿，筹法圆三径一，故知三数也。"及放榜，即第十三人也。出《玉堂闲话》。

氏族

李　氏

　　后魏孝文帝定四姓，陇西李氏大姓，恐不入，星夜乘鸣驼，倍程至洛。时四姓已定讫，故至今谓之驼李焉。出《朝野佥载》。

高辇去应试，梦见雷鸣电闪，天色昏暗，云雾之中有一条小龙出现，口中吐出一块石子，被高辇得到。圆梦的人说："阴云闪电是变化之象，一块石子，是十的记数，将来科考，考第十名。"等到将放榜时，有一位小吏拿着榜文来了，问小吏姓名，他说姓龙。高辇打听自己考的名次高低，小吏说第十。又，郭俊应试时，梦见一老和尚穿着鞋在床榻上摇摇摆摆地走。醒来之后，心情极压抑，痛恨此梦。圆梦的人说："老和尚登床是上座，穿着鞋在床榻上走，是登高，你一定高中。"等放出榜来，中了状元。王汀应试时，住在滑州旅店，梦见射王慎徽，一箭就射中了。等京试放榜前，有人说："你的名次很低。"王汀回答说："假如我考中，应当是第六名。"等见了榜文，果然像他说的。有人问他怎么回事，王汀就把梦中的事告诉给他："王慎徽是前一年的第六名进士，现在射他一箭射中，所以知道今年也考中他那个名次。"范质在后唐明宗癸巳年应试。考试结束，自己认为出身寒微，初次科考，不敢指望考中，然而忧闷像饮醉了酒。白天在旅店里睡着了，忽然做了个梦。未醒之间，突然九经蒋之才来拜访，范质惊醒坐起，就把梦告诉给蒋之才。他梦见被人家拿着朱笔在头上乱点，而且自己还牵着跟驴那样大的一个猢狲。蒋之才就用梦占卜说："你将来肯定考得中，兼有第三之数。"范质于是问他依据，蒋之才说："乱点头，是再三的意思；朱笔，是事已确定；猢狲大的叫猿，圆的算法是周三径一，所以知道是一个'三'字数。"等到放榜，范质就是中了第十三名。出自《玉堂闲话》。

氏族

李　氏

北魏孝文帝定四大姓，陇西的李氏是个大族，担心入不了四姓，便星夜骑着戴铃铛的骆驼，兼程赶往洛阳。当时四大姓已经定完，其中有李姓，所以至今人们称陇西李姓为"驼李"。出自《朝野佥载》。

王　氏

太原王氏，四姓得之为美，故呼为钑镂王家，喻银质而金饰也。出《国史补》。

七　姓

高宗朝，以太原王、范阳卢、荥阳郑、清河博陵二崔、赵郡陇西二李等七姓。其族望耻与诸姓为婚，乃禁其自相姻娶。于是不敢复行婚礼，密装饰其女以送夫家。出《国史异纂》。

李　积

李积，酒泉公义琰侄孙，门户第一而有清名。常以爵位不如族望，官至司封郎中、怀州刺史，与人书札，唯称陇西李积。出《国史补》。

崔　湜

崔仁师之孙崔湜、涤等昆仲数人，并有文翰，列官清要。每私宴之际，自比王、谢之家，谓人曰："吾之门第及出身官历，未尝不为第一。丈夫当先据要路以制人，岂能默默受制于人？"故进取不已，而不以令终。出《摭言》。

类　例

世有《山东士大夫类例》三卷。其有非士族及假冒者，多不见录。署云"相州僧昙刚撰"。后柳冲亦明族姓，中宗朝为相州刺史。询问旧老，云："自隋已来，不闻有僧昙刚。"盖惧嫉于时，故隐其名氏。出《国史补》。

王　氏

太原王氏，在定四大姓氏的时候，居其中之一，一族荣耀，所以被人们称为"钑镂王家"，喻指王氏本来是银子，又镀了一层金。出自《国史补》。

七　姓

唐高宗时，以太原的王氏、范阳的卢氏、荥阳的郑氏、清河的崔氏和博陵的崔氏、赵郡的李氏和陇西的李氏为七大氏族。这些氏族名望很高，耻于同其他姓氏的人家通婚，朝廷于是禁止他们族内自相婚娶。七族于是不敢再举行婚礼，只好秘密把女儿装饰好了送到夫家。出自《国史异纂》。

李　积

李积，是酒泉公李义琰的侄孙，门户很高，且有清名。总觉得爵位没有族望高贵，虽然官至司封郎中和怀州刺史，给人写信时，仍自称陇西李积。出自《国史补》。

崔　湜

崔仁师的孙子崔湜、崔涤等弟兄数人，都有文辞，官居显要。每次私宴之时，自比王导、谢安家族，跟人说："我们崔家门第出身高贵，官职显要，未尝不属第一。大丈夫应当先占据重要的道路控制人，怎么能默默地受制于人？"所以总是孜孜不倦地进取不停，但未得善终。出自《摭言》。

类　例

世传《山东士大夫类例》三卷。那些不是世族或假冒的，多不被收录。署名是"相州僧昙刚撰"。后来柳氏也列为氏族，柳冲在中宗朝时做了相州刺史。访询老人们昙刚其人，老人们说："从隋朝以来，相州就没有听过昙刚和尚这个人。"大概著这三卷书的人当时担心被时人嫉恨，所以隐去了姓名。出自《国史补》。

李峤

初，李峤与李迥秀同在庙堂，奉诏为兄弟。又西祖王璋与信安王祎同产，故赵郡陇西二族，昭穆不定，一会之中，或孙为祖，或祖为孙。出《国史补》。

张说

张说好求山东婚姻，当时皆恶之。及后与张氏亲者，乃为甲门四姓。郑氏不离荥阳，又岗头卢、泽底李、土门崔，皆为鼎甲。出《国史补》。

杨氏

杨氏，自杨震号关西孔子，葬于潼关亭，至今七百余年，子孙犹在阌乡故宅，天下一家而已。出《国史补》。

李益

李尚书益有宗人庶子同名，俱出于姑臧公。时人谓尚书为文章李益，庶子为门户李益，而尚书亦兼门地焉。尝姻族间有礼会，尚书归，笑谓家人曰："大甚笑，今日局席，两个坐头，总是李益。"出《因话录》。

庄恪太子妃

文宗为庄恪选妃，朝臣家子女者悉被进名，士庶为之不安。帝知之，召宰臣曰："朕欲为太子婚娶，本求汝郑门衣冠子女为新妇，闻在外朝臣，皆不愿共朕作亲情，何也？朕是数百年衣冠。"无何神尧打家罗诃去，因遂罢其选。出《卢氏杂说》。

李 峤

当初，李峤和李迴秀一起在朝为官，皇帝下诏让他们称为兄弟。又西祖王李璋和信安王李祎是亲兄弟，所以赵郡的李姓和陇西的李姓二族，很难区别辈分，会见时，或孙为祖，或祖为孙，祖孙难辨。出自《国史补》。

张 说

张说喜欢同太行山以东的人结为姻亲，当时的人都厌恶他。等到后来同张说家族结为姻亲的，都是四大家族的四姓，被称为甲门四姓。郑氏不离荥阳，还有岗头的卢氏、泽底的李氏、土门的崔氏，都是张说家的女婿，都是豪族大姓。出自《国史补》。

杨 氏

杨氏，从西汉杨震号为"关西孔子"，死后葬在潼关亭，到如今已七百多年，子孙仍住在阌乡的老宅子里，天下仅此一家。出自《国史补》。

李 益

尚书李益和本宗李氏的一位庶子同名，都是姑臧公的后代。当时人们称尚书李益为文章李益，称另一李益为门户李益，而尚书李益同时也兼有门第。姻亲间曾有个聚会，尚书李益参加归来，笑对家人说："太好笑了，今天的宴会上两个首座，都是李益。"出自《因话录》。

庄恪太子妃

唐文宗为太子李永选妃，朝臣家的女儿都被登记在名单呈上，人们为此感到不安。文宗知道后，对宰臣们说："我想给太子选妃婚配，本来打算在你们郑氏宗族的女儿中考虑，但听说外面的朝臣都不愿和我做亲戚，为什么？我们李氏也是几百年的氏族。"不久，庄恪太子暴死，于是选妃的事作罢。出自《卢氏杂说》。

白敏中

白敏中为相,尝欲以前进士侯温为子婿。且有日矣,其妻卢氏曰:"身为宰相,愿为我婿者多矣。己既姓白,又以侯氏儿为婿,必为人呼作侯白尔。"敏中为之止焉。敏中始婚也,已朱紫矣,尝戏其妻为接脚夫人。又妻出,辄导之以马。妻既憾其言,每出,必命撤其马,曰:"吾接脚夫人,安用马也?"出《玉泉子》。

汝州衣冠

汝州衣冠,无非望族,多有子女。有汝州参军亦令族内于一家求亲,其家不肯曰:"某家世不共轩冕家作亲情。"出《卢氏杂说》。

黄　生

有黄生者,擢进士第。人问与颍同房否,对曰:"别洞。"黄本溪洞豪姓,生故以此对。人虽哈之,亦赏其直实也。出《尚书故实》。

白敏中

　　白敏中任宰相,曾打算把前进士侯温招为女婿。这个已经打算了很久,他的妻子说:"你做宰相,愿意给咱家做女婿的人很多。咱家姓白,再找个姓侯的女婿,必被人家呼作'侯白'。"白敏中因此取消了这个打算。白敏中结婚时已经做了大官,曾跟他妻子开玩笑,说妻子是个接脚夫人。又在妻子出门时,派马队开道。妻子有感于他前面的话,每次外出,必命撤掉马队,说:"我是接脚夫人,用什么马队?"_{出自《玉泉子》。}

汝州衣冠

　　汝州做官的,出身都是望族,有很多子女。有个汝州参军也令族内向一家求亲,那家不肯,说:"我们家世代不跟望族做亲戚。"_{出自《卢氏杂说》。}

黄　生

　　有个姓黄的学子选为进士第。有人问他是否愿意同住,他说:"别洞。"黄姓本是溪洞的豪族,所以他把房子说成洞。人们虽然讥笑他,但也欣赏他的直率和朴实。_{出自《尚书故实》。}

卷第一百八十五
铨选一

蔡　廓

宋废帝时,以蔡廓为吏部尚书。录尚书徐羡之谓中书令傅亮曰:"黄门已下,悉委蔡,吾徒不复历怀。自此已上,故宜共参同异。"廓闻之曰:"我不能为徐羡之署纸尾也。"遂辞不拜。出《建康实录》。

谢　庄

宋谢庄字希逸,侍中微之子,黄门思之孙。美仪容,善谈论,工书属文,好言玄理。少为文帝所赏,帝一见之,辄叹曰:"蓝田生美玉,岂虚也哉?"庄代颜峻为吏部尚书。峻容貌严毅,常有不可犯之色。庄风姿温美,人有喧诉,常欢笑答之。故时人语曰:"颜吏部瞋而与人官,谢吏部笑不与人官。"

蔡 廓

宋废帝时,任用蔡廓为吏部尚书。录尚书徐羡之跟中书令傅亮说:"黄门侍郎以下官员的任用,都由蔡廓决定,咱们不再过问。黄门侍郎以上官员的任用,咱们应该共同商定。"蔡廓听了,说:"我不能跟在徐羡之后面签名。"于是辞掉这个官职不做了。出自《建康实录》。

谢 庄

南朝宋的谢庄字希逸,是侍中谢微的儿子,黄门侍郎谢思的孙子。仪表俊美,善于言辞,字写得好,文章也做得好,并且好谈论玄学。少年时期就被宋文帝所赏识,宋文帝每见他就说:"蓝田那个地方产美玉,哪里是虚言呢?"谢庄取代颜竣做吏部尚书。颜竣容貌严厉,常有不可侵犯的面色。而谢庄风姿俊美,待人温良,即使有人陈述言辞激烈,嗓门高,他也能微笑以待。所以当时的人说:"颜竣瞪着双目给人官做,谢庄虽笑但不给人官做。"

庄迁中书令侍中,谥曰宪。庄家世无年五十者。庄年四十二,祖四十七,曾祖四十三,高祖三十。子朏、瀰,并知名。出《谈薮》。

刘林甫

唐武德初,因隋旧制,以十一月起选,至春即停。至贞观二年,刘林甫为吏部侍郎,以选限促,多不究悉,遂奏四时听选,随到注拟,当时以为便。出《唐会要》。

张　说

武德七年,高祖谓吏部侍郎张说曰:"今年选人之内,岂无才用者,卿可简试将来,欲縻之好爵。"于是说以张行成、张知运等数人应命。时以为知人。出《唐会要》。

温彦博

贞观元年,温彦博为吏部郎中,知选。意在沙汰,多所挨抑,而退者不伏,嚣讼盈庭。彦博惟骋辩与之相诘,终日喧扰,颇为识者所嗤。出《唐会要》。

戴　胄

贞观四年,杜如晦临终,请委选举于民部尚书戴胄。遂以兼检校吏部尚书。及在铨衡,颇抑文雅而奖法吏,不适轮辕之用。物议以是刺之。出《唐会要》。

谢庄做到中书令侍中的官职，死后谥号"宪"。谢庄家世代没有人活到五十岁。谢庄逝世时四十二岁，祖父逝世时四十七岁，曾祖父逝世时四十三岁，高祖父逝世时三十岁。谢庄的儿子谢朏、谢瀹，都有名声。出自《谈薮》。

刘林甫

唐高祖武德初年，按照隋朝的旧制，十一月开始选官，到春天就停止。唐太宗贞观二年，刘林甫任吏部侍郎，认为这样做时间短促，对官员的考察了解不细、不深，便奏请四时随时选官，随时承办，当时都认为方便。出自《唐会要》。

张　说

唐高祖武德七年，唐高祖对吏部侍郎张说说："今年选用的官员里面，怎么会没有有才能的人，你可以了解下报告我，我打算重用他们。"于是张说就推荐了张行成、张知运等几个人应命。当时人们认为张说知人善任。出自《唐会要》。

温彦博

唐太宗贞观元年，温彦博任吏部郎中，主管选用官员。打算淘汰一些冗员，对淘汰的官员有些压制，这些人压而不服，找他争论。温彦博跟他们辩论，终日吵得不可开交，颇为当时的有识者耻笑。出自《唐会要》。

戴　胄

唐太宗贞观四年，宰相杜如晦临终时，请求把选任官职的事委托给民部尚书戴胄。太宗就让戴胄兼任检校吏部尚书。在选任官员方面，戴胄颇压制儒臣，而选任一些执法严苛的人，结果没招来经世可用之人。人们议论，往往用这件事来讽刺他。出自《唐会要》。

唐皎

唐贞观八年十一月,唐皎除吏部侍郎。常引人入铨,问何方稳便。或云:其家在蜀,乃注与吴。复有云:亲老,先住江南,即唱之陇右。论者莫测其意。有一信都人希河朔,因绐云:"愿得江淮。"即注与河北一尉。由是大被选人绐言欺之。出《唐会要》。

杨师道

贞观十七年,杨师道为吏部尚书。贵公子,四海人物,未能委练,所署多非其才。深抑势贵及亲党,将以避嫌。时论讥之。出《唐会要》。

高季辅

贞观十七年,吏部侍郎高季辅知选。凡所铨综,时称允惬。至十八年于东都独知选事,上赐金镜一面,以表清鉴。出《唐会要》。

薛元超

永徽元年,中书舍人薛元超好汲引寒俊。尝表荐任希古、高智周、郭正一、王义方、孟利真等十余人。时论称美。出《唐会要》。

杨思玄

龙朔二年,司列少常伯杨思玄恃外戚贵,待选流多不以礼而排斥之。为选者夏侯彪所讼,御史中丞郎余庆

唐皎

唐太宗贞观八年十一月，唐皎被任命为吏部侍郎。委派任官时常问人到哪里任职方便。人家或许说：我家在蜀地，他就把这个人署签到吴地去。又或许有人说：双亲住在江南，他就给派到陇右去。谁都不知道他为什么这样做。有一位信都人希望到河朔一带任职，就哄骗唐皎说："我愿意到江淮去。"结果，唐皎把他署签到河北某地担任县尉。从此大被选人的谎言所欺骗。出自《唐会要》。

杨师道

唐太宗贞观十七年，杨师道任吏部尚书。提拔的一些官员多是公子哥儿，天下真正有才能的人物，不能任用，他除授的官员大多数是些庸才。而且他又反过来压制其他有权势的人和自己的朋友与亲属，用这个方法来避嫌。当时被人们议论、讥讽。出自《唐会要》。

高季辅

唐太宗贞观十七年，吏部侍郎高季辅主管官员的选授。凡经他选授的官员，当时人认为允当。贞观十八年，高季辅到东都洛阳独立主持选授官员的事，唐太宗赐给他一面金镜，表彰他为官公正廉明，能让人借鉴。出自《唐会要》。

薛元超

唐高宗永徽元年，中书舍人薛元超喜欢举荐贫苦而有才能的人。曾上表向皇上举荐了任希古、高智周、郭正一、王义方、孟利真等十余人。时人都称赞他。出自《唐会要》。

杨思玄

唐高宗龙朔二年，司列少常伯杨思玄自恃是外戚权贵，对参选的官员多无礼又排斥。被参选的夏侯彪告状，御史中丞郎余庆

弹奏免官。时中书令许敬宗曰:"必知杨吏部之败。"或问之,对曰:"一彪一狼,共著一羊,不败何待!"出《唐会要》。

张仁祎

唐总章二年十一月,吏部侍郎李敬玄委事于员外张仁祎。有识略干能,始造姓历,改修状抹、铨替等程式。敬玄用仁祎之法,铨总式序。仁祎感国士见委,竟以心劳,呕血而死。出《唐会要》。

裴行俭

咸亨二年,有杨炯、王勃、卢照邻、骆宾王,并以文章见称。吏部侍郎李敬玄咸为延誉,引以示裴行俭。行俭曰:"才名有之,爵禄盖寡。杨应至令长,余并鲜能令终。"是时苏味道、王勮未知名,因调选,遂为行俭深礼异。仍谓曰:"有晚生子息,恨不见其成长,二公十数年当居衡石,愿识此辈。"其后果如其言。行俭尝所引偏裨将有程务挺、张虔勖、崔智辩、王方翼、党金毗、刘敬同、郭待封、李多祚、黑齿常之,尽为名将。出《唐会要》。

三人优劣

长寿二年,裴子余为鄠县尉。同列李朝隐、程行谌皆以文法著称,子余独以词学知名。或问雍州长史陈崇业,三人优劣孰先。崇业曰:"譬之春兰秋菊,俱不可废。"

刘 奇

证圣元年,刘奇为吏部侍郎,注张文长、司马锽为监察

弹劾他，奏明皇上罢免了他的官职。当时，中书令许敬宗说："我知道杨吏部必败不可。"别人问他为什么，许敬宗说："一只彪、一只狼合吃一只羊，他能不败吗！"出自《唐会要》。

张仁祎

唐高宗总章二年十一月，吏部侍郎李敬玄把主管事务委托给员外郎张仁祎。这个人既有胆识谋略又有能力，开始把官员的姓氏、履历造录成册，又修正了状抹、铨替等选官程式。李敬玄采用他的办法，完备了整个选官的程序。张仁祎很感激李敬玄以国士待他，兢兢业业，恪尽职守，后来因为劳累吐血而死。出自《唐会要》。

裴行俭

唐高宗咸亨二年，杨炯、王勃、卢照邻、骆宾王都以诗词文章著称。吏部侍郎李敬玄替他们播扬声誉，引荐给裴行俭。裴行俭说："他们的才名有了，但是恐怕爵禄少。杨炯应做到县令，其余的连县令怕也做不到。"当时苏味道、王勮未出名，因选官调职，于是深受裴行俭重视。对人说："我虽然有学生有儿子，但是遗憾看不到他们不长进，他们俩十几年后应当掌握重权，希望结识他们。"后来果然像裴行俭所说的。裴行俭曾提拔的偏将有程务挺、张虔勖、崔智辩、王方翼、党金毗、刘敬同、郭待封、李多祚、黑齿常之等，都成为著名的将领。出自《唐会要》。

三人优劣

武后长寿二年，裴子余为鄠县的县尉。跟他同列的李朝隐、程行谌都以文法著称，而裴子余却是以词学知名。有人问雍州长史陈崇业，三人比较，谁更高一些。陈崇业说："好比春天的兰花和秋天的菊花，都是不可废黜的。"

刘 奇

武后证圣元年，刘奇任吏部侍郎，签署张文长、司马锽为监察

御史。二人因申屠玚以谢之,奇正色曰:"举贤本自无私,二君何为见谢?"出《唐会要》。

狄仁杰

圣历初,狄仁杰为纳言,颇以藻鉴自任,因举桓彦范、敬晖、崔玄晖、张柬之、袁恕己等五人,后皆有大勋。复举姚元崇等数十人悉为公相。圣历中,则天令宰相各举尚书郎一人,仁杰独荐其子光嗣,由是拜地官员外,莅事有声。则天谓之曰:"祁奚内举,果得人也。"出《唐会要》。

郑杲

圣历二年,吏部侍郎郑杲,注韩思复为太常博士,元稀声京兆士曹。尝谓人曰:"今年掌选,得韩、元二子,则吏部不负朝廷矣。"出《唐会要》。

薛季昶

长安三年,则天令雍州长史薛季昶,择僚吏堪为御史者。季昶以问录事参军卢齐卿,齐卿举长安县尉卢怀慎、李休光,万年县尉李乂、崔湜,咸阳县丞倪若冰,盩厔县尉田崇壁,新丰县尉崔日用。后皆至大官。出《唐会要》。

邓渴

弘道元年十二月,吏部侍郎魏克己铨综人毕,放长榜,遂出得留人名。于是衢路喧哗,大为冬集人授引指摘,贬为太子中允,遂以中书舍人邓玄挺替焉。又无藻鉴之目,

御史。二人便请申屠场代他们去向刘奇致谢,刘奇严肃地说:"荐举和任用贤能的人才本来就要没有私心,二位为什么要感谢呢?"出自《唐会要》。

狄仁杰

武后圣历初年,狄仁杰为纳言,颇以品评和鉴别人才为己任,他举荐的桓彦范、敬晖、崔玄晔、张柬之、袁恕己等五人,后来都有很高的功勋。他又举荐过姚元崇等数十人都封了公拜了相。圣历年间,武则天让宰相们各举荐一位尚书郎,唯独狄仁杰举荐他的儿子狄光嗣,被武则天任命为地官员外郎,处事有声名。武则天说:"春秋时祁奚举贤不避亲的事,果然得到了人才。"出自《唐会要》。

郑杲

武后圣历二年,吏部侍郎郑杲选任韩思复为太常博士,元稀声为京兆士曹。曾对人说:"我今年主管选官的事,得到韩思复、元稀声这两位,那么吏部就没有辜负朝廷的信任了。"出自《唐会要》。

薛季昶

武后长安三年,武则天让雍州长史薛季昶挑选可以担任御史的属僚。薛季昶请教同僚录事参军卢齐卿,卢齐卿推荐长安县尉卢怀慎、李休光,万年县尉李义、崔湜,咸阳县丞倪若冰,盩厔县尉田崇璧,新丰县尉崔日用。这些人后来都担任了重要的官职。出自《唐会要》。

邓渴

唐高宗弘道元年十二月,吏部侍郎魏克己选拔人才完毕,放长榜,便将留下的人名贴出来。于是通衢大路一片喧哗,很被那些任期已满、冬季集于京城参加铨选的人指摘,贬为太子中允,于是由中书舍人邓玄挺来接替他。邓玄挺没有选拔人才的能力,

及患消渴,选人因号邓渴。出《唐会要》。

李至远

如意元年九月,天官郎中李至远权知侍郎事。时有选人姓刁,又有王元忠,并被放。乃密与令史相知,减其点画,刁改为丁,王改为士,拟授官后,即添成文字。至远一览便觉曰:"今年铨覆万人,总识姓名,安有丁、士者哉?此刁某、王某者。"省内以为神明。出《唐会要》。

张文成

唐张文成曰:"乾封以前,选人每年不越数千;垂拱以后,每岁常至五万。人不加众,选人益繁者,盖有由矣。尝试论之:只如明经进士,十周、三卫,勋散、杂色,国官直司,妙简实材,堪入流者十分不过一二。选司考练,总是假手冒名,势家嘱请,手不把笔,即送东司,眼不识文,被举南馆。正员不足,权补试、摄、检校之官。贿货纵横,赃污狼籍。流外行署,钱多即留。或帖司助曹,或员外行案。更有挽郎、辇脚、营田、当屯,无尺寸功夫,并优与处分。皆不事学问,唯求财贿。是以选人冗冗,甚于羊群;吏部喧喧,多于蚁聚。若铨实用,百无一人。积薪化薪,所从来远矣。"出《朝野佥载》。

郑愔　崔湜

唐郑愔为吏部侍郎,掌选,赃污狼籍。引铨,有选

又患有消渴症,被待选的官员们称为"邓渴"。出自《唐会要》。

李至远

　　武后如意元年,天官郎中李至远署理侍郎职务。当时有个待选的人姓刁,还有王元忠一起被外放。但他们私下里跟令史相通,重新填报时,减了姓氏笔画,"刁"改成"丁","王"改成"士",打算授官之后,就添上笔画再改过来。李至远一看就明白是作弊,便说:"今年待选官员超过万人,我都记得他们的姓名,哪有姓丁和姓士这两个人?这是刁某和王某。"吏部的官员们都认为李至远神明。出自《唐会要》。

张文成

　　唐代的张文成说:"高宗乾封年以前,每年选任官员超不过几千人;武后垂拱年以后,每年常常达到五万人。人口没有增多,可待选的官员却增加起来,这大概是有原因的吧。曾尝试分析过原因:就像明经科进士,十周、三卫、勋戚、散官及国官、直司,精选有真才实学的,能胜任所司职任的,十个中不过一两个。选司选任官员的过程中,不是冒名顶替,就是权贵嘱托,手不能提笔的,就送到东司任职,眼不识字的,又被举荐到南馆做官。正员没有位置,就暂时充任一些试、摄、检校之类的临时官职。权钱交易,受贿贪污,一片狼藉。流外的行署,送的钱多就留用。或者做属官的助手,或者做员外的行案。更有挽郎、辇脚、营田、当屯这些人,没有一点真本事,都受到优越的对待。都是不倚恃学问,只求用财物贿赂。结果选官冗冗,多于羊群;吏部喧喧,人来人往,多如聚集的蚂蚁。若论选出来实用的,百人里头没有一人。积薪化薪,造成这样的局面,由来已久了。"出自《朝野佥载》。

郑惜　崔湜

　　唐朝郑惜任吏部侍郎,掌选官,贪污严重。一次选官,有个待选

人系百钱于靴带上。愔问其故,答曰:"当今之选,非钱不行。"愔默而不言。时崔湜亦为吏部侍郎,掌铨。有选人引过,分疏云:"某能翘关负米。"湜曰:"若壮,何不兵部选?"答曰:"外边人皆云,崔侍郎下,有气力者即得。"出《朝野金载》。

糊　名

武后以吏部选人多不实,乃令试日自糊其名,暗考以定等第。判之糊名,自此始也。武后时,投匦者或不陈事,而有嘲谑之言。于是乃置使,先阅其书奏,然后投之。匦院有司,自此始也。出《国史异纂》。

的人在靴子带上拴了一百个大钱。郑愔问这是为什么，那个人说："如今选官，没钱不行。"郑愔沉默没说话。当时，崔湜也任吏部侍郎，主管选官。被选的官员中，有一人绕出队伍，诉说："我能背着米从障碍物上跳过去。"崔湜说："你这样体壮，为何不到兵部去做武官？"那人说："外边的人都说，崔侍郎选官，有力气就行。"出自《朝野佥载》。

糊　名

武则天因为吏部选官大多不实，于是下令在考试那天案卷上自己把名字糊上，由吏部主官无记名而定等第，或任用或淘汰。考判糊名，始于武则天。还有，武则天时，设立了许多铁制的检举箱，供人秘密检举官吏。有人投状，不陈述事情，却写了一些讽刺戏谑的话。于是武则天又专设了专管的官员，由他们先看密告信的内容，然后才准许投入匦中。设官主管密告箱，亦始于武则天。出自《国史异纂》。

卷第一百八十六
铨选二

斜封官

　　唐景龙年中，斜封得官者二百人，从屠贩而践高位。景云践祚，尚书宋璟、御史大夫毕构，奏停斜封人官。璟、构出后，见鬼人彭卿受斜封人贿赂，奏云："见孝和怒曰：'我与人官，何因夺却？'"于是斜封皆复旧职。伪周革命之际，十道使人，天下选残明经进士及下村教童蒙博士，皆被搜扬。不曾试练，并与美职。尘黩士人之品，诱悦愚夫之心。庸才者得官以为荣，有才得官以为辱。昔赵王伦之篡也，天下孝廉秀才茂异，并不简试，雷同与官。市道屠沽，亡命不轨，皆封侯略尽。太府之铜不供铸印，

斜封官

唐中宗景龙年间，韦后及太平、安乐、长宁等公主，仗势用权，收受贿赂，于侧门降墨敕付中书授官，人们称这种官为"斜封官"，得官者二百多人，一些人从屠夫贩卒爬上了高位。睿宗李旦登上皇位后，尚书宋璟、御史大夫毕构上奏书，停止了斜封官。宋璟、毕构出去后，宫中专司驱鬼、祈祷、占卜之术的鬼人彭卿受一些斜封官的贿赂，向皇帝上奏说："我见到了死去的孝和皇帝，他发怒地说：'我给人封的官，你们为什么给罢了？'"于是那些斜封官又官复原职。武则天篡权的时候，往十个行政区域派人，天下挑选剩下的明经进士和村中教童子的博士，都被搜罗去了。不经过筛选，就给一个很美的差事。这样做污辱了读书人的品格，而使那些无能之辈得到了欢心。庸才得了官，感到荣耀；有才的人得了官，感到耻辱。过去西晋赵王司马伦篡位时，天下孝廉秀才德才突出的，都不经考试，一样封官。市上屠夫卖酒之人，亡命不遵规矩之徒，都被封了侯做了官。太府中的铜不够铸印用，

至有白版侯者。朝会之服,貂者大半。故谣云:"貂不足,狗尾续。"小人多幸,君子耻之。无道之朝,一何连类也?惜哉! 出《朝野佥载》。

卢从愿

景云元年,卢从愿为侍郎,精心条理,大称平允。其有冒名伪选,虚增功状之类,皆能摘发其事。典选六年,颇有声称。时人曰:"前有裴、马,后有卢、李。"裴即行俭,马谓戴,李谓朝隐。出《唐会要》。

韦 抗

景云二年,御史中丞韦抗加京畿按察使。举奉天县尉梁昇卿、新丰尉王倕、金城县尉王水、华原县尉王焘为判官。其后皆著名位。出《唐会要》。

张仁愿

景云二年,朔方总管张仁愿奏用监察御史张敬忠、何奕,长安县尉寇泚,鄠县尉王易从,始平县主簿刘体微分判军事;义乌县尉晁良贞为随军。后皆至大官。出《唐会要》。

杜 暹

景云二年,卢从愿为吏部侍郎,杜暹自婺州参军调集,补郑县尉。后暹为户部尚书,从愿自益州长史入朝。暹立在卢上,谓之曰:"选人定何如?"卢曰:"亦由仆之藻鉴,遂使明公展千里足也。"出《唐会要》。

以至于有白版无印之侯。大朝会时的服饰，穿貂的有一大半，所以有民谣说："貂不足，狗尾续。"小人感到幸运，君子感到耻辱。无道昏君的朝廷，为何都那么相似？令人痛惜呀！ 出自《朝野佥载》。

卢从愿

唐睿宗景云元年，卢从愿任吏部侍郎，他选官认真，办事有条理，人们盛赞他办事公平适当。有冒名参选的，或虚报功绩的，他都能给以揭发。他掌考选官六年，颇有声誉。当时人们说："前有裴、马，后有卢、李。"裴是裴行俭，马是马戴，李是李朝隐。 出自《唐会要》。

韦 抗

唐睿宗景云二年，御史中丞韦抗加官京畿按察使。他举荐奉天县尉梁昪卿、新丰县尉王倕、金城县尉王水、华原县尉王焘为判官。后来这些人，都名位显赫。 出自《唐会要》。

张仁愿

唐睿宗景云二年，朔方总管张仁愿上奏，请求起用监察御史张敬忠、何奕，长安县尉寇泚，鄠县县尉王易从，始平县主簿刘体微分管军事；义乌县尉晁良贞为随军。后来这些人都身居重要官职。 出自《唐会要》。

杜 暹

唐睿宗景云二年，卢从愿任吏部侍郎，杜暹从婺州参军一职调来，补郑县县尉。后来杜暹升为户部尚书，卢从愿从益州长史调入内朝。杜暹站在卢从愿的上面，问卢从愿："你选定的人怎么样？"卢从愿说："是由我反复评选、鉴别，才能使你展示自己的才能。"出自《唐会要》。

魏知古

先天元年,侍中魏知古尝表荐洹水县令吕太一、蒲州司功参军齐瀚、右内率府骑曹柳泽。及为吏部尚书,又擢密县尉宋遥,左补阙袁晖、封希颜,伊阙县尉陈希烈。其后咸居清要。出《唐会要》。

卢齐卿

开元元年,卢齐卿为幽州刺史。时张守珪为果毅,特礼接之。谓曰:"十年内当节度。"果如其言也。出《唐会要》。

王 丘

开元八年七月,王丘为吏部侍郎,擢山阴尉孙逖、桃林尉张镜微、湖城丞张晋明、进士王泠然、李昂等。不数年,登礼闱,掌纶诰焉。出《唐会要》。

崔 琳

十一年十二月,吏部侍郎崔琳铨日,收选残人卢怡、裴敦复、于号卿等十数人。无何,皆入台省。众以为知人。出《唐会要》。

裴光庭

开元十八年,苏晋为侍郎,而侍中裴光庭每过官,应批退者,但对众披簿,以朱笔点头而已。晋遂榜选院,门下点头者,更引注拟。光庭以为侮己,不悦。时有门下主事阎鳞之为光庭腹心,专主吏部过官。每鳞之裁定,光庭随口下笔。时人语曰:"鳞之口,光庭手。"出《唐会要》。

魏知古

唐玄宗先天元年，侍中魏知古曾经上表推荐洹水县令吕太一、蒲州司功参军齐瀚、右内率府骑曹柳泽。等到魏知古当了吏部尚书后，又提拔了密县尉宋遥，左补阙袁晖、封希颜，伊阙县尉陈希烈。后来这些人都任了重要的官职。出自《唐会要》。

卢齐卿

唐玄宗开元元年，卢齐卿任幽州刺史。当时张守珪任果毅都尉，卢齐卿用不同寻常的礼仪接待他。卢齐卿对张守珪说："十年内你准能当节度使。"后来果然和卢齐卿说的一样，张守珪做了节度使。出自《唐会要》。

王　丘

唐玄宗开元八年七月，王丘任吏部侍郎，提拔山阴县尉孙逖、桃林县尉张镜微、湖城县丞张晋明、进士王泠然、李昂等人。没几年，他们都进入尚书省，专掌皇帝诏书。出自《唐会要》。

崔　琳

唐玄宗开元十一年十二月，吏部侍郎崔琳选授官员时，他收选了剩余的卢怡、裴敦复、于号卿等十多人。不久，他们都进入台省。大家认为崔琳知人善任。出自《唐会要》。

裴光庭

唐玄宗开元十八年，苏晋任侍郎，侍中裴光庭在每次选官时，将应该批退的人，只是当众批簿，用朱笔在姓名上划一点。苏晋却把名单张贴在选院，门下省点过姓名的，在名下详细地写下应选应退。裴光庭认为这是侮辱自己，很不高兴。当时门下省主事阎鳞之是裴光庭的心腹，阎鳞之专门主持吏部选官。每当阎鳞之决定时，裴光庭便紧随他的话音用手拿笔点定。当时人们说："阎鳞之口，裴光庭手。"出自《唐会要》。

薛据

开元中,薛据自恃才名,于吏部参选,请授万年录事。诸流外官共见宰执诉云:"录事是某等清要官,今被进士欲夺,则某等色人,无措手足矣。"遂罢。出《摭言》。

李林甫

自开元二十年,吏部置南院,始悬长名,以定留放。时李林甫知选,宁王私谒林甫曰:"就中乞一人。"林甫责之。于是榜云:"据其书判,自合得留;缘属宁王,且放冬集。"出《国史补》。

张说

中书舍人张均知考,父左相张说知京官考。特注曰:"父教子忠,古之善训。祁奚举子,义不务私。至如润色王言,章施帝载,道参坟典,例绝常功,恭闻前烈,尤难其任。岂以嫌疑,敢挠纲纪?考上下。"出《玄宗实录》。

张奭

苗晋卿典选,御史中丞张倚男奭参选,晋卿以倚子思悦附之。考等第凡六十四人,奭在其首。苏考蕴者为蓟令,乃以选事告禄山。禄山奏之,玄宗乃集登科人于

薛　据

　　唐玄宗开元年间,薛据倚仗自己的才华和名气,在吏部参选时,请求授给他万年县录事一职。各流外官一起向主持选官的宰相说:"录事是地位显贵、职司重要的官职,现在一个进士想要争得这个官位,叫我们这些人不知该怎么办。"于是这事也就作罢了。出自《摭言》。

李林甫

　　自唐玄宗开元二十年,吏部才设置南院,开始把所有参选任官的人设长榜公布,以决定任用和落选。当时李林甫主持选官,宁王私下拜访李林甫,对他说:"为参选的一人说情。"李林甫责备了宁王。于是放榜说:"根据考评官的评语,某人应该留用;但是由于宁王说情,暂不任用,等到冬天考评时再考虑。"出自《国史补》。

张　说

　　中书舍人张均主持官员的政绩考评,他的父亲左丞相张说则主持京官的政绩考评。张说在张均的评语上批道:"父亲教导儿子忠心为国,是自古以来的训教。春秋时期晋国的祁奚年老退休,推荐他儿子祁午做国尉,是为公不是为私。至于能润色皇帝的诏敕,记载圣明皇帝的丰功伟绩,取法三坟、五典,循例不居常功,恭闻前辈,一般人是难以做到的。我虽然身为张均之父,怎么能为了避嫌而干扰了国家的纲纪? 考张均上下。"出自《玄宗实录》。

张　奭

　　苗晋卿担任主选官,御史中丞张倚的儿子张奭参选,苗晋卿凭着张奭参选这件事,想讨好依附张倚。考等第的总共六十四人,他将张奭列在榜首。苏考蕴任蓟县县令,就把这次考试舞弊的事对安禄山说了。安禄山把这件事奏给皇帝,玄宗就召集登科人在

花萼楼前重试,升第者十无一二。奭手持试纸,竟日不下一字,时人谓之拽白。上大怒,贬倚,敕曰:"庭闱之间,不能训子;选调之际,乃以托人,天下为戏谈。"晋卿贬安康。出《卢氏杂说》。

杨国忠

天宝十载十一月,杨国忠为右相兼吏部尚书,奏请两京选人,铨日便定留放,无少长各于宅中引注。虢国姊妹垂帘观之,或有老病丑陋者,皆指名以笑,虽士大夫亦遭诟耻。故事,兵、吏部注官讫,于门下过侍中给事中,省不过者谓退量。国忠注官,呼左相陈希烈于坐隅。给事中行列于前曰:"既对注拟,即是过门下了。"希烈等腹悱而已。侍郎韦见素、张倚皆衣紫,与本曹郎官藩屏外排比案牍,趋走语事。乃谓帘中杨氏曰:"两个紫袍主事何如?"杨乃大噱。选人郑怤附会其旨,与二十余人率钱于勤政楼设斋,兼为国忠立碑于尚书省南。所注吏部三铨选人,专务鞅掌,不能躬亲,皆委典及令史孔目官为之。国忠但押一字,犹不可遍。出《唐续会要》。

陆 贽

贞元八年春,中书侍郎平章事陆贽,始复令吏部每年集选人。旧事,吏部每年集人,其后遂三数年一置选。选

花萼楼前重新考试，能及格升第的十无一二。张奭手持考试卷子，竟一天也写不出一个字，当时人们叫做"拽白"。玄宗大怒，贬斥张倚。下敕说："在家里，不能很好地教育儿子；选调的时候，却托人说情，成为天下的笑谈。"把苗晋卿贬官到安康。出自《卢氏杂说》。

杨国忠

唐玄宗天宝十载十一月，杨国忠为右相兼吏部尚书，奏请玄宗在西京长安、东京洛阳两京选人授官，铨选那天便决定留放名单，无论年龄大的、年龄小的都在杨国忠私宅里注册登记任官。杨贵妃的姐妹虢国夫人、韩国夫人、秦国夫人在屋里垂帘观看，有些老、病、丑陋的，都被指名道姓取笑，即使是士大夫也免不了遭受她们耻笑取乐。依照过去的惯例，被选的官员，须在兵部、吏部登记、注册完了，再呈送给门下省，门下省长官侍中和助手给事中考核，考核认为不合格退回的，叫"退量"。杨国忠专权任官，叫左相陈希烈坐在墙角。门下省给事中排在前边，说："既然已经登记选拔，就是通过门下省这道手续了。"陈希烈等人口中不说，心里不愿意，只是闷坐而已。侍郎韦见素、张倚都身穿紫衣，和本衙署郎官在藩屏外并排坐桌案后，如有事叫他们还得快走向前回话。杨国忠对帘中的杨氏姐妹说："两个穿紫衣的主办这件事怎么样？"杨国忠说完哈哈大笑。被选官郑惄阿谀奉承杨国忠，与二十余人拿着钱在勤政楼设宴，并且在尚书省南边给杨国忠立碑。吏部三铨授职、选拔、考绩，杨国忠说吏部职务繁忙，不能亲自动手，皆委派典史及令史、孔目官代替。杨国忠只是签个字而已，还不一定都能签个遍。出自《唐续会要》。

陆　贽

唐德宗贞元八年春，中书侍郎、平章事陆贽开始让吏部恢复每年的冬集选官。本来旧时惯例，吏部每年都要冬集选官，由于安史之乱不能正常实行，之后于是三几年举行一次。选官时

人并至，文书多，不可寻勘，真伪纷杂，吏因得大为奸巧。选人一蹉跌，或十年不得官。而官之阙者，或累岁无人。贽命吏部分内外官员为三分，计阙集人，岁以为常。其弊十去七八，天下称之。出《唐会要》。

郑余庆

刘禹锡曰："宣平郑相之铨衡也，选人相贺，得入其铨。"刘禹锡曰："予从弟某在郑铨，注湖州一尉，唱唯而出，郑呼之却回曰：'如公所试，场中无五六人。一唱便受之，此而不奖，何以铨衡？公要何官，去家稳便。'曰：'家住常州。'乃注武进县尉。选人翕然，畏而爱之。及后作相，过官又称第一。其有后于鲁也。"又云："陈讽、张复元各注畿县，请换县，允之。既而张却请不换。郑榜了，引张才入门，已定不可改。时人服之。"出《嘉话录》。

裴遵庆

裴遵庆罢相，知选。朝廷优其年德，令就第注官。自宣平坊榜引士子，以及东市两街。时人以为盛事。出《国史补》。

李 绛

长庆初，吏部尚书李绛议置郎官十人，分判南曹，

被选的官员一齐集中过来，文书多，不可能细细地审查，真伪纷杂也难以分辨，属吏因此能趁此机会大做奸巧之事。候选的官员一旦失误，有的可能十年得不到任职。可是缺官的地方，或许多年无人任职。陆贽根据这种情况，让吏部把内外官员分成三个类别，根据缺额数，量才授官，以后每年就成为常规。这样做，弊病十分除去了七八分，天下人都称赞他。出自《唐会要》。

郑余庆

刘禹锡说："宣平郑余庆主持铨选人才，被选的人，若得到他任命，就相互庆贺。"刘禹锡又说过："我的堂弟某某在郑余庆手下铨选，授湖州一县尉，他已经允诺出来，郑余庆又把他喊回去，对他说：'这次选官，全场像你这样考试的，不超过五六个人。只一次唱名就接受任命，如此不褒奖你，怎么能体现铨选的公正？你想要什么官？离家近比较方便的。'我的堂弟说：'家住常州。'于是就授任他武进县县尉。候选的官员们一致称颂，都很佩服、很敬畏、很爱戴他。等他后来做了宰相，审定兵部、吏部六品以下的职事官，做得公正属第一。他有后人在山东。"刘禹锡又说："陈讽、张复元各授京畿县的职官，他俩请求换个县，郑余庆答应了。不久，张复元返回又请求不换。这时，郑余庆已发了榜，把张讽叫进门，严肃地责备他说已经定了就不可更改。人们都佩服郑余庆。"出自《嘉话录》。

裴遵庆

裴遵庆罢了宰相的职位后，让他主持选官。皇帝优待他，考虑他年高有德，让他在家里办理选官事宜。裴遵庆没有在家办，他在宣平坊、东市两街张榜招引士子。当时人们认为这是件盛大的事。出自《国史补》。

李 绛

唐穆宗长庆初年，吏部尚书李绛计议设郎官十人，断事南曹，

吏人不便。旬日出为东都留守。自是选曹成状，常速毕。
出《国史补》。

李　建

李建为吏部郎中，常曰："方今秀茂，皆在进士。使仆得志，当令登第之岁，集于吏部，使尉紧县；既罢复集，稍尉望县；既罢乃尉畿县，而升于朝。大凡中人，三十成名，四十乃至清列，迟速为宜。既登第，遂食禄；既食禄，必登朝。谁不欲也？无淹翔以守常限，无纷竞以来奔捷。下曹得其循举，上位得其更历。"就而言之，其利甚博。议者多之。
出《国史补》。

崔安潜

崔安潜东洛掌选。时选人中不能显其名姓，窃顾云启事投献者。崔公不之知，大赏叹，召之与语，便注一超资县令。后有人白，崔公方悔。出《卢氏杂说》。

郎官下属吏感到办公不方便。十天以后出为东都留守。从这以后选官有了一种固定的文书，处理事情很快。出自《国史补》。

李　建

　　李建为吏部郎中，常说："当今优秀的人才，都在进士当中。若能让我当上主考官，就在登第那年，令登第的人都集中在吏部，先让他们在紧县当佐官；任期满后，再集中起来，逐渐放派到望县当县尉；罢职之后就授职到畿县任县尉，逐步升入内朝。大凡有权势的朝臣，三十成名，四十做到显要之位，这样的节奏才比较合适。登第后就要拿俸禄；拿俸禄后，就必定入朝为官。谁不这样想？没有盘桓而守常法，没有纷杂竞争而来报捷。这样，下边衙署循序举荐，上位得以更替。"如果照他的话去做，好处很多。当时议论的人称扬他。出自《国史补》。

崔安潜

　　崔安潜在东都洛阳主持选官。当时候选的人中有个不能显露姓名的人，私下对投送案卷的人说他如何如何好。崔安潜不知道这件事，很赞赏这个人，并把他找来跟他谈话，便授给他一个超出他的资历的县令。后来有人把这个人私下舞弊的事对崔安潜讲了，崔安潜才感到后悔。出自《卢氏杂说》。

卷第一百八十七
职官

宰　相

　　凡拜相礼，绝班行。府县载沙填路，自私第至于子城东街，名曰沙堤。有服假，或问疾，百僚就第。有司设幕次，排班。元日、冬至立仗，大官皆备珂伞，列烛有五六百炬，谓之火城。宰相火城将至，则皆扑灭以避。宰相判四方之事有都堂，处分有司有堂帖，下次押名曰花押。黄敕既下，小异同曰黄帖，宰相呼为堂老。初百官早朝，必立马建福、望仙门外；宰相则于光宅车坊，以避风雨。元和初，始置待漏院。出《国史补》。

宰 相

大凡举行拜相礼,百官停止上朝。京兆府及京畿各县都要运载黄沙填平道路,从宰相的私宅铺到子城东街,名叫"沙堤"。无论有丧假的,或者探问疾病的,百官都要去相宅问候。由主管拜相礼的官员给设置帷幕,安排次序。举行拜相礼多半在正月初一或冬至,仪仗分立于拜相地点,京城大官都要准备有玉饰的大伞,点燃五六百根蜡烛,照得通亮,称为"火城"。宰相的"火城"快到来的时候,众官都要扑灭自己的蜡烛以示回避。宰相处理四方之事的地点有都堂,处理相关部门的事务有堂帖,下文签署之名称"花押"。皇帝用黄绢写的有关命令、训谕臣下的叫"黄敕",宰相下达的文书与它稍有不同的叫"黄贴",都堂内的官员称宰相为堂老。当初百官早朝,必须立马在建福门、望仙门外等候;宰相则在光宅里车坊内等候,以避风雨。到唐宪宗元和初年才开始设置待漏院。出自《国史补》。

上 事

凡中书、门下,并于西省上,以便礼仪。五品以上,宰相送上,乃并卿参。出《国史补》。

苏 瓌

景龙三年,苏瓌除尚书右仆射。时公卿大臣初拜官者,例计献食,名曰烧尾。瓌因侍内宴,将作大匠宗晋卿谓曰:"拜仆射,竟不烧尾,岂不善邪?"帝默然。瓌奏曰:"臣闻宰相者,主阴阳,助天理物。今粒食踊贵,百姓不足,臣见宿卫兵,至有三日不得食者。臣愚不称职,所以不敢烧尾。"出《谭宾录》。

两 省

谏议无事不入,每遇入省,有厨食四孔炙。中书舍人时谓宰相判官。宰相亲嫌,不拜知制诰,为屩脚。又云:"不由三字,直拜中书舍人者,谓之拽额裹头。"其制诰之本,出自王言,皆人主所为。故汉光武时,第五伦为督铸钱掾,见诏书而叹曰:"此圣明主也,一见决矣。"近者凡有诏敕,皆责成群下。褒贬之言,哲王所慎。凡百具寮,王公卿士,始褒则谓其珪璋特达,善无可加;旋有贬黜,则比以斗筲下才,罪不容责。同为一士之行,固出君上之言,愚智生于倏忽,是非变于俄顷。盖天子无戏言,言之苟失,则取尤天下。出《卢氏杂说》。

上　事

凡是属于中书省和门下省的官员，向朝廷上书陈述意见的，都由中书省奏给皇上，以顺应礼仪。五品以上的官员如有奏章，由宰相送上，和群臣一起参奏。出自《国史补》。

苏　瓌

唐中宗景龙三年，苏瓌授尚书右仆射。当时公卿大臣初次授官者，依照惯例应该献食，名叫"烧尾"。苏瓌因陪侍皇上内宫的宴会，将作大匠宗晋卿对苏瓌说："授仆射这样重大的事，竟不'烧尾'，岂不是不好吧？"唐中宗没吱声。苏瓌上奏说："臣知道当宰相的，顺应阴阳变化，帮助天子处理事务。现在粮食昂贵，米价暴涨，百姓吃不饱。臣见宿卫兵士中，甚至有三天没吃到饭的。臣下愚钝不称职，因为这个缘故不敢'烧尾'。"出自《谭宾录》。

两　省

谏议大夫无事不入门下省，每次入省，有如厨食提供"四孔菜肴"。中书舍人当时称为宰相判官。宰相为避因亲属而徇私的嫌疑，不授予中书舍人为知制诰，为"羸脚"。又有说法："不经过知制诰，直接授中书舍人官的，叫'挞额裹头'。"关于制诰的本源，出自皇帝之口，都是皇帝本人应该做的。过去汉光武帝时，第五伦任督铸钱掾，看见诏书而感叹说："这是英明的圣主啊！见一次面便可以决断大事。"近世凡是有诏敕，都责成下边写成诏书。诏书上的褒贬之言，是英明圣主应该慎重使用的。现在群臣、王公卿士，想褒奖一个人时就说他品德高尚，人才出众，好得没法再好；不久若是遭到贬斥被罢免时，就说他才识短浅、器量狭小，是个罪不容责的坏人。同样一个人做的事，出自君王之口，糊涂、聪明生于瞬间，正确、错误变于顷刻。君王应该无戏言，说话若有失误，则取罪于天下，失信于天下老百姓。出自《卢氏杂说》。

独孤及

独孤及求知制诰,试见元载。元知其所欲,迎谓曰:"制诰阿谁堪?"及心知不我与而与他也,乃荐李纾。时杨炎在阁下,忌及之来,故元阻之,乃二人力也。出《嘉话录》。

参酌院

长庆初,穆宗以刑法为重。每大狱,有司断罪,又令给事中、中书舍人参酌出入之,百司呼为参酌院。出《国史补》。

阳　城

阳城居夏县,拜谏议大夫;郑锢居阌乡,拜拾遗;李周南居曲江,拜校书郎。时人以转远转高,转近转卑。出《国史补》。

吕　温

通事舍人宣诏,旧命拾遗团句把麻者,盖谒者不知书,多失句度,故用拾遗低摘声句以助之。及吕温为拾遗,被唤把麻,不肯去,遂成故事。拾遗不把麻者,自吕始也。时柳宗元戏吕云:"幸识一文半字,何不与他把也?"出《嘉话录》。

韦　绚

开成末,韦绚自左补阙为起居舍人。时文宗稽古尚文,多行贞观、开元之事。妙选左右史,以魏暮为右史,俄兼大谏,入阁秉笔。直声远闻,帝倚以为相者,期在旦暮。

独孤及

独孤及想做知制诰，试探着去见元载。元载知道独孤及的想法，顺着他说："知制诰这个官谁能胜任啊？"独孤及心里便明白了不让他担任，让别人担任了，于是就推荐了李纾。当时杨炎在内阁省，他也不愿让独孤及来，因此元载阻拦独孤及担任知制诰，独孤及没能当上，是元、杨二人阻拦的结果。出自《嘉话录》。

参酌院

唐穆宗长庆初年，穆宗认为刑法过重。每次遇上大的案件，先由主管部门判罪，又命令门下省的给事中和中书省的中书舍人参与议罪，进行复核，当时官员叫这为"参酌院"。出自《国史补》。

阳 城

阳城居夏县，授谏议大夫；郑锢居阌乡，授拾遗；李周南居曲江，授校书郎。当时人们认为越从远处调来的官职越高，越从近处调来的官职就越低。出自《国史补》。

吕 温

门下省通事舍人宣读诏书时，按旧令拾遗在旁帮助提示句读，因宣读者不懂诏书上句子长短，多数把句子读错，所以要让拾遗官从旁低声帮助提示。到吕温任拾遗官时，被唤去提示句读，吕温不肯去，从这以后，就成了惯例。拾遗不给宣读者提示句读是从吕温开始的。当时柳宗元对吕温开玩笑说："你有幸认识一字半字，为什么不给他提示句读呢？"出自《嘉话录》。

韦 绚

唐文宗开成末年，韦绚从左补阙改任起居舍人。当时文宗好古崇尚文治，多循唐太宗贞观、唐玄宗开元年的成例办事。精选左史、右史，以魏謩为右史，不久又兼任谏议大夫，入朝执掌记事。魏謩正直的名声远近传扬，文宗让他当宰相是早晚的事了。

对剔进谏,细大必行。公望美事,朝廷拭目,以观文贞公之风彩。会文宗晏驾,时事变移,遂中辍焉。时绚已除起居舍人,杨嗣复于殿下先奏曰:"左补阙韦绚新除起居舍人,未中谢,奏取进止。"帝颔之。李珏招而引之,绚即置笔札于玉阶栏槛之石,遽然趋而致词拜舞焉。左史得中谢,自开成中至武宗即位,随仗而退,无复簪笔之任矣。遇簪笔之际,因得密迩天颜。故时人谓两省为侍从之班,则登选者不为不达矣。出《嘉话录》。

李　程

李程为翰林学士,以阶前砖日影为入候。程性懒,每入必逾八砖,故号为八砖学士。出《传载》。

杂　说

两省相呼为阁老,尚书丞郎相呼为曹长,员外郎、御史、拾遗相呼为院长。上可兼下,下不可兼上。侍御史相呼为端公。出《国史补》。

御　史

御史故事,大朝会则监察押班,常参则殿中分班,入阁则侍御史监奏。盖含元殿最远,用八品宣政其次,用七品紫宸最近,用六品殿中得立花砖,绿衣用紫案褥之类,号为七贵。监察院长与同院礼隔,语曰:"事长如事端。"凡上堂

魏謩问对、擿别、进谏，不论小事大事，都能针对时弊处理。魏謩盼望着美事实现，朝廷众官拭目以待，想一睹魏謩任宰相的风采。正在这个时候，文宗死了，时事有了变化，让魏謩当左史的这件事就搁置下来。当时韦绚已经授职起居舍人，杨嗣复在殿下向武宗李炎上奏说："左补阙韦绚新授起居舍人，没向皇帝谢恩，奏请让他领旨谢恩。"皇帝点点头。李珪招来韦绚，韦绚急忙把笔和书写用的纸札放在玉阶栏槛的石头上，立刻跑过来致谢词朝拜舞。左史中途废止，从开成中期到武宗即位，仪仗退下群臣也就退下，不再有掌笔墨的事了。遇有记事的时候，于是能找到接近皇上的机会。所以时人说门下省和中书省的官员是侍从的班列，那选进两省的人不能算不显达了。出自《嘉话录》。

李　程

李程为翰林学士，以阶前砖影为入院时间。他生性懒惰，每入院日影必过八块砖，因此号为"八砖学士"。出自《传载》。

杂　说

中书省、门下省的官员相互称为"阁老"，尚书省的丞、郎相互称为"曹长"，员外郎、御史、拾遗相互称为"院长"。在上位的可以兼用下位的称呼，在下位的不可以兼用在上位的称呼。侍御史之间相互称为"端公"。出自《国史补》。

御　史

唐代御史的成例，大朝会在含元殿举行，由监察御史领班，常参朝会则由殿中侍御史在宣政殿分班排列，入阁则由侍御史监奏。大概因为含元殿最远，皇帝升宣政殿，因用八品殿中侍御史；皇帝升紫宸殿，用七品殿中侍御史，最近，用六品殿中侍御史在殿内司职，他们得固定站立在内阁北厅前阶的花砖道上，绿衣用紫案、褥之类，被称为"七贵"。御史台长官与同院的下属之间按规矩隔开，俗语说："奉侍长官要像对待自己的头一样。"凡是上堂

绝言笑，有不可忍，杂端大笑，则合座皆笑，谓之烘堂。烘堂不罚。大夫、中丞入三院，罚直尽放，其轻重尺寸，由于吏人，而大者存之黄卷。三院上堂，有除改者不得终食，唯刑部郎中得终之。出《国史补》。

同州御史

王某云："往岁任官同州，见御史出案，回止州驿，经宿不发。忽索杂案，又取印历，锁驿门甚急，一州大扰。有老吏窃哂，乃因庖人以通宪胥，许以百缣为赠。明日未明，御史已启驿门，尽还案牍，乘马而去。"出《国史补》。

崔 薳

崔薳为监察，巡囚至神策军，为吏所陷，张盖而入，又讽军中索酒食，意欲结欢。窦文场怒，立奏。敕就台鞭于直厅而流之。自是巡囚不至禁军。出《国史补》。

严 武

宝应二年，大夫严武奏在外新除御史，食宿私舍非宜，自此乃给公乘。元和中，元稹为监察，与中使争驿厅，为其所辱，始有敕："节度观察使、台官与中使，先到驿者，得处上厅。"为定制。出《国史补》。

办公要严肃,不能随便说笑,有忍不住笑的话或事,杂端大笑,则满座皆笑,称之"哄堂"。哄堂大笑下属不受罚。御史大夫和御史中丞台院、殿院、察院"三院"办公,弹劾、察举、纠察、辩诬等,其处理轻重程度,先由具体办案的低级吏员提出初步意见,大的案件要有黄卷存档。三院理事,凡新授任官的、调转的,当即停发原职的俸禄,改发新任职俸,唯有刑部郎中以上官员,继续发俸至年终,之后按新任职务发俸。出自《国史补》。

同州御史

王某人说:"过去在同州任官时,看见监察御史从京城出来巡察州县,回来到同州驿馆住下,住了一宿也不走。突然向州衙署索要各种的案卷,又要印张历子,并且很急促地把驿门锁上,像有什么要紧的事似的,扰闹得一州一宿不得安宁。有一个老吏偷偷地发笑,他通过一个厨子和监察御史下边的胥吏通融好了,答应给他们一百匹缣。第二天天没亮,御史已开驿门,把案卷全部还给州的官署,骑马而去。"出自《国史补》。

崔薳

崔薳任监察御史,巡查囚犯到了神策军营中,为神策军吏所陷害,说他来的时候,大张着大伞盖进入,又委婉地向军中索要酒食,打算要靠饮酒交好。窦文场大怒,立刻上奏皇帝。皇帝下诏书,令在值守的大厅里打崔薳一顿鞭子,然后再流放到边远的地方。从这以后,御史巡查犯人,就不到禁军了。出自《国史补》。

严武

唐代宗宝应二年,大夫严武上奏皇上说新任命的御史,在家食宿不方便,皇上恩准,自此便供给公家车马。唐宪宗元和年间监察御史元稹与中使争占驿站的上厅,元稹被中使所侮辱。皇上才下诏书规定:"节度观察使、台官和中使,先到驿馆的,能够住上厅。"定下这种制度。出自《国史补》。

押　班

凡大朝会,监察押班不足,则使下侍御史,因朝奏者摄之。出《国史补》。

台　门

御史台门北开,盖取肃杀就阴之义,故京台门北开矣。按《邺郡故事》云:御史台在宫城西南,其门北开。史故城御史台亦北开。龙朔中,置桂坊,为东朝宪府,门亦北开。然都御史台门南开。当时创造者不经,反于故事,同诸司,盖以权宜邪?出《御史台记》。

又北开者,或云:是隋初移都之时,兵部尚书李圆通兼御史大夫,欲向省便近,故开北门。出《谭宾录》。

历五院

台仪,自大夫已下至监察,通谓之五院御史。国朝历跋五院者共三人焉:李尚隐、张延赏、温造也。出《尚书故实》。

韩　皋

韩皋为御史中丞,常有所陈,必于紫宸殿,对百僚而请,未尝诣便殿。上谓之曰:“我与卿言,于此不尽,可来延英,当与卿从容,或无遗事。”亲友或谓皋曰:“自乾元已来,群臣启事,皆诣延英,方得详尽。公何独于外庭,对众官以陈之,无失于慎密乎?”韩曰:“御史,天下之持平也。摧刚直枉,唯在公共。所言之事,贵人知之,奈何求请便殿,避人窃语,以私国家之法?且延英之置也,肃宗皇帝以苗晋卿

押　班

凡是大朝会,由监察御史领班,如果人力不足,则派下面的侍御史补充,因为是朝奏者奏请皇帝批准的。出自《国史补》。

台　门

御史台门北开,大概是取肃杀属阴这个意义,所以御史台的门向北开。按《邺郡故事》上说:御史台在宫城西南,为了上朝便利,其门北开。历史上旧城的御史台门也朝北开。唐高宗龙朔年间,设置桂坊,为东朝宪府,门也是北开。可是都御史台的门是南开。是当时建筑者没精心设计,违反了旧例,弄得同其他衙署一样,大概是权宜的办法吗?出自《御史台记》。

又向北开门,或说:隋朝初迁都时,兵部尚书李圆通兼御史大夫,想去尚书省方便路近,所以开设了北门。出自《谭宾录》。

历五院

御史台的礼仪,从御史大夫到监察御史,通称为"五院御史"。唐朝只有三个人都历任过五院御史的,他们是:李尚隐、张延赏、温造。出自《尚书故实》。

韩　皋

韩皋任御史中丞时,平常向皇帝奏事,都要在紫宸殿,面对百官启奏,未曾到过便殿。皇上对韩皋说:"我和你说话,在这说不完,可以到延英殿去说,我和你可以慢慢聊,或许没有遗漏的事。"韩皋的亲友有的向韩皋问道:"自肃宗乾元以来,群臣奏事都到延英殿,才能说得详尽。您为什么独于外庭面对百官向皇帝陈述呢,不会泄密吗?"韩皋说:"御史,是天下主持公平正直的官职。折屈强暴,纠正错误,最好在公共场合说与做。所说之事,贵人们都知道,为什么去便殿,躲避百官私语,把国家大法当作个人的东西呢?况且设置延英殿,本意是肃宗皇帝因为苗晋卿

年老艰步，故设之。后来臣僚得诣便殿，多以私自售，希求恩宠，欲尽其身。奈何以此为望哉！"出《传载》。

杂　说

谏院以章疏之故，忧患略同。台中则务纠举。省中多事，旨趋不一。故言遗补相惜，御史相憎，郎官相轻。出《国史补》。

使　职

开元已前，于外则命使臣，否则止。自置八节度十采访，始有坐而为使，其后名号益广。于是有为使则重，为官则轻。故天宝末有佩印至三十者，大历中请俸有至千贯者。今在朝太清宫、太微宫、度支、盐铁、转运、知苑、闲厩、左右巡、分察、监察、馆驿、监仓、监库、左右街。外任则节度、观察、诸军、押蕃、防御、团练、经略、镇遏、招讨、榷盐、水陆运、营田、给纳、监牧、长春宫。有时而置者，则大礼、礼仪、会盟、删定、三司、黜陟、巡抚、宣慰、推覆、选补、礼会、册立、吊祭、供军、粮料、和籴。此其大略，经置而废者不录。宦官内外悉谓之使。旧为权臣所绾，州县所理，今属中人者有之。出《国史补》。

尚书省

郎官故事：吏部郎中二厅，先小铨，次格式；员外郎

年老步艰，所以才建了这座殿。后来臣僚到便殿，多数是兜售自己的主张，希望得到皇上的恩宠，想竭尽自身从中得到好处。为什么以此为荣耀呢！"出自《传载》。

杂　说

谏院因为屡上奏章的缘故，他们的忧患大体相同。御史台致力于督察举发。尚书省事务繁重，大家的意见不一致。所以说拾遗、补阙互相爱惜，御史之间互相憎恨，郎官之间互相轻视。出自《国史补》。

使　职

唐玄宗开元年以前，有对外事务就任命使臣，没有对外事务就不任命。自从国内设置八个节度使、十路采访使，从此节度使和采访使都有了固定的辖区和治地，此后各种使臣名目繁多。于是兼任使臣的官员被人们看重，不兼任使臣的一般官员被人们轻视。所以唐玄宗天宝末年，有的官员佩戴官印竟有三十枚之多，到唐代宗大历年间有兼职俸禄到千贯以上的。今在朝的使职有太清宫、太微宫、度支、盐铁、转运、知苑、闲厩、左右巡、分察、监察、馆驿、监仓、监库、左右街，这些都是采访使。外任的则有节度使、观察使、诸军、押蕃、防御、团练、经略、镇遏、招讨、榷盐、水陆运、营田、给纳、监牧、长春宫等。有临时设置的，则有大礼、礼仪、会盟、删定、三司、黜陟、巡抚、宣慰、推覆、选补、礼会、册立、吊祭、供军、粮料和籴等。这些都是使职设置的大概，还有一些设置后来废除的，尚不包括在内。宦官无论在宫中任职或在外任职也一律称使。过去由重臣所司的职务，州县官所处理的事务，由宦官来管理的也有。出自《国史补》。

尚书省

郎官的旧例：吏部郎中有两个办事处，一是九品以外的流放官考铨注授升转处，一是考核官署制度、官员职权等处；员外郎

二厅，先南曹，次废置。刑部分四覆，户部分两赋。其制尚矣。旧说，吏部为省眼，礼部为南省舍人；考功、度支为振行；比部得廊下食，以饭从者，号比盘。二十四曹呼左右司为都公。省中语曰：后行祠、屯，不博中行都、门；中行礼部，不博前行驾库。出《国史补》。

崔日知

崔日知历职中外，恨不居八座。及为太常卿，于都寺厅事后起一楼，正与尚书省相望。时人谓之崔公望省楼。出《国史异纂》。

度 支

故事，度支案，郎中判入，员外判出，侍郎总统押案而已。贞元已后，始为使额。郎官当直，发敕为重。水部员外郎刘约直宿，会河北系囚配流岭南，夜发敕，直宿令史不更事，唯下岭南，不下河北。旬月后，本州闻奏，约遂出官。出《国史补》。

柳阐

吏部甲库有朱泚伪黄案数百道，省中常取戏玩，已而藏之。柳阐知甲库，始白执政，于都堂集八座、丞郎焚之。出《国史补》。

也有两个办事处，一是掌南曹铨选，一是决定任免、废立的废置司。刑部分刑部、都官、比部、门司四覆，户部按职务性质可分田赋、贡赋两赋。这些制度由来已久了。过去的说法，吏部是尚书省的省眼，礼部为尚书省舍人；吏部下设考功司、度支司，称为"振行"；刑部的比部司的官员可以在廊下就食，司以下其他官员陪同吃饭的叫做"比盘"。尚书省下有六部，每部分四司，一共有二十四衙署，衙署的官员之间，相互称呼为都公。尚书省内有这种说法：后行的祠官、屯官，不换中行的都官、门官；中行的礼部官，不换走在前面的引驾官、书库官。出自《国史补》。

崔日知

崔日知做过内庭官，也做过地方官，可就是没做过尚书、仆射及六部尚书，感到很遗憾。到他任太常卿时，在太常寺厅事后盖了一座楼，这座楼正与尚书省官署相望。当时的人们称它为"崔公望省楼"。出自《国史异纂》。

度　支

成例，度支案，由郎中主管收入，员外郎主管支出，侍郎总负责签字画押。唐德宗贞元年以后，才开始设使职，称为度支使。郎官值班处理具体事务，其职事中最重要的是颁布皇帝的有关命令。水部员外郎刘约值夜班，恰逢河北向岭南发配囚徒，夜间皇帝颁发命令，值班的令史没有办事经验，只给岭南传达了命令，而没有给河北传达命令。一个月后，河北官员向皇帝报告了这件事，刘约就被罢了官。出自《国史补》。

柳　阐

吏部储藏兵器的仓库里有朱泚伪造的尚书省案卷数百件，尚书省的官员常常拿来取乐，玩完了就收藏起来。柳阐负责管理甲库，才告诉主管官员，于是在都堂上把尚书省八座、丞郎召集起来，当着这些人的面，把朱泚伪造的案卷焚烧了。出自《国史补》。

省　桥

尚书省东南隅通衢有小桥,相目为拗项桥,言侍御史及殿中久次者至此,必拗项南望南宫也。都堂南门道东有古槐,垂阴至广。相传夜深闻丝竹之音,省郎有入相者,俗谓之音声。祠部呼为水去声。厅,言其清且冷也。出《因话录》。

秘书省

唐初,秘书省唯主写书贮掌勘校而已。自是门可张罗,迥无统摄官属。望虽清雅,而实非要剧。权贵子弟及好利夸侈者率不好此职。流俗以监为宰相病坊,少监为给事中、中书舍人病坊,丞及著作郎为尚书郎病坊,秘书郎及著作左郎为监察御史病坊。言从职不任繁剧者,当改入此省。然其职在图史,非复喧卑,故好学君子厌于趋竞者,亦求为此职焉。出《两京记》。

鱼　袋

朝仪鱼袋之饰,唯金银二等。至武后,乃改五品以铜。中宗反正,从旧。出《国史异纂》。

莎　厅

京兆府判司,特云西法士。此两厅事多。东士曹厅,时号为念珠厅,盖判案一百八道;西士曹厅为莎厅,厅前有莎,周回可十五步。京兆府,时云:不立两县令,

省　桥

尚书省东南角的大路上有座小桥,大家都叫它"拗项桥",是说侍御史和殿中侍御史长久不能升官的人走到这里,必定转过头来回望尚书省。尚书省办公的都堂南门道东有棵古槐树,这棵树遮阴面积很大。相传夜深人静时能听到奏乐的声音,门下省的侍郎中有入朝当宰相的,俗称之"音声"。祠部叫做"水去声。厅",是说祠部冷冷清清的意思。<small>出自《因话录》。</small>

秘书省

唐朝初年,秘书省的工作只是负责抄写书籍、贮藏图书、校对勘误而已。因此挺清闲,门庭冷落,一向没有统领它的官署。虽然名声清雅,可实际上不是重要而繁剧的部门。有权有钱的人家子弟及好名利、好夸富的人,一般不愿意干这个差使。当时流行的世俗认为,监为宰相的病房,少监为给事中、中书舍人的病房,中丞、著作郎是尚书郎的病房,秘书郎及著作左郎是监察御史的病房。是说凡是任职不胜任繁重工作的,当改入这个秘书省。秘书省的主要职务是掌管图书史料,衙署清静无喧闹声,因此好学的正人君子、不追求功名利禄的人,也有愿意任这个职务的。<small>出自《两京记》。</small>

鱼　袋

朝会时的仪制,要朝臣腰中悬挂鱼袋饰物,鱼袋只有金、银两个等级。到武则天称帝时,才改五品官为铜鱼袋。唐中宗即位,恢复原来的做法,依从旧例了。<small>出自《国史异纂》。</small>

莎　厅

京兆府判司,特别要说说西法士。判司有东士曹厅和西士曹厅。这两厅的事务最多。东士曹厅,当时叫做"念珠厅",大概因判案一百零八道;西士曹厅为莎厅,因为厅前有棵莎树,周围有十五步,所以叫"莎厅"。京兆府当时有这种说法:不时站着两县令,

不坐两少尹。两县引马到府门，传门而报。两尹入厅，大尹亦到厅，不得候两尹坐后出，不得候两尹立后出。其京兆府县之重，亦表大尹之尊。京兆府掾曹，时人云倚团省郎。河中府司录厅亦有绿莎，昔好事者相承常溉灌。天祐已后，为不好事者除之。出《闻奇录》。

不同时坐着两府尹。两县令骑马到京兆府门前，须要一个先报，接待完了，再接待另一个。两外府府尹入厅，大尹也到了厅，不得候两尹同时坐下后出厅，不得候两尹同时站起来后出厅。从这个规矩中可以看出京兆府县的重要和京兆府尹的尊严。京兆府掾曹，当时人们叫"倚团省郎"。河中府司录厅也有棵绿莎，过去有好事的人经常浇灌它。唐哀帝天祐年以后，被不爱莎树的人除掉了。出自《闻奇录》。

卷第一百八十八
权幸

张易之

　　张易之、昌宗，时初入朝，官位尚卑，谄附者乃呼为五郎、六郎，自后因以成俗。张昌仪兄弟恃易之、昌宗之宠，所居奢溢，逾于王者。末年，有人题其门曰："一两丝，能得几时络？"昌仪见之，遽命笔续其下曰："一日即足。"未几祸及。张昌宗之贵也，武三思谓之王子晋后身，为诗以赠之，诗至今犹存。出《国史异纂》。

王　准

　　王铁之子准为卫尉少卿，出入宫中，以斗鸡侍帝左右。时李林甫方持权恃势，林甫子岫为将作监，亦入侍帷幄。岫常为准所侮，而不敢发一言。一旦准尽率其徒过驸马王瑶私第。瑶望尘趋拜，准挟弹，命中于瑶巾冠之上，因折其玉簪，以为簪笑乐。遂致酒张乐，永穆公主亲御匕。公主

张易之

张易之、张昌宗，当时初入朝廷时，官位尚低，谄媚者称他们为五郎、六郎，自此以后大家也都这样叫了。张昌仪兄弟倚仗张易之、张昌宗的宠幸，住宅过分奢华，超过一般王公。武则天末年，有人在他们家的大门上写道："一两丝，能纺几日线？"张昌仪看到，立刻命人拿笔在下面写道："一日即足。"不久，遭了祸。张昌宗的显贵，武三思说他像周灵王的王子晋转世，并写诗赠给他，这诗至今还在。出自《国史异纂》。

王　准

王锳的儿子王准任卫尉少卿，出入宫中，他会斗鸡，以斗鸡取乐经常侍立在皇帝左右。当时李林甫刚掌有权势，他的儿子李岫任将作监，也入皇帝的内室侍立皇帝左右。李岫常受王准的侮辱，却不敢发一言。一天，王准率领他的一伙人经过驸马王瑶的住处。王瑶望见尘土赶紧快走上前叩拜，王准用弹弓打王瑶，弹丸打在王瑶的巾帽上，打断了玉簪，就拿折断的玉簪取笑作乐。王瑶于是摆宴置乐，永穆公主亲自把勺侍候他们。永穆公主

即帝之长女也,仁孝端淑,颇推于戚里,帝特所钟爱。准既去,或有谓瑶曰:"鼠辈虽恃其父势,然长公主,帝爱女,君待之或阙,帝岂不介意邪?"瑶曰:"天子怒,无所畏;但性命系七郎,安敢不尔?"时人多呼为七郎。其盛势横暴,人之所畏也如是。出《明皇杂录》。

王毛仲

王毛仲本高丽人,玄宗在藩邸,与李宜得服勤左右,帝皆爱之。每侍宴,与姜皎同榻,坐于帝前。既而贵倨恃旧,益为不法。帝常优容之,每遣中官问讯。毛仲受命之后,稍不如意,必恣其凌辱,而后遣还。高力士、杨思勖忌之颇深,而未尝敢言于帝。毛仲妻李氏既诞育三日,帝命力士赐以酒食金帛甚厚,仍命其子为五品官。力士既还,帝曰:"毛仲喜否? 复有何词?"力士曰:"出其儿以示臣,熟眄襁中曰:'此儿岂不消三品官?'"帝大怒曰:"往诛韦氏,此贼尚持两端,避事不入,我未尝言之。今敢以赤子恨我邪?"由是恩义益衰。帝自先天在位后十五年,至开府者唯四人。后父王仁皎、姚崇、宋璟、王毛仲而已。出《明皇杂录》。

李林甫

张九龄在相位,有謇谔匪躬之诚。玄宗既在位年深,稍怠庶政。每见帝,无不极言得失。李林甫时方同列,闻帝意,阴欲中之。时欲加朔方节度使牛仙客实封,九龄因称其不可,甚不叶帝旨。他日,林甫请见,屡陈九龄

是皇帝的长女，为人仁义孝顺，端庄贤淑，在戚里颇被人们推崇，皇帝也特别喜爱她。王准走后，有人对王瑶说："这些鼠辈，倚仗他父亲的权势作威作福，可是长公主是皇帝的爱女，你对待她像对待下人似的让她侍候王准，皇帝能不介意吗？"王瑶说："皇帝发怒，我不怕；但我的性命系在七郎的手里，我怎敢不那样做呢？"当时人们多把王准呼作"七郎"。他盛气凌人，横暴一方，人们惧怕他到这个地步了。出自《明皇杂录》。

王毛仲

王毛仲本是高丽人，玄宗做藩王的时候，他和李宜得在玄宗左右服侍，玄宗对他俩都喜爱。每当侍宴时，他和姜皎同一榻上，坐在玄宗面前。不久，他在同僚中傲慢，仗势凌人，变本加厉地做一些不法的事。玄宗常常宽容他，每次有事派宦官去他家里问候。他受命之后，稍不如意，必然要随意凌辱宦官，而后把宦官撵走。高力士、杨思勖非常憎恨他，却未曾敢向玄宗说。王毛仲的妻子李氏生子三天，玄宗令高力士送去了很多酒食和金银布匹，又任命他儿子为五品官。高力士回来时，玄宗问："毛仲高兴不？他说什么呢？"高力士说："他抱出婴儿给我看，自己仔细地注视着襁褓中的小儿，说：'这个孩子怎么也应是三品官吧？'"玄宗大怒，说："以前诛杀韦氏时，此贼尚两面讨好，避事不介入，我未曾说他。现在他竟敢因为孩子事恨我吗？"从此，玄宗对他的恩宠逐渐减弱。玄宗从先天年开始在位的十五年中做到开府的只有四人。这四人是皇后父亲王仁皎、姚崇、宋璟、王毛仲。出自《明皇杂录》。

李林甫

张九龄在相位，有正直敢言、不顾自身的忠诚。玄宗在位年久日深，对朝政有些松懈。张九龄每次见到皇帝，他都尽力把朝廷的得失说出来。当时李林甫刚得相位，迎合帝意，想暗地里中伤张九龄。当时皇帝要对朔方节度使牛仙客进行实封，张九龄因说不行，很不合皇帝的心意。一天，李林甫请见皇帝，多次陈述张九龄

颇怀诽谤。于时方秋，帝命高力士持白羽扇以赐，将寄意焉。九龄惶恐，因作赋以献；又为《归燕》诗以贻林甫，其诗曰："海燕何微眇，乘春亦暂来。岂知泥滓贱，只见玉堂开。绣户时双入，华轩日几回。无心与物竞，鹰隼莫相猜。"林甫览之，知其必退，恚怒稍解。九龄泪裴耀卿罢免之日，自中书至月华门，将就班列，二人鞠躬卑逊，林甫处其中，抑扬自得。观者窃谓一雕挟两兔。俄而诏张、裴为左右仆射，罢知政事。林甫视其诏，大怒曰："犹为左右丞相邪？"二人趋就本班，林甫目送之。公卿已下视之，不觉股栗。出《明皇杂录》。

卢　绚

　　玄宗宴于勤政楼下，巷无居人。宴罢，帝犹垂帘以观。兵部侍郎卢绚谓帝已归宫掖，垂鞭按辔，横纵楼下。绚负文雅之称，而复风标清粹。帝一见，不觉目送之，问左右曰："谁？"近臣具以绚名氏对之，帝亟称其蕴藉。是时林甫方持权忌能，帝之左右宠幸，未尝不厚以金帛为贿，由是帝之动静，林甫无不知之。翌日，林甫召绚之子弟谓曰："贤尊以素望清崇，今南方藉才，圣上有交、广之寄，可乎？若惮遐方，即当请老，不然，以宾詹仍分务东洛，亦优贤之命也。"子归而具道建议可否，于是绚以宾詹为请。林甫恐乖众望，出于华州刺史。不旬月，诬其有疾，为郡不理，授太子詹事，员外安置。出《明皇杂录》。

颇怀诽谤之心。当时正是秋天，皇帝命高力士拿着白羽扇赐给张九龄，这里面暗含了皇帝不用张九龄的意思。张九龄接到后明白了皇帝的心意，也很恐慌，因此他作了一篇赋献给皇帝；又给李林甫写了一首《归燕诗》，这首诗是："海燕何微眇，乘春亦暂来。岂知泥滓贱，只见玉堂开。绣户时双入，华轩日几回。无心与物竞，鹰隼莫相猜。"李林甫一看，知道张九龄必退，愤恨和怒气才有所缓解。张九龄及裴耀卿被罢免那天，从中书省到月华门，站在班列之中，二人鞠躬时非常谦卑，李林甫也在其中，得意扬扬。旁观者窃语说"这是一雕挟两兔"。一会儿，皇帝下诏，命张九龄、裴耀卿为左、右仆射，罢掉了知政事一职。李林甫看到诏书，大怒说："这还不是左、右丞相吗？"李林甫狠狠地瞪着张、裴二人，急步回到班列。公卿以下的诸官看到李林甫这副凶相，不觉两腿发颤。出自《明皇杂录》。

卢　绚

唐玄宗在勤政楼设宴，巷子口里没有老百姓。宴会结束，皇帝仍然在楼上垂帘观看。兵部侍郎卢绚以为皇帝已经回宫，便垂鞭按辔，骑着马在楼下来回地跑着。卢绚具有文雅的名声，而又风度高洁，仪表俊逸。皇帝一见，不自觉地目送了他一段，问左右近臣："这是谁？"近臣便把卢绚的姓名告诉了皇帝，皇帝非常称赏他含蓄宽容。这时李林甫正把持大权，他嫉贤妒能，皇帝左右的宠幸者，他都以丰厚的金银财物贿赂，因此皇帝的一举一动，李林甫没有不知道的。第二天，李林甫把卢绚的儿子们找来，对他们说："你们的父亲向来威望很高，受到人们的尊崇，现在南方需要人才，皇帝也有治理交、广二州的寄托，可以吗？若是怕远的话，就应该以老请退，不这样的话，以'宾詹'的身份仍分治东都洛阳，这也是对你父亲的优待了。"子弟们回去完整地对父亲讲了一遍李林甫的建议，于是卢绚请求担任"宾詹"。李林甫怕背离众望，让卢绚出任华州刺史。没过一个月，又诬陷卢绚有病不能管理郡事，授他太子詹事，以员外郎安置了他。出自《明皇杂录》。

李辅国

玄宗为太上皇,在兴庆宫居。久雨初晴,幸勤政楼。楼下市人及街中往来者,喜且泫然曰:"不期今日再得见太平天子。"传呼万岁,声动天地。时肃宗不豫,李辅国诬奏云:"此皆九仙媛、高力士、陈玄礼之异谋也。"下矫诏迁太上皇于西内,给其扈从部曲,不过老弱三二十人。及中途,攒刃曜日,辅国统之。太上皇惊,欲坠马数四,赖左右扶持乃上。高力士跃马而前,厉声曰:"五十年太平天子,李辅国汝旧臣,不宜无礼,李辅国下马!"辅国不觉失辔而下。宣太上皇诰曰:"将士各得好生。"于是辅国令兵士咸韬刃于鞘中,齐声云:"太上皇万福。"一时拜舞。力士又曰:"李辅国拢马!"辅国遂著靴,出行拢马,与兵士等护侍太上皇,平安到西内。辅国领众既退,太上皇泣持力士手曰:"微将军,阿瞒已为兵死鬼矣。"既而九仙媛、力士、玄礼长流远恶处,此皆辅国之矫诏也。时肃宗大渐,辅国专朝,意西内之复有变故也。出《戎幕闲谈》。

韦渠牟

贞元末,太府卿韦渠牟、金吾李齐运、度支裴延龄、京兆尹嗣道王实,皆承恩宠事,荐人多得名位。时刘师老、穆寂皆应科目,渠牟主持穆寂,齐运主持师老。会齐运朝对,上嗟其羸弱,许其致政,而师老失授。故无名子曰:"太府朝天升穆老,尚书倒地落刘师。"又渠牟因对德宗,德宗问之曰:"我拟用郑细作宰相,如何?"渠牟曰:"若用此人,

李辅国

唐肃宗继位后，唐玄宗当了太上皇，居住在兴庆宫。一天，久雨初晴，玄宗到了勤政楼。楼下的市民和街上的来往行人，见到了玄宗，流着欢喜的眼泪说："没料到今日能再次见到太平天子。"他们高呼万岁，声音惊天动地。当时肃宗正生病，李辅国上奏，诬告说："这都是九仙媛、高力士、陈玄礼搞的阴谋。"他私自下诏，将太上皇迁到西内，配给太上皇的扈从、部曲，不过是二三十个老弱者。到了交叉路口，四面八方却都有执刀的卫士，他们都听从李辅国的命令。看到这种情况，太上皇很吃惊，好几次差点掉下马来，倚赖左右服侍者扶持才骑在马上。高力士纵马来到李辅国面前，厉声说："太上皇做了五十年的太平天子，李辅国你也是老臣了，不应该这样无礼，你给我下马！"李辅国不觉地放下缰绳下了马。高力士宣示了太上皇的旨意："将士们应该忠于职守。"于是李辅国令兵士都把刀放回刀鞘内，齐声喊："太上皇万福。"纷纷向太上皇叩拜。高力士又说："李辅国牵马！"李辅国于是穿上靴子，走上去牵马，和兵士们一齐护侍太上皇，平安到了西内。李辅国领众人退出后，太上皇哭着拉住了高力士的手说："若没有你，我已成刀下鬼了。"不久九仙媛、高力士、陈玄礼都流放到偏远的恶劣之地。这都是李辅国假借皇帝之命。当时肃宗病危，李辅国专权，他也怕西内太上皇再有什么变故。出自《戎幕闲谈》。

韦渠牟

唐德宗贞元末年，太府卿韦渠牟、金吾李齐运、度支裴延龄、京兆尹嗣道王实等人，都得到皇上的恩宠，他们推荐的人大多得到了名位。当时刘师老、穆寂都来应考科目，韦渠牟主管穆寂，李齐运主管刘师老。恰赶上李齐运上朝问对，皇上感叹身体羸弱，允他归还政事告老，因而刘师老就没有授官。一个无名氏说："太府朝天升穆老，尚书倒地落刘师。"又有一次韦渠牟应对德宗，德宗问他："我想用郑绚做宰相，怎么样？"韦渠牟说："若用此人，

必败陛下公事。"他日又问，对亦如此。帝曰："我用郑絪定也，卿勿更言。"絪即昭国司徒公也。再入相位，以清俭文学，号为贤相，于今传之。渠牟之毁滥也。出《嘉话录》。

鱼朝恩

鱼朝恩专权使气，公卿不敢仰视。宰臣或决政事，不预谋者，则睚眦曰："天下之事，岂不由我乎？"于是帝恶之。而朝恩幼子令徽，年十四五，始给事于内殿。帝以朝恩故，遂特赐绿。未浃旬月，同列黄门位居令徽上者，因叙立于殿前，恐其后至，遂争路以进，无何，误触令徽臂。乃驰归，告朝恩，以班次居下，为同列所欺。朝恩怒，翌日，于帝前奏曰："臣幼男令徽，位居众寮之下，愿陛下特赐金章，以超其等。"不言其绯而便求紫。帝犹未语，而朝恩已令所司，捧紫衣而至，令徽即谢于殿前。帝虽知不可，强谓朝恩曰："卿男著章服，大宜称也。"鱼氏在朝动无畏惮，他皆仿此。其同列黄门，寻逐于岭表。及朝恩被杀，天下无不快焉。出《杜阳杂编》。

元 载

元载在中书，有丈人自宣州货所居来投，求一职事。中书度其人材不任职事，赠河北一函书而遣之。丈人惋怒，不得已，持书而去。既至幽州，念破产而来，止得一书，书若恳切，犹可望。乃拆视之，更无一词，唯署名而已。大悔，怒欲回，念已行数千里，试谒院寮。院寮问："既是

必定会坏了皇上的大事。"有一天又问他，他仍然这样回答。皇上说："我用郑絪已定了，你不用再说了。"郑絪就是昭国司徒公。后又入相位，他以清廉、节俭、文章博学号称为贤相，至今流传。韦渠牟的诋毁是虚妄不实的。出自《嘉话录》。

鱼朝恩

鱼朝恩专权，意气用事，公卿们不敢抬头看他。宰相大臣们决断政事时，不事先和他讲，他便瞪着眼睛说："天下之事，难道不由我决断？"因而皇帝很厌恶他。鱼朝恩的小儿子鱼令徽，才十四五岁，开始在内殿做给事。皇帝因为鱼朝恩的缘故，特赐他绿衣。不到半月，有一次和鱼令徽同列的黄门侍郎，职位在鱼令徽之上，按次序站在殿前，怕落在后面，于是往前挤，不小心误碰了一下鱼令徽的臂膀。鱼令徽就急忙跑回去告诉鱼朝恩说，因为他的班次在后，被同列所欺负。鱼朝恩大怒，第二天，在皇帝面前上奏说："我小儿子令徽，职位在同僚之下，愿陛下特赐金章，以便超过别人。"不说要着红服而要求着紫服。皇帝还没说话，而鱼朝恩已经令管此事的人捧来了紫衣，鱼令徽立刻向皇帝谢恩。皇帝虽然知道不能这样做，却强装笑脸对鱼朝恩说："你儿子穿紫衣，扎金腰带，太合适了。"鱼氏在朝中做事毫无忌惮，其他事都是和这类似。鱼朝恩小儿子的同列黄门，不久便放逐岭南。到鱼朝恩被杀时，天下人无不称快。出自《杜阳杂编》。

元　载

元载在中书省，有个老人把房子卖了，从宣州来投奔他，想谋得一职。元载审度他，觉得他的才能不够任职，便写了一封致河北官员的信把他打发走了。老人既惋惜又很生气，不得已，只好拿着信离开。到了幽州，想到自己破产而来，只得了一封信，信若写得恳切，还有希望。他便把信拆开看，信上没有一句话，只有元载的署名。他非常悔恨，生气得想回去，想到已经走了数千里路，他便抱着一种试试看的心理去拜访院僚。院僚问："你既然是

相公丈人,岂无缄题?"曰:"有。"判官大惊,立命谒者上白。斯须,乃有大校持箱,复请书。书既入,馆之上舍,留连积月。及辞去,奉绢一千四。出《幽闲鼓吹》。

又元载子伯和势倾中外,福州观察使寄乐妓十人。既至,半岁不得送。使者窥伺门下出入频者,有琵琶康昆仑最熟,厚遗求通。既送妓,伯和一试奏,尽以遗之。先有段和尚善琵琶,自制《西梁州》,昆仑求之不与。至是以乐之半赠之,乃传焉,今曲调《梁州》是也。出《幽闲鼓吹》。

路　岩

路岩出镇坤维也,开道中衢,恣为瓦石所击。故京尹温璋,诸子之党也。岩以薛能自省郎权知京兆府事,李蟾之举也。至是岩谓能曰:"临行劳以瓦砾相饯。"能徐举手板对曰:"旧例,宰相出镇,府司无例发人防守。"岩有惭色。懿宗晚节,朝政多门,岩年少固位,邂逅致此,一旦失势,当歧路者,率多仇隙。附丽音离。之徒,钓射时态,志在谀媚,雷同一词,中外腾沸,其实未然也。始岩淮南与崔铉作支使,除监察。不十年,城门不出,而致位卿相。物禁太盛,暴贵不祥,良有以哉!初铉以岩为必贵,常曰:"路十终须与他那一位也。"自监察入翰林,铉犹在淮南,闻之曰:"路十如今便入翰林,如何到老!"皆如所言。出《玉泉子》。

相公丈人,怎么能没有书信呢?"他说:"有。"判官大惊,立刻叫拜访的人上来讲话。一会儿,有一大校捧着一木箱,判官又请看信。他便把信投上,判官安置老人到上好的馆舍住着。他住了一个月,才辞别而去。走时还奉赠了一千匹绢。出自《幽闲鼓吹》。

还有,元载的儿子元伯和,权倾朝廷内外,福州观察使想送给他十名乐妓。到了京城后,半年多没办法送到他家中。派来的人便观察他家大门经常出入的人,其中有个善弹琵琶的康昆仑最熟悉,便送厚礼请他打通关节,才把乐妓送去。乐妓已经送去了,元伯和让她们试着弹奏琵琶,听后不满意,全打发走了。原先有个善弹琵琶的段和尚,他自己制了《西梁州》的乐曲,康昆仑想得到这支乐曲,他没给康昆仑。后来段和尚只给了康昆仑一半,便传播开了,就是现在的《梁州》曲调。出自《幽闲鼓吹》。

路 岩

路岩出镇西南做节度使,鸣锣开道走在大路上,被瓦块、石头肆意攻击。原京兆府尹温璋,是内官一党的。路岩因为薛能从一个省郎代理京兆府事务,是李蜒推举的。于是对薛能说:"我临行时,劳驾你用石头瓦块为我饯行。"薛能缓慢地举起手板对他说:"按旧例,宰相出外镇守,府司没有先例派人警戒。"路岩面有惭色。唐懿宗晚年时,政出多门,路岩虽然年少,但官做得很稳固,不期然到了这个地位,一旦失掉权势,挡在岔路口的,大多是有冤仇的人。那些趋炎附势之徒,在寻找机会,想对他进行阿谀谄媚,众口一词,天下沸腾,其实也不完全这样。开始时,路岩在淮南给崔铉做支使,最后当了监察御史。不到十年,城门不出,却到了卿相的位置。物禁受反会过盛,人若是很快达到显贵,便是不吉祥,这是有道理的! 当初,崔铉认为路岩必然显贵,他曾经说:"路十终究是要做宰相的。"路岩从监察御史入翰林,崔铉还在淮南,听到了这件事说:"路十现在就入了翰林,到老怎么办!"后来发生的正如崔铉所说的一样。出自《玉泉子》。

高 湘

元和初黜八司马：韦执谊崖州、韩泰虔州、柳宗元永州、刘禹锡朗州、韩晔饶州、凌准连州、程异柳州。及咸通，韦保衡、路岩作相，除不附己者十司户：崔沆循州、李渎绣州、萧遘播州、崔彦融雷州、高湘高州、张颜潘州、李贶勤州、杜裔休端州、郑彦持义州、李藻费州。内绣州、潘州、雷州三人不回。初，高湜与弟湘少不相睦。咸通末，既出高州。湜雅与路岩相善，见岩，阳救湘。岩曰："某与舍人皆是京兆府荷枷者。"先是刘瞻志欲除岩，温璋希旨，别制新枷数十待之。瞻以人情附己，不甚缄密，其计泄焉，故居岩之后。湜既知举，问岩所欲言。时岩以去年停举，已潜奏，恐有遗滞，请加十人矣，既托湜以五人。湜喜其数寡，形于言色。不累日，十人制下，湜未知之也。岩执诏，笑谓湜曰："前者五人，侍郎所惠也。今之十人，某自致也。"湜竟依其数放焉。湘到任，嗔湜不佑己，尝赋诗云："唯有高州是当家。"出《玉泉子》。

卢 隐

卢隐、李峤皆滑帅王铎之门生，前后黜辱者数矣。隐、峤物议，以为咸衽席不修。隐以从兄携为相，特除右司员外郎。右丞崔沆不听隐省上，仍即见携于私第。携未知之，欣然而出。沆曰："员外前日入省，时议未息。今复除纠司员外，省中固不敢辞，他曹惟相公命。"携大怒，驰入

高　湘

　　唐宪宗元和初年，贬了八位司马：韦执谊到崖州、韩泰到虔州、柳宗元到永州、刘禹锡到朗州、韩晔到饶州、凌准到连州、程异到柳州。到了唐懿宗咸通年间，韦保衡、路岩做了宰相，排斥了不依附他们的十司户：崔沆到循州、李渎到绣州、萧遘到播州、崔彦融到雷州、高湘到高州、张颜到潘州、李贶到勤州、杜裔休到端州、郑彦持到义州、李藻到费州。其中到绣州、潘州、雷州的三人不准回京。最初，高湜与他弟弟高湘年幼时不太和睦。懿宗咸通末年，高湘到了高州。高湜平素和路岩关系很好，高湜去见路岩，假意去给高湘说情。路岩说："我和我的亲近左右都是京兆府待罪的人啊。"先前刘瞻想要除掉路岩，温璋顺从他的意思，另外制造了十副新枷等着。刘瞻以为人情都倾向他，不太保密，他的计谋泄露出去了，因此官职在路岩之后。高湜主持考试时，问路岩有什么想说的。当时路岩以去年停止科考，已潜奏给皇帝，恐怕还有遗漏，请求增加十人，托请高湜增加五人。高湜很高兴他提的人数比较少，喜形于外。没几天，十个人的诏书下来了，高湜不知道路岩向皇帝潜奏这件事。路岩拿着诏书，对高湜笑着说："那五个人是侍郎优惠给我的。现在这十个人，是我自己弄来的。"高湜最后按这个数放了榜。高湘到任，责怪高湜不护佑自己，曾赋诗发牢骚说："唯有高州是当家。"出自《玉泉子》。

卢　隐

　　卢隐、李峭都是滑州节度使王铎的门生，前后遭废除迫害数次。大家对卢隐、李峭议论纷纷，以为这都是朝纲不正造成的。卢隐因为他的亲叔伯哥哥卢携是宰相，特拜官为右司员外郎。右丞崔沆不同意卢隐在尚书省任官，便到卢携家里去见他。卢携不知道内情，很高兴地出来迎接崔沆。崔沆说："员外前天进入尚书省，大家的议论还没停止。今天又出任纠司员外郎，尚书省固然不敢推辞，其他人只能听从你的命令。"卢携大怒，很快进入

曰:"舍弟极屈,即当上陈。"既上,沆乃求假。携即时替沆
官。沆谓人曰:"吾见丞郎出省郎,未见省郎出丞郎。"隐初
自太常博士除水部员外,为右丞李景温揖焉,迨右司之命,
景温之旨也。至是而遂其志矣。是时谏官亦有陈其疏者,
携曰:"谏官似狗,一个吠,辄一时有声。"出《玉泉子》。

内室说："我的弟弟很冤屈,应该立刻向朝廷陈述。"上奏完了,崔沆就请了假。卢隐马上任用了别人接替了崔沆的官职。崔沆对别人说:"我只见过丞相出任省郎,未见过省郎出任丞郎的。"卢隐初由太常博士任水部员外,是右丞李景温推举的,到他任右司员外郎时,也是李景温的意思。这时满足了卢隐的心意。此时,谏官也有陈述不同意见的,卢携说:"谏官就像狗,一个叫,就会一阵子有声音应和。"出自《玉泉子》。

卷第一百八十九
将帅一

关　羽

　　蜀将关羽善抚士卒而轻士大夫，张飞敬礼士大夫而轻卒伍。二将俱不得其中，亦不得其死。出《独异志》。

简　文

　　晋简文道光武云："汉世祖雄豪之中，最有俊令之体，贤达之风。高祖则倜傥疏达，魏武则猜忌狭吝。"出《简文谈疏》。

李　密

　　唐高祖报李密书曰："天生蒸人，必有司牧。当今为牧，非子而谁？老夫年余知命，愿不及此。欣戴大弟，攀鳞附翼。唯冀早膺图箓，以宁兆庶。宗盟之长，属籍见容；复封

关　羽

　　西蜀大将关羽善抚慰士卒却轻视士大夫，张飞则尊重士大夫却轻视士卒。他俩的做法都有些偏颇，他俩不得善终，就是因为他俩的偏颇做法而造成的。出自《独异志》。

简　文

　　东晋简文帝司马昱评论光武帝刘秀说："汉朝历代雄豪的皇帝之中，光武帝最具俊美之体，贤能通达之风。汉高祖刘邦也卓越不俗，通明豁达；魏武帝曹操则多疑猜忌，心胸狭隘而且吝啬。出自《简文谈疏》。

李　密

　　唐高祖李渊在回复李密的信中说："天生众民，必须有治理他们的人。当今这治理他们的人，不是你还能有哪一位呢？我现在已年过五十，心愿是达不到了。我高兴地拥戴你，攀龙附凤，唯一希望你早日接受上天的安排，以使万民安宁。当年由于弟兄们的拥戴，我做了宗盟之长，已经被记载在族谱上了；又受封

于唐，斯荣足矣。殪商辛于牧野，所不忍言；执子婴于咸阳，非敢闻命。"密得书甚悦，示其部下曰："唐公见推，天下不足可定。"

后密兵败，王伯当保河阳。密以轻骑归之，谓伯当曰："兵败矣，久苦诸君。我今自刭，请以谢众！"伯当抱密号叫。密复曰："诸公幸不相弃，当共归关中。密身虽愧无功，诸君必保富贵。"伯当赞其计。从入关者尚二万人。高祖遣使迎劳，相望于道。密大喜，谓其徒曰："吾虽举事不成，而恩结百姓。山东连城数百，知吾至，尽当归唐。比于窦融，勋亦不细，岂不以一台司见处乎？"及至京，礼数益薄，执政者又来求财，意甚不平。寻拜光禄卿，封邢国公。未几，闻其所部将帅皆不附世充。高祖复使密领本兵往黎阳，招其将士故时者，以经略王充，王伯当为左武卫，亦令副密。行至桃林，高祖复征之。密惧，谋叛。伯当止密，不从。

密据桃林县城，驱掠畜产，直趋南山，乘险而东。遣人使告张善相，令应接。时史万宝留镇熊州，遣盛彦师率步骑数十追蹑。至陆浑县南七十里，彦师伏兵山谷。密军半度，横出击之，遂斩密，年三十七。时徐勣在黎阳，为密坚守。高祖遣使，将密首以招之，勣发丧行服，备君臣之礼，表请收葬，大具威仪。三军皆缟素，葬于黎阳山南五里。故人哭之，多有呕血者。出《谭宾录》。

于唐,这荣耀就足够了。推翻隋朝,像过去杀商纣王于牧野,一仗便决定了殷纣王的命运,这我不忍再提;又像在咸阳抓秦朝的孺子婴那样,现在还不敢想。"李密收到信很高兴,把这封信拿给大家看,说:"唐公推举我,天下不难不安定了。"

后来李密兵败,当时王伯当正保卫河阳。李密带着几个轻骑兵归顺了王伯当,他对王伯当说:"我失败了,这几年连累了你们。我今天割脖子自杀,请以此向众位谢罪!"王伯当抱着李密大叫。李密又说:"感谢你们没有抛弃我,我们应当同归关中,重建大业。李密我虽然无功,感觉很惭愧,但必保众人富贵。"王伯当很赞同他的计谋。跟着李密入关中的人马还有两万人。高祖李渊派使者前去迎接慰劳,在大道上相见。李密很高兴,对手下人说:"我虽然举事不成,但同百姓结下了恩义。太行山以东几百个城镇,知道我来了,也都能归顺唐朝。我与东汉的窦融相比,功劳也不小,哪能不用一个台司职务安顿我呢?"等李密到了京城,礼数越来越薄,有权势的官又向他勒索财物,他心里很不平。不久,唐高祖李渊授他为光禄卿,封邢国公。不久,听说他的旧部将帅都不归顺王世充。高祖李渊又派李密领兵去黎阳,招募他旧部的将士,来限制管辖王世充,王伯当任左武卫,也令他辅佐李密。走到了桃林,李渊又令李密回去。李密心怀恐惧,谋划叛乱。王伯当劝止,李密拒绝了。

李密占据了桃林县城,抢掠牲畜粮食,驱赶马匹,直奔南山,乘险向东。派人告诉张善相,让他接应。当时史万宝镇守熊州,派盛彦师率数十名步骑兵追赶。在陆浑县南七十里,盛彦师在山谷中设下伏兵。李密的军队走过一半,盛彦师拦腰出击,斩杀了李密,李密时年三十七岁。当时,徐勣为李密坚守黎阳。李渊派使者持李密首级去招降徐勣,徐勣为李密发丧,极尽君臣大礼,上表请求李渊答应收葬李密,丧仪规模很大。三军都穿白衣丧服,将李密葬在黎阳山南五里处。李密的旧部大哭,有很多人哭得呕了血。出自《谭宾录》。

刘文静

刘文静者为晋阳令,坐与李密连姻,隋炀帝系于郡狱。太宗以文静可与谋议,入禁所视之。文静大喜曰:"天下大乱,非汤、武、高、光之才,不能定也。"太宗曰:"卿安知无人?禁所非儿女之情相忧而已,故来与君图举大计。"文静曰:"乘虚入关,号令天下,不盈半岁,帝业可成。"太宗笑曰:"君言正合人意。"后使于突厥,文静谓曰:"愿与可汗兵马同入京师,人众土地入唐公,财帛金宝入突厥。"即遣骑二千,随文静而至。高祖每引重臣同座共食,文静奏曰:"宸极位尊,帝座严重,乃使太阳俯同万物,臣下震恐,无以措身。"出《谭宾录》。

李金才

太宗尝进白高祖曰:"代传李氏姓膺图箓,李金才位望崇贵,一朝族灭。大人受命讨捕,其可得乎?诚能平贼,即又功当不赏。以此求免,其可得乎?"高祖曰:"我一夜思量,汝言大有理。今日破家灭身亦由汝,化家为国亦由汝。"出《谭宾录》。

李 靖

贞观十四年,侯君集、薛万钧等破高昌,降其王麹智盛,执之,献捷于观德殿。以其地为西州,置交河、柳中等县。其界东西八百里,南北五百里,汉戊己校尉之地。初突厥屯兵浮图城,与高昌为影响,至是惧而来降,其地为延州。突厥颉利可汗使执失思力入朝谢罪,请为藩臣。太宗遣唐俭等持节出塞安抚之。李靖、张公谨于定襄谋曰:"诏使

刘文静

晋阳县令刘文静，因与李密联姻获罪，被隋炀帝囚禁在郡狱中。李世民认为可以和刘文静谋划大事，便到狱中看他。刘文静非常高兴地说："现在天下大乱，没有商汤、周武王、高祖刘邦、光武帝刘秀那样的人才，是不能安定的。"李世民说："您怎么知道无人？监狱里并不是谈儿女情长的地方，我是来和您商议大事的。"刘文静说："乘虚入关，号令天下，不用半年，帝业可成。"李世民笑着说："您说的正合我的心意。"后来，让刘文静出使突厥，刘文静对突厥人说："我愿和可汗的兵马一同去京城，百姓土地归入唐朝，财帛金银归入突厥。"突厥立刻派二千骑兵随刘文静进京。高祖李渊每次和大臣们同座共食时，刘文静便上奏说："帝位至尊，帝座庄重，您就像太阳一样俯就万物，臣下感到震恐，都无法安放手足了。"<small>出自《谭宾录》。</small>

李金才

唐太宗李世民曾对高祖李渊进言说："世代相传李氏是上承天命，当年李金才地位显赫，声望很高，有一天却遭到灭族之祸。父亲大人您现在奉命征讨追捕，能抓到他吗？如果真能平定叛贼，有功也不会接受封赏。用此来免除灾祸，能行吗？"高祖李渊说："我思量了一个晚上，你说得很有道理。从今天起，家破人亡由你，化家为国也靠你。"<small>出自《谭宾录》。</small>

李　靖

唐太宗贞观十四年，侯君集、薛万钧等攻破高昌，虏获高昌王麹智盛，绑送至京，在观德殿献俘。将高昌改为西州，设交河、柳中等县。它的界线为东西八百里，南北五百里，此地汉时即为戊己校尉之地。当初，突厥在浮图城屯兵，与高昌城相呼应，后来由于惧怕前来投降，唐在此地设为廷州。突厥颉利可汗派执失思力入朝谢罪，请求做唐朝的藩臣。唐太宗派遣唐俭等人持使者符节出塞安抚。李靖、张公谨在定襄核计，说："朝廷的使者

到彼,虏必自宽。选精骑,赍二十日粮,乘间掩袭。"遇其斥候,皆以俘随,奄到纵击,遂灭其国。获义城公主,虏男女十万,颉利乘千里马奔于西偏。灵州行军张宝相,擒之以献。出《谭宾录》。

郭齐宗

高宗问:"兵书所云天阵、地阵、人阵,各何谓也?"员半千越次对曰:"臣睹载籍,此事多矣。或谓天阵,星宿孤虚也;地阵,山川向背也;人阵,编伍弥缝也。"郭齐宗对曰:"以臣愚见则不然。夫师出以义,有若时雨,得天阵也;兵在足食足兵,且耕且战,得地之利,此地阵也;卒乘轻利,将帅和睦,此人阵也。若用兵,使三者去一,其何以战?"高宗嗟赏之,擢拜左卫胄曹也。出《卢氏杂说》。

唐休璟

西突厥诸蕃不和,举兵相攻,安西道绝,表奏相继。天后命唐休璟与宰相商度事势。俄顷间草奏,使施行。后十余日,安西诸州表奏兵马应接程期,一如休璟所画。天后谓休璟曰:"恨用卿晚。"因任之为相。出《谭宾录》。

李尽忠

唐天后中,契丹李尽忠、万荣之破营府也,以地牢囚汉俘数百人。闻麻仁节等诸军欲至,乃令守囚霭等绐之曰:"家口饥寒,不能存活。求待国家兵到,吾等即降。"其囚日别与一顿粥,引出安慰曰:"吾此无饮食养汝,又不忍杀汝,

到了那里，突厥的戒备必然松弛。我们选精良的骑兵，带二十天的粮食，趁空隙出击突厥。"在路上遇到他们的侦察兵，都把他们俘虏了。接近延州突然发起进攻，于是灭了突厥国。抓获了义城公主，俘获了男女十万人，可汗颉利乘日行千里的好马向西逃跑。灵州行军张宝相抓获了他，献给了朝廷。出自《谭宾录》。

郭齐宗

唐高宗问群臣："兵书上所说的天阵、地阵、人阵，各是指什么？"员半千超越次序回答说："臣看典籍上所载，这方面内容很多。有的说天阵，指星宿是否合宜；地阵，指山川向背；人阵，指军伍布置是否严密。"郭齐宗回答说："以臣的愚见，不是这样。出师要正义，像天上降下的及时雨，才能得天阵；队伍中要有足够的粮食和士兵，能耕能战，得地之利，这是地阵；士卒轻利，将帅和睦，这是人阵。若是用兵，三者缺一，那靠什么作战？"高宗听后很有感触，赞赏了郭齐宗，提拔郭齐宗为左卫胄曹。出自《卢氏杂说》。

唐休璟

西突厥各个部落不和，经常用兵互相攻击，使安西的交通中断，奏章上表的很多。武则天命唐休璟和宰相计议此事。唐休璟顷刻之间写完了有关西突厥问题的奏章，武则天派他按计划施行。十几天后，安西各州上奏说，兵马应接按期而到，正像唐休璟计划的那样。武则天对唐休璟说："恨我重用你晚了。"趁此任唐休璟为宰相。出自《谭宾录》。

李尽忠

唐武后中期，契丹人李尽忠、万荣攻破营府，将数百名汉俘囚禁在地牢里。听说麻仁节等诸军要来此地，李尽忠便令看守囚犯的奚人欺骗囚犯们说："我们家里人忍饥挨冻，很难活命。等到大唐的兵一到，我们就投降。"每天给囚犯加了一顿粥，又放出来安慰说："我们这里没有粮食养活你们，又不忍心杀了你们，

总放归若何?"众皆拜伏乞命。乃给放去。至幽州,具说饥冻逗留。兵士闻之,争欲先入。至黄獐峪,贼又令老者投官军,送遗老牛瘦马于道侧。麻仁节等三军,弃步卒,将马先争入,被贼设伏横截。军将被索绹之,生擒节等。死者填山谷,罕有一遗。出《朝野佥载》。

封常清

封常清细瘦目颣,脚短而跛。高仙芝为夫蒙灵察都知兵马使,常清为仙芝傔。会达览部落皆叛,自黑山北向,西趋碎叶。使仙芝以骑二千邀截之。常清于幕中潜作捷书,仙芝所欲言,无不周悉。仙芝异之。军回,仙芝见判官刘眺、独孤峻等,遂问曰:"前者捷书,何人所作?副大使何得有此人?"仙芝曰:"即傔人封常清也,见在门外马边。"眺等揖仙芝,命常清进坐与语,如旧相识。

后仙芝为安西节度使,奏常清为节度判官。仙芝每出征讨,常令常清知留后事。常清有才学,果决。仙芝乳母子郑德诠已为郎将,威望动三军。德诠见常清出其门,素易之。走马突常清而去,常清至使院,命左右密引至厅,经数重门,皆随后闭之。常清案后起谓之曰:"常清起自细微,预中丞傔,中丞再不纳,郎将岂不知乎?今中丞过听,以常清为留后使,郎将何得无礼,对中使相凌?"因叱之,命勒回,即杖六十,面仆地曳出。仙芝妻及乳母于门外号哭救之,不得。后仙芝见常清,遂无一言,常清亦不之谢。

现在把你们都放回去,怎么样?"众囚犯都跪拜乞求活命。便假意把他们释放了。到了幽州,囚犯们纷纷述说忍饥挨饿的情形。兵士们听到后,很同情他们,他们也就争先恐后地蜂拥而入。麻仁节率军至黄獐峪,李尽忠又命令老人投奔官军,并把老牛瘦马放在道旁。麻仁节等率军来到这里,不步行都争骑道旁老马,被贼兵预设的埋伏截击。军将被绳索套住,活捉了麻仁节等人。死者都填进山谷中,很少有一个遗漏的。出自《朝野佥载》。

封常清

　　封常清,细瘦,眼下长了颗痣,脚短,而且有些瘸。高仙芝任夫蒙灵察都知兵马使,封常清为他的侍从。这时正赶上达览部落叛乱,从黑山以北,向西直到碎叶。朝廷派高仙芝率两千骑兵截击。封常清在军幕中作报捷书,高仙芝想说的,他在报捷书中都能写到。高仙芝很惊异。军队返回后,高仙芝见到判官刘眺、独孤峻等人,他们问高仙芝:"先前那报捷书,是谁作的?副手中怎么能有这样的人才?"高仙芝说:"是我的侍从封常清,他现在门外马旁。"刘眺等人拱手请高仙芝叫封常清进来坐,与他交谈,谈得很投机,好像旧相识一样。

　　后来,高仙芝当了安西节度使,奏请封常清为节度使判官。高仙芝每次出征讨伐,常令封常清留守管事。封常清有才学,办事果断。高仙芝的乳母之子郑德诠已当了郎将,威望振动三军。郑德诠见封常清出自高仙芝门下,就一直轻视封常清。一次郑德诠骑马突然从封常清身旁跑过去,封常清到了使院,令手下人秘密把郑德诠引进大厅,经过好几道门,每过一道门,都随后关上了。封常清从案后站起来,对他说:"我封常清出身贫贱,我想当中丞的随身役从,中丞再三不采纳,郎将你怎么会不知道呢?现在中丞误听,任我为留后使,郎将你怎能无礼,对我进行凌辱呢?"于是斥责了郑德诠,令人将其绑起来,打了六十板子,趴在地上拽了出去。高仙芝的妻子和乳母在门外号哭求情,也没办成。后来,高仙芝见到封常清,一句话也不说,封常清也不请求谢罪。

后充安西节度使。

天宝十四载，朝于华清宫。玄宗问以凶逆之事，计将安出。常清乃大言以慰玄宗之意曰："臣请挑马棰渡河，计日取逆胡首，悬于阙下。"玄宗忧而壮其言。至东都，旬朔，召募六万。频战不利，遂与高仙芝退守潼关。仙芝副荣王琬领五万人进击。十二月十日至陕州，十一日常清败于东京，十三日禄山入东京。常清奔至陕州。以贼锋不可当，乃烧太原仓，引兵退趋潼关，缮修守具。贼寻至关，不能入，仙芝之力。

乃削常清官爵，令白衣于仙芝军效力。监军边令诚每事干之，仙芝多不从。令诚入奏事，具言奔败之状。玄宗怒，遣令诚斩之。常清临刑上表。既刑，陈其尸于蘧蒢之上。令诚谓仙芝曰："大夫亦有恩命。"仙芝遽下至常清所刑处。仙芝曰："我退罪也，死不敢辞。然以我为减截兵粮及赐物，则诬我也。"谓令诚曰："上是天，下是地，兵士皆在，岂不知乎？"兵士齐呼曰："枉。"其声殷地。仙芝目常清尸曰："封二，子从微至著，我引拔子，代我为节度。今日又与子同死于此，岂命也乎？"遂斩之。出《谭宾录》。

李光弼

李光弼讨史思明，师于野水渡，既夕还军，留其卒一千人。谓雍颢曰："贼将高晖、李日越、喻文景皆万人敌也。思明必使一人劫我。我且去之，子领卒待贼于此。至勿与战，降则俱来。"其日，思明召日越曰："李君引兵至

后来，封常清充任安西节度使。

唐玄宗天宝十四载，封常清在华清宫朝见皇帝。玄宗问起安禄山谋叛之事，让他出个主意。封常清为安慰玄宗，说大话道："臣请策马渡河，按计算的时间，取来安禄山的首级，悬于门阙下。"玄宗李隆基尽管很忧心，但还是觉得他的话雄壮。封常清到了东都洛阳，半月后招募了六万士兵。多次交战不利，于是与高仙芝退守潼关。高仙芝给荣王李琬做副手，领军五万人进击。十二月十日到陕州，十一日封常清在东都洛阳失败，十三日安禄山入东都洛阳。封常清奔逃到陕州，叛贼的锋芒锐不可当，就烧掉了太原仓，领兵退入潼关，修缮了防守工事。叛贼又很快地追到潼关，由于高仙芝率众奋力抵抗，叛贼没能攻入。

后来，因封常清多次败兵被削掉了官职，以普通百姓的身份在高仙芝军中效力。监军边令诚对军中之事每每干涉介入，高仙芝多不服从。边令诚便把高仙芝、封常清兵败的情况向皇上奏了一本。玄宗大怒，派边令诚斩杀高、封二人。封常清临刑上了份奏表。行刑之后，他的尸体被陈放在芦席上。边令诚又对高仙芝说："皇上对你也有恩命。"高仙芝很快走到封常清受刑的地方。高仙芝说："我退兵有罪，死不敢辞。但是说我截扣军饷和恩赐之物，则是诬陷我。"他对边令诚说："上有天，下有地，兵士都在，他们能不知道吗？"兵士齐呼："冤枉！"喊声震地。高仙芝看着封常清的尸体说："封二，你从贫贱到显赫，是我提拔你的，代我为节度使。我今天又和你同死在这里，难道这是命中注定的吗？"说完，他也被斩了。出自《谭宾录》。

李光弼

李光弼在野水渡征讨史思明，到了晚上，军队撤回，只留了一千多兵卒。李光弼对雍颢说："贼将高晖、李日越、喻文景，都是万人才能抵挡的人。史思明必然派一人来拦劫我。我先走，你领士兵在这等他们。他们到了，不准和他们交战；他们若是投降，就和他们一起回来。"这天，史思明召李日越说："李光弼领兵到

野水，此成擒也。汝以铁骑宵济，为我取之。"命曰："必获李君，不然无归！"日越引骑五百，晨压颢军。颢阻濠休卒，吟啸相视。日越怪之，问曰："太尉在乎？"曰："夜去矣。""兵几何？"曰："千人。""将谓谁？"曰："雍颢也。"日越沉吟久，谓其下曰："我受命必得李君，今获颢，不塞此望，必见害，不如降之。"遂请降。颢与之俱至。

光弼又尝伏军守河阳，与史思明相持经年。思明有战马千匹，每日洗马于河南，以示其多。光弼乃于诸营检获牝马五百匹，待思明马至水际，尽驱出之。有驹絷于城中，群牝嘶鸣，无复间断。思明战马，悉浮渡河，光弼尽驱入营。

光弼又尝在河阳，闻史思明已过河，远回趋东京。至，谓留守韦陟曰："贼乘我军之败，难与争锋，洛城无粮，又不可守，公计若何？"陟曰："加兵陕州，退守潼关。"光弼曰："此盖兵家常势，非用奇之策也。不若移军河阳，北阻泽潞，据三城以抗之。胜即擒之，败即自守。表里相应，使贼不敢西侵，此则猿臂之势也。"思明至偃师，光弼悉令将士赴河阳，独以麾下五百余骑为殿军。当石桥路，秉烛徐行，贼不敢逼。乙夜达城。迟明，思明悉众来攻，诸将决死而战，杀贼万余众，生擒八十人，器械粮储万计。擒其大将徐璜玉、李秦。思明大惧，退筑城以相拒。

光弼将战，谓左右曰："凡战危事，胜负击之。光弼位为三公，不可死于贼手。事之不捷，誓投于河。"适城上见

野水渡,这次一定能抓住他。你以铁骑晚上渡水过去,为我把他抓来。"又下命令:"必须抓到李光弼,否则你就别回来!"李日越率领五百骑兵,早晨逼近了雍颢的军队。雍颢的士兵依恃壕沟休息,只是互相看着喊叫。李日越感觉很奇怪,问:"太尉在吗?"回答说:"夜间走了。"又问:"你们有多少兵?"回答说:"一千人。"又问:"将领是谁?"回答说:"是雍颢。"李日越沉思良久,对他部下说:"我接受的命令是必须抓到李光弼,现在抓到雍颢不能满足史思明的愿望,回去我必死,不如投降。"于是李日越便投降了。雍颢和他一起到了唐营。

李光弼又曾领兵守河阳,与史思明相持了一年。史思明有战马千匹,每天在河南边洗马,用来显示他的马多兵强。李光弼便在诸营中选出母马五百匹,等史思明的马到河边时,他把母马全赶出城。因为母马都有马驹拴在城内,所以母马不间断地嘶鸣。史思明的战马听着母马嘶叫,全渡过河来,李光弼都赶进了军营。

还有,李光弼曾在河阳,听说史思明已过了黄河,便从远道迂回赶到了东京。到了,对留守的韦陟说:"贼军趁我军失败,难以与他们争锋,洛城里没粮,又不能守,你怎么想的?"韦陟说:"增兵陕州,退守潼关。"李光弼说:"你这是用兵的常规,不是用奇之策。不如移军河阳北边,在泽潞阻击,据守三城与他对抗。胜了,就可抓住他;败了,则可据城自守。内外呼应,使贼不敢西侵,这就是'猿臂之势'。"史思明到了偃师,李光弼令全部将士赴河阳,只把他麾下的五百多骑兵留下来殿后。用石头挡住路和桥,举着灯烛慢行,贼军不敢逼近。晚间到达城内。第二天黎明,史思明率全部兵众来攻城,诸将拼死而战,杀贼一万多,活捉了八十人,缴获的器械粮食上万。并抓住了大将徐璜玉、李秦。史思明非常惊慌,只好退回去筑城对抗。

李光弼又要出战,对他的部下说:"凡是战争都是危险的事,都关系到胜利与失败的问题。我李光弼身为三公,决不能死在敌人之手。若是失败了,我决心投河。"李光弼到城楼上看到

河稍远,恐或急事难至,遂置剑于靴中,有必死之志。及是战胜,于城西西望拜舞,三军感动。

移镇临淮,舁疾而行,径赴泗州。光弼之未至河南也,田神功平刘展后,逗留于杨府,尚衡、殷仲卿相攻于兖、郓,来瑱旅拒而还襄阳。朝廷患之。及光弼至徐州,史朝义退走,田神功遽归河南,尚衡、殷仲卿、来瑱皆惧其威名,相继赴关。吐蕃将犯上都,手诏追光弼率众赴长安。光弼与程元振不叶,观天下之变,迁延不至。

初光弼用师严整,天下服其威名。凡所号令,诸将不敢仰视。及其有田神功等诸军,皆不受其制,因此不得志,愧耻成疾,薨于徐州,年五十七。其母衰老,庄宅使鱼朝恩吊问。出《谭宾录》。

城与河离得稍远,怕到时候难到河边,他便把短剑放在靴中,下定了必死的决心。等到这一仗打胜了,他在城西向西方拜舞,军中将士大为感动。

后来军队转移到临淮镇守,李光弼带病而行,兵士们抬着他直接到了泗州。李光弼没有到达河南。田神功打败刘展后,逗留在杨府;尚衡、殷仲卿二人攻打兖、郓;来填军拒贼返回到襄阳。朝廷深患叛贼未除,令李光弼到徐州。等李光弼到了徐州,史朝义退走了,田神功也很快地归回河南,尚衡、殷仲卿、来填都惧怕李光弼的威名,相继赴关。吐蕃将要进犯京都,皇上下手诏催李光弼速率兵回赴长安。李光弼与程元振二人不和睦,观察局势的变化,拖延迟迟不到京城。

起初,李光弼治军很严,天下服他的威名。凡是他下的命令,诸将不敢不服。后来,有田神功等诸军,都不受他的控制,因此李光弼很不得志,感到很耻辱,很惭愧,忧郁成疾,死于徐州,时年五十七岁。他的母亲年迈,朝廷派庄宅使鱼朝恩去慰问。

出自《谭宾录》。

卷第一百九十

将帅二 杂谲智附

马 燧	严 振	温 造	高 骈	南 蛮
张 濬	刘 郭	张 勍	王 建	

杂谲智

魏太祖　村　妇

马　燧

李怀光使徐庭光以精卒六千守长春宫。马燧乃挺身至城下呼庭光,庭光则拜于城下。燧度庭光心已屈,乃谓曰:"我来自朝庭,可西面受命。"庭光复西拜。燧曰:"公等皆禄山已来首建大勋,四十余年功伐最高,奈何弃祖父之勋力,为族灭之计耶?从吾言,非止免罪,富贵可图也。"贼徒皆不对。燧曰:"尔以吾言不诚,今相去数步,尔当射我。"乃披襟示之。庭光感泣俯伏,军士亦泣,乃率其下出降。燧乃以数骑径入城,处之不疑,莫不畏伏。众大呼曰:"复得为王人矣!"

浑瑊私谓参佐曰:"瑊为马公用兵,与仆不相远,但怪累败田悦。今睹其行师料敌,不及远矣。"燧勇力智强,常先

马 燧

　　李怀光派徐庭光用六千精兵守卫长春宫。马燧一人挺身而出，到城下喊徐庭光，徐庭光只好到城下拜见马燧。马燧估计徐庭光的心已经屈服，便对徐庭光说："我是从朝廷来的，你可面向西受命。"徐庭光便又面向西方叩拜。马燧说："你们都是安禄山以来的开国元勋，四十多年来劳苦功高，怎么能抛弃祖父的功劳，去做毁宗灭族的事情？听我的话，不但免除你们的罪过，还能享受荣华富贵。"徐庭光的部下都不说话。马燧说："你们若是认为我的话不可信，现在我们相距几步，你们可以用箭射我。"他便披衣往前走。徐庭光被感动得涕泣而下，跪伏在地，军士们也感动得哭了，徐庭光便率部下投降了。马燧只和几个骑兵进了城，处在他们中间不疑惑，降军的士兵们都很畏服。他们大喊："我们又是唐王的人了！"

　　浑瑊私下对参佐说："我认为马燧用兵和我相差不远，只是奇怪的是，他为何能屡次打败田悦。今天亲眼看到他行军用兵和估量判断敌情，我不及他太远了。"马燧力勇智强，经常是事先

计后战。将战,亲自号令,士卒无不感动,战皆决死,未尝奔北。兵胜冠于一时,然力能擒田悦,而不能纳蕃师伪疑,而保其必盟。平凉之会,为结赞所绐,关中摇动。此所谓才有余而心不正。出《谭宾录》。

严 振

德宗銮驾之幸梁洋,中书舍人齐映为之御。下洋州青源川,见旌旗蔽野。上心方骇,谓泚兵有谮疾路者,透秦岭而要焉。俄见梁帅严振具橐鞬,拜御马前,具言君臣乱离,鸣咽流涕。上大喜,口敕升奖,令振上马前去,与朕作主人。映身本短小,声气抑扬,乃曰:"严振合与至尊导马,御膳自有所司。"顷之,上次洋州行在,召映,责以儒生不达时变,烟尘时,须姑息戎帅。映伏奏曰:"山南士庶,只知有严振,不知有陛下。今者天威亲临,令巴蜀士民,知天子之尊,亦足以尽振为臣子之节。"上深嘉叹。振闻,特拜谢映。时议许映。出《乾馔子》。

温 造

宪宗之代,戎羯乱华。四方征师,以静边患。诏下南梁,起甲士五千人,令赴关下。将起,帅人作叛,逐其帅,又惧朝廷讨伐,因团集拒命者岁余。宪宗深以为患,择帅者久之。京兆尹温造请行。宪宗问其兵储所费,温曰:"不请寸兵尺刃而行。"

计议然后用兵,作战时亲自发号施令,士兵没有不感动的,打起仗来都决定赴死,未曾有失败逃跑的。用兵取胜一时很有名气,他虽然能擒到田悦,却不能识别蕃师的伪疑,叫他们结盟不战。在平凉之会时,被结赞所欺骗,致使关中动乱不安。从此可以看出马燧是才气有余而心计尚有不足。出自《谭宾录》。

严 振

唐德宗李适乘鸾驾去梁洋,中书舍人齐映在皇上面前侍奉。到洋州青源川时,只见山野上下都是军旗。皇上的心里正有些害怕,说这些朱泚的兵卒,一定有熟悉的小路,他们穿过了秦岭而占据了要塞。不一会儿,看见了驻守梁洋的军帅严振背着箭囊,跪拜在皇帝的马前,说了些君臣由于离乱而不能相见的怀念之情,痛哭流涕。皇上大喜,口授敕令对他进行提升奖励,叫严振上马前去,为皇上此行引路。齐映身材矮小,声音却很高,他说:“严振应当给皇上前面牵马,皇帝的膳食自会有人管理。”不一会儿,皇上到了洋州行宫,皇上把齐映召到面前,责备齐映是书生不懂时务,战争时期,应该宽容武帅。齐映跪伏在地上,奏说:“山南的百姓,只知道有严振,不知有陛下您。现在皇上亲临巴蜀,让这里的百姓感受到皇上的尊严,也足可以让严振做一个臣子应该做的事。”皇上对齐映的上奏很嘉赏赞叹。严振听说后,特意去拜谢齐映。当时议论的人赞许齐映。出自《乾𦠆子》。

温 造

唐宪宗李纯时,边境少数民族作乱。朝廷四方征召军队,用以平定边境之乱。诏书到了南梁,召集到五千士兵,命令他们开赴关下。刚要出兵,士兵叛乱,赶走了统帅,他们又害怕朝廷来讨伐,于是聚集在一起拒不服从命令一年多。宪宗认为这是一大祸患,选择新的军帅花了很长时间。京兆尹温造请求担当此任。宪宗问他需要多少兵卒和费用,温造说:“我不用寸兵尺刃,就这样去。”

至其界，梁人觇其所来，止一儒生，皆相贺曰："朝廷必不问其罪，复何患乎？"温但宣诏敕安存，至则一无所问。然梁帅负过，出入者皆不舍器仗，温亦不诫之。他日，毬场中设乐，三军下士，并任执带弓剑赴之，遂令于长廊之下就食。坐筵之前，临阶南北两行，悬长索二条，令军人各于面前索上，挂其弓剑而食。逡巡，行酒至，鼓噪一声，两头齐抨其索，则弓剑去地三丈余矣。军人大乱，无以施其勇，然后阖户而斩之，五千余人，更无噍类。其间有百姓随亲情及替人有赴设来者甚多，并玉石一概矣。南梁人自尔累世不敢复叛。余二十年前职于斯，故老尚历历而记之矣。出《王氏见闻》。

高　骈

咸通中，南蛮围西川，朝廷命太尉高骈，自天平军移镇成都。戎车未届，乃先以帛书军号其上，仍书一符，于邮亭递之，以壮军声。蛮酋惩交阯之败，望风而遁。先是府无罗郭，南寇才至，遽成煨烬，士民无久安之计。骈窥之，画地图版筑焉。虑畚锸将施，亭堠有警，乃命门僧景仙奉使入南诏，宣言躬自巡边。自下手筑城日，举烽直至大渡河，凡九十三日，楼橹蠢然，旌斾竟不行，而骠信詟栗。不假兵以诈胜，斯之谓也。出《北梦琐言》。

南　蛮

唐南蛮侵轶西川，苦无亭障。自咸通已后，剑南苦之，

到了乱军地界,南梁人见来的只是一介书生而已,都互相庆贺说:"朝廷必然不向我们问罪了,我们又害怕什么呢?"温造只是宣读了诏书,慰问了他们,到了其余的事情一概不问。然而梁帅却深知自己的过错,出入都随身带着武器和扈从,温造也并不戒备。后来有一天,在球场设宴,三军官兵可以带武器去赴宴,去后就让他们在长廊下就餐。坐席前面,靠近台阶南北两行,悬挂着两条大绳子,让军人把弓剑挂在面前的绳子上进食。不一会儿,酒上来了,有人大喊一声,两头将绳子拉起,弓剑离地三丈多高。军人大乱,没有了武器,也就无法施展他们的勇力,温造然后关上门,将他们一个个斩了首,五千多人,没有一个活着的。其中有探亲的,有替人赴宴的无辜者很多,不分好坏一概屠杀。南梁人从那以后几代不敢反叛了。我二十年前在这任职,所以年老以后还清晰地记得,将这件事记录下来。出自《王氏见闻》。

高　骈

唐懿宗咸通年间,南蛮围攻西川,朝廷命太尉高骈,从天平军移防到成都镇守。军车还没到,就先在绢帛上写上军号,又画上符,通过驿站传递,用来壮大军威。南蛮的首长还记得交址之败的教训,便望风而逃。府城开始时没有建筑围墙,南蛮来后,立即化成一片灰烬,老百姓无久安之计。高骈看到这种情况,他规划地图,重新建筑。考虑到要动手挖运泥土修建府城,就在亭岗上设了警戒,于是他又令门僧景仙奉使去南蛮处宣诏说,他要亲自去巡边。从筑城那天开始,烽火直设到大渡河,在这九十三天中,瞭望敌军的高台矗立,军队却没有行动,仅凭威信就让敌寇如此恐惧战栗。不用兵而用诈取胜,说的就是这个。出自《北梦琐言》。

南　蛮

唐时,南蛮经常侵扰西川,西川苦于没有警戒的岗亭和防御的屏障自卫。自唐懿宗咸通年以后,剑南饱受南蛮侵扰之苦,

牛丛尚书作镇,为蛮寇凭凌,无以抗拒。高骈自东平移镇成都,蛮犹扰蜀城。骈先选骁锐救急,人人背神符一道。蛮觇知之,望风而遁。尔后僖宗幸蜀,深疑作梗,乃许降公主。蛮王以连姻大国,喜幸逾常。因命宰相赵隆眉、杨奇鲲、段义宗来朝行在,且迎公主。高太尉自淮海飞章云:"南蛮心膂,唯此数人,请止而鸩之。"迄僖宗还京,南方无虞,用高公之策也。杨奇鲲辈皆有词藻,途中诗云:"风里浪花吹又白,雨中风影洗还青。江鸥聚处窗前见,林狖啼时枕上听。"词甚清美。出《北梦琐言》。

张浚

张相浚富于权略,素不知兵。昭宗朝,亲统扈驾六师,往讨太原,遂至失律,陷其副帅侍郎孙揆。寻谋班师,路由平阳。平阳即蒲之属郡也,牧守姓张,即蒲帅王珂之大校。珂变诈难测,复虑军旅经过,落其诡计。浚乃先数程而行,泊于平阳之传舍。六军相次,由阴地关而进。浚深忌晋牧,复不敢除之。张于一舍郊迎,既驻邮亭,浚令张使君升厅,茶酒设食毕,复命茶酒,不令暂起,仍留晚食。食讫,已晡时,又不令起,即更茶数瓯。至张灯,乃许辞去。自旦及暮,不交一言,口中咀少物,遥观一如交谈之状。珂性多疑,动有警察。时侦事者寻已密报之云:"敕史与相国密话竟夕。"珂果疑,召张问之曰:"相国与尔,自旦至暮,所话何?"对云:"并不交言。"王殊不信,谓其不诚,戮之。六师乃假途归京,了无纤虑。后判邦计,诸道各致纨绮之类。

尚书牛丛坐镇的时候，受南蛮人的凌辱，无法抗拒。高骈从东平移到成都镇守时，南蛮还是经常骚扰成都。他先选派一些骁勇精锐的兵士，每人身上背一道神符。南蛮人看到了，便望风而逃。后来僖宗皇上逃到蜀地，深怕南蛮人扰乱，便想下嫁公主和蛮人联姻。蛮王因能与大国联姻，异常高兴。于是命宰相赵隆眉、杨奇鲲、段义宗到皇上住的地方朝见皇上，准备迎接公主。太尉高骈从淮海飞奏急章，说："南蛮主心骨，就是这几个人，请阻止他们回去并毒死他们。"直到僖宗还京，南方没有发生骚乱，就是用了高骈的办法。杨奇鲲等人都有文采，在回京的途中，他写了首诗，道："风里浪花吹又白，雨中风影洗还青。江鸥聚处窗前见，林狖啼时枕上听。"这首诗词句清新优美。出自《北梦琐言》。

张　濬

宰相张濬，富有权术与谋略，平素却不了解兵事。昭宗朝时，他亲自统率禁卫军去征讨太原。到了太原，用兵失利，致使他的副帅侍郎孙揆陷于敌手。不久他谋划班师，回程中经过平阳。平阳是蒲州的一个属郡，牧守姓张，是蒲帅王珂的大校。王珂狡诈难测，张濬又怕军队经过时，中了他的诡计。张濬就先走几程路，驻扎在平阳的客舍中。然后大军才次第从阴地关开来。张濬很忌惮张牧守，又不敢除掉他。张牧守走出三十多里地去迎接他，驻在驿站后，张濬令张牧守进厅，摆上茶酒，请他饮茶喝酒，茶酒用过之后，不让他走，继续留他吃晚饭。晚饭吃过后，天已黑了，还是不让张牧守走，就又喝了好几杯茶。直到点灯，才让张牧守回去。从早晨到晚上，没说一句话，嘴中咀嚼着一点东西，远看好像是在交谈。王珂生性多疑，他已事先派人去侦察情况。当时侦察的已很快向他报告说："敕史与相国交谈了一整晚上。"王珂果然生疑，便召来了张牧守，问他："相国和你从早到晚说了些什么？"张牧守回答说："我们并没有交谈。"王珂不信，认为张牧守不诚实，便把他杀了。回京的军队顺利地借道返回京城，没发生一点意外。后来为邦国考虑，各道郡各送来了些丝绸之类的东西。

并不受之,乃命专人面付之曰:"尔述吾意,以此物改充军行所费之物。锅幕布槽啖马药,土产所共之物,咸请备之。"于是诸藩镇欣然奉之,以至军行十万,所要无阙,皆心匠之所规画。梁祖忌之,潜令刺客杀之于长水庄上。出《玉堂闲话》。

刘　鄩

后唐晋王之入魏博也,梁将刘鄩先屯洹水,寂若无人。因令觇之,云:"城上有旗帜来往。"晋王曰:"刘鄩多计,未可轻进。"更令审探,乃缚刍为人,缚旗于上,以驴负之,循堞而行,故旗帜婴城不息。问城中羸者曰:"军已去二日矣。"果趋黄泽,欲寇太原,以霖潦不克进。计谋如是。出《北梦琐言》。

张　勍

伪蜀先主王建始攻围成都,三年未下。其纪纲之仆,有无赖轻生勇悍者百辈,人莫敌也。建尝以美言啖之曰:"西川号为锦花城,一旦收克,玉帛子女,恣我儿辈快活也。"他日,陈敬瑄、田令孜以城降,翌日赴府,预戒骄暴诸子曰:"我与尔累年战斗,出死入生,来日便是我一家也。入城之后,但管富贵,即不得恣横。我适来差张勍作斩斫马步使,责办于渠。女辈不得辄犯。若把到我面前,足可矜恕,或被当下斩却,非我能救。"诸子闻戒,各务戢敛。然张勍胸上打人,堆叠通衢,莫有敢犯。识者以建能戒能惜,

张濬一概不接受，又派专人当面送回去，交代说："转达我的意思，把这些东西改为行军所需的物品。锅、帐篷、马槽、马药等当地出产的东西，都请准备好。"于是各藩镇都高兴地按他的办法办，以致军行十万，军需充足无缺，这都是张濬独具匠心的策划。后梁太祖朱温很忌恨他，密令刺客在长水庄杀死了他。出自《玉堂闲话》。

刘 鄩

后唐时，晋王想攻占魏博，后梁大将刘鄩先在洹水屯兵，平静的像没人似的。晋王于是派人去侦察，回来说："城上有旗帜来往。"晋王说："刘鄩这人计谋多，不可轻易前进。"又派人去侦察，才知道是刘鄩用草扎成人，把旗帜插在草人身上，绑在驴身上，沿着城上矮墙走，所以看见旗帜环城不断地移动。问城中羸弱的人，他们说："军队已经走了两天了。"果然，军队赶到了黄泽，准备攻打太原，因为下大雨，没能前进。刘鄩的计谋就是这样巧妙。出自《北梦琐言》。

张 勍

伪蜀国先主王建开始围攻成都，三年没攻下。他统领的随从，有无赖、轻生者、亡命徒等勇悍之人上百，无人能敌。王建常用花言巧语引诱他们，说："西川号为锦花城，一旦攻下西川，金银财宝，年轻女人，任由你们尽情享用。"后来，陈敬瑄、田令孜举城投降，第二天王建进城入府，他事先告诫那些骄横的人说："我和你们多年在一起战斗，出生入死，将来我们就是一家人了。入城之后，只管富贵，但不能恣意横行。我方才来时已经令张勍为斩斫马步使，责成他办这件事。你们不得违犯。若是抓住送到我面前，我还可以饶恕你，你若是被当时砍了，不是我能救你的。"各位听了训诫的话，都努力收敛了自己的行为。然而张勍却踩在人胸上打人，胡同中虽然挤满了人，但都没有敢违犯的。一些有识之士认为，王建能告诫他的士兵，爱惜他的士兵，

不陷人于刑,仁恕之比也。<small>出《北梦琐言》。</small>

王　建

　　邛黎之间有浅蛮焉,世袭王号,曰刘王、杨王、郝王。岁支西川衣赐三千分,俾其侦云南动静。云南亦资其觇成都盈虚。持两端而求利也。每元戎下车,即率界上酋长诣府庭,号曰参元戎。上闻自谓威惠所致。其未参间,潜禀于都押衙,且俟可否。或元戎慰抚大将间,稍至乖方,即教甚纷纭。时帅臣多是文儒,不欲生事,以是都押赖之,亦要姑息。蛮蛋凭凌,若无亭障,抑此之由也。

　　王建始镇蜀,绝其旧赐,斩都押衙山行章以令之。邛峡之南,不立一堠,不戍一卒,十年不敢犯境。末年,命大将许存征蛮,为三王泄漏军机,于是召三王而斩之,时号因断也。昔日之患三王,非不知也,时不利也。故曰:"有非常之功,许公之谓也。"先是唐咸通中,有天竺三藏僧经过成都。晓五天胡语,通大小乘经律论。以北天竺与云南接境,欲假途而还。为蜀察事者识之,絷于成都府,具得所记朝廷次第文字,盖曾入内道场也。是知外国来廷者,安知非奸细乎?<small>出《北梦琐言》。</small>

杂谲智

魏太祖

　　魏武少时,尝与袁绍好为游侠。观人新婚,因潜入主

不让他们触犯刑律,这种仁厚宽恕做法是无法比拟的。出自《北梦
琐言》。

王　建

　　西南部邛、黎之间有一处生活习俗接近汉族的少数民族,他们世代袭用王号,叫刘王、杨王、郝王。每年从西川领取三千份衣服,让他们侦察云南的情况。云南方面也给他们财物,叫他们观察成都的虚实。他们两头牟利。每当军中主将到任时,三王便率领界内的尊长到府庭拜见,把这叫做"参元戎"。皇上听说后认为这是威仪恩惠所致。他们没参拜的时候,暗地里询问都押衙,等候参拜时机。有时候主将去慰劳大将时,他们便到关系不太协调的那方去闹起事端。当时的主帅大都是书生出身,不想惹是生非,因此依靠都押衙,都押衙又姑息他们。当地的蛮人便恣意横行,无所顾忌,这就是造成蛮人横行的原因。

　　王建开始镇守蜀地时,不再赐给蛮人财物了,斩杀了都押衙山行章以示号令。从此,邛峡之南,不立一个岗亭,不设一个哨兵,蛮人十年不敢侵犯边境。王建后期,命大将许存征讨蛮人时,因为三王泄露了军机,于是招来三王把他们斩杀了,当时称为"因断"。过去的三王之患,并非不知道,只是时机不利。所以说:"这个大功是许存建立的。"以前唐懿宗咸通年间,有一个印度的佛教徒经过成都回国。他懂五种外语,懂大小乘经律论。因为北天竺和云南接境,想借路回国。被蜀巡察的人识破了,把他绑送成都府,搜出一些记载朝廷的有关文字,知道他曾进入宫中的内道场。于是知道,外国来朝廷的人,怎么能知道就不是奸细呢? 出自《北梦琐言》。

杂谲智

魏太祖

　　魏武帝年少时,曾和袁绍好为游侠。为了看人家新婚,潜入主

人园中，夜叫呼云"有偷儿至！"庐中人皆出观，帝乃抽刃劫新妇，与绍还出。失道，坠枳棘中，绍不能动，帝复大叫："偷儿今在此！"绍惶迫自掷出，俱免。魏武又尝云："人欲危己，己辄心动。"因语所亲小人曰："汝怀刃密来，我心必动，便戮汝。汝但勿言，当后相报。"侍者信焉，遂斩之。谋逆者挫气矣。又袁绍年少时，曾夜遣人以剑掷魏武，少下不著。帝揆其后来必高，因帖卧床上，剑果高。魏武又云："我眠中不可妄近，近辄斫人，亦不自觉，左右宜慎之。"后乃佯冻，所幸小人，窃以被覆之，因便斫杀。自尔莫敢近之。出《小说》。

村 妇

　　昭宗为梁主劫迁之后，岐、凤诸州，各蓄甲兵甚众，恣其劫掠以自给。成州有僻远村墅，巨有积货。主将遣二十余骑夜掠之。既仓卒至，罔敢支吾。其丈夫并囚缚之，罄搜其货，囊而贮之。然后烹豕犬，遣其妇女羞馔，恣其饮啖。其家尝收莨菪子，其妇女多取之熬捣，一如辣末，置于食味中，然后饮以浊醪。于时药作，竟于腰下拔剑掘地曰："马入地下去也。"或欲入火投渊，颠而后仆。于是妇女解去良人执缚，徐取骑士剑，一一断其颈而瘗之。其马使人逐官路，棰而遣之，罔有知者。后地土改易，方泄其事。出《玉堂闲话》。

人家的园中,晚上大叫"小偷来了!"屋里人都出来看,武帝便抽剑劫持新妇,和袁绍往回走。迷失了道路,跌到荆棘中,袁绍爬不出来,武帝又大叫:"小偷在这!"迫使袁绍自己慌忙跑了出来,二人才没被抓住。武帝又曾经说:"别人要危害你,你必然心动。"他于是告诉身边的侍者说:"你怀揣着刀秘密而来,我心必动,便要杀你。你出去只要不说,我以后会报答你。"侍者相信了,便被杀了。想要谋杀他的人被挫折了锐气。还有,袁绍年少时,曾经叫人晚间用剑刺武帝,稍低了点没刺中。武帝想他再来一剑必定要高,他便紧贴床上,剑果然高了。武帝又说:"我在睡觉时,你们不要随意靠近我,靠近了,我便要杀人,我自己也不知道,你们要小心谨慎。"后来,他假装冷,他所宠幸的一个侍者,悄悄地给他盖上被子,武帝便把侍者杀了。自那以后,没有人敢靠近他了。出自《小说》。

村　妇

　　唐昭宗李晔被梁主劫掠走之后,岐山、凤翔等州都蓄备了很多兵,放纵士兵抢掠用以自给。成州有一个偏远的农家,积有巨大的财货。军官派了二十多骑兵夜间去抢劫。他们突然而来,也没有敢说话的。丈夫被捆绑,士兵搜尽了他家的财货,就放进皮口袋中。搜完了东西,便杀猪杀狗,让这家妇人为他们做菜肴,他们放纵地吃喝。这家曾收过莨菪子,妇人拿了很多捣碎了,像辣椒面似的,放在食物中,然后给那些士兵饮混浊的酒。于是药力发作,士兵们竟从腰上拔出剑掘地,嘴里说:"马进地下去了。"有的要跳入火中,有的要投入水里,疯癫一通后都躺倒了。于是妇女先给丈夫解了绑,慢慢取了军人的剑,把这二十多人一一杀死,然后挖坑埋了。让人把马赶到大路上,用鞭子赶走,没有人知道这事。后来由于地土挖掘,才暴露了此事。出自《玉堂闲话》。

卷第一百九十一
骁勇一

甾丘䜣

　　周世，东海之上，有勇士甾丘䜣以勇闻于天下。过神泉，令饮马。其仆曰："饮马于此者，马必死。"丘䜣曰："以丘䜣之言饮之。"其马果死。丘䜣乃去衣拔剑而入，三日三夜，杀二蛟一龙而出。雷神随而击之，十日十夜，眇其左目。要离闻而往见之，丘䜣出送有丧者。要离往见丘䜣于墓所曰："雷神击子，十日十夜，眇子左目。夫天怨不旋日，人怨不旋踵。子至今弗报，何也？"叱之而去。墓上振愤者不可胜数。要离归，谓人曰："甾丘䜣天下勇士也，今日我辱之于众人之中，必来杀我。暮无闭门，寝无闭户。"丘䜣至夜半果来，拔剑柱颈曰："子有死罪三，辱我于众人之中，死罪一也；暮无闭门，死罪二也；寝不闭户，死罪三也。"要离曰："子待我一言而后杀也。子来不谒，一不肖也；拔剑不刺，

甾丘訢

　　周朝时,东海上有一位勇士叫甾丘訢,以勇敢名闻天下。他路经一神泉,令仆人在此饮马。仆人说:"在这儿饮马,马必死。"丘訢说:"你就按我说的饮吧。"饮后,他的马果然死了。丘訢便脱衣拔剑,跳入泉中。三天三夜,杀死二蛟一龙后出来了。随后,雷神用雷电击打他,十天十夜,打瞎了他的左眼。要离知道了去看他,丘訢出去送丧去了。要离到墓旁去见丘訢,说:"雷神打你,十天十夜,打瞎了你的左眼。上天发怒不过一天,人发怒在转足间。你至今不报仇,为什么?"斥责了丘訢后走了。墓旁愤怒不平的人不可胜数。要离回去后,对人说:"甾丘訢是天下的勇士,今天我在众人面前羞辱了他,他必会来杀我。到了晚上不要闭门,睡觉时也不要关窗。"丘訢在半夜时果然来了,拔剑按在要离脖子上说:"你有三条死罪,在众人面前羞辱我,这是第一条;晚不闭门,这是第二条;睡觉不关窗,这是第三条。"要离说:"你等我说一句话后再杀我。你来而不拜,是一不贤;拔剑不刺,

二不肖也；刃先词后，三不肖也。子能杀我者，是毒药之死耳。"丘讦收剑而去曰："嘻，天下所不若者，唯此子耳。"出《独异志》。

朱 遵

汉朱遵仕郡功曹。公孙述僭号，遵拥郡人不伏。述攻之，乃以兵拒述，埋车绊马而战死。光武追赠辅汉将军，吴汉表为置祠。一曰：遵失首，退至此地，绊马讫，以手摸头，始知失首。于是土人感而义之，乃为置祠，号为健儿庙。后改勇士祠。出《新津县图经》。

赵 云

蜀赵云，字子龙，身长八尺，姿容雄伟。居刘备前锋，为曹公所围，乃大开门，偃旗鼓。曹公引去，疑有伏兵。云于后射之，公军大骇，死者甚多。备明日自来，视昨日战处，曰："子龙一身都是胆也。"出《赵云别传》。

吕 蒙

吴吕蒙随姊夫邓当击贼，时年十六，呵叱而前，当不能禁。归言于母曰："贫贱难可居，设有功，富贵可致。"又曰："不探虎穴，安得虎子。"果成大名。出《独异志》。

魏任城王

魏任城王章，武帝子也。少而刚毅，学阴阳纬候之术，诵《六韬》《洪范》之书数千言。武帝谋伐吴，问章，取其利师之决。王善左右射，好击剑，百步中于悬发。乐闻国献彪虎，

是二不贤；先出剑后说话，是三不贤。你只能用毒药杀死我。"丘
诉收剑而去，说："嘿，天下不服我的，唯有他呀！"出自《独异志》。

朱 遵

汉时朱遵任郡功曹。公孙述自立为王，朱遵聚集郡内的人
不服。公孙述派兵攻打朱遵，朱遵于是领兵抵抗公孙述，坚持战
斗，直到战死。汉光武帝刘秀追赠他为辅汉将军，吴汉上表请求
为朱遵建祠堂。有人说：朱遵掉了头，退到这里，马被绊倒，他用
手摸头，才知头没了。于是，当地人很感动，认为他有义，为他建
了祠堂，名为健儿庙。后改为勇士祠。出自《新津县图经》。

赵 云

蜀国赵云，字子龙，身高八尺，姿容雄伟。他任刘备前锋。
一次被曹操包围，他却大开城门，息鼓偃旗。曹操怀疑有伏兵，
便退去了。赵云在后边射箭，曹兵很害怕，死者很多。第二天，
刘备来了，看到昨天的战场，说："子龙一身都是胆啊！"出自《赵云
别传》。

吕 蒙

吴国人吕蒙，随姐夫邓当击打贼兵，他当时十六岁，呐喊冲
杀，邓当都拦不住他。回来后对母亲说："贫贱的日子难过，假如
我立了功，就能过上富贵的日子。"他又说："不入虎穴，怎能得到
虎子。"后来，他果然成就了大名声。出自《独异志》。

魏任城王

魏国任城王曹章，是魏武帝曹操的儿子。他年少时就很刚
毅，既学过阴阳占卜之术，又读过很多像《六韬》《洪范》这样的书。
魏武帝想攻打吴国时咨询曹章，听取他有利于用兵的策略。曹章
善左右射箭，好击剑，百步外能射中悬发。乐闻国献了一只大虎，

文如锦斑，以铁为槛。骁勇之徒，莫敢轻视。章曳虎尾以绕臂，虎弭无声矣。莫不伏其神勇。时南越献白象子，在帝前，手顿其鼻，象伏不动。文帝铸万钧钟置崇华殿前，欲徙之，力士百人，引之不动，章乃负之而趋。四方闻其神勇，皆寝兵自固。帝曰："以王权武吞并吴蜀，如鸱衔腐鼠耳。"章薨，如汉东平王葬礼。及丧出，空中闻数百人泣声。送丧者皆言，昔乱军伤杀者皆无椁，王之仁惠，收其朽骨。死者欢于九土，精灵知其怀感。故人美王之德。国史撰《任城旧事》二卷。至东晋初，藏于秘阁。出《拾遗录》。

桓石虔

晋桓石虔有才干，趫捷绝伦，随父豁在荆州。于猎围中，见猛兽被数箭而伏。诸督将素知其勇，戏令拔箭。石虔因急往，拔一箭，猛虎踞跃，石虔亦跳，高于猛兽，复拔一箭而归。时人有患疾者，谓曰："桓石虔来。"以怖之，病者多愈。出《独异志》。

杨大眼

后魏杨大眼，武都氐难当之孙。少有胆气，跳走如飞。高祖南伐，李冲典选征官，大眼求焉。冲不许。大眼曰："尚书不见知，为尚书出一技。"便以绳长三丈，系髻而走，绳直如矢，马驰不及。见者莫不惊叹。冲曰："千载以来，未有逸材若此者。"遂用为军主，稍迁辅国将军。王肃初归国也，谓大眼曰："在南闻君之名，以为眼如车轮。今见，

身上斑纹很好看,用铁栏围着。一般的勇士不敢轻视它。曹章
拽着虎尾巴绕在手臂上,虎却不叫不动。大家都佩服他的神勇。
当时,南越献了头白象,在武帝面前,曹章用手敲打象鼻,象便
伏地不动。魏文帝曹丕铸了一口万钧重的大钟,放在崇华殿前,
想要搬走它,找了一百名大力士,没拉动。曹章背起那钟走得很
快。各国听说他这样神勇,都休兵巩固自己的防务。文帝说:
"以任城王的雄武,吞并吴、蜀,就像鸱叼个死老鼠一样容易。"曹
章死后,依照汉时东平王的葬仪殡葬了。在出丧时,听到空中有
数百人哭泣。送丧的人都说,从前兵荒马乱,那些被杀死的人都
没有棺材,任城王仁惠,收了死者的朽骨装棺殡葬。死者在九泉
下很高兴,精灵们也知道心怀感激之情。所以人们都称赞任城
王的美德。国史撰写了《任城旧事》两卷。到东晋初年,藏于秘
阁。出自《拾遗录》。

桓石虔

晋时桓石虔很有才干,特别矫健敏捷,随他父亲桓豁在荆
州。在一次围猎中,一只猛虎被数箭射中,趴在地上。督将们平
时就知道石虔很勇敢,开玩笑地叫他去拔箭。石虔快速去拔了
一支箭,猛虎跳起来,他也跳,比老虎跳得还高,又拔了一支箭回
来。当时,如果有人患病,只要对病人说一声:"桓石虔来了!"这
一吓,有病的人多半就好了。出自《独异志》。

杨大眼

后魏杨大眼是武都氐人杨难当的孙子。年少时就有胆量,
跳走如飞。高祖南伐时,李冲选拔征讨官,杨大眼自荐,李冲不允
许。大眼说:"尚书您不了解我,我为您表演一技。"他便用三丈的
长绳,系在发髻上而后飞跑,绳便像射出的箭那样又快又直,马都
撵不上。观看者莫不惊叹。李冲说:"千载以来,没有这样出众的
人才。"便用他当军主,不久升为辅国将军。王肃刚归国时,对大
眼说:"在南方就听闻您的名字,以为您眼大如车轮。现在看到,

乃不异人眼。"大眼曰:"若旗鼓相望,瞋眸奋发,足使君亡魂丧胆,何必大如车轮?"当代推其骁果,以为张、关不过也。出《谈薮》。

麦铁杖

麦铁杖,韶州翁源人也。有勇力,日行五百里。初仕陈朝,常执伞随驾。夜后,多潜往丹阳郡行盗。及明,却趁仗下执役。往回三百余里,人无觉者。后丹阳频奏盗贼踪由,后主疑之,而惜其材力,舍而不问。陈亡入隋,委质于杨素。素将平江南诸郡,使铁杖夜泅水过扬子江,为巡逻者所捕。差人防守,送于姑苏,到废亭,遇夜。伺守者寐熟,窃其兵刃,尽杀守者走回,乃口衔二首级,携剑复浮渡大江。深为杨素奖用。后官至本郡太守。今南海多麦氏,皆其后也。出《岭表录异》。

彭 乐

北齐将彭乐勇猛无双。时神武率乐等十余万人,于沙苑与宇文护战。时乐饮酒,乘醉深入,被刺。肝肚俱出,内之不尽,截去之,复入战。护兵遂败,相枕籍死者三万余人。出《独异志》。

高开道

隋末,高开道被箭,镞入骨,命一医工拔之,不得。开道问之,云:"畏王痛。"开道斩之。更命一医,云:"我能拔之。"以一小斧子,当刺下疮际,用小棒打入骨一寸,以钳拔之。开道饮啖自若,赐医工绢三百匹。后为其将张金树所杀。出《独异志》。

和别人的眼没有什么不同。"大眼说:"咱俩若是旗鼓对阵,我怒瞪双眼,足以使您亡魂丧胆,何必大如车轮?"当时人都认为他骁勇果敢,就是张飞、关云长也比不过他。出自《谈薮》。

麦铁杖

麦铁杖是韶州翁源人。他勇敢有力量,一日能行五百里。最初在陈朝当官,常执伞伴驾。入夜,他便潜往丹阳郡行盗。天亮了,又回来在仪仗中执伞。往返三百多里,无人觉察。后来,丹阳频频上奏盗贼行迹,陈后主曾怀疑过他,而又珍惜他这个人才,没有向他问罪。陈亡后入隋,归顺在杨素门下。杨素要扫平江南诸郡,派铁杖夜渡扬子江,被巡逻的抓住。派人看守,送往姑苏,到达废亭时正好天黑了。他趁看守睡熟后,窃取了他的兵器,杀死看守跑了回来,回来时口里衔着两个人头,带着剑渡过了大江。他深受杨素的褒奖重用。后来,他做了本郡太守。如今南海多姓麦的,都是他的后裔。出自《岭表录异》。

彭　乐

北齐将彭乐勇猛无双。那时,神武率彭乐等十余万人,在沙苑与宇文护交战。当时,彭乐喝了酒,乘醉深入敌阵,被刺。他的肝肠都流出来了,塞不回去的被他截去了,又投入战斗。宇文护的兵被打败了,横倒竖躺的死者有三万余人。出自《独异志》。

高开道

隋朝末年,高开道被箭射中,箭头刺入骨中。他命一个医生拔,没有拔掉。高开道问他,他说:"害怕大王痛。"高开道杀了这个医生。又找一个医生,这医生说:"我能拔。"他用一个小斧子,从伤口处把小棒打入骨中一寸,用钳子把箭头拔出。高开道喝酒吃饭坦然自若,赐给医生绢三百匹。高开道后来被他的部将张金树杀死。出自《独异志》。

杜伏威

隋大业末，杜伏威与陈稜战于齐州，裨将射中伏威额。怒曰："不杀射者，终不拔此箭。"由是奋入，获所射者，乃令拔箭，然后斩首。稜乃大败。出《独异志》。

尉迟敬德

王充兄子琬使于窦建德军中，乘炀帝所御骏马，铠甲甚鲜。太宗曰："彼所乘真良马也。"尉迟敬德请往取之。乃与三骑，直入贼军擒琬，引其马以归，贼众无敢当者。敬德常侍宴庆善宫，时有班在其上者，敬德怒曰："汝有何功，合坐我上？"任城王道宗次其下，解喻之，敬德勃焉，拳殴道宗，目几至眇。出《谭宾录》。

柴绍弟

唐柴绍之弟某，有材力，轻趫迅捷，踊身而上，挺然若飞，十余步乃止。太宗令取赵公长孙无忌鞍辔，仍先报无忌，令其守备。其夜，见一物如鸟，飞入宅内，割双镫而去，追之不及。又遣取丹阳公主镂金函枕，飞入内房，以手捻土公主面上，举头，即以他枕易之而去。至晓乃觉。尝著吉莫靴走上砖城，且至女墙，手无攀引。又以足蹈佛殿柱，至檐头，捻椽覆上。越百尺楼阁，了无障碍。太宗奇之曰："此人不可处京邑。"出为外官。时人号为壁龙。太宗尝赐长孙无忌七宝带，直千金。时有大盗段师子从屋上椽孔间而下露，拔刀谓曰："公动即死。"遂于枕函中取带去，以刀拄地，踊身椽孔间出。出《朝野佥载》。

杜伏威

隋朝大业末年,杜伏威与陈稜在齐州交战,一个偏将射中伏威的额头。他大怒说:"不杀射我的人,决不拔此箭。"因此,他奋勇进入战场,抓到那个射箭者,让他拔箭,然后又杀死他。陈稜于是大败。出自《独异志》。

尉迟敬德

王充的儿子王琬,被派往窦建德军中,他骑着隋炀帝骑过的马,铠甲也很漂亮。唐太宗说:"他骑着的真是好马呀。"尉迟敬德请求去取。于是和三个骑兵,直入敌阵抓住了王琬,牵着他的马回来了,敌阵中无人敢抵挡。尉迟敬德曾在庆善宫侍宴,当时有人坐在了他的上首,他生气地说:"你有什么功,可以坐在我的上首?"任城王道宗坐在下首,想解释解释,敬德勃然大怒,挥拳打道宗,差点把他的眼睛打瞎。出自《谭宾录》。

柴绍弟

唐时,柴绍的弟弟柴某,有功夫,身体轻巧,动作敏捷迅速,一跃身,能像飞似的窜出去,到十多步才停下。唐太宗命令他去取赵公长孙无忌的鞍鞯,并事前告诉了长孙无忌,让他派人守备。那天晚上,只见一物像鸟似的飞入房中,割下鞍上的双镫,拿着就走了,没有追上。又一次,派他去取丹阳公主的镂金枕套,他飞入内室,先用手在公主脸上捻土,等公主一抬头,他便用另一只枕头换走了这只。天亮后公主才知道。他曾经穿着吉莫靴,脚蹬墙壁走上砖城,直至女墙,不用手攀引。他又用脚蹬着佛殿前的大柱,爬到檐头,拉着椽头上屋顶。跨越百尺楼阁,一点障碍也没有。太宗感觉这人很奇特,说:"这人不能住在京城。"便把他派出去当官。当时人们叫他壁龙。太宗曾赏赐长孙无忌七宝带,价值千金。当时有大盗段师子从屋上椽孔间下来,拔刀对他说:"你要动就杀死你。"随即从枕套中取走了宝带,又用刀挂地,一纵身从椽孔间出去了。出自《朝野佥载》。

秦叔宝

唐太宗每临阵，望贼中骁将骁士，炫耀人马，出入来去者，颇病之，辄命秦叔宝取之。叔宝应命跃马，负枪而进，必刺之于万众之中，人马俱倒。及后叔宝居多疾病，谓人曰："吾少长戎马，前后所经二百余阵，屡中重疮，计吾出血亦数斛矣，何能不病乎？"出《谭宾录》。

薛仁贵

唐太宗征辽东，驻跸于阵。薛仁贵著白衣，握戟囊鞬，张弓大呼，所向披靡。太宗谓曰："朕不喜得辽东，喜得卿也。"后率兵击突厥于云州。突厥先问唐将为何，曰："薛仁贵也。"突厥曰："吾闻薛仁贵流会州死矣，安得复生？"仁贵脱兜鍪见之，突厥相视失色，下马罗拜，稍遁去。出《谭宾录》。

公孙武达

唐左武卫大将军公孙武达有膂力。尝遇贼，尽劫其衣物，逼武达索靴，武达授足与之。贼俯就引靴，武达殴之，死于手下，以其兵仗御余寇，获免。出《谭宾录》。

程知节

唐裴行俨与王充战，先驰赴敌，为流矢所中，坠于地。程知节救之，杀数人，充军披靡。知节乃抱行俨，重骑而还，为充骑所逐，刺槊洞过。知节回身，掫折其槊，斩获者，与行俨皆免。出《谭宾录》。

秦叔宝

唐太宗李世民每临阵地,看到敌阵中骁勇的将士,出出进进,炫耀人马,他就很不舒服,便命令秦叔宝去敌营中攻打。叔宝便领命跃马,负枪而去。他单枪匹马冲出,在万人之中必能刺中那人,使人马俱倒。后来,叔宝在家患病,对人说:"我从年轻时就开始了戎马生活,前后经历过二百多阵仗,屡负重伤,计算一下我出的血也有好几斛了,怎么能没病呢?"出自《谭宾录》。

薛仁贵

唐太宗征辽东时,驻扎在阵地上。他看见薛仁贵身穿白衣,握戟带箭,张弓呐喊,所向无敌。太宗对他说:"得到辽东我并不太高兴,高兴的是得到了你这员猛将。"后来,薛仁贵率兵去云州攻打突厥。突厥人先问唐将是谁,回答说:"是薛仁贵。"突厥人说:"听说薛仁贵被流放到会州,已经死了,怎么能又活了?"薛仁贵脱掉头盔让他们看。突厥人一看大惊失色,下马围着他施礼后便逃走了。出自《谭宾录》。

公孙武达

唐朝左武卫大将军公孙武达,力气非常大。有一次他遇到了贼,抢光了他的衣服,还逼着要他的靴子,公孙武达伸出脚让他脱。趁贼伏身脱靴之际,公孙武达将其打死,又用他的兵器抵御其他贼寇,逃过一劫。出自《谭宾录》。

程知节

唐时,裴行俨与王充交战。裴行俨先骑马冲入敌阵,被流箭射中,坠马倒地。程知节去救他,杀了很多敌人,王充的军队溃逃。程知节抱着裴行俨,二人骑一匹马回来时,被王充的骑兵追赶,一槊刺穿了程知节。程知节回身便把槊折断,把那人杀了,他和裴行俨都逃脱了。出自《谭宾录》。

薛　万

唐契苾何力征辽东。以骑八百，遇贼合战，被槊中腰，为贼所窘。尚辇奉御薛万备单马入杀贼骑，救何力于群贼之中，与之俱出。何力气尽，束疮而战，贼乃退。出《谭宾录》。

李楷固

唐天后时，将军李楷固，契丹人也，善用缉索。李尽忠之败也，麻仁节、张玄遇等并被缉将。獐鹿狐兔，走马遮截，放索缉之，百无一漏。鞍马上弄弓矢矛矟，状如飞仙。天后惜其材，不杀，用以为将。稍贪财好色，出为潭州乔口镇将，愤恚而卒也。出《朝野佥载》。

王君㚟

唐王君㚟摄御史中丞，判凉州都督事。玄宗于广达楼，引君㚟及妻夏氏宴设，赐金帛。夏氏亦勇决，每君㚟临阵，夏氏亦有战功。凉州有回纥、契苾、思结、浑四部落为酋长。君㚟微时往来凉府，为回纥所轻。及君㚟为河西节度使，回纥等怏怏，耻在麾下。君㚟奏回纥等部落难制，潜有谋叛，遂留四部都督。后四部落党与谋叛君㚟以复怨，会吐蕃间道往突厥，君㚟率精骑往肃州掩之。还至甘州南巩笔驿，四部落伏兵突起，君㚟与贼力战，自朝至晡，左右尽死，遂杀君㚟。出《谭宾录》。

宋令文

唐宋令文者有神力。禅定寺有牛触人，莫之敢近，筑圈以阑之。令文怪其故，遂袒裼而入。牛辣角向前，令文接两角拔之，应手而倒，颈骨皆折而死。又以五指撮碓觜壁

薛 万

唐时，契苾何力征辽东，率领八百骑兵，遇贼交战，被槊刺中腰，困于贼中。尚辇奉御薛万备单枪匹马冲入敌阵，从群贼中救出何力，二人都逃出了敌阵。何力用尽力气，包扎了伤口后又战，敌人才退去。出自《谭宾录》。

李楷固

唐则天皇后时，将军李楷固是契丹人，善用套索。李尽忠战败那次，麻仁节、张玄遇等人都被他用套索抓住。獐、鹿、狐、兔，只要是他骑马追截，放索一套，百无一漏。在马上使用弓箭和矛稍，状如飞仙。则天皇后惜其才，没有杀他，任用他做将军。他有些贪财好色，降为潭州乔口镇守将，愤恨恼怒而死。出自《朝野佥载》。

王君㚟

唐时，王君㚟代理御史中丞，署理凉州都督事务。唐玄宗李隆基在广达楼设宴，宴请君㚟和他的妻子夏氏，赏赐金银布匹。夏氏也很勇敢，经常和丈夫一起参战，也立过战功。凉州有回纥、契苾、思结、浑四个部落结成的联盟。王君㚟在身份低微时经常往来凉州，回纥人很轻视他。等他升为河西节度使，回纥人不服气，觉得在他麾下很耻辱。君㚟上奏皇帝，说回纥等部落难以管制，暗地策划叛乱，便留下四部落都督。后来，四部落联合谋划叛乱，向君㚟报仇。恰在这时，吐蕃抄近道去突厥，王君㚟率精骑去肃州抵挡。回来时到甘州南巩笔驿，四部落伏兵突起，王君㚟与贼力战，从早战到下午，他的部下都战死了，他也被杀。出自《谭宾录》。

宋令文

唐时，宋令文有神力。禅定寺的牛顶人，没有人敢靠近，只能筑圈拦着。宋令文奇怪他们为何这样做，于是光着膀子进去了。牛竦角向他冲来，他抓住两只牛角用力扯，牛应手而倒，颈骨折断死掉了。他又以五指抓起捣米的石臼，用石臼嘴在墙壁

上书,得四十字诗。为太学生,以一手挟讲堂柱起,以同房生衣于柱下压之,许重设酒,乃为之出。令文有三子,长之问有文誉,次之愍善书,次之悌有勇力。之悌后左降朱鸢。会贼破驩州,以之悌为总管击之。募壮士得八人。之悌身长八尺,被重甲,直前大叫曰:"獠贼,动即死!"贼七百人,一时俱挫,大破之。出《朝野佥载》。

彭博通

唐彭博通者,河间人也,身长八尺。曾于讲堂阶上,临阶而立。取鞋一纳,以臂夹,令有力者后拔之,鞋底中断,博通脚终不移。牛驾车正走,博通倒曳车尾,却行数十步,横拔车辙深二尺,皆纵横破裂。曾游瓜步江,有急风张帆,博通捉尾缆挽之,不进。出《朝野佥载》。

李 宏

唐定襄公李宏,虢王之子,身长八尺。曾猎,遇虎搏之,蹄而卧,虎坐其上。奴走马旁过,虎跳攫奴后鞍。宏起,引弓射之而毙。宏及奴一无所伤。出《朝野佥载》。

辛承嗣

唐忠武将军辛承嗣轻捷。曾解鞍绊马,脱衣而卧,令一人百步走马持枪而来。承嗣鞴马解绊,著衣擐甲,上马盘枪,逆拒刺马,擒人而还。承嗣后与将军元帅奖驰骋,一手捉鞍桥,双足直上捺蜻蜓,走马二十里。与中郎装绍业于青海被吐蕃所围。谓绍业曰:"将军相随共出。"绍业惧,不敢。

上写了四十字的诗。宋令文当太学生时,他一手拔起讲堂的柱子,把同室学生的衣服放在柱下压着,人家答应请酒,才取出衣服。宋令文有三个儿子,长子宋之问的文章很有声誉,二子宋之愻擅长书法,三子宋之悌很有勇力。宋之悌后来被贬官到朱鸢处任职。恰遇贼兵攻打驩州,任之悌为总管前去击敌。招募了八名壮士。宋之悌身高八尺,披戴重甲,边前冲边大声叫喊:"獠贼,谁敢动就叫他死!"七百多敌人一时都被震慑,于是大破敌阵。出自《朝野金载》。

彭博通

唐时,河间人氏彭博通身高八尺。他曾站在讲堂的台阶上,用臂夹着一双鞋,叫有力量的人从后边拔这双鞋,鞋底都被拉断了,他的脚都没移动一下。牛拉车正往前走时,他从后边拉着车尾,使车倒行了数十步。他横着拉车,车辙印有二尺多深,车都碎裂了。彭博通曾游瓜步江,江上有一艘船,大风吹动着风帆向前进,他挽着船尾的缆绳,使船不能前进。出自《朝野金载》。

李 宏

唐时,定襄公李宏是虢王的儿子,身高八尺。有一次去打猎,遇到了老虎,和老虎搏斗时,他跌倒了,老虎坐在他身上。有一个奴仆骑马从旁经过,老虎跳起来抓马的后鞍。这时,李宏跃起,拉弓引箭将老虎射死。李宏和奴仆都没有受伤。出自《朝野金载》。

辛承嗣

唐时,忠武将军辛承嗣,行动非常敏捷迅速。曾有一次,他解鞍绊马,脱衣而卧,令一人从百步以外骑马持枪而来,他备马解绊,穿衣披甲,上马盘枪,迎着来人,刺马、擒人而归。后来,承嗣与军中将军元帅比赛马术,他一手抓马鞍,双足倒立竖蜻蜓,在马上跑了二十里。他和中郎将裴绍业在青海被吐蕃包围,他对绍业说:"您随我一起冲出去。"绍业害怕不敢。

承嗣曰："为将军试之。"单马持枪，所向皆靡，却迎绍业出。承嗣马被箭，乃跳下，夺贼壮马乘之，一无所伤。裴旻与幽州都督孙佺北征，被奚贼所围。旻马上立走，轮刀雷发，箭若星流，应刀而断。贼不敢取，蓬飞而去。出《朝野金载》。

承嗣说:"我先去给您试试。"他单枪匹马冲出去,敌人四处逃散,他返回来接绍业出去了。辛承嗣的马被射中,他跳下马,夺了敌人一匹壮马骑上,没有一处受伤。裴旻和幽州都督孙佺北征时,被奚贼包围。裴旻站在马上冲杀,挥舞大刀,敌人射来的箭像流星似的,都被裴旻的大刀砍断。贼不敢抓他,他腾飞而去。出自《朝野佥载》。

卷第一百九十二
骁勇二

来　瑱

唐来瑱,天宝中至赞善大夫,未为人所知。安禄山叛逆,诏朝臣各举智谋果决才堪统众者。左拾遗张镐荐瑱有纵横才略。表入,即日召见,称旨,拜颍川太守,充招讨使,累奏战功。肃宗即位,以瑱武略,尤加任委。北收河洛,属群贼蜂起,频来攻战,皆为瑱所败。贼等惧之,号为来嚼铁。出《谭宾录》。

哥舒翰

唐哥舒翰捍吐蕃,贼众三道从山相续而下,哥舒翰持半段折枪,当前击之,无不摧靡。翰入阵,善使枪,追贼及之,以枪搭其肩而喝。贼惊顾,翰从而刺其喉,皆高三五丈而坠。家僮左车年十五,每随入阵,辄下马斩其首。出《谭宾录》。

来 瑱

唐朝的来瑱,在玄宗天宝中期官已升到赞善大夫,但不为人们所知。安禄山叛乱时,皇帝下诏让朝臣们推荐有智谋、办事果断、能够统帅众人的人才。左拾遗张镐举荐来瑱具有经略天下的才干。奏表上去后,当日召见,皇帝很满意,任他为颍川太守,兼招讨史,果然屡建战功。肃宗李亨继位时,因为来瑱的武略,委以重任。北收河洛时,属内群贼蜂拥而起,多次来攻战,都被来瑱击败。敌人很害怕他,都叫他来嚼铁。出自《谭宾录》。

哥舒翰

唐时,哥舒翰抵御吐蕃。众贼分三路从山上相继攻下来,他手持半截折枪,迎头出击,所向无敌。哥舒翰打仗时善使枪,每当追上敌人时,先把枪搭在敌人的肩膀上,然后大叫一声。敌人惊慌回顾,哥舒翰便刺他的咽喉,挑高三五丈后坠地。他的家僮左车,才十五岁,每次都跟随入阵,这时便跳下马来割掉被刺者的脑袋。出自《谭宾录》。

马　璘

唐广德元年,吐蕃自长安还至凤翔,节度孙守直闭门拒之,围守数日。会镇西节度马璘领精骑千余,自河西救杨志烈回,引兵入城。迟明,单骑持满,直冲贼众,左右愿从者百余骑。璘奋击大呼,贼徒披靡,无敢当者。翌日,又逼贼请战。皆曰:"此将不惜死,不可当,且避之。"出《谭宾录》。

白孝德

唐白孝德为李光弼偏将。史思明攻河阳,使骁将刘龙仙率骑五千,临城挑战。龙仙捷勇自恃,举足加马鬣上,嫚骂光弼。光弼登城望之,顾诸将曰:"孰可取者?"仆固怀恩请行,光弼曰:"非大将所为。"历选其次,左右曰:"孝德可。"光弼召孝德前,问曰:"可乎?"曰:"可。"光弼问所加几何人而可,曰:"独往则可,加人多不可。"光弼曰:"壮哉!"终问所欲,对曰:"愿备五十骑于军门,候入而继进,及请大众鼓噪以假气,他无用也。"光弼抚其背以遣之。孝德挟二矛,策马截流而渡。半济,怀恩贺曰:"克矣。"光弼曰:"未及,何知其克?"怀恩曰:"观其揽跋便僻,可万全。"龙仙始见其独来,甚易之,足不降鬣。稍近欲动,孝德摇手止之,若使其不动,龙仙不之测。又止龙仙。

孝德曰:"侍中使予致词,非他也。"龙仙去三十步,与之言,亵骂如初。孝德伺便,因瞋目曰:"贼识我乎?"龙仙曰:"何也?"曰:"国之大将白孝德。"龙仙曰:"是猪狗乎?"发声虓然,执矛前突,城上鼓噪,五十骑亦继进。龙仙矢不

马　璘

唐代宗广德元年，吐蕃从长安退出，又来围困凤翔城，节度使孙守直紧闭城门，守城拒敌，已经数日。正在这时，镇西节度使马璘领精骑一千多，从河西援救杨志烈回来，领兵入城。第二天黎明，他单骑出城，手持满弓，冲向敌众，左右跟他来的人有一百多。马璘奋战呐喊，敌兵溃散，没有敢抵抗的。第二天，他又向敌阵挑战。敌人都说："这个将领不怕死，无法抵挡，应该躲避。"出自《谭宾录》。

白孝德

唐时，白孝德为李光弼的偏将。史思明攻打河阳时，派骁将刘龙仙率领骑兵五千，到河阳城下挑战。刘龙仙自以为很勇敢，将脚放在马颈上，谩骂李光弼。李光弼登城观望，对诸将说："谁能将他抓来？"仆固怀恩请求前往，光弼说："不能用大将出马。"又选择别人，诸将说："孝德可以。"李光弼召来白孝德，问他："行吗？"白孝德说："行。"光弼问需要几个人同去，白孝德说："我自己就行，多了不行。"光弼说："好样的！"又问他还有什么要求，白孝德回答说："先在军门准备好五十名骑兵，等我冲入敌阵时再冲过去，请大家呐喊助威，其他不用了。"李光弼拍了拍他的后背，叫他去了。白孝德手持两杆长矛，策马横渡。当他走到河当中时，怀恩高兴地说："准能抓到他。"李光弼说："还没到，你怎么知道能抓到？"怀恩说："我看他揽辔跋涉，曲折移动，万无一失。"刘龙仙看到白孝德一人独来，不以为然，脚仍然放在马颈上。白孝德走近时，他刚想动，孝德摇手制止了他，好像是让他不要动，刘龙仙不知道他要干啥。白孝德又一次制止了刘龙仙的举动。

白孝德说："侍中让我来传个话，没别的事。"刘龙仙距白孝德三十步远，和他说话，嘴里仍谩骂不止。白孝德抓住机会，怒瞪双目，说："你认识我吗？"刘龙仙说："你是谁？"白孝德说："我是唐朝大将白孝德。"刘龙仙说："是猪狗吗？"只听白孝德虎吼一声，持矛前进，城上呐喊，那五十精骑也冲杀过来。刘龙仙箭都

及发，环走堤上，孝德逐之，斩首提之归。出《谭宾录》。

李正己

唐李正己本名抱玉。侯希逸为平卢军帅，希逸母即正己姑也。后与希逸同至青州，骁健有勇力。宝应中，军众讨史朝义，至郑州。回纥方强恣，诸节度皆下之。正己时为军候，独欲以气吞之，因与角逐，众军聚观。约曰："后者批之。"即逐而先，正己擒其领而批其颊，回纥屎液俱下。众军呼突，繇是不敢暴。会军人逐希逸，希逸奔走。众立正己为帅，朝廷因授平卢节度使。出《谭宾录》。

李嗣业

唐李嗣业领安西、北庭行营，常为先锋将，持棒冲击，众贼披靡。与九节度围贼，因中流矢，数日疮欲愈。卧于帐中，忽闻金鼓声乱。问之，知战。因阚，疮中血如注，奄然而卒。出《谭宾录》。

马 勋

唐德宗欲幸梁洋，严振遣兵五千至盩厔以俟南幸。其将张用诚阴谋叛背，输款于李怀光，朝廷忧之。会梁州将马勋至，上临轩与之谋。勋曰："臣请计日至山南，取节度符召之；即不受召，臣当斩其首以复命。"上喜曰："几日当至？"勋克日时而奏，上勉劳而遣之。勋既得振符，乃与壮士五十人偕行出骆谷。用诚以为未知其叛，以数百骑迓

来不及发，只能在堤上转圈跑，白孝德赶上后斩了他，提着头回来了。出自《谭宾录》。

李正己

唐人李正己本名抱玉。侯希逸任平卢军帅，希逸的母亲是正己的姑姑。后来，他与侯希逸同到青州，他非常矫健勇敢。宝应年间，军队讨伐史朝义，到了郑州。军中回纥士兵非常骄横无礼，各节度使都低声下气。李正己当时是军候，他为了镇服他们，因而和他们进行摔跤比赛，士兵都来围观。双方约定："输者被打耳光。"李正己胜了，他抓住回纥兵的衣领打他的脸，直打得他屎尿俱下。兵士们欢呼，自此以后，回纥兵再不敢骄横了。恰赶上军人们驱逐侯希逸，希逸逃跑了，大家拥立李正己为军帅，朝廷因而授他为平卢节度使。出自《谭宾录》。

李嗣业

唐时，李嗣业镇安西、北庭行营，他曾被任命为先锋将，战斗时，持棒冲击，众贼溃逃。一次，他与九节度使围攻贼寇，中了流箭，数日后伤口快愈合了。他卧在帐中，忽然听到金鼓乱鸣。他一问才知道正在打仗，因而起来察看，结果伤口血流如注，很快死掉了。出自《谭宾录》。

马 勋

唐德宗李适想去梁洋，严振派兵五千去盩厔，来保卫皇帝南巡。他的部将张用诚阴谋反叛，暗中向李怀光献财物，朝廷忧虑此事。正好赶上梁州将马勋来了，皇帝就和马勋在厅中想办法。马勋说："我请求约定一个时间去山南，取节度使的官符召张用诚；他若不受召，我就斩了他来复命。"皇帝很高兴，说："几日能到？"马勋计算了一下时间告诉了皇帝，皇帝对他进行了一番嘉勉，便派他去了。马勋取得了节度使的官符，和五十名壮士同行走出骆谷。张用诚以为别人不知他的反叛阴谋，派数百骑兵迎接

勋。勋与俱之传舍,用诚左右森然。勋曰:"天寒且休。"军士左右皆退。勋乃令人多焚其草以诱之,军士争附火。勋乃令人从容出怀中符示之曰:"大夫召君。"用诚惶骇起走,壮士自背束其手而擒之。不虞用诚之子居后,引刀斫勋。勋左右遽承其臂,刀不甚下,微伤勋首。遂格杀其子,而仆用诚于地,令壮士跨其腹,以刃拟其喉曰:"声则死之!"勋驰就其军,营士已被甲执兵。勋大言曰:"汝等父母妻孥皆在梁州,弃之从人反逆,将欲灭汝族耶?大夫使我取张用诚,不问汝辈。乃何为乎?"众詟伏。于是缚用诚,遣送洋州,振杖杀之。拔其二使总其众。勋以药自封其首,来复命,怠约半日。出《谭宾录》。

汪 节

太微村在绩溪县西北五里。村有汪节者,其母避疟于村西福田寺金刚下,因假寐,感而生节。节有神力,入长安,行到东渭桥,桥边有石狮子,其重千斤。节指而告人曰:"吾能提此而掷之。"众不信之。节遂提狮子投之丈余,众人大骇。后数十人不能动之,遂以赂请节,节又提而致之故地。寻而荐入禁军,补神策军将。尝对御,俯身负一石碾,置二丈方木于碾上,木上又置一床,床上坐龟兹乐人一部,奏曲终而下,无厌重之色。德宗甚宠惜,累有赏赐。虽拔山拽牛之力,不能过也。出《歙州图经》。

马勋。马勋和他同到传舍，张用诚周围禁卫森严。马勋说："天冷，让他们休息去吧。"左右的军士们都退去了。马勋又令人点燃很多柴草来引诱他们，军士们都争着靠近柴火取暖。马勋又叫人随意取出怀中的节度使符给张用诚看，并说："大夫召你去。"张用诚很惶恐，要逃走，壮士从后边反背了他的双臂抓住了他。没想到张用诚的儿子在后边，举刀要砍马勋。左右壮士很快地擎住了他的手，刀没有砍很重，只使马勋的头受了点轻伤。于是杀了张用诚的儿子，把张用诚按倒在地，壮士用脚踩着他的肚子，用刀逼近他的咽喉，说："你要喊叫，就叫你死！"马勋又很快地到了张用诚的军营，兵士们早已披盔甲，执武器。马勋大声说："你们的父母妻子都在梁州，抛弃了他们跟人叛变，你们这是要灭族吗？大夫让我捉拿张用诚，不向你们问罪。你们这是要干什么？"众人就恐惧降服了。于是绑了张用诚，遣送洋州，乱棍打死。又选拔了二使统领他的部下。马勋用药敷在自己头上，回来复命，只比约定的时间晚了半天。出自《谭宾录》。

汪　节

　　太微村在绩溪县西北五里。村中有个叫汪节的人，他母亲因为躲避疟疾，来到村西福田寺的金刚佛像下，在闭目养神时，有感应生下了汪节。他的力量特别大，有一次去长安，走到东渭桥，桥边有一只石狮子，重千斤。汪节指着石狮对人说："我能把它提起来扔到一边去。"众人不信，汪节便提起石狮扔到一丈多远的地方，众人大感惊奇。后来好几十人都没有搬动，大家只好花钱请汪节，他又提起石狮放到原处。不久，他经人推荐加入宫中禁军，补任神策军将。曾有一次，面对皇帝，他伏在地上，身背一石碾，碾上放两丈见方的木板，木板上又放一张床，床上坐了一部龟兹乐队，直到演奏完曲子才下来，他并不感到沉重吃力。德宗非常看重他，经常给他赏赐。别人尽管有拔山拽牛的力量，也超不过他。出自《歙州图经》。

彭先觉

唐彭先觉叔祖博通膂力绝伦。尝于长安与壮士魏弘哲、宋令文、冯师本角力。博通坚卧，命三人夺其枕。三人力极，床脚尽折，而枕不动。观者逾主人垣墙，屋宇尽坏，名动京师。尝与家君同饮，会暝，独持两床降阶，就月于庭。酒俎之类，略无倾泄矣。出《御史台记》。

王俳优

唐乾符中，绵竹王俳优者有巨力。每遇府中犒军宴客，先呈百戏。王生腰背一船，船中载十二人，舞《河传》一曲，略无困乏。出《北梦琐言》。

锺傅

安陆郡有处士姓马忘其名，自云江夏人，少游湖湘，又客于钟陵十数年。尝说江西锺傅，本豫章人，少倜傥，以勇毅闻于乡里。不事农业，恒好射猎。熊鹿野兽，遇之者无不获焉。一日，有亲属酒食相会，傅素能饮，是日大醉。唯一小仆侍行，比暮方归。去家二三里，溪谷深邃，有虎黑文青质，额毛圆白，眈眈然自中林而出。百步之外，顾望前来。仆夫见而股栗，谓傅曰："速登大树，以逃生命。"傅时酒力方盛，胆气弥粗。即以仆人所持白梃，山立而拒之。虎即直搏傅，傅亦左右跳跃，挥杖击之。虎又俯伏，傅亦蹲踞。须臾，复相拏攫。如此者数四。虎之前足，搭傅之肩，傅即以两手抱虎之项，良久。虎之势无以用其爪牙，傅之

彭先觉

唐时,彭先觉的叔祖彭博通,力气非常大,超过一般人。曾经在长安和壮士魏弘哲、宋令文、冯师本较量力量。彭博通死死地横躺着,叫他们三人取他头下的枕头。三人使出了全部力量,把床腿都拽断了,而枕头却没动。观看的人爬过主人的院墙,挤坏了房屋,彭博通名动京城。他曾经和笔者的父亲喝酒,天黑了,为了到庭院赏月亮,他一人拿着两张几案走下台阶,桌上的酒、菜,没有洒一点一滴。出自《御史台记》。

王俳优

唐僖宗乾符年间,绵竹有个叫王俳优的人,力量特别大。每逢府中要犒赏军队和宴请宾客时,都要演杂耍助兴。王俳优腰背一船,船中坐十二人,随《河传曲》跳舞,直到曲终,他不感到疲乏。出自《北梦琐言》。

锺 傅

安陆郡有一个处士姓马,忘记了他的名字,他自己说是江夏人,年轻时在湖湘一带游荡,又在钟陵客居十几年。他曾经说,江西有个叫锺傅的人,本是豫章人,年轻时是个卓越不俗的人物,以他的勇敢果决闻名乡里。锺傅不种农田,只喜欢打猎。熊、鹿等野兽,只要他遇见,准能猎到手。有一天,有亲属请他喝酒吃饭,他平常就能喝酒,这天大醉。只有一个小仆人跟随他,天黑了才往回走。离家有二三里路,山高谷深。有一只青毛黑色花纹、额毛圆白的老虎,双目透着凶光从林中走出。就在百步之外,边看边走来。小仆人吓得腿颤抖,对锺傅:"快爬树,好逃命。"锺傅这时酒劲正发作,胆量非常大,就用小仆人手中的木棒,像山一样站在那里,和虎搏斗。老虎直奔锺傅而来,他左右跳跃,挥动木棒打虎。虎又趴下了,锺傅也蹲下了。一会儿,又开始搏斗。这样反复了几次。老虎的前爪搭在锺傅肩上,锺傅就用两手抱住老虎的脖子,相持了很久。虎无法用他的爪牙,锺傅的

勇无以展其心计。两相攀据，而仆夫但号呼于其侧。其家人怪日晏未归，仗剑而迎之。及见相捭，即挥刃前斫。虎腰既折，傅乃免焉。数岁后，江南扰乱，群盗四集，傅以斗虎之名，为众所服，推为酋长，竟登戎帅之任，节制钟陵，镇抚一方，澄清六郡。唐僖、昭之代，名振江西。官至中书令。出《耳目记》。

墨君和

真定墨君和，幼名三旺。世代寒贱，以屠宰为业。母怀妊之时，曾梦胡僧携一孺子，面色光黑，授之曰："与尔为子，他日必大得力。"既生之，眉目棱岸，肌肤若铁。年十五六，赵王镕初即位，曾见之，悦而问曰："此中何得昆仑儿也？"问其姓，与形质相应，即呼为墨昆仑，因以皂衣赐之。

是时常山县邑屡为并州中军所侵掠，赵之将卒疲于战敌，告急于燕王李匡威，率师五万来救之。并人攻陷数城，燕王闻之，躬领五万骑，径与晋师战于元氏。晋师败绩。赵王感燕王之德，椎牛酾酒，大犒于藁城，辇金二十万以谢之。燕王归国，比及境上，为其弟匡俦所拒。赵人以其有德于我，遂营东圃以居之。燕主自以失国，又见赵主之方幼，乃图之。遂以伏兵，俟赵王。旦至，即使擒之。赵王请曰："某承先代基构，主此山河，每被邻寇侵渔，困于守备。赖大王武略，累挫戎锋，获保宗祧，实资恩力。顾惟幼懦，夙有卑诚，望不忽忽，可伸交让。愿与大王同归衙署，即军府必不拒违。"燕王以为然，遂与赵王并辔而进。

勇力也无法施展。双方相持着,仆人在旁大声喊叫。家里人奇怪他这么晚了还没回来,拿剑来迎他。见此情景,便挥剑砍虎。虎腰被砍断,锺傅才脱离险境。数年后,江南骚乱,盗贼四起,锺傅以当年斗虎之名,为众人佩服,推选他为头目。后来,他当上了军帅,节制钟陵,镇守一方,平定了六郡。唐朝僖宗、昭宗时代,锺傅名振江西。官至中书令。出自《耳目记》。

墨君和

真定人墨君和,幼年时名叫三旺。他家世代寒贱,以屠宰为业。他的母亲在怀孕时,曾梦见一个胡僧领着一个面色黑亮的小孩,给她说:"给你当儿子吧,将来必然能借到他的大力。"墨君和生下来后,眉目端方严正,皮肤像铁一样黑。他长到十五六时,赵王镕刚继位,曾见过他,高兴地问:"这里怎么会有昆仑儿?"又问他的姓,和他的形象相应,于是就叫他墨昆仑,还赐给他黑色衣服。

当时,常山县境屡次受到并州中军的侵扰掠夺,赵王的官兵打不过敌人,向燕王李匡威告急,请他率兵五万来援救。并人攻陷数座城池,燕王听闻后,亲率五万精骑,在元氏地方和晋师交战。晋军大败。赵王为感谢燕王的恩德,杀牛备酒,在稾城犒赏燕军,并用车送来了二十万黄金答谢。燕王归国,走到边境时,他弟弟李国傅却不让他回国。赵国认为燕王曾帮助过自己,便在东圃造了房子让燕王居住。燕王自己没有了国家,又看到赵王年龄小,便想夺赵王的权位。他便布置了很多伏兵,等待赵王。早晨赵王到时,就让伏兵抓住了他。赵王请求说:"我继承祖宗的大业,主宰这片山河,常常被邻国侵掠,感到无力守卫。多亏大王以武力相助,打败了敌人的侵扰,使我保住了祖宗的大业,我很感谢您的帮助。只是我年幼力单,对您一直以诚相待,您千万不要这样草率地办事,我可以把权力交接给您。我愿和大王一起回衙门,军府一定不会违背这个决定的。"燕王认为赵王说得有道理,便和赵王并辔前行。

俄有大风并黑云起于城上,俄而大雨,雷电震击。至东角门内,有勇夫袒臂旁来,拳殴燕之介士。即挟负赵主,逾垣而走,遂得归公府。王问其姓名,君和恐其难记,但言曰:"砚中之物。"王心志之。左右军士,既见主免难,遂逐燕王。燕王退走于东圃,赵人围而杀之。明日,赵王素服哭于庭,兼令具以礼敛,仍使告于燕主。匡俦忿其兄之见杀,即举全师伐赵之东鄙。将释其愤气,而致十疑之书。赵王遣记室张泽以事实答之,其略曰:"营中将士,或可追呼;天上雷霆,何人计会?"词多不载。

赵主既免燕主之难,召墨生以千金赏之,兼赐上第一区,良田万亩,仍恕其十死,奏授光禄大夫。终赵王之世,四十年间,享其富贵。当时闾里,有生子或颜貌黑丑者,多云:"无陋,安知他日不及墨昆仑耶?"出《刘氏耳目记》。

周归祐

燕之旧将周归祐,蓟门更变之际,以剑柱心,刃自背出而不死。奔于梁,为骑将之先锋焉。十五年,夹河百战,通中之疮,往往遇之。后唐庄宗入洛,为仇者于猎场席地偕坐,满挽而射,贯腋而出,创愈无恙。仕至郡牧节度留后。竟死于牖下。 出《北梦琐言》。

王 宰

丁丑岁,蜀师戍于固镇。有巨师曰费铁觜者,本于绿林部下将卒。其人也,多使人行劫而纳其货。一日,遣都将领人攻河池县。有王宰者失其名。少壮而勇,只与仆隶十数辈

不一会儿，刮起了大风，黑云压城，继而下起了大雨，雷电交加。走到东角门内，有一个勇士光膀而来，用拳击打燕王的武士。随即挟起赵王，越墙而走，回到了公府。赵王问这勇士的姓名，墨君和怕自己的名字难记，便说："砚中之物。"赵王心中记住了。左右军士，一见赵王免于灾祸，便要赶燕王。燕王退到东圃，赵国人便围住他杀掉了。第二天，赵王穿白衣服在大庭中哭，并下令以礼仪殡葬燕王，又派人告诉了燕王的弟弟。李匡俦得知其兄被杀很愤怒，便领兵攻打赵国的东部。为了发泄怒气，给赵国写了数落赵王十条罪状的书信。赵王派记室张泽以事实为依据给予回答，其大意是："营中将士，可以追查；天上的雷霆，谁能管得了？"词多不载。

赵王免掉了燕王之难，便召来墨君和，赏给他千金，又赐他好住宅一处，良田万亩，并饶恕他挟王的死罪，授予他光禄大夫之职。在赵王当权的四十年里，享尽荣华富贵。当时乡里生有丑陋和肤色黑的孩子时，大家都说："不怕，也许以后他能赶上墨昆仑呢。"出自《刘氏耳目记》。

周归祐

燕时的旧将周归祐，在蓟门更变时，用剑刺心，剑刃从后背出来竟没有死。他去了梁国，当了骑将先锋。十五年中，他在黄河两岸身经百战，所受之伤，往往穿透身体。后唐庄宗李存勖入洛阳时，他的仇人让他在猎场上席地而坐，他们拉满弓射他，箭头穿过腋下飞出去，伤口愈合没有伤及性命。他的官做到郡牧节度留后。最后死于家里。出自《北梦琐言》。

王 宰

丁丑年，蜀师在固镇防守。军队中有个头目叫费铁觜，原本是绿林中的一个将卒。这个人经常派人去打劫，把抢来的东西据为己有。有一天，费铁觜派都将率领人马去攻打河池县。有个姓王的县宰，不知道他的名字。年轻力壮很勇敢，他只和十几个仆隶

止于公署。群盗夜至，宰启扉而俟之，格斗数刻，宰中镞甚困，贼将逾其阈。小仆持短枪，靠扉而立，连中三四魁首，皆应刃而仆，肠胃在地焉。群盗于是舁尸而遁。他日，铁觜又劫村庄，才合夜，群盗至村。或排闼而入者，或四面坏壁而入，民家灯火尚荧煌。丈夫悉遁去，唯一妇人以杓挥釜汤泼之，一二十辈无措手，为害者皆狼狈而奔散。妇人但秉杓据釜，略无所损濩。旬月后，铁觜部内数人，有面如疮癞者，费终身耻之。出《玉堂闲话》。

住在公署内。盗贼晚上来了,王宰开门后在门后等着,格斗了一段时间后,王宰中了箭行动困难,盗贼就要跨过门槛了。小仆手拿短枪,靠门站着,连续刺中三四个贼首,被刺者都应刃而倒,肠胃流在地上。群盗于是抬着尸体逃走了。后来,费铁觜又劫村庄,天刚黑,群盗便进了村庄。他们有的砸门而入,有的从四面破墙而入,民家灯火还很亮。男人们逃走了,只有一个妇女用勺子舀锅中的热水泼烫盗贼,一二十个盗贼措手不及,被妇人泼烫得狼狈而逃。妇人仍然拿勺站在锅旁,家中没受多大损失。一个多月后,铁觜部下有好几个脸上像生了癞疮似的,费铁觜认为这是他终生的耻辱。出自《玉堂闲话》。

卷第一百九十三
豪侠一

李亭　虬髯客　彭闼　高瓒　嘉兴绳技
车中女子

李　亭

汉茂陵少年李亭，好驰骏狗逐狡兽，或以鹰鹠逐雉兔，皆为嘉名。狗则有修豪、釐睫、白望、青曹之名；鹰则有青翅、黄眸、青冥、金距之属；鹠则有从风、孤飞之号。出《西京杂记》。

虬髯客

隋炀帝之幸江都也，命司空杨素守西京。素骄贵，又以时乱，天下之权重望崇者，莫我若也。奢贵自奉，礼异人臣。每公卿入言，宾客上谒，未尝不踞床而见，令美人捧出，侍婢罗列，颇僭于上。末年益甚。一日，卫公李靖以布衣来谒，献奇策，素亦踞见之。靖前揖曰："天下方乱，英雄竞起，公为帝室重臣，须以收罗豪杰为心，不宜踞见宾客。"素敛容而起，与语大悦，收其策而退。

李 亭

汉朝茂陵少年李亭,喜欢驰骏狗追逐野兽,或用鹰鹞捕捉野鸡、山兔,都起了些好名字。狗叫修豪、釐睫、白望、青曹,鹰叫青翅、黄眸、青冥、金距,鹞则称从风、孤飞。出自《西京杂记》。

虬髯客

隋炀帝游幸江都时,命令司空杨素留守西京长安。杨素一贯骄贵,又以时局混乱,认为天下权位重而声望崇高的,没有谁能比得上他。他目空一切,骄奢淫逸,非一般大臣能比。每当有官员们进言,或有宾客来拜访时,他都是叉开两腿坐在床榻上接见,叫美女们把他抬出来,婢女罗列两旁,颇有模仿皇帝接见臣子的气派。到了隋朝末年更为严重。一天,后来被封为卫国公的李靖以平民身份来拜见他,向他奉献奇策,杨素仍是叉开两腿坐在床榻上见他。李靖向前一拜说:"天下正乱,英雄竞起,您作为皇帝的重要大臣,应该以收罗天下英雄豪杰为能事,不应该这么傲慢地接见宾客。"杨素这才收敛起傲慢表情,站起来与李靖交谈,谈过后他很高兴,接受了李靖所献之策,李靖便退了出去。

当靖之骋辩也，一妓有殊色，执红拂，立于前，独目靖。靖既去，而拂妓临轩，指吏问曰："去者处士第几？住何处？"吏具以对，妓颔而去。靖归逆旅，其夜五更初，忽闻扣门而声低者，靖起问焉，乃紫衣戴帽人，杖揭一囊。靖问："谁？"曰："妾杨家之红拂妓也。"靖遂延入，脱衣去帽，乃十八九佳丽人也，素面华衣而拜。靖惊。答曰："妾侍杨司空久，阅天下之人多矣，未有如公者。丝萝非独生，愿托乔木，故来奔耳。"靖曰："杨司空权重京师，如何？"曰："彼尸居余气，不足畏也。诸妓知其无成，去者众矣，彼亦不甚逐也。计之详矣，幸无疑焉。"问其姓，曰："张。"问伯仲之次，曰："最长。"观其肌肤仪状，言词气性，真天人也。靖不自意获之，益喜惧，瞬息万虑不安，而窥户者足无停屦。既数日，闻追访之声，意亦非峻，乃雄服乘马，排闼而去。

将归太原，行次灵石旅舍。既设床，炉中烹肉且熟，张氏以发长委地，立梳床前，靖方刷马。忽有一人，中形，赤髯而虬，乘蹇驴而来，投革囊于炉前，取枕欹卧，看张氏梳头。靖怒甚，未决，犹刷马。张氏熟观其面，一手握发，一手映身摇示，令忽怒。急急梳头毕，敛衽前问其姓。卧客曰："姓张。"对曰："妾亦姓张，合是妹。"遽拜之，问第几。曰："第三。"问妹第几，曰："最长。"遂喜曰："今日多幸，遇一妹。"张氏遥呼曰："李郎且来拜三兄。"靖骤拜，遂环坐。

在李靖施展辩才大发宏论时,有一个容貌美丽的姬女,手拿红拂站在前面,全神贯注地盯着李靖。李靖退出后,她来到窗前问一小吏:"方才那位处士排行第几?住在何处?"小吏一一相告,姬女点头而去。李靖回到住处,那夜五更初时,忽然听到有人敲门,并且低声呼唤,李靖起身询问,原来是一个穿紫衣戴帽的人,手拿一杖,杖上挂着一个袋子。李靖问:"你是谁?"那人说:"我是杨素家的姬女红拂。"李靖慌忙请她入室,脱去了外衣,摘掉了帽子,竟是一个十八九岁的美丽姑娘,脸上没施脂粉,衣服却很华美,向李靖一拜。李靖吃了一惊。姑娘说:"我在杨司空家很久了,看到过很多人,却没见过像您这样的人。作为一个女孩家,希望有一个好归宿,所以我投奔您来了。"李靖说:"杨司空在京师有很大的权力,还不好吗?"姑娘说:"他暮气沉沉,没什么了不起的。众姬知道他无所成就,离开的人多了,他也不怎么去追。我的计划很详密,请不要疑虑。"李靖问姑娘姓什么,姑娘说:"姓张。"又问排行第几,她说:"最长。"看这姑娘的肌肤、仪表、形态、言词、气质,真是一个完美的人!李靖没想到能得到这样的姑娘,当然很高兴,可又有点害怕,瞬间焦虑不安,而来偷偷观看的人络绎不绝。几天后,传出了追访的消息,但也不是很在意,他们于是盛服乘马,推门而去。

二人打算回太原,走到灵石旅店住下了。铺好床铺后,店内炉中正在煮肉,就要熟了。张氏站在床前梳头,长发拖地,李靖在刷马。忽然有一个中等个、长一脸红而卷曲胡子的人,骑一头瘸驴也来到旅店。他把皮口袋扔在炉前,取过枕头斜躺在床上,看张氏梳头。李靖很生气,可是还没发作,仍在刷马。张氏仔细察看那人的脸,一手握发,一手在身后向李靖暗摇,让他不要生气。她急忙梳好头,整理好衣服上前问那人的姓名。躺着的那人说:"姓张。"张氏说:"我也姓张,应该是妹妹。"急忙施礼,问他排行第几。那人说:"第三。"那人问妹妹排行第几,张氏答:"最长。"那人高兴地说:"今天很幸运,遇到了一个妹妹。"张氏远远招呼:"李郎快来拜三兄。"李靖很快地过来施礼,而后,三人围坐在一起。

曰："煮者何肉?"曰："羊肉,计已熟矣。"客曰："饥甚。"靖出市买胡饼,客抽匕首,切肉共食。食竟,余肉乱切炉前食之,甚速。客曰："观李郎之行,贫士也,何以致斯异人?"曰："靖虽贫,亦有心者焉。他人见问,固不言。兄之问,则无隐矣。"具言其由。曰："然则何之?"曰："将避地太原耳。"客曰："然吾故非君所能致也。"曰："有酒乎?"靖曰:"主人西则酒肆也。"靖取酒一斗。酒既巡,客曰:"吾有少下酒物,李郎能同之乎?"靖曰:"不敢。"于是开华囊,取出一人头并心肝。却收头囊中,以匕首切心肝共食之。曰:"此人乃天下负心者心也,衔之十年,今始获,吾憾释矣。"又曰:"观李郎仪形器宇,真丈夫,亦知太原之异人乎?"曰:"尝见一人,愚谓之真人,其余将相而已。""其人何姓?"曰:"同姓。"曰:"年几?"曰:"近二十。""今何为?"曰:"州将之爱子也。"曰:"似矣,亦须见之,李郎能致吾一见否?"曰:"靖之友刘文静者与之狎,因文静见之可也。兄欲何为?"曰:"望气者言太原有奇气,使吾访之。李郎明发,何时到太原?"靖计之:"某日当到。"曰:"达之明日方曙,我于汾阳桥待耳。"讫,乘驴而其行若飞,回顾已远。靖与张氏且惊惧,久之曰:"烈士不欺人。"固无畏,但速鞭而行。

及期,入太原,候之相见,大喜,偕诣刘氏。诈谓文静曰:"有善相者思见郎君,请迎之。"文静素奇其人,方议论匡辅,一旦闻客有知人者,其心可知,遽致酒延焉。

那人问："煮的什么肉？"回答说："羊肉，估计已经熟了。"那人说："我很饿。"李靖到街市上买了胡饼回来，那人用匕首切肉，大家一块儿吃。吃完后，还剩一些肉，那人切了，在炉前快速吃完了。那人说："我看李郎是一个贫士，怎么娶了这么好的一个妻子呢？"李靖说："我虽然清贫，但也是个有心人。若别人问，我不会说。老兄你问了，也就不隐瞒了。"李靖便把前后经过说了一遍。那人问："你打算上哪去？"李靖说："我想回太原避一避。"那人说："我知道她是自己来的，不是你能招来的。"又问："有酒吗？"李靖说："客店西边酒馆里有。"李靖去买了一斗酒回来。酒过数巡后，那人说："我有点下酒的东西，李郎能不能和我一起享用？"李靖说："不敢当。"于是，那人打开了皮口袋，取出一个人头和心肝。他又把头装回袋中，用匕首切那心肝，和李靖一起吃。那人说："这心是天下忘恩负义者的心，我含恨十年，今天才报了仇，我没什么遗憾的了。"又说："我看李郎仪表非凡，器宇轩昂，是真正的大丈夫，你听说太原有异人吗？"李靖说："曾经见过一人，我认为他是真人，其余的只不过是将相之才。"那人问："这人姓什么？"李靖答："和我同姓。"那人问："多大年龄？"李靖答："将近二十。"那人问："他现在干什么？"李靖答："他是太原州将的爱子。"那人说："很像啊，我要见他，李郎能不能让我见他一面？"李靖说："我的朋友刘文静和他很要好，通过刘文静就可以见到他。老兄想做什么？"那人说："望气者说太原有奇气，让我访一访。李郎明天走，何时到太原？"李靖计算了路程，说："某日能到。"那人说："到达后第二天天亮，我在汾阳桥等你们。"说完，那人骑着驴像飞似的走了，回头看时，他已走了很远。李靖和张氏又惊又怕，过了好久，说："这是一个正直的人，他不会欺骗我们的。"于是二人不再害怕，迅速骑马赶路。

　　按期到达太原，那人正在汾阳桥上等候，见面后都很高兴，三人一同去拜访刘文静。他们骗刘文静说："有善相面者想见郎君，请把他请来吧。"刘文静平常就认为他是奇人，正考虑要匡正辅佐，知道来客善知人，其心可知，于是就摆酒设宴去请。

既而太宗至，不衫不履，裼裘而来，神气扬扬，貌与常异。虬髯默居坐末，见之心死。饮数巡，起招靖曰："真天子也。"靖以告刘，刘益喜自负。既出，而虬髯曰："吾见之，十八九定矣，亦须道兄见之。李郎宜与一妹复入京，某日午时，访我于马行东酒楼下，下有此驴及一瘦骡，即我与道兄俱在其所也。"

公到，即见二乘，揽衣登楼，即虬髯与一道士方对饮。见靖惊喜，召坐，环饮十数巡。曰："楼下柜中有钱十万，择一深隐处，驻一妹毕，某日复会我于汾阳桥。"如期登楼，道士虬髯已先坐矣。共谒文静。时方奕棋，揖起而语心焉。文静飞书迎文皇看棋。道士对奕，虬髯与靖旁立为侍者。俄而文皇来，长揖而坐，神清气朗，满坐风生，顾盼炜如也。道士一见惨然，下棋子曰："此局输矣，输矣。于此失却局，奇哉！救无路矣，知复奚言？"罢奕请去。既出，谓虬髯曰："此世界非公世界也，他方可图，勉之，勿以为念。"因共入京。虬髯曰："计李郎之程，某日方到。到之明日，可与一妹同诣某坊曲小宅。愧李郎往复相从，一妹悬然如磬，欲令新妇祇谒，略议从容，无令前却。"言毕，吁嗟而去。

靖亦策马遄征，俄即到京，与张氏同往，乃一小板门，扣之，有应者拜曰："三郎令候一娘子李郎久矣。"延入重门，门益壮丽，奴婢三十余人罗列于前。奴二十人引靖入

不久李世民来了，他不修边幅，敞着怀来了，可是却神气昂扬，面貌不同常人。虬髯客沉默不语地坐在后边，见到了李世民就一副万念俱灰的样子。酒过数巡后，虬髯客招过李靖说："这是真天子。"李靖告诉了刘文静，刘文静更加高兴，认为自己了不起。他们辞别后，虬髯客说："我看见了，就定了十之八九，还须叫道兄看一看。李郎应当和妹妹再入京，等某日中午时，在马行东酒楼下找我，楼下有我骑的这头驴和一匹瘦骡子，那就是我和道兄都在那里。"

李靖夫妇到那里后，就看到了驴和骡子。他们提起衣衫上了楼，见虬髯客正和一个道士对饮。见李靖来了，非常惊喜，让座，围在一起喝了十数巡酒。虬髯客说："楼下柜中有十万钱，你找一个隐蔽的地方，把妹妹安顿在那里，这事办完后，你在某一天再在汾阳桥上来见我。"李靖按预定时间到了，虬髯客和道士已经先坐在了那里。他们一同去拜访刘文静。刘文静正在下棋，站起来行礼寒暄。刘文静写信请李世民来看棋。刘文静和道士对弈，虬髯客和李靖侍立两旁。一会儿，李世民来了，行礼之后坐下了，他神清气朗，满座生风，顾盼左右，两目生辉。道士一见，就很悲伤，放下棋子说："这局输了，输了！在这里输棋，奇怪呀！没有方法救了，还有什么话可说？"道士罢棋请去。出来后，道士对虬髯客说："这个天下不是你的天下，你到别的地方想办法吧，愿你自勉，不要再惦念了。"他们一同回到京城。虬髯客对李靖说："我算了李郎的行程，某日能到京城。到后的第二天，可与妹妹同到一个胡同中的小房子去找我。我很惭愧，让李郎跟着往返好几次，让妹妹过着穷苦的日子，我想叫自己的妻子正式拜见你们，我们好好聊聊，不会再叫你奔波了。"说完，虬髯客感慨而去。

李靖也策马扬鞭，很快到了京城，与张氏一同去拜访虬髯客，找到一个小板门，叩门，有人应声出来，施礼说："是三郎让在这里恭候娘子和李郎的，已经等了很久了。"进了第二道门，就非常壮丽了，有三十多奴婢列队站在前面。二十个奴仆领李靖夫妇进入

东厅,非人间之物。巾妆梳栉毕,请更衣,衣又珍奇。既毕,传云三郎来,乃虬髯者,纱帽褐裘,有龙虎之姿。相见欢然,催其妻出拜,盖天人也。遂延中堂,陈设盘筵之盛,虽王公家不侔也。四人对坐,牢馔毕,陈女乐二十人,列奏于前,似从天降,非人间之曲度。食毕行酒,而家人自西堂舁出二十床,各以锦绣帕覆之。既呈,尽去其帕,乃文簿钥匙耳。虬髯谓曰:"尽是珍宝货泉之数,吾之所有,悉以充赠。何者?某本欲于此世界求事,或当龙战三二年,建少功业。今既有主,住亦何为?太原李氏真英主也,三五年内,即当太平。李郎以英特之才,辅清平之主,竭心尽善,必极人臣。一妹以天人之姿,蕴不世之略,从夫之贵,荣极轩裳。非一妹不能识李郎,非李郎不能遇一妹。圣贤起陆之渐,际会如期,虎啸风生,龙腾云萃,固当然也。将余之赠,以奉真主,赞功业,勉之哉!此后十余年,东南数千里外有异事,是吾得志之秋也。妹与李郎可沥酒相贺。"顾谓左右曰:"李郎一妹,是汝主也。"言毕,与其妻戎装乘马,一奴乘马从后,数步不见。

靖据其宅,遂为豪家,得以助文皇缔构之资,遂匡大业。贞观中,靖位至仆射。东南蛮奏曰:"有海贼以千艘,积甲十万人,入扶余国,杀其主自立,国内已定。"靖知虬髯成功也,归告张氏,具礼相贺,沥酒东南祝拜之。乃知真人之兴,非英雄所冀,况非英雄乎?人臣之谬思乱,乃螳螂之拒走轮耳。或曰,卫公之兵法,半是虬髯所传也。出《虬髯传》。

东厅。厅内陈设，非人间之物。梳洗之后，更衣换装，衣服也很珍奇。结束后，有人传呼说，三郎来了。是虬髯客，他头戴纱帽，身穿褐裘，大有龙虎之姿。相见后非常高兴，虬髯客让其妻出来拜见，其妻美若天仙。把李氏夫妇请到了中堂，陈设的宴席之丰盛，超过了王公贵族家。四人对坐，菜、酒上齐之后，有二十个女乐，像从天而降的仙女，在他们面前演奏着人间没有听过的乐曲。酒足饭饱后，他的家人从西堂屋抬出二十个大桌子，都盖着绣花帕巾。抬到面前后，揭开了帕巾，是一些账簿和钥匙。虬髯客对李靖说："这都是我的珍宝钱财的账目，赠送给你吧。这是为什么呢？我本想在这个世界上创一番事业，大干它三二年，建立些功业。现在，真龙天子已经出现，我在这里没什么作为了。太原的李世民就是真龙天子，三五年内，国家就可太平。李郎应该以你的才华辅佐清平之主，只要你竭心尽智，一定会超过一般大臣。妹妹既具有天人之姿，又有非同一般的谋略，你跟着李郎，一定能享荣华富贵。这真是，非妹妹不能识李郎，非李郎不能遇妹妹。圣贤之辈开始出现，你们遇上了好时机，真是龙腾虎啸，群英荟萃，这也是理所当然的事。我送给你的这些东西，是让你用来为真主建功立业做些奉献，希望你们多努力。今后十年里，如果东南数千里外有奇事发生，那就是我实现了愿望的时候。妹妹与李郎可洒洒为我祝贺。"又对左右手下人说："李郎和妹妹从今往后就是你们的主人了。"说完，他和妻子戎装骑马而去，只有一个家奴骑马相随，几步后就不见了。

李靖住到这里，成为富豪之家。他用虬髯客所赠资产帮助李世民创建大业。贞观年间，李靖官至仆射。东南蛮上奏皇帝说："有海贼用一千多艘船只，载十万多人马进占了扶余国，杀其主而自立，现在国内已安定。"李靖知道，这是虬髯客成功了。回家后告诉张氏，二人向东南洒洒遥拜祝贺。从这件事我们可以看到，真人的兴起，不是英雄所能期冀的，何况有的还不是英雄。有些奸臣贼子谋乱篡权，也只能是螳臂当车而已。又有人说，卫公李靖的兵法，有一半是虬髯客所传。出自《虬髯传》。

彭闼　高瓒

唐贞观中，恒州有彭闼、高瓒，二人斗豪。于时大酺，场上两朋竞胜。闼活捉一豚，从头咬至顶，放之地上，仍走。瓒取猫儿从尾食之，肠肚俱尽，仍鸣唤不止。闼于是乎帖然心伏。出《朝野佥载》。

嘉兴绳技

唐开元年中，数敕赐州县大酺。嘉兴县以百戏，与监司竞胜精技。监官属意尤切，所由直狱者语于狱中云："党若有诸戏劣于县司，我辈必当厚责。然我等但能一事稍可观者，即获财利，叹无能耳。"乃各相问，至于弄瓦缘木之技，皆推求招引。狱中有一囚笑谓所由曰："某有拙技，限在拘系，不得略呈其事。"吏惊曰："汝何所能？"囚曰："吾解绳技。"吏曰："必然，吾当为尔言之。"乃具以囚所能白于监主。主召问罪轻重，吏云："此囚人所累，逋缗未纳，余无别事。"官曰："绳技人常也，又何足异乎？"囚曰："某所为者，与人稍殊。"官又问曰："如何？"囚曰："众人绳技，各系两头，然后于其上行立周旋。某只须一条绳，粗细如指，五十尺，不用系著，抛向空中，腾踯翻复，则无所不为。"官大惊悦，且令收录。

明日，吏领至戏场。诸戏既作，次唤此人，令效绳技。遂捧一团绳，计百余尺，置诸地，将一头，手掷于空中，劲如笔。初抛三二丈，次四五丈，仰直如人牵之，众大惊异。后乃抛高二十余丈，仰空不见端绪。此人随绳手寻，身足离地，抛绳虚空，其势如鸟，旁飞远扬，望空而去。脱身行狴，在此日焉。出《原化记》。

彭闼　高瓒

唐朝贞观年间，恒州有彭闼、高瓒，两人都喜欢争强斗胜。一次，举行大型会餐，场上两人比赛胜负。彭闼活捉了一头猪，从头咬到顶，放到地上，仍然能走。高瓒抓了一只猫，从猫尾开始吃，肠、肚都吃光了，猫还叫声不止。彭闼服服帖帖地认输了。

出自《朝野佥载》。

嘉兴绳技

唐玄宗开元年间，皇帝多次下令让各州县兴办大型会餐。嘉兴县令准备了杂耍，想和监司一较高下。监官对此事尤为关切，监狱值班的狱卒在狱中说："倘若我们的杂耍比不过县里的，我们就要受到严厉责罚。如果能有一项比较好的，就能得到奖励。很遗憾，我们没有能行的。"他们开始在狱中互相打听，一些会点小技艺的人纷纷自荐。这时，狱中有一囚犯笑着对狱吏说："我有点拙技，可我现在拘押之中，无法施展。"狱吏惊奇地问："你会什么？"囚犯说："我会绳技。"狱吏说："好吧，我去给你说说。"于是，狱吏就把这事告诉了监主。监主问这个人的罪是轻是重，狱吏说："这人是受了别人的连累，拖欠的税钱没有交纳，别的没什么。"狱官说："绳技很多人会，没什么特殊的。"囚犯说："我的绳技，和别人不一样。"狱官又问："有什么不一样的？"囚犯说："别人的绳技，都是系住绳的两头，然后在绳上表演。我只须用一条绳，像手指粗，五十尺长，不用系，扔向空中，我就能翻转跳跃，表演各种动作。"狱官非常惊喜，叫把这人记下来。

第二天，狱吏领囚犯到了戏场。别的节目表演完了，才叫这人表演。只见这人拿着一百多尺长的绳团，放在地上，将绳子一端抛向空中，绳子笔直劲挺。开始时抛了两三丈，然后到四五丈。绳子很直，就像有人牵着似的，大家感到很惊奇。后来，竟抛到高二十多丈，抬头看不到绳头。这人便顺着绳子往上爬，身子离开了地面。他又把绳子抛向虚空，在空中像鸟似的，飞得又高又远，向远处飞去。他在这天借机逃出了监狱。出自《原化记》。

车中女子

唐开元中，吴郡人入京应明经举。至京，因闲步坊曲。忽逢二少年着大麻布衫，揖此人而过，色甚卑敬，然非旧识，举人谓误识也。后数日，又逢之，二人曰："公到此境，未为主，今日方欲奉迓，邂逅相遇，实慰我心。"揖举人便行，虽甚疑怪，然强随之。

抵数坊，于东市一小曲内，有临路店数间，相与直入，舍宇甚整肃。二人携引升堂，列筵甚盛。二人与客据绳床坐定。于席前，更有数少年各二十余，礼颇谨。数出门，若伫贵客。至午后，方云来矣。闻一车直门来，数少年随后，直至堂前，乃一钿车。卷帘，见一女子从车中出，年可十七八，容色甚佳，花梳满髻，衣则纨素。二人罗拜，此女亦不答；此人亦拜之，女乃答。遂揖客入。女乃升床，当局而坐，揖二人及客，乃拜而坐。又有十余后生皆衣服轻新，各设拜，列坐于客之下。陈以品味，馔至精洁。饮酒数巡，至女子，执杯顾问客："闻二君奉谈，今喜展见。承有妙技，可得观乎？"此人卑逊辞让云："自幼至长，唯习儒经，弦管歌声，辄未曾学。"女曰："所习非此事也。君熟思之，先所能者何事？"客又沉思良久曰："某为学堂中，著靴于壁上行得数步。自余戏剧，则未曾为之。"女曰："所请只然，请客为之。"遂于壁上行得数步。女曰："亦大难事。"乃回顾坐中诸后生，各令呈技，俱起设拜。有于壁上行者，亦有手撮椽子行者，轻捷之戏，各呈数般，状如飞鸟。此人拱手惊惧，不知所措。少顷女子起，辞出。举人惊叹，恍恍然不乐。

车中女子

唐玄宗开元年间,有一吴郡人进京应明经考试。到京后,在街坊闲逛,忽然遇到两个穿大麻布衫的少年,两少年路过时向他作揖,神色甚卑敬,然而并不是旧相识,举人认为他们认错了人。数日后,又见了面,那两个人说:"您到这里,我们没请您,今天正想来请您,不料偶然相逢,我们感到很高兴。"便向举人作揖,邀请和他们同行,举人虽然很疑惑,还是勉强跟他们走了。

走过几条街,在东市的一个小胡同内,有几间临街房,一起径直走进去,房舍很整洁、肃静。二人领举人到堂上,安排了丰盛的筵席。那二人与客人挨着绳床坐定。席前有二十多个少年,个个都很礼貌、谨慎。他们经常出门观望,像等待贵客似的。到了午后,才有人说来啦。便听到车进了大门,好几个少年跟在后边,一直到堂前,是一辆很漂亮的花车。车门帘一卷,看见一个十七八岁的女子从车中走出来,容貌很美,鬓上插了很多花梳,衣服则很素淡、清雅。二少年上前拜见,这女子也没还礼;举人也上前拜见,女子才还礼。于是揖请客人入座。那女子坐在绳床主位,揖让那二人和客人,大家拜过之后才坐下。又有十多个年轻人穿着新衣分别拜过后,坐在客人的下首。桌上摆上了各种美味,都很精致、洁净。酒过数巡后,那女子端着杯向客人说:"听二位介绍过您,今日见到您很高兴。听说您有绝妙的技艺,能不能让我们看看?"举人谦逊地推辞说:"自小到大,只学习儒经,唱歌、乐器之类,从未学过。"女子说:"我说的不是这个事。请您好好想一下,您以前最擅长什么?"客人又沉思了很久,说:"我在学校中,曾穿着靴子在墙壁上走了几步。其他娱乐,未曾做过。"女子说:"我所讲的就是这件事,请您表演一下。"举人便在墙壁上走了几步。女子说:"这也是一件很不容易的事。"而后便回头看着每个年轻人,叫他们各自表演技艺,年轻人都起来施了拜礼。他们有的在墙壁上行走,有的手撮椽子行走,每个都轻盈敏捷,展露了几手,状如飞鸟。举人拱手,又惊又惧,不知所措。过了一会儿,女子起身告辞。举人惊叹,恍恍然不太高兴。

经数日,途中复见二人曰:"欲假盛驷,可乎?"举人曰:"唯。"至明日,闻宫苑中失物,掩捕失贼,唯收得马,是将驮物者。验问马主,遂收此人。入内侍省勘问,驱入小门。吏自后推之,倒落深坑数丈,仰望屋顶七八丈,唯见一孔,才开尺余。自旦入至食时,见一绳缒一器食下。此人饥急,取食之。食毕,绳又引去。深夜,此人忿甚,悲惋何诉。仰望,忽见一物如鸟飞下,觉至身边,乃人也。以手抚生,谓曰:"计甚惊怕,然某在无虑也。"听其声,则向所遇女子也。云:"共君出矣。"以绢重系此人胸膊讫,绢一头系女人身。女人耸身腾上,飞出宫城,去门数十里乃下。云:"君且便归江淮,求仕之计,望俟他日。"此人大喜,徒步潜窜,乞食寄宿,得达吴地。后竟不敢求名西上矣。出《原化记》。

过了数日，在途中又遇见了二少年，他们对举人说："想借您的马用一下，行吗？"举人说："行。"到第二天，听说宫中丢失了东西，到处搜捕盗贼，只找到一匹马，是盗贼驮东西用的。一追问马主，便把举人抓了去。到内侍省审问，把他赶进小门。小吏从后边推他，他倒跌进数丈深坑，抬头看屋顶高七八丈，只见有一小孔，才一尺见方。从早晨进来到吃饭时，看到一条绳拴着装食物的器具落下来。举人很饿，便拿起来吃了。吃完，那绳又拉回去了。到了深夜，举人很生气，一肚子的悲愤怨恨无处诉说。抬头一看，忽然有个像飞鸟似的东西落下来，到了他的身边，竟然是人。那人用手抚摸举人，并对他说："您一定很害怕，只要我在这儿，您就不必忧虑。"听她的声音，竟是上次所遇到的那个女子。她说："我和您一起出去。"她用绢带绑住了举人的胸、胳膊，绢带那一头绑在自己身上。女子一纵身便跳了出去，飞过了宫城，离开城门数十里才落下来。女子说："您先回江淮，求官的打算，以后再说吧。"举人很高兴，徒步逃窜，一路上乞食借宿，到达了吴地。以后再不敢为求功名西上长安了。出自《原化记》。

卷第一百九十四
豪侠二

昆仑奴　　侯　彝　　僧　侠　　崔慎思　　聂隐娘

昆仑奴

唐大历中,有崔生者,其父为显僚,与盖代之勋臣一品者熟。生是时为千牛,其父使往省一品疾。生少年,容貌如玉,性禀孤介,举止安详,发言清雅。一品命妓轴帘,召生入室。生拜传父命,一品忻然爱慕,命坐与语。时三妓人艳皆绝代,居前,以金瓯贮含桃而擘之,沃以甘酪而进。一品遂命衣红绡妓者,擎一瓯与生食。生少年赧妓辈,终不食。一品命红绡妓以匙而进之,生不得已而食。妓哂之,遂告辞而去。一品曰:"郎君闲暇,必须一相访,无间老夫也。"命红绡送出院。时生回顾,妓立三指,又反三掌者,然后指胸前小镜子云:"记取。"余更无言。生归,达一品意。

返学院,神迷意夺,语减容沮,恍然凝思,日不暇食,但吟诗曰:"误到蓬山顶上游,明珰玉女动星眸。朱扉半掩深宫月,应照琼芝雪艳愁。"左右莫能究其意。时家中有

昆仑奴

　　唐代宗大历年间，有一位崔生，他父亲是一个地位显赫的官员，与当时的勋臣一品很要好。崔生当时任宫中警卫，他父亲命他去探视患病的一品大臣。崔生很年轻，容貌如玉，性情耿直，举止安详，言语清雅。一品命一姬女卷起门帘，召崔生入室。崔生拜过一品后，传达了他父亲的关怀之情。一品很喜欢崔生，让崔生坐在面前，二人闲谈。这时有三个艳丽无比的姬女站在前面，用金器盛着桃子，掰开，用甜美的乳浆浸过后呈上来。一品让一位身穿红绡衣的姬女端了一碗给崔生吃。崔生年轻，在姬女面前显得很羞涩，没有吃。一品又让红绡姬用匙喂崔生，他不得已才吃了。姬女笑了，崔生要告辞回去。一品说："你闲暇时，一定要来看我，可不要疏远了老夫。"命红绡姬送崔生出院。这时，崔生一回头，看见那姬女伸出三个手指，又连续翻了三掌，然后又指了指胸前的小镜子，说："记住。"没有再说其他话语。崔生回来，向父亲转达了一品的心意。

　　崔生返回学院后便神迷意乱，脸也瘦了，话也少了，神情沮丧，只是痴痴呆呆地想心事，整天不吃饭，只是吟了一首诗："误到蓬山顶上游，明珰玉女动星眸。朱扉半掩深宫月，应照琼芝雪艳愁。"他身边的人都不知道是什么意思。这时，他家有一个叫

昆仑奴磨勒,顾瞻郎君曰:"心中有何事,如此抱恨不已?何不报老奴?"生曰:"汝辈何知,而问我襟怀间事。"磨勒曰:"但言,当为郎君释解,远近必能成之。"生骇其言异,遂具告知。磨勒曰:"此小事耳,何不早言之,而自苦耶?"生又白其隐语,勒曰:"有何难会,立三指者,一品宅中有十院歌姬,此乃第三院耳;返掌三者,数十五指,以应十五日之数;胸前小镜子,十五夜月圆如镜,令郎来耶。"生大喜不自胜,谓磨勒曰:"何计而能导达我郁结?"磨勒笑曰:"后夜乃十五夜,请深青绢两匹,为郎君制束身之衣。一品宅有猛犬,守歌妓院门,非常人不得辄入,入必噬杀之。其警如神,其猛如虎,即曹州孟海之犬也。世间非老奴不能毙此犬耳。今夕当为郎君挝杀之。"遂宴犒以酒肉。至三更,携炼椎而往。食顷而回曰:"犬已毙讫,固无障塞耳。"

是夜三更,与生衣青衣,遂负而逾十重垣,乃入歌妓院内,止第三门。绣户不扃,金釭微明,惟闻妓长叹而坐,若有所俟。翠环初坠,红脸才舒,玉恨无妍,珠愁转莹。但吟诗曰:"深洞莺啼恨阮郎,偷来花下解珠珰。碧云飘断音书绝,空倚玉箫愁凤凰。"侍卫皆寝,邻近阒然,生遂缓搴帘而入。良久,验是生。姬跃下榻,执生手曰:"知郎君颖悟,必能默识,所以手语耳。又不知郎君有何神术,而能至此?"生具告磨勒之谋,负荷而至。姬曰:"磨勒何在?"曰:"帘外耳。"遂召入,以金瓯酌酒而饮之。姬白生曰:"某家本富,居在朔方。主人拥旄,逼为姬仆。不能自死,尚且偷生。脸虽铅华,心颇郁结。纵玉箸举馔,金炉泛香,云屏而每进绮罗,

磨勒的昆仑奴，去看了看崔生，说："您心中有什么事，竟这样抱恨不已？您为什么不和我说呢？"崔生说："你们知道什么，还问我的心里事。"磨勒说："您说吧，我一定能为您解除忧愁，不论什么难事，我都能办成。"崔生觉得这话不一般，便告诉了磨勒。磨勒说："这是小事一件，何不早说，而自找苦吃。"崔生又把红绡姬的隐语了，磨勒说："这有什么难的，伸三个手指，是说一品家有十院歌姬，她是第三院的；翻掌三次，正是十五，是说十五日；胸前小镜子，是说十五的月亮圆如镜，叫您去相会。"崔生一听非常高兴，他对磨勒说："用什么办法才能解开我心中的郁结，达成我的愿望呢？"磨勒笑了，说："后天晚上就是十五夜，请您用两匹深青绢，做一套紧身衣服。一品家有猛犬，看守歌姬院门，一般人是进不去的，进去也会被咬死。那犬，其警如神，其猛如虎，是曹州孟海之犬。这个世界上，除了我，别人不能杀死它。为了您，我今晚就要杀了它。"崔生便弄来了酒肉，犒赏磨勒。到了那晚的三更，磨勒拿了炼椎走了。只过了吃顿饭的时间他就回来了，说："犬已经叫我打死，这回没有障碍了。"

这晚三更后，崔生换上了紧身青衣，磨勒背着他飞过十多重院墙，到了歌姬院，在第三院停下了。门还没锁，灯也亮着，只看红绡姬长叹而坐，好像在等待。她不戴头饰，不施脂粉，美丽无比，泪水晶莹，吟诗道："深洞莺啼恨阮郎，偷来花下解珠珰。碧云飘断音书绝，空依玉箫愁凤凰。"侍卫都睡了，周围很寂静，崔生便慢慢掀起门帘进去了。过了很久，红绡姬认出来人是崔生，便急忙跳下床，拉着崔生的手说："我知道您很聪明，一定会悟出我隐语的意思，所以那天才用手语。可我不知道郎君您有什么神术，才能到这深宅大院？"崔生便把磨勒为他出的主意，并背他飞到这里的经过告诉了红绡姬。红绡姬说："磨勒在哪？"崔生说："在帘外。"便把磨勒叫进屋，用金杯盛酒给他喝。红绡姬告诉崔生说："我家原来很富有，住在北方，是一品用武力逼迫我做了姬女，没能自杀，苟且偷生，脸上虽然涂脂抹粉，心里却很苦闷。就是用玉箸吃山珍海味，用金炉焚香，用云母屏风，穿绫罗绸缎，

绣被而常眠珠翠，皆非所愿，如在桎梏。贤爪牙既有神术，何妨为脱狴牢。所愿既申，虽死不悔。请为仆隶，愿侍光容，又不知郎君高意如何？"生愀然不语。磨勒曰："娘子既坚确如是，此亦小事耳。"姬甚喜。磨勒请先为姬负其囊橐妆奁，如此三复焉。然后曰："恐迟明。"遂负生与姬，而飞出峻垣十余重。一品家之守御，无有警者，遂归学院而匿之。及旦，一品家方觉。又见犬已毙，一品大骇曰："我家门垣，从来邃密，扃锁甚严，势似飞腾，寂无形迹，此必侠士而挈之。无更声闻，徒为患祸耳。"

姬隐崔生家二岁，因花时，驾小车而游曲江，为一品家人潜志认，遂白一品。一品异之，召崔生而诘之事。惧而不敢隐，遂细言端由，皆因奴磨勒负荷而去。一品曰："是姬大罪过，但郎君驱使逾年，即不能问是非，某须为天下人除害。"命甲士五十人，严持兵仗围崔生院，使擒磨勒。磨勒遂持匕首，飞出高垣，瞥若翅翎，疾同鹰隼。攒矢如雨，莫能中之。顷刻之间，不知所向，然崔家大惊愕。后一品悔惧，每夕，多以家童持剑戟自卫，如此周岁方止。后十余年，崔家有人，见磨勒卖药于洛阳市，容颜如旧耳。出《传奇》。

侯彝

唐大历中，有万年尉侯彝者好尚心义，尝匿国贼。御史推鞫理穷，终不言贼所在。御史曰："贼在汝左右膝盖下。"彝遂揭阶砖，自击其膝盖，翻示御史曰："贼安在？"御史又曰："在左膝盖下。"又击之翻示。御史乃以鏊贮烈火，

常常睡在珠翠装饰的绣被里,这都不是我希望的,我好像在监狱里似的。贤仆磨勒既有这么高明的神术,何不帮我逃出监牢。只要我的愿望实现了,虽死不悔。我情愿为奴仆,侍候在您身旁,不知郎君意下如何?"崔生面有愁容,沉默不语。磨勒说:"娘子既然这么坚决,这只是小事一件。"红绡姬非常高兴。磨勒先为红绡姬把衣服、妆奁背出去三次,然后说:"天怕要亮了。"磨勒便背着崔生和姬女,飞过高墙大院十几处。一品家的守卫,谁也没发现,于是回学院藏起来。天亮了,一品家才发觉。又看到了犬已死,一品大惊,说:"我家警卫森严,门户紧锁,来人是飞腾而来,没留一点痕迹,必定是侠士所为。这事不要声张,以免惹祸招灾。"

红绡姬在崔生家隐居了两年,到了花开时节,她坐着小车去游曲江,被一品家人暗中认出来了,告诉了一品。一品有点疑惑,便召来崔生追问此事。崔生胆怯不敢隐瞒,便详细地把前后经过都说了,最后说都是因为磨勒背着才去的。一品说:"是姬女的罪过,但她已服侍你几年了,也不能向她问罪了。但我要为天下人除害。"命令五十名士兵,持兵器包围崔生的院子,叫他们抓捕磨勒。磨勒手持匕首,飞出高墙,轻如羽毛,快如鹰隼。尽管箭矢如雨,却没能射中他。顷刻之间,不知去向。崔家却是一片惊慌。后来一品也有些后悔和后怕,每到晚上,都会配备很多持剑执戟的家童自卫巡逻,这样做了一年多。十多年后,崔家有人看见磨勒在洛阳市卖药,面貌还和从前一样。

出自《传奇》。

侯彝

唐代宗大历年间,万年尉侯彝好讲义气,曾经藏匿过国家要犯。御史审问时他已经理屈词穷,可就是不说要犯在什么地方。御史说:"贼在你左右膝盖下。"侯彝便揭下台阶上的砖,击打自己的膝盖,翻开指给御史看,说:"贼在哪里?"御史又说:"在左膝盖下。"他又击打左膝翻给御史看。御史又用鏊装烈火,

置其腹上。烟烽焠，左右皆不忍视。彝怒呼曰："何不加炭！"御史奇之，奏闻。代宗即召见曰："何为隐贼，自贻其苦若此？"彝对曰："贼臣实藏之。已然诺于人，终死不可得。"遂贬之为端州高要尉。出《独异志》。

僧　侠

唐建中初，士人韦生移家汝州，中路逢一僧，因与连镳，言论颇洽。日将夕，僧指路歧曰："此数里是贫道兰若，郎君能垂顾乎？"士人许之，因令家口先行。僧即处分从者，供帐具食。行十余里，不至。韦生问之，即指一处林烟曰："此是矣。"及至，又前进。日已昏夜，韦生疑之，素善弹，乃密于靴中取张卸弹，怀铜丸十余，方责僧曰："弟子有程期，适偶贪上人清论，勉副相邀，今已行二十里，不至何也？"僧但言且行。是僧前行百余步，韦生知其盗也，乃弹之。僧正中其脑，僧初若不觉。凡五发中之，僧始扪中处，徐曰："郎君莫恶作剧。"韦生知无可奈何，亦不复弹。

良久，至一庄墅，数十人列火炬出迎。僧延韦生坐一厅中，笑云："郎君勿忧。"因问左右："夫人下处如法无？"复曰："郎君且自慰安之，即就此也。"韦生见妻女别在一处，供帐甚盛，相顾涕泣。即就僧，僧前执韦生手曰："贫道盗也，本无好意。不知郎君艺若此，非贫道亦不支也。今日固无他，幸不疑耳。适来贫道所中郎君弹悉在。"乃举手搊脑后，五丸坠焉。有顷布筵，具蒸犊，犊上劄刀子十余，

放在他的肚子上。烟气腾腾，左右在场的人都不忍看。侯彝却大怒喊叫说："为什么不再加些炭？"御史也感到惊奇，便上奏皇帝。唐代宗召见了侯彝，说："你为什么要藏贼，这样自找苦吃？"侯彝回答说："这个贼确实是我藏的。我已经事先向他做了承诺，就是死了我也不能食言。"后来他被贬为端州高要县尉。出自《独异志》。

僧　侠

　　唐德宗建中初年，读书人韦生举家迁往汝州，中途遇一僧人，便和他并辔而行，彼此交谈很融洽。天快黑时，僧人指着一个岔路说："我的寺庙离这里几里远，郎君能光顾吗？"韦生答应了，于是叫家人先走。僧人便让他的随从先走，回去准备食宿用品。走了十余里还没到。韦生问僧人，僧人指着一处林烟说："这就是。"可是，走到那后又往前走了。这时，天已经黑了，韦生有点疑心，他平常就擅长射弹弓，便悄悄地从靴中取弓卸弹，又在怀中藏了十多粒铜丸，这才以责备的口气问僧人："我的行程是有时间限制的，方才由于欣赏上人您的清论，才勉强应邀而来，现在已经走了二十里啦，怎么还没到？"僧人只说走吧。他自己往前走了百多步，韦生看出他是一个大盗，便拿出弹弓射他，正打中他的脑袋，僧人起初像不知道似的。打中五发后，他才用手去摸打中的地方，慢慢说："郎君您不要恶作剧。"韦生知道对他无可奈何，便不再打了。

　　走了很长时间，到了一处庄园，好几十人打着火把出来迎接。僧人请韦生到一厅中坐下，笑着说："郎君不用担心。"又问左右："夫人的住处已经按我说的安排好了吗？"又说："郎君且自己安慰他们吧，就在这里。"韦生看到妻子子女住在另一处，住处安排得很好，于是相顾哭泣。他们走向僧人，僧人上前拉着韦生的手说："我是个大盗，本来未怀好意。不知郎君您有这么高的武艺，除非我，别人是受不了的。今日不会有别的事，希望不要再有疑心。方才我中郎君的弹丸都在。"说着举手摸脑后，五个弹丸便落下来。不久就开始布筵，端上了蒸犊，插着十几把刀子，

以奩饼环之。揖韦生就座，复曰："贫道有义弟数人，欲令谒见。"言已，朱衣巨带者五六辈，列于阶下。僧呼曰："拜郎君！汝等向遇郎君，即成奩粉矣。"食毕，僧曰："贫道久为此业，今向迟暮，欲改前非。不幸有一子技过老僧，欲请郎君为老僧断之。"乃呼飞飞出参郎君。飞飞年才十六七，碧衣长袖，皮肉如脂。僧曰："向后堂侍郎君。"僧乃授韦一剑及五丸，且曰："乞郎君尽艺杀之，无为老僧累也。"

引韦入一堂中，乃反镱之。堂中四隅，明灯而已。飞飞当堂执一短鞭，韦引弹，意必中。丸已敲落，不觉跃在梁上，循壁虚蹑，捷若猱玃。弹丸尽，不复中。韦乃运剑逐之，飞飞倏忽逗闪，去韦身不尺。韦断其鞭数节，竟不能伤。僧久乃开门，问韦："与老僧除得害乎？"韦具言之。僧怅然，顾飞飞曰："郎君证成汝为贼也，知复如何？"僧终夕与韦论剑及弧矢之事。天将晓，僧送韦路口，赠绢百匹，垂泣而别。 出《唐语林》。

崔慎思

博陵崔慎思，唐贞元中应进士举。京中无第宅，常赁人隙院居止。而主人别在一院，都无丈夫，有少妇年三十余，窥之亦有容色，唯有二女奴焉。慎思遂遣通意，求纳为妻。妇人曰："我非仕人，与君不敌，不可为他时恨也。"求以为妾，许之，而不肯言其姓。慎思遂纳之。二年余，崔所取给，妇人无倦色。

周围摆着菜饼。僧人向韦生作揖请他就座，又说："我有几个结义弟兄，想让他们拜见您。"说完，有五六个穿红衣扎巨带的人站在阶下。僧人喊道："拜郎君！你们若是先前遇到郎君，早粉身碎骨了。"吃完饭，僧人说："我干这一行很久了，现在已经老了，很想痛改前非。不幸的是我有一个儿子，他的技艺超过我，我想请郎君为我除掉他。"他便叫儿子飞飞出来拜见韦生。飞飞才十六七岁，穿着长袖的绿衣服，皮肤细腻光滑。僧人说："你上后堂去等郎君。"僧人给韦生一把剑和五粒弹丸，并向韦生说："我乞求郎君使出所有的武艺来杀他，老僧我今后就没有累赘了。"

　　他领韦生进入一个堂中后，出来反锁了门。堂中四个角落，只有明灯闪烁。飞飞拿一短鞭站在当堂。韦生引弓发弹，以为必能打中。结果弹丸已被马鞭敲落，不知不觉地，飞飞竟跳到梁上去了，沿着墙壁凌空行走，像猿猴一样敏捷。弹丸打光了，也没打中他。韦生又持剑追逐他，飞飞腾跳躲闪，只离韦生不足一尺远。韦生把飞飞的鞭子断成数节，却没有伤着飞飞。时间过去很久了，僧人开了门，问韦生："您为老僧除了害了吗？"韦生把方才的经过告诉了他。僧人怅然若失，对飞飞说："郎君验证你是个真正的强盗了，以后的事，谁又知道会怎样呢？"僧人和韦生整夜谈论剑术和弓箭之事。天要亮时，僧人把韦生送到路口，并赠给他绢布一百匹。二人垂泪而别。出自《唐语林》。

崔慎思

　　博陵人崔慎思于唐德宗贞元年间应进士举。他在京中没有住宅，曾经租人一小院居住。房主人另住一院，没有丈夫，只是一个少妇，三十多岁，看起来还有些姿色，有两个婢女。崔慎思便让她们去通话，想纳少妇为妻。妇人说："我不是读书人，和您不般配，您以后会后悔的。"崔生又想把她纳为妾，她同意了。可是，她却不肯说出自家姓名。慎思便把她纳为妾。两年多，崔慎思所取所用，妇人从未表现出不满意的神色。

后产一子,数月矣,时夜,崔寝,及闭户垂帷,而已半夜,忽失其妇。崔惊之,意其有奸,颇发忿怒。遂起,堂前彷徨而行。时月胧明,忽见其妇自屋而下,以白练缠身,其右手持匕首,左手携一人头。言其父昔枉为郡守所杀,入城求报,已数年矣,未得。今既克矣,不可久留,请从此辞。遂更结束其身,以灰囊盛人首携之。谓崔曰:"某幸得为君妾二年,而已有一子。宅及二婢皆自致,并以奉赠,养育孩子。"言讫而别,遂逾墙越舍而去,慎思惊叹未已。少顷却至,曰:"适去,忘哺孩子少乳。"遂入室。良久而出曰:"喂儿已毕,便永去矣。"慎思久之,怪不闻婴儿啼。视之,已为其所杀矣。杀其子者,以绝其念也。古之侠莫能过焉。出《原化记》。

聂隐娘

聂隐娘者,唐贞元中,魏博大将聂锋之女也。年方十岁,有尼乞食于锋舍,见隐娘,悦之,云:"问押衙乞取此女教?"锋大怒,叱尼。尼曰:"任押衙铁柜中盛,亦须偷去矣。"及夜,果失隐娘所向。锋大惊骇,令人搜寻,曾无影响。父母每思之,相对涕泣而已。

后五年,尼送隐娘归。告锋曰:"教已成矣,子却领取。"尼欻亦不见。一家悲喜。问其所学,曰:"初但读经念咒,余无他也。"锋不信,恳诘。隐娘曰:"真说又恐不信,如何?"锋曰:"但真说之。"曰:"隐娘初被尼挈,不知行几里。及明,至大石穴之嵌空数十步,寂无居人,猿狖极多,松萝益邃。已有二女,亦各十岁,皆聪明婉丽不食。能于峭壁

后来生了一个儿子，几个月了。一天夜里，崔慎思关门闭户正在睡觉，到了半夜，那妇人不在了。崔慎思很惊讶，认为妇人有奸情，很生气。他穿衣起床，在堂前走来走去。当时月色朦胧，他忽然看见妇人从屋顶上下来，用白绢缠身，右手拿匕首，左手提着一个人头。她说自己父亲早年被郡守无辜杀害，她进城来报仇，好几年都没得手。今天终于报了仇，她不能久留，请求从此辞别。她换了衣服，用灰囊装着人头提着，对崔慎思说："我有幸做了您两年的妾，而且有了一个孩子。房子和两个婢女都是我自己置买的，赠送给您，好好养育孩子。"她说完就走，跳墙越舍而去，崔慎思大为惊叹。不一会儿她又回来了，说："方才走，忘了给孩子喂奶。"于是进入室内。过了很久才出来说："喂完了，永别了。"过了很久，崔慎思奇怪没听到孩子的哭声，进屋一看，已被少妇杀死了。她杀死孩子，是为了断绝自己的思念之情。古时的侠客没有几个能超过她。出自《原化记》。

聂隐娘

聂隐娘是唐德宗贞元年间魏博大将聂锋的女儿。在她十岁那年，有一个尼姑到聂锋家讨饭，见到了隐娘，特别喜爱，她说："押衙能不能将女儿交给我，让我教育她？"聂锋很生气，斥责了尼姑。尼姑说："押衙就是把女儿锁在铁柜中，我也要偷去呀。"这天晚上，隐娘果然丢失了。聂锋极为惊恐，令人搜寻，没有结果。父母每思念女儿，便相对哭泣。

五年后，尼姑把隐娘送回。她告诉聂锋说："我已经把她教成了，还给你吧。"尼姑一下子就不见了。一家人悲喜交加。问隐娘学了些什么，隐娘说："开始时也就是读经念咒，没学别的。"聂锋不相信，又恳切地问隐娘。隐娘说："我说真话恐怕你们也不信，那怎么办？"聂锋说："你就说真话吧。"隐娘："我初被尼姑带走时，也不知走了多少里路。天亮时，来到一个嵌空的大石穴中，有几步宽广，没人居住，猿猴很多，满是松萝。这里已有两个女孩，也都是十岁，都很聪明美丽，就是不吃东西。能在峭壁

上飞走,若捷猱登木,无有蹶失。尼与我药一粒,兼令长执宝剑一口,长二尺许,锋利吹毛,令刺逐二女攀缘,渐觉身轻如风。一年后,刺猿狖,百无一失。后刺虎豹,皆决其首而归。三年后能飞,使刺鹰隼,无不中。剑之刃渐减五寸。飞禽遇之,不知其来也。至四年,留二女守穴,挈我于都市,不知何处也。指其人者,一一数其过曰:'为我刺其首来,无使知觉。定其胆,若飞鸟之容易也。'受以羊角匕首,刀广三寸,遂白日刺其人于都市,人莫能见。以首入囊,返主人舍,以药化之为水。五年,又曰:'某大僚有罪,无故害人若干。夜可入其室,决其首来。'又携匕首入室,度其门隙,无有障碍,伏之梁上。至暝,持得其首而归。尼大怒曰:'何太晚如是!'某云:'见前人戏弄一儿可爱,未忍便下手。'尼叱曰:'已后遇此辈,先断其所爱,然后决之。'某拜谢。尼曰:'吾为汝开脑后藏匕首,而无所伤,用即抽之。'曰:'汝术已成,可归家。'遂送还。云:'后二十年,方可一见。'"锋闻语甚惧,后遇夜即失踪,及明而返。锋已不敢诘之,因兹亦不甚怜爱。

忽值磨镜少年及门,女曰:"此人可与我为夫。"白父,父不敢不从,遂嫁之。其夫但能淬镜,余无他能。父乃给衣食甚丰,外室而居。数年后,父卒。魏帅稍知其异,遂以金帛署为左右吏。如此又数年。

至元和间,魏帅与陈许节度使刘昌裔不协,使隐娘贼

上飞走，像猴爬树一样轻捷，没有闪失。尼姑给我一粒药，又给了我一把二尺长的宝剑，剑刃特别锋利，毛发放在刃上，一吹就断。让我一意追随那两个女孩学攀缘，渐渐感觉自己身轻如风。一年后，刺击猿猴，百发百中。后又刺虎豹，都是割掉脑袋拿回来。三年后能飞了，让刺老鹰，没有刺不中的。剑刃渐渐磨减了五寸。飞禽遇到，都不知道它是怎么来的。到了第四年，留下二女守洞穴，领我去城市，我也不知是什么地方。她指着一个人，一条一条地数说他的罪过，说：'为我把他的头割来，不要让他有知觉。稳住心神，像刺飞鸟那么容易。'她给了我一把羊角匕首，三寸宽，大白天我就在都市把那人刺死，别人还看不见。把他的头装在囊中，带回石穴，用药将那头化为水。五年后，尼姑又说：'某个大官有罪，无故害死很多人。你晚间可到他的房中，把他的头割来。'于是，我就带着匕首到他房中，从门缝中进去，一点障碍没有，我爬到房梁上，直到天黑，这才把那人的头拿回来。尼姑大怒说：'怎么这么晚才回来？'我说：'我看那个人逗弄一个小孩玩，怪可爱的，我没忍心下手。'尼姑斥责说：'以后遇到这样的事，就先杀了他所爱的人，然后再杀他。'我拜谢了尼姑。尼姑说：'我把你的后脑打开，把匕首藏在里面，伤不着你，需要用时就抽出来。'又说：'你的武艺已经学成，可以回家了。'于是把我送回来了。她还说：'二十年后，才能一见。'"聂锋听隐娘说完后，心中很惧怕。以后，每到夜晚隐娘就不见了，天亮才回来。聂锋也不敢追问，因此，也不太怜爱隐娘。

有一天，一个磨镜少年来到聂家门前，隐娘说："这个人可以做我的丈夫。"她告诉了父亲，父亲也不敢不应承，隐娘便嫁给了那少年。她丈夫只能制镜，不会干别的。父亲供给他们吃穿费用很丰厚，让他们住在外面。多年后，父亲去世。魏帅知道隐娘的一些情况，便用钱财雇佣他们为左右吏。就这样又过了数年。

到元和年间，魏帅和陈许节度使刘昌裔关系不睦，派隐娘割

其首。引娘辞帅之许，刘能神筭，已知其来。召衙将，令来日早至城北，候一丈夫一女子，各跨白黑卫。至门，遇有鹊前噪夫，夫以弓弹之，不中，妻夺夫弹，一丸而毙鹊者。揖之云："吾欲相见，故远相祗迎也。"衙将受约束，遇之。隐娘夫妻曰："刘仆射果神人，不然者，何以洞吾也，愿见刘公。"刘劳之。隐娘夫妻拜曰："合负仆射万死。"刘曰："不然，各亲其主，人之常事。魏今与许何异，顾请留此，勿相疑也。"隐娘谢曰："仆射左右无人，愿舍彼而就此，服公神明也。"知魏帅之不及刘。刘问其所须，曰："每日只要钱二百文足矣。"乃依所请。忽不见二卫所之，刘使人寻之，不知所向。后潜收布囊中，见二纸卫，一黑一白。

后月余，白刘曰："彼未知住，必使人继至。今宵请剪发，系之以红绡，送于魏帅枕前，以表不回。"刘听之。至四更却返曰："送其信了，后夜必使精精儿来杀某，及贼仆射之首。此时亦万计杀之，乞不忧耳。"刘嘏达大度，亦无畏色。是夜明烛，半宵之后，果有二幡子一红一白，飘飘然如相击于床四隅。良久，见一人自空而踤，身首异处。隐娘亦出曰："精精儿已毙。"拽出于堂之下，以药化为水，毛发不存矣。隐娘曰："后夜当使妙手空空儿继至。空空儿之神术，人莫能窥其用，鬼莫得蹑其踪。能从空虚之入冥，善无形而灭影。隐娘之艺，故不能造其境，此即系仆射之福耳。但以于阗玉周其颈，拥以衾，隐娘当化为蟭蟟，潜入仆射肠中听伺，其余无逃避处。"刘如言。至三更，瞑目未熟，果闻项上铿然，声甚厉。隐娘自刘口中跃出，贺曰："仆射

刘昌裔的头。刘昌裔能神算,隐娘刚辞别魏帅时,他就知道她要来,便召来衙将,命令他:隐娘来时的那天早晨到城北,等候一男一女,各骑白驴黑驴。到了城门,遇有鹊在男子前面鸣噪,他用弹弓射,射不中。女子夺来弹弓,只一丸便射杀了鹊。你就上前施礼说:"刘仆射想见二位,所以我才从远道赶来恭迎。"衙将按吩咐去办,果然遇到了隐娘夫妻。隐娘夫妻说:"刘仆射果然是神人,不然,怎知我们要来。我们想见一见刘公。"刘昌裔犒劳了他们。隐娘夫妻拜过后说:"我们很对不起您,真是罪该万死。"刘昌裔说:"不能这样说,各亲其主,人之常情。我和魏帅没什么不一样的,我请你们留在这里,不要有疑虑。"隐娘感谢说:"仆射左右无人,我们愿意舍弃魏帅到您这里来,我很佩服您的神机妙算。"隐娘知道魏帅不如刘昌裔。刘昌裔又问他们需要什么,他们说:"每天只要二百文钱就足够了。"刘昌裔答应了他们的要求。一天忽然不见了他们骑来的两匹驴,刘昌裔派人寻找,不知去向。后来偷偷在一个布袋中,看见了两个纸驴,一黑一白。

一个多月后,隐娘对刘昌裔说:"魏帅不知我们住下了,必会再派人来。今晚我会剪些头发,系上红绸,送到魏帅枕前,表示我们不回去了。"刘昌裔同意了。到了四更,隐娘返回来了,说:"送去信了,后天晚间魏帅必派精精儿来杀我,还要割您的头。到时我也会想办法杀了他,不用忧愁。"刘昌裔豁达大度,毫无畏色。这天晚上,烛光通明,半夜之后,果然看见一红一白两个幡子,飘飘然像在床的四周互相击打。过了很久,见一个人从空中跌下地来,身首异处。隐娘也出现了,说:"精精儿已死。"将精精儿的尸体拽出堂下,用药化成了水,连毛发都不剩。隐娘说:"后天晚间,他会再派妙手空空儿来。空空儿的神术是人不知,鬼不觉,来无影,去无踪。我的武艺赶不上他,这就要看仆射的福分了。您用于阗玉围着脖子,盖着被,我变成一只小蚊虫,潜入您肠中等待时机,其他再无逃避之处了。"刘昌裔按她说的做了。到了三更,刘昌裔闭着眼睛没睡熟,果然听到脖子上砰的一声,声音特别大。隐娘从刘昌裔口中跳出,祝贺说:"仆射

无患矣。此人如俊鹘，一搏不中，即翩然远逝，耻其不中。才未逾一更，已千里矣。"后视其玉，果有匕首划处，痕逾数分。自此刘转厚礼之。

自元和八年，刘自许入觐，隐娘不愿从焉，云："自此寻山水，访至人，但乞一虚给与其夫。"刘如约。后渐不知所之。及刘薨于统军，隐娘亦鞭驴而一至京师，柩前恸哭而去。开成年，昌裔子纵除陵州刺史，至蜀栈道，遇隐娘，貌若当时，甚喜相见，依前跨白卫如故。语纵曰："郎君大灾，不合适此。"出药一粒，令纵吞之。云："来年火急抛官归洛，方脱此祸。吾药力只保一年患耳。"纵亦不甚信，遗其缯彩，隐娘一无所受，但沉醉而去。后一年，纵不休官，果卒于陵州。自此无复有人见隐娘矣。出《传奇》。

没事了。这个人像俊鹘似的，一搏不中便远走高飞，为自己没击中感觉很耻辱，还不到一更，他已经飞出一千多里了。"他们察看了刘昌裔脖颈上的玉石，果然有匕首砍过的痕迹，深达几分。自此刘昌裔更是厚待隐娘夫妇。

　　唐宪宗元和八年，刘昌裔从陈许入京谒见皇帝，隐娘不愿跟随去京，她说："从此我要游山逛水，寻访圣贤，只求您给我丈夫一个空头衔便可以了。"刘昌裔照办。后来，渐渐不知隐娘的去处。刘昌裔死于统军任时，隐娘骑驴到了京师，在刘的灵前大哭而去。唐文宗开成年间，刘昌裔的儿子刘纵任陵州刺史，在蜀地栈道上遇见了隐娘，面貌仍和当年一样，彼此很高兴能够重逢，她还像从前那样骑一头白驴。她对刘纵说："您有大灾，您不应该到这里来。"她拿出一粒药，让刘纵吃下去。她说："来年您不要做官了，赶紧回洛阳去，才能摆脱此祸。我的药力只能保您一年免灾。"刘纵不太相信，送给隐娘一些绸缎，隐娘没有要，飘飘然而去。一年后，刘纵没休官，果然死于陵州。从那以后再没有人见过隐娘。出自《传奇》。

卷第一百九十五
豪侠三

红　线

　　唐潞州节度使薛嵩家青衣红线者,善弹阮咸,又通经史。嵩乃俾掌其笺表,号曰内记室。时军中大宴,红线谓嵩曰:"羯鼓之声,颇甚悲切,其击者必有事也。"嵩素晓音律,曰:"如汝所言。"乃召而问之,云:"某妻昨夜身亡,不敢求假。"嵩遽放归。

　　是时至德之后,两河未宁,以淦阳为镇,命嵩固守,控压山东。杀伤之余,军府草创。朝廷命嵩遣女嫁魏博节度使田承嗣男,又遣嵩男娶滑亳节度使令狐章女。三镇交为姻娅,使使日浃往来。而田承嗣常患肺气,遇热增剧。每曰:"我若移镇山东,纳其凉冷,可以延数年之命。"乃募军中武勇十倍者,得三千人,号外宅男,而厚其恤养。常令三百人夜直州宅,卜选良日,将并潞州。

　　嵩闻之,日夜忧闷,咄咄自语,计无所出。时夜漏将传,辕门已闭,杖策庭际,唯红线从焉。红线曰:"主自一月,不遑寝食。意有所属,岂非邻境乎?"嵩曰:"事系安危,

红　线

　　唐时,潞州节度使薛嵩家有一婢女名叫红线,她很会弹阮咸,又通经史。薛嵩让她管理各种文书,称为内记室。在一次军中宴会上,红线对薛嵩说:"听这鼓声很悲凉,这打鼓的人必定有心事。"薛嵩平时也懂音律,说:"你说得很对。"于是,找来打鼓人一问,他说:"昨晚我妻子死了,我没敢请假。"薛嵩听完就让他回家了。

　　这时正是唐肃宗至德年之后,河南、河北一带很不安宁。朝廷设滏阳为镇,命薛嵩固守,并控制山东。战争刚过,军府初建。朝廷命薛嵩将女儿嫁给魏博节度使田承嗣的儿子,又让他的儿子娶滑亳节度使令狐章的女儿。三镇联姻,经常派使相互往来。魏博节度使田承嗣肺部患病,天热就严重。他常说:"我若驻守山东,那里天气比较凉快,我还能多活几年。"于是,他从军中选拔了三千勇士,称为外宅男,给以优厚的待遇。他常令三百人在衙门口和宅院内值夜班,选择适当时机,想吞并潞州。

　　薛嵩知道这消息后,日夜忧愁,常自言自语,却想不出好办法。一天夜晚,更鼓将响,军营的大门已经关闭,薛嵩拄着拐杖在庭院里踱步,只有红线跟着。红线说:"您这一个多月寝食不安,好像有心事,是不是因为田承嗣的事?"薛嵩说:"事关安危,

非尔能料。"红线曰:"某诚贱品,亦能解主忧者。"嵩闻其语异,乃曰:"我知汝是异人,我暗昧也。"遂具告其事曰:"我承祖父遗业,受国家重恩,一旦失其疆土,即数百年勋伐尽矣。"红线曰:"此易与耳,不足劳主忧焉。暂放某一到魏城,观其形势,觇其有无。今一更首途,二更可以复命。请先定一走马使,具寒暄书。其他即待某却回也。"嵩曰:"然事或不济,反速其祸,又如之何?"红线曰:"某之此行,无不济也。"乃入闺房,饬其行具。乃梳乌蛮髻,贯金雀钗,衣紫绣短袍,系青丝轻履,胸前佩龙文匕首,额上书太一神名。再拜而行,倏忽不见。

　　嵩乃返身闭户,背烛危坐。常时饮酒,不过数合。是夕举筋,十余不醉。忽闻晓角吟风,一叶坠露。惊而起问,即红线回矣。嵩喜而慰劳曰:"事谐否?"红线曰:"不敢辱命。"又问曰:"无伤杀否?"曰:"不至是,但取床头金合为信耳。"红线曰:"某子夜前二刻即达魏城,凡历数门,遂及寝所。闻外宅儿止于房廊,睡声雷动。见中军士卒,徒步于庭,传叫风生。乃发其左扉,抵其寝帐。田亲家翁止于帐内,鼓跌酣眠,头枕文犀,髻包黄縠,枕前露一星剑,剑前仰开一金合,合内书生身甲子与北斗神名。复以名香美珠,散覆其上。然则扬威玉帐,坦其心豁于生前。熟寝兰堂,不觉命悬于手下。宁劳擒纵,只益伤嗟。时则蜡炬烟微,炉香烬委,侍人四布,兵器交罗。或头触屏风,鼾而鼽者;或手持巾拂,寝而伸者。某乃拔其簪珥,縻其襦裳,如病如醉,皆不能寤。遂持金合以归。出魏城西门,将行二百里,见铜台高揭,漳水东流,晨鸡动野,斜月在林。忿往喜还,顿忘于行役。感知酬德,聊副于依归。所以当夜漏三时,

不是你能处理的。"红线说:"我虽为奴婢,也能为您解除忧愁。"薛嵩听她的话语不一般,便说:"我知你不是一般人,我糊涂了。"他便把所有事都告诉红线说:"我继承祖父的大业,承受国家的恩惠,一旦将镇守的疆土丢掉了,几百年的功勋就都丧失了。"红线说:"这事好办,不用这样忧愁。您先让我去趟魏城,观察下形势,探探虚实。一更去,二更便可回来。请您先准备好一位走马使和一封问候信。其他事情等回来再说。"薛嵩说:"这事若办不好,反会招来祸患,那怎么办?"红线说:"我此去定能办好。"说完回到自己屋中,准备行具。她梳洗打扮,梳一个乌蛮髻,头插金雀钗,身穿紫色绣花短袍,腰系青丝带,脚登轻便靴,胸前佩龙文匕首,前额上写着太一神名。向薛嵩拜了拜,转眼不见了。

薛嵩回屋关门,背灯端坐。薛嵩平日饮酒,不过数杯,这一晚喝了十多杯也没醉。忽然听到报晓的号角声在风中吹过,一叶坠露。他惊起询问,却是红线回来了。薛嵩高兴地慰问犒劳,问:"事办得怎么样?"红线说:"不敢辱命。"薛嵩又问:"没伤害人吗?"红线说:"用不着,只取了田承嗣床头的金盒作凭证。"红线说:"我半夜前二刻就到了魏城,过了几道门,便到了他睡觉的地方。听到外宅男在走廊上睡觉,鼾声如雷。中军士兵在院中走动,互相打招呼。我开了左门,到了他床前。您亲家公躺在床上,翘着脚睡得正香,头裹黄绸,枕着有纹理的犀角枕头,枕前露一把宝剑,宝剑前有一个开着的金盒。盒内写着他的生辰八字和北斗神名。上面盖着香料和珍珠。扬威于玉帐,坦露心窝于生前。看他那熟睡的样子,没想到他的性命就在我手下。何劳擒拿纵放,只是让我为他感叹伤悲。这时,蜡烛快要熄灭,香炉的香已燃尽,他的侍者四散了,兵器扔在了一起。有人头碰屏风,鼾声大作;有人手持汗巾、毛掸睡着了。我拔他们的头簪、耳环,摸他们的衣服,都像有病似的不能醒来。我便拿金盒回来了。出魏城西门,走了约二百里,见铜台高耸,漳水向东流去,月斜林梢,晨鸡鸣动。去时很忿怒,回来时很高兴,忘记了疲劳。为了感谢您的知遇和恩德,总算没辜负您的托付。所以不顾半夜三更,

往返七百里，入危邦一道，经过五六城，冀减主忧，敢言其苦。”

嵩乃发使入魏，遗田承嗣书曰："昨夜有客从魏中来云，自元帅床头获一金合，不敢留驻，谨却封纳。"专使星驰，夜半方到。见搜捕金合，一军忧疑。使者以马棰挝门，非时请见。承嗣遽出，使者乃以金合授之。捧承之时，惊悚绝倒。遂留使者，止于宅中，狎以宴私，多其赐赍。明日，专遣使赍帛三万匹、名马二百匹、杂珍异等，以献于嵩曰："某之首领，系在恩私。便宜知过自新，不复更贻伊戚。专膺指使，敢议亲姻。彼当捧毂后车，来在麾鞭前马。所置纪纲外宅儿者，本防他盗，亦非异图。今并脱其甲裳，放归田亩矣。"由是一两个月内，河北、河南信使交至。

忽一日，红线辞去。嵩曰："汝生我家，今欲安往？又方赖于汝，岂可议行？"红线曰："某前本男子，游学江湖间，读神农药书，而救世人灾患。时里有孕妇，忽患蛊症，某以芫花酒下之，妇人与腹中二子俱毙。是某一举杀其三人，阴力见诛，降为女子，使身居贱隶，气禀凡俚。幸生于公家，今十九年矣。身厌罗绮，口穷甘鲜。宠待有加，荣亦甚矣。况国家建极，庆且无疆。此即违天，理当尽弭。昨往魏邦，以是报恩。今两地保其城池，万人全其性命，使乱臣知惧，烈士谋安，在某一妇人，功亦不小，固可赎其前罪，还其本形。便当遁迹尘中，栖心物外，澄清一气，生死长存。"嵩曰："不然，以千金为居山之所。"红线曰："事关来世，安可预谋？"嵩知不可留，乃广为饯别，悉集宾友，夜宴中堂。嵩以歌送红线酒，请座客冷朝阳为词。词曰："采菱歌怨木兰舟，送客魂消百尺楼。还似洛妃乘雾去，碧天无际

往返七百里,闯入一座危邦,走过了五六座城,希望减少您的忧虑,我怎敢说辛苦?"

于是,薛嵩派人到魏城,给田承嗣送了一封信,说:"昨晚有客从魏城来,从您床头上拿了一个金盒,我不敢留下,谨封好送还。"特派专使连夜送还,半夜赶到魏城。只见为了搜捕盗金盒的人,全军上下惊疑不安。使者用马鞭敲门,没按正常时间求见。田承嗣急忙出来,使者把金盒给了他。他捧着金盒,惊惧得几乎晕倒。于是留下使者,请到宅中,设宴款待,给了很多赏赐。第二天,专门派人带了三万匹布、二百匹好马,还有一些珍贵的东西,献给薛嵩,说:"多亏您的恩德,我才保住了性命。我要悔过自新,不会再让您忧虑了。我会接受您的指教,结成儿女亲家。我会鞍前马后为您效劳。我增设的外宅儿,本是为防盗,没别的企图。现在叫他们脱掉军装,回家种地。"以后的一两个月内,河北、河南信使经常往来。

忽然一日,红线要辞别。薛嵩说:"你生在我家,想上哪去?我还要依靠你,你怎么能走呢?"红线说:"我前世是个男子,周游四方,寻求学问,读过神农的药书,给世人看病消灾。当时有一个孕妇,肚内生了虫子,我给她服了芫花酒,妇人和腹中的双胞胎都死了。我一次杀了三个人,阴曹地府为了惩罚我,把我变为女子,让我身为奴婢,气质庸俗。幸亏生在您家,已经十九啦。穿够了绸缎,吃尽了美味。您对我特别宠爱,给了我很多荣誉。现在您管辖的疆土太平,人们安居乐业。这样就违背了天意,理当全部消弭。之前去魏城,是为了报恩。现在两地都保住了城池,万人保全了性命,使乱臣知道惧怕,刚烈正直的人谋求安稳,对我一个女人来说,功劳也不算小,可以赎我的前罪,还我男儿身。我想离开尘世,成仙得道,生死长存。"薛嵩说:"不能这样,你一个小姐之身怎么能住在山里呢?"红线说:"为了来世,怎可预谋?"薛嵩知道留不住她,便为她筹办大型饯别宴,集合宾朋好友,夜宴中堂。薛嵩唱歌助酒兴,请在座的冷朝阳作词。其词是:"采菱歌怨木兰舟,送客魂消百尺楼。还似洛妃乘雾去,碧天无际

水空流。"歌竟,嵩不胜其悲,红线拜且泣。因伪醉离席,遂亡所在。_{出《甘泽谣》。}

胡 证

　　唐尚书胡证质状魁伟,膂力绝人,与晋公裴度同年。常狎游,为两军力人十许辈凌轹,势甚危窘。度潜遣一介,求救于证。证衣皂貂金带,突门而入,诸力士睨之失色。证饮后到酒,一举三钟,不啻数升,杯盘无余沥。逡巡,主人上灯。证起,取铁灯台,摘去枝叶而合其跗,横置膝上。谓众人曰:"鄙夫请非次改令,凡三钟引满,一遍三台,酒须尽,仍不得有滴沥。犯令者一铁跗。"_{自谓灯台。}证复一举三钟。次及一角觝者,三台三遍,酒未能尽,淋漓殆至并座。证举跗将击之,众恶皆起设拜,叩头乞命,呼为神人。证曰:"鼠辈敢尔,乞今赦汝破命。"叱之令出。_{出《摭言》。}

冯 燕

　　唐冯燕者,魏豪人,父祖无闻名。燕少以意气任侠,专为击毬斗鸡戏。魏市有争财殴者,燕闻之,搏杀不平。遂沉匿田间,官捕急,遂亡滑。益与滑军中少年鸡毬相得。时相国贾耽镇滑,知燕材,留属军中。他日出行里中,见户旁妇人翳袖而望者,色甚冶。使人熟其意,遂室之。其夫滑将张婴,从其类饮。燕因得间,复偃寝中,拒寝户。

水空流。"唱完,薛嵩非常悲痛,红线边哭边拜。她假装醉了,离开了宴席,从此不知去向。_{出自《甘泽谣》。}

胡 证

唐朝尚书胡证,身材非常魁伟,力量特别大,和晋公裴度是同一年及第。裴度有一次出去游玩,被两军中十多个力量大的人欺辱,形势很是危急。他暗中派人去找胡证求救。胡证来了,身穿黑色貂皮衣,腰扎金腰带,他破门而入,那些力气大的人一看,马上就变了脸色。胡证和这些人喝酒,一连喝了三钟,差不多有好几升,杯中没有一滴剩酒。不一会儿,主人点上了灯。胡证站起来,把铁灯台拿在手中,他把其他部位都拿掉,只留灯台的底部,横放在膝上。他对众人说:"我请求破格改一改酒令,咱们这回斟满三钟,一遍三台,酒必须喝干净,不许有点滴剩余。谁若犯令,就打他一灯台。"_{自称灯台。}胡证再一次一举三钟。接着轮到一个表演杂耍的人喝,三台三遍,他的酒没有喝完,并且淋淋漓漓,洒到了桌上。胡证举起灯台就要打,那些恶棍都起来向胡证行礼,叩头求饶,还称胡证为神人。胡证说:"你们这些鼠辈还敢欺负人吗?今天饶你们一命。"喝叱着让他们赶紧出去。_{出自《摭言》。}

冯 燕

唐时,魏豪人冯燕,父祖都不出名。冯燕年轻时,性格豪爽,很讲义气,擅长玩球、斗鸡等游戏。一天,魏豪街上有人为争夺财产互相殴斗,冯燕听说后去打抱不平,杀了人。他跑到乡下去躲藏,官方大力追捕,他于是跑到了滑地。他更是和驻在滑地的年轻士兵们玩球、斗鸡,相处融洽。当时相国贾耽镇守滑地,知道了冯燕很有才,便留他在军中。一天,冯燕在街上闲走,看见有个门户旁一个艳美的妇人在偷偷打量他。冯燕让人去串通妇人,二人勾搭成奸。妇人的丈夫张婴是滑军中的一个军官,他和同僚们喝酒去了。冯燕得到机会,又到了他家,关门和张妻私通。

婴还，妻开户纳婴，以裾蔽燕。燕卑踏步就蔽，转匿户扇后，而巾堕枕下，与佩刀近。婴醉目瞑，燕指巾，令其妻取。妻即以刀授燕，燕熟视，断其颈，遂巾而去。

明旦婴起，见妻杀死，愕然，欲出自白。婴邻以为真婴杀，留缚之。趣告妻党，皆来曰："常嫉殴吾女，乃诬以过失，今复贼杀之矣，安得他事。即他杀而得独存耶？"共持婴百余笞，遂不能言。官收系杀人罪，莫有辨者，强伏其辜。司法官与小吏持朴者数十人，将婴就市，看者团围千余人。有一人排看者来，呼曰："且无令不辜死者，吾窃其妻而又杀之，当系我。"吏执自言人，乃燕也。与燕俱见耽，尽以状对。耽乃状闻，请归其印，以赎燕死。上谊之，下诏，凡滑城死罪者皆免。出沈亚之《冯燕传》。

京西店老人

唐韦行规自言：少时游京西，暮止店中，更欲前进。店有老人方工作，谓曰："客勿夜行，此中多盗。"韦曰："某留心弧矢，无所患也。"因行数十里。天黑，有人起草中尾之。韦叱不应，连发矢中之，复不退。矢尽，韦惧奔焉。有顷，风雷总至，韦下马，负一大树，见空中有电光相逐，如鞠杖，势渐逼树杪，觉物纷纷坠其前。韦视之，乃木札也。须臾，积札埋至膝。韦惊惧，投弓矢，仰空中乞命。拜数十，电光

这时,张婴回来了,张妻开门迎接张婴,用衣襟遮挡冯燕。冯燕弯腰挪着小碎步在张妻衣襟的遮蔽下,转藏到了门后,而他的头巾落在枕头下,挨近佩刀。张婴因喝醉酒,闭眼大睡。冯燕指了指头巾,意思是叫张妻取来。张妻把佩刀拿来给冯燕,冯燕看了一会儿张妻,便用刀杀了她,拿了头巾走了。

　　第二天,张婴起来,看见妻子被杀死,很惊愕,想要出去自首。邻居们也认为真是他杀死的,便把张婴绑了起来。并跑着去告诉了张妻的娘家,娘家人都来了,说:"过去你就常打我的女儿,诬陷她有过错,今天竟又杀了她,这不是别人干的,别人杀她,你怎么还能活着?"众人将张婴痛打了一百鞭,他于是不能说话了。官府以杀人罪逮捕了他,也没人为他辩解,只好含冤认罪。执法官和几十个小吏,持刀押解张婴赴刑场,围观者有一千多。有一个人推开围观者大声说:"你们不要杀无辜者,是我和他妻子通奸,又杀死了她,你们应当绑我。"那些小吏过来捉拿说话的人,一看,竟是冯燕。他们把冯燕押解到相国贾耽那里,把情况都汇报了。贾耽听完这个情况后上奏皇帝,愿意交出官印来赎冯燕的性命。皇帝很赞赏贾耽的做法,便下诏,凡滑城犯死罪的人,全部赦免。出自沈亚之《冯燕传》。

京西店老人

　　唐人韦行规自己说,他年轻时有一次到京西旅游,天黑时到了一个店中,还想继续往前走。店中有一个老人正在干活,对他说:"你不要走夜路,这里强盗很多。"韦行规说:"我练过箭术,我不怕。"他又往前走了几十里。天特别黑,有人在草丛中跟着他。他大声喝叱,对方也不应声。他连射了几箭,射中了,那人却不退。箭射完了,韦行规害怕了,急忙往前奔跑。一会儿,大风、雷电一齐来了,韦行规下了马,背靠大树站着,看见空中电闪雷鸣,互相追逐,好像大木杖,逼近了树梢。他觉得有东西纷纷落在跟前,一看,是些木片。一会儿,木片堆积到了他的膝盖。韦行规又惊又怕,扔了弓箭,仰面朝天大喊救命。拜了数十次,电光

渐高而灭,风雷亦息。韦顾大树,枝干尽矣。鞍驮已失,遂返前店。见老人方箍桶,韦意其异人也,拜而且谢。老人笑曰:"客勿恃弓矢,须知剑术。"引韦入后院,指鞍驮,言却领取,聊相试耳。又出桶板一片,昨夜之箭,悉中其上。韦请役力承事,不许。微露击剑事,韦亦得一二焉。出《酉阳杂俎》。

兰陵老人

　　唐黎幹为京兆尹时,曲江涂龙祈雨,观者数千。黎至,独有老人植杖不避。幹怒杖之,如击鞭革,掉臂而去。黎疑其非常人,命坊老卒寻之。至兰陵里之南,入小门,大言曰:"我困辱甚,可具汤也。"坊卒遽返白黎,黎大惧。因衣坏服,与坊卒至其处。时已昏黑,坊卒直入,通黎之官阀,黎唯而趋入,拜伏曰:"向迷丈人物色,罪当十死。"老人惊曰:"谁引尹来此?"即牵上阶。黎知可以理夺,徐曰:"某为京尹,尹威稍损,则失官政。丈人埋形杂迹,非证惠眼,不能知也。若以此罪人,是钓人以名,则非义士之心也。"老人笑曰:"老夫过。"乃具酒,设席于地,招坊卒令坐。夜深,语及养生,言约理辨。黎转敬惧。因曰:"老夫有一技,请为尹设。"遂入,良久,紫衣朱鬓,拥剑长短七口,舞于中庭。迭跃挥霍,攦光电激。或横若掣帛,旋若规火。有短剑二尺余,时时及黎之衽,黎叩头股栗。食顷,掷剑于地,如北

渐渐远去,直至消失。风雷也停息了。韦行规一看大树,枝干都没有了。他马上的鞍驮也没了,只好返回那个旅店。到店看见那个老人正在箍桶,韦行规意识到他是个异人,便向他拜谢。老人笑了,说:"客人,你不要依恃箭术,你还要学点剑术。"他把韦行规领到后院,指了指鞍驮,叫他拿回去,说刚才只是试试他。老人又拿出一片桶板,昨夜他射的箭都在上面。韦行规请求为老人出力做事,老人不答应。他只把剑术讲了一点,韦行规略学得一二招。出自《酉阳杂俎》。

兰陵老人

唐时,黎幹当京兆尹的时候,曲江地方人们涂龙求雨,几千人围观。黎幹到时,唯有一老人拄着拐杖不回避。黎幹很生气,命人打老人,就像打一个鞔革似的,老人不觉怎样,甩臂走了。黎幹怀疑这老人不同寻常,便命一个坊间的老差役去寻找他。到了兰陵里南面,进了一个小门,就听老人大声说:"我受了这么大的侮辱,准备些热水。"老差役急忙回去禀报黎幹,黎幹大惧,便换了旧衣,与老差役同到老人住处。天已经要黑了,老差役直接进入,告诉老人说京兆尹黎幹来了。黎幹赶紧走进去,向老人跪拜,说:"方才我没看准丈人的身份,罪该十死。"老人吃了一惊,说:"谁把你领来的?"就牵他走上台阶。黎幹知道自己理亏,慢慢地说:"我身为京兆尹,官威稍损就会有失官政。丈人您混在众人之中,如果没有证得慧眼,是认不出您的。您若是以此怪罪我,那就是以伪诈诱人犯罪了,那就有些不讲义气。"老人笑着说:"这是我的过错。"于是在地上设席摆酒,让老差役也就座。喝到夜深时,谈起了养生之道,老人言简意深。黎幹更为敬畏。老人说:"老夫有一技,想为京兆尹表演一下。"说完进入室内,过了很久,老人出来了,身穿紫衣,头系红巾,拿了长短不一的七口宝剑,在中庭舞了起来。剑起剑落,如闪似电。横劈似扯帛,旋舞如规尺。有一把二尺长的短剑,时时触及黎幹的衣襟,黎幹连连叩头,战栗不已。一会儿,老人把剑掷在地上,排列成北

斗状。顾黎曰:"向试尹胆气。"黎拜曰:"今日已后性命,丈人所赐,乞役左右。"老人曰:"尹骨相无道气,非可遽授,别日更相顾也。"揖黎而入。黎归,气色如病。临镜,方觉须剃落寸余。翌日复往,室已空矣。出《酉阳杂俎》。

卢　生

　　唐元和中,江淮有唐山人者,涉猎史传,好道,常居名山。自言善缩锡,颇有师之者。后于楚州逆旅遇一卢生,意气相合,卢亦语及炉火。称唐族乃外氏,遂呼唐为舅。唐不能相舍,因邀同之南岳。卢亦言亲故在阳羡,将访之,今且贪舅山林之程也。中途,止一兰若。夜半,语笑方酣。卢曰:"知舅善缩锡,可以梗概论之。"唐笑曰:"某数十年重迹从师,只得此术,岂可轻道耶?"卢复祈之不已。唐辞以师授有时日,可达岳中相传。卢因作色:"舅今夕须传,勿等闲也。"唐责之:"某与公风马牛耳。不意盱眙相遇,实慕君子,何至驵卒不若也。"卢攘臂瞋目,眄之良久曰:"某刺客也,如不得,舅将死于此。"因怀中探乌韦囊,出匕首刃,势如偃月。执火前熨斗,削之如扎。唐恐惧具述。卢乃笑语唐曰:"几误杀舅。此术十得五六。"方谢曰:"某师仙也,令某等十人,索天下妄传黄白术者杀之。至添金缩锡,传者亦死。某久得乘跅之道者。"因拱揖唐,忽失所在。唐自后遇道流,辄陈此事戒之。出《酉阳杂俎》。

斗形。老人对黎幹说："我只是试试你的胆量。"黎幹边拜边说："我的性命，是丈人您给的，今后愿为您老效劳。"老人说："看你的骨相没有道气，我还不能马上教你，等以后再说吧。"说完向黎幹一拱手进入室内。黎幹回去后，看气色像生了病，一照镜子，才发觉自己的胡子被削去了一寸多。第二天又去找老人，可是已经人去室空了。出自《酉阳杂俎》。

卢 生

　　唐宪宗元和年间，江淮有一个唐山人，他读过史书传书，并且好道，常住名山。他自己说会缩锡术，有很多人跟他学。后来在楚州一个旅店遇到一个卢生，二人意气相投，卢生也谈了一些冶炼技术。他说外婆家姓唐，便叫唐山人为舅舅。唐山人更不能舍下卢生，便邀他同去南岳。卢生也说他在阳羡有亲朋故旧，他要去拜访，如今很愿意陪舅舅去游历山水。中途，宿在一座寺庙里。半夜，二人谈得正高兴时，卢生说："知道舅舅会缩锡术，大体给我讲一讲吧。"唐山人笑了，说："我好几十年到处拜师，只学得此术，哪能轻易告诉你？"卢生反复乞求唐山人。唐山人推辞说授此术需要一定的时日，到岳中时再行传授。卢生变了脸色说："舅舅今晚必须传授，可别不当回事儿。"唐山人斥责卢生说："咱俩本来素不相识，只是偶然相遇，我以为你是个正人君子呢，谁想你还不如一个马夫。"卢生将起袖子伸出手臂，瞪着双眼，斜视了他很久才说："我是刺客，要是不传，就得死在这里。"说着从怀中取出黑皮袋，亮出匕首，利刃形如半月。他对着火炉上的熨斗就削了一刀，像切木头片似的。唐山人害怕了，便把缩锡术都说了。卢生才笑着对唐山人说："差点误杀舅舅。这个技术，你也只不过学了十之五六。"又表示谦意说："我的师傅是位仙人，他令我们十几人搜寻那些妄传黄白术的人，并杀了他们。至于添金缩锡，传授这些的人也要被杀死。我是早就练得了飞行术的人。"说着向唐山人拱了拱手，忽然不见了。唐山人自此以后遇到道家人，就讲述这事来告诫他们。出自《酉阳杂俎》。

义 侠

顷有仕人为畿尉,常任贼曹。有一贼系械,狱未具。此官独坐厅上,忽告曰:"某非贼,颇非常辈。公若脱我之罪,奉报有日。"此公视状貌不群,词采挺拔,意已许之,佯为不诺。夜后,密呼狱吏放之,仍令狱吏逃窜。既明,狱中失囚,狱吏又走,府司谴罚而已。

后官满,数年客游,亦甚羁旅。至一县,忽闻县令与所放囚姓名同。往谒之,令通姓字。此宰惊惧,遂出迎拜,即所放者也。因留厅中,与对榻而寝。欢洽旬余,其宰不入宅。忽一日归宅。此客遂如厕。厕与令宅,唯隔一墙。客于厕室,闻宰妻问曰:"公有何客,经于十日不入?"宰曰:"某得此人大恩,性命昔在他手,乃至今日,未知何报。"妻曰:"公岂不闻,大恩不报,何不看时机为?"令不语,久之乃曰:"君言是矣。"此客闻已,归告奴仆,乘马便走,衣服悉弃于厅中。至夜,已行五六十里,出县界,止宿村店。仆从但怪奔走,不知何故。此人歇定,乃言此贼负心之状,言讫吁嗟。奴仆悉涕泣之次,忽床下一人,持匕首出立,此客大惧,乃曰:"我义士也,宰使我来取君头,适闻说,方知此宰负心。不然,枉杀贤士。吾义不舍此人也。公且勿睡,少顷,与君取此宰头,以雪公冤。"此人怕惧愧谢,此客持剑出门如飞。二更已至,呼曰:"贼首至。"命火观之,乃令头也。剑客辞诀,不知所之。出《原化记》。

义 侠

不久前,有一位读书人当了畿尉,经常办理盗贼案子。有一次,有一个贼被抓到了,还没定罪。畿尉独坐厅上,盗贼突然对他说:"我不是贼,不是等闲之辈。您若是放了我,日后一定会报答您。"畿尉看这人的相貌不一般,谈吐铿锵有力,心中已经默许了,表面上并没答应。到了夜里,他暗地里叫狱吏放了那个囚犯,又叫狱吏也逃跑了。天亮时,发现狱中囚犯跑了,狱吏也逃了,上司也只能责罚一通而已。

后来,畿尉当官任期已满,花了好几年到处游历,经常住在外面。到了一个县,忽然听说县令和当年放走的那个囚犯姓名相同,他便前往拜访,让人通报姓名。县令有些惊慌,出来迎拜,一看,的确是当年所放的那人。县令便留他在厅中,二人对床而眠。就这样高兴地过了十几天,县令没有回家。忽然一日,县令回家去了。客人去上厕所。厕所和县令的住房只隔一道墙。客人在厕所中听县令妻子问:"这是什么客人,十几天也不回家?"县令说:"这人对我有大恩,当年是他放了我,我才有今天,我还不知道怎样报答他呢。"他妻子说:"您没听人说么,大恩不报,您应该看时机行事。"县令沉默了一会儿,说:"您说得有道理。"客人听到他这么说,急忙回来告诉奴仆,骑马悄悄走了,衣服都扔在了大厅。到了晚上,已走出五六十里,出了县界,在一个乡村小店里住下。仆人埋怨走得这么急,不知为了什么。休息了一会儿后,主人才把县令负心的事说了一遍,说完长叹一声。奴仆们都落下了伤心的眼泪。忽然有一人从床下钻出来,手拿匕首站着,客人大惊,那人说:"我是个义士,县令让我来取您的头,方才听你们一说,才知道县令是个忘恩负义的人。不然的话,就错杀了您这个好人。我决不能饶过他。您先别睡,稍等一会儿,我把他的头给您送来,给您出出这口冤气。"此人又害怕又感谢,这义士拿剑出门就像飞一样走了。到了二更,有人呼叫:"坏人的头拿来了。"让人点灯一看,正是那县令的头。剑客辞别而去,不知去了哪里。出自《原化记》。

卷第一百九十六
豪侠四

田膨郎

　　唐文宗皇帝尝宝白玉枕,德宗朝于阗国所贡,追琢奇巧,盖希代之宝。置寝殿帐中,一旦忽失所在。然禁卫清密,非恩渥嫔御莫有至者,珍玩罗列,他无所失。上惊骇移时,下诏于都城索贼。密谓枢近及左右广中尉曰:"此非外寇所入,盗当在禁掖。苟求之不获,且虞他变。一枕诚不足惜,卿等卫我皇宫,必使罪人斯得。不然,天子环卫,自兹无用矣。"内宫惶栗谢罪,请以浃旬求捕。大悬金帛购之,略无寻究之迹。圣旨严切,收系者渐多,坊曲闾里,靡不搜捕。

　　有龙武二蕃将王敬弘尝蓄小仆,年甫十八九,神彩俊利,使之,无往不届。敬弘曾与流辈于威远军会宴,有侍儿善鼓胡琴。四座酒酣,因请度曲。辞以乐器非妙,须常御者弹之。钟漏已传,取之不及,因起解带。小仆曰:"若要琵

田膨郎

唐文宗皇帝非常喜欢的白玉枕,是德宗朝时于阗国进贡的,精雕细刻,非常奇巧,是稀世之宝。放置在文宗皇帝寝室的帐中,一天忽然不见了。宫廷中禁卫严密,不是皇帝亲信的人是到不了这里的。殿中陈列的珍宝很多,其他的都没有丢失。皇帝惊慌害怕了很久,下令在都城中抓贼。他秘密对身边近臣和禁卫说:"这不是外人进来干的,盗贼就在宫禁之中。若是抓不到,恐怕会有其他变故。一个白玉枕倒无所谓,你们是保卫皇宫的人,必须抓住这个盗贼。不然的话,你们这些保卫天子的人,从此就没用了。"内宫这些人非常惶恐,赶紧谢罪,请求在十几天内捕到盗贼。用金银绸缎来悬赏,但是一点线索也没有。圣旨非常严厉,抓了很多嫌疑犯,大街小巷都搜遍了。

龙武二蕃将王敬弘,家里曾蓄养了一个小仆人,刚十八九岁,神采英俊爽利,主人让他办事没有办不成的时候。曾经有一次,王敬弘和他的同僚们在威远军中会宴,有一侍者善弹胡琴,四座酒兴正浓时,请他弹奏一曲,以助酒兴。侍者推辞说乐器不太好,若是有他常使用的那件就好了。这时,已夜半更深,去取乐器已来不及,因而就不准备弹奏了。敬弘家小仆说:"若用琵

琶，顷刻可至。"敬弘曰："禁鼓才动，军门已镰，寻常汝起
不见，何见之谬也？"既而就饮数巡，小仆以绣囊将琵琶而
至，座客欢笑。南军去左广，往复三十余里，入夜且无行
伍，既而倏忽往来，敬弘惊异如失。时又搜捕严急，意以盗
窃疑之。

宴罢及明，遽归其第，引而问之曰："使汝累年，不知跻
捷如此。我闻世有侠士，汝莫是否？"小仆谢曰："非有此
事，但能行耳。"因言父母皆在蜀川，顷年偶至京国，今欲却
归乡里，有一事欲报恩。偷枕者早知姓名，三数日当令伏
罪。敬弘曰："如此事，即非等闲，遂令全活者不少。未知
贼在何许，可报司存掩获否？"小仆曰："偷枕者田膨郎也。
市廛军伍，行止不恒，勇力过人，且善超越。苟非便折其
足，虽千兵万骑，亦将奔走。自兹再宿，候之于望仙门，伺
便擒之必矣。将军随某观之，此事仍须秘密。"

是时涉旬无雨，向晓埃尘颇甚，车马腾践，跬步间人不
相睹。膨郎与少年数辈，连臂将入军门，小仆执毬杖击之，
欻然已折左足。仰而窥曰："我偷枕来，不怕他人，唯惧于
尔。既此相值，岂复多言。"于是舁至左右军，一款而伏。
上喜于得贼，又知获在禁旅，引膨郎临轩诘问，具陈常在营
内往来。上曰："此乃任侠之流，非常之窃盗。"内外囚系数
百人，于是悉令原之。小仆初得膨郎，已告敬弘归蜀。寻
之不可，但赏敬弘而已。 出《剧谈录》。

宣慈寺门子

宣慈寺门子不记姓氏，酌其人，义侠徒也。唐乾符二

琶，一会儿就能取来。"敬弘说："禁鼓已经敲过，军门已经关闭，我平常也没见过你有这个本事，你净瞎说。"于是，大家又开始饮酒，数巡之后，小仆用绣囊包着琵琶回来了，大家都很高兴。从南军到左广，往返三十多里，夜间又没有同行者，就这么快去而复还，王敬弘颇感惊异。这时，搜捕盗贼的行动越来越严，王敬弘疑心小仆是盗贼。

宴会之后已经天亮，王敬弘匆匆回家，把小仆叫来问他："你在我这里好几年了，我还不知道你这么矫健。我听闻世上有侠士，或许你就是？"小仆回答说："没有这回事，我只是善行。"他又说父母都在蜀川，近几年偶然来到京城，现在很想回家乡，有一件事，想用来报恩。他早就知道偷枕者的姓名，三天内会叫他伏法认罪。敬弘说："这件事，即使不是小事，能救下来免其死罪的也不少。不知贼在哪里，现在可报官秘密逮捕他吧？"小仆说："偷枕的是田膨郎。他有时在市民百姓中，有时混迹军队，行踪不定，勇力过人，尤其善于腾高飞越。若不打断他的腿，就是千军万马，他也能跑掉。从今天开始连续两夜，在望仙门等着，看准机会就可以抓住他。将军随我去看看，这事仍须保密。"

这时，十多天没下雨，天快亮时尘土飞扬，人走车行，几步内看不见人影。田膨郎与几个青年人，膀挨膀地刚要进入军门，小仆用打球的球杖猛然击打他，把他的左腿打断了。膨郎仰脸看着他说："我偷了玉枕，不怕别人，就怕你。既然相遇了，那还多说啥。"于是把他抬到左右军，马上就招供认罪了。皇帝很高兴，又知道盗贼是在禁旅中抓获的，便把膨郎叫到厅内追问他，他说他常在军营中来往。皇帝说："这是侠客之流的人物，不是一般的盗贼。"因此案被捕的宫廷内外数百人，都放回了家。抓到了田膨郎后，小仆便向王敬弘告辞回蜀。皇帝要奖赏小仆，找不到他，只奖赏了王敬弘。出自《剧谈录》。

宣慈寺门子

宣慈寺门子，不知姓名，考量其人，是个侠义之士。唐乾符二

年，韦昭范登宏词科，昭范乃度支使杨严懿亲。及宴席，帟幕器皿之类，假于计司，严复遣以使库供借。其年三月，宴于曲江亭子。供帐之盛，罕有伦拟。时进士同日有宴，都人观者甚众。饮兴方酣，俄睹一少年跨驴而至，骄悖之状，傍若无人。于是俯逼筵席，张目引颈及肩，复以巨棰枨筑佐酒。谑浪之词，所不能听。诸子骇愕之际，忽有于众中批其颊者，随手而堕。于是连加殴击，又夺所执棰，棰之百余。众皆致怒，瓦砾乱下，殆将毙矣。当此之际，紫云楼门轧然而开，有紫衣从人数辈驰告曰："莫打。"传呼之声相续。又一中贵驱殿甚盛，驰马来救。复操棰迎击，中者无不面仆于地，敕使亦为所棰。既而奔马而反，左右从而俱入门，门亦随闭而已。坐内甚忻愧，然不测其来，又虑事连宫禁，祸不旋踵，乃以缯钱束素，召行殴者讯之曰："尔何人？与诸郎君阿谁有素？而能相为如此。"对曰："某是宣慈寺门子，亦与诸郎君无素，第不平其下人无礼耳。"众皆嘉叹，悉以钱帛遗之。复相谓曰："此人必须亡去，不然，当为擒矣。"后旬朔，坐中宾客多有假途宣慈寺门者，门子皆能识之，靡不加敬。竟不闻有追问之者。出《摭言》。

李龟寿

　　唐晋公白敏中，宣宗朝再入相。不协比于权道，唯以公谅宰大政。四方有所请，碍于德行者，必固争不允，由是征镇忌焉。而志尚典籍，虽门施行马，庭列凫钟，而寻绎未尝

年,韦昭范考上了宏词科,他是度支使杨严的至亲。韦昭范准备设宴庆贺,宴会需要的帐篷、器具都是从计司借来的,杨严又让使库借给。这年三月,在曲江亭子设宴。规模之大,无与伦比。那天,还有新科进士也设宴,京城里来观看的人很多。酒兴正浓时,看见一个少年骑着驴来了,那骄横之态,旁若无人。他俯身逼近宴席,伸头瞪眼,又用长马鞭振筑佐酒。放荡的言词,不堪入耳。大家正在感到惊愕的时候,忽然,座中有一人站起来,打那少年一记耳光,那少年随之堕地。于是又接二连三地殴打他,又夺下他的马鞭,打了一百多鞭子。大家也很气愤,用石头瓦块打那少年,眼看要打死了。正在这时,紫云楼的楼门突然开了,有好几个穿紫衣的从人骑马奔来,喊道:"不要打。"喊声连续不断。又有一个显贵的宦官带着一大队护从骑马来救。那人又拿起马鞭来迎击,那些被打的人,都趴在地上,救使也被打了。救使打马往回返,左右随从也和他一起跑回了紫云楼,紧闭了楼门。在座的人是又喜又愧,可是不知道他的来头,又担心事连宫禁,招来灾祸,于是大家凑了些钱物,叫来那个打少年的人问:"你是什么人?是和在座的哪一位平时有交情,才能这么干?"那人说:"我是宣慈寺门子,和在座的诸位没有关系,只是看那人太无礼了,打抱不平。"大家很赞赏他的行为,把钱物送给了他。大家互相议论:"这人必须逃走,不然的话,就要被逮捕。"过了十几天后,曾赴宴的宾客有好几个从宣慈寺门前经过,看见了那门子,门子也都认识他们,对谁都很恭敬,也没听说有人追问那件事。出自《摭言》。

李龟寿

唐时,晋国公白敏中,到宣宗朝时再次当上了宰相。他耻于和那些弄权者为伍,唯以公正诚信去处理政事。下面有些官员有所请托,只要是违反德行的,他是绝不答应的,因此,遭到了地方上一些文武官员的忌恨。他非常喜欢读书,虽然门庭中车马往来,络绎不绝,公事缠身,但他寻求学问、攻读典籍孜孜不

倦。于永宁里第别构书斋，每退朝，独处其中，欣如也。居一日，将入斋，唯所爱卑脚犬花鹊从。既启扉，而花鹊连吠，衔公衣却行，叱去复至。既入阁，花鹊仰视，吠转急。公亦疑之，乃于匣中拔千金剑，按于膝上，向空祝曰："若有异类阴物，可出相见。吾乃丈夫，岂慑于鼠辈而相逼耶？"言讫，欻有一物自梁间坠地，乃人也。朱鬓，衣短后衣，色貌黝瘦。顿首再拜，唯曰死罪。公止之，且询其来及姓名。对曰："李龟寿，卢龙塞人也。或有厚赂龟寿，令不利于公。龟寿感公之德，复为花鹊所惊，形不能匿。公若舍龟寿罪，愿以余生事公。"公谓曰："待汝以不死。"遂命元从都押衙傅存初录之。明日诘旦，有妇人至门，服装单急，曳履而抱持褓婴，请于阍曰："幸为我呼李龟寿。"龟寿出，乃妻也。且曰："讶君稍迟，昨夜半自蓟来相寻。"及公薨，龟寿尽室亡去。出《三水小牍》。

潘将军

京国豪士潘将军住光德坊，忘其名，众为潘鹊碑也。本家襄汉间。常乘舟射利，因泊江壖。有僧乞食，留止累日，尽心檀施。僧归去，谓潘曰："观尔形质器度，与众贾不同。至于妻孥，皆享厚福。"因以玉念珠一串留赠之："宝之，不但通财，他后亦有官禄。"既而迁贸数年，遂锱铢均陶郑。其后职居左广，列第于京师。常宝念珠，贮之以绣囊玉合，置道场内，每月朔则出而拜之。一旦开合启囊，已亡珠矣。然而缄封若旧，他物亦无所失。于是夺魄丧精，以为其家

倦。他在永宁里住宅旁建了一个书斋，每当退朝后，他就一个人独坐书斋，心情是非常愉悦的。一天，他正要进书斋，他平时非常喜爱的名叫花鹊的短腿狗跟着他。刚开门，花鹊就叫起来了，口衔着晋公的衣服后退。喝退后，又回来了。进了书斋，花鹊抬头看，叫声更急。晋公也觉得怪异，便从匣中抽出千金剑，放在膝上，向空中说："如果有异类阴物，可以出来见我。我是一个正人君子，我不怕那些鼠辈之流来威胁我。"说完，很快有一个东西从梁上落下来，是个人。这人系着红头巾，穿短后衣，又黑又瘦。他一再向晋公叩拜，还说自己犯了死罪。晋公制止了他，问他来干什么，叫什么名字。那人说："我叫李龟寿，卢龙塞人。别人给我很多钱，让我来杀您。我感到您品德高尚，又被花鹊惊动，无法藏身。您要是能原谅我的罪过，我愿服侍您一辈子。"晋公说："我不治你死罪。"随后又命令元从都押衙傅存初留用了他。第二天早晨，有一妇人来到门前，穿得很单薄，拖着鞋抱着个小婴儿，对看门人说："请为我找李龟寿。"李龟寿出来一看，原来是他的妻子。妻子说："你没有按时回去，我很害怕，昨天半夜从蓟县来找你。"到晋公死后，李龟寿全家也走了。出自《三水小牍》。

潘将军

　　京城里有位毫放之士潘将军，家住光德坊，忘了他的名字，众人叫他潘鹊碑。老家在襄汉之间。他曾乘船做生意，将船停靠在江岸。有一个僧人乞斋，留住了数日，他很尽心尽意地招待僧人。僧人要走时对潘将军说："我看你的气质器度，和一般商人不一样。至于你的妻子和儿女，也都享有厚福。"僧人赠送给他一串玉念珠，对他说："你要好好珍藏，不但能使你发财，以后还能有官运。"以后他又经商了几年，财产都比得上陶朱公和郑弦了。后来潘将军职居左广，家住在京城。他非常珍视念珠，把它装在绣囊玉盒中，放到寺庙中的道场内，每月初一拿出来拜一次。一天，打开盒子和绣囊一看，玉念珠消失了。然而外面的封条完好如初，其他东西都没损失。潘将军于是丧魂失魄，认为这是他家

将破之兆。有主藏者,常识京兆府停解所由王超,年且八十,因密话其事。超曰:"异哉,此非攘窃之盗也。某试为寻之,未知果得否。"

超他日曾过胜业坊北街。时春雨初霁,有三鬟女子,可年十七八。衣装缦缕,穿木屐,于道侧槐树下。值军中少年蹴踘,接而送之,直高数丈,于是观者渐众。超独异焉。而止于胜业坊北门短曲,有母同居,盖以纫针为业。超时因以他事熟之,遂为舅甥。居室甚贫,与母同卧土榻,烟爨不动者,往往经于累日。或设殽羞,时有水陆珍异。吴中初进洞庭橘,恩赐宰臣外,京辇未有此物。密以一枚赠超云:"有人于内中将出。"而禀性刚决,超意甚疑之。如此往来周岁矣。

超一旦携酒食与之从容,徐谓曰:"舅有深诚,欲告外甥,未知何如?"因曰:"每感重恩,恨无所答。若力可施,必能赴蹈汤火。"超曰:"潘军失却玉念珠,不知知否?"微笑曰:"从何知之?"超揣其意不甚藏密,又曰:"外甥忽见寻觅,厚备缯彩酬赠。"女子曰:"勿言于人,某偶与朋侪为戏,终却送还,因循未暇。舅来日诘旦于慈恩寺塔院相候,某知有人寄珠在此。"

超如期而往,顷刻至矣。时寺门始开,塔户犹镵。谓超曰:"少顷仰观塔上,当有所见。"语讫而走,疾若飞鸟。忽于相轮上举手示超,欻然携念珠而下曰:"便可将还,勿以财帛为意。"超送诣潘,具述其旨。因以金玉缯帛,密

要破败的先兆。有一个主管库藏财物的人，认识在京兆府任职的王超，王超已年近八十，把潘将军丢失念珠的事告诉了他。王超说："奇怪呀，这可不是一般的盗贼。我试着找找看吧，不一定能有结果。"

王超有一天经过胜业坊北街。当时正是春雨刚过，看见一个扎着三个环形发髻的女子，大约十七八岁。衣服很破烂，穿一双木底鞋，站在路旁的槐树下。这时，军队中一些年轻人正在玩球，姑娘接球后送还时，踢了几丈高，于是观众越来越多。王超对姑娘的行为感到疑惑。姑娘住在胜业坊北门一个小胡同中，和母亲同住，以缝补为业。王超时不时地借其他事由和这母女接触，慢慢就熟悉了，称姑娘为外甥女。她们的居室很简陋，睡的是土炕，经常几天不动烟火。有时饭菜很丰盛，有山珍海味。洞庭橘是江苏刚刚进贡之物，除皇帝用它来恩赐大臣宰相外，京城中是没有的，姑娘却拿一只橘子送给王超，说："这是别人从宫中拿出来的。"姑娘性格刚烈，王超更觉得疑惑。就这样，彼此来往了一年多。

一天，王超拿来了酒、菜、饭，和她们母女一起吃喝，随意地对姑娘说："我心里有件事，想告诉外甥女，不知行不行？"姑娘说："我很感谢您的恩德，恨我无法报答。若能为您出力，就是赴汤蹈火也在所不辞。"王超说："潘将军丢失了一串玉念珠，不知你知不知道？"姑娘微笑着说："我怎么会知道？"王超琢磨姑娘的意思，她不会太保密，又说："外甥女若是能给找到，一定用厚礼酬谢你。"姑娘说："别告诉别人，是我偶然和朋友们玩耍游戏时做的，终归要送还的，一直拖下来，没有工夫送还。舅舅您明天早晨到慈恩寺塔院等我，我知道有人把珠子寄放在那里。"

王超按时前往，一会儿就到了。当时寺门刚打开，塔院门还锁着。姑娘对王超说："一会儿您往塔上看，会有所见。"说完就跑了，快如飞鸟。她忽然在塔顶的相轮上向王超举手示意，又忽然间拿着念珠下来了，说："还给人家吧，别送我东西。"王超把玉念珠送给潘将军，把经过告诉了他。他们把金玉绸缎，想秘密

为之赠。明日访之,已空室矣。冯缄给事尝闻京师多任侠之徒。及为尹,密询左右,引超具述其语。将军所说,与超符同。出《剧谈录》。

贾人妻

　　唐余干县尉王立调选,佣居大宁里。文书有误,为主司驳放。资财荡尽,仆马丧失,穷悴颇甚,每丐食于佛祠。徒行晚归,偶与美妇人同路,或前或后依随。因诚意与言,气甚相得。立因邀至其居,情款甚洽。翌日谓立曰:"公之生涯,何其困哉!妾居崇仁里,资用稍备,傥能从居乎?"立既悦其人,又幸其给,即曰:"仆之厄塞,陷于沟渎,如此勤勤,所不敢望焉。子又何以营生?"对曰:"妾素贾人之妻也。夫亡十年,旗亭之内,尚有旧业。朝肆暮家,日赢钱三百,则可支矣。公授官之期尚未,出游之资且无,脱不见鄙,但同处以须冬集可矣。"立遂就焉。

　　阅其家,丰俭得所。至于扃镵之具,悉以付立。每出,则必先营办立之一日馔焉,及归,则又携米肉钱帛以付立,日未尝阙。立悯其勤劳,因令佣买仆隶。妇托以他事拒之,立不之强也。周岁,产一子,唯日中再归为乳耳。凡与立居二载,忽一日夜归,意态遑遑,谓立曰:"妾有冤仇,痛缠肌骨,为日深矣。伺便复仇,今乃得志。便须离京,公其努力。此居处,五百缗自置,契书在屏风中。室内资储,一以相奉。婴儿不能将去,亦公之子也,公其念之。"言讫,收泪而别。

送给姑娘。第二天去姑娘家,已经是人去室空。给事冯绲曾听说京城中多侠义之士。他升为府尹后,秘密地询问身边的人,把王超找来,让他详细地讲述了这事的经过。潘将军所说的和王超讲的完全一样。出自《剧谈录》。

贾人妻

唐时,余干县尉王立调选时,租房住在大宁里。因为文书有错误,被主管部门解除官职。他钱财用光了,仆人和马也都没了,穷困潦倒,经常去佛祠讨饭吃。有一天晚上他徒步回来,偶然和一个美妇人同路,或前或后互相依随。王立很坦诚地和妇人搭话,两人意气相投。王立邀请妇人到他的住处,一夜之间,二人感情很融洽。第二天,妇人对王立说:"您的生活太困难了。我住在崇仁里,生活还可以,您能不能上我那里去住?"王立本来就很喜欢这个妇人,妇人又要在生活上帮助他,就说:"我现在正处在困难之中,几乎要倒毙街头,你这样热心帮助我,是我不敢想的。你现在以什么职业维持生活?"妇人回答说:"我是一个商人的妻子。丈夫已经死了十年,街市上还有旧业,白天营业,晚上住宿,每天能收入三百文左右,足够维持支出。您授官的日期还没到,出去游历又没有钱,您若不嫌弃我的话,就跟我同住等待冬天参加选官吧。"王立于是跟着妇人回了家。

看她的家庭,丰俭适当。妇人把家里的钥匙都交给了王立。每次出去先给王立准备好一天的饭食,回来时,总要带回些米、肉、钱、帛之类的生活用品交给王立,天天如此。王立怜惜妇人太劳累了,叫她雇个奴仆。妇人总是托词拒绝,王立也不强求。一年后,生了一个儿子,每天中午回来喂奶。就这样,和王立同居了两年。忽然一天夜间妇人回来后,显得惶恐不安。她对王立说:"我有冤仇,刻骨铭心,为时已久。总想找机会报仇,今天总算如愿了。我要离开京城,希望您好自为之。这房子,是我花五百缗自己买的,契书就在屏风里。这室内的东西,也都送给您。孩子我不能带去,他也是您的儿子,希望好好照顾他。"说完,擦干眼泪就要走。

立不可留止,则视其所携皮囊,乃人首耳。立甚惊愕。其人笑曰:"无多疑虑,事不相萦。"遂挈囊逾垣而去,身如飞鸟。立开门出送,则已不及矣。方徘徊于庭,遽闻却至。立迎门接俟,则曰:"更乳婴儿,以豁离恨。"就抚子。俄而复去,挥手而已。立回灯褰帐,小儿身首已离矣。立惶骇,达旦不寐。则以财帛买仆乘,游抵近邑,以伺其事。久之,竟无所闻。其年立得官,即货鬻所居归任。尔后终莫知其音问也。出《集异记》。

荆十三娘

唐进士赵中行家于温州,以豪侠为事。至苏州,旅舍支山禅院。僧房有一女商荆十三娘,为亡夫设大祥斋。因慕赵,遂同载归扬州。赵以气义耗荆之财,殊不介意。其友人李正郎弟三十九有爱妓,妓之父母,夺与诸葛殷,李怅怅不已。时诸葛殷与吕用之幻惑太尉高骈,恣行威福。李惧祸,饮泣而已。偶话于荆娘,荆娘亦愤惋,谓李三十九郎曰:"此小事,我能为郎仇之。且请过江,于润州北固山六月六日正午时待我。"李亦依之。至期,荆氏以囊盛妓,兼致妓之父母首,归于李。复与赵同入浙中,不知所止。出《北梦琐言》。

许 寂

蜀许寂少年栖四明山,学《易》于晋征君。一旦有夫妇偕诣山居,携一壶酒。寂诘之,云:"今日离剡县。"寂曰:"道路甚遥,安得一日及此。"颇亦异之。然夫甚少,而妇容

王立留不住她，就看了她所带的皮囊，竟装着一个人头。王立很惊愕。她笑着说："不要太疑虑，这事与您没关系。"立即拿着皮囊越墙而去，身如飞鸟。王立开门出去送，妇人已经走远了。王立在庭院中徘徊，又听到妇人回来了。王立到门口迎接，妇人说："我要再喂孩子一次奶，以减轻离别之恨。"她进屋去抚慰孩子。不一会儿，又出来走了，只是挥了挥手。王立掌灯掀开帐子一看，帐中的小孩已经身首分离。王立很惊慌，一夜未睡。他变卖了财产，买了马，雇了仆人，到附近县内去住，等待这个事的结果。过了很长时间，也没听到什么风声。这年，王立又得了官，卖了住房去赴任。以后始终不知她的音信。出自《集异记》。

荆十三娘

唐朝进士赵中行，家住温州，多行豪侠之事。他到苏州，住在支山禅院。僧房内有一女商荆十三娘，为亡夫设大祥斋。她仰慕赵中行，便和他同船到了扬州。赵中行因义气之事花费十三娘的资财，她毫不介意。赵中行的朋友李正郎的弟弟三十九郎有一个喜欢的妓女，其父母强逼她嫁给了诸葛殷，三十九郎闷闷不乐。当时，诸葛殷和吕用之互相勾结，迷惑太尉高骈，作威作福。三十九郎怕惹祸，忍气吞声。偶然间把这事对十三娘说了，十三娘很气愤，对三十九郎说："这是小事，我能为你报仇。明早你过江到润州北固山，在六月六日正午时等我。"三十九郎照她说的做了。到了约定的时间，十三娘用皮口袋装着那个妓女，还有妓女父母的头，都送给了三十九郎。后来，她与赵中行又一同回到了浙中，不知住在什么地方。出自《北梦琐言》。

许 寂

蜀人许寂，少年时住在四明山中，向晋征君学习《易经》。一天早晨，有一对夫妇结伴来到山里居住，提着一壶酒。许寂诘问他们，他们说："今天离开的剡县。"许寂说："路途这么遥远，怎么能一天就到？"心里觉得很奇怪。那丈夫很年轻，妻子的容貌

色过之,状貌毅然而寡默。其夕,以壶觞命许同酌。此丈夫出一拍板,遍以铜钉钉之。乃抗声高歌,悉是说剑之意,俄自臂间抽出两物,展而喝之,即两口剑。跃起,在寂头上盘旋交击,寂甚惊骇。寻而收匣之,饮毕就寝。迨晓,乃空榻也。至日中,复有一头陀僧来寻此夫妇。寂具道之。僧曰:"我亦其人也,道士能学之乎?"时寂按道服也。寂辞曰:"少尚玄学,不愿为此。"其僧傲然而笑,乃取寂净水拭脚,徘徊间不见。尔后再于华阴遇之,始知其侠也。

杜光庭自京入蜀,宿于梓潼厅。有一僧继至,县宰周某与之有旧,乃云:"今日自兴元来。"杜异之。明发,僧遂前去。宰谓杜曰:"此僧乃鹿卢跻,亦侠之类也。"诗僧齐己于沩山松下,亲遇一僧,于头指甲下抽出两口剑,跳跃凌空而去。出《北梦琐言》。

丁秀才

朗州道士罗少微顷在茅山紫阳观寄泊。有丁秀才者亦同寓于观中,举动风味,无异常人,然不汲汲于仕进。盘桓数年,观主亦善遇之。冬之夜,霰雪方甚,二三道士围炉,有肥羜美酝之羡。丁曰:"致之何难。"时以为戏。俄见开户奋袂而去。至夜分,蒙雪而回,提一银榼酒,熟羊一足,云浙帅厨中物。由是惊讶欢笑,掷剑而舞,腾跃而去,莫知所往,唯银榼存焉。观主以状闻于县官。诗僧贯休《侠客诗》云:"黄昏风雨黑如磐,别我不知何处去。"得非江淮间曾聆此事而构思也? 出《北梦琐言》。

超过丈夫，容貌形象都很刚毅，然而却有些沉默寡言。这天晚上，他们拿酒和许寂同饮。丈夫拿出一副拍板，上面钉满了铜钉。他高声歌唱，歌词之意都跟剑有关。一会儿又从臂间抽出两件东西，展开并且吆喝，竟是两口剑。他跳起来，在许寂头上盘旋交击，许寂很害怕。一会儿又把剑收回匣中，喝完酒就去睡觉了。天亮时，床上没有人了。到中午，又有一个陀头僧来寻找那对夫妇。许寂把具体经过告诉了他。僧人说："我也是那样的人，道士你不想学吗？"许寂当时穿道服。许寂推辞说："我自小喜欢玄学，不愿学这个。"那僧人很傲慢地笑了笑，又用许寂的净水洗脚，徘徊间不见了。后来在华阴又遇到了他，才知道他是侠客。

杜光庭从京城到蜀地，住宿在梓潼厅。有一个僧人也随后来了，县宰周某和他有旧交。僧人说："今天从兴元来。"杜光庭感觉奇怪。第二天早晨，僧人走了。县宰对杜光庭说："这个僧人是鹿卢蹻，也是侠客之类的人。"诗僧齐己在沩山松下，曾经遇到一个僧人，从大拇指甲下抽出两口剑，跳跃着腾空而去。出自《北梦琐言》。

丁秀才

朗州道士罗少微有一段时间寄居在茅山紫阳观。有一个丁秀才也和他同住观中。丁秀才的言谈举止，和平常人没有两样，但他不醉心于科举考试。他在这里徘徊逗留了好几年，观主一直待他很好。冬天的夜晚，大雪正下个不停，有两三个道士围炉闲谈，恨不得能有烤小羊吃有美酒喝。丁秀才说："这有什么难的。"大家认为他只是开玩笑而已。一会儿，就见他开门挥袖走了。到了半夜，他披了一身雪回来了，提一银榼酒，拿了一只熟羊腿，他说这是从浙江帅府厨房中拿来的。大家既惊讶又高兴。丁秀才挥剑跳舞，腾跃而去，不知到什么地方去了，唯有那只银榼还在。紫阳观观主把此事报告了县官。诗僧贯休所作《侠客诗》中说："黄昏风雨黑如磐，别我不知何处去。"大概就是在江淮一带听了这件事而构思的吧。出自《北梦琐言》。

卷第一百九十七
博物

东方朔　　刘　向　　胡　综　　张　华　　束　晳
沈　约　　虞世南　　傅　奕　　郝处俊　　孟　诜
唐文宗　　贾　耽　　段成式　　江陵书生

东方朔

汉武帝时，尝有独足鹤，人皆不知，以为怪异。东方朔奏曰："此《山海经》所谓毕方鸟也。"验之果是。因敕廷臣皆习《山海经》。《山海经》，伯翳所著，刘向编次作序。伯翳亦曰伯益。《书》曰："益典朕虞。"盖随禹治水，取山海之异，遂成书。出《尚书故实》。

刘　向

贰负之臣曰危，与贰负杀窫窳，帝乃梏之疏属之山。桎其右足，反缚两手与发，系之山上，在关提西北。郭璞注云：汉宣帝使人发上郡磐石，石室中得一人，徒裸，被发反缚，械一足。以问，群臣莫知。刘向按此言之。宣帝大惊，由是人争学《山海经》矣。出《山海经》。

东方朔

汉武帝时,曾经出现过独脚鹤,人们不知是什么鸟,认为它的出现是一种怪异现象。东方朔向武帝上奏说:"这是《山海经》中所说的毕方鸟。"经过验证果然是这样。于是,汉武帝下诏书,命令大臣们都学习《山海经》。《山海经》,伯翳所著,西汉刘向进行了整理编排,并作了序言。伯翳也叫伯益。《尚书》上说:"益任朕虞。"因为益曾跟随大禹治水,遍采山川河海的奇异之处,写成了此书。*出自《尚书故实》。*

刘　向

贰负手下有一个臣子叫危,和贰负一起杀了窫窳,帝把危拘禁在疏属山上。右脚戴着镣铐,两手和头发被反绑着,拘禁在山上,在关提西北部。郭璞在《山海经》的注文中说:"汉宣帝刘询派人在上郡采掘大石块,在一个石室中发现了一具古尸,全身赤裸,披发,双手被反绑,一只脚被铐着。汉宣帝询问这件事,大臣们没有知道的。刘向按《山海经》的记载回奏。汉宣帝很吃惊,由此,人们争学《山海经》。*出自《山海经》。*

胡 综

胡综博物多识。吴孙权时,有掘地得铜匣长二尺七寸,以琉璃为盖,雕缕其上,得一白玉如意,所执处皆刻龙虎及蝉形。时莫能识其所由者。权以综多悉往事,使人问之。综云:"昔秦始皇东游,以金陵有天子气,乃改县名。并掘凿江湖,平诸山阜,处处辄埋宝物,以当王土之气。事见于《秦记》,此盖是乎?"众人咸叹其洽闻,而怅然自失。出《综别传》。

张 华

魏时,殿前钟忽大鸣,震骇省署。华曰:"此蜀铜山崩,故钟鸣应之也。"蜀寻上事,果云铜山崩。时日皆如华言。出《小说》。

又

晋陆士衡尝饷张华,于时宾客盈座。华开器,便曰:"此龙肉也。"众虽素伏华博闻,然意未知信。华曰:"试以苦酒灌之,必有异。"试之,有五色光起。士衡乃穷其所由,鲊主曰:"家园中积茅下,得一白鱼,质状殊常,以作鲊过美,故以饷陆。"出《世说》。

又中朝时,有人畜铜澡盘,晨夕恒鸣如人扣。以白张华。华曰:"此盘与洛钟宫商相谐,宫中朝暮撞,故声相应。可镲令轻,则韵乖,鸣自止也。"依言,即不复鸣。出《小说》。

胡 综

胡综博学多识。东吴孙权时，有人在掘地时得到一个铜匣，长二尺七寸，上有琉璃盖，匣上雕刻着花纹，里边有一个白色玉石如意，手拿的地方刻着龙、虎、蝉形图案。当时，谁也不知道这物件的来由。孙权认为胡综对过去的事情很熟悉，便派人去问。胡综说："当年秦始皇东游，认为金陵一带有天子气，便改了县名。掘江挖河，推平山丘，并在各地埋下宝物，用这种办法压制王土之气。此事在《秦记》上有记载，这些东西大概就是当年埋下的宝物吧。"众人很叹服胡综的博学多闻，自己感到很惭愧。出自《综别传》。

张 华

魏时，殿前的大钟忽然自己鸣响了起来，省署内外一片惊慌。张华说："这是由于蜀地铜山山崩，大钟自鸣以应和。"不久，蜀地上奏，果然是铜山山崩。日期、时间和张华说的一样。出自《小说》。

又

晋时，陆士衡曾请张华吃饭，当时宾客满座。张华揭开一个食器，便说："这是龙肉。"大家虽然知道张华博学多识，但这次却有点不大相信。张华说："你们用苦酒浇一下试试，必然有奇异现象。"一试，那肉发出了五色光。陆士衡追问是怎么回事，厨师说："我在我家园中堆积的茅草下得到一条白鱼，肉质、形状都很特殊，我觉得制成菜肴一定美味，所以才送给您品尝。"出自《世说》。

又，晋中朝时，有人家中蓄有一个铜澡盆，早晚定时发出鸣响，就像有人击打似的。这人把这事告诉了张华。张华说："你这个铜澡盆和洛阳宫中大钟的音律相谐，所以宫中早晚敲钟时，你的铜盆也发声相应和。你可以用锉把澡盆锉轻一些，它们的音律就不同了，就不会再鸣响了。"按他说的办法做了，果然不再鸣响了。出自《小说》。

又武库内有雄雉,时人咸谓为怪。华云:"此蛇之所化也。"即使搜除库中,果见蛇蜕之皮。出《小说》。

又吴郡临平岸崩,出一石鼓,打之无声。以问华。华曰:"可取蜀中桐材,刻作鱼形,扣之则鸣矣。"即从华言,声闻数十里。出《小说》。

又惠帝时,有得一鸟毛长数丈。华见而叹曰:"此所谓海凫毛。此毛出则天下土崩。"果如其言。出《异苑》。

又洛中有一洞穴深不可测。有一妇人欲杀夫,谓夫曰:"未曾见此穴。"夫自过视之。至穴,妇推夫坠穴。至底,妇掷饭物,如欲祭之。此人当时颠坠恍惚,良久乃苏。得饭食之,气力稍强。周惶觅路,乃得一穴。匍匐从就,崎岖反侧。行数十里,穴小宽,亦有微明,遂得宽平广远之地。步行百余里,觉所践如尘,而闻粳米香,啖之芬美,过于充饥。即裹以为粮,缘穴行而食。此物既尽,复遇如泥者,味似向尘,又赍以去。所历幽远,里数难测。就明旷而食所赍尽,便入一都。郛郭修整,宫馆壮丽。台榭房宇,悉以金魄为饰。虽无日月,明逾三光。人皆长三丈,被羽衣,奏奇乐,非世所闻也。便告请求哀。长人语令前去,从命进道。凡遇如此者九处。最后所至,苦告饥馁。长人入,指中庭一大柏树,近百围,下有一羊,令跪将羊须。初得一珠,长人取之。次将又取,后将令啖食,即得疗饥。请问九

又，武器库中出现了一只公山鸡，当时人们都感觉奇怪。张华说："这是蛇变的。"他们便在库中搜寻，果然找到了蛇蜕的皮。出自《小说》。

又，吴郡临平水边有一高岸崩裂，出现了一只石鼓，敲打时不出声。有人去问张华。他说："可用蜀地产的桐木，刻成鱼形，用这个敲打石鼓，就能发出声音。"按他的说法办了，鼓的响声十里外都能听到。出自《小说》。

又，晋惠帝时，有人得到一根数丈长的鸟毛。张华看见了叹息说："这是海凫毛。此毛出现，天下大乱。"果然如此。出自《异苑》。

又，洛中地方有一个洞穴，深不可测。有一个妇人想杀害自己的丈夫，对他说："我没看见过这个洞穴。"丈夫走来看。当他走到洞口时，妻子把他推到穴中。妇人扔了些食物，好像祭祀一样。这人当时因颠簸下坠，精神恍惚，过了好久才苏醒过来。他把妇人扔下的食物吃了，有了些力气。他小心翼翼地四处寻找出路，找到一个洞穴。伏下身子在里边爬，曲曲弯弯，爬了数十里，穴洞渐宽，也有了微弱的亮光，逐渐路也平了，地方也宽阔了。又步行了一百多里，觉得脚下踩的像尘土，闻着有股米香味，尝了尝味道很美，比一般食物还管饱。他就背了一些当粮食，路上食用。这东西吃光后，又遇到像泥一样的东西，味道和之前那些尘土样的东西相似，他又带了一些走。他走了很远，也不知有多少里。在一个明亮开阔的地方，泥土吃光了，进入一座都城。城中的建筑很整齐，宫馆也很壮丽。楼台亭榭，都用金子装饰。这里虽然没有太阳、月亮，但特别亮。人都有三丈高，身上披着羽毛衣，演奏的音乐也很奇特，在世间没有听到过。他把自己的情况向长人说明，并请求帮助。长人叫他还往前走，他听命又往前走。总共走过了九处这样的地方。到了最后一处，他向长人诉苦，说自己饿坏了。长人带他进入一院，指着庭中一棵大柏树，这树粗近百围，树下有一只羊，长人叫他跪下将羊胡子。最初得到一个珠子，长人拿去了。又将出一个珠子，又被取去。最后将出一个，才叫他吃了，他马上就不饿了。他询问这九处

处之名,求停不去。答曰:"君命不得停,还问张华当悉。"此人便复随穴而行,遂得出交郡。往还六七年间,即归洛。问华,以所得二物视之。华云:"如尘者是黄河龙涎,泥是昆山下泥,九处地仙名九馆,羊为痴龙。其初一珠,食之与天地等寿,次者延年,后者充饥而已。"出《幽明录》。

又豫章有然石,以水灌之便热,用以烹煮,可使食成。热尽,下可以冷水灌之更热。如此无穷。世人贵其异,不能识其名。雷焕元康中入洛,乃赍以示华。华云:"此所谓'然石'。"出《异物志》。

又嵩高山北有大穴空,莫测其深,百姓岁时每游其上。晋初,尝有一人误坠穴中。同辈冀其傥不死,试投食于穴。坠者得之为粮,乃缘穴而行。可十许日,忽旷然见明。又有草屋一区,中有二人,对坐围棋,局下有一杯白饮。坠者告以饥渴。棋者曰:"可饮此。"坠者饮之,气力十倍。棋者曰:"汝欲停此不?"坠者曰:"不愿停。"棋者曰:"汝从西行数十步,有一井,其中多怪异,慎勿畏,但投身入中,当得出。若饥,即可取井中物食之。"坠者如其言。井多蛟龙,然其坠者,辄避其路。坠者缘井而行,井中有物若青泥,坠者食之,了不复饥。可半年许,乃出蜀中。因归洛下,问张华。华曰:"此仙馆,所饮者玉浆,所食者龙穴石髓也。"出《小说》。

束　皙

晋武帝问尚书郎挚仲冶:"三月三日曲水,其义何旨?"答曰:"汉章帝时,平原徐肇以三月初生三女,至三日而俱亡。一村以为怪,乃相推之水滨盥洗,因流以滥觞。曲水

的名字，请求留在这里不走了。长人回答说："您的命运是不能在这里住下的，回去问张华就明白了。"这人又顺着穴道往前走，终于在交郡出了洞穴。这一趟竟走了六七年的时间，回到洛阳。他问张华，并把他得到的两样东西给张华看。张华说："像尘土的是黄河龙涎，泥是昆山下的泥，九处地方是地仙的九馆，羊是痴龙。第一个珠子若是吃了，与天地同寿，第二个能延长寿命，最后那个，只能充饥而已。"出自《幽明录》。

又，豫章有然石，用水浇便发热，用来烹煮，可以做熟饭。放完热后，再用冷水浇，更热。可以反复生热。人们很看重它的奇异功能，却不知它叫什么。雷焕元元康年间到洛阳时带了一块给张华看。张华说："这就是所说的'然石'。"出自《异物志》。

又，嵩高山北侧有个大洞穴，深不可测，老百姓一年四季都会在上面游玩。晋初，曾有一个人误坠洞中。一起来的伙伴们希望他侥幸不死，便往洞中投放了一些食物。坠者就吃这些食物，沿着洞穴往前走。十多天后，忽然前面宽阔明亮。又有一处草房，房中有二人对坐下棋，棋盘下有一杯白水。坠者诉说自己又饥又渴。下棋的人说："可以喝这个。"坠者喝完，力量增加了十倍。下棋人问："你愿不愿意留下？"坠者说："不愿意。"下棋人说："你往西走几十步，有一口井，井里多有怪异，你不要害怕，只管跳进去，就能出去。若饿了，就吃井中的东西。"坠者按照说的这么办了。井里有很多蛟龙，坠者避路而行。他沿着井壁往前走，井中有像青泥一样的东西，吃了就不觉得饿了。就这样走了半年多，才从蜀中走出来。他回到洛阳，问张华。张华说："那是仙馆，你喝的是玉浆，吃的是龙穴石髓。"出自《小说》。

束　皙

晋武帝司马炎问尚书郎挚仲冶："三月三日曲水这个节日，是怎么个来历？"挚仲冶回答说："东汉章帝刘炟时，平原人徐肇在三月初生了三个女儿，三天后全都死了。村里人认为是件怪事，便都到水边盥洗，以洗去霉气。这就是事情的起源。曲水

之义,盖起此也。"帝曰:"若如所谈,便非嘉事也。"尚书郎
束晳进曰:"仲治小生,不足以知此,臣请说其始。昔周公
城洛邑,因流水以泛酒。故《逸诗》云:'羽觞随东流。'又
秦昭王三日上巳置酒河曲,见金人自渊而出,奉水心剑曰:
'今君制有西夏,乃秦霸诸侯。'乃因此处立为曲水。二汉
相沿,皆为盛业。"帝曰:"善。"赐金五十斤,而左迁仲治为
阳城令。 出《续齐谐记》。

沈　约

梁武帝多策事。因有贡径寸栗者,帝与沈约策栗事。
帝得十余事,约得九事。及约出,人问今日何不胜。约曰:
"此人忌前,不让必恐羞死。"时又策锦被事。 出《卢氏杂说》。

又天监五年,丹阳山南得瓦物,高五尺,围四尺,上锐
下平,盖如合焉。中得剑一,瓷具数十,时人莫识。沈约
云:"此东夷罂盂也,葬则用之代棺。此制度卑小,则随当
时矣。东夷死则坐葬之。"武帝服其博识。语在《江右杂
事》。 出《史系》。

虞世南

唐太宗令虞世南写《列女传》,屏风已装,未及求本,乃
暗书之,一字无失。 出《国史异纂》。

又太宗常出行,有司请载副书以从。帝曰:"不须,虞
世南此行秘书也。"

之意,大概就是依据这而来的。"武帝说:"若是如你所说,这不是一件好事。"尚书郎束皙进言说:"仲冶年轻,不知这样的事,请允许我说说它的起源。从前,周公营建洛阳,用流动的水运送酒杯。所以《逸诗》中说:'羽觞随东流。'又因为,秦昭王在三日上巳时将酒放置在河弯,看到一个铜人从深水中走出,手捧水心剑说:'你现在统治西夏,将来一定称霸诸侯。'因此,就在此地制定了曲水流觞之制。东西两汉沿袭不变,成为盛会。"晋武帝说:"很好。"赏束皙黄金五十斤,将仲冶降为阳城县令。出自《续齐谐记》。

沈　约

梁武帝萧衍很喜欢赌物游戏。这时宫中有进贡的一寸大小的栗子,武帝与沈约赌栗子。武帝记了十多条,沈约记了九条。沈约出来时,别人问他今天怎么输了。沈约说:"这个人忌妒比他强的人,不让他,恐怕他要羞死。"当时他们还玩赌锦被的游戏。出自《卢氏杂说》。

又,梁武帝天监五年时,在丹阳山南面得了一件瓦器,高五尺,周长有四尺,上尖下平,像个盒似的。里面装着一把剑和十几件瓷器,当时人不认识这是什么东西。沈约说:"这是东部少数民族使用的一种葬具,葬人时用来代替棺椁。它的尺寸比较小,估计是按当时风俗制定的。因为东部少数民族死后都是坐葬的。"梁武帝佩服他的博学多识。这事记载在《江右杂事》中。出自《史系》。

虞世南

唐太宗李世民命令虞世南在屏风上书写《列女传》,当时屏风已装好,来不及去取书,虞世南凭记忆书写,一字不漏。出自《国史异纂》。

又,唐太宗常常出行,有司请求带上各种书册的副本。太宗说:"不用,虞世南就是我的行秘书。"

傅 奕

唐贞观中，有婆罗门僧言得佛齿，所击前无坚物。于是士女奔凑，其处如市。傅奕方卧病，闻之，谓其子曰："非佛齿。吾闻金刚石至坚，物莫能敌，唯羚羊角破之。汝可往试焉。"僧缄縢甚严，固求，良久乃见。出角叩之，应手而碎，观者乃止。今理珠玉者用之。出《国史异纂》。

郝处俊

唐太宗问光禄卿韦某，须无脂肥羊肉充药。韦不知所从得，乃就侍中郝处俊宅问之。俊曰："上好生，必不为此事。"乃进状自奏："其无脂肥羊肉，须五十口肥羊，一一对前杀之，其羊怖惧，破脂并入肉中。取最后一羊，则极肥而无脂也。"上不忍为，乃止。赏处俊之博识也。出《朝野佥载》。

孟诜

唐孟诜，平昌人也，父曜明经擢第，拜学官。诜少敏悟，博闻多奇，举世无与比。进士擢第，解褐长乐尉，累迁凤阁舍人。时凤阁侍郎刘祎之卧疾，诜候问之，因留饭，以金碗贮酪。诜视之惊曰："此药金，非石中所出者。"祎之曰："主上见赐，当非假金。"诜曰："药金仙方所资，不为假也。"祎之曰："何以知之？"诜曰："药金烧之，其上有五色气。"遽烧之，果然。祎之以闻。则天以其近臣，不当旁稽异术，左授台州司马，累迁同州刺史。每历官，多烦政，人吏殆不堪。薄其妻室，常曰："妻室可烹之以啖客。"人多议之。出《御史台记》。

傅 奕

唐朝贞观年间,有一个婆罗门僧说他得到一颗佛牙,能够穿透任何坚硬的东西。于是,男男女女都来观看,门庭若市。傅奕正卧病在床,听说后告诉他儿子说:"那不是佛牙。我听说金刚石特别坚硬,一般的东西打不碎它,只有羚羊角可以。你可以去试试。"那僧人将佛牙收藏甚密,傅奕儿子恳求了很久才让他看。他用羚羊角一打,应手而碎。从此,再没有人去看了。现在打磨珠玉的人都用金刚石。出自《国史异纂》。

郝处俊

唐太宗告诉光禄卿韦某,说他要用无脂肥羊肉做药。韦某不知去哪里找,便到侍中郝处俊家去问。郝处俊说:"皇上有好生之德,必不会做这件事。"于是亲自上奏说:"无脂肥羊肉,要用五十口肥羊,一个一个在羊面前杀死,羊很害怕,脂便破了,入到肉中。取最后一只羊,这羊肉很肥但无脂。"太宗不忍心这样做,就作罢了。太宗很赞赏郝处俊的博学多识。出自《朝野佥载》。

孟诜

唐朝孟诜是平昌人氏。他的父亲孟曜,以明经科及第,任学官。孟诜年少聪明,博闻多识,举世无比。他进士及第,初任长乐尉,后升为凤阁舍人。当时凤阁侍郎刘祎之患病卧床,孟诜去问候,刘祎之留他吃饭,用金碗盛乳酪。孟诜看到很惊奇地说:"这碗是用药金做的,不是石头中冶炼出来的。"刘祎之说:"这是皇上的赐物,应该不会是假金。"孟诜说:"药金是用仙方配制出来的,不是假金。"刘祎之说:"你怎么知道?"孟诜说:"用火烧它,能出现五色气。"马上去烧,果然有五色气。刘祎之告诉了武则天。武则天认为他是近臣,不应该搞旁门异术,把他降为台州司马,后来又升为同州刺史。他每到一处为官,为政繁琐杂乱,官民都不堪忍受。他对妻室也很刻薄,常说:"妻室可以用来做菜肴,招待客人。"人们对他议论纷纷。出自《御史台记》。

唐文宗

唐文宗皇帝听政暇,博览群书。一日,延英顾问宰臣:"《毛诗》云:'呦呦鹿鸣,食野之苹。'苹是何草?"时宰相李珏、杨嗣复、陈夷行相顾未对。珏曰:"臣按《尔雅》,苹是藾萧。"上曰:"朕看《毛诗疏》,苹叶圆而花白,丛生野中,似非藾萧。"又一日问宰臣:"古诗云:'轻衫衬跳脱。'跳脱是何物?"宰臣未对。上曰:"即今之腕钏也。"《真诰》言,安姑有斫粟金跳脱,是臂饰。 出《卢氏杂说》。

贾 耽

唐贾耽好地理学。四方之使,乃是蕃虏来者,而与之坐,问其土地山川之所终始。凡三十年,所闻既备,因撰《海内华夷图》。以问其郡人,皆得其实,事无虚词。 出《卢氏杂说》。

段成式

唐段成式词学博闻,精通三教。复强记,每披阅文字,虽千万言,一览略无遗漏。尝于私第凿一池,工人于土下获铁一片,怪其异质,遂持来献。成式命尺,周而量之,笑而不言。乃静一室,悬铁其室中之北壁。已而泥户,但开一牖方才数寸,亦缄镝之。时与近亲辟牖窥之,则有金书两字,以报十二时也。其博识如此。 出《南楚新闻》。

唐文宗

唐文宗李昂在处理朝政的闲暇时间,经常博览群书。一天,他在延英殿中问宰臣:"《诗经》中有:'呦呦鹿鸣,食野之苹。'苹是一种什么草?"当时宰相李珏、杨嗣复、陈夷行相互看了看,没有回答。李珏说:"臣按《尔雅》的解释,苹是藾萧。"文宗说:"我看过《诗经疏》,那上面说,苹叶圆、花白,在野地丛生,好像不是藾萧。"又有一天,他问宰臣:"古诗有一句:'轻衫衬跳脱。'这跳脱是什么东西?"宰臣们没有回答。文宗说:"就是现在手腕上戴的镯子。"《真诰》上说,安姑有斫粟金跳脱,是手臂上的装饰物品。出自《卢氏杂说》。

贾　耽

唐时贾耽非常喜好地理学。各地使者乃至蕃虏来人,他都请他们坐下来,询问他们那里的山川风貌,自然情况。他这样积累了三十年,准备好了资料,撰写了一部《海内华夷图》。问各地来的人,书中所写的内容和各地的实际情况完全相符。出自《卢氏杂说》。

段成式

唐时段成式不但在诗词上有很高的造诣,而且精通道、释、儒三教。他的记忆力特别好,他披阅过的文字,就是千言万语,也能过目成诵,略无遗漏。他曾经在私宅开凿一个池子,工人在土中挖出了一片铁,惊讶这铁的质地特殊,便给他送来。段成式用尺量了量铁的周围后,笑而不语。他腾出一间房子,把这片铁悬在房中的北墙上。然后用泥把门封住,只开一个几寸见方的小窗,这小窗也用锁锁着。他不时地和近亲开窗窥视,看到上面有两个金字,用来报告每天的十二时辰。他就是这样有学问。出自《南楚新闻》。

又

成式多禽荒，其父文昌尝患之。复以年长，不加面斥其过，而请从事言之。幕客遂同诣学院，具述丞相之旨，亦唯唯逊谢而已。翌日，复猎于郊原，鹰犬倍多。既而诸从事各送兔一双，其书中征引典故，无一事重叠者。从事辈愕然，多其晓其故实。于是齐诣文昌，各以书示之。文昌方知其子艺文该赡。山简云："吾年四十，不为家所知。"颇亦类似。出《玉堂闲话》。

江陵书生

江陵南门之外，雍门之内，东垣下有小瓦堂室一所，高尺许，具体而微。询其州人，曰："此息壤也。"鞫其由，曰："数百年前，此州忽为洪涛所漫，未没者三二版。州帅惶惧，不知所为。忽有人白之曰：'洲之郊墅间，有一书生博读甚广，才智出人。请召询之。'及召问之：'此是息壤之地，在于南门。仆尝读《息壤记》云："禹湮洪水，兹有海眼。泛之无恒，禹乃镌石，造龙之宫室，置于穴中，以塞其水脉。"后闻版筑此城，毁其旧制，是以有此怀襄之患。请掘而求之。'果于东垣之下，掘数尺，得石宫室，皆已毁损。荆帅于是重葺，以厚壤培之。其洪水乃绝。今于其上又起屋宇，志其处所。"旋以《息壤记》验之，不谬。出《玉堂闲话》。

又

段成式喜欢打猎,他父亲段文昌常常忧虑这件事。段成式已经年长,做父亲的也不便当面训斥,就请从事告诉成式。幕客们便一同到学院去,把丞相的意思转告给他,他很认真地听并表示感谢。第二天,又去郊外打猎,所带的鹰犬比平时多一倍。不久,他给那些从事每人送了一对兔子。并附信一封,信中所引用的典故,没有一件是重复的。那些从事都感到惊讶,佩服他信中的典故是那样多。他们一起去见段文昌,把信给段文昌看。看过之后,段文昌才知道了他儿子的学识、技艺是那么广博。山简曾说:"我都四十岁了,家中人还不了解我。"段成式和山简很相似。出自《玉堂闲话》。

江陵书生

江陵县城的南门之外,雍门之内,东墙下有一所小瓦房,高约一尺,规模虽小,而样式完备。向州人打听情况,回答说:"这是息壤。"追问其来由,回答说:"几百年以前,这个州暴发洪水,土地大部分被淹没,没淹没的只有三两处建筑。州帅很惶恐,不知怎么办好。忽然有人告诉他说:'在城郊有一个书生,博览群书,才智出众。请把他召来问一问。'把那读书人召来询问,他说:'这是息壤之地,在南门。我曾读过《息壤记》,书中说:"大禹治水时,这里有海眼。泛滥无常,大禹于是凿石造了一个龙宫,填在穴中,用以堵塞水脉。"后来听说为了建筑此城,把旧建筑都毁掉了,所以才造成了这么大的水灾。请挖掘一下找找。'在东墙下挖了数尺,果然挖出了一个石头雕刻的宫室,已经被损坏了。荆州帅于是重新修葺,用厚土掩埋,才没有再发生洪水。现在在土上面又建起这个房舍,用来标志这个地方。"用《息壤记》一对照,果然不错。出自《玉堂闲话》。

卷第一百九十八
文章一

司马相如

　　汉司马相如赋诗，时人皆称典而丽，虽诗人之作，不能加也。扬子云曰："长卿赋不似从人间来，其神化所至耶？"子云学相如之赋而弗迨也，故雅服焉。相如为《上林赋》，意思萧散，不复与外物相关。控引天地，错综古今。忽然而睡，跃然而兴。几百日而后成。其友人盛览字长卿，牂牁名士，尝问以作赋。相如曰："合纂组以成文，列锦绣而为质，一经一纬，一宫一商，此赋之迹也。赋家必包括宇宙，总览人物，斯乃得之于内，不可得而博览。"乃作《合组歌》《列锦赋》而退，终身不敢言作赋之心矣。出《西京杂记》。

司马相如

　　西汉时司马相如作的赋,当时人都称赞,说它们典雅富丽,其他诗人的作品都比不上。扬子云说:"长卿作的赋,不似从人间来的,难道是神仙点化而成的?"扬子云学司马相如的赋,但是赶不上司马相如,所以他很佩服司马相如。相如写的《上林赋》,意思潇洒,不再与外物相关,控引天地,涉古及今。他有时睡卧构思,灵感来时便跃然而起,挥笔为文,几百天后才写成。他的友人盛览,字长卿,是牂柯一带的名士,曾问司马相如作赋的方法,相如说:"聚合纂组以成文采,排列锦绣而为质地,文采与质地互相搭配,如同经线纬线、宫和商等五音交错排比一般,就能创作出绮丽无比的赋来,这是赋的外在形式。作者要有广阔的胸怀,总览世间众生相,这种广博的修养完全是在内部形成的,而不依靠博览。"盛览写完了《合组歌》《列锦赋》后,便不再作赋,也终身不敢谈作赋的想法了。出自《西京杂记》。

谢 朓

梁高祖重陈郡谢朓诗。常曰:"不读谢诗三日,觉口臭。"出《谈薮》。

沈 约

梁奉朝请吴均有才器,常为《剑骑诗》云:"何当见天子,画地取关西。"高祖谓曰:"天子今见,关西安在焉?"均默然无答。均又为诗曰:"秋风泷白水,雁足印黄沙。"沈隐侯约语之曰:"印黄沙语太险。"均曰:"亦见公诗云'山樱发欲然'。"约曰:"我始欲然,即已印讫。"出《谈薮》。

庾 信

梁庾信从南朝初至,北方文士多轻之。信将《枯树赋》以示之,于后无敢言者。时温子昇作《韩陵山寺碑》,信读而写其本。南人问信曰:"北方文士何如?"信曰:"唯有韩陵山一片石堪共语。薛道衡、卢思道少解把笔。自余驴鸣狗吠,聒耳而已。"出《朝野金载》。

王 勃

唐王勃每为碑颂,先磨墨数升,引被覆面而卧。忽起,一笔书之,初不点窜。时人谓之"腹稿"。出《谈薮》。

卢照邻

唐卢照邻字昇之,范阳人。弱冠,拜邓王府典签,王府书记,一以委之。王有书十二车,照邻总披览,略能记忆。

谢 脁

梁高祖非常看重陈郡人谢脁的诗。他常说:"三天不读谢脁的诗,就觉得口中发臭。"出自《谈薮》。

沈 约

梁时,奉朝请吴均有才华器度。他曾写过一首《剑骑诗》,诗中有这样的句子:"何当见天子,画地取关西。"梁高祖对他说:"你诗中说的天子我已经看见了,那么关西在哪?"吴均沉默,没有回答。吴均另一首诗中有:"秋风泷白水,雁足印黄沙。"隐侯沈约说:"印黄沙,用语太险。"吴均说:"我在你的诗中也见过'山樱发欲然'这样的句子。"沈约说:"我刚'欲然',就已经'印讫'了。"出自《谈薮》。

庾 信

南朝梁庾信刚到北方,北方的文人很看不起他。庾信把他作的《枯树赋》给他们看,读过之后,这些人便不敢再轻视他了。当时温子昇作《韩陵山寺碑》碑文,庾信读后写其本。南朝的人问庾信:"北方的文人怎么样?"庾信说:"唯有《韩陵山寺碑》的碑文还可以。薛道衡、卢思道多少懂点文墨。其余的都是驴鸣狗叫,喧扰嘈杂而已。"出自《朝野佥载》。

王 勃

唐时,王勃每当书写碑颂时,先磨几升墨,然后盖被蒙头躺卧。忽然起来,提笔书写,一气呵成,也不涂改。当时人们把这叫作打腹稿。出自《谈薮》。

卢照邻

唐朝时的卢照邻,字昇之,是范阳人。他二十岁左右的时候,在邓王府任典签,王府中所有文书的往来,全都由他承办。邓王府内有很多书籍,卢照邻全部阅览过,而且还能记住一些。

后为益州新都县尉，秩满，婆娑于蜀中，放旷诗酒，故世称王、杨、卢、骆。照邻闻之曰："喜居王后，耻在骆前。"时杨之为文，好以古人姓名连用，如张平子之略谈，陆士衡之所记，潘安仁宜其陋矣，仲长统何足知之，号为"点鬼簿"。骆宾王文好以数对，如"秦地重关一百二，汉家离宫三十六"，时人号为"算博士"。如卢生之文，时人莫能评其得失矣。惜哉，不幸有冉耕之疾，著《幽忧子》以释愤焉。文集二十卷。出《朝野佥载》。

崔　融

唐国子司业崔融作武后册文，因发疾而卒。时人以为二百年来无此文。出《国史纂异》。

张　说

唐张说、徐坚同为集贤学士十余年，好尚颇同，情契相得。时诸学士凋落者众，说、坚二人存焉。说手疏诸人名，与坚同观之。坚谓说曰："诸公昔年皆擅一时之美，敢问艺之先后？"说曰："李峤、崔融、薛稷、宋之问之文，皆如良金美玉，无施不可。富嘉谟之文，如孤峰绝岸，壁立万仞，丛云郁兴，震雷俱发，诚可异乎？若施之于廊庙，则为骇矣。阎朝隐之文，则如丽色靓妆，衣之绮绣，燕歌赵舞，观者忘忧。然类之风雅，则为俳矣。"坚又曰："今之后进，文词孰贤？"说曰："韩休之文，有如大羹玄酒，虽雅有典则，而薄于滋味。许景先之文，有如丰肌腻体，虽秾华可爱，而乏风

后来他升任益州新都县县尉。任期满后，他就在蜀中游览盘桓，终日饮酒、赋诗，生活得很豪放、开朗。所以人称王（勃）、杨（炯）、卢（照邻）、骆（宾王）。卢照邻听后说："在王勃之后我很高兴，可是在骆宾王之前，我感觉很耻辱。"当时，杨炯的诗，喜欢把古人姓名连用，如张平子之略谈，陆士衡之所记，潘安仁宜其陋矣，仲长统何足知之，人们称这是"点鬼簿"。骆宾王的诗文好用数字作对，如"秦地重关一百二，汉家离宫三十六"，人们称他为"算博士"。卢照邻的文章，当时人们不能评论它的得失。很可惜，他不幸患有冉耕之疾，著了《幽忧子》，用来发泄自己的忧愤情绪。文集共二十卷。出自《朝野佥载》。

崔 融

唐朝国子司业崔融，撰写武则天被册立为皇后的册文时患病死亡。当时人们认为，二百年来没有过这样的文章。出自《国史纂异》。

张 说

唐朝时，张说和徐坚同在集贤院当学士十多年，两个人爱好一致，感情相投。当时和他们共事的学士们先后去世的有很多，独有张说和徐坚二人还在世。张说把当年的学士名字都一一写出来，和徐坚一起观看。徐坚对张说说："诸位当年都是各有专长，各领风骚啊，请问他们的才能谁高谁低？"张说说："李峤、崔融、薛稷、宋之问的文章，都是良金美玉，用在任何地方都非常得当。富嘉谟的文章，有如孤峰绝岸，壁立万仞，一丛丛云雾喷薄升起，震天的雷声一起发作，实在令人惊异。但是，他这种言论，若是用在朝政上，则就可怕了。阎朝隐的文章，有如妆容艳丽的美人在轻歌曼舞，读后令人忘忧。然而和风流儒雅相比，还是属于俳优之类。"徐坚又问："现在的后起之秀，谁的文章好？"张说说："韩休的文章，有如大羹玄酒，虽典雅而符合法式，但缺少韵味。许景先的文章，有如丰肌腻体，虽华丽可爱，但缺少风

骨。张九龄之文,有如轻缣素练,实济时用,而窘于边幅。王翰之文,有如琼林玉斝,虽烂然可珍,而多有玷缺。若能箴其所短,济其所长,亦一时之秀也。"出《大唐新语》。

崔　曙

唐崔曙应进士举,作《明堂火珠》诗,续有佳句曰:"夜来双月满,曙后一星孤。"其言深为工文士推服。既夭殁,一女名"星星"而无男,当时咸异之。出《明皇杂录》。

王　维

唐王维好释氏,故字摩诘。性高致,得宋之问辋川别业,山水胜绝,今清凉寺是也。维有诗名,然好取人章句,如"行到水穷处,坐看云起时",人以为《含英集》中诗也。"漠漠水田飞白鹭,阴阴夏木啭黄鹂",乃李嘉佑诗也。出《国史补》。

李　翰

唐李翰文虽宏畅,而思甚苦涩。晚居阳翟,常从邑令皇甫曾求音乐。思涸则奏乐,神全则缀文。出《国史补》。

顾　况

唐顾况在洛,乘间与一二诗友游于苑中。流水上得大梧叶,上题诗曰:"一入深宫里,年年不见春。聊题一片叶,寄与有情人。"况明日于上游,亦题叶上,泛于波中。诗曰:"愁见莺啼柳絮飞,上阳宫女断肠时。君恩不禁东流水,叶上题诗寄与谁。"后十日余,有客来苑中寻春,又于叶上得一诗,故以示况。诗曰:"一叶题诗出禁城,谁人愁和独含

骨。张九龄的文章,有如素绢白练,虽应时实用,但缺少润饰。王翰的文章,像华美的玉器,虽灿烂珍贵,但多有瑕疵。若能去其所短,扬其所长,也是一时之秀。"出自《大唐新语》。

崔　曙

唐朝崔曙应进士举,他作了一首《明堂火珠》诗,续作中有佳句:"夜来双月满,曙后一星孤。"此句深为文人们推崇和叹服。崔曙死后,只留下一女,名星星,没有男孩。他留下的后人和他诗中写的一样,当时人们认为很奇异。出自《明皇杂录》。

王　维

唐时王维喜好佛教,所以他的字叫摩诘。他情趣高卓,得到了宋之问的辋川别业,风景很美,就是现在的清凉寺。王维的诗享有盛名,然而他写诗时好摘取别人的章句,如"行到水穷处,坐看云起时",人们认为这是《含英集》中的诗句。"漠漠水田飞白鹭,阴阴夏木啭黄鹂",这两句是李嘉佑的诗。出自《国史补》。

李　翰

唐时的李翰,文章虽然宏伟畅达,但他写作时文思却十分艰苦滞涩。他晚年时居住在阳翟,常常向邑令皇甫曾学习音乐。文思枯竭时就奏乐,文思涌来时则写文章。出自《国史补》。

顾　况

唐时顾况住在东都洛阳,一次在闲暇时和一两个诗友在宫苑中游玩。他从流水上拾到一枚大梧桐树叶,叶上有一首题诗:"一入深宫里,年年不见春。聊题一片叶,寄与有情人。"顾况第二天在流水的上游,也在树叶上题了一首诗,放在流水中。诗是:"愁见莺啼柳絮飞,上阳宫女断肠时。君恩不禁东流水,叶上题诗寄与谁。"十多天以后,有人在园林游春,又在一片树叶上发现了一首诗,拿给顾况看。诗是:"一叶题诗出禁城,谁人愁和独含

情。自嗟不及波中叶，荡漾乘风取次行。”出《本事诗》。

卢　渥

中书舍人卢渥应举之岁，偶临御沟，见一红叶，命仆搴来。叶上及有一绝句，置于巾箱。或呈于同志。及宣宗既省宫人，初下诏，许从百官司吏，独不许贡举人。渥后亦一任范阳，独获其退宫人，睹红叶而吁怨久之曰：“当时偶题随流，不谓郎君收藏巾箧。”验其书迹，无不讶焉。诗曰：“流水何太急，深宫尽日闲。殷勤谢红叶，好去到人间。”出《云溪友议》。

唐德宗

唐德宗每临朝，多令征四方丘园才能学术直言极谏之士。由是题笔贡艺者满于阙下。上多亲自考试，故绝请托之门。是时文学相高，公道大振，得路者咸以推贤进善为意。上试制科于宣政殿，或有乖谬者即浓点笔抹之，或称旨者翘足朗吟。翌日，即遍示宰臣学士曰：“此皆朕门生也。”公卿大夫已下，无不服上藻鉴。宏词独孤绶试《放驯象赋》。及进其本，上览，称叹久之。因吟其词云：“化之式孚，则必爱乎来献；物或违性，斯用感于至仁。”上甚嘉之，故特书第三等。先是代宗朝，文单国累进驯象三十有二，上悉令放于荆山之南。而绶不斥受献，不伤放弃，上赏为知去就也。出《杜阳杂编》。

情。自嗟不及波中叶,荡漾乘风取次行。"出自《本事诗》。

卢 渥

　　中书舍人卢渥应举那年,偶然走过宫墙的御沟,看见水上有一枚红叶,他叫仆人拿过来。红叶上题了一首绝句,卢渥把它放在了装衣帽的小箱中。有时拿出来给朋友们看看。后来唐宣宗李忱裁减宫女,初下诏,准许宫女嫁百官司吏,独不允许嫁给贡生、举人。卢渥后来到范阳任职,因此也得到了一个从宫中退出来的宫女。这位宫女看到了红叶,感慨了好一会儿,说:"当时只是偶然题诗放在水中,没曾想郎君会把它收藏在箱子中。"一看笔迹,果然是她写的,两人都为此事奇巧而惊讶。那红叶上的诗是:"流水何太急,深宫尽日闲。殷勤谢红叶,好去到人间。"出自《云溪友议》。

唐德宗

　　唐德宗李适每次上朝时,每每下令征召隐居四方、学术有成、敢于直言谏议的人士。因此,前来建言献策、卖弄才艺的人聚满了京城。皇帝往往亲自主持考试,杜绝了旁门左道、托人说情等不正之风。这时文章学术被看得很高,公道大振,已经在朝廷任职的官员都为推荐贤士而尽心尽力。皇帝在宣政殿主持制科考试,遇有错谬之处就浓笔点抹,遇有称心的文章,则翘足吟诵。第二天,便把满意的文章给宰臣和学士们看,说:"这都是我的门生。"满朝的官员,都很叹服皇帝评量、鉴定人才的能力。参加宏词科考试的独孤绶作了一篇《放驯象赋》。皇帝读过之后,赞叹了很久,还吟诵着赋中的句子:"化之式孚,则必爱乎来献;物或违性,斯用感于至仁。"皇帝特别赞赏这些句子,所以特意在他的名下写了第三等。早在代宗朝时,文单国进贡驯象三十二头,皇帝命令放归荆山南部。独孤绶在赋中既没有说接受进贡不对,又没说把驯象放回山中不好,皇帝很欣赏他懂得其中的道理。出自《杜阳杂编》。

贞元五年，初置中和节，御制诗，朝臣奉和。诏写本赐戴叔伦于容州，天下荣之。出《国史补》。

戎 昱

唐宪宗皇帝朝，以北狄频侵边境，大臣奏议："古者和亲，有五利而无千金之费。"帝曰："比闻有一卿，能为诗而姓氏稍僻，是谁？"宰相对曰："恐是包子虚、冷朝阳。"皆不是也。帝遂吟曰："山上青松陌上尘，云泥岂合得相亲。世路尽嫌良马瘦，唯君不弃卧龙贫。千金未必能移姓，一诺从来许杀身。莫道书生无感激，寸心还是报恩人。"侍臣对曰："此是戎昱诗也。京兆尹李銮拟以女嫁昱，令其改姓，昱固辞焉。"帝悦曰："朕又记得《咏史》一篇，此人若在，便与朗州刺史。武陵桃源，足称诗人之兴咏。"圣旨如此稠叠，士林之荣也。其《咏史》诗云："汉家青史内，计拙是和亲。社稷依明主，安危托妇人。岂能将玉貌，便欲静胡尘。地下千年骨，谁为辅佐臣。"帝笑曰："魏绛之功，何其懦也？"大臣公卿，遂息和戎之论者矣。出《云溪友议》。

李 端

唐郭暧尚升平公主，盛集文士，即席赋诗。公主帷而观之。李端中宴诗成，有"荀令何郎"之句，众称绝妙。或谓宿构，端曰："愿赋一韵。"钱起曰："请以起姓为韵。"复有"金埒铜山"之句。暧大喜，出名马金帛为赠。是会也，端擅场；送丞相王缙之镇幽朔，韩翃擅场；送丞相刘晏之巡江淮，钱起擅场。出《国史补》。

唐德宗贞元五年，初设中和节，皇帝作了一首诗，众朝臣唱和。皇帝下诏把这些诗的写本赐给容州的戴叔伦，国人都认为戴叔伦无比荣耀。出自《国史补》。

戎 昱

唐宪宗李纯当皇帝的时候，因北方的少数民族经常骚扰唐朝边境，有大臣奏议：“古代和亲，有五项好处而又不用破费金钱。”皇帝说：“近来听说有一位大臣能写诗，但他的姓氏很少见，不知是谁？”宰相回答说：“恐怕是包子虚、冷朝阳。”结果都不是。皇帝便吟诵道：“山上青松陌上尘，云泥岂合得相亲。世路尽嫌良马瘦，唯君不弃卧龙贫。千金未必能移姓，一诺从来许杀身。莫道书生无感激，寸心还是报恩人。”侍臣们回答说：“这是戎昱的诗。京兆尹李銮曾经要把女儿嫁给他，叫他改姓，戎昱坚决辞绝了。”皇帝高兴地说：“我还记得一首《咏史》诗，此人若是在的话，我一定叫他去任朗州刺史。武陵县的桃源，足以让诗人诗兴大发。”圣旨如此稠密重叠，这实在是读书人的荣幸。这首《咏史》诗是：“汉家青史内，计拙是和亲。社稷依明主，安危托妇人。岂能将玉貌，便欲静胡尘。地下千年骨，谁为辅佐臣。”皇帝笑说：“魏绛之功，也太懦弱了。”于是，大臣公卿们便不再议论和亲的办法了。出自《云溪友议》。

李 端

唐朝郭暧娶了升平公主，当了驸马。他宴请了很多文士，即席赋诗。升平公主在帷帐后面观看。李端在宴会过半时写完了诗，有“荀令何郎”之句，众人称赞句子绝妙。有人说他事前就构思好了，李端说：“换一韵我再赋一首。”钱起说：“就用我的姓为韵。”李端又有“金埒铜山”之句。郭暧非常高兴，赠给他名马、金银、布匹。这次宴会，李端出类拔萃；在送丞相王缙去镇守幽朔的宴会上，韩翃出众；在送丞相刘晏去江淮巡视的宴会上，钱起超群。出自《国史补》。

韩 翃

唐韩翃少负才名。侯希逸镇青淄,翃为从事。后罢府,闲居十年。李勉镇夷门,又署为幕吏。时韩已迟暮,同职皆新进后生,不能知韩,共目为恶诗韩翃。翃殊不得意,多辞疾在家。唯末职韦巡官者,亦知名士,与韩独善。一日夜将半,韦扣门急。韩出见之,贺曰:“员外除驾部郎中,知制诰。”韩大愕然曰:“必无此事,定误矣。”韦就座曰:留邸状报,制诰阙人,中书两进名,御笔不点出。又请之,德宗批曰,与韩翃。时有与翃同姓名者,为江淮刺史。又具二人同进。御笔复批曰:“春城无处不飞花,寒食东风御柳斜。日暮汉宫传腊烛,轻烟散入五侯家。”又批云:“与此韩翃。”韦又贺曰:“此非员外诗也?”韩曰:“是也。”是知不误矣。质明而李与僚属皆至。时建中初也。出《本事诗》。

杨 凭

唐京兆尹杨凭,兄弟三人皆能文,为学甚苦。或同赋一篇,共坐庭石,霜积襟袖,课成乃已。出《传载》。

符 载

唐符载字厚之,蜀郡人,有奇才。始与杨衡、宋济栖青城山习业。杨衡擢第,宋济先死,无成。唯载以王霸自许,耻于常调。韦皋镇蜀,辟为支使。虽曰受知,尚多偃蹇。皋尝于二十四化设醮,请撰斋词。于时陪饮于摩诃池,载离席盥漱,命小吏十二人捧砚,人分两题。缓步池间,各授

韩翃

唐朝韩翃年轻时就很有才名。侯希逸镇守青淄时,韩翃在他手下当从事。后来被罢官,在家闲居十年。李勉去镇守夷门时,被启用为幕僚。当时韩翃已经到了晚年,和他一起任职的都是些年轻人,对他不了解,看不起他写的诗。韩翃很不得意,多称病在家。唯有一个职务不高的韦巡官,他也是一个知名人士,和韩翃相处得很好。一天半夜时,韦巡官急急来敲门。韩翃出来见他,他祝贺说:"你升任驾部郎中了,让你负责起草诰命。"韩翃很吃惊,说:"不可能有这种事,一定是错了。"韦巡官坐下后说:留邸呈上状文汇报说缺少起草诰命的人,中书省两次提名,皇帝没批。又请示,德宗批示,用韩翃。当时还有一个跟韩翃同名同姓的人,任江淮刺史。又把他两人同时上报皇帝。皇帝又批示说:"春城无处不飞花,寒食东风御柳斜。日暮汉宫传腊烛,轻烟散入五侯家。"又批示说:"就用写这首诗的韩翃。"韦巡官又祝贺说:"这不是你写的诗吗?"韩翃说:"是我写的。"他才知道没有错。天亮时,李勉和同僚们都来祝贺。这时正是唐德宗建中初年。出自《本事诗》。

杨凭

唐朝时京兆尹杨凭,兄弟三人的文章都很好,学习十分刻苦。一次,兄弟三人同写一篇文章,三人同坐在院中的大石上,不怕霜露打湿了衣服,直到把文章写完。出自《传载》。

符载

唐朝时蜀人符载,字厚之,有奇才。他最初和杨衡、宋济一同住在青城山学习。杨衡及第,宋济先死,一事无成。唯有符载以王霸自许,耻于以常规途径入仕。韦皋镇守蜀地时,任用他为支使。虽说已算知遇了,他仍然觉得不得志。韦皋曾在二十四化设道场,请他写斋词。当时符载在摩诃池旁陪韦皋喝酒,他离开席位洗漱后,命十二个小吏捧砚台,每人分两题。他缓步池间,各授

口占,其敏速也如此。刘阐时为金吾仓曹参军,始依皋焉。载与撰真赞云:"矫矫化初,气杰文雄。灵螭出水,秋鹗乘风。行义则固,辅仁乃通。他年良觌,麟阁之中。"及皋卒,阐总留务,载亦在幕中。及阐败,载亦免祸。出《北梦琐言》。

王 建

唐王建初为渭南县尉,值内官王枢密者,尽宗人之分。然彼我不均,复怀轻谤之色。忽因过饮,语及桓、灵信任中官,起党锢兴废之事。枢密深憾其讥,诘曰:"吾弟所有宫词,天下皆诵于口。禁掖深邃,何以知之?"建不能对。故元稹以尝有宫词,诏令隐其文。朝廷以为孔光不言温树者,慎之至也。及王建将被奏劾,因为诗以让之,乃脱其祸也。建诗曰:"先朝行坐镇相随,今上春宫见长时。脱下御衣偏得著,进来龙马每交骑。常承密旨还家少,独奏边情出殿迟。不是当家频向说,九重争遣外人知。"出《云溪友议》。

裴 度

唐宪宗以玉带赐裴度,临薨却进。门人作表,皆不如意。公令子弟执笔,口占曰:"内府之珍,先朝所赐。既不敢将归地下,又不合留在人间。"闻者叹其简切而不乱。出《因话录》。

白居易

唐白居易有妓樊素善歌,小蛮善舞。尝为诗曰:"樱桃樊素口,杨柳小蛮腰。"年既高迈,而小蛮方丰艳,因《杨柳

斋词,小吏们随之书写,才思如此敏捷。刘闢当时任金吾仓曹参军,开始依附韦皋。符载给刘闢题画像的诗是:"矫矫化初,气杰文雄。灵蟠出水,秋鹗乘风。行义则固,辅仁乃通。他年良觌,麟阁之中。"韦皋死后,刘闢留任统领事务,符载也在幕府中。最后刘闢事败,符载并没受牵连。出自《北梦琐言》。

王　建

　　唐朝王建最初在渭南任县尉,一次偶遇宫中宦官王枢密,尽了同宗的情分。但因为彼此不同,王建很轻视王枢密。因饮酒过量,王建说起了东汉时桓帝刘志、灵帝刘宏由于信任宦官,引起党锢之祸等事。王枢密深恨王建的讥讽,责问道:"吾弟所有的宫词,天下人都在传诵。宫廷禁卫森严,那些事你是怎么知道的?"王建没法回答。从前元稹所作的宫词,也曾被下诏封禁。朝廷认为孔光终日清谈,不论政事,是非常谨慎的。后来有人上奏弹劾王建,因为他写的诗,却脱过了灾祸。他的这首诗是:"先朝行坐镇相随,今上春宫见长时。脱下御衣偏得著,进来龙马每交骑。常承密旨还家少,独奏边情出殿迟。不是当家频向说,九重争遣外人知。"出自《云溪友议》。

裴　度

　　唐宪宗李纯曾赐给裴度一条玉带,他在临死前,想把玉带再献给皇帝。他的门人写的奏表,都不如他的意。裴度于是叫子弟执笔,自己口授:"内府之珍,先朝所赐。既不敢将它带到地下,又不该留在人间。"听到的人都叹服他的文词简洁、贴切而不乱。出自《因话录》。

白居易

　　唐朝白居易有一姬善歌,名樊素;一姬善舞,名小蛮。他曾在诗中写道:"樱桃樊素口,杨柳小蛮腰。"后来,白居易年纪大了,而小蛮却正值青春年少,丰腴艳丽,他因此写了一首《杨柳

词》以托意曰："一树春风万万枝，嫩于金色软于丝。永丰坊里东南角，尽日无人属阿谁。"及宣宗朝，国乐唱是词，上问："谁词，永丰在何处？"左右具以对。遂因东使，命取永丰柳两枝，植于禁中。自感上知其名，且好尚风雅，又为诗一章，其末句云："定知此后天文里，柳宿光中添两星。"后除苏州刺史，自峡沿流赴郡。时秭归县繁知一，闻居易将过巫山，先于神女祠粉壁大署之曰："苏州刺史今才子，行到巫山必有诗。为报高唐神女道，速排云雨候清词。"居易睹题处畅然，邀知一至曰："历阳刘郎中禹锡，三年理白帝，欲作一诗于此，怯而不为。罢郡经过，悉去千余诗，但留四章而已。此四章者，乃古今之绝唱也，而人造次不合为之。沈佺期诗曰：'巫山高不极，合沓状奇新。暗谷疑风雨，幽崖若鬼神。月明三峡曙，潮满九江春。为问阳台客，应知入梦人。'王无竞诗曰：'神女向高唐，巫山下夕阳。徘徊作行雨，婉娈逐荆王。电影江前落，雷声峡外长。霁云无处所，台馆晓苍苍。'李端诗曰：'巫山十二重，皆在碧空中。回合云藏日，霏微雨带风。猿声寒渡水，树色暮连空。愁向高唐去，千秋见楚宫。'皇甫冉诗曰：'巫峡见巴东，迢迢出半空。云藏神女馆，雨到楚王宫。朝暮泉声落，寒暄树色同。清猿不可听，偏在九秋中。'"白居易吟四篇诗，与繁生同济，而竟不为。出《云溪友议》。

元和沙门

唐元和中，长安有沙门，不记名。善病人文章，尤能捉语意相合之处。张籍颇恚之，冥搜愈切，思得句曰："长因送人处，忆得别家时。"径往夸扬。乃曰："此应不合前辈意

词》，用以抒发他的惆怅心情："一树春风万万枝，嫩于金色软于丝。永丰坊里东南角，尽日无人属阿谁。"到了唐宣宗李忱时，宫中乐工演唱这首词，皇帝问："谁写的词？永丰在什么地方？"左右大臣一一回答了他。他便派人东去洛阳，取来两枝永丰柳，栽植在宫禁中。白居易知道皇帝知道了他的姓名，又喜好风雅，于是又写了一首诗，最后两句是："定知此后天文里，柳宿光中添两星。"后来白居易调任苏州刺史，自三峡沿江而下去赴任。当时秭归县的繁知一，听说白居易要过巫山，他事先在神女祠的粉墙上用大字书写道："苏州刺史今才子，行到巫山必有诗。为报高唐神女道，速排云雨候清词。"白居易看到题诗心情格外舒畅，便邀请繁知一过来会面，说："历阳郎中刘禹锡，治理白帝城三年，曾想在这里写一首诗，却因为胆怯而没有写。他离开这里的时候，认真读了一千多首写巫山的诗，认为只有四首最好。这四首诗，确实是古今绝唱啊，他人不应该再轻易写了。沈佺期的诗为：'巫山高不极，合沓状奇新。暗谷疑风雨，幽崖若鬼神。月明三峡曙，潮满九江春。为问阳台客，应知入梦人。'王无竞的诗为：'神女向高唐，巫山下夕阳。徘徊作行雨，婉娈逐荆王。电影江前落，雷声峡外长。霏云无处所，台馆晓苍苍。'李端的诗为：'巫山十二重，皆在碧空中。回合云藏日，霏微雨带风。猿声寒渡水，树色暮连空。愁向高唐去，千秋见楚宫。'皇甫冉的诗为：'巫峡见巴东，迢迢出半空。云藏神女馆，雨到楚王宫。朝暮泉声落，寒暄树色同。清猿不可听，偏在九秋中。'"白居易吟咏完这四首诗，便和繁知一一同乘船离去，而没有在此题写诗篇。出自《云溪友议》。

元和沙门

　　唐元和年间，长安有一个僧人，不记得他的名字了。非常喜欢挑别别人文章的毛病，尤其能捕捉文章的语言、内容和前人相似的地方。张籍很生气，便冥思苦想，想到了两句："长因送人处，忆得别家时。"便去找那僧人夸耀说："这个应该没有重复前辈的文意

也。"僧笑曰:"此有人道了也。"籍曰:"向有何人?"僧冷吟曰:"见他桃李发,思忆后园春。"籍因抚掌大笑。出《摭言》。

吧?"僧人笑着说:"这意思也有人写过。"张籍说:"以前有谁写过?"僧人冷冷地吟诵道:"见他桃李发,思忆后园春。"张籍听完后拍掌大笑。出自《摭言》。

卷第一百九十九
文章二

杜　牧

　　唐白居易初为杭州刺史，令访牡丹花。独开元寺僧惠澄近于京师得之。始植于庭，栏门甚密，他处未之有也。时春景方深，惠澄设油幕覆其上，牡丹自此东越分而种之也。会徐凝从富春来，未知白，先题诗曰："此花南地知难种，惭愧僧闲用意栽。海燕解怜频睥睨，胡蜂未识更徘徊。虚生芍药徒劳妒，羞杀玫瑰不敢开。唯有数苞红蕚在，含芳只待舍人来。"白寻到寺看花，乃命徐同醉而归。时张祜榜舟而至，甚若疏诞。然张、徐二生未之习隐，各希首荐焉。白曰："二君论文，若廉、白之斗鼠穴，胜负在于一战也。"遂试《长剑倚天外》赋、《余霞散成绮》诗，试讫解送，以凝为元，祜次之。

　　张曰："祜诗有'地势遥尊岳，河流侧让关'。"多士以陈后主"日月光天德，山河壮帝居"比，徒有前名矣。又祜题《金山寺》诗曰："树影中流见，钟声两岸闻。"虽綦毋

杜　牧

　　唐时白居易最初在杭州当刺史,派人去寻找牡丹花。独有开元寺的僧人惠澄最近在京师得到了。最初栽植在庭院里,门户严密,别的地方都没有。当时已经是春深时节,惠澄用油布搭小棚覆在花上,牡丹花从此才开始在东越种植。这时,正巧徐凝从富春来,他不知道白居易在这里,先题了一首诗:"此花南地知难种,惭愧僧闲用意栽。海燕解怜频睥睨,胡蜂未识更徘徊。虚生芍药徒劳妒,羞杀玫瑰不敢开。唯有数苞红幌在,含芳只待舍人来。"白居易随即也到开元寺赏花,看到徐凝便让他一起喝酒后再回去。这时张祜也坐船来了,很是放达不羁。张祜与徐凝二人都不是隐遁之士,都希望以第一名被举荐。白居易说:"你们二位论文就像廉颇和白起在鼠穴中相斗一样,胜负在于一战。"便为他们出了《长剑倚天外》赋、《余霞散成绮》诗两个题目。考完后送到京中,徐凝第一,张祜第二。

　　张祜说:"我的诗中有'地势遥尊岳,河流侧让关'。"很多读书人以之与陈后主的"日月光天德,山河壮帝居"比,认为空有前名。张祜的《金山寺》诗中有:"树影中流见,钟声两岸闻。"虽然綦毋

潜云"塔影挂青汉,钟声和白云",此二句未为佳也。白又以祜宫词,四句之中皆数对,何足奇乎?然无徐生云:"今古长如白练飞,一条界破青山色。"祜叹曰:"荣辱纠纷,亦何常也。"遂行歌而迈,凝亦鼓枻而归。自是二生终身偃仰,不随乡试矣。

先是李林宗、杜牧,与白辇下较文,具言元、白诗体舛杂,而为清苦者见嗤,因兹有恨。白为河南尹,李为河南令,道上相遇。尹乃乘马,令则肩舆,似乖趋事之礼。李尝谓白为喛嚅公,闻者皆笑。乐天之名稍减矣。白曰:"李直木,<small>林宗字也。</small>吾之猘子也,其锋不可当。"

后杜牧守秋浦,与张祜为诗酒之交,酷吟祜宫词。亦知钱塘之岁,白有非祜之论,尝不平之。乃为诗二首以高之曰:"谁人得似张公子,千首诗轻万户侯。"又云:"如何故国三千里,虚唱歌词满六宫。"张诗曰:"故国三千里,深宫二十年。一声何满子,双泪落君前。"此为祜得意之语也。李杜已下,盛言其美者,欲以苟异于白而曲成于张也。故牧又著论,言:"近有元、白者,喜为淫言媟语,鼓扇浮嚣。吾恨方在下位,未能以法治之。"斯亦敷佐于祜耳。<small>出《云溪友议》。</small>

天峤游人

麻姑山,山谷之秀,草木多奇。有邓先客至延康,四五代为国道师,而锡紫服。洎死,自京归葬是山,云是尸解也。然悉为丘陇,松柏相望。词人经过,必当兴咏,几千首矣。忽有一少年,偶题一绝,不言姓字,但云天峤游人耳。后来观其所刺,无复为文。且邓氏之名,因斯稍减矣。诗曰:"鹤老芝田鸡在笼,上清那与俗尘同。既言白日升仙

潜有"塔影挂青汉，钟声和白云"，这两句也不算好。白居易又说到张祜的宫体诗，四句之中皆用数字对仗，这没有什么奇异的，不如徐生的"今古长如白练飞，一条界破青山色"。张祜叹惜说："荣辱纠纷，何其经常。"于是漫步吟歌而去，徐凝也乘船回去了。从此，这二位便终身闲居，再也不参加乡试了。

之前，李宗林、杜牧和白居易曾经在京城谈论过文章，李、杜二人说元稹和白居易诗体庞杂，很为诗文清峻寒苦者轻视，因此彼此间产生了矛盾。白居易任河南尹，李宗林为河南令，他俩在路上相遇。白骑马，李坐轿，好像不太合趋事礼。李宗林曾说白居易是嗫嚅公，大家听后笑了。白居易的名声稍微受了点损害。白居易说："李直木林宗的字。像条咬我的疯狗，相当厉害。"

后来，杜牧守秋浦，和张祜成为诗酒之交，他非常喜欢张祜的宫词。他知道白居易在钱塘有非难张祜的言论，很为张祜不平。为了提高张祜的声誉，他写过两首诗，诗中有："谁人得似张公子，千首诗轻万户侯。"又有："如何故国三千里，虚唱歌词满六宫。"张祜的诗为："故国三千里，深宫二十年。一声何满子，双泪落君前。"这是张祜最得意的作品。李宗林和杜牧身旁的人，都很称赞，都不同意白居易对张祜的评价，而赞扬张祜。杜牧又写文章评论说："近来有元稹和白居易，喜好淫靡浪调，鼓惑扇动轻浮不实的文风。我只恨职位在他以下，不能以法治他。"这都是为了提高张祜的声誉。出自《云溪友议》。

天峤游人

麻姑山，山谷秀丽，草木多奇。邓先客来到延康，他家四五代都是国道师，获赐紫衣。他们死了之后，由京城运回麻姑山安葬。据说他们的死是尸解。然而都有坟丘，两旁松柏相望。诗人经过这里，必有吟咏，所题之诗已有几千首了。忽然有一少年，在这题了一绝，他没有题写姓名，只说是天峤游人。后来人们看到他写的讥刺诗，就没人再题诗了。邓氏的名声，也逐渐减弱。他的诗是："鹤老芝田鸡在笼，上清那与俗尘同。既言白日升仙

去,何事人间有殡宫。"出《云溪友议》。

谭　铢

真娘者,吴国之佳人也,比于钱唐苏小小。死葬吴宫之侧。行客感其华丽,竞为诗题于墓树,栉比鳞臻。有举子谭铢者,吴门之秀士也,因书一绝。后之来者,睹其题处,稍息笔矣。诗曰:"武丘山下冢累累,松柏萧条尽可悲。何事世人偏重色,真娘墓上独题诗。"出《云溪友议》。

周匡物

周匡物字几本,漳州人。唐元和十二年,王播榜下进士及第,时以歌诗著名。初周以家贫,徒步应举,落魄风尘,怀刺不偶。路经钱塘江,乏僦船之资,久不得济,乃于公馆题诗云:"万里茫茫天堑遥,秦皇底事不安桥。钱塘江口无钱过,又阻西陵两信潮。"郡牧出见之,乃罪津吏。至今天下津渡,尚传此诗讽诵。舟子不敢取举选人钱者,自此始也。出《闽川名士传》。

王　播

唐王播少孤贫,尝客扬州惠照寺木兰院,随僧斋食。后厌怠,乃斋罢而后击钟。后二纪,播自重位,出镇是邦,因访旧游。向之题名,皆以碧纱罩其诗。播继以二绝句曰:"三十年前此院游,木兰花发院新修。如今再到经行处,树老无花僧白头。""上堂未了各西东,惭愧阇黎饭后钟。三十年来尘扑面,如今始得碧纱笼。"出《摭言》。

去,何事人间有殡宫。"出自《云溪友议》。

谭铢

真娘是吴国的美人,好比钱塘的苏小小。她死后葬在吴宫旁侧。过往行人墨客有感于真娘的华丽美艳,在她墓前树上提了很多诗。有个叫谭铢的举人,他是吴地的一位才子,也题写了一首绝句。以后再来的人,看到他那首诗,便不再写了。他的诗是:"武丘山下冢累累,松柏萧条尽可悲。何事世人偏重色,真娘墓上独题诗。"出自《云溪友议》。

周匡物

周匡物,字几本,漳州人氏。唐宪宗元和十二年时在王播榜下进士及第,当时他的诗歌很有名气。最初的时候,周家很贫苦,去应举时都是徒步往返,落魄风尘,怀才不遇。他路经钱塘江,没有钱坐船,等了很久也过不去钱塘江,就在公馆题了一首诗:"万里茫茫天堑遥,秦皇底事不安桥。钱塘江口无钱过,又阻西陵两信潮。"郡官看到诗后,怪罪摆渡的小吏。到现在各地的渡口都传诵这首诗。摆渡人不敢收取应举人的船费是从这时开始的。出自《闽川名士传》。

王播

唐人王播少年时孤苦贫穷,曾经在扬州惠照寺木兰院客居,跟随僧人吃斋饭。后来僧人逐渐厌烦他,怠慢他,就在吃完饭后才敲钟使他赶不上饭点。二十四年后,王播当了大官,镇守扬州,于是重游旧地。看到从前他题诗的地方,都用绿纱罩上了。王播又写了两首绝句:"三十年前此院游,木兰花发院新修。如今再到经行处,树老无花僧白头。""上堂未了各西东,惭愧阇黎饭后钟。三十年来尘扑面,如今始得碧纱笼。"出自《摭言》。

朱庆余

唐朱庆余遇水部郎中张籍知音，索庆余新旧篇什数通，吟改只留二十六章。籍置于怀抱而推赞之。时人以籍重名，无不缮录讽咏，遂登科第。初庆余尚为谦退，作《闺意》一篇，以献张曰："洞房昨夜停红烛，待晓堂前拜舅姑。妆罢低声问夫婿，画眉深浅入时无。"籍酬之曰："越女新妆出镜心，自知明艳更沉吟。齐纨未足人间贵，一曲菱歌敌万金。"由是朱之诗名，流于四海内矣。出《云溪友议》。

唐宣宗

唐宣宗朝，前进士陈玩等三人应博士宏词，所司考定名第及诗赋论。上于延英殿诏中书舍人李藩等问曰："凡考试之中，重用字如何？"藩对曰："赋忌偏枯庸杂，论失褒贬是非，诗则缘题落韵，其间重用文字，乃是庶几，亦非有常例也。"又曰："孰诗重用字？"对曰："钱起《湘灵鼓瑟》诗云：'善抚云和瑟，常闻帝子灵。冯夷空自舞，楚客不堪听。逸韵谐金石，清音发杳冥。苍梧来怨慕，白芷动芳馨。流水传湘浦，悲风过洞庭。曲终人不见，江上数峰青。'中有二不字。"上曰："钱起虽重用字，他诗似不及起。虽谢脁云'洞庭张乐地，潇湘帝子游。云去苍梧远，水还江汉流'之篇，无以比也。"其宏词诗重用字者登科。起诗便付《史选》。出《云溪友议》。

又

宣宗因重阳，赐宴群臣，有御制诗。其略曰："款塞旋征骑，和戎委庙贤。倾心方倚注，叶力共安边。"宰臣以下应制皆和。上曰："宰相魏謩诗最出。"其两联云："四方无

朱庆余

唐时,朱庆余遇见水部郎中张籍后,二人成为知音。张籍把朱庆余的很多新旧作品要去,经过他吟诵修改后,只留二十六篇。张籍把些作品带在身边,经常向别人推荐和赞扬。当时人们因为张籍很有诗名,也都抄录吟诵,宋庆余因此登科及第。开始时朱庆余很谦虚,他作了一首《闺意》,献给张籍,诗是:"洞房昨夜停红烛,待晓堂前拜舅姑。妆罢低声问夫婿,画眉深浅入时无。"张籍也酬答了他一首:"越女新妆出镜心,自知明艳更沉吟。齐纨未足人间贵,一曲菱歌敌万金。"由此,宋庆余诗名大振,到处流传。出自《云溪友议》。

唐宣宗

唐宣宗朝,前进士陈琬等三人应博士宏词考试,主考官考定了三人的名次及诗、赋、论。皇帝在延英殿召来中书舍人李藩等,问他们:"在考试中,重复用字的,如何评议?"李藩回答说:"赋忌用词偏颇枯燥,内容平庸杂乱。论怕褒贬不明,是非不清。诗则要求切题押韵。这里有重用字也许可以,但并非常例。"皇帝又问:"谁的诗重用字了?"回答说:"钱起的《湘灵鼓瑟》诗中写道:'善抚云和瑟,常闻帝子灵。冯夷空自舞,楚客不堪听。逸韵谐金石,清音发杳冥。苍梧来怨慕,白芷动芳馨。流水传湘浦,悲风过洞庭。曲终人不见,江上数峰青。'他的这首诗中,用了两个不字。"皇帝说:"钱起的诗虽然重用了字,别人的诗似乎都比不上。虽然谢朓的诗有'洞庭张乐地,潇湘帝子游。云去苍梧远,水还江汉流'之句,也没法和钱起的诗比。"这次宏词科考试,重用字者登科及第。钱起的诗被收入《史选》。出自《云溪友议》。

又

唐宣宗在重阳节赐宴招待群臣,作了一首诗,其中有:"欸塞旋征骑,和戎委庙贤。倾心方倚注,叶力共安边。"满朝大臣都作了和诗。皇帝说:"宰相魏謩的诗最好。"其中有两联:"四方无

事去，神豫抄秋来。八水寒光起，千山霁色开。"上嘉赏久之。魏蹈舞拜谢，群寮耸视，魏有德色，极欢而罢。出《抒情诗》。

温庭筠

唐温庭筠字飞卿，旧名岐。与李商隐齐名，时号"温李"。才思艳丽，工于小赋。每入试，押官韵作赋，凡八叉手而八韵成。多为邻铺假手，号曰"救数人"也。而士行有缺，搢绅薄之。

李义山谓曰："近得一联句云，'远比赵公，三十六年宰辅'，未得偶句。"温曰："何不云，'近同郭令，二十四考中书'。"宣宗尝试诗，上句有"金步摇"，未能对，遣求进士对之。庭筠乃以"玉条脱"续也，宣宗赏焉。又药有名"白头翁"，温以"苍耳子"对。他皆此类也。

宣帝爱唱《菩萨蛮》词，丞相令狐绹假其修撰，密进之，戒令勿他泄，而遽言于人，由是疏之。

温亦有言云："中书内坐将军。"讥相国无学也。宣皇好微行，遇于逆旅，温不识龙颜，傲然而诘之曰："公非长史、司马之流耶？"帝曰："非也。"又曰："得非大参簿尉之类耶？"帝曰："非也。"谪为坊城尉。其制词曰："孔门以德行为先，文章为末。尔既德行无取，文章何以补焉。徒负不羁之才，罕有适时之用。"竟流落而死也。

幽国公杜悰自西川除淮海，庭筠诣韦曲林氏林亭，留诗云："卓氏炉前金线柳，隋家堤畔锦帆风。贪为两地行霖雨，不见池莲照水红。"幽公闻之，遗绢千匹。吴兴沈徽云：

事去，神豫抄秋来。八水寒光起，千山霁色开。"皇帝赞赏了很久。魏謩蹈舞拜谢，群臣们都用敬畏的目光看着他，魏謩流露出得意之色，大家尽欢而散。出自《抒情诗》。

温庭筠

唐时温庭筠，字飞卿，旧名岐。他和诗人李商隐齐名，被人们称为"温李"。他才思艳丽，擅长小赋。每次考试，押官韵作赋，他只需要叉八次手而八韵作成，速度很快。他经常为邻座的考生代作文章，人们送他外号"救数人"。由于他品行有缺，所以受到士大夫的轻视。

李义山对他说："我近来作了一联'远比赵公，三十六年宰辅'，没有得到偶句。"温庭筠说："你怎么不对'近同郭令，二十四考中书'。"唐宣宗曾写诗，上句有"金步摇"的句子，未能对出下句，派人请进士们对。温庭筠以"玉条脱"对上了，宣宗很赞赏。又有一味药名叫"白头翁"，温庭筠以"苍耳子"为对。类似这样的情况很多。

宣宗爱唱《菩萨蛮》词，丞相令狐绹叫温庭筠代他撰词，献给宣宗，并告诉温不要泄露此事，温庭均却很快把这事说了，因此令狐绹便疏远了他。

温庭筠也说过："中书省内坐将军。"是讥讽那些宰相们没学问。宣宗喜欢微服出行，有一次在旅舍遇上了温庭筠，温不认识皇帝，很傲慢地追问皇帝说："你是长史、司马之流的大官吗？"皇帝说："不是。"温又问："那你是大参簿尉之类的吧？"皇帝说："不是。"因此，把温庭筠贬为坊城尉。皇帝在诏书中说："读书人应以德行为重，文章为末。你这样的人，品行不可取，文章再好也是弥补不上的。徒负不羁之才，没有什么适时之用。"温庭筠最后竟流落而死。

酅国公杜悰从西川调到淮海，温庭筠到了韦曲的林氏林亭，写诗曰："卓氏炉前金线柳，隋家堤畔锦帆风。贪为两地行霖雨，不见池莲照水红。"酅公看到后，赏绢一千匹。吴兴的沈徽说：

"温曾于江淮为亲表楔楚,由是改名庭筠。又每岁举场,多为举人假手。"侍郎沈询之举,别施铺席,授庭筠,不与诸公邻比。翌日,于帘前请庭筠曰:"向来策名者,皆是文赋托于学士。某今岁场中,并无假托,学士勉旃。"因遣之,由是不得意也。出《北梦琐言》。

李商隐

唐李商隐字义山,为彭阳公令狐楚从事。彭阳之子绹,继有韦平之拜,似疏商隐,未尝展分。重阳日,商隐诣宅,于厅事上留题。其略云:"十年泉下无消息,九日樽前有所思。郎君官重施行马,东阁无因许再窥。"相国睹之,惭怅而已。乃扃闭此厅,终身不处也。原缺出处,今见《北梦琐言》卷七。

刘瑑

唐刘瑑字子全,幼苦学,能属文,才藻优赡。大中初,为翰林学士。是时新复河湟,边上戎事稍繁。会院中诸学士或多请告,瑑独当制。一日近草诏百函,笔不停缀,词理精当。夜艾,帝复召至御前,令草《喻天下制》。瑑濡毫抒思,顷刻而告就。迟明召对,帝大嘉赏,因而面赐金紫之服。瑑以文学受知,不数年,卒至大用。

其告喻制曰:"自昔皇王之有国也,何尝不文以守成,武以集事,参诸二柄,归于大宁。朕猥荷丕图,思弘景业。忧勤戒惕,四载于兹。每念河湟土疆,绵亘迥阔。天宝末,犬戎乘我多难,无力御奸,遂纵腥膻,不远京邑。事更十

"温庭筠曾在江淮一带被亲戚打过,因此改名庭筠。每年科举考试时,他常为人代作文章。"侍郎沈询主持的一次考试,为温庭筠单设了一个座位,不和其他考生相邻。第二天,在帘前请温庭筠说:"以前那些应举考试的人,都是托你代作诗文。我这次的考场上,没有人托你吧,希望你好自为之。"把温庭筠打发走了,温庭筠由此不得意。出自《北梦琐言》。

李商隐

唐时李商隐字义山,在彭阳公令狐楚手下当从事。彭阳公的儿子是令狐绹,自继父拜相后,有些疏远李商隐,使他无法施展自己的才华。重阳节那天,李商隐到他的家,在大厅上题了一首诗,其中有:"十年泉下无消息,九日樽前有所思。郎君官重施行马,东阁无因许再窥。"丞相令狐绹读过之后,颇感惭愧、怅然,于是把那个大厅锁起来了,再也没用过。原缺出处,今见《北梦琐言》卷七。

刘瑑

唐时刘瑑字子全,幼年时就苦学,文章写得好,才思敏捷,词藻丰富。唐宣宗大中初年时为翰林院学士。当时刚刚收复了河湟一带的疆土,边境上战事频繁。这时候,翰林院多位学士请假,只有刘瑑一人起草文件。一天要起草一百多件诏书,笔总是不停,然而文章却是条理精当,词句妥帖。一天深夜,皇帝又把他召到面前,让他起草一份《喻天下制》。他润笔构思,一会儿就写完了。天亮时皇帝召对,对他大加赞赏,当面赐他金紫衣。刘瑑以文章知名,没几年,就升任重要的官职。

刘瑑起草的告喻制是这样写的:"自从当年皇帝建国以来,都是以文守业,以武卫国,只有这两项齐备,国家才能安宁。朕继承大业以来,常常想着弘大基业。忧虑勤劳,戒慎警惕,到现在已经四年了。每每想念宽广辽阔的河湟疆土。天宝末年,犬戎乘我多难,无力抵抗,纵马进犯,接近京郊。事情发生已经过了十

叶,时近百年。卿士献能,靡不竭其长策。朝廷下议,皆亦听其直词。尽以不生边事为永图,且守旧地为明理。荏苒于是,收复无由。今者天地储祥,祖宗垂祐,将士等栉沐风雨,暴露郊原。披荆榛而刁斗夜严,出豺狼而穹庐晓破。动皆如意,古无与京。念此诚勤,宜加宠赏。"词不多载。出郑处诲所撰《刘瑑碑》。

郑畋

马嵬佛堂,杨妃缢所。迩后才士经过,赋咏以道其幽怨者,不可胜纪。皆以翠翘香钿,委于尘泥,红凄碧怨,令人伤悲。虽调苦词清,无逃此意也。丞相郑畋为凤翔从事日,题诗曰:"肃宗回马杨妃死,云雨虽亡日月新。终是圣朝天子事,景阳宫井又何人。"观者以为真辅国之句。出《阙史》。

司空图

唐晋国公裴度讨淮西,题名于华岳庙之阙门。后司空图题诗纪之曰:"岳前大队赴淮西,从此中原息战鼙。石阙莫教苔藓上,分明认取晋公题。"出《摭言》。

高蟾

唐高蟾诗思虽清,务为奇险,意疏理寡,实风雅之罪人。薛能谓人曰:"悦见此公,欲赠其掌。"然而落第诗曰:"天上碧桃和露种,日边红杏倚云栽。芙蓉生在秋江上,不向东风怨未开。"盖守寒素之分,无躁竞之心,公卿间许之。

代,将近百年了。在这期间,卿士们贡献自己的才能,无不竭心尽力。朝廷交给大家讨论的事情,也能听取下面的直谏。都以不生边事为长远的图谋,且以守住旧地为明理。时间渐渐过去,失去的土地仍然没有收复。现在是天地呈祥,祖宗保佑,将士们栉风沐雨,露宿郊野,披荆斩棘,昼夜防守,赶走豺狼,收复失地。行动听从皇帝的旨意,是自古以来无法比的。念及将士们的忠诚、勤勉,应该给予奖赏。"这篇制文流传不广。出自郑处诲所撰《刘瑑碑》。

郑 畋

马嵬坡佛堂,是杨贵妃缢死的地方。以后许多文人墨客经过这里时,都题诗作赋,抒发自己的幽怨心情,多不胜数。其内容多是怜香惜玉,语调凄怨,令人悲伤。虽然调苦词清,但其内容也逃不出这个意思。丞相郑畋当年在凤翔当从事的时候,曾题过一首诗:"肃宗回马杨妃死,云雨虽亡日月新。终是圣朝天子事,景阳宫井又何人。"读过这首诗的人都认为,这才是真正关心国家大事的诗作。出自《阙史》。

司空图

唐时晋国公裴度征讨淮西时,把他的名字题写在华岳庙的阙门上。后来司空图为了纪念此事,题诗一首:"岳前大队赴淮西,从此中原息战鼙。石阙莫教苔藓上,分明认取晋公题。"出自《摭言》。

高 蟾

唐时高蟾,作诗才思虽然清新,但一味追求奇险,内容空疏单薄,实为风雅之罪人。薛能对人说:"我若是见到高蟾,一定赏他几个耳光子。"然而高蟾的落第诗:"天上碧桃和露种,日边红杏倚云栽。芙蓉生在秋江上,不向东风怨未开。"这诗中所表现出的安于寒素、不急躁争进的心态,得到了一些公卿的赞许。

先是胡曾有诗云:"翰苑何曾休嫁女,文昌早晚罢生儿。上林新桂年年发,不许平人折一枝。"罗隐亦多怨刺,当路子弟忌之,由是蟾独策名也。前辈李贺歌篇,逸才奇险。虽然,尝疑其无理。杜牧有言:"长吉若使稍加其理,即奴仆命骚人可也。"是知通论不相远也。出《北梦琐言》。

先是胡曾有诗:"翰苑何曾休嫁女,文昌早晚罢生儿。上林新桂年年发,不许平人折一枝。"罗隐也多有讥刺诗,招致有权势子弟的忌恨,因此高蟾得以独自考中。前辈李贺的诗,逸才奇险。有人曾说他的诗没有一定的章法。杜牧说过:"长吉若是按一定的形式去写诗,那么一般的奴仆也能成为诗人了。"可见通论是差不多的。 出自《北梦琐言》。

卷第二百
文章三

李 蔚　　卢 渥　　韩定辞　　姚岩杰　　狄归昌
杜荀鹤

武臣有文

曹景宗　　高 昂　　贺若弼　　李 密　　高崇文
王智兴　　高 骈　　罗昭威　　赵延寿

李 蔚

　　唐丞相李蔚镇淮南日,有布素之交孙处士,不远千里,径来修谒。蔚浃月留连。一日告发,李敦旧分,游河祖送,过于桥下,波澜迅激,舟子回跋,举篙溅水,近坐饮妓,湿衣尤甚。李大怒,令擒舟子,荷于所司。处士拱而前曰:"因兹宠饯,是某之过,敢请笔砚,略抒荒芜。"李从之,乃以《柳枝词》曰:"半额微黄金缕衣,玉搔头裛凤双飞。从教水溅罗裙湿,还道朝来行雨归。"李览之,释然欢笑,宾从皆赞之。命伶人唱其词,乐饮至暮,舟子赦罪。更有李嵘献诗云:"鸡树烟含瑞气凝,凤池波待玉山澄。国人久倚东关望,拟筑沙堤到广陵。"后果入相。出《抒情诗》。

李　蔚

　　唐朝丞相李蔚镇守淮南时，有一位孙处士，是他尚未做官时的好友，不远千里来拜访他。李蔚便留孙处士住了两个月。这一天，孙处士要走，李蔚看重两人的旧情，在游船上设宴为他饯行。船过桥下，水流急，波浪大，船家在转身举篙撑船时溅起一些河水，打湿了坐在旁边陪酒姬女的衣服。李蔚发怒了，把船家抓起来，关押在衙门里。孙处士拱了拱手上前说："这宴会是为我举行的，发生这事是我的过错。请把笔砚拿来，略略抒发一下我的浅薄感想。"李蔚吩咐人取来笔砚，孙处士写了一首《柳枝词》："半额微黄金缕衣，玉搔头袅凤双飞。从教水溅罗裙湿，还到朝来行雨归。"李蔚看完很高兴，气也消了，在座的宾客随从都称赞写得好。又叫歌姬演唱这首词，饮酒娱乐一直到晚间，船家也被放出来了。在座的李崦也献了一首诗："鸡树烟含瑞气凝，凤池波待玉山澄。国人久倚东关望，拟筑沙堤到广陵。"后来，他果然当了宰相。出自《抒情诗》。

卢 渥

唐左丞相卢渥,轩冕之盛,近代无比,伯仲四人咸居显列。乾符初,母忧服阕,渥自前中书舍人拜陕府观察使。又旬日,其弟绍自前长安令除给事中。又旬日,弟沆自集贤校理除左拾遗。又旬日,弟沼自畿尉迁监察御史。诏书叠至,士族荣之。及赴任陕郊,洛城自居守分司朝臣已下,互设祖筵,遮于行路,洛城为之一空。都人观者架肩击毂,盛于清明洒扫之日。自临都驿以至于行,凡五十里,连翩不绝。有白须传卒,鸣指叹曰:"老人为驿吏垂五十年,阅事多矣,而未曾见祖送之盛有如此者。"时士流窃语,以此日在家者为耻。渥有《题嘉祥驿》诗曰:"交亲荣饯洛城空,善戏戎装上将同。星使自天丹诏下,雕鞍照地数程中。马嘶静谷声偏响,旆映晴山色更红。到后定知人易化,满街棠树有遗风。"诗版后为易定帅王存尚书碎之。出《唐阙史》。

韩定辞

唐韩定辞为镇州王镕书记。聘燕帅刘仁恭,舍于宾馆,命试幕客马郁延接。马有诗赠韩曰:"燧林芳草绵绵思,尽日相携陟丽谯。别后巘岹山上望,羡君时复见王乔。"郁诗虽清秀,然意在征其学问。韩亦于座上酬之曰:"崇霞台上神仙客,学辨痴龙艺最多。盛德好将银笔术,丽词堪与雪儿歌。"座内诸宾靡不钦讶称妙句,然亦疑其银笔之僻也。

他日,郁复持燕帅之命,答聘常山,亦命定辞接于公馆。时有妓转转者,韩之所眷也。每当酒席,或频目之。韩曰:"昔爱晋文公分季隗于赵衰,孙伯符辍小乔于公瑾,

卢渥

唐朝左丞相卢渥,他家官位爵禄之盛,近代无比,弟兄四人的官职都很显赫。僖宗乾符初年,卢渥为母服丧期满后,由中书舍人授陕府观察使。过了十几天,他弟弟卢绍由长安令被任命为给事中。又过十几天,他弟弟卢沆由集贤校理任命为左拾遗。又过十几天,他弟弟卢沼从畿尉升为监察御史。诏书频传,士族都感荣耀。卢渥赴任陕郊时,东都洛阳的各衙门纷纷宴请,道路因此被遮挡,洛阳城为之一空。城中观看的人,肩擦肩,车碰车,超过清明节洒扫时的情景。从临都驿一直到正式上路,五十里内车马不断。有一个白须驿卒,弹响手指叹道:"我当驿吏近五十年,经历的事很多,从未见到过这么盛大的欢送场面。"一些文人窃窃私语,认为这样的日子待在家里不出来是个耻辱。卢渥有一首《题嘉祥驿》诗,诗中写道:"交亲荣饯洛城空,善戏戎装上将同。星使自天丹诏下,雕鞍照地数城中。马嘶静谷声偏响,旆映晴山色更红。到后定知人易化,满街棠树有遗风。"诗版后来被易定帅王存尚书给毁掉了。出自《唐阙史》。

韩定辞

唐时韩定辞在镇州王镕手下任书记。他受命去燕帅刘仁恭处通问修好,住在宾馆里,燕帅命试幕客马郁负责接待。马郁向韩定辞赠诗一首:"燧林芳草绵绵思,尽日相携陟丽谯。别后龌龊山上望,羡君时复见王乔。"马郁的诗虽然很清秀,但他的意思是想用这首诗来证明自己有学问。韩定辞也在座上酬答了一首:"崇霞台上神仙客,学辨痴龙艺最多。盛德好将银笔术,丽词堪与雪儿歌。"座中的宾客都很钦佩,称赞他的诗句绝妙,但也怀疑他用银笔典故太生僻。

过了些时日,马郁也奉燕帅之命,去常山回访答谢王镕,王镕也让韩定辞去公馆接待。当时有一名姬女叫转转,是韩定辞平时很喜欢的人。每当宴会时,马郁经常注视她。韩定辞说:"我当年钦慕晋文公将季隗嫁给赵衰,孙伯符将小乔嫁给公瑾,

盖以色可奉名人。但虑倡姬不胜贤者之顾，愿垂一咏，俾得奉之。"或援笔，文不停缀，作《转转之赋》。其文甚美，咸钦其敏妙，遂传于远近。

郁从容问韩以雪儿、银笔之事，韩曰："昔梁元帝为湘东王时，好学著书。常记录忠臣义士及文章之美者。笔有三品，或以金银雕饰，或用斑竹为管。忠孝全者用金管书之，德行清粹者用银笔书之，文章赡丽者以斑竹书之。故湘东之誉，振于江表。雪儿者，李密之爱姬，能歌舞，每见宾僚文章，有奇丽入意者，即付雪儿叶音律以歌之。"又问痴龙出自何处。定辞曰："洛下有洞穴，曾有人误堕于穴中。因行数里，渐见明旷。见有宫殿人物凡九处。又见有大羊，羊髯有珠，人取而食之，不知何所。后出以问张华曰：'此地仙九馆也。大羊者，名曰痴龙耳。'"定辞复问郁："巊嶅之山，当在何处？"郁曰："此隋君之故事，何谦光而下问？"由是两相悦服，结交而去。出《北梦琐言》。

姚岩杰

姚岩杰，梁公元崇之裔孙也。童丱聪悟绝伦，弱冠博通坟典。慕班固、司马迁为文，时称大儒。常以诗酒放逸江左，尤肆凌忽前达，旁若无人。唐乾符中，颜标典鄱阳郡，鞫场公宇初构，请岩杰纪其事。文成，灿然千余言。标欲刊去一两字，岩杰大怒，标不能容。时已勒石，遂命覆碑于地，磨去其文。岩杰以一篇纪之曰："为报颜公识我么，我心唯只与天和。眼前俗物关情少，醉后青山入梦多。田子莫嫌弹铗恨，甯生休唱饭牛歌。圣朝若为苍生计，也合公车到薜萝。"

大概认为美人可以配名人。而我顾虑一个歌姬当不起贤者的垂顾，希望您能为她写一首诗。"马郁拿起笔，一挥而就作了《转转之赋》。文辞很美，人们钦佩他才思敏捷、构思巧妙，于是就传播开了。

马郁很从容地问韩定辞雪儿、银笔是怎么回事，韩说："从前梁元帝为湘东王时，不但好学，而且自己著书。他常记录一些忠臣义士和文章好的人的事迹。他的笔分三等，有的用金银装饰，有的用斑竹做笔杆。忠孝两全的人他用饰金的笔写，品德高尚的用饰银笔写，文章好的用斑竹笔写。湘东之誉，深受江南人士重视。雪儿是李密的爱姬，能歌善舞，李密每当看到宾客和幕僚中有好文章，合他的心意时，他就叫雪儿配上乐曲歌唱。"马郁又问痴龙出自何处，定辞说："洛下有一个大洞穴，曾有人失误落入穴中。在穴中走了好几里路，渐渐宽阔明亮。见到九处有宫殿、人烟的地方。又看到大羊，羊胡子上有珠子，那人把珠子吃了，却不知是什么地方。他出来后问张华，张华说：'这是地仙九馆。大羊名叫痴龙。'"定辞又问马郁："罐螯山在什么地方？"马郁说："这是隋君的故事，你一定知道，何必这样谦虚来问我？"从此，两人彼此心悦诚服，结交为好友后分别了。出自《北梦琐言》。

姚岩杰

姚岩杰是梁公姚元崇的远代子孙。童年时就特别聪明，二十来岁就精通博览典籍。他非常仰慕班固、司马迁的文章，被当时人称为大儒。他饮酒赋诗，在江东一带过着放任自己的生活，尤其喜欢肆意贬低前贤，旁若无人。唐僖宗乾符年间，颜标主管鄱阳郡，球场公宇初建，他请岩杰撰文用以刻碑记事。文章写成后，华丽可观，有千余言之多。颜标想删去一两个字，岩杰大怒，颜标不能容忍。当时已经刻字立碑，他命人将碑推倒，磨掉碑文。岩杰为此事写过一首诗："为报颜公识我么，我心唯只与天和。眼前俗物关情少，醉后青山入梦多。田子莫嫌弹铗恨，甯生休唱饭牛歌。圣朝若为苍生计，也合公车到薜萝。"

卢肇牧歙州，岩杰在婺源，先以著述寄肇。肇知其使酒，以手书褒美，赠以束帛。辞云："兵火之后，郡中凋弊，无以迎逢大贤。"岩杰复以长笺激之，肇不得已，迓至郡斋，待如公卿礼。既而日肆傲睨，轻视于肇。肇常以篇咏夸于岩杰曰："明月照巴天。"岩杰大笑曰："明月照一天，奈何独言巴天耶？"肇渐不得意。无何，会于江亭。时蒯希逸在席，卢请目前取一事为酒令，尾有乐器之名。肇令曰："远望渔舟，不阔尺八。"岩杰遽饮酒一器，凭栏呕哕。须臾，即席，还令曰："凭栏一吐，已觉空喉。"其侮慢倨傲如此。<small>出《摭言》。</small>

狄归昌

唐僖宗幸蜀，有词人于马嵬驿题诗云："马嵬烟柳正依依，重见鸾舆幸蜀归。泉下阿蛮应有语，这回休更泥杨妃。"不出名氏，人仰奇才。<small>此即侍郎狄归昌诗也，出《抒情诗》。</small>

杜荀鹤

唐杜荀鹤尝吟一联诗云："旧衣灰絮絮，新酒竹篘篘。"或话于韦庄，庄曰："我道'印将金镞镞，帘用玉钩钩'。"庄后西蜀为相。<small>出《北梦琐言》。</small>

武臣有文

曹景宗

梁曹景宗累立军功。天监初，征为右卫将军。后破魏军振旅，帝于华光殿宴饮联句。左仆射沈约赋韵，景宗不得韵，意色不平，启求赋诗。帝曰："卿伎能甚多，人才英

卢肇掌管歙州时，岩杰在婺源，岩杰先把他的文章寄给卢肇。卢肇知道他酒后很放纵，便写信对他的文章进行了褒奖，并赠给他一些布匹。他的信中有这样几句："兵火之后，郡中凋敝，无以迎逢大贤。"岩杰又写了一封长信激卢肇，卢肇没办法，只好把岩杰迎到郡斋，以待公卿之礼厚待他。然而他却一天天地放肆傲慢起来，并轻视卢肇。卢肇曾经在岩杰面前吟道："明月照巴天。"岩杰大笑说："明月照一天，怎么能独说巴天呢？"卢肇渐渐对他不满意起来。有一次，他们在江亭饮宴。当时蒯希逸在座，卢肇请大家用眼前一事为酒令，句尾必须有一乐器名。卢肇行令说："远望渔舟，不阔尺八。"岩杰快速喝了一杯酒，依着栏杆装作呕吐的样子。一会儿回到席上，还令说："凭栏一吐，已觉空喉。"他的倨傲无礼竟达到如此地步。出自《摭言》。

狄归昌

唐僖宗李儇去蜀地，有一位诗人在马嵬驿题写了一首诗："马嵬烟柳正依依，重见鸾舆幸蜀归。泉下阿蛮应有语，这回休更泥杨妃。"没署姓名，人们仰慕诗人的才华。这首诗就是侍郎狄归昌作的，出自《抒情诗》。

杜荀鹤

唐时，杜荀鹤曾吟一联诗："旧衣灰絮絮，新酒竹篘篘。"有人把这联诗对韦庄说了，韦庄说："我对以'印将金镮镮，帘用玉钩钩'。"韦庄后来到西蜀任了国相。出自《北梦琐言》。

武臣有文

曹景宗

梁曹景宗屡立战功。天监初任右卫将军。后破魏军，整队班师。武帝在华光殿设宴，联句助兴。左仆射沈约赋韵，景宗没有联上，不太高兴，请求作诗。武帝说："你的技能很多，人才英

拔,何必止在一诗。"景宗已醉,求作不已。诏令赋"竞病"两字。景宗便操笔而成曰:"去时儿女悲,归来笳鼓竞。借问行路人,何如霍去病?"帝欣不已,于是进爵为公。出《曹景宗传》。

高 昂

北齐高昂字敖曹,胆力过人,姿彩殊异。其父次同,为求严师教之。昂不遵师训,专事驰骋。每言男儿当横行天下,自取富贵,谁能端坐读书,作老博士也。其父以其昂藏敖曹,故名字之。东魏末,齐神武起义,昂倾意附之,因成霸业,除侍中司徒,兼西南道大都督。

而敖曹酷好为诗,雅有情致,时人称焉。常从军,与相州刺史孙腾作《行路难》曰:"卷甲长驱不可息,六日六夜三度食。初时言作虎牢停,更被处置河桥北。回首绝望便萧条,悲来雪涕还自抑。"又有《征行》诗曰:"珑种千口羊,泉连百壶酒。朝朝围山猎,夜夜迎新妇。"顷之,其弟季式为齐州刺史,敖曹发驿以劝酒。乃赠诗曰:"怜君忆君停欲死,天上人间无可比。走马海边射游鹿,偏坐石上弹鸣雉。昔时方伯愿三公,今日司徒羡刺史。"余篇甚多,此不复载。出《谈薮》。

贺若弼

隋贺若弼字辅伯,少有大志。骁勇便弓马,解属文,涉书记,有重名。及隋文受禅,阴有平江南之志。访可任者,高颎荐弼有文武才干,拜总管,委以平陈之事,若弼欣然以为己任。与寿州总管源雄并为重镇。若弼遗诗曰:"交河骠骑幕,合浦伏波营。勿使麒麟上,无我二人名。"献平陈

拔，不是一首诗能表现出来的。"景宗已经喝醉了，再三要求作诗。武帝让他用"竞病"两字为韵。景宗拿起笔来写道："去时儿女悲，归来笳鼓竞。借问行路人，何如霍去病？"武帝非常高兴，于是晋封为公。出自《曹景宗传》。

高　昂

　　北齐高昂字敖曹，胆力过人，姿彩不同一般人。他父亲高次同，寻求严师对他进行教育。可高昂却不遵从老师的教导，不受约束，专好骑射。他常说好男儿当横行天下，自己去争取富贵，怎能只知读书，做一个书呆子？他的父亲以他气宇轩昂、性格刚强的特点，给他起的名和字。东魏末年，齐国神武起义，高昂积极参加，成就了自己的大业，任侍中司徒，兼任西南道大都督。

　　高昂非常喜欢作诗，写得非常有情致，受到人们的称赞。他曾从军，赠与相州刺史孙腾《行路难》诗一首："卷甲长驱不可息，六日六夜三度食。初时言作虎牢停，更被处置河桥北。回首绝望便萧条，悲来雪涕还自抑。"他还写有《征行》诗："珑种千口羊，泉连百壶酒。朝朝围山猎，夜夜迎新妇。"不久，他弟弟高季式任齐州刺史，他在驿站中设酒送行，并赠其弟诗一首："怜君忆君停欲死，天上人间无可比。走马海边射游鹿，偏坐石上弹鸣雏。昔时方伯愿三公，今日司徒羡刺史。"他还写过很多诗，就不在这里刊载了。出自《谈薮》。

贺若弼

　　隋朝时的贺若弼字辅伯，年轻时就胸怀大志。他勇猛矫健，能骑善射，涉猎群书，能作文章，很有名声。隋文帝杨坚接受禅让时，他内心就有平定江南的大志。隋文帝寻求可以胜任的人，高颎推荐了贺若弼，说他文武双全。贺若弼被拜为总管，文帝把灭陈之事委任给他，他欣然接受以为己任。他和寿州总管源雄并为国家倚重的大臣。贺若弼赠诗给源雄："交河骠骑幕，合浦伏波营。勿使麒麟上，无我二人名。"他又向文帝进献了平陈

十策,称上旨。开皇九年,大举伐陈,以若弼为行军总管,俘陈叔宝。出《贺若弼传》。

李密

隋李密,蒲山公宽之子也。初授亲卫大都督,非其所好,称疾而归。大业中,佐杨玄感起兵。及玄感败,密间行入关,亡抵平原。贼帅郝孝德不礼之,遭饥馑,至削树皮而食。乃诣睢阳,舍于村中,变名姓称刘知远,聚徒教授。经数月,不得志。乃为五言诗曰:"金风扬秋节,玉露凋晚林。此夕穷途士,郁陶伤寸心。眺听良多感,慷慨独沾襟。沾襟何所为,怅然怀古意。秦俗犹未平,汉道将何冀。樊哙市井屠,萧何刀笔吏。一朝时运合,万古传名谥。寄言世上雄,虚生真可愧。"诗成,泣下数行。义宁元年,密借据洛口,会群盗百万,筑坛称魏公。建元二年,密自巩洛,鼓行伐隋,兵败归唐,授光禄卿。出《河洛记》。

高崇文

唐相高崇文本蓟门之骁将也,以讨刘阐功,授西川节度使。一旦大雪,诸从事吟赏有诗。崇文遽至饮席,笑曰:"诸君自为乐,殊不见顾鄙夫,鄙夫武人,亦有一咏雪诗。"乃口占曰:"崇文崇武不崇文,提戈出塞旧从军。有似胡儿射飞雁,白毛空里落纷纷。"诗多中的,皆谓北齐敖曹之比。太尉骈,即其孙也。出《北梦琐言》。

王智兴

唐侍中王智兴,初为徐州节度使,武略英特,有命世之誉。幕府既开,所辟皆是名士。一旦从事于使院会饮,与宾朋赋诗,顷之达于王。王乃召护军俱至。从事因屏去翰墨,

十策,文帝很满意。隋文帝开皇九年,大举伐陈,贺若弼任行军总管,俘虏了陈后主陈叔宝。出自《贺若弼传》。

李 密

隋时李密是蒲山公李宽的儿子。最初授官亲卫大都督,非其所好,便称病回家。大业年间,他辅佐杨玄感起兵。玄感兵败,他逃入关内,流亡到平原。贼帅郝孝德没有礼遇他,他经常挨饿,以至于削树皮充饥。于是去了睢阳,住在乡村,改名换姓叫刘知远,当了几个月的教书先生,很不得志。他写了一首五言诗:"金风扬秋节,玉露凋晚林。此夕穷途士,郁陶伤寸心。眺听良多感,慷慨独沾襟。沾襟何所为,怅然怀古意。秦俗犹未平,汉道将何冀。樊哙市井屠,萧何刀笔吏。一朝时运合,万古传名谥。寄言世上雄,虚生真可愧。"写好后,落下几行热泪。隋恭帝义宁元年,他占据洛口,聚众百万,自称魏公。建元二年,李密又从巩洛出兵伐隋,兵败后归唐,授光禄卿。出自《河洛记》。

高崇文

唐朝宰相高崇文,本是蓟门骁将,因讨伐刘闢有功,被授任西川节度使。一天下大雪,从事们在一起赏雪吟诗。高崇文突然来到席间,笑着说:"你们在这里娱乐,也不告诉我,我虽是一介武夫,也有一首咏雪诗。"他口中念道:"崇文崇武不崇文,提戈出塞旧从军。有似胡儿射飞雁,白毛空里落纷纷。"句句说到实处,大家认为他可比肩北齐将高昂。太尉高骈是他的孙子。出自《北梦琐言》。

王智兴

唐朝侍中王智兴,初为徐州节度使,武略超群,很负盛名。幕府开立以后,他招纳了很多知名人士。一天,幕府中的从事们在使院中宴饮,和宾朋们赋诗,不一会儿,王智兴知道了。王智兴便召护军一起来到宴会上。从事们见他来了,便撤去了笔墨,

但以杯盘迎接。良久问之曰:"适闻判官与诸贤作诗,何得见某而罢?"遽令却取笔砚,以彩笺数幅陈席上。众宾相与持疑。俟行觞举乐,复曰:"本来欲观制作,非以饮酒为意。"时小吏亦以笺翰置于王公之前,从事礼为揖让。王曰:"某韬钤发迹,未尝留心章句。今日陪奉英髦,不免亦陈愚恳。"于是引纸援毫,顷刻而就云:"三十年来老健儿,刚被郎官遣作诗。江南花柳从君咏,塞北烟尘我自知。"四座览之,惊叹无已。时文人张祜亦预此筵,监军谓之曰:"观兹盛事,岂得无言?"祜即席为诗以献云:"十年受命镇方隅,孝节忠规两有余。谁信将坛嘉政外,李陵章句右军书。"智兴览之笑曰:"褒饰之词,可谓过当矣。"左右或言曰:"书生之徒,务为谄佞。"智兴叱之曰:"有人道我恶,汝辈又肯否?张秀才海内名士,篇什岂云易得?天下人闻,且以为王智兴乐善矣。"驻留数旬,临岐赠绢千匹。出《剧谈录》。

高骈

唐高骈幼好为诗,雅有奇藻,属情赋咏,横绝常流,时秉笔者多不及之。故李氏之季,言勋臣有文者,骈其首焉。集遇乱多亡,今其存者盛传于时。其自赋《言怀》诗曰:"恨乏平戎策,惭登拜将坛。手持金钺重,身挂铁衣寒。主圣匡扶易,恩深报效难。三边犹未静,何敢便休官。"《二女庙》诗云:"帝舜南巡去不还,二妃幽怨水云间。当时珠泪垂多少,直到而今竹尚斑。"又《咏雪》云:"六出花飘入户时,坐看修竹变琼枝。逡巡好上高楼望,盖尽人间恶路歧。"又《听歌》诗:"公子邀欢月满楼,佳人揭调唱伊州。便从席上秋风起,直到萧关水尽头。"又《寄僧筇竹杖》诗云:"坚轻筇竹杖,一杖有九节。寄与沃州僧,闲步秋山月。"出谢蟠《杂说》。

只以酒菜迎接他。过了许久，王智兴问："方才听说判官和你们作诗，怎么看我来了就停止了？"马上又叫人取回了笔砚，把几幅彩笺放在桌上。众宾客很是疑惑。等到举杯奏乐时，他又说："我本来是想看你们作诗的，并不是为了喝酒。"小吏也把彩笺放到他面前，诸从事都礼让，请他先作诗。王智兴说："我是靠用兵打仗起家的，未曾留心诗词文章。今天和各位名士在一起，我就不怕献丑了。"于是展纸提笔，一会儿就写完一首："三十年来老健儿，刚被郎官遣作诗。江南花柳从君咏，塞北烟尘我自知。"四座宾客看到后，都惊叹不已。当时文人张祜也在座，监军对张祜说："你看到了这种场面，能没有话说么？"张祜便即席献诗："十年受命镇方隅，孝节忠规两有余。谁信将坛嘉政外，李陵章句右军书。"王智兴看完笑着说："你对我褒奖得有点过头了。"他左右有人说："这些读书人，就会谄媚。"王智兴训斥那人说："有人若是说我坏，你们也答应吗？张秀才是国内名士，他的文章岂是容易得到的？叫国内人听说了，还以为我只愿听好话似的。"他把张祜留住了好些日子，临走时，赠送一千匹绢。出自《剧谈录》。

高　骈

唐朝的高骈，幼年时就喜欢写诗，词藻奇丽，属情赋咏，超出凡庸，当时的文人大多比不上他。在李氏王朝后期，要说武臣当中文章好的，高骈是第一个。他的诗集因为战乱，大部分都散佚了。留下来的，直到现在还在流传。他的《言怀》诗写道："恨乏平戎策，惭登拜将坛。手持金钺重，身挂铁衣寒。主圣匡扶易，恩深报效难。三边犹未静，何敢便休官。"《二女庙》诗："帝舜南巡去不还，二妃幽怨水云间。当时珠泪垂多少，直到而今竹尚斑。"又有《咏雪》诗："六出花飘入户时，坐看修竹变琼枝。逡巡好上高楼望，盖尽人间恶路歧。"又有《听歌》诗："公子邀欢月满楼，佳人揭调唱伊州。便从席上秋风起，直到萧关水尽头。"又有《寄僧筇竹杖》诗："坚轻筇竹杖，一杖有九节。寄与沃州僧，闲步秋山月。"出自谢蟠《杂说》。

罗昭威

梁邺王罗昭威世为武人,有胆决,喜尚文学,雅好儒生。于厅所之侧,别立学舍,招延四方游士,置于其间,待以恩礼。每旦视事之暇,则与诸儒讲论经义。聚书万余卷,于学舍之侧,建置书楼,纵儒士随意观览,己亦孜孜讽诵。当时藩牧之中,最获文章之誉。每命幕客作四方书檄,小不称旨,坏裂抵弃,自襞笺起草,下笔成文。虽无藻丽之风,幕客多所不及。又僻于七言诗,每歌酒宴会,池亭游览,靡不赋咏,题之屋壁。江南有罗隐者,为两浙钱镠幕客,有文学。昭威特遣使币交聘,申南阮之敬。隐悉以所著文章诗赋,酬寄昭威。昭大倾慕之,乃目其所为诗曰《偷江东集》。今邺中人士,有讽诵者。尝自为《大厅记》,亦微有可观。出《罗昭威传》。

赵延寿

伪辽丞相赵延寿,德钧之子也,仕唐为枢密使。清泰末,自太原陷虏,耶律德光用为伪丞相,综国事。晋少主失政,延寿道戎王为乱。凡数年之间,盗有中夏,实延寿赞成之力也。延寿将家子,幼习武略。即戎之暇,时复以篇什为意,亦甚有雅致。尝在虏庭赋诗曰:"黄沙风卷半空抛,云动阴山雪满郊。探水人回移帐就,射雕箭落着弓抄。鸟逢霜果饥还啄,马渡冰河渴自跑。占得高原肥草地,夜深生火折林梢。"南人闻者,往往传之。出《赵延寿传》。

罗昭威

梁邺王罗昭威，武人世家出身，有胆识，喜欢文学，喜欢结交读书人。他在官署旁建立学舍，招请四方游学之士住在这里，以厚礼相待。每天公事之余，便和这些读书人讲经论道。他收集了一万多卷书，在学舍旁又建置了书楼，让这些读书人随意阅览，他自己也孜孜不倦地阅读。在当时的藩镇之中，他的文章最好。他命他的幕客们作四方书檄，稍有不满意的，他便撕碎扔掉，自己展纸起草，挥笔成文。他的文章，虽没有华丽的词藻，幕客写的多数比不上。他偏爱七言诗，每当歌酒宴会，游览池亭时，都要吟诗，题写在墙壁上。江南有个叫罗隐的人，在两浙钱镠府中当幕客，很有文才。罗昭威特意派人去用厚金相聘，并表明自己作为同姓人的敬慕之情。罗隐便把自己的文章诗赋，都寄给了他。罗昭威读后更加倾慕，并把罗隐的诗编为《偷江东集》。现在邺中的人士，经常吟诵。罗昭威曾经写过《大厅记》，也有一些可读之处。出自《罗昭威传》。

赵延寿

伪辽丞相赵延寿，是赵德均的儿子，在后唐时任枢密使。后唐清泰末年，在太原失陷时被俘虏，辽国太宗耶律德光任他为丞相，总管国内大事。晋少主荒废政务，赵延寿帮助戎王为乱。数年之间，占据了中原，实在是赵延寿佐助成就的。赵延寿是将门之子，自幼习武。征战之余，也经常留心于诗文，很有雅意。他曾在伪辽写过一首诗："黄沙风卷半空抛，云动阴山雪满郊。探水人回移帐就，射雕箭落着弓抄。鸟逢霜果饥还啄，马渡冰河渴自跑。占得高原肥草地，夜深生火折林梢。"南朝人知道后，往往传诵。出自《赵延寿传》。

卷第二百一

才名 好尚附

才名

上官仪　　东方虬　　苏颋　　李邕　　李华

李白

好尚

房琯　　韩愈　　李约　　陆鸿渐　　独孤及

杜兼　　李德裕　　潘彦　　宋之愻　　朱前疑

鲜于叔明　权长孺

才名

上官仪

高宗承贞观之后，天下无事，上官仪独持国政。尝凌晨入朝，巡洛水堤，步月徐辔，咏诗曰："脉脉广川流，驱马历长洲。鹊飞山月曙，蝉噪野风秋。"音韵清亮。群公望之若神仙。出《国史异纂》。

东方虬

左史东方虬每云："二百年后，乞与西门豹作对。"尤工诗。沈佺期以工诗著名，燕公张说尝谓之曰："沈三兄诗，直须还他第一。"出《国史异纂》。

才名

上官仪

唐高宗李治继承太宗皇位后,天下太平无事,上官仪独掌朝政。一次,上官仪凌晨入朝,骑马踏着月光沿着洛水河堤缓缓而行,边走边吟诗一首:"脉脉广川流,驱马历长洲。鹊飞山月曙,蝉噪野风秋。"音韵清亮。文武百官望去,俨如神仙一般。出自《国史异纂》。

东方虬

左史东方虬常说:"二百年以后,希望能把我的名字跟西门豹作对句。"东方虬尤其擅长作诗。沈佺期以擅长作诗闻名,燕国公张说曾对他说:"沈三兄的诗,真应该还他一个第一。"出自《国史异纂》。

苏 颋

苏颋少聪俊,一览千言。景龙二年六月二日,初定内难,准颋为中书舍人,在太极后阁。时颋尚年少,初当剧任,文诏填委,动以万计,时或忧其不济。而颋手操口对,无毫厘差失。主书韩礼、谭子阳转书诏草,屡谓颋曰:"乞公稍迟,礼等书不及,恐手腕将废。"中书令李峤见之,叹曰:"舍人思若涌泉,峤等所不测也。"出《谭宾录》。

李 邕

李邕自刺史入计京师。邕素负才名,频被贬斥。皆以邕能文养士,贾生、信陵之流。执事忌胜,剥落在外。人间素有声称,后进不识。京洛阡陌聚看,以为古人,或将眉目有异,衣冠望风,寻访门巷。又中使临问,索其新文。复为人阴中,竟不得进改。天宝初,为汲郡、北海太守。性豪侈,不拘细行,驰猎纵逸。后柳勣下狱,吉温令勣引邕,议及休咎。厚相赂遗,词状连引,敕祁顺之、罗希奭驰往,就郡决杀之。

邕早擅才名,尤长碑记。前后所制,凡数百首;受纳馈送,亦至巨万。自古鬻文获财,未有如邕者。出《谭宾录》。

苏颋

苏颋小时候就聪明俊秀,读书的速度特别快,扫一眼能读千言。唐中宗景龙二年六月二日,内乱初定,苏颋被提升为中书舍人,在太极殿后阁任职。当时苏颋还年轻,初担重任,各种文告诏书,动辄上万件,有人担心他胜任不了。然而苏颋手写口说,没有一丝一毫的差错。后来,主书韩礼、谭子阳担任抄写诏书这项工作,屡屡对苏颋说:"请您口述得稍慢一些,口述快了我们记不下来,恐怕会将我们的手腕子累坏的。"中书令李峤看到这种情形,感叹地说:"苏颋文思若泉涌,是我们这些人所想不到的啊!"出自《谭宾录》。

李邕

李邕自刺史入京听候考核。李邕一向负有才名,却屡遭贬斥。都认为他既能写一手漂亮的文章,又养有很多食客,是汉时贾谊、战国时的信陵君之类的人物。因此,朝内主事的达官贵人都忌恨李邕才高名盛,使他流落在京师之外。李邕一向有很大的名声,后来才做官的年轻人都不认识他。李邕入京后每在路上行走,就会受到很多人的围观,以为他是古人,或者认为他相貌不凡。士大夫们想领略他的风采,便登门拜访。又有宦官前来拜访,索求李邕新写的文章。可是,这一次李邕又被人中伤,没有得到升迁。天宝初年,李邕任汲郡、北海太守。他性情豪放好奢华,不拘小节,喜欢骑马狩猎,纵情享乐。稍后,柳勣获罪被关入牢狱,吉温令柳勣牵连李邕,朝内讨论他的功过。因李邕曾向柳勣赠送厚礼,在词状中就将他牵连进来,派祁顺之、罗希奭携带诏书驰往北海郡,就地处死了李邕。

李邕早年就负有才名,尤其擅长撰写碑石记文。他一生为人撰写碑石记文几百篇,接受馈送数目极大。自古以来靠卖文致富发财的,没有像李邕这样的啊。出自《谭宾录》。

李 华

李华以文学名重于天宝末。至德中,自前司封员外,起为相国李梁公岘从事,检校吏部员外。时陈少游镇维扬,尤仰其名。一旦,城门吏报华入府。少游大喜,簪笏待之。少顷,复白云:"已访萧功曹矣。"颖,功曹士也。出《摭言》。

李 白

李太白初自蜀至京师,舍于逆旅。贺监知章闻其名,首访之。既奇其姿,又请所为文,白出《蜀道难》以示之。读未竟,称叹数四,号为谪仙人。白酷好酒,知章因解金龟换酒,与倾尽醉。期不间日,由是称誉光赫。贺又见其《乌栖曲》,叹赏苦吟曰:"此诗可以泣鬼神矣。"曲曰:"姑苏台上乌栖时,吴王宫里醉西施。吴歌楚舞欢未毕,西山犹衔半边日。金壶丁丁漏水多,起看秋月堕江波,东方渐高奈乐何。"或言是《乌夜啼》,二篇未知孰是。又《乌夜啼》曰:"黄云城边乌欲栖,归飞哑哑枝上啼。机中织锦秦川女,碧纱如烟隔窗语。停梭向人问故夫,欲说辽西泪如雨。"

白才逸气高,与陈拾遗子昂齐名,先后合德。其论诗云:"梁陈已来,艳薄斯极。沈休文又尚以声律。将复古道,非我而谁欤!"玄宗闻之,召入翰林。以其才藻绝人,器识兼茂,便以上位处之,故未命以官。尝因宫人行乐,谓高力士曰:"对此良辰美景,岂可独以声伎为娱。傥时得

李 华

李华以他文学上的才华闻名于天宝末年。到至德年间,自前司升为员外,起用为宰相梁国公李岘的从事,任检校吏部员外郎。当时,陈少游镇守维扬,尤其仰慕李华的才名。一日,城门吏报告说李华已来维扬。陈少游大喜,穿戴好公服准备接待他。过了一会儿,城门吏又报告说:"李华已去拜访萧功曹了。"萧功曹就是萧颖士。出自《摭言》。

李 白

李白初次自蜀地到京都长安,住在旅店里。秘书监贺知章闻其大名,首先拜访了他。贺知章见到李白后,惊讶他相貌不凡,又请李白拿出诗作让他拜读。李白取出《蜀道难》给贺知章。贺知章还没有读完,就连连赞叹,送李白一个雅号为谪仙人。李白酷爱饮酒,贺知章为此曾解下身上所系的金龟作抵押换酒与李白对饮,两人都喝得大醉。贺知章和李白几乎天天见面,由此,李白的声誉日益烜赫。贺知章又读了李白的《乌栖曲》,一边仔细吟咏品味一边赞赏地说:"这首《乌栖曲》可以让鬼神哭泣啊!"《乌栖曲》诗如下:"姑苏台上乌栖时,吴王宫里醉西施。吴歌楚舞欢未毕,西山犹衔半边日。金壶丁丁漏水多,起看秋月坠江波,东方渐高奈乐何。"有人说贺知章读的是《乌夜啼》,不知道是哪一篇。《乌夜啼》是这样写的:"黄云城边乌欲栖,归飞哑哑枝上啼。机中织锦秦川女,碧纱如烟隔窗语。停梭向人问故夫,欲说辽西泪如雨。"

李白才华出众、性情高傲,与任右拾遗的陈子昂齐名,一先一后,两人志向相同。李白论及诗歌的发展时说:"梁陈以来,诗风绮丽艳薄已达极点。沈佺期又只崇尚声律。能够光复古人为诗之道的,非我李白莫属啊!"唐玄宗听闻李白的诗名,召他入翰林院。因李白才华横溢超绝人上,兼具气度才识,而给他以优厚的待遇,没有封他具体的官职。一次宫人要演奏声乐,玄宗对高力士说:"对此良辰美景,怎么可以只用乐伎娱乐呢?倘若能有

逸才词人吟咏之，可以夸耀于后。"遂命召白。时宁王邀白饮酒，已醉。既至，拜舞颓然。上知其薄声律，谓非所长。命为宫中行乐五言律诗十首。白顿首曰："宁王赐臣酒，今已醉。傥陛下赐臣无畏，始可尽臣薄技。"上曰："可。"既遣二内臣掖扶之，命研墨濡笔以授之。又命二人张朱丝栏于其前。白取笔抒思，略不停缀，十篇立就。更无加点，笔迹遒利，凤跱龙拏，律度对属，无不精绝。其首篇曰："柳色黄金嫩，梨花白雪香。玉楼巢翡翠，珠殿宿鸳鸯。选妓随雕辇，征歌出洞房。宫中谁第一，飞燕在昭阳。"玄宗恩礼极厚，而白才行不羁，放旷坦率，乞归故山。玄宗亦以非廊庙器，优诏许之。

尝有醉吟诗曰："天若不爱酒，酒星不在天。地若不爱酒，地应无酒泉。天地既爱酒，爱酒胡愧焉。三杯通大道，五斗合自然。但得酒中趣，勿为醒者传。"更忆贺监知章诗曰："欲向东南去，定将谁举杯。稽山无贺老，却棹酒船回。"后在浔阳，复为永王璘延接，累谪夜郎。时杜甫赠白诗二十韵，多叙其事。白后放还，游赏江表山水。卒于宣城之采石，葬于谢公青山。范传正为宣歙观察使，为之立碑，以旌其隧。初白自幼好酒，于兖州习业，平居多饮。又于任城县构酒楼，日与同志荒宴其上，少有醒时。邑人皆以白重名，望其重而加敬焉。出《本事诗》。

天才的诗人当场吟咏，就可以夸耀于后世了。"于是命宫人召李白入宫。这时，宁王正邀请李白饮酒，李白已喝得酩酊大醉。李白来到宫中，东倒西歪地拜见玄宗。玄宗知道李白鄙薄声律，不是他擅长的，就命他为宫中的乐师作五言律诗十首。李白叩拜后说："宁王赏赐臣酒喝，现在已经喝醉了。倘若陛下您宽恕臣使臣不畏惧，臣可尽献薄技。"玄宗说："可以。"于是命两位内臣搀扶着李白，并命人为李白研墨濡笔，又命两个内臣把朱丝栏白绢摆在李白面前。李白握笔疾书，一点儿也不停顿，十篇五言律诗立刻就完成了。而且一点不用改动，字迹遒劲锋利，如龙舞凤飞；律度对仗，没有不精绝的。其首篇是这样写的："柳色黄金嫩，梨花白雪香。玉楼巢翡翠，珠殿宿鸳鸯。选妓随雕辇，征歌出洞房。宫中谁第一，飞燕在昭阳。"玄宗给李白以极厚重的礼遇，然而李白为文为人都落拓不羁，率直坦荡，请求回归故里。玄宗也认为李白不是栋梁之材，因此颁下褒美嘉奖的诏书，允许他回归故里。

李白曾有一次醉酒吟诗："天若不爱酒，酒星不在天。地若不爱酒，地应无酒泉。天地既爱酒，爱酒胡愧焉。三杯通大道，五斗合自然。但得酒中趣，勿为醒者传。"李白还有一首回忆贺知章的诗："欲向东南去，定将谁举杯。稽山无贺老，却棹酒船回。"后来，李白漫游到浔阳，又为永王璘聘请为幕僚。永王璘反叛失败，李白受牵连被发配到夜郎。杜甫所作的赠李白诗二十韵，作了详尽的记述。后来李白被释放回来，在江南一带赏山玩水。他死于宣城的采石，埋葬在谢公青山。范传正任宣歙观察使时，为李白在墓前立了一碑。李白年幼时就喜欢饮酒，在兖州学习时就经常饮酒。又在任城县建造了一座酒楼，每天与好友纵酒，很少有不喝醉的时候。当地人都知道李白享有盛名，更加敬重他。出自《本事诗》。

好尚

房 琯

苏州洞庭,杭州兴德寺。房太尉琯云:"不游兴德、洞庭,未见佳处。"寿安县有喷玉泉、石溪,皆山水之胜绝者也。贞元中,琯以宾客辞为县令,乃划翳荟,开径隧,人闻而异焉。

太和初,博陵崔蒙为主簿,标准于道周,人方造而游焉。又颜太师真卿刻姓名于石,或置之高山之上,或沉之大洲之底,而云:"安知不有陵谷之变耶?"出《传载》。

韩 愈

韩愈好奇,与客登华山绝峰。度不能返,发狂恸哭,为遗书。华阴令令百计取之,乃下。

又李氏子为千牛,与其侪类登慈恩寺浮图。穷危极险,跃出槛外,失身而坠,赖腰带挂钉,为风所摇,久而未落。同登者惊倒槛中,不能复起。院僧遥望急呼,一寺悉出以救之,乃连衣为绳,久之取下。经宿而苏。出《国史补》。

李 约

兵部员外郎李约,汧公之子也。以近属宰相子,而雅爱玄机。萧萧冲远,德行既优。又有山林之致,琴道酒德

好尚

房琯

苏州有洞庭,杭州有兴德寺。太尉房琯说:"不游兴德寺与洞庭,你就没有见到过最美的景致。"寿安县境内有喷玉泉、石溪,都是景致超绝的旅游胜地。贞元年间,房琯以宾客出为寿安县令,于是令人铲除丛生的杂草,开通去石溪的道路,人们听说此事大为惊异。

太和初年,博陵人崔蒙任寿安县主簿。他测量好道路标好路标,人们才能去游观。又有太师颜真卿在石块上刻上自己的姓名,有的放在高山顶上,有的沉在渊底,并说:"怎么知道就没有高山变峡谷、峡谷变高山的时候呢?"出自《大唐传载》。

韩愈

韩愈喜欢追求新奇,一次与客人一起攀登华山绝顶。登上绝顶后,认为无法返回山下,发狂恸哭,写下了遗书。华阴县令让人想方设法把他接回了山下。

有个李氏子任职千牛,一次同他的伙伴们一块儿登慈恩寺塔,危险极了,他跃出寺塔栅栏外,失足坠落,幸亏腰带挂在塔身钉子上,他被悬在空中,风吹身摇,久久没坠下地来。同他一块儿登上寺塔的人惊恐得瘫倒在寺塔栅栏内,吓得爬不起来。寺院里的僧人远远地看见他悬垂在塔身半空,着急地喊起来,惊动了寺内所有的僧人,都出来设法救援。最后想出个将僧衣连结成绳的办法,用了好长时间才将他救下来。李氏子昏睡了一宿才苏醒过来。出自《国史补》。

李约

兵部员外郎李约,是汧国公的儿子。身为宗室成员和宰相的儿子,李约却非常喜爱深奥微妙的义理。他的精神境界潇洒冲澹而高远,品德操行都很优秀。他有山林之致,琴道、酒德、

词调,皆高绝一时。一生不近女色,性喜接引人物,而不好俗谈。晨起草裹头,对客蹙融,便过一日。多蓄古器,在润州尝得古铁一片,击之精越。又养一猿名生公,常以之随。逐月夜泛江,登金山,击铁鼓琴,猿必啸和。倾壶达夕,不俟外宾,醉而后已。约曾佐李庶人锜浙西幕。约初至金陵,于府主庶人锜坐,屡赞招隐寺标致。一日,庶人宴于寺中。明日,谓约曰:"十郎尝夸招隐寺,昨游宴细看,何殊州中?"李笑曰:"某所赏者疏野耳,若远山将翠幕遮,古松用彩物裹,腥膻涴鹿掊泉,音乐乱山鸟声,此则实不如在叔父大厅也。"庶人大笑。约性又嗜茶,能自煎。谓人曰:"茶须缓火炙,活火煎。活火谓炭火之焰火也。"客至,不限瓯数,竟日执持茶器不倦。曾奉使行硖石县东,爱渠水清流,旬日忘发。出《因话录》。

陆鸿渐

太子文学陆鸿渐,名羽,其生不知何许人。竟陵龙盖寺僧姓陆,于堤上得一初生儿,收育之,遂以陆为氏。及长,聪俊多闻,学赡辞逸,恢谐谈辩,若东方曼倩之俦。鸿渐性嗜茶,始创煎茶法。至今鬻茶之家,陶为其像,置于锡器之间,云宜茶足利。至太和,复州有一老僧,云是陆僧弟子,常讽歌云:"不羡黄金垒,不羡白玉杯,不羡朝入省,不羡暮入台。唯羡西江水,曾向晋陵城下来。"鸿渐又撰《茶

词调，都高绝一时。李约终生不接近女色，生性喜欢结交名人，而不爱谈论日常生活琐事。他早晨起来随便收拾一下头脸，跟客人下下棋便是一天。李约收藏了许多古器。他在润州曾得到一片古铁，敲击能发出清越的声音。他又蓄养了一只猿猴名叫生公，经常让它陪伴在身边。有时趁着月色好登舟游江，弃舟登金山，敲击古铁，弹拨琴弦，身边的猿猴必定长啸和鸣。他通宵达旦地饮酒，不等候宾客，直到喝醉了才罢休。李约曾在浙江盐铁使李锜的幕府任幕僚。他初到金陵，与李锜闲谈，多次称赞招隐寺标致。一天，李锜于招隐寺内宴请李约。第二天，李锜对李约说："十郎你曾经夸赞招隐寺，昨天宴游时仔细地观看过了，和州中有什么不同？"李约笑着说："我所赞赏的是自然界粗犷的美。如果将远山用翠幕遮起，将古松用彩带裹住，用腥膻之物弄脏麓培泉，用人工发出的乐声扰乱山鸟的婉转鸣唱，倘若这样，还不如老老实实地待在叔父你的大厅里呢。"李锜大笑。李约爱好饮茶品茗，能够自己制茶。他常对人说："茶必须用缓火炙，活火煎。所谓活火就是炭火燃出的焰火。"来了客人，品起茶来不限杯数，随你饮。李约终日操持茶具为客人斟茶，也不知疲倦。李约曾奉命去硖石县东，因喜爱硖石县东的清澈溪流，流连其间十多天忘了出发。出自《因话录》。

陆鸿渐

　　太子文学陆鸿渐，名羽，不知他的生身父母是何人。竟陵龙盖寺有一僧人姓陆，在河堤上拾到一个新生儿，抱回寺院收养，就以陆为这个孩子的姓氏。待到鸿渐长大成人，聪明俊秀，广见博识，学问丰富，言辞放逸，而且诙谐善辩，如同东方曼倩一样。陆鸿渐酷爱饮茶，始创煎茶法。至今卖茶的人家，用陶土烧制他的像，放在锡器间供奉，说陆鸿渐能保佑他们的茶获大利。到太和年间，复州有一个年老僧人自称是陆姓僧人的弟子，常吟一首讽喻世人的诗歌："不羡黄金垒，不羡白玉杯，不羡朝入省，不羡暮入台。唯羡西江水，曾向晋陵城下来。"陆鸿渐还撰写了《茶

经》二卷,行于代。今为鸿渐形者,因目为茶神。有交易则
茶祭之,无以釜汤沃之。出《传载》。

独孤及

常州独孤及,末年尤嗜鼓琴,得眼病不理,意欲专听。
出《传载》。

杜 兼

杜兼尝聚书万卷,每卷后必自题云:"倩俸写来手自
校,汝曹读之知圣道,坠之鬻之为不孝。"出《传载》。

李德裕

李德裕与同列款曲。或有征所好者,德裕言:"己喜
见未闻新书策。"崔魏公铉好食新馄头,以为珍美。从事
开筵,先一日前,必到使院索新煮馄头也。杜邠公悰每早
食馈饭干脯。崔侍中安潜好看斗牛。虽各有所美,而非近
利。与夫牙筹金埒,钱癖谷堆,不其远乎! 出《北梦琐言》。

潘 彦

咸亨中,贝州潘彦好双陆,每有所诣,局不离身。曾泛
海,遇风船破。彦右手挟一板,左手抱双陆局,口衔双陆骰
子。二日一夜至岸,两手见骨,局终不舍,骰子亦在口。出
《朝野佥载》。

经》二卷，世代流传。今天的卖茶人为陆鸿渐制像塑身供奉他，是将他看作茶神啊。做生意时用茶祭奠陆鸿渐，不做生意时，用壶中水供奉他。出自《大唐传载》。

独孤及

常州人独孤及，晚年特别嗜好鼓琴，眼睛患病也不去治疗，其用意是不分散精力专门聆听琴音。出自《大唐传载》。

杜 兼

杜兼曾收聚到万卷书，他在每卷书后都亲自题词说："花钱请人代笔抄写来的，我亲手校对过，你们读它是为了知晓圣人的道理，抛弃它卖了它都是不孝。"出自《大唐传载》。

李德裕

李德裕与同僚在一起细诉衷情。有人询问他喜爱什么物事，李德裕说："我喜欢从未见过的新书。"魏公崔铉喜欢吃新煮的馄头，认为这种食物最珍美。从事开宴，必提前一天到使院讨要新煮的馄头。龂公杜悰每餐早饭爱吃蒸饭和肉干。侍中崔安潜喜欢看斗牛。虽然这些人都各有所好，然而他们都不贪图钱财。跟那些贪图钱财的贪婪者比，岂不是相去甚远吗？出自《北梦琐言》。

潘 彦

咸亨年间，贝州人潘彦喜爱玩双陆这种赌博游戏，每次外出都将赌具带在身边。一次出海，风急浪大把船撞破了。潘彦右手挟着一块船板，左手死死抱住双陆赌具，口中衔着玩双陆用的骰子。他在海上漂流了两天一夜才到达岸边，两手磨损得露出了指骨，却始终没有丢弃双陆，骰子也始终衔在口中。出自《朝野金载》。

宋之愻

洛阳县丞宋之愻性好唱歌，出为连州参军。刺史陈希古者，庸人也。令之愻教婢歌，每日端笏立于庭中，呦呦而唱。其婢隔窗从而和之。闻者无不大笑。出《朝野佥载》。

朱前疑

兵部郎中朱前疑貌丑，其妻有美色。天后时，洛中殖业坊西门酒家，有婢蓬头垢面，伛肩皤腹，寝恶之状，举世所无。而前疑大悦之，殆忘寝食。乃知前世言宿瘤蒙爱，信不虚也。夫人世嗜欲，一何殊性。前闻文王嗜昌歜，楚王嗜芹菹，屈到嗜芰，曾皙嗜羊枣，宋刘雍嗜疮痂。本传曰："雍诣前吴兴太守孟灵休，灵休脱袜，粘炙疮痂坠地，雍俯而取之餐焉。"宋明帝嗜蜜渍蛆蚬，每啖数升。是知海上逐臭之谈，陈君爱丑之说，何其怪欤？天与其癖也。出《朝野佥载》。

鲜于叔明

剑南东川节度鲜于叔明好食臭虫，时人谓之蟠虫。每散，令人采拾得三五升，即浮之微热水中，以抽其气尽。以酥及五味熬之，卷饼而啖，云其味实佳。出《乾㦡子》。

权长孺

长庆末，前知福建县权长孺犯事流贬。后以故礼部相国德舆之近宗，遇恩复资。留滞广陵多日，宾府相见，皆鄙

宋之愁

洛阳县丞宋之愁喜爱唱歌,出任连州参军。连州刺史陈希古是个庸人。他让宋之愁教他家的婢女唱歌,宋之愁每天手捧笏板,站在庭院中呦呦而唱。刺史的婢女站在屋里隔着窗户跟着学唱。听者没有不大笑的。出自《朝野佥载》。

朱前疑

兵部郎中朱前疑容貌丑陋,他妻子貌美。武则天执政时,洛阳城内殖业坊西门酒家,有一婢女蓬头垢面,伛偻肩,大腹便便,她丑陋的样子,世上没有。但是朱前疑见到这个丑婢女却异常喜爱,跟这个丑女人承欢交往达到废寝忘食的地步。由此才知道,前人讲的,有个女人项上长了个大瘤,她丈夫非常喜爱她,不是没有的事。唉!人世间的各种嗜欲怪癖,怎么这样不同啊!从前听说周文王喜爱食昌独,楚王喜爱吃芹菹,屈到爱吃芰,曾皙爱吃羊枣,宋时的刘雍爱食疮痂。刘雍的本传上说:"刘雍前往前吴兴太守孟灵休处,孟灵休脱袜时,粘在袜子上的疮痂掉落在地上,刘雍弯腰拣起来就吃。"宋明帝喜爱吃蜜渍的蛆蜞,每次吃数升。由此看来海上逐臭的说法,陈君爱丑的故事,不值得大惊小怪。此乃上天赋予他们的怪癖啊!出自《朝野佥载》。

鲜于叔明

剑南东川节度使鲜于叔明喜爱吃臭虫,当时人叫蟠虫。每到闲散时,他就让人采集三五升臭虫,将它们立刻用温水浸泡,用这种方法抽尽它们的秽气。用酥油和各种调料放进锅里熬煎,卷饼吃,他说味道实在是好。出自《乾𦠆子》。

权长孺

长庆末年,福建前知县权长孺因触犯刑律被贬官流放。后来,因他是已故礼部尚书、相国权德舆的近宗,朝廷恩准他恢复身份。权长孺在广陵逗留了许多日,府上的宾客见到他都很鄙

之。将诣阙求官，临行，群公饮饯于禅智精舍。

狂士蒋传知长孺有嗜人爪癖。乃于步健及诸佣保处，薄给酬直，得数两削下爪。或洗濯未精，以纸裹。候其酒酣进曰："侍御远行，无以饯送，今有少佳味，敢献。"遂进长孺。长孺视之，忻然有喜色，如获千金之惠，涎流于吻，连撮啖之，神色自得，合坐惊异。出《乾𦠆子》。

视他。权长孺将要进京求取官位,临行前,大家在禅智精舍设酒宴为他饯行。

事前,狂士蒋传得知权长孺有吃人指甲的癖好,于是从兵卒和杂役那里,给以少量的钱买得几两剪下的指甲。有的并没洗干净,就用纸包上。等到权长孺酒喝到高潮时,上前说:"侍御远行,没有什么好东西相送,现在我准备了不多的美味献上来。"于是将纸包中的指甲送给权长孺。权长孺打开纸包一看,脸上露出喜色,犹如得到千金的重礼似的,涎水流出来,连连撮着吃了,神色怡然自得,满座皆惊。出自《乾𦠆子》。

卷第二百二
儒行　怜才　高逸

儒行

刘献之

后魏刘献之少好学，尤精诗传，泛观子史。见名法之言，掩卷而笑曰："若使杨墨之流，不为此书，千载谁知少也。"又谓所亲曰："观屈原《离骚》之作，自是狂人，死何足惜。"时人有从之学者，献之曰："立身虽百行殊途，准之四科，要以德行为首。子若能入孝出悌，忠信仁让，不待出

儒行

刘献之

　　后魏时的刘献之年少时就好学，尤其精通诗传，博览群书。他见到名家、法家的著作，就掩卷而笑说："假如使杨朱、墨翟之流不作这种书，千年之后有谁认为缺少它呢。"刘献之又对自己亲近的人说："我读了屈原的《离骚》之后，认为他本来就是个狂人，死了一点也不可惜。"当时有人跟他学习，刘献之说："虽然立身之业有百行，各不相同，但是最根本的有德行、言语、政事、文学四科。这四科中要以德行为首要的。你如果能做到在家孝敬父母，在外关爱兄弟姐妹，忠诚、守信、仁爱、礼让，不待走出

户，天下自知。伣不能然，虽复下帷针股，蹑履从师，止可博闻强识。不过为土龙乞雨，眩惑将来。其于立身之道何益乎？孔门之徒，初亦未悟。见吾丘之叹，方乃归而养亲。呜呼！先达之人，何自学之晚也！"由是四方学者慕之。叹曰："吾不如庄周樗散远矣！"固以疾辞。出《谈薮》。

卢景裕

范阳卢景裕，太常静之子，司空同之犹子。少好闲默，驰骋经史。守道恭素，不以荣利居心，时号居士焉。初头生一丛白毛，数之四十九茎，故偏好《老》《易》，为注解。至四十九岁卒，故小字白头。性端谨，虽在暗室，必矜庄自持。盛暑之月，初不露袒。妻子相对，有若严宾。历位中书侍郎。出《谈薮》。

萧德言

唐萧德言笃志于学，每开五经，必盥濯束带，危坐对之。妻子谓曰："终日如是，无乃劳乎？"德言曰："敬先师之言，岂惮于此乎！"出《谭宾录》。

张楚金

张楚金与越石同预乡贡进士，州司将罢越石而贡楚金。楚金辞曰："以顺即越石长，以才即楚金不如。"固请俱退。李勣为都督，叹曰："贡士本求才行，相推如此，何嫌双

家门，天下自知。假如做不到，虽然你或闭门苦读，或恭恭敬敬地拜师学业，只能做到博览群书、增加你的知识。不过是像堆个土龙乞求上天降雨一样，只能眩惑将来。这样做对立身之道有什么益处呢？孔门之徒，起初也未悟到这个道理。见吾丘之叹，这才回到家里去养亲。呜呼！前贤达人，怎么在立身的道理上也觉悟得这么晚呢？"由此，四面八方的学者都仰慕他。刘献之感叹地说："在淡泊功名这方面我比庄周老夫子还差得远啦。"他以身体有疾为由，坚决辞却来拜他为师的人。出自《谈薮》。

卢景裕

范阳人卢景裕，是太常卢静的儿子，司空卢同的侄子。少年时就安静沉默，爱读经史一类的书。他安贫乐道，从来不将名利挂在心上，时人送给一个居士的雅号。卢景裕刚生下来时头上就生有一丛白发，共四十九根，由此小名叫白头。他特别偏爱《周易》《庄子》，为这两部书作过注释。四十九岁那年去世。卢景裕性格端方严谨，即使独处一室，也是正襟危坐、端庄持重。炎热的夏日，也不袒露肌肤。就是与自己的妻子相对而坐，也如跟贵客对坐一样恭谨严肃。卢景裕官至中书侍郎。出自《谈薮》。

萧德言

唐时萧德言笃志于学。每当他研读五经时，必先洗漱整衣，端坐而读。他的妻子问他："你每日都这样，不累吗？"德言说："对先师的著述要恭敬，怎么能怕累呢？"出自《谭宾录》。

张楚金

张楚金和越石同期参加乡贡进士的选拔，州司想去掉越石而选拔楚金。张楚金得知后跟州司推辞说："按年龄选拔，越石比我年长；按才能选拔我不如越石。"两人坚决互相推让。是时，李勣在这里做都督，听到这件事后赞叹地说："向朝廷推举人才，本就要推举才学和品行都好的，张楚金和越石这样相推让，把他们双双

举?"乃荐擢第。出《谭宾录》。

怜才

沈 约

梁瑯邪王筠幼而清颖，文采逸艳，为沈约所赏。及沈为尚书令，筠为郎。谓筠曰："仆昔与王、谢诸贤，为文会之赏。自零落以来，朽疾相继。平生玩好，殆欲都绝。而一文一咏，此事不衰。不意疲暮，复遇盛德。昔伯喈见王仲宣叹曰：'此王公之孙，吾家书籍万卷，必当相与。'仆虽不敏，请慕斯言。"每商确书史，流阅篇章，毕夜阑景，以为得志之赏。筠历位司徒、左长史、度支尚书。出《谈薮》。

唐高宗

胡楚宾属文敏速，每饮酒半酣而后操笔。高宗每令作文，必以金银杯盛酒。令饮，便以杯赐之。出《谭宾录》。

天 后

则天幸龙门，令从官赋诗。左史东方虬诗先成，则天以锦袍赐之。及宋之问诗成，则天称词更高，夺袍以赐之。出《谭宾录》。

都荐举为进士有什么不可以的呢?"于是张楚金、越石二人都被举荐并登第。出自《谭宾录》。

怜才

沈 约

梁朝琅邪人王筠,幼年时就清俊聪颖,文采隽逸艳丽,沈约很赏识他。待到沈约任尚书令时,王筠在他手下任尚书郎。沈约对王筠说:"我从前同王、谢两族诸位贤人,时常以文会友,很是惬意。自历经离乱以来,疾病与衰老相继缠身,平生喜爱做的事情,十有八九都不再做了。然而一文一咏,却不能罢手。想不到到了衰朽的晚年,又遇到您这样有才德的人。从前,蔡伯喈一见王仲宣就赞叹地说:'这是王公之孙,我家有藏书上万卷,一定会全部赠送。'我虽不才,也愿意效仿先贤。"沈约和王筠每每商讨书史中的疑难之处,一起一部接一部地翻阅篇章,不分白日和夜晚,彼此都以此为乐。王筠历任司徒、左长史、度支尚书。出自《谈薮》。

唐高宗

胡楚宾写文章很快,每次都是饮酒到半酣时再提笔写。唐高宗每次让他来写文章,必定用金杯或银杯盛酒让他喝,并将饮过酒的杯子赏赐给他。出自《谭宾录》。

天 后

武则天游龙门,命令随从的官员即景作诗。左史东方虬先得一诗,武则天赏赐他一领锦袍。待到宋之问的诗写出来,武则天称赞宋诗比东方诗高一筹,从东方手中夺回锦袍赏赐给宋之问。出自《谭宾录》。

源乾曜

源乾曜因奏事称旨,上悦之。于是骤拔用,历户部侍郎、京兆尹,以至宰相。异日,上独与高力士语曰:"汝知吾拔用乾曜之速乎?"曰:"不知也。"上曰:"吾以容貌言语类萧至忠,故用之。"对曰:"至忠不尝负陛下乎,陛下何念之深也?"上曰:"至忠晚乃谬计耳,其初立朝,得不谓贤相乎?"上之爱才宥过,闻者莫不感悦。出《国史补》。

张建封

崔膺性狂,张建封爱其文,以为客,随建封行营。夜中大叫惊军,军士皆怒,欲食其肉,建封藏之。明日置宴,监军曰:"某有与尚书约,彼此不得相违。"建封曰:"唯。"监军曰:"某有请,请崔膺。"建封曰:"如约。"逡巡,建封又曰:"某亦有请,却请崔膺。"座中皆笑。后乃得免。出《国史补》。

李 实

李实为司农卿,促责官租。萧祐居丧,输不及期。实怒,召至。租车亦至,故得不罪。会有赐与,当为谢状。常秉笔者方有故,实急,乃曰:"召衣齐衰者。"祐至,立为草状。实大喜,延英荐之。德宗令问丧期,屈指以待,及释服之明日,自处士拜拾遗。祐有文章,善画,好鼓琴,其拔擢乃偶然耳。出《国史补》。

源乾曜

源乾曜因为奏事符合玄宗的心意,玄宗喜爱他。于是他迅速地被升迁,历官户部侍郎、京兆尹,以至宰相。有一天,玄宗单独跟高力士说:"你知道我为什么提升乾曜这么快?"高力士回答说:"不知道。"玄宗说:"我因为他的相貌言谈很像萧至忠,因此任用他。"高力士问道:"萧至忠不是曾经有负于陛下吗?陛下为什么对他的怀念还这样深呢?"玄宗说:"萧至忠到了晚年时才有失误,刚任宰相时,人们不都说他是贤相吗?"玄宗爱才宥过,听到的人无不感动高兴。出自《国史补》。

张建封

崔膺性情狂傲,张建封爱他的文采,接纳他为宾客,并让他随同自己行军。睡到半夜,崔膺忽然大喊大叫惊动了军营。士兵们都大怒,非要斩杀他吃肉不可,张建封将他藏起来。第二天设宴,监军在宴席上说:"我与尚书您有约,谁都不能违背它。"张建封说:"是的。"监军说:"我要请一个人,请的就是崔膺。"张建封回答说:"可以按约定的办。"张建封马上又说:"我也有请,请不要请崔膺。"宴席上的人都哈哈大笑。因此崔膺才得免一死。出自《国史补》。

李 实

李实任司农卿,负责催收官租。萧祐正在守丧,没有按期将官租送来。李实大怒,召见萧祐。萧祐到达时,送租车也来了,因此,李实没有处罚他。正赶上皇帝对他有所奖赏,应当立即上表谢恩。这时经常为李实执笔的人有事不在,李实很着急,就说:"叫穿丧服的来见我。"萧祐应召而来,立即为李实拟好草稿。李实大喜,将萧祐请来当成英才向朝廷举荐。唐德宗让李实问明居丧的日期,便数着手指计算时间,到萧祐居丧期满脱去丧服的第二天,便由一介布衣而官拜拾遗。萧祐有文才,善画,喜好鼓琴,他的被发现与提升纯属偶然。出自《国史补》。

韩　愈

李贺字长吉，唐诸王孙也。父瑨肃，边上从事。贺年七岁，以长短之歌名动京师。时韩愈与皇甫湜贤贺所业，奇之而未知其人。因相谓曰："若是古人，吾曹不知者。若是今人，岂有不知之理。"会有以瑨肃行止言者，二公因连骑造门，请其子。既而总角荷衣而出。二公不之信，因面试一篇。贺承命欣然，操觚染翰，旁若无人。仍目曰《高轩过》。曰："华裾织翠青如葱，金环压辔摇玲珑。马蹄隐隐声隆隆，入门下马气如虹。云是东京才子，文章巨公。二十八宿罗心胸，殿前作赋声磨空。笔补造化天无功，元精耿耿贯当中。庞眉书客感秋蓬，谁知死草生华风。我今垂翅负天鸿，他日不羞蛇作龙。"二公大惊，遂以所乘马命联镳而还所居，亲为束发。年未弱冠，丁内艰。他日举进士，或谤贺不避家讳，文公时著《辨讳》一篇。不幸未壮室而终。出《摭言》。

又

韩愈引致后辈，为举科第，多有投书请益者。时人谓之韩门弟子。后官高，不复为也。出《国史补》。

杨敬之

杨敬之爱才公正。尝知江表之士项斯，赠诗曰："处处见诗诗总好，及观标格过于诗。平生不解藏人善，到处相逢说项斯。"因此遂登高科也。出《尚书故实》。

韩　愈

　　李贺字长吉,是唐朝王室王孙。李贺的父亲叫李瑨肃,在边境上任从事。李贺七岁时,就以能作长短句而名声轰动京师。当时韩愈与皇甫湜赞赏李贺写的诗篇,十分惊奇但不知道这个人。他们商量说:"李贺若是古人,那是我们不知道的人。若是同时代的人,岂有不知之理。"有人将李瑨肃的情况告诉了他们。于是,韩愈与皇甫湜相约结伴骑马前去登门造访,请李瑨肃将李贺唤出来让他们看看。不一会儿,从内室走出一位扎着髻角披着衣裳的少年。韩愈和皇甫湜不相信眼前这个孩子就是名动京师的诗人,于是请李贺当场作诗一篇给他们看看。李贺欣然遵命,铺纸握笔,旁若无人地挥笔疾书起来。他写的诗题目叫《高轩过》,内容是这样的:"华裾织翠青如葱,金环压辔摇玲珑。马蹄隐隐声隆隆,入门下马气如虹。云是东京才子,文章巨公。二十八宿罗心胸,殿前作赋声磨空。笔补造化天无功,元精耿耿贯当中。庞眉书客感秋蓬,谁知死草生华风。我今垂翅负天鸿,他日不羞蛇作龙。"韩愈与皇甫湜看罢大惊,于是骑马将李贺带回,亲手为他束发。李贺尚未成年,母亲就去世了。后来李贺举进士,有人非议他不避家讳,为此韩愈写了一篇《辨讳》的文章为他辩护。不幸的是,李贺没有活到壮年就去世了。出自《摭言》。

又

　　韩愈引荐后辈,为他们荐举科第,因此有很多人投书韩愈,请求帮助。当时人称这些人为韩门弟子。韩愈官位升高后,不再这样做了。出自《国史补》。

杨敬之

　　杨敬之公正惜才。他曾得知江表项斯有才华,就赠诗一首:"处处见诗诗总好,及观标格过于诗。平生不解藏人善,到处相逢说项斯。"项斯因此得中高科。出自《尚书故实》。

卢肇

王镣富有才情，数举未捷。门生卢肇等，公荐于春官云："同盟不嗣，贤者受讥。相子负薪，优臣致诮。"乃旌镣嘉句曰："击石易得火，扣人难动心。今日朱门者，曾恨朱门深。"声闻蔼然。果擢上第。出《抒情诗》。

令狐绹

宣皇坐朝，次对官趋至前，必待气息平匀，上然后问事。令狐绹进李远为杭州刺史，宣皇曰："我闻李远诗云：'长日唯销一局棋。'岂可以临郡哉？"对曰："诗人之言，不足有实也。"仍荐远廉察可任，乃俞之。出《幽闲鼓吹》。

崔铉

郑愚尚书，广州人。擢进士第，扬历清显。声甚高而性好华，以锦为半臂。崔魏公铉镇荆南，郑授广南节制。路由渚宫，铉以常礼待之。郑为进士时，未尝以文章及魏公门，至是乃赍所业。魏公览之，深加叹赏曰："真销得半臂也。"出《北梦琐言》。

高逸

孔稚珪

齐会稽孔稚珪，光禄灵产之子，侍中道隆之孙，张融之内弟。稚珪富学，与陆思晓、谢沦为君子之交。珪不乐世务，宅中草没人。南有山池，春日蛙鸣。仆射王晏尝鸣箭

卢　肇

王镣非常有才情，却数次参加科举考试都榜上无名。他的学生卢肇等一起在春试考官面前举荐王镣说："同盟不嗣，贤者受讥。相子负薪，优臣致诮。"写了表扬王镣的嘉句说："击石易得火，扣人难动心。今日朱门者，曾恨朱门深。"王镣的名声因此大盛。王镣果然考中了。出自《抒情诗》。

令狐绹

唐宣宗坐朝，次对官快步走到跟前，宣宗一定等待他呼吸平稳下来，才询问事体。令狐绹举荐李远做杭州刺史，宣宗问："我听说李远有一句诗是这样的：'长日唯销一局棋。'怎么可以让他任一郡之长呢？"令狐绹回答说："诗人在诗中讲的事情，不可信实啊！"仍然举荐李远廉洁明察可以任用。宣宗于是就应允了。出自《幽闲鼓吹》。

崔　铉

尚书郑愚，广州人氏。登进士第后，历仕清要显达的官位。他声望很高而好奢华，曾用锦缎做成一件半臂。魏国公崔铉镇守荆南，郑愚被任命为广南节制。途经渚宫，崔铉以通常的礼仪接待他。郑愚为进士的时候，未曾将自己的文章给崔铉看过，这次才将它们给崔铉读。崔铉读过后，深深地赞叹说："真值一件半臂。"出自《北梦琐言》。

高逸

孔稚珪

齐国会稽人孔稚珪，是光禄灵产的儿子，侍中道隆的孙子，张融的内弟。他很有才学，和陆思晓、谢沦是朋友。孔稚珪不关心世俗事务，院子里的杂草长得有一人高他也不铲除。他家对面南山有一个池塘，水中有蛙，每年春天蛙声鼓噪。仆射王晏有一次吹着筇

鼓造之,闻群蛙鸣,晏曰:"此殊聒人耳。"答曰:"我听卿鼓吹,殆不及此。"晏有愧色。历位太子詹事,赠光禄大夫。出《谈薮》。

李元诚

北齐赵郡李元诚,钜鹿贞公恢之孙,钜鹿简公灵之曾孙。性放诞,不好世务,以饮酒为务。为太常卿,太祖欲以为仆射,而疑其多酒。子骚谏之,元诚曰:"我言作仆射不如饮酒乐,尔爱仆射,宜勿饮酒。"行台尚书司马子如及孙腾,尝诣元诚,其庭宇芜旷,环堵颓圮。在树下,以被自拥,独对一壶,陶然乐矣。因见其妻,衣不曳地。撤所坐在褥,质酒肉,以尽欢意焉。二公嗟尚,各置饷馈,受之而不辞,散之亲故。元诚一名元忠。拜仪同,领卫尉,封晋阳公。卒赠司徒,谥曰文宣。出《谈薮》。

陶弘景

丹阳陶弘景幼而惠,博通经史。睹葛洪《神仙传》,便有志于养生。每言仰视青云白日,不以为远。初为宜都王侍读,后迁奉朝请。永明中,谢职隐茅山。山是金陵洞穴,周回一百五十里,名曰华阳洞天。有三茅司命之府,故时号茅山。由是自称华阳隐居,人间书疏,皆以此代名。亦士安之玄晏,稚川之抱朴也。惟爱林泉,尤好著述。缙绅士庶禀道伏膺,承流向风,千里而至。先生尝曰:"我读外书未满万卷,以内书兼之,乃当小出耳。"齐高祖问之曰:

敲着鼓前来拜访他,听到蛙声鼓噪,对孔稚珪说:"这些蛙声真刺耳。"孔稚珪回答说:"我听你吹箛敲鼓还赶不上我的蛙鸣呢!"王晏听了后很难为情。孔稚珪官至太子詹事,赠光禄大夫。出自《谈薮》。

李元诚

　　北齐赵郡人李元诚,是钜鹿贞公李恢的孙子,钜鹿简公李灵的曾孙。李元诚性情放荡怪诞,不关心世俗事务,只爱喝酒。他任职太常卿,太祖想任他为仆射,却担心他喝酒误事。他的儿子李骚劝说他少喝酒,他说:"依我说做仆射不如喝酒快活。你爱仆射这个官职,应当不喝酒。"行台尚书司马子如和孙腾,曾到李元诚家拜访,见到他家庭院荒芜空旷,周围的院墙已经坍塌。李元诚披着被子独自一人坐在树下喝酒,自得其乐。他妻子穿着很短的衣裙。李元诚撤去他坐的褥子去换酒肉,来招待他们。二人感叹李元诚这样好客,各有馈赠,李元诚欣然接受没有推辞,将这些银钱送给亲朋。李元诚还有一个名字叫李元忠。他官拜仪同,领卫尉,被封为晋阳公。他去世后被赠为司徒,谥号为文宣。出自《谈薮》。

陶弘景

　　丹阳人陶弘景幼年即聪慧,博通经史。他阅读了葛洪的《神仙传》后,便产生了隐居山林、修仙养道的想法。他常说,仰观青云白日,一点也不觉得高远。陶弘景起初官拜宜都王侍读,后来改迁奉朝请。齐武帝永明年间,陶弘景辞去官职归隐茅山。山是金陵洞穴,周长一百五十里,叫华阳洞天。内有三茅司命的府庙,因此当时人叫它茅山。由此,陶弘景自称华阳隐居,此后,与人间书信往来,都用这个称谓。就好像晋朝的皇甫谧自号玄宴,葛洪自号抱朴子一样。陶弘景唯爱林泉,尤为喜爱著书立说。从士大夫到士人、百姓,都信服他,不远千里来拜谒他求道。陶先生曾说:"我读修炼以外的杂书不到万卷,读有关修仙成道的书比这个多一些。"齐高祖询问陶弘景:

"山中何所有?"弘景赋诗以答之,词曰:"山中何所有? 岭上多白云。只可自怡悦,不堪持寄君。"高祖赏之。出《谈薮》。

田游岩

唐田游岩初以儒学累征不起,侍其母隐嵩山。甘露中,中宗幸中岳,因访其居,游岩出拜。诏命中书侍郎薛元超入问其母,御题其门曰"隐士田游岩宅"。征拜弘文学士。出《翰林盛事》。

朱桃椎

朱桃椎,蜀人也。澹泊无为,隐居不仕。披裘带索,沉浮人间。窦轨为益州,闻而召之。遗以衣服,逼为乡正。桃椎不言而退,逃入山中。夏则裸形,冬则以树皮自覆。凡所赠遗,一无所受。织芒屦,置之于路。见者皆曰:"朱居士之屦也。"为鬻取米,置之本处。桃椎至夕取之,终不见人。高士廉下车,深加礼敬。召至,降阶与语。桃椎一答,既而便去。士廉每加褒异,蜀人以为美谈。出《大唐新语》。

卢 鸿

玄宗征嵩山隐士卢鸿,三诏乃至。及谒见,不拜,但磬折而已。问其故,鸿对曰:"臣闻老子云,礼者忠信之薄,不足可依。山臣鸿,敢以忠信奉上。"玄宗异之,召入赐宴,拜

"山中何所有?"陶弘景赋诗作答,诗说:"山中何所有? 岭上多白云。只可自怡悦,不堪持寄君。"齐高祖读诗后,非常赞赏陶弘景。出自《谈薮》。

田游岩

唐朝人田游岩,起初以儒学屡次被朝廷征召,他都不应召,隐居嵩山侍奉母亲。甘露年间,中宗游幸嵩山,到田游岩的居所去拜访他,田游岩出迎参拜。中宗命令中书侍郎薛元超进内室问候田游岩的母亲,亲自为田家居室门上题写"隐士田游岩宅"。征拜田游岩为弘文学士。出自《翰林盛事》。

朱桃椎

朱桃椎是蜀人。生性淡泊无为,隐居不出来做官。身披兽皮用藤索缠缚,浪迹在民间。窦轨为益州长官时,听闻并召见了他。送给他衣服,逼他任里正。朱桃椎一句话不说就退出来,逃往深山中。夏天赤身裸体,冬天冷了就用树皮盖在身上取暖。别人赠送给他的物件,一律不接受。他将织好的芒鞋放在行人经过的道上,路人看见了,都说:"这是朱居士编织的芒鞋。"人们帮他卖掉芒鞋,换成米后再送到放芒鞋的地方。到了晚上,朱桃椎才从山林里出来取米,始终没有人遇见过他。高士廉到此地任职,对朱桃椎非常敬重。他派人将朱桃椎请来,放下架子跟朱桃椎谈话。朱桃椎答说完了转身离去。高士廉每每给予他特殊的褒扬嘉奖,蜀人以为美谈。出自《大唐新语》。

卢 鸿

唐玄宗征召嵩山隐士卢鸿,下三次诏书卢鸿才应召入朝。到拜见玄宗时,卢鸿不行拜礼,只行鞠躬礼。问他缘故,卢鸿回答说:"臣听说老子聃曾经讲过:礼,是忠信不足的标志,不可用它来表示人与人之间的关系。山野之臣卢鸿,保证用忠信侍奉皇上。"唐玄宗大为惊异,将卢鸿召入宫中赐宴,下诏拜卢鸿为

谏议大夫,赐章服,并辞不受。给米百石,绢百匹,送还隐居之处。出《大唐新语》。

元　结

天宝之乱,元结自汝渍,大率邻里南投襄汉,保全者千余家。乃举义师宛叶之间,有婴城捍寇之力。结天宝中师中行子。始在商於之山称元子,逃难入猗玗之山称猗玗子,或称浪士。渔者呼为聱叟,酒徒呼为漫叟。及为官,呼漫郎。出《国史补》。

贺知章

贺知章性放旷,美谈笑,当时贤达咸倾慕。陆象先即知章姑子也,知章特相亲善。象先谓人曰:"贺兄言论调态,真可谓风流之士。"晚年纵诞,无复规检,自号四明狂客。醉后属词,动成篇卷,文不加点,咸有可观。又善草、隶书,好事者共传宝之。请为道士归乡,舍宅为观,上许之。仍拜子为会稽郡司马,御制诗以赠行。出《谭宾录》。

顾　况

顾况志尚疏逸,近于方外。有时宰曾招致,将以好官命之。况以诗答之曰:"四海如今已太平,相公何事唤狂生。此身还似笼中鹤,东望沧溟叫数声。"后吴中皆言况得道解化去。出《尚书故实》。

谏议大夫,赐给他礼服,卢鸿一一辞谢不受。玄宗赐给他米一百石,绢一百匹,送他回到隐居的地方。出自《大唐新语》。

元　结

　　唐朝天宝之乱,元结从汝濆率领乡邻南投襄汉,保全了一千多家人的性命。并且他在宛叶之间组织义军,立下了护卫城池抵御贼寇的功劳。元结天宝中师事中行子。起初在商於山称元子,逃难进入猗玗山称猗玗子,或者称浪士。渔夫称呼元结为聱叟,酒徒们称元结为漫叟。等到元结当官以后,同僚们称他为漫郎。出自《国史补》。

贺知章

　　贺知章性情豪放旷达,非常健谈,当时朝野的贤达人士都倾慕他。陆象先是贺知章的姑表兄弟,贺知章对他非常亲密。陆象先对人说:"贺大哥不论从文章辞赋,还是从举止情态看,真真称得上是个风流才子啊!"贺知章晚年越发放纵怪诞,更加不约束自己,自称为四明狂客。他每次醉后吟诗赋词,动辄成篇成卷,文不加点,佳作连篇。贺知章又善写草书和隶书,被喜爱书法的人共同传阅,视为墨宝。贺知章晚年请求还乡为道士,并将自家私宅舍出为道观,皇帝准许了他。同时赐拜他的儿子为会稽郡司马,并亲手写诗为贺知章送行。出自《谭宾录》。

顾　况

　　顾况崇尚疏淡隐逸,近于在山野间修炼的术士。有一次当朝宰相召见他,说要给他一个好官做。顾况以诗回复这位宰相:"四海如今已太平,相公何事唤狂生。此身还似笼中鹤,东望沧溟叫数声。"后来,吴中人都传说他得道升仙了。出自《尚书故实》。

陈 珚

陈珚,鸿之子也。鸿与白傅传《长恨词》,文格极高,盖良史也。咸通中,佐廉使郭常侍铨之幕于徐,性尤耿介,非其人不与之交。同院有小计姓武,亦元衡相国之后,盖汾阳之坦床也。乃心不平之,遂挈家居于茅山。与妻子隔山而居,短褐束绦,焚香习禅而已。或一年半载,与妻子略相面焉。在职之时,唯流沟寺长老与之款接,亦具短褐相见。自述《檀经》三卷,今在藏中。临行,留一章与其僧云:"行若独轮车,常畏大道覆。止若圆底器,常恐他物触。行止既如此,安得不离俗。"乾符中,弟琏复佐薛能幕于徐,自丹阳棹小舟至于彭门,与弟相见。薛公重其为人,延请入城。遂坚拒之曰:"某已有誓,不践公门矣。"薛乃携舟造之,话道永日,不宿而去。其志尚之介僻也如此。出《玉堂闲话》。

孔 拯

孔拯侍郎为遗补时,尝朝回值雨,而无雨备,乃于人家檐庑下避之。过食时,雨益甚,其家乃延入厅事。有一叟出迎甚恭,备酒馔亦甚丰洁,公侯家不若也。拯惭谢之,且假雨具。叟曰:"某闲居,不预人事。寒暑风雨,未尝冒也。置此欲安施乎?"令于他处假借以奉之。拯退而嗟叹,若忘宦情。语人曰:"斯大隐者也。"出《北梦琐言》。

陈玖

陈玖是陈鸿的儿子。陈鸿曾给太傅白居易的名诗《长恨词》作过注释，文章的品位极高，是个优秀的史官。唐懿宗咸通年间，陈玖在廉使常侍郭铨的徐州幕府做幕僚。这时的陈玖性情尤为耿介，不是跟他一样人品的人不能跟他做朋友。跟陈玖同院有个小计姓武，是宰相元衡的后人，就是汾阳王的女婿。陈玖跟他共事心里很不是滋味儿，于是带领全家退居于茅山。陈玖跟妻子分居，隔一座山。他穿短褐，腰扎绦带，独自烧香习禅。或一年，或半载，才跟妻子草草地见上一面。陈玖在任幕僚期间，只有流沟寺的长老跟他有来往。他也是穿着短褐跟长老见面。这期间，陈玖自述《檀经》三卷，现在还珍藏着呢。临走时，陈玖留一章经卷给长老，说："行走时如独轮车，经常畏惧道路倾覆。不动时如圆底的器具，经常害怕别的物件触碰它。动与不动都如此担惊受怕，怎么能不尽早远离俗世呢。"唐僖宗乾符年间，陈玖的弟弟陈琏又去薛能在徐州的幕府做幕僚。陈玖从丹阳撑着小船到彭门去看弟弟。薛能敬重他的为人，请他入城。陈玖坚决拒绝，说："我已立过誓，不踏入公门啊。"薛能就带船前往彭门拜访陈玖。两人谈话投机，谈了整整一天，到了晚上才返回。陈玖这个人哪，他的孤介和怪僻就是如此。出自《玉堂闲话》。

孔拯

侍郎孔拯任遗补时，有一次上朝回家遇雨，没有雨具，在一家房檐下避雨。过了用膳的时候，雨下得更大了，这家人将他请到客厅里。有一位老者恭恭敬敬地迎候他，并送来丰盛洁净的酒菜让他吃，大概王公大臣家的酒菜也不一定有这丰盛。孔拯不好意思地表示谢意，并向老人借雨具一用。老人说："我闲居在家里，不参与世上的事情。寒暑风雨我都不出去，准备雨具干什么呢？"就叫人到别家去借来雨具给他。孔拯离开这家人家，感慨得似乎忘却了自己是个官员。他对人说："我避雨遇到的这位老人，一定是位大隐者啊！"出自《北梦琐言》。

卷第二百三

乐一

乐

舜白玉琯　　师　延　　师　旷　　师　涓　　楚怀王
咸阳宫铜人　隋文帝　　唐太宗　　卫道弼　　曹绍夔
裴知古　　李嗣真　　宋　沈　　王仁裕　　李师诲

琴

珏璠乐　　刘道强　　赵　后　　马　融　　杨　秀
李　勉　　张弘靖　　董庭兰　　蔡　邕　　于　頔
韩　皋　　王中散

瑟

阮　咸

乐

舜白玉琯

舜之时，西王母来献白玉琯。汉章帝时，零陵文学奚景于冷道舜祠下得笙白玉琯。知古以玉为琯，后乃易之以竹为琯耳。夫以玉作音，故神人和，凤凰仪也。出《风俗通》。

师　延

师延者，殷之乐工也。自庖皇以来，其世遵此职。

乐

舜白玉琯

舜帝时,西王母来献白玉琯。汉章帝时,零陵儒生奚景在冷道舜祠下得到笙白玉琯,才知道古时候用玉制琯,后来换作用竹子来做了。用白玉做乐器,才能引得神仙来和奏,并引来凤凰。出自《风俗通》。

师　延

师延,殷朝的乐工。自庖皇以来,他家历朝历代世袭其职。

至师延精述阴阳,晓明象纬,终莫测其为人。世载辽绝,而或出或隐。在轩辕之世,为司乐之官。及乎殷时,总修三皇五帝之乐。抚一弦之琴,则地祇皆升。吹玉律,则天神俱降。当轩辕之时,已年数百岁,听众国乐声,以审世代兴亡之兆。至夏末,抱乐器以奔殷。而纣淫于声色,乃拘师延于阴宫之内,欲极刑戮。师延既被囚絷,奏清商流徵调角之音。司狱者以闻于纣,犹嫌曰:"此乃淳古远乐,非余可听悦也。"犹不释。师延乃更奏迷魂淫魄之曲,以欢修夜之娱,乃得免炮烙之害。闻周武王兴师,乃越濮流而逝。或云,其本死于水府。故晋、卫之人镌石铸金图画以象其形,立祠不绝矣。出《王子年拾遗记》。

师　旷

师旷者,或云出于晋灵之世,以主乐官,妙辩音律,撰兵书万篇,时人莫知其原裔,出没难详也。晋平公时,以阴阳之学,显于当世。乃薰目为瞽,以绝塞众虑。专心于星箅音律,考钟吕以定四时,无毫厘之异。春秋不记师旷出于何帝之时。旷知命欲终,乃述《宝符》百卷。至战国分争,其书灭绝矣。晋平公使师旷奏清徵,师旷曰:"清徵不如清角也。"公曰:"清角可得闻乎?"师旷曰:"君德薄,不足听之,听之将恐败。"公曰:"寡人老矣,所好者音,愿遂听之。"师旷不得已而鼓。一奏之,有云从西北方起;再奏之,

师延能够精确地讲述阴阳,通晓象数谶纬,人们始终也不了解他。他历经的世代久远,时而出世时而隐没。在轩辕氏时,师延是司乐的官员。到了殷商时他全面修编了三皇五帝时的乐章。已经达到了弹拨一弦琴,就能让地神都出来听;吹玉律,引来天神都降临凡世。师延在轩辕氏时代,已经有数百岁了。他能从各国的乐声中审度出世代兴亡的预兆。到了夏朝末年,他抱着乐器投奔殷商。然而到殷纣王时,由于纣王浸淫于声色之中,将师延幽拘在阴宫中,准备处以极刑。师延在阴宫中奏清商流徵调角等雅乐。看守阴宫的狱卒就向纣王报告,纣王厌烦地说:"这些都是很久以前的淳朴的乐音,不是我们这样的人可以享受的啊!"不释放他。师延又奏迷魂淫魄的靡靡之音,以供纣王整夜淫荡之用,因而免受炮烙之刑。师延听说周武王兴师伐纣,于是涉过濮水消失了。有人说师延死在水府里。因此,晋国、卫国的民众镌石铸金刻画上师延的图像,不断有人为师延立祠供奉他。出自《王子年拾遗记》。

师　旷

师旷这个人,有人说出生在晋灵公时代,任掌管乐的官员。他辨识音律的能力很强,还撰写过兵书一万篇。当时的人都不知道他祖居在哪儿,也不清楚他的活动情况。到了晋平公时,师旷因为精通阴阳学而闻名于世。为了杜绝世人的疑虑,他将自己的眼睛薰瞎。师旷专心研究星相、计算和音律,考证黄钟大吕来定四时,没有一点差错。史书上没有记述师旷出生在哪朝哪代。师旷知道自己寿命将要终结了,于是著述了《宝符》一书,共一百卷。这部书传到战国时,在战乱中湮灭了。晋平公让师旷演奏清徵给他听,师旷说:"清徵不如清角。"晋平公问:"能听听清角么?"师旷答:"国君您的德行薄,不能够听它啊。非要听,恐怕会给您带来败运的。"晋平公说:"我已经老朽了。平生最喜爱的就是音律,就让我听一听吧。"师旷不得已就鼓奏了清角给他听。刚开始演奏,有云从西北方向的天空中涌出;继续演奏下去,

大风至,大雨随之。掣帷幕,破俎豆,堕廊瓦。坐者散走,平公恐惧,伏于廊室。晋国大旱,赤地三年,平公之身遂病。出《王子年拾遗记》。

师 涓

师涓者出于卫灵公之世。能写列代之乐,善造新曲,以代古声,故有四时之乐。春有《离鸿》《去雁》《应蘋》之歌;夏有《明晨》《焦泉》《朱华》《流金》之调;秋有《商飙》《白云》《落叶》《吹蓬》之曲;冬有《凝河》《流阴》《沉云》之操。此四时之声,奏于灵公,公沉湎心惑,忘于政事。蘧伯玉谏曰:"此虽以发扬气律,终为沉湎靡曼之音,无合于风雅,非下臣宜荐于君也。"灵公乃去新声而亲政务,故卫人美其化焉。师涓悔其违于雅颂,失为臣之道,乃退而隐迹。伯玉焚其乐器于九达之衢,恐后世传造焉。其歌曲湮灭,世代辽远,唯纪其篇目之大意也。出《王子年拾遗记》。

楚怀王

洞庭之山浮于水上,其下金堂数百间,帝女居之。四时闻金石丝竹之音彻于山顶。楚怀王之时,与群才赋诗于水湄。故云,潇湘洞庭之乐,听者令人难老,虽《咸池》《萧韶》不能比焉。每四仲之节,王尝绕山以游宴。各举四仲

狂风刮来了,随着下起了大雨。大风刮坏了帐幔,刮得案上放置的盛肉器具摔碎一地。同时,将廊上的房瓦都掀落在地上。一起围坐听乐的人们都惊恐地逃散了,晋平公吓得匍匐在廊室。于是,晋国大旱三年,赤地千里,晋平公也从此一病不起。出自《王子年拾遗记》。

师 涓

师涓是卫灵公时代的人。他能谱写各个朝代的乐曲,还擅长创造新的乐曲,用来替代古曲。他曾谱写过表现四时的乐曲。表现春天的有《离鸿》《去雁》《应蘋》等新曲;表现夏天的有《明晨》《焦泉》《朱华》《流金》等新曲;表现秋天的有《商飙》《白云》《落叶》《吹蓬》等新曲;表现冬天的有《凝河》《流阴》《沉云》等新曲。师涓将自己谱写的表现四时的新曲演奏给卫灵公听。灵公听了后久久沉湎于新曲中心神迷乱,竟然忘却了料理国家政务。蘧伯玉规谏灵公说:"师涓谱写的四时新曲虽然发扬了气律的特色,但是这些新曲都是听了让人心神迷乱的靡靡之音,跟风雅等古曲有本质的区别,不适宜下臣推荐演奏给国君听啊。"于是,卫灵公再不听四时新曲又重新料理国事了。因此,卫国臣民都赞美卫灵公。师涓对于自己违背雅颂正乐非常悔恨,认为这是丧失了作为良臣的操守,于是退隐不知去向。蘧伯玉在通达九方的闹市街口焚毁了师涓的乐器,惟恐后世制造传播。师涓所谱写的新曲湮灭了,世代久远,到今天,只能记其篇目之大略而已。出自《王子年拾遗记》。

楚怀王

洞庭有山浮在水上,水下面有金堂数百间,帝女住在这里。一年四季都能听到金石丝竹奏出的优美乐声响彻山顶。楚怀王时,怀王和群臣在洞庭水边饮酒吟诗。因此有人说,潇湘洞庭的仙乐,能让听到它的人不老,《咸池》《萧韶》等雅乐也不能相比。每到四季的季中之节,楚怀王都与群臣绕山游宴。各以季中

之气，以为乐章。惟仲春律中夹钟，乃作轻流水之诗，宴于山南。时中蕤宾，乃作《皓露》《秋霜》之曲。其后怀王好进奸雄，群贤逃越。屈平以忠见斥，隐于沅、澧之间。王迫逐不已，乃赴清冷之渊。楚人思慕之，谓之水仙。出《王子年拾遗记》。

咸阳宫铜人

秦咸阳宫中有铜人十二枚，坐高皆三五尺。列在一筵上，琴筑笙竽，各有所执。皆组绶华采，俨若生人。筵下有铜管，上口高数尺。其一管空，内有绳大如指。使一人吹空管，一人纽绳，则琴瑟竽筑皆作，与真乐不异。出《西京杂记》。

隋文帝

隋文帝开皇十四年，于翟泉获玉磬十四。悬之于庭，有二素衣神人来击之，其声妙绝。出《洽闻记》。

唐太宗

唐太宗留心雅正，励精文教。乃命太常卿祖孝孙正宫商，起居郎吕才习音韵，协律郎张文收考律吕。平其散滥，为之折衷。作降神乐，为九功舞，天下靡然向风矣。初孝孙以梁、陈旧乐杂用吴、楚之音，周、齐旧乐多涉胡戎之伎，于是斟酌南北，考以古音，而作大唐雅乐。以十二律，

节气命名,创作乐章。唯有仲春节所作乐曲,恰合十二律的夹钟之律,于是作轻如流水之类悠扬的诗歌,在山南饮酒作乐。夏五月,律中蕤宾,于是作《皓露》《秋霜》等曲子,曲中藏着冷硬肃杀之气。此后,楚怀王喜欢重用奸雄之辈,贤良的人都离他远去。只有屈原苦苦劝谏楚怀王,却遭到怀王的贬斥被流放,隐没在沅水、澧水一带。楚怀王不断地迫害屈原,屈原悲愤绝望投入清冷的汨罗江中溺死。楚国民众思慕屈原,称他为水仙。出自《王子年拾遗记》。

咸阳宫铜人

秦咸阳宫有铜人十二枚,坐高皆三五尺。并排坐在一领大席上,手中各自捧着琴、筑、竽、笙等各种乐器,穿着华丽,栩栩如生。席下有根铜管,管的上口高数尺。其中一根管子中空,里面放进去像手指头那么粗的绳子。让一个人吹那根空管,再让一个人拉动管中的绳子,这时铜人手中的乐器就会一齐奏响,跟真乐器一样。出自《西京杂记》。

隋文帝

隋文帝开皇十四年,在翟泉得到玉磬十四只。文帝将它们悬挂在庭院。有两个身着白衣的神人来击玉磬,其声绝妙。出自《洽闻记》。

唐太宗

唐太宗很重视标准规范,想振兴文化教育事业。于是,就命令太常卿祖孝孙校正宫商,起居郎吕才研习音韵,协律郎张文收考证律吕。让他们删去那些芜杂散滥的,整理出标准规范的音律。于是,创作了降神的乐曲,编成了九功舞,很快在国内传播开来。起初时,祖孝孙认为梁、陈等地的旧乐多掺杂着吴、楚之音,周、齐一带的旧乐多受胡戎之伎的影响,于是他悉心探索南北乐曲的不同风格,再参考古乐曲,创作了大唐雅乐。以十二律

各顺其月,旋相为宫。按《礼记》云:"大乐与天地同和。"《诗序》云:"太平之音安以乐,其政和。"故制十二和之乐,合三十曲八十四调。祭圜丘以黄钟为宫,方泽以大吕为宫,宗庙以太簇为宫。五郊迎享,则随月用律为宫。初隋但用黄钟一宫,唯扣七钟,余五虚悬而不扣。及孝孙造旋宫之法,扣钟皆遍,无复虚悬矣。时张文收善音律,以萧吉乐谱未甚详悉,取历代沿革,截竹为十二律吹之,备尽旋宫之义。太宗又召文收于太常,令与孝孙参定雅乐。太乐古钟十二,俗号哑钟,莫能通者。文收吹律调之,声乃畅彻。知音乐者咸伏其妙,授协律郎。及孝孙卒,文收始复采三礼,更加厘革,而乐教大备矣。出《谭宾录》。

又

润州曾得玉磬十二以献。张率更叩其一曰:"晋某岁所造也。是岁闰月,造磬者法月数,当有十三个,阙其一。宜如黄钟东九尺掘,必得焉。"求之,如言而得。出《国史异纂》。

又

贞观中,景云见,河水清。张率更制为《景云河清歌》,名曰燕乐,今元会第一奏是也。出《国史异纂》。

配以十二月，按序为宫。按《礼记》说："伟大的乐曲与天地相和。"《诗经》序上说："太平时代的音乐以安定为题旨，政事就通和。"因此又创作编制了十二和之乐，共三十曲八十四调。在圜丘祭天以黄钟为宫，在方泽祭地以大吕为宫，在宗庙祭祖以太簇为宫。在五郊举行迎候节气仪式时，就随月用律为宫。起初，隋朝的乐官只用黄钟一宫，扣七钟，余下的五钟悬在那里不扣。到了祖孝孙创造旋宫之法后，十二钟都扣，再没有悬在那里不扣的了。当时，张文收精通音律，认为萧吉所制的乐谱不怎么详细，他研究考查了历代的音律沿革，截取竹管按十二律制成乐器来吹，备尽旋宫之义。唐太宗又召张文收在太常宫工作，让他协助祖孝孙审定雅乐。太乐古钟十二，人称哑钟，没有人能通晓演奏它的办法。张文收用吹律调它，发出的声音才畅彻悦耳，通晓音乐的行家们都佩服他的技艺高超。张文收被太宗授予协律郎的官职。待到太常卿祖孝孙过世后，张文收开始重新采用古代三礼之乐，仔细地加以删改、整理、编纂，终于使乐教完备了。出自《谭宾录》。

又

润州曾得到玉磬十二只献上。张率更叩击其中的一只说："此磬是晋时某岁制造。这年有闰月，造磬人按照月份制的，应当有十三只，现在还缺少一只。应当在取出黄钟的地方东边九尺再挖，一定会找到的。"人们在他指示的地方去挖掘，果然又挖出一只磬来。出自《国史异纂》。

又

唐贞观年间，天上有祥瑞的景云出现，地上黄河水变清了。张率更写了一首《景云河清歌》，名为燕乐，如今元会演奏的第一首乐曲就是它。出自《国史异纂》。

又

太宗之平刘武周，河东士庶歌舞于道，军人相与作《秦王破阵乐》之曲。后编乐府云。

又

《破阵乐》，被甲持戟，以象战事。《庆善乐》，长袖曳屣，以象文德。郑公见奏《破阵乐》，则俯而不视；《庆善乐》，则玩之不厌。出《国史异纂》。

卫道弼　曹绍夔

乐工卫道弼，天下莫能以声欺者。曹绍夔与道弼偕为太乐，合享北郊。御史怒绍夔，欲以乐不和为罪。杂叩钟磬声，使夔闻，召之无误者，由是反叹伏。洛阳有僧，房中磬子夜辄自鸣。僧以为怪，惧而成疾。求术士，百方禁之，终不能已。夔与僧善，来问疾，僧具以告。俄击斋钟，复作声。绍夔笑曰："明日可设盛馔，当为除之。"僧虽不信绍夔言，冀其或效，乃具馔以待之。夔食讫，出怀中错，锉磬数处而去，其声遂绝。僧苦问其所以，夔云："此声与钟律合，击彼此应。"僧大喜，其疾亦愈。出《国史异纂》。

又

唐太宗平定刘武周的叛乱后，河东的百姓当道载歌载舞来庆贺，军士们一起庆祝，创作了《秦王破阵乐》。后来，乐官将这首古歌编入乐府。

又

《破阵乐》演奏时，表演者披戴铠甲，手执戟矛，用来象征征战冲杀的场面。《庆善乐》演奏时，表演者随着乐曲舞动长袖、穿拖鞋，用来象征文德昌盛的景象。郑公见到演奏《破阵乐》，就低下头不看；而对《庆善乐》却从不厌倦。出自《国史异纂》。

卫道弼　曹绍夔

乐工卫道弼，是个普天下没有人能够用声律来骗他的人。曹绍夔与卫道弼都是太乐，一起去北郊为祭祀演乐。御史大员恼怒曹绍夔，想以乐律不和为由治曹绍夔的罪。于是他乱敲钟、磬，召曹绍夔来辨识音律，曹绍夔没有一个音听差了，这样，反让这位御史大为赞赏佩服。洛阳有一僧人，他房中有一枚石磬每天半夜时就自己鸣响。僧人感到怪异，惧恐成病。请来术士，千方百计地用符咒制止石磬自鸣，始终未见成效。曹绍夔跟这位僧人是好朋友，听说僧人病了前来探望。问起得病的缘由，僧人如实相告。一会儿寺院敲击斋钟，磬又自鸣。曹绍夔笑着对僧人说："明天你摆上一桌盛宴招待我，我一定为你除掉它。"僧人虽然不信曹绍夔的话，但还是希望他能有办法，于是摆上酒席招待他。曹绍夔吃罢，从怀中取出一把锉，将僧人室中的石磬锉了几个地方后就走了，这以后石磬再也不自鸣了。僧人苦苦问询曹绍夔原因，曹绍夔告诉他："石磬的鸣声跟斋屋中的钟声的音律相合，你敲钟磬就发声相和。"僧人听后大喜，他的病也很快就痊愈了。出自《国史异纂》。

裴知古

裴知古奏乐，谓元行冲曰："金石谐和，当有吉庆之事，其在唐室子孙耳。"其月，中宗即位。出《谭宾录》。

又

知古直太常，路逢乘马者。闻其声，窃言曰："此人即当堕马。"好事者随而观之，行未半坊，马惊，堕殆死。又尝观人迎妇，闻妇佩玉声曰："此妇不利姑。"是日姑有疾，竟亡。善于摄生，开元十二年，年百岁而卒。出《国史异纂》。

李嗣真

唐朝承周、隋离乱，乐悬散失，独无徵音，国姓所阙，知者不敢言达其事。天后末，御史大夫李嗣真密求之不得，一旦秋爽，闻砧声者在今弩营，是当时英公宅。又数年，无由得之。其后徐敬业反，天后潴其宫。嗣真乃求得丧车一镡，入振之于东南隅，果有应者。遂掘之，得石一段，裁为四具，补乐悬之阙。后享宗庙郊天，挂簨簴者，乃嗣真所得也。出《独异志》。

宋沇

宋沇为太乐令，知音近代无比。太常久亡徵调，沇考钟律得之。出《国史补》。

裴知古

有一次裴知古奏乐,然后对元行冲说:"金石谐和,必当有吉庆的事情啊。这种吉庆的事情应在唐宗室中。"就在他说这些话的当月,中宗李显即位。出自《谭宾录》。

又

裴知古去太常署上值,途中遇见一个骑马的人。听到那人的声音,裴知古私下说:"这个人立即就会从马上摔下来。"有好奇的人跟在那个人的后面观察,行不到半条街,马受惊吓跳起将那个人摔死在地上。又有一次,裴知古观看一家娶亲,他听到新娘身上佩玉的响声,说:"这位新娘剋婆婆。"就在这同一天,她婆婆果然患病死了。裴知古善养生,于唐玄宗开元十二年去世,享年一百岁。出自《国史异纂》。

李嗣真

李唐王朝建国初期,由于经历了周、隋的战争离乱,钟、磬等悬挂乐件散失,缺少徵音,国姓丢失,知道这件事的人不敢向朝廷说。则天女皇末年,御史大夫李嗣真暗中寻找没有得到。一个秋高气爽的白日,听到有砧声从今弩营中传来,跟徵音相似。但是,当时这地方是英国公的宅院,过了好几年都没有缘由得到。后来,徐敬业起兵反叛,武则天抄了他的府第。李嗣真找到丧车一辆短剑一柄。进入徐府内,在东南边敲响,果然有回应声。掘开地面,找到一段石头。李嗣真将这段石头裁成四具悬乐,补上了悬乐所缺。这以后,凡举行祭祀仪式,悬挂的篁簴,就是李嗣真补上的。出自《独异志》。

宋 沇

太乐令宋沇,在辨识音律方面,近代人没有谁能超过他。太常缺少徵调已经很久了,宋沇考查钟律得到了。出自《国史补》。

沈为太常丞,尝一日早,于光宅佛寺待漏,闻塔上风铎声,倾听久之。朝回,复止寺舍。问寺主僧曰:"上人塔铃,皆知所自乎?"曰:"不能知。"沈曰:"其间有一是古制。某请一登塔,循金索,试历扣以辨之,可乎?"僧初难后许,乃扣而辨焉。在寺之人即言:"往往无风自摇,洋洋有闻,非此耶?"沈曰:"是耳。必因祠祭,考本悬钟而应之。"固求摘取而观之,曰:"此沽洗之编钟耳,请旦独掇于僧庭。"归太常,令乐工与僧同临之。约其时,彼扣本悬,此果应,遂购而获焉。又曾送客出通化门,逢度支运乘。驻马俄顷,忽草草揖客别。乃随乘行,认一铃,言亦编钟也。他人但觉镕铸独工,不与众者埒,莫知其余。及配悬,音形皆合其度。异乎,此亦识徵在金奏者与。出《羯鼓录》。

王仁裕

晋都洛下,丙申年春。翰林学士王仁裕夜直,闻禁中蒲牢,每发声,如叩项脑之间。其钟忽撞作索索之声,有如破裂,如是者旬余。每与同职默议,罔知其何兆焉。其年中春,晋帝果幸于梁汴。石渠金马,移在雪宫,迄今十三年矣。索索之兆,信而有征。出《玉堂闲话》。

宋沇任太常丞后,有一天早晨在光宅佛寺等待上朝,听到塔上的风铎声,听了很久。早朝归来,走到光宅佛寺又停下来。他进寺问主持僧:"您知道塔铃是从哪里得来的么?"僧人答:"不知道。"宋沇说:"其中有一只塔铃是古代制作的。请让我登上塔顶,沿着铃索,一一扣击,来找出这只古铃,可以吗?"主持僧起初不同意,后来还是答应了。于是宋沇登上塔顶,扣动塔铃听音辨识,找到了它。寺内的僧人说道:"塔上的风铃常常无风自己摇动,发出宏亮的声音,是这只吗?"宋沇说:"是的。一定是在祭祀时,它与太长署乐队悬钟的声律相同产生了共鸣。"宋沇一再请求摘下塔上的风铃观察一下,对僧人说:"这个风铃是沽洗编钟,请在早晨将它单独挂在院里。"宋沇回到太常府衙,让乐工和僧人一块亲临现场观看。约定好时间,太常府衙那边扣动悬挂的编钟,寺院中的这个沽洗编钟果然应和,于是将它向寺院买下来。又有一次,宋沇送客人出通化门,遇到度支使的运货车队。他驻马稍许,忽然匆忙向客人作揖告别。宋沇跟随在度支使运货车队的后面,又认得一铃,说这只铃也是编钟。别人只觉得这只铃铸造的技艺很独特,与众不同,别的就看不出来了。待到把它排列在太常署的编钟间,才看出来不论是外形还是发音都符合。奇怪吗? 他也算是能在金属器物中辨识音调阶律的高手之一吧。出自《羯鼓录》。

王仁裕

丙申年春天,在晋国都城洛下。翰林学士王仁裕值宿,听到宫中的钟声,每一声都像叩击在自己的脖子与脑袋之间。而宫中的钟忽然碰撞发出索索的声音,像破裂了似的,持续了十多天。王仁裕常常和同仁悄悄议论这件事,都不知道这是什么征兆。这年仲春,晋帝果然前往汴梁,将石渠阁里的藏书和金马移在雪宫,到今天已经十三年了。索索之声的征兆,果然应验了。出自《玉堂闲话》。

李师诲

李师诲者,画番马李渐之孙也,为刘从谏潞州从事。知从谏不轨,遂隐居黎城山。潞州平,朝廷嘉之,就除县宰。曾于衲僧处,得落星石一片。僧云:"于蜀路早行,见星坠于前,遂掘之,得一片石,如断磬。其石端有雕刻狻猊之首,亦如磬。有孔,穿绦处尚光滑。岂天上奏乐器毁而坠欤?"此石流转到安邑李甫宅中。出《尚书故实》。

琴

玙璠乐

秦咸阳宫有琴长六尺,安十三弦,二十六徽。皆七宝饰之,铭曰"玙璠之乐"。出《西京杂记》。

刘道强

齐人刘道强善弹琴,能作单凫寡鹤之弄。听者皆悲,不能自摄。出《西京杂记》。

赵 后

赵后有宝琴曰凤凰,皆以金玉隐起为龙凤螭鸾、古贤烈女之象。亦善为《归凤》《送远》之操焉。出《西京杂记》。

马 融

马融历二郡两县,政务无为,事从其约。在武都七年,南郡四年,未尝按论刑杀一人。性好音乐,善鼓琴吹笛。

李师诲

李师诲,是绘画番马的李渐的孙子,任潞州太守刘从谏的从事。得知刘从谏图谋不轨,于是就隐居在黎城山中。刘从谏反叛被平息后,朝廷嘉奖李师诲,任命他为县宰。李师诲曾从一位僧人那里,得到陨石一片。那个僧人说:"一次,我早起行走在蜀道上,看见有一颗流星坠落在前边。掘地,挖出这片陨石,如断磬。石端雕刻着一个狻猊头,也像磬。有孔,穿丝带的地方还很光滑呢。这大概是天上神人的乐器,坏了掉到地上的吧!"这块陨石后来流传到安邑李甫家。出自《尚书故实》。

琴

玙璠乐

秦咸阳宫有一架琴,长六尺,安着十三根琴弦,二十六个琴徽。整架琴都镶嵌着金、银、琉璃、砗磲、玛瑙、珍珠、玫瑰宝石七宝,上面铭刻着"玙璠之乐"。出自《西京杂记》。

刘道强

齐国人刘道强弹得一手好琴。他能在琴上弹奏出单凫孤鹤的悲哀之音。听者皆悲,不能自制。出自《西京杂记》。

赵 后

赵后有一架宝琴,叫凤凰。琴上面都用金、玉等珠宝镶嵌着龙、凤、螭、鸾及古代贤、烈女子的图像。赵后还善于弹奏《归凤》《送远》等曲。出自《西京杂记》。

马 融

马融曾在两个郡两个县为官,在政事上无为而治,办事简约。他在武都任职七年,在南郡任职四年,从未按照刑律上的规定处死过一个人。马融生性喜好音乐,鼓一手好琴吹一管好笛。

每气出蜻蜊相和。<small>出《商芸小说》。</small>

杨 秀

隋文帝子蜀王秀，尝造千面琴，散在人间。<small>出《尚书故实》。</small>

李 勉

唐汧公李勉好雅琴，尝取桐、梓之精者，杂缀为之，谓之百衲琴。用蜗壳为徽。其间三面尤绝异，通谓之"响泉韵磬"。弦一上，可十年不断。<small>出《尚书故实》。</small>

又

勉又取漆筒为之，多至数百张，求者与之。有绝代者，一名响泉，一名韵磬，自宝于家。

又

京中又以樊氏、路氏琴为第一。路氏有房太尉石枕，损处惜而不治。蜀中雷氏斫琴，常自品第。上者以玉徽，次者以宝徽，又次者以金螺蚌徽。

张弘靖

张相弘靖夜会名家，观郑宥调二琴至切。各置一榻，动宫则宫应，动角则角应。稍不切，乃不应。宥师董庭兰，尤善泛声、祝声。<small>出《国史补》。</small>

每当他鼓琴吹笛时，都引来蟋蟀相和。<small>出自《商芸小说》。</small>

杨秀

隋文帝的儿子蜀王杨秀，曾经制作了一架千面琴，散失在民间。<small>出自《尚书故实》。</small>

李 勉

唐汧国公李勉喜爱雅琴，曾经选用精良的桐木和梓木混合制琴，取名叫百衲琴。镶嵌蜗壳为琴徽。他造的琴里有三面尤其绝异，人们通称为"响泉韵磬"。上一次弦，可以十年不断。<small>出自《尚书故实》。</small>

又

李勉又用漆筒制琴，制了几百张，谁向他要都给。在这几百张琴中，出了两张绝代好琴，一张名叫响泉，一张名叫韵磬，自家珍藏起来。

又

在京都长安，樊家、路家制作的琴堪称第一。路家藏有房太尉石枕一具，枕上有一处破损了可惜不能修复过来。蜀中雷家制的琴，常常是自己品评它的好坏、优劣。上品以玉制琴徽，次者以宝石制琴徽，再次者以金螺蚌壳制琴徽。

张弘靖

宰相张弘靖一天夜晚拜会有名的琴师郑宥，观看郑宥给两张琴调音，非常相合。两张琴各放在不同的几案上，调宫则宫应，调角则角应，稍微不准确，就不应。郑宥的老师董庭兰，尤其擅长弹奏泛声与祝声。<small>出自《国史补》。</small>

董庭兰

响泉、韵磬,本落樊泽司徒家,后在珠崖宅,又在张彦远宅,今不知流落何处。弹琴近代称贺若夷、甘党。前有董庭兰、陈怀古。怀能泛、祝二家声,谓大小胡笳也。萧古亦善琴,云胡笳第四头。犯无射商,遂用其音为《萧氏九弄》。出《卢氏杂说》。

蔡 邕

蔡邕在陈留,其邻人有以酒食召邕。比往而酒会已酣焉,客有弹琴者。邕至门,潜听之曰:"嘻,以乐召我而有杀心,何也?"遂返。将命者告主人,主人遽自追而问其故。邕具以告。琴者曰:"我向鼓弦,见螳螂方向鸣蝉,蝉将去,螳螂为之一前一却。吾心唯恐螳螂之失蝉也,此岂为杀心而声者乎?"邕叹曰:"此足以当之矣。"出《汉书》。

于 頔

于司空頔常令客弹琴。其嫂知音,听于帘下。叹曰:"三分之中,一分筝声,二分琵琶声,无本色韵。"出《国史补》。

韩 皋

韩皋生知音律。尝观弹琴,至《止息》,叹曰:"妙哉,嵇生之为是也。"其当晋魏之际,其音主商。商为秋声,秋也者,天将摇落肃杀,其岁之晏乎。又晋承金运之声也,此所以知魏之季,而晋将代之也。慢其商弦,以宫同音,是臣

董庭兰

响泉、韵磬二琴原本落在司徒樊泽家，后又落在珠崖宅，又落在张彦远宅，现在不知流落在谁家。琴弹得最好的人，在近代应该说是贺若夷与甘党。这以前有董庭兰、陈怀古。陈怀古能弹奏泛声和祝声，谓大、小胡笳。萧古也善弹琴，叫作胡笳第四头。犯无射商，于是采用他的音律谱成《萧氏九弄》。出自《卢氏杂说》。

蔡邕

蔡邕在陈留时，邻人请蔡邕去他家赴酒宴。等到蔡邕去时，邻家酒宴正酣，有客人在弹琴。蔡邕走到门口，悄悄听琴声，自语："嘻！用琴声召唤我，琴声里却流露出杀机，这是为什么？"于是返回家去。被派去请蔡邕的仆人告诉了主人，主人立即亲自追到蔡邕家问他原因。蔡邕告诉了邻人。弹琴的这位客人知道后，向蔡邕解释说："我刚才弹琴时，看见一只螳螂悄悄爬向一只鸣蝉，而蝉又将离去。螳螂与蝉，一个向前一个后去。我只是担心螳螂扑不到蝉，这难道是含有杀心的琴声吗？"蔡邕叹道："这就足以含有杀心了！"出自《汉书》。

于頔

司空于頔曾让客人弹琴。于頔的嫂子懂得音律，在门帘里边听。叹道："三分之中，一分是筝声，二分是琵琶声，就是缺少琴声的本来韵色。"出自《国史补》。

韩皋

韩皋精通音律。一次观人弹琴，到《止息》时，感叹道："妙啊！这是当年嵇叔夜创制的。"嵇叔夜生当魏、晋交替之际，当时音乐以商声为主。商为秋声，秋，一岁的后半年，金风一起，天萧地瑟，草枯木谢，一片肃杀之气。另外，晋承金运之声，由此可知曹魏已到王朝之末，将被晋所取代。商弦转慢，以宫同音，喻臣

夺君之义也。此所以知司马氏之将篡也。司马懿受魏明帝顾托，后返有篡夺之心。自诛曹爽，逆节弥露。王陵都督扬州，谋立楚王彪。毌丘俭、文钦、诸葛诞，前后相继为扬州都督，咸有匡复魏室之谋，皆为懿父子所杀。叔夜以扬州故广陵之地，彼四人者，皆魏室文武大臣，咸散败于广陵，故名其曲曰《广陵散》。言魏氏散亡，自广陵始也。《止息》者，晋虽暴兴，终止息于此也。其哀愤戚惨痛迫切之音，尽在于是。永嘉之乱，是其应乎。叔夜撰此，将贻后代之知音者，且避晋祸，所以托之鬼神也。皋之于音，可谓至矣。出《卢氏杂说》。

王中散

唐乾符之际，黄巢盗据两京，长安士大夫避地北游者多矣。时有前翰林待诏王敬傲，长安人，能棋善琴，风骨清峻。初自蒲坂历于并。并帅郑从谠，以相国镇汾晋。傲谒之，不见礼。后又之邺，时罗绍戚新立，方抚士卒，务在战争。敬傲在邺中数岁。

时李山甫文笔雄健，名著一方。适于道观中，与敬傲相遇。又有李处士亦善抚琴。山甫谓二客曰："《幽兰绿水》，可得闻乎？"敬傲即应命而奏之，声清韵古，感动神思。曲终，敬傲潸然返袂云："忆在咸通，王庭秋夜，供奉至尊之际，不意流离于此也。"李处士亦为《白鹤》之操。山甫援毫抒思，以诗赠曰："幽兰绿水耿清音，叹息先生枉用心。世上几时曾好古，人前何必苦沾襟。"余句未成。山甫亦自黯然，

夺君的意思。由此可知司马氏将篡魏以代之。司马懿受魏明帝曹睿顾托，后来反生篡夺之心。从诛杀曹爽起，便露出叛逆篡位的野心。王陵督扬州，想立楚王曹彪。毌丘俭、文钦、诸葛诞三人先后都任过扬州都督，都有匡复曹魏的举动，事情败露后都被司马氏所杀害。嵇叔夜以扬州为古广陵之地，上述四人都是曹魏的文武大臣，又都先后在广陵事败身亡，因此将他亲手所写的琴曲取名为《广陵散》。说的是曹魏散亡自广陵始。至于《止息》，喻司马氏虽然由在广陵屠杀曹魏忠臣开始了他们篡位的逆举，但是他们也终将会覆灭在这里。嵇叔夜胸中郁积的哀、愤、戚、惨、痛、迫切的心绪，都在这乐曲中宣泄出来。永嘉之乱也应验了。嵇叔夜撰写这曲子，既是为了留给后来的知音，也是为了避过司马氏对他的迫害，因此假托鬼神。韩皋对音律的钻研与深刻理解，可谓已经到了极致啊！ 出自《卢氏杂说》。

王中散

唐僖宗乾符年间，黄巢攻陷长安、洛阳两座京城。长安城中的士大夫离京北去躲避战乱的很多。当时有个前翰林待诏，叫王敬傲，长安人氏，能棋善琴，风骨清峻。王敬傲离开京城长安后，起初由蒲坂去并州。并州军统帅郑从谠以相国的身份镇守汾晋。王敬傲前去拜见他，遭到冷遇。又去郓州，正值罗绍戚刚刚立足，正抚慰兵士，志在剿灭黄巢军，因此接纳了王敬傲。王敬傲在郓州旅居数年。

当时李山甫以文笔雄健而闻名。正好在道观中，他与王敬傲相遇。当时还有个李处士也善弹琴。李山甫问他们二人：“《幽兰绿水》一曲，可以听听吗？”王敬傲听了后，当即弹奏一曲，声清韵古，感动神思。一曲终了，王敬傲神色凄然，哭泣着说：“想当初在咸通年间，一个秋日的夜晚，应圣上诏请，在宫廷供奉，弹琴给圣上与王公贵人听，谁想到今天却流落到这里啊。”李处士也弹奏了一曲《白鹤》。李山甫援笔蘸墨，以抒情怀，写诗一首送赠王敬傲：“幽兰绿水耿清音，叹息先生枉用心。世上几时曾好古，人前何必苦沾襟。”尾句没有写完。李山甫也是神色黯然，

悲其未遇也。王生因别弹一曲，坐客弥加悚敬，非寻常之品调。山甫遂命酒停弦，各引满数杯，俄而玉山俱倒。洎酒醒，山甫方从客问曰："向来所操者何曲？他处未之有也。"王生曰："某家习正音，奕世传受。自由德顺以来，待诏金门之下，凡四世矣。其常所操弄，人众共知。唯嵇中散所受伶伦之曲，人皆谓绝于洛阳东市，而不知有传者。余得自先人，名之曰《广陵散》也。"山甫早疑其音韵，殆似神工，又见王生之说，即知古之《广陵散》，或传于世矣。遂成四韵，载于诗集。今山甫集中，只摽李处士，盖写录之误耳。由是李公常目待诏为王中散也。

王生后又游常山，是时节帅王镕年在幼龄，初秉戎钺。方延多士，以广令名。时有李夐郎中、莫又玄秘书、萧玗员外、张道古，并英儒才学之士，咸自四集于文华馆。故待诏之琴棋，亦见礼于宾榻。岁时供给，莫不丰厚。王或命挥弦动轸，必大加锡遗焉。在常山十数年，甚承礼遇。敬傲每戴危冠，着高屐，优游啸咏而已。冬月亦葛巾单衣，体无绵纩，日醺酣于市，人咸怪异之。闻昭宗返正，辞归帝里，后不知所终。

敬傲又能衣袖中剪纸为蜂蝶，举袂令飞，满于四座，或入人之襟袖，以手揽之，即复于故所也。常时咸疑有神仙之术。

张道古与相善，每钦其道艺，曾著《王逸人传》，为此也。道古名眅，博学、善古文，读书万卷，而不好为诗。曾

悲怜自己怀才不遇。王敬傲又弹奏了另外一支曲子,座上的客人们听后,越发敬重他,都认为王敬傲的琴艺绝非寻常。于是,李山甫命人上菜斟酒,不再弹奏,大家连饮数杯,不久,在座的人都醉倒了。醒酒后,李山甫跟客人们一块询问王敬傲:"你刚才弹奏的是什么曲子啊?怎么我们在别处没有听见过呢?"王敬傲回答说:"我们家操练的是雅正乐声,累世传授。自德顺以来,待诏皇门已经四世。平常弹奏的,人所共知。唯嵇康所传下的伶伦之曲,人们都说此曲跟嵇大夫一块灭绝在洛阳东市,而不知道还有传播的后人。我是自先人那儿学下来的,曲名叫《广陵散》。"李山甫早就怀疑王敬傲弹奏的不是一般的琴曲,好像只有神人才能作出这种妙音。现在听王敬傲这么一说,就知道也许真的是《广陵散》乐曲传于今世呢。于是写成四韵的一首诗,载于诗集中。现在见到的山甫诗集,这首诗标的是李处士,大概是误写。从此,李山甫常常将王敬傲视为王中散。

王敬傲后来又出游常山,正值节度使王镕年纪尚轻,初掌兵权,正延集多方人士来传播他的令名。当时就有李夐郎中、莫又玄秘书、萧珣员外、张道古及诸多英才,都从四方聚集在文华馆。因此,王敬傲的琴技与棋艺也颇受重视,受到了礼遇。对他的生活用度,按照时令的变化及时供给,都很丰厚。而且每次王镕请他献艺,事后都赏给他很多礼品。在常山这十几年,王敬傲很受王镕的礼遇。他经常头戴峨冠,脚着高屐,悠闲地吟诗唱曲。就是在天寒地冻的冬天,他也只穿单衣,系葛巾,通体不见绵纩,整日在街市上喝得醉醺醺的,人们都觉得他很怪异。后来,传来昭宗复位的消息,王敬傲辞别常山重归帝里,这以后就不知他的下落了。

王敬傲还能在衣袖中剪纸为蜂蝶,举袖让它们飞出来,飘满四座,有的入人襟袖,用手去揽,它们就又都回到他的袖子里。当时人们都疑心王敬傲会神仙的法术。

张道古跟王敬傲要好,敬佩他的学问与技艺,曾著《王逸人传》。张道古名眖,博学,善古文,读书万卷,却不好写诗。他曾

在张楚梦座上,时久旱,忽大雨,众宾皆喜而咏之。道古最后方成绝句曰:"亢旸今已久,喜雨自云倾。一点不斜去,极多时下成。"坐客重其文学之名,而哂其诗之拙也。出《耳目记》。

瑟

卢中丞迈有宝瑟四,各值数十万。有寒玉、石磬、响泉、和至之号。出《传载》。

阮 咸

元行冲宾客为太常少卿时,有人于古墓中得铜物似琵琶而身正圆,莫有识者。元视之曰:"此阮咸所造乐也。"乃令匠人改以木,为声清雅,今呼为阮咸者是也。出《国史异纂》。

又

《晋书》称阮咸善弹琵琶。后有发咸墓者,得琵琶,以瓦为之。时人不识,以为于咸墓中所得,因名阮咸。近有能者不少,以琴合调,多同之。出《卢氏杂说》。

在张楚梦家做客，时逢久旱，忽降大雨，众宾客都高兴地聚在一起吟诗。张道古最后才写成一首绝句，诗是这样的："亢旸今已久，喜雨自云倾。一点不斜去，极多时下成。"众宾客虽然素常很看重他的文才，却都讽笑他这首诗写得太拙劣了。出自《耳目记》。

瑟

中丞卢迈藏有四张宝瑟，每张都价值数十万钱。四张宝瑟分别叫：寒玉、石磬、响泉、和至。出自《大唐传载》。

阮　咸

宾客元行冲任太常少卿时，有人在古墓中掘得一个铜物，状似琵琶而呈正圆形，没有人能认出它到底是什么。元行冲看了后，说："这是阮咸制作的乐器。"于是命匠人用木头仿造，能弹奏清雅的乐声。就是今天叫作阮咸的乐器。出自《国史异纂》。

又

《晋书》上称阮咸善弹琵琶。后人发掘阮咸墓，掘出一张琵琶，是用泥瓦做的。当时的人都不认识，因为是从阮咸墓中得到的，因此命名它为阮咸。近来，有许多人都能弹奏这种乐器，用琴来校定它的音调，有许多相同之处。出自《卢氏杂说》。

卷第二百四
乐二

乐

大　酺	梨园乐	太真妃	天宝乐章	韦　皋
于　頔	文　宗	沈阿翘	懿　宗	王令言
宁王献	王仁裕			

歌

秦　青	韩　娥	戚夫人	李龟年	李　衮
韩　会	米嘉荣			

笛

昭华管	唐玄宗	汉中王瑀	李　謩	许云封
吕乡筠				

觱篥

李　蔚

乐

大　酺

　　唐玄宗在东洛，大酺于五凤楼下，命三百里内县令、刺史，率其声乐来赴阙者，或谓令较其胜负而赏罚焉。时河内郡守令乐工数百人于车上，皆衣以锦绣，伏厢之牛，蒙以虎皮，及为犀象形状，观者骇目。时元鲁山遣乐工数十人联袂歌《于蒍》。《于蒍》，鲁山之文也。玄宗闻而异之，

乐

大 酺

　　唐玄宗在东都洛阳,在五凤楼下大摆宴席,令三百里以内的县令、刺史,率领本地的乐工和歌手来参加。有人说让他们一较胜负加以赏罚。当时,河内郡守让几百名乐工乘在车上,都穿着锦衣绣袍。伏厢之牛身上披上虎皮,将它们扮成犀牛、大象的形状,观看的人都惊骇不已。当时元鲁山派来数十名乐工联合演唱《于芳》。《于芳》是元鲁山创作的。唐玄宗听闻觉得惊异,

征其词,乃叹曰:"贤人之言也。"其后上谓宰臣曰:"河内之人,其在涂炭乎?"促命征还,而授以散秩。每赐宴设酺会,则上御勤政楼。金吾及四军兵士,未明陈仗,盛列旗帜,皆被黄金甲,衣短后绣袍。太常陈乐,卫尉张幕后,诸蕃酋长就食。府县教坊,大陈山车旱船,寻撞走索,丸剑角抵,戏马斗鸡。又令宫女数百饰以珠翠,衣以锦绣,自帷中出,击雷鼓,为《破阵乐》《太平乐》《上元乐》。又引大象犀牛入场,或拜舞,动中音律。每正月望夜,又御勤政楼观作乐。贵臣戚里,官设看楼。夜阑,即遣宫女于楼前歌舞以娱之。出《明皇杂录》。

梨园乐

天宝中,玄宗命宫女数百人为梨园弟子,皆居宜春北院。上素晓音律,时有马仙期、李龟年、贺怀智皆洞知律度。安禄山自范阳入觐,亦献白玉箫管数百事,皆陈于梨园。自是音响殆不类人间。出《谭宾录》。

太真妃

太真妃多曲艺,最善击磬。拊搏之音,玲玲然多新声,虽太常梨园之能人,莫能加也。玄宗令采蓝田绿玉琢为磬,尚方造簨簴流苏之属,皆以金钿珠翠珍怪之物杂饰之。又铸金为二狮子,拿攫腾奋之状,各重二百余斤,以为跌。其他彩绘缛丽,制作精妙,一时无比也。及上幸蜀回京师,乐器多亡失,独玉磬偶在。上顾之凄然,不忍置于前,促令载送太常寺。至今藏于太乐署正声库者是也。出《开天传信记》。

将歌词要来，看后赞叹地说："这是贤人的言论啊！"之后，玄宗问宰臣们说："河内人都很困顿么？"催促将他们遣还，授予元鲁山散秩的官职。每次赐宴群臣，玄宗都亲临勤政楼。金吾使及四军卫士，天还未亮就陈设仪仗。到处悬挂彩旗，卫士们都披戴黄金铠钾，着短后绣袍。太常卿献乐，卫士们陈列在帷帐的后面，各蕃属国的首领、头人前来赴宴。府、县、教坊中的伶人都出场表演：山车旱船，寻橦走索，丸剑挥跤，戏马斗鸡，热闹非凡。玄宗又让数百宫女饰珠着翠，衣锦着绣，从帷幕里面走出来，敲击雷鼓，演奏《破阵乐》《太平乐》《上元乐》。又引来大象、犀牛入场表演，或拜或舞，踏着节拍随乐而舞。每到正月十五晚上，玄宗又亲临勤政楼作乐。三公贵戚有官家设置的看楼。到深夜，玄宗又让宫女在楼前歌舞，共同娱乐。出自《明皇杂录》。

梨园乐

天宝年间，唐玄宗命令宫女数百人为梨园弟子，都居住在宜春北院。玄宗一向通晓音律，当时还有马仙期、李龟年、贺怀智等也都精通音律。安禄山从范阳进京朝拜，献上白玉箫管数百件，都放在梨园。自此梨园的音乐仿佛与人间不同。出自《谭宾录》。

太真妃

太真妃杨玉环多才多艺，最擅长的是击磬。敲击之音，玲玲然，非常悦耳动听，而且演奏的多是新曲，就是太常寺、梨园的专职乐工，也不能跟太真妃相比。唐玄宗让人采来蓝田绿玉为她琢成玉磬，尚方打造了挂磬的架子，还做了流苏等，并镶嵌上金钿珠翠等奇珍异宝作装饰。又让人铸造金狮二只，作抓取跳跃之状，每只重二百多斤，作为悬磬支架的底座。其他彩绘也都繁缛华丽，做工都精妙异常，无与伦比。待安史之乱后，唐玄宗自蜀地重返京师，宫内的乐器遗失很多，唯有玉磬尚幸存。玄宗望着玉磬神色凄然，再不忍心放在眼前，马上命人将它送到太常寺。至今还放置在太乐署正声库房里。出自《开天传信记》。

天宝乐章

天宝中,乐章多以边地为名。若《凉州》《甘州》《伊州》之类是焉。其曲遍繁声,名入"破"。后其地尽为西蕃所没破,乃其兆矣。 出《传载录》。

韦 皋

韦皋镇西川,进《奉圣乐》曲,兼与舞人曲谱同进。到京,于留邸按阅,教坊数人潜窥,因得先进。 出《卢氏杂说》。

于 頔

于司空頔因韦太尉《奉圣乐》,亦撰《顺圣乐》以进。每宴,必使奏之。其曲将半,行缀皆伏,而一人舞于中央。幕客韦绶笑曰:"何用穷兵独舞。"虽诙谐,亦各有为也。頔又令女妓为《八佾舞》,雄健壮妙,号《孙武顺圣乐》。 出《国史补》。

文 宗

文宗善吹小管。时法师文溆为入内大德,一日得罪流之。弟子入内,收拾院中籍入家具辈,犹作法师讲声。上采其声为曲子,号《文溆子》。 出《卢氏杂说》。

沈阿翘

文宗时,有宫人沈阿翘为上舞《河满子》,声词风态,率皆宛畅。曲罢,上赐金臂环,即问其从来,阿翘曰:"妾本吴元济之妓。元济败,因以声得为宫娥。"遂自进白玉方响

天宝乐章

天宝年间,乐章多用边疆的一些地名命名。如《凉州》《甘州》《伊州》等。这些乐曲多繁声,名入"破"。这些边地后来果然都被西边胡人所吞没占领,这些就是征兆啊！出自《传载录》。

韦 皋

韦皋镇守西川,向皇帝进《奉圣乐》曲,将跳舞的人和乐谱一同进奉。到京后,在官邸处排练检阅,教坊中有几个人去偷看,因此先进奉给了皇帝。出自《卢氏杂说》。

于 頔

司空于頔因为太尉韦皋进献《奉圣乐》,也撰写了《顺圣乐》进献。每有酒宴,都让人演奏《顺圣乐》。乐曲演奏到一半时,群舞的队列都匍匐在地,只有一人舞在中央。幕僚韦绶笑着说:"何必用穷兵独舞。"虽然看似笑谈,其实是有所指。于頔又让女舞妓跳《八俏舞》,舞姿雄健壮妙,称作《孙武顺圣乐》。出自《国史补》。

文 宗

唐文宗善吹小管。当时文溆法师是进宫讲法的大和尚,一天获罪文宗,被流放。文溆法师的弟子进宫收拾抄没的家具,模仿文溆法师讲道的声音说话。文宗用这种声调谱写出一支曲子,名叫《文溆子》。出自《卢氏杂说》。

沈阿翘

文宗时,宫人沈阿翘为皇帝跳《河满子》舞,不论是歌声、歌词,还是舞姿神态,都宛扬畅丽。舞曲终,文宗赏赐给沈阿翘金臂环一只,并问她的来历,沈阿翘回答说:"我原来是吴元济的乐妓。吴元济兵败后,我因为会唱歌得以进宫。"并且将白玉方响

云:"本吴元济所有也。"光明洁泠,可照十数步。言其槌即犀也,凡物有声,乃响其中焉。架则云檀香也,而文彩若云霞之状,芬馥著人,则弥月不散。制度精妙,故非中国所有。上因令阿翘奏《凉州曲》,音韵清越,听者无不怆然。上谓之曰:"天上乐。"仍选内人,与阿翘为弟子。出《杜阳杂编》。

懿 宗

懿宗一日召乐工,上方奏乐为《道调弄》,上遂拍之。故乐工依其节,奏曲子,名《道调子》。十宅诸王,多解音声。倡优杂戏皆有之,以备上幸其院,迎驾作乐。禁中呼为"音声郎君"。出《卢氏杂说》。

王令言

隋炀帝幸江都时,乐工王令言子自内归。令言问其子:"今日所进曲子何?"曰:"《安公子》。"令言命其子奏之,曰:"汝不须随驾去,此曲子无宫声,上必不回。"果如其言。出《卢氏杂说》。

宁王献

西凉州俗好音乐,制新曲曰《凉州》。开元中,列上献之,上召诸王于便殿同观焉。曲终,诸王拜贺,蹈舞称善,独宁王不拜。上顾问之,宁王进曰:"此曲虽佳,臣有所闻焉,夫音也,始之于宫,散之于商,成之于角、徵、羽,莫不根蒂而袭于宫、商也。斯曲也,宫离而少,徵、商乱而加暴。

献给文宗,说:"这白玉方响本是吴元济的。"白玉方响光洁明亮,可照十数步。沈阿翘说击打这方响的槌是用犀角做成的,不论遇到什么物件发出响声,都能在它这里得到回声。支架是用檀香木制成的,上面的纹彩灿若云霞。它散发出来的香气附着在人的身上,可弥漫一个多月不消散。这方响的做工精妙非凡,原本不是中国所有。文宗于是让阿翘当场演奏一首《凉州曲》,声音清越,听的人无不神色凄凉。文宗赞叹地说:"真是天上仙乐啊!"于是挑选宫女中能歌善舞的人做沈阿翘的弟子,跟她学习歌舞。出自《杜阳杂编》。

懿 宗

唐懿宗一次召见乐工。懿宗正演奏《道调弄》,于是定下用它的节拍演奏音乐,因此乐工依此节拍演奏曲子,命名为《道调子》。十家诸王都通晓声律,都蓄有倡优杂戏,以备皇帝亲临他们这里时演奏。宫中称为"音声郎君"。出自《卢氏杂说》。

王令言

隋炀帝巡游江都时,乐工王令言的儿子自宫内回家来。王令言问他:"今日进献给皇上的是什么曲子?"儿子说:"是《安公子》。"王令言让他儿子演奏一遍,听完后说:"你不要随驾去江都了,这支曲子没有宫声,皇上一定回不来了。"后来果真如此。出自《卢氏杂说》。

宁王献

西凉州有喜好音乐的风俗,制作新曲叫《凉州》。开元年间,进献给玄宗,玄宗召集诸王在便殿一同欣赏。曲终,诸王祝贺,行蹈舞之礼,称赞此曲,唯有宁王不祝贺。玄宗问他,宁王回答说:"这支曲子听起来很美,但是臣听人说,一支乐曲从宫音开始,在商音结束,成于角、徵、羽,没有不以宫、商为根本的。这支乐曲,开头离开宫调而且中间也很少,徵、商用得乱而且太强。

臣闻宫君也,商臣也。宫不胜则君势卑,商有余则臣事僭。卑则逼下,僭则犯上。发于忽微,形于音声;播之于咏歌,见之于人事。臣恐一日有播越之祸,悖逼之患,莫不兆于斯曲也。"上闻之默然。及安史乱作,华夏鼎沸,所以见宁王审音之妙也。出《开天传信记》。

王仁裕

后唐清泰之初,王仁裕从事梁苑,时范公延光师之。春正月,郊野尚寒,引诸幕寮,饯朝客于折柳亭。乐则于羽,而响铁独有宫声,泪将掺执,竟不谐和。王独讶之,私谓戎判李大夫式、管记唐员外献曰:"今日必有诪张之事,盖乐音不和。今诸音举羽,而独扣金有宫声。且羽为水,宫为土,水土相克,得无忧乎?"于时筵散,朝客西归。范公引宾客,绁鹰犬,猎于王婆店北。为奔马所坠,不救于荒陂。自辰巳至午后,绝而复苏。乐音先知,良可至矣。出《玉堂闲话》。

歌

秦青 韩娥

薛谈学讴于秦青,未穷青之技,自谓尽之,遂辞去归。秦青弗止,饯于郊衢,抚节悲歌,声振林木,响遏行云。谈谢求返,终身不敢言归。秦青顾谓其友曰:"昔韩娥东之齐,匮粮。过雍门,鬻歌假食。既去而余音绕梁,三日不绝,

臣闻宫是君,商是臣。宫不强盛则君势力小,商有余则臣有僭越的欲望。君势力小必然被下所逼,有僭越之欲必然犯上。事情引发在微细之端,而现形在音声之表;传播在咏歌,而现之在人事。臣恐有一天会有逃亡之厄,乱臣有作乱逼上之犯,都预兆在这支曲子上啊。"玄宗皇帝听了默然无语。待到安史之乱发生后,举国大乱,才证实了宁王审音度势的绝妙。出自《开天传信记》。

王仁裕

后唐清泰初年,王仁裕在梁苑任从事,当时是范延光的老师。这年春正月,郊野还很寒冷。范延光率领诸位幕僚在郊外折柳亭为朝廷派来的使臣饯行。奏乐用的是羽调,而铙钹只有宫声,自相干扰,竟不谐和。王仁裕独自惊讶,私下跟戎判大夫李式、管记员外唐献说:"今天一定会有奇怪的事情发生,是乐音不和兆示出来的。刚才奏乐时诸音奏的是羽调,而唯独铙钹扣的是宫声。羽为水,宫为土,水、土相克,能没有忧患吗?"待到席散,朝廷使臣西归。范延光带领诸位宾客,驾鹰牵狗去王婆店北狩猎,从奔跑的马上摔下来昏死过去,在荒野没有得到救治。从辰巳到午后才从昏死中醒过来。王仁裕能够从乐音中预先得到征兆,其准确程度可说是到家了。出自《玉堂闲话》。

歌

秦青　韩娥

薛谈跟秦青学唱歌,没有完全学到秦青的唱歌技艺,就自以为全都学到手了,于是辞别秦青要回去。秦青没有阻止,只是在郊外大道旁为薛谈设宴辞行,击节悲歌,歌声振动林木,高入云霄,连行云都被止住了。薛谈道歉求返,此后终生再不敢说可以出师了。秦青对朋友说:"从前韩娥东行到齐国去,途中没钱吃饭,过雍门卖唱乞食。离去后余音绕梁回响,历时三日不消失,

左右以其人弗去。过逆旅,旅人辱之。韩娥因曼声哀哭,一里老幼悲愁涕泣相对,三日不食。遽追而谢之,娥复曼声长歌,一里老幼喜欢抃舞,弗能自禁。乃厚赂而遣之。故雍门之人,至今善歌善哭,效娥之遗声也。"出《博物志》。

戚夫人

汉戚夫人善为翘袖折腰之舞,歌《出塞》《入塞》《望归》之曲。侍婢数百人皆为之,后宫齐唱,常入云霄。出《西京杂记》。

李龟年

唐开元中,乐工李龟年、彭年、鹤年兄弟三人皆有才学盛名。彭年善舞,鹤年、龟年能歌,尤妙制《渭川》。特承顾遇,于东都大起第宅。僭侈之制,逾于公侯。宅在东都通远里,中堂制度,甲于都下。今裴晋公移于定鼎门南别墅,号绿野堂。其后龟年流落江南,每遇良辰胜赏,为人歌数阕,座中闻之,莫不掩泣罢酒。则杜甫尝赠诗,所谓"岐王宅里寻常见,崔九堂前几度闻。正值江南好风景,落花时节又逢君"。崔九堂殿中监崔涤,中书令湜之弟也。出《明皇杂录》。

又

开元中,禁中初重木芍药,即今牡丹也。《开元天宝花木记》云,禁中呼木芍药为牡丹。得四本,红、紫、浅红、通白者。上因移植于兴庆池东沉香亭前。会花方繁开,上乘照夜白,太真妃以步辇从。诏特选梨园弟子中尤者,得乐十六部。

周围的人还以为她没有离开这里呢。韩娥在客栈住宿时，旅人侮辱她。韩娥长声哀哭，整个乡里的老老少少被感动得相对哭泣，三天没有吃饭。他们追上去向她道歉，韩娥又拉长声唱歌，整个乡里人又都欢喜得手舞足蹈，不能自禁。于是他们送给韩娥厚礼，送她上路了。由于这个缘故，雍门人至今还依然能歌善哭，这是效仿韩娥的遗声。"出自《博物志》。

戚夫人

汉朝时的戚夫人，善于跳翘袖折腰式样的舞蹈，能歌《出塞》《入塞》《望归》之曲。侍候她的宫娥几百人，都能唱会跳，后宫齐唱，歌声响入云霄。出自《西京杂记》。

李龟年

唐朝开元年间，乐工李龟年、彭年、鹤年兄弟三人都以歌舞上的杰出才华而负有盛名。彭年善舞，鹤年、龟年能歌，特别是谱写出了《渭川》这样的绝妙好曲。由此，受到玄宗皇帝的特殊待遇，在东都洛阳为他们修造了豪华的住宅，奢华的程度超过了王公大臣。住宅建在洛阳的通远里，中堂的规模甲于都城。今裴晋公将宅移于定鼎门南别墅，取名绿野堂。后来，李龟年流落到江南。每当良辰胜景，他为人唱歌数首，座中人听了没有不停止饮酒掩面哭泣的。杜甫曾送李龟年诗一首，就是"岐王宅里寻常见，崔九堂前几度闻。正值江南好风景，落花时节又逢君"。崔九堂指殿中监崔涤，是中书令崔湜的弟弟。出自《明皇杂录》。

又

开元年间，宫中起初看重木芍药，就是现今的牡丹。《开元天宝花木记》记载，宫中称木芍药为牡丹。得到四个品种：红、紫、浅红、通白。玄宗将这些牡丹移植在兴庆池东沉香亭的前面。正值花儿盛开，玄宗皇帝乘照夜白宝马，太真妃乘步辇相随，前往观赏牡丹。下诏特选梨园弟子中的优秀的歌手唱歌，得乐曲十六部。

李龟年以歌擅一时之名，手捧檀板，押众乐前，将歌之，上曰："赏名花，对妃子，焉用旧乐词为？"遂命龟年持金花笺，宣赐李白，立进《清平调》辞三章。白欣然承旨，犹苦宿醒未解，因援笔赋之。辞曰："云想衣裳花想容，春风晓拂露华浓。若非群玉山头见，会向瑶台月下逢。""一枝红艳露凝香，云雨巫山枉断肠。借问汉宫谁得似，可怜飞燕倚新妆。""名花倾国两相欢，长得君王带笑看。解释春风无限恨，沉香亭北倚栏杆。"龟年遽以辞进。上命梨园弟子，约略调抚丝竹，遂促龟年以歌。太真妃持玻璃七宝盏，酌西凉州蒲桃酒，笑领歌意甚厚。上因调玉笛以倚曲，每曲遍将换，则迟其声以媚之。太真饮罢，敛绣巾重拜上。龟年常语于五王，独忆以歌得自胜者，无出于此，抑亦一时之极致耳。上自是顾李翰林，尤异于他学士。会高力士终以脱靴为深耻。异日，太真妃重吟前词，力士戏曰："此为妃子怨李白，深入骨髓，何反拳拳如是？"太真因惊曰："何翰林学士能辱人如斯？"力士曰："以飞燕指妃子，是贱之甚矣。"太真颇深然之。上尝三欲命李白官，卒为宫中所捍而止。出《松窗录》。

李衮

李衮善歌于江外，名动京师。崔昭入朝，密载而至。乃邀宾客，请第一部乐及京邑之名倡，以为盛会。昭言有表弟，请登末座，令衮弊衣而出，满座嗤笑之。少顷命酒，昭曰："请表弟歌。"座中又笑。及喉啭一声，乐人皆大惊曰："是

李龟年以擅长唱歌而名噪一时。他手捧檀板，站在众乐手前边，刚要唱歌，玄宗说："观赏名花，面对爱妃，怎么能唱旧曲旧词呢？"于是，命李龟年持金花笺，宣赐李白，让他立刻进献《清平调》三章。李白欣然接受了这个任务，只是昨夜喝醉了酒现在还没有完全清醒，因而提笔写道："云想衣裳花想容，春风晓拂露华浓。若非群玉山头见，会向瑶台月下逢。""一支红艳露凝香，云雨巫山枉断肠。借问汉宫谁得似，可怜飞燕倚新妆。""名花倾国两相欢，长得君王带笑看。解释春风无限恨，沉香亭北倚栏杆。"李白写罢，龟年立即进献。玄宗皇帝命令梨园弟子约略调抚丝竹伴奏，催促李龟年引喉唱之。太真妃杨玉环手持玻璃七宝杯，酌饮西域凉州供奉的葡萄美酒，满脸含笑地欣赏着歌词大意。玄宗亲自吹玉笛为李龟年伴奏。每吹完一曲将换新曲时，故意拖长笛声取悦太真妃。太真妃饮完酒，收起绣帕两次拜谢皇帝的恩宠。李龟年常将此事讲给五王听，独忆以唱歌而赢得这么高的声誉，还没有超过这次的，这也是一时的极致。玄宗皇帝自此后很是看重李白，有别于其他学士。高力士始终以给李白脱靴为奇耻大辱。后来有一天，太真妃重吟李白的《清平调》时，高力士故作戏言说："娘娘您应该为此怨恨李白深入骨髓，怎么还念念不忘呢？"太真妃惊异不解地问："你怎么能说李翰林用诗侮辱我呢？"高力士说："用赵飞燕指代娘娘您，太轻视您了。"太真妃深以为然。玄宗皇帝曾有三次欲拜李白为官，都因在宫里遭到阻碍而作罢。出自《松窗录》。

李衮

李衮在江南以歌唱得好闻名，名动京师。崔昭入朝，秘密带着李衮同来。到京城后，邀请宾客，并请演第一部乐的乐师和京城中的著名歌手，来参加这个盛会。崔昭说有个表弟，请他入末座。于是让穿着破衣的李衮出来入席，满座宾客都嗤笑他。过了少许，崔昭令人上酒，同时说："请我表弟给大家唱支歌。"座中宾客又笑了。待到歌声一起，乐人都大吃一惊地说："这是

李八郎也。"罗拜之。_{出《国史补》。}

韩　会

韩会善歌，绝妙。名辈号为四夔，会为夔头。_{出《国史补》。}

米嘉荣

歌曲之妙，其来久矣。元和中，国乐有米嘉荣、何戡，近有陈不嫌、不嫌子意奴。一二十年来，绝不闻善唱，盛以拍弹行于世。拍弹起于李可久。懿宗朝恩泽曲子，《别赵十》《哭赵十》之名。刘尚书禹锡与米嘉荣诗云："三朝供奉米嘉荣，能变新声作旧声。于今后辈轻前辈，好染髭须事后生。"又自贬所归京，《闻何戡歌》曰："二十年来别帝京，重闻天乐不胜情。旧人唯有何戡在，更请殷勤唱渭城。"_{出《卢氏杂说》。}

笛

昭华管

秦咸阳宫有玉笛长二尺三寸，二十六孔。吹之则见车马山林，隐隐相次，息亦不见，名曰"昭华之管"。_{出《西京杂记》。}

唐玄宗

玄宗尝坐朝时，以手指上下按其腹。朝退，高力士进曰："陛下向来数以手指按其腹，岂非圣体小不安耶？"玄宗曰："非也。吾昨夜梦游月宫，诸仙娱余以上清之乐。流亮清越，殆非人所闻也。醄醉久之，合奏清乐，以送吾归。

李八郎。"于是环绕着李衮向他行礼。<small>出自《国史补》。</small>

韩　会

韩会善歌,歌声优美动听。韩会在当时跟另外三名歌手一起被人称为歌坛四魁,韩会为魁首。<small>出自《国史补》。</small>

米嘉荣

歌曲的美妙,由来已久。唐宪宗元和年间,宫廷乐队中有米嘉荣、何戡两个名家,近代则有陈不嫌和他的儿子陈意奴。一二十年以来,从来没听说过谁擅长演唱,只是盛行拍弹。拍弹起于李可久。懿宗朝恩泽曲子,有《别赵十》《哭赵十》之名。尚书刘禹锡赠送米嘉荣一首诗:"三朝供奉米嘉荣,能变新声作旧声。于今后辈轻前辈,好染髭须事后生。"刘禹锡从被贬谪发配的州郡重返京师后,又写过一首《闻何戡歌》:"二十年来别帝京,重闻天乐不胜情。旧人唯有何戡在,更请殷勤唱渭城。"<small>出自《卢氏杂说》。</small>

笛

昭华管

秦咸阳宫有玉笛,长二尺三寸,二十六孔,吹奏时就可以看到车、马、山川、树木,隐约相接出现,不吹了就消失了。这支玉笛叫昭华管。<small>出自《西京杂记》。</small>

唐玄宗

唐玄宗一次坐朝,用手指上下按自己的肚腹。退朝后,高力士进前问玄宗说:"刚才陛下多次用手指按腹部,是圣体不太舒服么?"玄宗说:"不是。我昨夜梦游月宫,诸位仙女为我演奏上清之乐助乐,流亮清越,在人间是完全听不到的啊!使我久久地沉醉在这仙声妙乐之中。后来,仙女们又演奏清乐为我送别。

其曲凄楚动人,杳杳在耳。吾向以玉笛寻,尽得矣。坐朝之际,虑或遗忘,故怀玉笛,时以上下寻之,非不安也。"力士再拜贺曰:"非常之事也,愿陛下为臣一奏之。"上试奏,其音寥寥然,不可名也。力士又奏拜,且请其名。上笑曰:"此曲名《紫云回》。"载于乐章,今太常刻石在焉。出《开天传信记》。

汉中王瑀

汉中王瑀为太卿。早起朝,闻永兴里人吹笛,问是太常乐人否。曰:"然。"已后因阅乐而唤之,问曰:"何得某日卧吹笛耶?"出《传载》。

李 謩

李舟好事尝得村舍烟竹,截为笛,坚如铁石,以遗李謩。謩吹笛,天下第一。月夜泛江,与同舟人吹,寥亮逸发。俄有客于岸,呼舟请载。既至,请笛而吹,甚为精妙,山石可裂。謩平生未尝见。及入破,呼吸盘擗,应指粉碎。客散,不知所之。舟人著记,疑其蛟龙也。謩尝秋夜吹笛于瓜洲,楫载甚隘。初发调,群动皆息;及数奏,微风飒然立至。有顷,舟人贾客,有怨叹悲泣之声。出《国史补》。

这支仙曲凄凉悲哀、非常动人。我醒来后还感觉到余音杳杳,如在耳边。我之前用玉笛来追寻,都让我记录下来了。刚才坐朝,我怕有所遗忘,因此在怀里揣着玉笛,不时地上下寻找它的音律,不是身体不适。"高力士拜了两拜,祝贺玄宗说:"这可是非常之事,请陛下为臣吹奏一遍可以吗?"玄宗试着吹奏了一遍,其音缥缈旷远,不可名状。高力士再次拜贺玄宗皇帝,并请皇帝给这支仙曲起个名字。玄宗笑着说:"此曲名叫《紫云回》。"这支仙曲后来载入乐章,现在太常府的刻石还在。出自《开天传信记》。

汉中王瑀

汉中王李瑀任太卿。一天早起上朝,听到永兴里有人吹笛,问是不是太常府的乐工。那人回答说:"是的。"后来,他因检阅乐队召唤来吹笛人,问:"在某天,你们怎么能够躺着吹笛呢?"出自《大唐传载》。

李謩

李舟好事,曾经从一处山村野舍中得到一根烟竹,截作笛子,坚实像铁石,送给李謩。李謩吹笛,可谓天下第一。有一次他月夜泛江,跟同舟人吹笛,笛声旷远清亮、宛转飘逸。忽然岸上有人招呼,请求登舟同游。这个人上船后,请求李謩把笛子借给他吹一支曲子。这个人吹奏的笛声非常精妙,可让山石破裂。李謩平生从未听到过。等吹到入破时,只见他呼吸气息充沛,笛子随着手指的按动发声而粉碎。客人也消失不见了。在舟人的记录中,怀疑客人是蛟龙。李謩有一个秋夜在瓜洲吹笛,当时江上舟船很多。当李謩吹出第一声笛音,喧闹的人声立即停下来;待到吹奏数节后,微风忽然飒飒拂来。少顷,舟人和贾客,都发出怨叹悲泣之声。出自《国史补》。

又

　　薲,开元中吹笛为第一部,近代无比。有故,自教坊请假至越州,公私更宴,以观其妙。时州客举进士者十人,皆有资业,乃醵二千文同会镜湖,欲邀李生湖上吹之,想其风韵,尤敬人神。以费多人少,遂相约各召一客。会中有一人,以日晚方记得,不遑他请。其邻居有独孤生者年老,久处田野,人事不知,茅屋数间,尝呼为独孤丈。至是遂以应命。

　　到会所,澄波万顷,景物皆奇。李生拂笛,渐移舟于湖心。时轻云蒙笼,微风拂浪,波澜陡起。李生捧笛,其声始发之后,昏曀齐开,水木森然,仿佛如有鬼神之来。坐客皆更赞咏之,以为钧天之乐不如也。独孤生乃无一言,会者皆怒。李生为轻己,意甚忿之。良久,又静思作一曲,更加妙绝,无不赏骇。独孤生又无言。邻居召至者甚惭悔,白于众曰:“独孤村落幽处,城郭稀至,音乐之类,率所不通。”会客同诮责之,独孤生不答,但微笑而已。李生曰:“公如是,是轻薄为? 复是好手?”独孤生乃徐曰:“公安知仆不会也?”坐客皆为李生改容谢之。独孤曰:“公试吹《凉州》。”至曲终,独孤生曰:“公亦甚能妙,然声调杂夷乐,得无有龟兹之侣乎?”李生大骇,起拜曰:“丈人神绝,某亦不自知,本师实龟兹人也。”又曰:“第十三叠误入水调,足下知之乎?”李生曰:“某顽蒙,实不觉。”独孤生乃取吹之。李生更有一笛,

又

李謩，是开元年间吹笛技艺最高的笛手，直到现在也没有人超过他。一次，李謩因故向教坊请假去越州。当地人公私宴请他，为的是能欣赏他的奇妙笛声。当时，正逢越州新有十几位生员考中了进士，这些人家中都有些产业，于是凑集二千文钱准备在镜湖游船上聚会饮酒同乐，邀请李謩上船吹笛，大家向往他的风韵，敬之如神。因为钱多人少，又相约每人可带一位客人同来。其中有一位参加聚会的人，已经到了晚上方才想起这件事，没有工夫去请别人。他邻居中有一个孤老头儿，久处田野，外面的人情事故一点也不懂得，只有数间茅舍，乡里人称他为独孤丈。这位进士带着独孤丈人一起赴宴。

到会所后，只见澄波万顷，景物非凡。李謩以手拂笛，舟船渐渐移到湖心。此时轻云笼湖，微风拂浪，波澜陡起。李謩捧笛吹奏，笛声初发，风云齐开，水明林秀，上下澄碧，仿佛有鬼神前来。船上的宾客都赞叹不已，纷纷说就是天上的音乐也不如。独孤丈一言未发，与会的人都生气了。李謩也认为这个老丈轻视自己，也很生气。过了好一会儿，才又静思一曲吹奏出来。曲调更加绝妙异常，在座的宾客没有人不惊骇赞赏的。独孤丈还是不出一言。请他同来的这位进士也深感羞愧，对座上的宾客解释说："独孤老丈常年独居山村，很少进城，对于音乐，他一点也不懂得。"四座的宾客同声刺讽独孤老丈，老丈依然不语，只是微微笑笑而已。李謩问道："您这个样子，是轻薄呢，还是表示您是一位高人？"独孤丈人才慢慢说道："您怎么就知道我不懂音乐呢？"在座的人都为李生改容道歉。独孤丈人说："请您试吹一首《凉州》吧。"曲终，独孤丈人品评说："李公的笛子确实吹得不错。然而，您的笛声掺搡着夷狄乐调，您是不是在龟兹有朋友？"李謩听了后大吃一惊，站起身参拜独孤丈人，说："老丈神绝，我自己也不知道，我的老师确实是龟兹人。"独孤丈人又说："第十三叠误入水调，您自己知道不？"李謩回答道："李謩愚钝顽冥，实在不知道。"独孤丈人伸手取笛吹起来。李謩还有一笛，

拂拭以进。独孤视之曰:"此都不堪取,执者粗通耳。"乃换之,曰:"此至入破,必裂,得无吝惜否?"李生曰:"不敢。"遂吹。声发入云,四座震栗,李生蹭蹬不敢动。至第十三叠,揭示谬误之处,敬伏将拜。及入破,笛遂败裂,不复终曲。李生再拜。众皆帖息,乃散。明旦,李生并会客皆往候之,至则唯茅舍尚存,独孤生不见矣。越人知者皆访之,竟不知其所去。出《逸史》。

许云封

许云封,乐工之笛者。贞元初,韦应物自兰台郎出为和州牧,非所宜愿,颇不得志。轻舟东下,夜泊灵璧驿。时云天初莹,秋露凝冷,舟中吟讽,将以属词。忽闻云封笛声,嗟叹良久。韦公洞晓音律,谓其笛声,酷似天宝中梨园法曲李謩所吹者。遂召云封问之,乃是李謩外孙也。

云封曰:"某任城旧土,多年不归。天宝改元,初生一月。时东封回,驾次至任城,外祖闻某初生,相见甚喜,乃抱诣李白学士,乞撰令名。李公方坐旗亭,高声命酒。当垆贺兰氏年且九十余,邀李置饮于楼上。外祖送酒,李公握管醉书某胸前曰:'树下彼何人,不语真吾好。语若及日中,烟霏谢成宝。'外祖辞曰:'本于李氏乞名,今不解所书之语。'李公曰:'此即名在其间也。树下人是木子,木子

拂拭后递给独孤丈人。独孤丈人看了看说:"您这些笛子都不堪使用。使用它们的都是粗通吹笛的人。"于是又换了一支笛子,说:"这支笛子吹到入破时必会破裂,您不会舍不得吧?"李謩说:"不敢。"于是独孤丈人捧笛吹起来。笛声初发即响彻云霄,四座震慑,李謩局促不安地立在那儿一动不敢动。吹到第十三叠,揭示李謩刚才吹的谬误所在,李謩完全敬服连连拜谢。待吹到入破,笛子就破裂了,不能再吹下去了。李謩拜了两拜。众位宾客彻底折服,于是大家都散了。第二天早晨,李謩和与会的诸位宾客,一起前往独孤丈人的住所去拜见。到那儿一看,只留有几间空宅,独孤丈人已经不知哪里去了。越州人得知这件奇闻后,四处寻找独孤丈人,然而始终没有寻到,谁也不知道他去了哪里。

出自《逸史》。

许云封

许云封,是乐工中吹笛的人。唐德宗贞元初年,韦应物自兰台郎出京任和州牧,不是出自他的本愿,很是不得志。他乘船顺水东下,夜晚停泊在灵璧驿站。正值云天初现莹白色,秋天的冷露凝聚在衰草的枯叶上。韦应物坐在船舱中吟诗,正要将吟得的诗句记下来时,忽然听到许云封吹奏的笛声,慨叹许久。韦应物精通音律,说许云封的笛声,很像天宝年间京都梨园李謩吹奏的法曲。于是召来许云封询问,原来他是李謩的外孙。

许云封说:"我的老家是任城,多年没有回去了。天宝改元时,我才生下来一个月。当时正值皇帝东到泰山封禅归来,暂住任城,外祖父听说我出生了,见到后非常喜欢,亲手抱给李白学士看,请他给取个好名。李公当时正坐在酒楼里,高声让老板上酒。当垆卖酒的老太太贺兰氏已经九十多岁了,邀请李公到楼上饮酒。我外祖父将酒送到,李公握笔在我胸前乘醉书写:'树下彼何人,不语真吾好。语若及日中,烟霏谢成宝。'外祖父辞谢说:'我是请您为我外孙取名的,不明白您写的这是什么意思。'李公说:'您要求的名字就在这首诗中间。树下人是木子。木子,

李字也。不语是莫言,莫言蕃也。好是女子,女子外孙也。语及日中,是言午,言午是许也。烟霏谢成宝,是云出封中,乃是云封也。即李蕃外生许云封也。'后遂名之。某才始十年,身便孤立,因乘义马,西入长安。外祖悯以远来,令齿诸舅学业。谓某性知音律,教以横笛,每一曲成,必抚背赏叹。值梨园法部置小部音声,凡三十余人,皆十五以下。天宝十四载六月日,时骊山驻跸,是贵妃诞辰,上命小部音声,乐长生殿。仍奏新曲,未有名。会南海进荔枝,因以曲名《荔枝香》。左右欢呼,声动山谷。其年安禄山叛,车驾还京。自后俱逢离乱,漂流南海,近四十载。今者近访诸亲,将抵龙丘。"

韦公曰:"我有乳母之子,其名千金,尝于天宝中受笛李供奉,艺成身死,每所悲嗟。旧吹之笛,即李君所赐也。"遂囊出旧笛。云封跪捧悲切,抚而观之曰:"信是佳笛,但非外祖所吹者。"乃为韦公曰:"竹生云梦之南,鉴在柯亭之下,以今年七月望前生,明年七月望前伐。过期不伐,则其音窒;未期而伐,则其音浮。浮者外泽中干,干者受气不全,气不全则其竹夭。凡发扬一声,出入九息。古之至音者,一叠十二节,一节十二敲。今之名乐也,至如落梅流韵,感金谷之游人,折柳传情,悲玉关之戍客,诚为清响,且异至音,无以降神而祈福也。其已夭之竹,遇至音必破,所以知非外祖所吹者。"韦公曰:"欲旌汝鉴,笛破无伤。"云封乃捧笛吹《六州遍》,一叠未尽,骈然中裂。韦公惊叹久之,

李字也。不语是莫言，莫言蓍也。好是女子，女子外孙也。语及日中，是言午。言午，许也。烟霏谢成宝，是云出封中，乃是云封也。即李蓍外孙许云封也。'后来，我就叫了这个名字。我才长至十岁，便成了孤儿。后乘义马来到长安。外祖父怜我远道而来，让我跟着几个舅舅学吹笛。说我天生知音律，于是教我吹横笛。每学成一支曲子，外祖父总是抚摸着我的脊背赏叹。这时，正赶上梨园法部设置小部音声科，共有三十多人，都在十五岁以下。玄宗天宝十四载六月某日，正值皇帝住在骊山行宫，又是贵妃杨玉环的生日。皇帝命梨园小部音声科在长生殿为娘娘演奏祝寿。奏献新曲，没有命名。正值南海向贵妃进奉荔枝，因此将曲名定为《荔枝香》。左右欢呼，声动山谷。当年，安禄山起兵反叛，皇帝与娘娘返驾还京。此后俱逢离乱，我流落南海近四十年。如今我要去探访诸亲友，要到龙丘去。"

韦应物说："我的乳母有个儿子名叫千金，曾在天宝年间拜你外祖父李蓍为师学吹笛，艺学成后却死了。我每每想起来就很悲伤。千金昔日吹的笛子，就是李君所赠。"说着，从行囊中取出一支旧笛递与许云封。许云封悲伤地跪拜接过，抚摸观看，说："确实是一支很好的笛子，但并不是当年我外祖父吹的那支。"又对韦应物说："竹子生长在云梦泽南岸，挑选则以柯亭竹为标准。须在当年七月十五日前生，明年七月十五日前伐。过期不伐，它的音色发窒，未到日期就伐下来的，它的音色就浮。浮者，外面泽润而内里干。干者受气不全。气不全，则竹必夭折。笛子吹一声，需呼吸九次。古时吹奏出的最美丽动听的笛音，一叠十二节，一节十二敲。今天的名乐曲啊，可以吹奏出落梅流韵，使金谷游人感动；折柳传情，让玉关戍客悲伤。诚然也是清音亮响，但是跟至音还有很大不同，不能降神祈福。用已夭的竹管制成的笛子，遇到最高音时必定要破损的。所以，我才知道这笛子不是外祖父以前所吹的。"韦应物听了后说："我想请你吹奏试试，笛子吹坏了无妨。"于是，许云封捧笛吹一曲《六州遍》。一叠还未吹完，骉然一声，笛管中间破裂。韦应物惊叹了许久，

遂礼云封于曲部。出《甘泽谣》。

吕乡筠

洞庭贾客吕乡筠常以货殖贩江西杂货,逐什一之利。利外有羡,即施贫亲戚,次及贫人,更无余贮。善吹笛,每遇好山水,无不维舟探讨,吹笛而去。

尝于中春月夜,泊于君山侧,命樽酒独饮,饮一杯而吹笛数曲。忽见波上有渔舟而来者,渐近,乃一老父鬓眉皤然,去就异常。乡筠置笛起立,迎上舟。老父维渔舟于乡筠舟而上,各问所宜。老父曰:"闻君笛声嘹亮,曲调非常,我是以来。"乡筠饮之数杯,老父曰:"老人少业笛,子可教乎?"乡筠素所耽味,起拜,愿为末学。老父遂于怀袖间出笛三管:其一大如合拱,其次大如常人之蓄者,其一绝小如细笔管。乡筠复拜请老父一吹,老父曰:"其大者不可发,次者亦然,其小者为子吹一曲。不知得终否。"乡筠曰:"愿闻其不可发者。"老父曰:"其第一者在诸天,对诸上帝,或元君,或上元夫人,合上天之乐而吹之。若于人间吹之,人消地坼,日月无光,五星失次,山岳崩圮,不暇言其余也。第二者对诸洞府仙人、蓬莱姑射、昆丘王母,及诸真君等,合仙乐而吹之。若人间吹之,飞沙走石,翔鸟坠地,走兽脑裂,五星内错,稚幼振死,人民缠路,不暇言余也。其小者,是老身与朋侪可乐者。庶类杂而听之,吹的不安。未知可终曲否。"言毕,抽笛吹三声,湖上风动,波涛汹濊,鱼鳖跳喷,乡筠及童仆恐耸詟栗。五声六声,君山上鸟兽叫噪,

于是聘请许云封在曲部任事。*出自《甘泽谣》。*

吕乡筠

洞庭商客吕乡筠,常贩货到江西,赚取十分之一的利润。利外还有富余就资助贫穷的亲友,再有富余的就救助穷人,自己从来不积蓄攒钱。吕乡筠擅长吹笛,每遇到好山水,没有不驾舟游赏、吹笛而去的。

一次,在一个中春月夜,吕乡筠泊船在君山旁边,摆酒独饮,每饮一杯就吹笛数曲。忽然看见江上有一人撑着渔船驶来。渐渐近了,原来是一位鬓眉花白的老翁,举止行为不同凡人。吕乡筠放下笛子起身相迎。老翁将渔船系在吕乡筠船上,走过船来寒暄。过后,老翁说:"听您的笛声嘹亮,曲调不一般,我过来看看。"吕乡筠请他喝了几杯酒,老翁说:"我少时以吹笛为生,可以让我教教您吗?"吕乡筠平素爱好吹笛,站起参拜老翁,说愿意跟他学。老翁于是从怀袖里取出三管笛子:一管大如双臂合抱,第二管如常人用的那么大,第三管小如细笔管。吕乡筠又一次下拜,请老翁吹一曲听听,老翁说:"最大的那管不能吹它,中间的那管也不能吹,我可以用最小的这管为您吹一曲,但不知道能否吹到终了。"吕乡筠说:"我愿意听听您说的不可以吹的。"老翁说:"最大的那管是天上用的,是为天上的诸位上帝、元君和上元夫人们,合着上天的神乐而吹的。假如在人世间吹它,就会人消地裂,日月无光,五星失位,山峦崩塌,余下的后果我就不说了吧。第二管笛是给诸位洞府仙人,蓬莱、射姑诸神山的方士,和昆仑山王母娘娘,以及诸位真君合仙乐而吹的。假若在人间吹它,就会石飞沙走,翔鸟坠地,走兽脑裂,五星内错,儿童被震死,人众倒毙路旁,余下的后果我就不说了。最小的这管,是我与朋友同辈可以娱乐的。世上万物、众生都可以听。但是一旦吹起来,就会不安,不知能否吹完一曲。"老翁说完后,抽出笛子吹了三声,湖上刮起了大风,波浪激荡,鱼鳖喷跳,吕乡筠和童仆们惊慌恐惧。吹了五声六声,君山上的鸟兽嘶鸣吼叫,

月色昏昧，舟楫大恐。老父遂止。引满数杯，乃吟曰："湖中老人读黄老，手援紫藟坐翠草。春至不知湘水深，日暮忘却巴陵道。"又饮数杯，谓乡筼曰："明年社，与君期于此。"遂棹渔舟而去，隐隐渐没于波间。至明年秋，乡筼十旬于筼山伺之，终不复见也。出《博异志》。

觱篥

李 蔚

咸通中，丞相李蔚拜端揆日。自大梁移镇淮海，政绩日闻。未期周，荣加水土，移风易俗，甚洽群情。洎彭门乱常之后，藩镇疮痍未平，公按辔恭己而治之。补缀颓毁，整葺坏纲，功无虚日。以其郡寡胜游之地，且风亭月观，既以荒凉，花圃钓台，未惬深旨。一旦，命于戏马亭西，连玉钩斜道，开创池沼，构葺亭台。挥斥既毕，号曰"赏心"。栽培花木，蓄养远方奇禽异畜，毕萃其所。芳春九旬，居人士女得以游观。一旦，闻浙右小校薛阳陶，临押度支运米入城。公喜其姓名，有同囊日朱崖李相左右者，遂令试询之，果是旧人矣。公甚喜，如获古物，乃命衙庭小将代押运粮，留止别馆。一日，公召阳陶游，询其所闻，及往日芦管之事，薛因献朱崖李相、陆畅、元、白所撰歌一轴。公益喜之。次出芦管，于兹亭奏之。其管绝微，每于一觱篥中，常容三管也。声

天上的月亮昏暗无光,湖上的各种舟船摇荡,船上的人惊慌失措。老翁于是不吹了。他连着喝了几杯酒,吟诗一首:"湖中老人读黄老,手援紫藟坐翠草。春至不知湖水深,日暮忘却巴陵道。"吟完,又喝了几杯酒,对吕乡筠说:"明年秋社,与君还在此处相聚。"于是摇着渔舟离去,渐渐隐没于湖波深处。到了第二年秋天,吕乡筠在君山等候了老翁十天,然而没有再见到他。出自《博异志》。

觱篥

李 蔚

丞相李蔚在咸通年间总理国政。由大梁迁任淮海,他的政治声誉便一天天大起来。来淮海没到一年,便着手治水保土,移风易俗。他的这些做法非常符合淮海民众的意愿,很受欢迎。自彭门之乱后,藩镇战乱造成的破坏尚未修复,李蔚克己奉公、励精图治。他治理乱政,整肃纪纲,没有一天空闲的时候。淮海几乎没有什么名胜可供人们游赏,郡内原有的几处观风赏月之亭阁,已经荒凉了,花圃钓台也建得不合心意。一天,李蔚命人在戏马亭西边,修建弯月形斜径,开挖了一座人工湖,在湖中修建了一座亭台。建筑完成后起名叫"赏心亭"。在湖边广植花木,并从别处收集奇禽异兽,都放置在这里。每到春暖花开时节,平民百姓和官宦士女都到这里来游玩观赏。有一天,听说浙右的一个下级军官薛阳陶,监押运往朝廷库府的米粮来到淮海郡。李蔚喜欢这个小军官的名字,同以前宰相李德裕身边的一个人相同,于是让人询问,果然是故人。李蔚大喜,如同得到一件古物,让他手下的一位武官代替薛阳陶监押粮船,将他留住在别馆里。一天,李蔚请薛阳陶外出游玩,问他所见所闻,以及过去吹芦管之事,薛阳陶因而献上李德裕、陆畅、元稹、白居易所写的歌词一轴。李蔚更高兴了。薛阳陶又从怀中拿出芦管,就在赏心亭上吹奏起来。此芦管管很细,每一个觱篥乐器中,可以放置三根管。声音

如天际自然而来,情思宽闲。公大加赏之,亦赠其诗不记,终篇云:虚心纤质雁衔余,凤吹龙吟定不如。于是锡赉甚丰。出其二子,皆授牢盆倅职。初公构池亭毕,未有嘉名,因目曰"赏心"。诸从事以公近讳,盖赏字有尚字也。公曰:"宣父言徵不言在,言在不言徵。且非内官宫妾,何避其疑哉!"遂不改作。其亭自秦毕乱逆,乃为刍豢之地。嗟乎!公孙弘之东阁,刘屈氂后为马厩,亦何异哉! 出《桂苑丛谭》。

好像从天上飘来的，情宽思闲。李蔚听后大加赞赏，也写了一诗相赠，但记载不全，终句为：虚心纤质雁衔余，凤吹龙吟定不如。李蔚厚赏薛阳陶，并任命他的两个儿子任盐业副官。李蔚最初修建湖亭时，没有什么好名字，于是起名叫赏心。他手下的从事认为这个名字犯讳，赏字中有尚字。李蔚说："孔子母亲名徵在，他言徵不言在，言在不言徵。况且，又不是什么内官宫妾，有什么忌讳可避的呢！"于是不更名。这座赏心亭，在秦毕叛乱后，成了饲养牲畜的地方了。可叹啊！公孙弘的东阁，到了刘屈氂时成了马圈。赏心亭的结局，跟这有什么两样呢！出自《桂苑丛谭》。

卷第二百五

乐三

羯鼓

　　羯鼓出外夷乐。以戎羯之鼓,故曰羯鼓。其音主太簇一均。龟兹部、高昌部、疏勒部、天竺部皆用之。次在都昙鼓、答腊鼓之下,都昙鼓,状腰鼓而小。答腊者,即揩鼓也。鸡娄鼓之上。蘽如漆桶,山桑木为之。下以牙床承之,击用两杖。其声焦杀鸣烈,尤宜促曲急破,作战杖连碎之。又宜

羯鼓

　　羯鼓，是一种从外域传到中原的乐器。因为是戎羯之鼓，因此叫羯鼓。羯鼓声调的高位是太簇一均。古代的龟兹、高昌、疏勒、天竺等地的少数民族都使用它。羯鼓的地位在都昙鼓、答腊鼓之下，<small>都昙鼓形状像腰鼓而小。答腊即揩鼓。</small>在鸡娄鼓之上。羯鼓的鼓框如漆桶，<small>用山桑木制成。</small>下面用象牙镶饰的床架承放，用双槌敲击。羯鼓发出的声音急促、威烈、轰鸣，尤其适宜演奏快节奏的乐曲，两根鼓杖就像用兵器攻击敌人一样。羯鼓也宜于在

高楼玩景,明月清风,凌空透远,极异众乐。杖用黄檀狗骨花椒等木。须至干紧,绝湿气而复柔腻。干取发越响,腻取战袅健举。卷用刚铁,铁当精炼,卷当至匀。若不刚,即应绦高下,挡捩不停。不匀,即鼓面缓急,若琴徽之放病矣。出《羯鼓录》。

玄　宗

　　唐玄宗洞晓音律,由之天纵。凡是管弦,必造其妙。若制作调曲,随意即成。不立章度,取适短长;应指散声,皆中点指。至于清浊变转,律吕呼召,君臣事物,迭相制使,虽古之夔、旷,不能过也。尤爱羯鼓,常云:"八音之领袖,诸乐不可为比。"尝遇二月初,诘旦,巾栉方毕,时宿雨始晴,景色明丽,小殿内亭,柳杏将吐。睹而叹曰:"对此景物,岂可不与他判断之乎?"左右相目,将命备酒,独高力士遣取羯鼓。上旋命之,临轩纵击一曲,曲名《春光好》,上自制也。神思自得。及顾柳杏,皆已发拆,指而笑谓嫔嫱内官曰:"此一事,不唤我作天公可乎?"皆呼万岁。又制《秋风高》,每至秋空迥澈,纤翳不起,即奏之。必远风徐来,庭叶徐下,其妙绝入神如此。出《羯鼓录》。

　　玄宗尝伺察诸王,宁王夏中挥汗鞔鼓,所读书乃龟兹乐谱也。上知之,喜曰:"天子兄弟,当极此乐。"出《酉阳杂俎》。

月明风清时,在高楼观赏时演奏,声音凌空远扬,与其他乐声大不相同。羯鼓的槌杖一般是用黄檀、狗骨、花椒等木做成的。但制作之前,须将这些木料干透了,将湿气全部去除而让它变得柔韧而腻滑。只有干透了,敲出的鼓声才最响亮。只有滑腻,击在鼓面上才能收到像战马举蹄叩击一样的效果。卷须用刚铁。铁经过精炼,卷应当卷匀。不刚,则围卷的绦边上下不齐,松紧不一。不匀,则鼓面上的鼓皮有紧有松吃力不匀,就像琴徽没装好发出瘴音一样。出自《羯鼓录》。

玄 宗

唐玄宗精通乐律,是上天赋予他的才能。不论是管乐,还是弦乐,他都造诣很精,深得其中的奥妙。如果要写支曲子,信手拈来,立等可取。不立什么章法,却长短正合适;随手弹拨,都符合节拍。至于清浊音的变化,乐律的呼应,主、副旋律分明而又互相制约,就是古时候的夔、旷也超不过他。唐玄宗尤其喜爱羯鼓,他曾说:"羯鼓是八音的领袖,其他乐器不可与之相比。"有一年二月初,某天早晨,唐玄宗梳洗完毕,下了一宿的雨刚刚放晴,宫苑中景色明丽,小殿的内亭,柳枝返青刚吐嫩芽,杏花含苞欲将开放。玄宗触景生情,赞赏地说:"面对这样的良辰美景,怎么可以不欣赏呢?"跟随在唐玄宗左右的太监、宫娥,听了后互相观望,正要去备酒,只有高力士让人去为皇帝取来羯鼓。玄宗临轩敲击一曲,名为《春光好》,是玄宗自创曲目。神情自得。再看看柳芽与杏蕾,都被玄宗刚才击出的鼓声震开了。玄宗指着震开的柳芽、杏花,对宫娥、太监们说:"就凭这件事情,不称呼我为天人行吗?"众人皆呼万岁。唐玄宗又谱作《秋风高》鼓曲。每到清秋,天高地远,纤云皆无,即奏这支曲子。这时,就有风徐徐从远处吹来,庭院中的树叶纷纷飘落。他的演奏,就是如此绝妙入神。

唐玄宗曾派人观察诸王。宁王在夏天还挥汗制鼓,所读的书是龟兹乐谱。玄宗皇帝知道后非常高兴,说:"天子的兄弟,正应当尽情享受这种乐趣。"出自《酉阳杂俎》。

又

汝阳王琎,宁王长子也,姿容妍美,秀出藩邸。玄宗特钟爱焉,自传授之。又以其聪悟敏慧,妙达其旨,每随游幸,顷刻不舍。琎尝戴砑绢帽打曲,上自摘红槿花一朵,置于帽上。其二物皆极滑,久之方安。遂奏《舞山香》一曲,而花不坠。本色所谓定头项,难在不摇动也。上大喜笑,赐金器。因夸曰:"花奴琎小名。姿质明莹,肌发光细,非人间人,必神仙谪坠也。"宁王谦谢,随而短斥之。上笑曰:"大哥不必过虑,阿瞒自是相师。夫帝王之相,且须英特越逸之气,不然,有深沉包育之度。花奴但秀迈人,悉无此状,固无猜也。而又举止闲雅,当更得公卿间令誉耳。"宁王又谢之。而曰:"若于此,臣乃输之。"上曰:"若此一条,阿瞒亦输大哥矣。"宁王又谦谢。上笑曰:"阿瞒赢处多,太哥亦不用执拗。"众皆欢贺。玄宗性俊迈,酷不好琴,曾听弹正弄,未及毕,叱琴者曰:"待诏出去。"谓内官曰:"速召花奴将羯鼓来,为我解秽。"

又

黄幡绰亦知音,上曾使人召之,不时至。上怒,络绎遣使寻捕之。绰既至,及殿侧,闻上理鼓,固止谒者,不令报。俄顷,上又问侍官:"奴来未?"绰又止之。曲罢,复改曲,才三数十声,绰即走入。上问何处来,曰:"有亲故远适,

又

汝阳王李琎，是宁王李献的长子，相貌妍美，在诸位王室子弟中格外出众。唐玄宗特别钟爱他，亲自教授他打击羯鼓。这位王子以其聪敏的悟性，很快就领悟并掌握了这种技艺，因此常常伴随玄宗游玩赏景，玄宗连一刻也舍不得让他离开。李琎有一次头戴用碾磨发光的绢做的帽子击鼓，玄宗皇帝亲自采一朵红色槿花戴在他帽上。研绢帽与槿花都很滑，不好戴，好久才戴上。李琎于是演奏《舞山香》一曲，而帽上的槿花没掉下来。本业叫定头项，难在不晃动。玄宗大喜，赏赐李琎金器，并夸赞道："花奴 李琎的小名。姿质明莹，肌肤头发细腻光洁，非人世间人，一定是上天贬下来的神仙吧。"宁王谦谢，随后申斥李琎的缺点。玄宗笑着说："大哥不必过虑，阿瞒我就是相师。帝王之相，应当有英俊特异、超逸不群的气质，要不然，也须具备深沉包育的度量。花奴虽然秀俊过人，却全没有这些表象，因此，我对他没有什么猜忌啊！何况，花奴又举止闲雅，理应在公卿之间得到更多的赞誉呀！"宁王再次行礼道谢，说："果然像皇上说的那样，我认输了。"玄宗说："就此一条，阿瞒我也输给大哥啦。"宁王又行礼道谢。玄宗笑着说："阿瞒我赢的多啦！大哥不用总这样作揖了。"陪同玩赏的人都高兴地祝贺。玄宗性情豪迈俊逸，但是他一点儿也不喜欢琴。一次听到有人在宫内弹琴，未等弹完，玄宗即走过去大声呵斥操琴的人，说："待诏出去。"并对太监说："快去叫花奴带着羯鼓来，为朕解解秽气。"

又

黄幡绰也通晓音律。一次，玄宗让人召黄幡绰，他没有按时到。玄宗大怒，不断地派人去各处寻找，让将他抓回来。黄幡绰回来后，来到殿侧，听到玄宗正在击鼓。他制止传报的人不让报告皇帝。过了一会儿，玄宗又问侍从："绰奴才回来没有？"黄幡绰又不让报。玄宗制作完这支鼓曲，又进行了改动，才敲了三数十声，黄幡绰才走入殿内报到。玄宗皇帝问他从何处回来，他回答说："有个亲友出远门，

送至城外。"上颔之。鼓毕,上谓曰:"赖稍迟,我向来怒意,至必祸焉。适方思之,长入供奉五十余日,暂一日出外,不可不许他东西过往。"绰拜谢毕,内官有相偶语笑者,上诘之,具言绰寻至,听鼓而候其时入。上问绰,绰语上方怒,其解怒之际,皆无少差误。上奇之,复厉声谓之曰:"我心脾骨下事,安有侍官奴听小鼓能料之耶?今且谓我如何?"绰遂走下阶,面北鞠躬,大声曰:"奉敕监金鸡。"上大笑而止。并出《羯鼓录》。

宋璟

宋开府璟虽耿介不群,亦深好声乐,尤善羯鼓。始承恩顾,与玄宗论鼓事曰:"不是青州石末,即是鲁山花瓷。捻小碧上,掌下须有朋去声。肯声,据此乃是汉震第一鼓也。且糵用石末、花瓷,固是腰鼓。掌不朋去声。肯声,是以手指,非羯鼓明矣。"第二鼓者,左以杖,右以手指。璟又谓上曰:"头如青山峰,手如白雨点,按此即羯鼓之能事。山峰取不动,雨点取其急。"玄宗与璟兼善两鼓也,而羯鼓偏好,以其比汉震稍雅细焉。开府之家悉传之。东都留守郑叔明祖母,即开府之女。今尊贤里郑氏第有小楼,即宋夫人习鼓之所也。出《羯鼓录》。

我送到了城外。"玄宗皇帝领首不语。击完一首曲子，玄宗说："幸亏你回来晚了些，我刚才很生气，你来了一定会受到处罚。我刚刚想，你这次供奉的时间较长，已经有五十多天了吧。只有一天到宫外去，不应该不让他东走走，西看看啊。"黄幡绰拜谢完，随侍的太监中有人相对偷偷说笑。玄宗皇帝责问，太监如实地将黄幡绰已经回来好一会儿了，直至听了一会儿皇上击鼓才进来的事情说了。玄宗问黄幡绰，黄幡绰回答说玄宗正发怒，等怒气消掉的时候，鼓声就没什么差错了。玄宗皇帝感到非常奇怪，又厉声问道："我心里的想法，你一个侍奉我的奴才怎能从我击鼓的声音中听出来呢？你现在再说说我在想什么呢？"黄幡绰走下台阶，面向北鞠躬，大声说道："奉皇上命令，竖起金鸡，颁布赦免令。"玄宗皇帝大笑作罢。并出自《羯鼓录》。

宋　璟

开府宋璟，性情虽然耿介不群，也深爱声乐，尤其擅长敲击羯鼓。宋璟刚承玄宗皇帝的恩顾，跟玄宗谈论有关鼓的事情时说道："不是青州石末，就是鲁山花瓷。捻小碧上，手掌下须发出朋去声。肯声，这才是汉震第一鼓。而且鼓框用石末、花瓷，本来就是腰鼓。手掌下发不出朋去声。肯声，而是用手指去敲，就不是羯鼓。"第二鼓者,左边用杖敲,右边以手指叩。宋璟又对玄宗皇帝说："头像青山峰，手如白雨点。能做到这两点就是击奏羯鼓的能手。头如青山峰，是说击鼓人头不动。手如白雨点，是说击鼓人击得急促如下雨。"唐玄宗和宋璟都善于击奏这两种鼓，而尤其偏爱羯鼓，认为羯鼓比汉震鼓较为雅细秀气。宋璟家世代相传都爱击鼓。东都留守郑叔明的祖母，就是宋璟家的女儿。现今，洛阳尊贤里郑家宅第里还有一座小楼，就是郑叔明这位祖母当年练习击鼓的地方。出自《羯鼓录》。

李龟年

李龟年善羯鼓,玄宗问:"卿打多少杖?"对曰:"臣打五十杖讫。"上曰:"汝殊未,我打却三竖柜也。"后数年,又闻打一竖柜,因锡一拂枚羯鼓卷。出《传载》。

曹王皋

嗣曹王皋有巧思,精于器用。为荆州节度使,有羁旅士人怀二卷,欲求通谒。先启于宾府,观者讶之曰:"岂足尚耶。"士曰:"但启之,尚书当解矣。"及见,皋捧而叹曰:"不意今日获逢至宝。"指其刚匀之状,宾坐唯唯,或腹非之。皋曰:"诸公未必信。"命取食樣,自选其极平者。遂重二卷于樣心,以油注卷满,而油不浸漏,相盖契际也。皋曰:"此必开元、天宝中供御卷,不然无以至此。"问其所自,客曰:"先人在黔,得于高力士家。"众方深伏。原缺出处,据本书卷二百三十一作出《羯鼓录》。

李 琬

广德中,蜀客前双流县丞李琬者亦能之。调集至长安,居务本里,尝夜闻羯鼓,曲颇工妙。于月下步寻,至一小宅,门户极卑隘。叩门请谒,谓鼓工曰:"君所击者,岂非耶婆色鸡乎?一本作耶婆娑鸡。虽至精能,而无尾何也?"工大异之曰:"君固知音者,此事无有知。某太常工人也,祖

李龟年

李龟年善击羯鼓。一次玄宗皇帝问他:"卿用了多少鼓杖了?"回答说:"臣至今已用了五十支鼓杖。"玄宗说:"你这还不算特别用功,我已用了三立柜啦!"数年后,玄宗皇帝听说李龟年也用掉了一立柜鼓杖,因此赐给他一拂枚羯鼓卷。出自《大唐传载》。

曹王皋

曹王李皋有巧思,精通各种器用。李皋任荆州节度使时,有一位暂居这里的士人,带着两张鼓卷求见。这位士人将两张卷先打开给李皋的幕宾们看,看的人惊讶地说:"这种平常的卷,还用给节度使看啊!"这位士人说:"但请通报,节度使一定会欣赏的。"待到见面后,李皋捧视很久,赞叹地说:"没想到今天能获逢最珍贵的宝物!"接着,指出这两张卷制作得钢硬均匀,在座的宾客点头称是,也有人心里不以为然。李皋说:"诸位不一定相信。"他命人取来食盘,食盘取来后,亲自挑选出特别平整的,将两张卷重叠置放在食盘上,让人将食油到入卷中,直到注满为止,油一点儿也没有渗漏出来,是以证明卷与食盘相合得一点儿缝隙没有。李皋说:"这一定是开元、天宝年间,向朝廷供奉的御卷,不然不会这么好。"李皋问献卷的这位士人是从哪里得到的,他说:"我的先人在黔地,从高力士家得到的。"众位宾客幕僚这才深深折服。原缺出处,据本书卷二百三十一作出自《羯鼓录》。

李 琬

唐代宗广德年间,蜀人、前双流县丞李琬也能击奏羯鼓。朝廷将他上调到京都长安,住在务本里。一天夜里,李琬听到了羯鼓声,曲调非常工稳绝妙。于是踏月循声寻去,走到一处小院,门户极朽旧狭隘。李琬叩门求见,对击鼓的人说:"您击的曲子不是耶婆色鸡吗? 一本作耶婆娑鸡。虽然击奏得极准确,怎么没结尾呢?"击鼓的人大为吃惊,说:"您一定也是个懂得音律的人,这事没人知道。我本是太常府里的一个工匠,击鼓这门技艺是祖

父传此艺,尤能此曲。近者张儒入长安,其家流散,父没河西,此曲遂绝。今但按旧谱数本寻之,竟无结尾之声,因夜夜求之也。"琬曰:"曲下意尽乎?"工曰:"尽。"琬曰:"意尽即曲尽,又何索焉?"工曰:"奈声不尽何?"琬曰:"可言矣,夫曲有如此者,须以他曲解之,方可尽其声也。夫耶婆娑鸡当用屈柘急遍解。"工如所教,果相谐协,声意皆尽。如柘枝用浑解,甘州用急了解之类也。工泣而谢之。即言于寺卿,奏为主簿。后累官至太常少卿宗正卿。出《羯鼓录》。

杜鸿渐

代宗朝,宰相杜鸿渐亦能羯鼓。永泰中为三州副元帅、西川节度使。至成都,李琬有削杖者在蜀,一杖献鸿渐。鸿得之,示于众曰:"此尤物也,当衣衾中收贮积时矣。"匠曰:"某于脊沟中养者十年。"及出蜀至利州西界,望嘉驿路入汉川矣。自西南来,始会嘉陵江,颇有山水景致。其夜月色又佳,乃与从事杨炎、杜惊辈登驿楼望江月。行酒宴语曰:"今日出艰危猜迫,外即不辱命于朝廷,内即免中祸于微质。即保此安步,又瞰此殊境,安得不自贺乎?"遂命家僮取鼓与板笛,以所得杖奏数曲。四山猿鸟,皆惊飞噭走。从事悉异之曰:"昔夔之搏拊,百兽舞庭,此岂远耶?"鸿渐曰:"若某于此,稍曾致力,犹未臻妙,尚能及是。

父传给我的，我尤其擅长击刚才这首曲子。近来，因为张儒来到长安，我们全家流散，父亲失落在河西，这首曲子就失传了。现在我按照几本旧曲谱来找寻这首鼓曲，竟然没有结尾之声，因此才夜夜击鼓寻索。"李琬问："曲之意完结了吗？"击鼓人说："意已尽。"李琬说："意已尽也就是曲子终了，你又何必再找？"击鼓人说："怎奈鼓声未尽啊！"李琬说："这可以说说，鼓曲中有这样的，须用其他曲子解，方能使鼓声结束。耶婆娑鸡这首鼓曲，当用屈柘急遍解。"击鼓人照李琬教的再击奏一次，果然相谐，声尽意也尽。如柘枝用浑解，甘州用急了解之类。击鼓人感激得流着眼泪向李琬致谢。随后报告给太常寺卿。太常寺卿荐举李琬任主簿。后来，李琬官至太常少卿宗正卿。出自《羯鼓录》。

杜鸿渐

　　唐代宗朝，宰相杜鸿渐也能击奏羯鼓。永泰年间，杜鸿渐担任三州副元帅、西川节度使。到成都，李琬家中有削鼓杖的工匠还在蜀中老家，送给杜鸿渐一根鼓杖。杜鸿渐得到后，拿出来给众位幕僚宾客观赏，说："这是很难得的宝物啊，它一定在衣被里存放很多年了。"工匠说："我把它放在脊沟中养了十年了。"等到杜鸿渐离开蜀地，到了利州西边边界，从嘉驿大道进入汉川。长江自西南来，在这里流入嘉陵江中，颇有山川景致。是夜，月色皎洁，杜鸿渐与从事杨炎、杜悰等人登上驿楼欣赏江月。他们边饮酒边说："现在，我们从艰难危险疑忌迫害里走出来了。对外来说，我们没有辜负朝廷的使命；对内来说，免了个人的祸患。既保住了我们的平安，今晚又能观赏到这么好的美景，我们怎么能不自我庆贺一下呢？"于是，命令家僮取来羯鼓与板笛，杜鸿渐亲自用李琬家人送给他的鼓杖演奏了几支鼓曲。四外山中的猿猱、鸟雀听到鼓声后，鸣叫着飞散奔跑。诸从事都大为吃惊，说："古时候的夔演奏音乐时，群兽在院中起舞，今天演奏音乐，它们为什么要逃开？"杜鸿渐说："我对演奏羯鼓，曾经稍微下过功夫，击奏出的鼓声还未达到完美的程度，就有这样的效果。

况至圣御天,贤臣考乐,飞走之类,何有不感。"因言此有别墅近花岩阁,每遇风景清明,即时或登阁奏此。初见群羊牧于川下,忽数头踯躅不已,某不谓之以鼓然也。及止鼓亦止,复鼓之亦复然,遂以疾徐高下而节之,无不应之而变。旋有二犬,自其家走而吠之。及群羊侧,遂渐止声仰首,若有所听。少选,又复宛颈摇尾,亦从而变态。是知率舞固无难矣。近士林中无习之者,唯仆射韩皋善,亦不甚露。为鄂州节度使时,闻于黄鹤楼一两习而已。出《羯鼓录》。

铜鼓

蛮夷之乐,有铜鼓焉。形如腰鼓,而一头有面,鼓面圆二尺许。面与身连,全用铜铸。其身遍有虫鱼花草之状,通体均匀,厚二分以来。炉铸之妙,实为奇巧。击之响亮,不下鸣鼍。贞元中,骠国进乐,有玉螺铜鼓。玉螺皆螺之白者,非琢玉所为也。即知南蛮酋首之家,皆有此鼓也。

张直方

咸通末,幽州张直方贬龚州刺史。到任后,修葺州城,因掘土,得一铜鼓。满任,载以归京。到襄汉,以为无用之物,遂舍延寿庆院,用大木鱼悬于斋室。今见存焉。并出

何况帝王统治天下,忠贤之臣就像鸟兽听音乐一样,音乐不好,就会逃避而去。"杜鸿渐又说这个地方有座别墅,靠近花岩阁,每当风景清明的时候,他就登阁击奏羯鼓。起初看到山坡下面散放着一群羊,忽然有几头羊来回不停地走动,他还没有想到这是羯鼓声使它们这样的。他停止不击鼓的时候羊也不再徘徊了,待他再击鼓,羊又跟着走动,于是他忽疾忽缓、忽高忽低,变化节奏地敲击羯鼓,羊都跟着他的鼓声节奏的变化而改变动作。不一会儿,有两只狗从它的家门走出来吼叫了几声。等走到羊群旁边,渐渐不吼叫了,仰起脖颈似乎在听鼓声。又过了一会儿,这两只狗开始转动脖颈,摇摆尾巴,随着鼓声变换动作。因此知道演奏羯鼓让动物舞蹈并不是难事。近些年来,文士中没有学习击奏羯鼓的了,唯有仆射韩皋击得一手好羯鼓,但也不常显露。只是在他任鄂州节度使时,听说在黄鹤楼上击奏过一二次而已。出自《羯鼓录》。

铜鼓

　　少数民族的乐器中,有铜鼓。铜鼓的形状很像腰鼓,一头有面,鼓面圆约二尺。鼓面与鼓身相连,全是用铜铸成。铜鼓身上都饰着花纹,有花、草、虫、鱼等各种动植物的形状。铜鼓通体上下薄厚均匀,约二分厚。可见它铸造得非常精妙奇巧。铜鼓敲击发出的声音异常响亮,就像鼍鸣。唐德宗贞元年间,骠国向朝廷进献乐器,其中有玉螺铜鼓一只。玉螺就是白螺,并非琢玉制成。由此可以知道,南方少数民族的头领家中,都有这种铜鼓。

张直方
　　唐懿宗咸通末年,幽州人张直方被降职改任龚州刺史。张直方上任后,修整州城,掘土时,挖出一面铜鼓。任满后,张直方带着铜鼓回京城。途经襄汉时,张直方认为铜鼓是无用之物,于是舍给延寿庆寺院,和尚用大木鱼悬挂在斋室中,现在还在。并出

《岭表录异》。

郑　续

僖宗朝,郑续镇番禺日,有林蔼者为高州太守。有牧儿因放牛,闻田中有蛤鸣,蛤即是虾蟆。牧童遂捕之。蛤跳入一穴,掘之深大,即蛮酋冢也。蛤乃无踪,穴中得一铜鼓。其色翠绿,土蚀数处损缺。其上隐起,多铸蛙黾之状。疑其鸣蛤,即鼓精也。遂状其缘由,纳于广帅,悬于武库,今尚存焉。出《岭表录异》。

琵琶

罗黑黑

太宗时,西国进一胡,善弹琵琶,作一曲,琵琶弦拨倍粗。上每不欲番人胜中国,乃置酒高会,使罗黑黑隔帷听之,一遍而得。谓胡人曰:"此曲吾宫人能之。"取大琵琶,遂于帷下,令黑黑弹之,不遗一字。胡人谓是宫女也,惊叹辞去。西国闻之,降者数十国。出《朝野佥载》。

裴洛儿

贞观中,弹琵琶裴洛儿始废拨用手,今俗所谓搊琵琶是也。出《国史异纂》。

自《岭表录异》。

郑　续

　　唐僖宗朝时，郑续镇守番禺期间，有一个叫林蔼的人任高州太守。当地有一个牧童在放牛时，听到田地中有蛤在鸣叫，蛤即是虾蟆。牧童于是去捕捉它。蛤跳入一个洞穴，牧童掘洞，洞又深又大，原来是一个少数民族头领的坟墓。蛤已经逃得无影无踪，却在墓穴中找到一面铜鼓。这鼓颜色翠绿，有几处让土腐蚀得有些缺损。铜鼓上面有凸起的各种纹饰，多数都是蛙的形状。人们怀疑牧童见到的那个鸣叫的蛤，就是鼓精。于是，将这面铜鼓交给郑续，并讲述了得鼓的经过。郑续将这面铜鼓悬挂在武器库内，到今天还存在。出自《岭表录异》。

琵琶

罗黑黑

　　唐太宗时，西域国进献给朝廷一个胡人，弹奏一手好琵琶，作一首曲子，用琵琶弹起来声音格外粗犷。太宗皇帝常常都不愿意胡人胜过国人，于是设宴摆酒，暗中将罗黑黑藏在隔帷后面，让她偷听这个胡人弹奏琵琶，听了一遍就学会了。唐太宗对胡人说："这支曲子，我宫中也有人能弹奏。"于是取过来大琵琶，让罗黑黑在帷幕前弹奏，不漏一个音符。胡人以为她只是宫女而已，惊叹着告辞了。西域国听到这个事情后，有几十个国家归顺了。出自《朝野佥载》。

裴洛儿

　　唐太宗贞观年间，弹琵琶的能手裴洛儿第一个停止使用弹拨而是用手指来弹奏琵琶，就是现在人们说的抡琵琶。出自《国史异纂》。

杨 妃

开元中,有中官白秀贞自蜀使回,得琵琶以献。其槽逻皆桫檀为之,温润如玉,光耀可鉴。有金缕红文,影成双凤。杨妃每抱是琵琶,奏于梨园。音韵凄清,飘如云外。而诸王贵主,自虢国以下,竞为贵妃琵琶弟子。每受曲毕,皆广有进献。 出《谭宾录》。

段 师

古琵琶弦用鹍鸡筋。开元中,段师能弹琵琶,用皮弦。贺怀智破拨弹之,不能成声。 出《酉阳杂俎》。

汉中王瑀

汉中王瑀见康昆仑弹琵琶,云琵声多,琶声少,亦未可弹五十四弦大弦也。自下而上谓之琵,自上而下谓之琶。 出《传载》。

韦应物

韦应物为苏州刺史,有属官,因建中之乱,得国工康昆仑琴瑟琵琶。至是送官,表进入内。 出《国史补》。

宋 沇

宋开府孙沇有音律之学。贞元中,进乐书二卷,德宗览而嘉焉。又知是璟之孙,遂召赐对坐,与论音乐,喜。数日,又召至宣徽,张乐使观焉。曰:"有舛误乖滥,悉可言

杨 妃

唐玄宗开元年间,宦官白秀贞出使蜀地归来,得到一把琵琶进献给杨妃。这把琵琶的槽逻是桫檀木做的,像美玉一样温润晶莹,光洁得可以当镜子照。上面有金缕红纹,呈双凤图案。杨妃经常怀抱着这把琵琶在梨园弹奏。声音清丽凄婉,就像从云外飘来的似的。诸位王公公主,自虢国夫人以下,争着做杨妃的弟子,跟她学习琵琶。杨妃每教授一支曲子,都能收到很多进献的礼品。出自《谭宾录》。

段 师

古时候,用鹍鸡筋做琵琶弦。唐玄宗开元年间,段师能弹奏琵琶,改用皮弦。贺怀智用破拨的方法弹奏,不能奏成乐曲。出自《酉阳杂俎》。

汉中王瑀

汉中王李瑀,观看康昆仑弹奏琵琶,说琵音多,琶音少,也不能弹五十四弦的大弦。自下而上弹拨叫琵,自上而下弹拨叫琶。出自《大唐传载》。

韦应物

韦应物在苏州任刺史时,有一位下属,在建中之乱中得到国手康昆仑的琴、瑟、琵琶。后来送交官府,韦应物向朝廷上表,送入皇宫大内。出自《国史补》。

宋 沇

开府宋璟的孙子宋沇对音律学很有造诣。唐德宗贞元年间,宋沇进献乐书二卷,唐德宗读后很是赞赏。又得知宋沇即是宋璟的孙子,于是诏宋沇进宫坐在对面,跟他谈论音律,谈得非常高兴。过了几天,德宗皇帝又召宋沇到宣徽院,让乐工们奏乐给他听。德宗说:"有错误不符合音律的地方,你尽可以说

之。"沇曰："容臣与乐官商榷讲论,具状条奏。"上使宣徽使、教坊与乐官参议。数日然后奏进,乐工多言沇不解声律,不审节拍,兼又瞶疾,不可议乐。上颇异之,又宣召见。对曰："臣年老多疾,耳实失聪。若迨于音律,不至无业。"上又使作乐,曲罢,问其得失,承禀舒迟,众工多笑之。沇顾笑,忿怒作色,奏曰："曲虽妙,其间有不可者。"上惊问之,即指一琵琶云："此人大逆戕忍,不日间即抵法,不宜在至尊前。"又指一笙云："此人神魂已游墟墓,不可更令供奉。"上大骇焉,令主者潜伺察之。既而琵琶者为同侪告讦,称其六七年前,其父自缢,不得端由。即今按鞠,遂伏罪。笙者乃忧恐不食,旬日而卒。上转加钦重,面赐章服,累召对。每令察乐,乐工悉惴恐胁息,不敢正视。沇惧罹祸,辞病而退。出《羯鼓录》。

皇甫直

蜀将皇甫直别音律。击陶器,能知时月。好弹琵琶。元和中,尝造一调,乘凉,临水池弹之。本黄钟而声入蕤宾,因更弦,再三奏之,声犹蕤宾也。直甚惑不悦,自意不祥。隔日又奏于池上,声如故。试弹于他处,则黄钟也。

出来。"宋沇说:"请允许臣与乐工们商讨,写成文字上奏。"德宗指派宣徽使、教坊乐工和乐官参加讨论。几天以后,一些参加讨论的乐工进奏德宗,说宋沇并不懂得声律,不通晓节拍,他还有眼疾。因此,不能用这样的人评论音律。德宗皇帝感到诧异,又召见宋沇询问。宋沇回答说:"臣我的确年老多病,耳朵也确实聋了。但是在音律方面,我还是可以做些事情的。"德宗皇帝又让乐工们演奏,一曲终了,询问得失,宋沇回答得吞吞吐吐,乐工中很多人讥笑他。宋沇看到乐工们讥笑他,立刻怒容满面,上奏说:"演奏得虽然很精彩,但是演奏的乐工中间有不适合再在这儿干下去的人。"德宗皇帝惊异地问他都有谁,宋沇即指着一个演奏琵琶的乐工说:"这个人大逆不道而且残忍,不久就会受到法律的制裁,不适宜在皇上面前演奏。"又指着一个吹笙的人说:"这个人的灵魂已经出窍了,游于坟墓中,不能侍奉在皇上身边。"德宗皇帝听了后大为震骇,命令主管人暗中察看这两个人。过了没多久,弹奏琵琶的那个乐工,同事告发说,六七年前,他父亲无缘无故就上吊死了。他如今已被拘捕,并已认罪伏法。那个吹笙的乐工整天忧愁不吃饭,过了十多天果然死了。德宗皇帝更加敬重宋沇,当面赐予他礼服,并屡次召见他对谈。每次让宋沇审察演奏,乐工们都惴惴不安,敛声屏气,不敢正视宋沇。宋沇看到这种情形,怕招至祸患,于是以身体有病为由,引退了。
出自《羯鼓录》。

皇甫直

　　蜀将皇甫直善于识别音律。他敲击陶器,便能判断出这件陶器是哪年哪月烧制的。他尤其喜爱弹奏琵琶。唐宪宗元和年间,皇甫直谱写了一支曲子,乘凉时,在水塘旁边弹奏。本来曲子用的是黄钟阳律,弹奏出来却入到蕤宾阳律去了。他调弦,再三弹奏,发出的乐音还是蕤宾。皇甫直特别疑惑而不悦,心中认为这是不祥的征兆。隔了一天,皇甫直又在池塘旁边弹奏这支曲子,声音跟前天一样。他试着在别处弹奏,则是黄钟阳律。

直因切调蕤宾,夜复鸣于池上,觉近岸波动,有物激水如鱼跳。及下弦则没矣。直遂集客车水竭池,穷泥索之。数日,泥下丈余,得铁一片,乃方响蕤宾铁也。出《酉阳杂俎》。

王　沂

王沂者平生不解弦管。忽旦睡,至夜乃寤。索琵琶弦之,成数曲。一名《雀啅蛇》,一名《胡王调》,一名《胡瓜苑》。人不识闻,听之者莫不流泪。其妹请学之,乃教数声,须臾总忘,不复成曲。出《朝野金载》。

关别驾

昭宗末,京都名娼妓儿,皆为强诸侯所有。供奉弹琵琶乐工,号关别驾。小红者,小名也。梁太祖求之,既至,谓曰:"尔解弹《羊不采桑》乎?"关俯而奏之。及出,又为亲近者,俾其弹而饮酒。由是失意,不久而殂。复有琵琶石潨者号石司马,自言早为相国令狐绹见赏,俾与诸子涣、沨,连水边作名。乱后入蜀,不隶乐籍,多游诸大官家,皆以宾客待之。一日会军校数员,饮酒作欢,石潨以胡琴擅场,在坐非知音者,喧哗语笑,殊不倾听。潨乃扑檀槽而诟曰:"某曾为中朝宰相供奉,今日与健儿弹而不我听,何其苦哉。"于时识者叹讶之。出《北梦琐言》。

皇甫直于是调成蕤宾，当天夜晚又在池塘边弹奏，觉得靠近岸边的水波在涌动，有个东西激扑着水波像鱼在水中跳跃。等到停止演奏就没有声息了。于是，皇甫直召集庄客从池塘里往外车水。将池塘的水车干了又挖泥。折腾了好几天，在塘泥下面深有一丈多的地方，挖到一片铁。这片铁，原来是方响的蕤宾铁。出自《酉阳杂俎》。

王　沂

有个叫王沂的人，平生不懂音乐。忽然有一天他在白天睡觉，一直睡到夜里才醒过来。他找来琵琶弹奏，制成好几支曲子。一支曲子名叫《雀啅蛇》，一支曲子叫《胡王调》，一支曲子叫《胡瓜苑》。人们都没有听到过，但是听了王沂弹奏后，都被感动得流泪。王沂的妹妹要跟他学习弹奏，他教弹了数声，不一会儿就都忘了，再也弹不成曲子了。出自《朝野佥载》。

关别驾

唐昭宗李晔末年，京都长安的一些有名的娼妓、歌妓，都让势力强大的诸侯们霸占去了。曾在内廷弹琵琶的一位乐工，外号关别驾。小名叫小红。梁太祖召见关别驾，到了后问："你能弹《羊不采桑》吗？"关别驾低头弹奏一曲。出来后，又被亲近的人请去弹奏饮酒。关别驾从此心绪抑郁，不久就死去了。还有一位叫石潨的弹琵琶能手，外号石司马。他自己说早年曾被宰相令狐绹所赏识，他跟几个儿子涣、沨等，都以水字边取名。石潨在安史之安后来蜀中，没有录入乐籍，经常奔走在达官贵人家，都待他像宾客一样。一天，有几位军校一块儿饮酒作乐，石潨弹奏胡琴助兴，满座的军校都不懂音律，喧哗笑闹，没有一个人在听他弹奏。石潨拍着乐器大骂说："我曾经为朝中宰相弹奏，今天给你们这些当兵的弹奏却没有人听，多么苦啊！"当时，认识石潨的人都惊讶叹息。出自《北梦琐言》。

王氏女

王蜀黔南节度使王保义,有女适荆南高从诲之子保节。未行前,暂寄羽服。性聪敏,善弹琵琶。因梦异人,频授乐曲。所授之人,其形或道或俗,其衣或紫或黄。有一夕而传数曲,有一听而便记者。其声清越,与常异,类于仙家《紫云》之亚也。乃曰:"此曲谱请元昆制序,刊石于甲寅之方。"其兄即荆南推官王少监贞范也,为制序刊石。所传曲,有《道调宫》《玉宸宫》《夷则宫》《神林宫》《蕤宾宫》《无射宫》《玄宗宫》《黄钟宫》《散水宫》《仲吕宫》;商调,《独指泛清商》《好仙商》《侧商》《红绡商》《凤抹商》《玉仙商》;角调,《双调角》《醉吟角》《大吕角》《南吕角》《中吕角》《高大殖角》《蕤宾角》;羽调,《凤吟羽》《背风香》《背南羽》《背平羽》《应圣羽》《玉宫羽》《玉宸羽》《风香调》《大吕调》。其曲名一同人世,有《凉州》《伊州》《胡渭州》《甘州》《缘腰》《莫靼》《项盆乐》《安公子》《水牯子》《阿滥泛》之属。凡二百以上曲。所异者,徵调中有《湘妃怨》《哭颜回》。当时胡琴不弹徵调也。王适高氏,数年而亡,得非谪坠之人乎。孙光宪子妇即王氏之侄也,记得一两曲,尝闻弹之,亦异事也。出《北梦琐言》。

五弦

赵辟

赵辟弹五弦,人或问其术,辟曰:"吾之于五弦也,始则神遇之,终则天随之。方吾浩然,眼如耳,目如鼻,不知五弦为辟,辟之为五弦也。"出《国史补》。

王氏女

王蜀黔南节度使王保义,有个女儿嫁给荆南人高从诲的儿子高保节。未嫁前,暂且寄趣道教。她秉性聪慧,善弹琵琶。梦见有异人频频向她传授乐曲。传授她乐曲的人,从形貌上看,有的是道士,有的是俗人。他们穿的衣裳有的是紫色,有的是黄色。有时一个晚上传授她好几支乐曲,有的乐曲听一遍就能记住。这些乐曲,都声音清越,跟平常的乐曲不一样,有点像仙家《紫云》一类的乐曲。这些人对王氏女说:"这些曲谱请你长兄作序,刊刻在甲寅方向的石上。"王氏女的长兄就是荆南推官少监王贞范,他给这些乐曲作序刻石。传授给王氏女的乐曲有《道调宫》《玉宸宫》《夷则宫》《神林宫》《蕤宾宫》《无射宫》《玄宗宫》《黄钟宫》《散水宫》《仲吕宫》;商调有《独指泛清商》《好仙商》《侧商》《红绡商》《凤抹商》《玉仙商》;角调有《双调角》《醉吟角》《大吕角》《南吕角》《中吕角》《高大殖角》《蕤宾角》;羽调有《凤吟羽》《背风香》《背南羽》《背平羽》《应圣羽》《玉宫羽》《玉宸羽》《风香调》《大吕调》。曲名同人世间的曲名相同的有《凉州》《伊州》《胡渭州》《甘州》《缘腰》《莫靼》《项盆乐》《安公子》《水牯子》《阿滥泛》等。共二百余支曲子。所不同的是,徵调中有《湘妃怨》《哭颜回》。当时胡琴不弹奏徵调。王氏女嫁到高家后,过了几年就去世了。这位王氏女,大概是贬降到人间的仙人吧。孙光宪儿子的妻子,就是王氏女的侄女。她记得这些曲子中的一两首,曾有人听她弹奏过。这也是一件奇异的事情。出自《北梦琐言》。

五弦

赵 辟

赵辟能弹奏五弦琴,有人问他弹奏方法,赵辟回答说:"我弹五弦琴,开始时是用心神弹,最后是自然地弹。当我进入浩然状态时,眼如耳,目如鼻,不知道五弦琴就是我赵辟呢,还是我赵辟就是五弦琴。"出自《国史补》。

箜篌

徐月华

魏高阳王雍美人徐月华能弹卧箜篌，为《明妃出塞》之声。有田僧超能吹笛，为《壮士歌》《项羽吟》。将军崔延伯出师，每临敌，令僧超为《壮士》声，遂单马入阵。出《酉阳杂俎》。

箜篌

徐月华

魏时,高阳王雍,有美人徐月华能弹卧箜篌,弹的曲子是《明妃出塞》。还有一个田僧超能吹胡笳,他吹的曲子是《壮士歌》《项羽吟》。将军崔延伯出师征战,每与敌对阵时,都令田僧超吹奏《壮士歌》。在伴奏声中,崔延伯单人匹马跃入敌阵。出自《酉阳杂俎》。

卷第二百六

书一

古　文

按古文者,黄帝史苍颉所造也。颉首有四目,通于神明。仰观奎星圜曲之势,俯察龟文鸟迹之象,博采众美,合而为字,是曰"古文"。《孝经援神契》云:"奎主文章,苍颉仿象是也。"出《书断》。

大　篆

按大篆者,周宣王太史史籀所作也。或云,柱下史始变古文,或同或异,谓之篆。篆者传也,传其物理,施之无穷。甄酆定六书,三曰篆书。八体书法,一曰大篆。又《汉书·艺文志》《史籀》十五篇,并此也。以此官制之,用以教授,谓之史书,凡九千字。出《书断》。

古　文

　　按：上古文字，是黄帝的史官苍颉创造的。苍颉头上长着四只眼睛，能通神明。抬头看到奎星环曲的形状，俯身察看到龟纹、鸟迹，广采众美，合而为字，这就是"古文"。《孝经援神契》记载说："奎星掌管文字辞章，苍颉模仿各种图像创造出来文字。"出自《书断》。

大　篆

　　按：大篆，是周宣王的太史官史籀创造出来的。有人说，柱下史首次改变古文，有同有异，被称为篆。篆是传的意思。传播它的道理、规律，推及无穷无尽的事物中去。甄酆审定六书，第三就是篆书。八体书法，第一就是大篆。又见《汉书·艺文志》《史籀》十五篇，都是这么解释的。因为是官府统一制定的，用它来教授人，称为史书，一共收进去九千字。出自《书断》。

籀　文

周太史史籀所作也，与古文、大篆小异，后人以名称书，谓之籀文。《七略》曰："《史籀》者，周时史官教学童书也，与孔氏壁中古文体异。"甄酆定六书，二曰奇字是也。出《书断》。

小　篆

小篆者，秦丞相李斯所作也。增损大篆，异同籀文，谓之小篆，亦曰秦篆。出《书断》。

八　分

按八分者，秦时人上谷王次仲所作也。王愔云："王次仲始以古书方广，少波势。"建初中，以隶草作楷法，字方八分，言有模楷。始皇得次仲文，简略，赴急疾之用，甚喜。遣使召之，三征不至。始皇大怒，制槛车送之，于道化为大鸟飞去。出《书断》。

隶　书

按隶书者，秦下邽人程邈所作也。邈字元岑，始为县吏，得罪，始皇幽系云阳狱中。覃思十年，益小篆方圆，而为隶书三千字，奏之。始皇善之，用为御史。以奏事烦多，篆字难成，乃用隶字。以为隶人佐书，故曰隶书。出《书断》。

章　草

按章草，汉黄门令史史游所作也。卫恒、李诞并云："汉

籀　文

　　籀文是周朝的太史官史籀创造的,与古文、大篆小有差异。后来的人用史籀的名字称呼它,就叫它籀文。《七略》记载:"《史籀》,周朝时候史官教儿童的书,与在孔子家墙壁夹层内发现的古文字体不一样。"甄酆审定六书,第二种叫奇字的,就是籀文。出自《书断》。

小　篆

　　小篆是秦国的丞相李斯创造的。增损大篆,异同籀文,创作出一种新型的文字,叫小篆,又叫秦篆。出自《书断》。

八　分

　　按:八分是秦朝时上谷人王次仲创造的。王愔说:"王次仲起初认为古文字的字体方而广,缺少波折变化。"汉章帝建初年间,又将隶草改作楷书,字形模仿八分,以作楷模。始皇帝得到王次仲改革后的文字,见其字形简略,紧急时用它来书写,很是方便,特别高兴。派使臣召见王次仲,三次召见王次仲都不到。始皇帝大怒,命人将王次仲逮捕,用槛车押到咸阳。途中,王次仲化作一只大鸟展翅飞去。出自《书断》。

隶　书

　　按:隶书是秦时下邽人程邈创造的。程邈,字元岑,起初任县吏,获罪,始皇帝将他囚禁在云阳监狱中。程邈在狱中集中精力,花费十年的时间研究文字。他改造小篆字形的方圆程度,创造出隶书三千字,上奏始皇帝。始皇认为改造得比较好,起用程邈为御史。又因为当时的秦国奏事烦多,篆书难写而改用隶书。因程邈坐过牢狱,故此称他创造的这种字体叫隶书。出自《书断》。

章　草

　　按:章草是汉朝黄门令史史游创造的。卫恒、李诞都说:"汉

初而有草法,不知其谁。"萧子良云:"章草者,汉齐相杜操,始变藁法。"非也。王愔云:"元帝时,史游作《急就章》。解散隶体,粗书之。汉俗简惰,渐以行之是也。"出《书断》。

行 书

按行书者,后汉隶川刘德升所造也。行书即正书之小变,务从简易,相闻流行,故谓之行书。王愔云:"晋世以来,工书者多以行书著名。锺元常善行书是也。尔后王羲之、献之,并造其极焉。"出《书断》。

飞 白

按飞白者,后汉左中郎蔡邕所作也。王隐、王愔并云:"飞白变楷制也。本是宫殿题署,势既劲,文字宜轻微不满,名为飞白。"王僧虔云:"飞白,八分之轻者。邕在鸿都门,见匠人施垩帚,遂创意焉。"出《书断》。

草 书

按草书者,后汉征士张伯英所造也。梁武帝《草书状》曰:"蔡邕云:'昔秦之时,诸侯争长,羽檄相传,望烽走驿,以篆、隶难,不能救急,遂作赴急之书,盖今之草书是也。'"出《书断》。

汲冢书

汲冢书,盖魏安釐王时,卫郡汲县耕人,于古冢中得之。竹简漆书科斗文字,杂写经史,与今本校验,多有异同。耕人姓不。不字呼作彪,其名曰淮,出《春秋后序》《文选》中注。出《尚书故实》。

初就有草书,不知道首创的人是谁。"萧子良说:"章草,是汉齐相杜操创造的。"萧子良的这种说法不正确。王愔说:"汉元帝时,史游作《急奏章》。解散隶体,粗率地写出来。汉朝人性情简惰,于是章草这种书法渐渐流行起来。"出自《书断》。

行　书

　　按:行书是后汉隶川人刘德升创造的。行书即将正楷稍加变化,务求简便容易。因相闻流行,故称行书。王愔说:"晋朝以来,书法家多数以行书闻名。锺元常就擅长写行书。后来的王羲之、王献之,同时达到行书的极致啊!"出自《书断》。

飞　白

　　按:飞白是后汉左中郎蔡邕创造的。王隐、王愔都说:"飞白是由楷体变化而来的。原来是为宫殿题写匾额用的,笔势遒劲,字形宜轻微不满,名叫飞白。"王僧虔说:"飞白,八分字轻书而成。李邕在鸿都门,见匠人用蘸着白粉土的扫帚刷写匾额,受到启发创造出来的。"出自《书断》。

草　书

　　按:草书是后汉征士张伯英创造的。梁武帝《草书状》说:"蔡邕讲:'从前秦朝之时,诸侯争霸,军事文书急相传递,望着烽火台上烽烟的指示,信使骑着驿马急驰。因为篆书、隶书难写,不能救急,于是创造易于书写的字体以应急,就是现今的草书。'"出自《书断》。

汲冢书

　　汲冢书是魏安釐王时,卫郡汲县的一个农夫,从一座古墓中得到的。蘸漆写在竹简上面,字形像蝌蚪,杂写经史,与现今的版本校验,有很多地方不一样。这个农夫姓不。不字念作彪,名字叫淮,出自《春秋后序》《文选》中的注文。出自《尚书故实》。

李 斯

秦丞相李斯曰:"上古作大篆,颇行于世,但为古远,人多不能详。今删略繁者,取其合体,参为小篆。"斯善书,自赵高已下,咸见伏焉。刻诸名山,碑玺铜人,并斯之笔。书秦望纪功石,乃曰:"吾死后五百三十年,当有一人,替吾迹焉。"出蒙恬《笔经》。

斯妙篆,始省改之为小篆,著《苍颉篇》七章。虽帝王质文,世有损益,终以文代质,渐就浇醨。则三皇结绳,五帝画象,三王肉刑,斯可况也。古文可为上古,大篆为中古,小篆为下古。三古为实,草隶为华。妙极于华者羲、献,精穷其实者籀、斯。始皇以和氏之璧,琢而为玺,令斯书其文。今泰山、峄山及秦望等碑,并其遗迹。亦谓传国之伟宝,百世之法式。斯小篆入神,大篆入妙。李斯书,知为冠盖,不易施乎。出《书评》,并出《书断》。

萧 何

前汉萧何善篆、籀。为前殿成,覃思三月,以题其额。观者如流,何使秃笔书。出羊欣《笔阵图》。

蔡 邕

后汉蔡邕字伯喈,陈留人。仪容奇伟,笃孝博学,能画

李　斯

秦丞相李斯说:"上古时期创造出大篆,很是流行,但是这种文字距离现在太古远了,很多人都不能认识它们。今人对大篆进行了整理、改造,删去笔画结构繁芜的,保留下来合理的,参照着创造出来小篆这种字体。"李斯擅长书法,自赵高往下,都佩服他。他的字刻在各座名山上。碑石、印玺、铜人上的刻字,都出自李斯的手笔。李斯曾刻书秦望纪功石,说:"我死后五百三十年,当有一人接替我。"出自蒙恬《笔经》。

李斯擅长篆书,因而晓得怎样将它改造成小篆,著有《苍颉篇》七章。虽然帝王对字形的质朴与华美,世代都有偏好,最后还是以华美取代了质朴,渐渐走向浮艳不实。上古时期三皇结绳记事,中古时期五帝画形为书,下古时期三王肉刑,就足以说明了。古文字是上古时期的文字,大篆是中古时期的文字,小篆是下古时期的文字。三古时期的文字朴实,草隶华美。将文字的华美发展到极致的是晋朝时的王羲之、王献之父子,而精心研究、深入探讨,创造出朴实字体的是史籀与李斯。始皇帝用和氏璧琢成玉玺,命令李斯书写玉玺的文字。今天尚在的泰山、峄山以及秦望等碑文,都是李斯的手笔。也成了传世的国宝,百世后人书法的楷模。李斯小篆入神,大篆入妙。李斯的书法,可以说是历代书法的魁首,却不容易学习、仿效。出自《书评》,也出自《书断》。

萧　何

前汉时的萧何擅长书写篆书、籀书。前殿建成后,深思了三个月,才为它题写了匾额。写成后,来观看题书的人络绎不绝。萧何使用的是秃笔。出自羊欣《笔阵图》。

蔡　邕

后汉蔡邕字伯喈,陈留人。他仪容奇伟,笃孝博学,既能绘画

善音，明天文术数。工书，篆、隶绝世。尤得八分之精微，体法百变，穷灵尽妙，独步今古。又创造飞白，妙有绝伦。伯喈八分、飞白入神，大篆、小篆、隶书入妙。女琰甚贤，亦工书。伯喈入嵩山学书，于石室内得一素书，八角垂芒，篆写李斯并史籀用笔势。伯喈得之，不食三时，乃大叫喜欢，若对数十人。伯喈因读诵三年，便妙达其旨。伯喈自书五经于太学，观者如市。出羊欣《笔法》。

蔡邕书，骨气风透，精爽入神。出袁昂《书评》，并出《书断》。

崔　瑗

崔瑗字子玉，安平人。曾祖蒙，父骃。子玉官至济北相，文章盖世，善章草书。师于杜度，媚趣过之，点画精微，神变无碍，利金百炼，美玉天姿，可谓冰寒于水也。袁昂云："如危峰阻日，孤松一枝。"王隐谓之"草贤"，章草入神，小篆入妙。出《书断》。

张　芝

张芝字伯英，性好书。凡家之衣帛，皆书而后练。尤善章草，又善隶书。韦仲将谓之"草圣"。又云："崔氏之肉，张氏之骨。"其章草《急就章》字，皆一笔而成。伯英章草、行入神，隶书入妙。出《书断》。

伯英书，如汉武爱道，凭虚欲仙。出袁昂《书评》。

又通晓音律，天文术数无所不通。他写得一笔好字，篆书、隶书可称得上是绝世之作。蔡邕尤其深得八分字的精微妙趣，字形结构多变化，穷灵尽妙，古往今来，没有人能超过他。蔡邕又创造了飞白字体，精妙绝伦。他书写的八分、飞白入神，大篆、小篆、隶书入妙。蔡邕有个女儿叫蔡琰，很是贤惠，也工于书法。蔡邕去嵩山学习书法，在一个石室里得到素书一部，八角放光，用篆书记载着李斯、史籀书法用笔的态势、构造。蔡邕得到这部书后，高兴得一天没吃饭，大喊大叫，像面对着许多人似的。蔡邕将这部书研读了三年，深得书中的精奥，使他的书法达到极高的造诣。蔡邕亲手书写五经，放在太学中，去观赏的人像集市上的人一样多。出自羊欣《笔法》。

蔡邕的书法，风骨不凡，精爽入神。出自袁昂《书评》，亦出自《书断》。

崔 瑗

崔瑗字子玉，安平人。他的曾祖叫崔蒙，父亲叫崔骃。崔瑗官至济北相。他写的文章举世闻名，写一手好章草书。崔瑗的书法师从杜度，媚趣超过了师傅，点画精微，变化出神，像利金经过百炼，如美玉丽姿天成，造诣超过他的老师杜度。袁昂说："崔瑗的书法像高峰阻日，孤松一枝。"王隐称崔瑗为"草贤"，章草入神，小篆入妙。出自《书断》。

张 芝

张芝字伯英，生性就热爱书法。他家里做衣服用的布帛，都先用来练习书法然后再蒸煮洗染。张芝擅长写隶书，尤其擅长写章草。韦仲将称他为"草圣"。又说："崔氏之肉，张氏之骨。"张芝用章草书写《急就章》，都是一笔而成。张芝章草、行书入神，隶书入妙。出自《书断》。

张芝的书法，如同汉武帝爱好道家，凭空欲做神仙。出自袁昂《书评》。

张　昶

张昶字文舒，伯英季弟。为黄门侍郎，尤善章草。书类伯英，时人谓之"亚圣"。文舒章草入神，八分入妙，隶入能。出《书断》。

刘德升

刘德升字君嗣，颍川人。桓、灵世以造行书擅名。即以草创，亦甚妍美。风流婉约，独步当时。胡昭、锺繇，并师其法。世谓锺繇善行狎书是也。而胡书体肥，锺书体瘦，亦各有君嗣之美也。出《书断》。

师宜官

师宜官，南阳人。灵帝好书，征天下工书于鸿都门者数百人。八分称宜官为最，大则一字径丈，小则方寸千言。甚矜能而性嗜酒，或时空至酒家，因书其壁以售之，观者云集。酤酒多售，则铲灭之。后为袁术将钜鹿耿球碑。术所立，宜官书也。出《书断》。

宜官书，如雕翅未息，翩翩自逝。出袁昂《书评》。

梁　鹄

梁鹄字孟皇，安定乌氏人。少好书，受法于师宜官。以善八分书知名，举孝廉为郎，亦在鸿都门下，迁选部郎。灵帝重之。魏武甚爱其书，常悬帐中，又以钉壁，以为胜宜官也。于时邯郸淳亦得次仲法，淳宜为小字，鹄宜为大字，不如鹄之用笔尽势也。出《书断》。

张　昶

张昶字文舒,是张芝的三弟。官任黄门侍郎,尤其擅长书写章草。他书法的风格跟张芝相近,当时人称他为"亚圣"。张昶章草入神,八分入妙,隶书入能。<small>出自《书断》。</small>

刘德升

刘德升字君嗣,颍川人。汉末桓帝、灵帝时代,因创造行书字体而闻名。虽然是刚刚开始创造的一种字体,也很漂亮。书法风流婉约,独步当时。胡昭、钟繇的书法,都师法于刘德升。世人说钟繇善行狎书。而胡书字体肥,钟书字体瘦,他们都从刘德升的书法里汲取了长处。<small>出自《书断》。</small>

师宜官

师宜官,南阳人。汉灵帝喜爱书法,征召天下善书法的人集于鸿都门,有几百人。这些人中,师宜官的八分书法是最好的。大的,一个字的直径长一丈;小的,在寸方之间可书写一千个字。师宜官恃才傲物,好饮酒。有时空手去酒店,在酒店的墙壁上写字出售,招来许多人围观。若卖给他酒多,就出售你几个字,否则就铲掉。后来为袁术部将钜鹿人耿球写碑文。袁术立的碑,师宜官书写的文字。<small>出自《书断》。</small>

师宜官的书法,如雕展翅未收,翩翩飞去。<small>出自袁昂《书评》。</small>

梁　鹄

梁鹄,字孟皇,安定乌氏人。他少年时就爱好书法,拜师宜官为老师。梁鹄以擅长书写八分而闻名,举孝廉为郎官,也在鸿都门下,迁选为部郎。汉灵帝很看重梁鹄。魏武帝曹操也非常喜爱梁鹄的书法,常将他的条幅悬挂在帐中,又用钉钉在墙上,认为梁鹄的书法胜过他的老师师宜官。当时,邯郸淳也学得王次仲的八分书法。邯郸淳擅长写小字,梁鹄擅长写大字。邯郸淳运笔不如梁鹄有气势。<small>出自《书断》。</small>

左 伯

左伯字子邑,东莱人,特工八分,名与毛弘等列,小异于邯郸淳。亦擅名汉末,又甚能作纸。汉兴,有纸代简。至和帝时,蔡伦工为之,而子邑尤得其妙。故萧子良答王僧虔书云:"子邑之纸,妍妙辉光;仲将之墨,一点如漆;伯英之笔,穷声尽思。"妙物远矣,邈不可追。出《书断》。

胡 昭

胡昭字孔明,颍川人。少而博学,不慕荣利。有夷、皓之节,甚能籀书,真、行又妙。卫恒云:"胡昭与钟繇,并师于刘德升,俱善草行。而胡肥钟瘦,尺牍之迹,动见模楷。"羊欣云:"胡昭得张芝骨,索靖得其肉,韦诞得其筋。"张华云:"胡昭善隶书,茂先与荀勖共整理记籍。又立书博士,置弟子教习,以钟、胡为法,可谓宿士矣。"出《书断》。

钟 繇

魏钟繇字元常。少随刘胜入抱犊山,学书三年。遂与魏太祖、邯郸淳、韦诞等议用笔。繇乃问蔡伯喈笔法于韦诞,诞惜不与。乃自捶胸呕血,太祖以五灵丹救之得活。及诞死,繇令人盗掘其墓,遂得之,由是繇笔更妙。繇精思学书,卧画被穿过表,如厕终日忘归。每见万类,皆书象之,繇善三色书,最妙者八分。出羊欣《笔阵图》。

左 伯

左伯,字子邑,东莱人,特别擅长书写八分,名声与毛弘并列,稍逊于邯郸淳。在东汉末叶声名鹊起,又很能造纸。秦灭汉兴,用纸代替竹、木简书写。到汉和帝时,蔡伦精于造纸,左伯的技艺尤为精妙。萧子良在给王僧虔的信上说:"左子邑制的纸,美妙有光;韦仲将制作的墨,一点黑如漆;张伯英制作的笔,穷声尽思。"这些绝妙好物离现在太久远了,没法得到它们。出自《书断》。

胡 昭

胡昭,字孔明,颖川人。少年时就学识广博,不追求名利。他有伯夷与商山四皓的气节,能书籕文,尤其擅长书写真书、行书。卫恒说:"胡昭与钟繇都拜刘德升为老师,都擅长书写草行书。然而胡昭书法体肥,钟繇书法体瘦。二人留下的墨迹,都堪称后人效仿的楷模。"羊欣说:"胡昭字得到张芝书法的风骨,索靖字得到张芝书法的形态,韦诞字得到张芝书法的筋脉。"张华说:"胡昭擅长书写隶书。茂先和荀勖共同整理胡昭书写过的笔记、典籍。又立书学博士,招收弟子教授他们,让这些弟子以钟繇、胡昭为楷模。由此看来,胡昭堪称一代名士。"出自《书断》。

钟 繇

魏时钟繇字元常。小时候跟随刘胜去抱犊山学了三年书法,便与魏太祖、邯郸淳、韦诞等谈论用笔的方法。一次,钟繇向韦诞借蔡伯喈墨迹看,韦诞珍惜没有借给他。钟繇生气捶胸,口吐鲜血,魏太祖用五粒灵丹救活了他。韦诞死后,钟繇命人盗掘他的坟墓,终于得到了蔡伯喈的墨迹。从此,钟繇的书法更趋精妙。钟繇全神贯注地研习书法,有时躺在床上用手指书写,甚至将盖在身上的被子划破了。有时上厕所,竟然一整天忘记出来。他看到各种物件都想到书法,都试图用书法去表现他们的形状。钟繇擅长三种书体,最妙的是八分书。出自羊欣《笔阵图》。

繇尤善书于曹喜、蔡邕、刘德升。真书绝世,刚柔备焉。点画之间,多有异趣。可谓幽深无际,古雅有余。秦汉以来,一人而已。虽古之善政遗爱,结人于心,未足多也,尚德哉。若其行书,则羲之、献之之亚。草书则卫、索之下。八分则有《魏受禅碑》,称此为最也。太和四年薨,迨八十矣。元常隶、行入神,草、八分入妙。出《书断》。

锺书有十二种,意外巧妙,实亦多奇。出袁昂《书评》。

锺 会

锺会字士季,元常子。善书,有父风。稍备筋骨,美兼行草,尤工隶书。遂逸致飘然,有凌云之志。亦所谓"剑则干将、镆铘焉"。会尝诈为荀勖书,就勖母锺夫人取宝剑。兄弟以千万造宅,未移居。勖乃潜画元常形像,会兄弟入见,便大感恸。勖书亦会之类也,会隶、行、草、章草并入妙。出《书断》。

韦 诞

魏韦诞字仲将,京兆人,太仆之子,官至侍中。伏膺于张伯英,兼邯郸淳之法。诸书并善,题署尤精。明帝凌云台初成,令仲将题榜。高下异好,宜就点正之。因危惧,以戒子孙,无为大字楷法。袁昂云:"如龙拏虎据,剑拔弩张。"张茂先云:"京兆韦诞、诞子熊、颍川锺繇、繇子会,并

锺繇比曹喜、蔡邕、刘德升更擅长书法。他的真书可称绝世佳品，刚柔兼备。点画之间，多有异趣。可以说是幽深无际，古雅有余。自秦汉以来的诸位书家，没有超过他的。就是古时候的一些帝王实施好的政治，给人间送去爱与关怀，广结人心，像锺繇这样的书法名家也出现的不多。这都是奉行德行的结果啊！锺繇的行书稍逊王羲之、王献之。他的草书位列卫瓘、索靖之下。论到他的八分书，则有《魏受禅碑》，最为著名。锺繇死于魏明帝太和四年，享年八十岁。锺繇隶书、行书入神，草书、八分书入妙。出自《书断》。

　　现存有锺繇遗留下来的书法珍品十二种，神笔巧运，奇品常见。出自袁昂《书评》。

锺　会

　　锺会，字士季，是锺繇的儿子。擅长书法，有父风。锺会的书法稍备筋骨，兼善行草，尤工隶书。遒逸致飘然，有凌云之志。与所谓最好的宝剑就是干将、镆铘一样，视自己的字天下第一。一次，锺会模仿荀勖的字体写字，到荀勖母亲锺夫人那儿取走了宝剑。锺会兄弟花费千万造了宅子，尚未移居。荀勖悄悄画了锺繇的画像，锺会兄弟进入看见了，很是感伤哀痛，宅院就废掉了。荀勖的书法跟锺会差不多。锺会的书法隶书、行书、草书、章草都入妙。出自《书断》。

韦　诞

　　韦诞，字仲将，曹魏时京都地区人，太仆的儿子，为官任到侍中。韦诞佩服张芝，兼学邯郸淳的书法。他擅长各种书体，题署匾额尤其精美。魏明帝筑成凌云台，诏令韦诞题写台名。有一点写得上下的位置不得当，因此，让韦诞登高就地点正。韦诞感到很危险，恐惧异常。事后他告诫子孙，再也不要习练大字楷法。袁昂说："韦诞的书法如龙拿虎据、剑拔弩张。"张茂先说："京都人韦诞、韦诞的儿子韦熊，颍川人锺繇、锺繇的儿子锺会，都

善隶书。"初,青龙中,洛阳、许、邺三都,宫观始就。诏令仲将大为题署,以为永制。给御笔墨,皆不任用。因奏:"蔡邕自矜能书,兼斯、喜之法,非纨素不妄下笔。夫欲善其事,必利其器。若用张芝笔、左伯纸及臣墨,兼此三者,又得臣手,然后可以逞径丈之势,方寸千言。"然草迹之妙,亚乎索靖也。嘉平五年卒,年七十五。仲将八分、隶书、章草、飞白入妙,小篆入能。兄康字元将,工书。子熊字少李亦善书。时人云,名父之子,克有二事。世所美焉。出《书断》。

又云,魏明帝凌云台成,误先钉榜,未题署。以笼盛诞,辘轳长绠引上,使就榜题。去地二十五丈,诞危惧,诫子孙,绝此楷法。出《书法录》。

擅长隶书。"魏明帝青龙年间，洛阳、许昌、邺三都，宫殿、亭观刚刚落成。明帝传下诏书，命令韦诞题署匾额，作为永久的法度。发给他御用的笔墨，他都不使用。他启奏明帝说："蔡邕自夸能书，兼收李斯、曹喜的笔法，不是细绢不随便下笔。这就是想做好一件事，必须先准备好做这件事情的工具。如果发给我张芝制的笔，左伯制的纸，和臣下自己制的墨，再加上臣握笔的手，我就可以恣意书写一丈那么大的字，也可以在方寸小的地方写下千言小字。"然而他的草书在索靖之下。韦诞死于魏齐王嘉平五年，享年七十五岁。韦诞书写八分、隶书、章草、飞白入妙，小篆入能。他的哥哥韦康字元将，擅长书法。他的儿子韦熊字少李，也擅长书法。当时人们说，名人的儿子，不会有第二种事业的。世人都赞美他们父子。出自《书断》。

又有一种说法，魏明帝修造成凌云台后，错误地先将匾额钉上，而没有题署。于是用笼子盛着韦诞，再用辘轳将笼子吊上楼顶匾额处，让他在上面题写匾额。离地面有二十五丈高，韦诞惊惧万分地题写完匾额，告诫他的儿孙，从此之后不要再习楷法。出自《书法录》。

卷第二百七
书二

王羲之

晋王羲之字逸少，旷子也。七岁善书。十二，见前代《笔说》于其父枕中，窃而读之。父曰：“尔何来窃吾所秘？”羲之笑而不答。母曰：“尔看用笔法。”父见其小，恐不能秘之，语羲之曰：“待尔成人，吾授也。”羲之拜请：“今而用之，使待成人，恐蔽儿之幼令也。”父喜，遂与之。不盈期月，书便大进。卫夫人见，语大常王策曰：“此儿必见用笔诀，近见其书，便有老成之智。”涕流曰：“此子必蔽吾名。”晋帝时，《祭北郊文》，更祝板，工人削之，笔入木三分。三十三书《兰亭序》，三十七书《黄庭经》。书讫，空中有语：“卿书感我，而况人乎，吾是天台文人。”自言真胜钟繇。羲之书多不一体。出羊欣《笔阵图》。

王羲之

晋朝王羲之字逸少,是王旷的儿子。王羲之七岁时就擅长书法。十二岁时,他在父亲枕中看到一部前代人谈论书法的《笔说》,悄悄取出来读。父亲问:"你为什么偷看我的秘籍?"羲之笑而不答。母亲说:"你看的是用笔法。"父亲见他年岁还小,怕他不能保密,对他说:"待你长大成人,我教你书法。"羲之下拜请求:"现在就让孩儿用吧。等到成人再用它,那不是耽误了孩儿幼年才华的发展了吗?"父亲大喜,于是将秘籍交给羲之使用。不到一个月的工夫,王羲之的书法就大有长进。卫夫人见到这种情形,对太常王策说:"羲之这孩子一定是正在读用笔诀。近些日子,我看他的书法,很有些老成之智。"卫夫人激动得流着眼泪说:"这孩子将来一定能盖过我的名声啊!"晋帝时,更换《祭北郊文》的祝板,工匠们剥削,笔锋入木三分。王羲之三十三岁书写《兰亭序》,三十七岁书写《黄庭经》。写完后,空中有说话声:"卿的书法都感动了我,何况世人呢?我是天台文人。"王羲之的楷书自称胜过锺繇。他的书法多数都不是一种字体。出自羊欣《笔阵图》。

逸少善草、隶、八分、飞白、章、行，备精诸体，自成一家法。千变万化，得之神功。逸少隶、行、草、章草、飞白五体，俱入神，八分入妙。妻郗氏甚工书。有七子，献之最知名。玄之、凝之、徽之、操之并工草。出《书断》。

又

羲之书以章草答庾亮。示翼，翼见，乃叹伏。因与羲之书云："吾昔有伯英章草八纸，过江颠沛，遂乃亡失。常叹妙迹永绝，忽见足下答家兄书，焕若神明，顿还旧观。"

羲之罢会稽，住蕺山下。旦见一老姥，把十许六角竹扇出市。王聊问："比欲货耶，一枚几钱？"答云："二十许。"右军取笔书扇，扇五字。姥大怅惋云："老妇举家朝餐，俱仰于此，云何书坏？"王答曰："无所损，但道是王右军书字，请一百。"既入市，人竞市之。后数日，复以数扇来诣，请更书，王笑而不答。

又云，羲之曾自书表与穆帝，专精任意。帝乃令索纸色类，长短阔狭，与王表相似。使张翼写效，一毫不异，乃题后答之。羲之初不觉，后更相看，乃叹曰："小人乱真乃尔。"

羲之性好鹅，山阴昙礦村有一道士养好者十余。王清旦乘小船，故往看之。意大愿乐，乃告求市易，道士不

王羲之擅长草书、隶书、八分、飞白、章草、行书,对各种书体很精通,自成一家之法。王羲之的书法千变万化,是上天赋予他的这种功力与才能。王羲之的隶、行、草、章草、飞白五体俱入神,八分入妙。他的妻子郗氏也写一手好字。他有七个儿子,王献之最出名。玄之、凝之、徽之、操之,均工草书。出自《书断》。

又

王羲之用章草写了一封书信回复庾亮。庾亮拿给庾翼看,庾翼对王羲之的书法佩服不已,于是给王羲之写信说:"我昔日收藏张芝的章草八幅,过江颠沛,不慎丢失。常常慨叹妙迹永远也见不到了,忽然见到你的答家兄庾亮书,灿若神明,顿时仿佛我旅途中遗失的章草真迹重新出现在我的面前。"

王羲之辞去会稽内史的职务,到戴山下居住。一天早晨,王羲之看见一位老太太拿着十多把六角竹扇去集市上卖。王羲之跟老太太闲聊,说:"这些扇子是要卖吗?一把多少钱?"老太太说:"约二十文钱一把。"王羲之拿出笔来为扇子题字,每把扇子上题写了五个字。老太太惋惜地说:"我们全家的早饭还靠卖这几把扇子买米下锅呢,你怎么给我写坏了?"王羲之说:"不妨事的。你就说是王右军题的字,卖一百文一把。"一到市上,人们都争先恐后地抢着买。数日后,这个老太太又拿着几把扇子请王羲之题字,王羲之笑笑,没有再题。

又有人说,王羲之曾有一次亲自书写一表献给晋穆帝,书体随兴所至,而又非常精美。晋穆帝看到这份表后,命人找到同样颜色式样的纸,长短宽窄跟王羲之的书表一样,让张翼效仿王羲之的书体再写一份表,一毫不差,然后题写答语还给王羲之。王羲之刚看到时没发现什么,后来仔细看才发觉,感叹地说:"小人仿效我的书法,简直到了乱真的地步了。"

王羲之非常喜欢鹅。山阴昙禳村有一位道士饲养了十多只好鹅。有一天清晨,王羲之乘着小船专程去观看这群鹅。看了后非常高兴,于是跟这位道士商量要买下这群鹅,道士不肯

与。百方譬说，不能得之。道士言性好道，久欲写河上公《老子》，缣素早办，而无人能书。府君若能自书老子《道》《德》各两章，便合群以奉。羲之停半日，为写毕。笼鹅而归，大以为乐。

又尝诣一门生家，设佳馔供给，意甚感之，欲以书相报。见有一新榧几，至滑净，王便书之，草、正相半。门生送王归郡，比还家，其父已刮削都尽，儿还去看，惊懊累日。出《图书会粹》。

又

晋穆帝永和九年暮春三月三日尝游山阴。与太原孙统承、公孙绰兴、公广汉王彬之道生、陈郡谢安石、高平郗昙重熙、太原王蕴叔仁、释支遁道林，并逸少子凝、徽、操之等四十一人，修祓禊之礼。挥毫制序，兴乐而书。用蚕茧纸、鼠须笔，遒媚劲健，绝代更无。凡二十八行，三百二十四字，字有重者皆别体，就中"之"字最多。出《法书要录》。

王献之

王献之字子敬，尤善草、隶。幼学于父，习于张芝。尔后改变制度，别创其法。率尔师心，冥和天矩。初，谢安请为长史。太元中，新起太极殿。安欲使子敬题榜，以为万代宝，而难言之。乃说韦仲将题灵云台之事。子敬知

卖给他。王羲之百般解释说明他是如何如何喜爱这群鹅，道士还是不卖。这位道士说自己非常喜欢道家，早就想抄写一部河上公注的《老子》，抄写经卷的白色细绢都早已置办好了，但是没有人能书写。你若能亲自为贫道书写老子的《道》《德》各两章，这群鹅我全都送给你。王羲之在道士那里停留了半天，为他写好。他用笼子装着这群白鹅回到家来，感到莫大的快乐。

有一次，王羲之到他的一个学生家去。学生用美味佳肴宴请他，很让他感动，便想为这位学生书写几个字来表示酬谢。他看见地上放着一张新做的榧木小几，表面刨得光滑锃亮。于是，他便在这张小几上题写了几个字，草书、正楷各一半。学生送他回到郡里，待到返回自己家中时，他父亲已经将老师的题字都刨去了，这位学生看到后，懊恼了好几天。出自《图书会粹》。

又

晋穆帝永和九年暮春三月三日，王羲之曾去游赏山阴。同去的有太原孙统承、公孙绰兴、公广汉王彬之道生、陈郡谢安石、高平郗昙重熙，太原王蕴叔仁、释支遁道林，和王羲之的儿子凝之、徽之、操之等四十一人。这次出游的目的是举行祓禊的仪式，去掉不祥与疾患。王羲之挥毫写序，乘兴而书。用的是蚕茧纸、鼠须笔。笔锋道劲健美而又清俊媚逸，堪称绝代无双的佳作。这篇序文共二十八行，三百二十四字。字中有重复出现的，都一字一体。其中"之"字重现的次数最多。出自《法书要录》。

王献之

王献之字子敬，尤其擅长书写草书、隶书。幼年跟随父亲王羲之学习，后来专门练习张芝。再后来改变先人的章法，另创新法，以心为师，暗合自然的法则。初时，谢安聘请王献之任长史。太元年间，宫中新建一座太极殿。谢安想让王献之给太极殿题写匾额，作为流传万代的墨宝，而不好直接开口。于是跟王献之讲前朝的韦诞为魏明帝题写凌云台匾额一事暗示他。王献之明

其旨,乃正色曰:"仲将魏之大臣,宁有此事?使其有此,知魏德之不长。"安遂不之逼。

子敬年五六岁时学书,右军从后潜掣其笔,不脱。乃叹曰:"此儿当有大名。"遂书《乐毅论》与之,学竟能极。小真书可谓穷微入圣,筋骨紧密,不减于父。如大则尤直而寡态,岂可同年。唯行、草之间,逸气过也。及论诸体,多劣右军。总而言之,季孟差耳。子敬隶、行、草、章草、飞白五体,俱入神,八分入能。出《书断》。

又

羲之为会稽,子敬出戏。见北馆新白土壁,白净可爱。子敬令取扫帚,沾泥汁中,以书壁。为方丈一字,晻暧斐亹,极有势好。日日观者成市。羲之后见,叹其美,问谁所作,答曰:"七郎。"羲之于是作书与所亲云:"子敬飞白大有,直是图于此壁。"子敬好书,触遇造玄。有一好事年少,故作精白纸袜,着往诣子敬。便取袜书之,草、正诸体悉备,两袖及标略周,自叹此来之合。年少觉王左右有凌夺之色,如是掣袜而走。左右果逐及于门外,斗争分裂,少年才得一袖而已。子敬为吴兴,羊欣父不疑为乌程令。欣时年十五六,书已有意。为子敬所知,往县。入欣斋,著新白绢裙昼眠。子敬乃书其裙幅及带,欣觉欢乐,遂宝之,后

白了他的意思，郑重严肃地说："韦仲将是魏国的大臣，难道会有此事？假如真有这样的事，可知魏国的国寿不长。"谢安于是没有勉强他。

王献之五六岁时学习书法，父亲悄悄从他身后拔他的笔，拔不下来，赞叹地说："这个孩子将来一定会成大名的。"于是，亲手书写《乐毅论》给王献之，让他效仿临摹。王献之很快就临摹得达到以假乱真的极致。王献之写小楷，可以说是达到穷微入圣的境地。字的结构严紧慎密，一点也不比他父亲王羲之差。至于大楷则特别僵直而少变化，不可跟他父亲同日而语。唯有行书、草书，逸气超过王羲之。其他各种书体，多数都逊于他的父亲王羲之。总而言之，父子有别。王献之隶书、行书、草书、章草、飞白五种书体，都能入神，八分入能。出自《书断》。

又

王羲之在会稽任内使时，王献之外出游玩。他看到北馆新用白土刷的墙壁，白净可爱。于是让人拿来扫帚，蘸着泥汁，在白墙壁上书写。字有方丈大，文采焕然，很有气势，天天有人来观赏，如同闹市。王羲之看到后，赞赏写得漂亮，问是谁的手笔，人们说："是七郎。"王羲之于是给亲朋写信说："子敬的飞白大有长进，这墙壁上的字是他写的。"王献之喜好书法，下笔出神入化。有一个好事的少年，故意用精白纸做成僧衣，带着它去拜访王献之。于是，王献之便在纸僧衣上书写，草书、正楷等各种书体都有。待到两袖与袖口都写满了时，自叹此来之合。这个少年觉得王献之身边的仆人要抢走这件僧衣，拎起来就走。王献之的仆人果然追赶到门外。两方争抢中，纸僧衣被撕裂，这个惹事少年只抢到一只衣袖。王献之任吴兴太守时，羊欣的父亲羊不疑官任乌程县令。羊欣这年才十五六岁，书法已写得不错了。王献之听说后，专程到乌程县去看他。进门后，看到羊欣大白天穿一条新做的白绢裙在床上睡觉。王献之于是在这男孩的白绢裙上和衣带上书写。羊欣醒来发觉后非常高兴，视如珍宝，后来

以上朝廷。出《图书会粹》。

又

献之尝与简文帝书十许纸,题最后云:"下官此书甚合作,愿聊存之。"此书为桓玄所宝。玄爱重二王,不能释手。乃选缣素及纸书正、行之尤美者,各为一帙。尝置左右,及南奔,虽甚狼狈,犹以自随。将败,并没于江。出《法书要录》。

王脩

王脩字敬仁,仲祖之子,官至著作郎。少有秀令之誉,年十六著《贤令论》。刘真长见之,嗟叹不已。善隶、行书,尝就右军求书,乃写《东方朔画赞》与之。王僧虔云:"敬仁书殆穷其妙,王子敬每看,咄咄逼人。"昇平元年卒,年二十四岁。始王导爱好锺氏书,丧乱狼狈,犹衣带中藏尚书《宣示》。过江后,以赐逸少。逸少与敬仁。敬仁卒,其母见此书平生所好,以入棺。敬仁隶、行入妙。殷仲堪书,亦敬仁之亚也。出《书断》。

荀舆

荀舆能书,尝写《狸骨方》。右军临之,至今谓之《狸骨帖》。出《尚书故实》。

把它进献给朝廷。出自《图书会粹》。

又

王献之曾给简文帝书写了十多张纸的书法,在末尾落款处题写上:"下官这些作品很不错,愿您保存。"这些书法作品被桓玄视为宝贝。桓玄钟爱王羲之、王献之父子二人的书法作品,达到爱不释手的地步。他编选的二王的绢和纸书作品,都是挑选正楷、行书中的上乘之作,各成一册。他经常将它们放在身边,不时拿出把玩欣赏。就在他南逃的途中,虽然行状狼狈,还是将这些书法作品带在身边。直到最后失败,他和它们一块儿沉没在江里。出自《法书要录》。

王 脩

王脩字敬仁,是王仲祖的儿子,官至著作郎。王脩少年时就有美善的声誉,十六岁就写出了《贤令论》。刘真长看到《贤令论》后,赞赏嗟叹不止。王脩擅长书写隶书、行书,曾经向王羲之求要书法墨迹,王书写了一纸《东方朔画赞》给他。王僧虔说:"敬仁的书法已经将王羲之的精妙之处都学到手了,王献之每当看到王脩的书法时,都觉得咄咄逼人。"晋穆帝升平元年,王脩去世,年仅二十四岁。早先时候,王导爱好锺氏的书法,虽在丧乱流离中,犹在衣带中藏着锺氏的《宣示帖》。来到江南后,王导将它送给了王羲之。后来王羲之又将它送给了王脩。王脩死后,他母亲因是儿子生前非常喜爱的,于是将它放进王脩的棺中陪葬。王脩的隶书、行书入妙。殷仲堪的书法只比王脩差些。出自《书断》。

荀 舆

荀舆擅长书法,曾写过《狸骨方》。王羲之临摹过,今人称它为《狸骨帖》。出自《尚书故实》。

谢 安

谢安字安石,学正于右军。右军云:"卿是解书者,然知解书为难。"安石尤善行书,亦犹卫洗马,风流名士,海内所瞻。王僧虔云:"谢安入能书品录也。"安石隶、行、草并入妙。兄尚字仁祖、万石,《法书要录》万石作弟万,字安石。并工书。出《书断》。

王 廙

晋平南将军后侍中王廙,右军之叔父,工隶、飞白,祖述张、卫法。复索靖书七月二十六日一纸,每宝玩之。遭永嘉丧乱,乃四叠缀衣中以渡江。今蒲州桑泉令豆卢器得之,叠迹犹在。出《图史异纂》。

戴安道 康昕

晋戴安道隐居不仕。总角时,以鸡子汁溲白瓦屑作郑玄碑,自书刻之。文既奇丽,书亦绝妙。又有康昕,亦善草、隶。王子敬尝题方山亭壁数行,昕密改之,子敬后过不疑。又为谢居士题画像,以示子敬,嗟叹以为奇绝矣。昕字君明,外国人,官临沂令。原缺出处,明抄本作出《书断》。

韦 昶

晋韦昶字文休,仲将兄康字元将,凉州刺史之玄孙。官至颍川太守散骑常侍。善古文、大篆及草,状貌极古。亦犹人则抱素,木则封冰,奇而且劲。太元中,孝武帝改治宫室及庙诸门,并欲使王献之隶、草书题榜,献之固辞。及

谢 安

谢安字安石，拜王羲之为师学楷书。王羲之说："你是懂书法之人，当然知道懂书法是件很难的事情。"谢安尤其擅长书写行书，为人也像卫洗马，是位风流名士，世人瞩目。王僧虔说："谢安的书法能进入能书品录啊。"谢安隶、行、草书都入妙。他哥哥谢尚，字仁祖、万石，《法书要录》万石作弟万，字安石。也擅长书法。出自《书断》。

王 廙

晋平南将军后侍中王廙，是王羲之的叔父，工隶书、飞白，继承张芝、卫夫人的书法。得到索靖七月二十六日书一纸，常常当作宝贝赏玩。遭逢永嘉之乱时，王廙将这纸真迹折成四叠缝在衣内渡江。今人蒲州桑泉令豆卢器得到这张索靖真迹时，叠迹犹在。出自《图史异纂》。

戴安道 康昕

晋朝人戴安道隐居乡里，不出去做官。戴安道少年时，曾用蛋液浸泡白瓦屑做郑玄碑，自书自刻。碑文文采奇丽，字写得也很绝妙。还有个人叫康昕，也擅长草书、隶书。王献之曾为方山亭壁题写几行字，康昕偷偷将它们改写过，王献之后来又经过这里时，一点也没有看出来。康昕又给谢居士的画像题字，拿给王献之看。王献之认为他的书法奇绝而赞叹不已。康昕字君明，是外国人，官任临沂令。原缺出处，明抄本作出自《书断》。

韦 昶

晋朝人韦昶字文休，是韦诞的哥哥凉州刺史韦康字元将的玄孙。官至颍川太守散骑常侍。韦昶擅长书写上古文字、大篆及草书，字形极古拙。就像人保持淳朴的本质，又像木头封在冰中，笔锋奇异遒劲。晋朝太元年间，孝武帝改建宫室及宗庙诸门，想让王献之用隶书、草书题写匾额，王献之推辞不题。后来

使刘瓛以八分书之，后又以文休以大篆改八分焉。或问王右军父子书名，以为云何，答曰："二王自可谓能，未知是书也。"又妙作笔，王子敬得其笔，叹为绝世。义熙末卒，年七十余。文休古文、大篆、草书并入妙。出《书断》。

萧思话

宋萧思话，兰陵人。父源，冠军琅琊太守。思话官至征西将军左仆射。工书，学于羊欣，得具体法。虽无奇峰壁立之秀，连冈尽望，势不断绝，亦可谓有功矣。王僧虔云："萧全法羊，风流媚好，殆欲不减，笔力恨弱。"袁昂云："羊真孔草，萧行范篆，各一时之妙也。"出《书断》。

王僧虔

琅琊王僧虔博通经史，兼善草、隶。太祖谓虔曰："我书何如卿？"曰："臣正书第一，草书第三；陛下草书第二，正书第三。臣无第二，陛下无第一。"上大笑曰："卿善为词也。然天下有道，丘不与易也。"虔历左仆射尚书令，谥简穆公。

僧虔长子慈，年七岁，外祖江夏王刘义恭，迎之入中斋，施实宝物，恣其所取，慈唯取素琴一张、《孝子图》而已。年十岁，共时辈蔡约入寺礼佛。正见沙门等忏悔，约戏之曰："众僧今日何乾乾？"慈应声答曰："卿如此不知礼，何以兴蔡氏之宗。"约，兴宗之子也。谢超宗见慈学书，

让刘瑻用八分题写。后来，又让韦昶改书成大篆。有人问王羲之父子的书法名声怎么样，韦昶回答说："二王也就算是能书写几个字罢了，只是他们不会写大篆。"韦昶还会制作一种绝妙好笔。王献之得到他制作的笔后，惊叹地认为是绝世之作。韦昶死于晋安帝义熙末年，享年七十多岁。韦昶的古文、大篆、草书都入妙。出自《书断》。

萧思话

　　南北朝时宋人萧思话，兰陵人。他的父亲萧源，官至冠军琅琊太守。萧思话官至征西将军左仆射。他擅长书法，师法羊欣，习得羊欣书法的全部技能。萧思话的书法，虽然没有奇峰峭立之秀，然而却犹如山冈连绵，笔势不断，也可以称得上很见功力的。王僧虔说："萧思话的书法，完全效仿羊欣。风流媚逸一点也不比羊欣的逊色，只可惜笔力弱了些。"袁昂说："羊欣的真书、孔琳之的草书、萧思话的行书、范晔的篆书，都是一时之妙。"出自《书断》。

王僧虔

　　琅琊王僧虔学识广博，精通经史，同时擅长书写草书、隶书。一次，太祖萧道诚问王僧虔："我的书法跟你比谁高谁低呀？"王僧虔回答说："臣正书第一，草书第三；陛下草书第二，正书第三。臣无第二，陛下无第一。"太祖大笑，说："你呀，太善于辞令啦！若天下有道，我也不用与你们一起进行变革了。"王僧虔官至左仆射尚书令，谥号为简穆公。

　　王僧虔的长子王慈，七岁时，外祖父江夏王刘义恭将他带到正厅，拿来各种宝物，让他随意取拿。王慈只拿起一张素琴，一幅《孝子图》。王慈十岁时，和同辈蔡约到寺庙去拜佛。正赶上和尚们在佛前忏悔，蔡约开玩笑说："众位僧人今天怎么都这么严肃恭敬啊？"王慈应声答道："你这样不懂礼仪，怎么去振兴你们蔡氏宗族？"蔡约是蔡兴宗的儿子。谢超宗看到王慈学习书法，

谓之曰:"卿书何如虔公?"答云:"慈书与大人,如鸡之比凤。"超宗,凤之子。慈历侍中,赠太常卿。约历太子詹事。出《谈薮》。

又

齐高帝尝与王僧虔赌书毕,帝曰:"谁为第一?"僧虔对曰:"臣书人臣中第一,陛下书帝中第一。"帝笑曰:"卿可谓善自谋矣。"出《南史》。

王 融

宋末,王融图古今杂体,有六十四书。少年仿效,家藏纸贵。而凤鱼虫鸟,是七国时书。元长皆作隶字,故贻后来所诘。湘东王遣沮阳令韦仲定为九十一种,次功曹谢善勋增其九法,合成百体。其中以八卦为书焉,一以太为两法,径丈一字,方寸千言。出《法书要录》。

萧子云

梁萧子云字景乔。武帝谓曰:"蔡邕飞而不白,羲之白而不飞。飞白之间,在卿斟酌耳。"尝大书萧字,后人匣而宝之。传至张氏宾护,东都旧第有萧斋,前后序皆名公之词也。出《尚书故实》。

武帝造寺,令萧子云飞白大书萧字,至今萧字存焉。李约竭产,自江南买归东洛,建一小亭以玩,号曰"萧斋"。出《国史补》。

问他:"你的书法与王僧虔公比较怎么样?"王慈回答说:"我的书法和家父比较,就像拿鸡跟凤凰比一样啊!"谢超宗,是谢凤的儿子。王慈一直升任到侍中,赠太常卿。蔡约升任到太子詹事。出自《谈薮》。

又

齐高帝曾经跟王僧虔赌书法,写完了,高帝问王僧虔:"谁的书法第一?"王僧虔回答说:"臣的书法在人臣中属第一,陛下的书法在帝王中属第一。"高帝笑着说:"你真可算得上善于自谋啊!"出自《南史》。

王 融

南朝宋末年,王融考证古今书法杂体,共有六十四体,编成书,孩童们都争相效仿临摹,一时间家藏纸贵。而凤、鱼、虫、鸟,是七国时书。王融都写作隶字,故此给后世留下疑问。湘东王派沮阳令韦仲将杂体定为九十一体,次功曹谢善勋又增九体,合成为百体。其中以八卦为书,一切以太为两个极端,大字径一寸,小字方寸小的地方可书千字。出自《法书要录》。

萧子云

南北朝时梁人萧子云字景乔。梁武帝对他说:"蔡邕书法飞而不露白,王羲之白而不飞。你在二者之间。"萧子云曾经写过一个大萧字,后人放在匣子里珍藏起来,视为至宝。传到张宾护,在他东都旧宅里设有萧斋,前后墙壁上都有名家题词。出自《尚书故实》。

梁武帝建造一寺,令萧子云用飞白体写了一个大萧字,到现在这个萧字还存在。李约倾尽其所有的家产,从江南将这个萧字买回到东洛,建造一座小亭用来玩赏,这座小亭名叫"萧斋"。出自《国史补》。

萧 特

海盐令兰陵萧特善草、隶,高祖赏之曰:"子敬之书,不如逸少;萧特之迹,遂过其父。"出《谈薮》。

僧智永

陈永欣寺僧智永,永师远祖逸少。历纪专精,摄斋升堂,员草唯命。智永章草及草书入妙,行入能。兄智楷亦工书,丁觇亦善隶书。时人云:"丁真永草。"出《书断》。

又

智永尝于楼上学书,业成方下。出《国史纂异》。

梁周兴嗣编次《千字文》,而有王右军者,人皆不晓。其始乃梁武教诸王书,令殷铁石于大王书中,榻一千字不重者,每字片纸,杂碎无序。武帝召兴嗣谓曰:"卿有才思,为我韵之。"兴嗣一夕编缀进上,鬓发皆白,而赏锡甚厚。右军孙智永禅师,自临八百本,散与人外,江南诸寺各留一本。永公住吴兴永欣寺,积学书,后有秃笔头十瓮,每瓮皆数千。人来觅书,并请题额者如市。所居户限为穿穴,乃用铁叶裹之,谓为铁门限。后取笔头瘗之,号为"退笔冢",自制铭志。出《尚书故实》。

常居永欣寺阁上临书,所退笔头,置之于大竹簏。簏受一石余,而五簏皆满。出《法书要录》。

萧　特

海盐令兰陵人萧特擅长书写草书、隶书。高祖观赏后说："王献之的书法不如王羲之，萧特的墨迹可超过他的父亲了。"出自《谈薮》。

僧智永

南北朝时期陈朝永欣寺僧智永，书法学其远祖王羲之。智永对历代的书法都有精深的研究，恭恭敬敬地研习草书。僧智永的书法，章草、草书入妙，行书入能。他的哥哥智楷也擅长书法。丁觇也擅长隶书。当时人说："丁真永草。"出自《书断》。

又

僧智永曾经在一座楼上学习书法，学成后才下楼。出自《国史纂异》。

梁朝周兴嗣编写《千字文》，与王羲之的书法有关，人们都不知道。这件事情开始时起于梁武帝教诸位王子王孙书法，让殷铁石在王羲之的墨迹中，拓出一千个不重复的字，每字一张纸，杂碎无序。武帝召见周兴嗣说："你很有才思，请为我将它们编成韵文。"周兴嗣一个晚上就将这一千个字编好了。他殚精竭智，一夜的工夫鬓发全都累白了。武帝重重地奖赏了他。王羲之的孙子智永禅师，亲自临摹了八百本，施舍给人们，江南各个寺院中各留一本。智永禅师住在吴兴永欣寺内学习书法，积存了秃笔头十瓮，每瓮都盛有好几千支。来向他求字或是请他题写匾额的人像集市里的一样多。他住的那间斋室，门槛都让来人踩穿了，后来用铁皮裹上，人称铁门限。后来，智永禅师将十瓮笔埋葬了，起名为"退笔冢"，自制墓志铭。出自《尚书故实》。

智永禅师曾在永欣寺阁楼上临书，用废的笔头放在大竹簏内。这种竹簏每个可以盛一石多米，一共盛了满满五簏秃笔。出自《法书要录》。

僧智果

隋永欣寺僧智果,会稽人也。炀帝甚善之。工书铭石,其为瘦健,造次难类。尝谓永师云:"和尚得右军肉,智果得骨。"夫筋骨藏于肤肉,山水不厌高深。而此公稍乏清幽,伤于浅露。若吴人之战,轻进易退,勇力而非武,虚张夸耀,无乃小人儒乎。智果隶、行、草入能。出《书断》。

僧智果

隋朝永欣寺僧智果，会稽人。隋炀帝对智果僧很是友善。智果僧工书法，刻在石头上的字字体瘦健，一般人很难学得。隋炀帝曾对智永禅师说："和尚你学得的是王羲之书法的形态，智果深得王羲之书法的风骨。"筋骨隐藏在肤肉的里面，山不厌高，水不厌深。智果僧的书法缺少清幽之气，伤于浅露。就像吴人作战，轻易就进攻，轻易就退却，全凭着一时的勇气，而不讲究战法。这是虚张声势地自我夸耀，岂不是小聪明么？智果僧的书法，隶书、行书、草书，都入能。出自《书断》。

卷第二百八
书三

唐太宗

唐太宗贞观十四年，自真、草书屏风，以示群臣。笔力遒劲，为一时之绝。尝谓朝臣曰："书学小道，初非急务。时或留心，犹胜弃日。凡诸艺业，未有学而不得者也。病在心力懈怠，不能专精耳。"又云："吾临古人之书，殊不学其形势，惟在骨力。及得骨力，而形势自生耳。"尝召三品已上，赐宴于玄武门。帝操笔作飞白书，众臣乘酒，就太宗手中相竞。散骑常侍刘洎，登御床引手，然后得之。其不得者，咸称洎登床，罪当死，请付法。太宗笑曰："昔闻婕妤辞辇，今见常侍登床。"出《尚书故实》。

唐太宗

贞观十四年，唐太宗李世民自己用真书、草书写屏风，展示给群臣看。笔力道劲，堪称一时之绝。唐太宗曾经对大臣们说："书法是小小的学问，原本不是急事。偶尔留心，胜过虚度光阴。世上各行各艺，没有你用心去学习它而一点收获也得不到的。若没有收获，问题出在你不能全力以赴地去精心研究求索它。"唐太宗又说："我临摹古人的书法字帖，并不特意去效仿每个字的形体结构，而将功夫用在摸透它的笔力风骨上面。笔力风骨你吃透了，形体结构自然而然地就把握了。"唐太宗曾召集三品以上的臣属们，赐宴在玄武门。太宗亲自执笔作飞白书，诸位大臣借着酒兴，都纷纷从太宗手中去抢。散骑常侍刘洎，爬上御床从太宗手中夺过来。没有抢到的大臣们，异口同声地说刘洎爬上御床，当处死罪，一致要求依照唐朝的法律处办他。唐太宗笑着说："过去听闻汉时班婕妤辞辇，今见常侍登床。"出自《尚书故实》。

购《兰亭序》

　　王羲之《兰亭序》。僧智永弟子辨才,尝于寝房伏梁上,凿为暗槛,以贮《兰亭》。保惜贵重于师在日。贞观中,太宗以听政之暇,锐志玩书。临羲之真、草书帖,构募备尽,唯未得《兰亭》。寻讨此书,知在辨才之所。乃敕追师入内道场供养,恩赉优洽。数日后,因言次,乃问及《兰亭》,方便善诱,无所不至。辨才确称往日侍奉先师,实常获见,自师没后,荐经丧乱,坠失不知所在。既而不获,遂放归越中。后更推究,不离辨才之处。又敕追辨才入内,重问《兰亭》。如此者三度,竟靳固不出。上谓侍臣曰:"右军之书,朕所偏宝。就中逸少之迹,莫如《兰亭》。求见此书,劳于寤寐。此僧耆年,又无所用。若得一智略之士,设谋计取之必获。"尚书左仆射房玄龄曰:"臣闻监察御史萧翼者,梁元帝之曾孙。今贯魏州莘县,负才艺,多权谋,可充此使,必当见获。"太宗遂召见,翼奏曰:"若作公使,义无得理。臣请私行诣彼,须得二王杂帖三数通。"太宗依给。

　　翼遂改冠微服,至洛潭。随商人船,下至越州。又衣黄衫,极宽长潦倒,得山东书生之体。日暮入寺,巡廊以观壁画。遇辨才院,止于门前。辨才遥见翼,乃问曰:"何处檀越?"翼就前礼拜云:"弟子是北人,将少许蚕种来卖。历

购《兰亭序》

王羲之《兰亭序》。僧智永弟子辨才,曾在自己卧室的伏梁上凿一暗穴,将《兰亭序》藏在里面,珍重保护的程度胜过师傅在世的时候。贞观年间,唐太宗在处理政务之余,专心致志地研究书法。凡是能收集到的王羲之的真、草书帖,他都设法弄到了,供他临摹、观赏,唯有《兰亭序》没有得到。经过多方探询、寻找,得知在僧辨才手中。于是派人召请辨才入宫内道场来供养,厚加款待。几天以后,一次谈到书法时,问辨才知不知道《兰亭序》的下落,多方劝诱,无所不至。辨才一口咬定往日侍奉师傅,确实常常见到,自从师傅过世后,几经丧乱,不知道遗失到哪里去了。既然不能从辨才这里找到《兰亭序》,于是又让他回到越中。后来,进一步探究推断,认为《兰亭序》还是在辨才手中。于是又敕命辨才进京入宫,再次追问他《兰亭序》的下落。反复几次,辨才都吝惜固守,不肯拿出来。唐太宗对左右的侍臣说:"王羲之的书法,是我偏爱的至宝。他遗留下来的全部书帖中,没有像《兰亭序》这样好的。为了见到它,我白天晚上的都在思虑。这个辨才和尚年事已高,这本《兰亭序》真迹留在他手中也没有什么大用处。如果能得到一位足智多谋的人,想出一个计谋智取,必能从辨才和尚手中将它弄出来。"尚书左仆射房玄龄说:"我听说监察御史萧翼,是前朝梁元帝的曾孙。现在居住在魏州莘县,有才艺,多谋略,可以担任这个差使。如果派他去越中,他一定能完成这一重任。"于是,太宗召见萧翼,萧翼上奏说:"如果让我充当公使,肯定得不到。臣请私下去拜会他,这就还需要几通王羲之父子的杂帖。"太宗依照要求给了他。

萧翼于是改换服装,悄悄出行,到了洛潭。他搭乘一位商人的货船直接来到越州。到了越州后,萧翼又换上一领黄衫,极宽长潦倒,像山东书生的打扮。傍晚时走进永欣寺院,观赏寺院廊房上的壁画。他经过辨才和尚居住的庭院,在房门前停下了。辨才和尚远远看见萧翼走来,问道:"施主,你是从哪里来的?"萧翼走上前去拜见,说:"弟子是北方人,带着少许蚕种来卖。遇到

寺纵观,幸遇禅师。"寒温既毕,语议便合。因延入房内,即共围棋抚琴,投壶握槊,谈说文史,竟甚相得。乃曰:"白头如新,倾盖如旧。今后无形迹也。"便留夜宿,设缸面药酒果等。江东云缸面,犹河北称瓮头,谓初熟酒也。酣乐之后,请宾赋诗。辨才探得来字韵,其诗曰:"初酝一缸开,新知万里来。披云同落寞,步月共徘徊。夜久孤琴思,风长旅雁哀。非君有秘术,谁照不燃灰。"萧翼探得招字韵,诗曰:"邂逅款良宵,殷勤荷胜招。弥天俄若旧,初地岂成遥。酒蚁倾还泛,心猿躁似调。谁怜失群翼,长苦业风飘。"妍蚩略同,彼此讽咏,恨相知之晚。通宵尽欢,明日乃去。辨才云:"檀越闲即更来。"翼乃载酒赴之。兴后作诗,如此者数四。诗酒为务,其俗混然。

经旬朔,翼示师梁元帝自书《职贡图》,师嗟赏不已。因谈论翰墨,翼曰:"弟子先传二王楷书法,弟子自幼来耽玩,今亦数帖自随。"辨才欣然曰:"明日来,可把此看。"翼依期而往,出其书以示辨才。辨才熟详之曰:"是即是矣,然未佳善也。贫道有一真迹,颇是殊常。"翼曰:"何帖?"才曰:"《兰亭》。"翼笑曰:"数经乱离,真迹岂在? 必是响榻伪作耳。"辨才曰:"禅师在日保惜,临亡之时,亲付于吾。付受有绪,那得参差? 可明日来看。"及翼到,师自于屋梁上槛内出之。翼见讫。故驳瑕指颣曰:"果是响榻书也。"

寺庙都看看,有幸遇到禅师。"一番寒暄过后,二人觉得言谈很投缘。辨才将萧翼请到禅房中就座,一起下棋弹琴,或玩投壶、握槊一类的赌博游戏,谈文论史,意趣甚是相投。辨才说道:"你我初次相识,就这样相投,今后很难再相遇了。"于是留萧翼在寺里过夜,安排了缸面、药酒、瓜果等招待他。江东人所说的缸面,如同河北人说的瓮头,就是刚刚酿出来的新酒。两人酒喝到酣畅时,请客人即席抓签吟诗。辨才抓得一签是来字韵,吟得一诗:"初酝一缸开,新知万里来。披云同落寞,步月共徘徊。夜久孤琴思,风长旅雁哀。非君有秘术,谁照不燃灰。"萧翼抓得的是招字韵,也吟得一诗:"邂逅款良宵,殷勤荷胜招。弥天俄若旧,初地岂成遥。酒蚁倾还泛,心猿躁似调。谁怜失群翼,长苦业风飘。"这两首诗,好、坏都差不多。他们二人互相吟咏唱和,只恨相识太晚,一直玩乐到第二天早晨,萧翼才离开永欣寺。辨才和尚说:"施主得闲就请过来坐坐。"于是,萧翼第二天就带着酒又来到寺院里。酒后乘兴作诗。这样往来多次,只是饮酒吟诗,相互之间混得很熟了。

过了十多天,萧翼带来梁元帝自书《职贡图》,辨才看后赞赏不已。由此谈论到书法话题,萧翼说:"弟子先祖传下来王羲之父子的楷书字帖,我从幼年就醉心于此,现在随身带着几帖。"辨才高兴地说:"明天来时,可将它们带来给老僧看看。"第二天,萧翼果然将字帖带来给辨才看。辨才和尚很认真地看过后说:"确实是王羲之父子的书法真迹,然而不是最佳的上品。贫僧有一真迹,很不寻常。"萧翼问:"什么帖?"辨才和尚回答说:"《兰亭序》。"萧翼笑着说:"几经离乱,《兰亭序》真迹怎么还能够存在呢?必是拓本伪造的吧。"辨才和尚说:"智永禅师在世时非常珍惜地收藏它,临死前亲自托付给我。交与接都有头绪,怎么会出现差错呢?待明天来时,我拿给你看。"第二天,萧翼来到永欣寺后,辨才和尚从屋梁上的暗穴内将《兰亭序》书帖取出来,给他看。萧翼看罢,故意挑出所谓的毛病说:"果然是拓书伪品啊。"

纷竞不定。自示翼之后，更不复安于伏梁上。并萧翼二王诸帖，并借留置于几案之间。辨才时年八十余，每日于窗下临学数遍，其老而笃好也如此。自是翼往还既数，童第等无复猜疑。后辨才出赴邑泛桥南严迁家斋，翼遂私来房前。谓童子曰："翼遗却帛子在床上。"童子即为开门。翼遂于案上，取得《兰亭》及御府二王书帖，便赴永安驿。告驿长陵愬曰："我是御史，奉敕来此。今有墨敕，可报汝都督知。"都督齐善行闻之，驰来拜谒。萧翼因宣示敕旨，具告所由。善行走使人召辨才，辨才仍在严迁家未还寺。遽见追乎，不知所以。又遣云，侍御须见。及师来见御史，乃是房中萧生也。萧翼报云："奉敕遣来取《兰亭》，《兰亭》今已得矣，故唤师来别。"辨才闻语而便绝倒，良久始苏。

翼便驰驿南发，至都奏御，太宗大悦。以玄龄举得其人，赏锦彩千段；擢拜翼为员外郎，加五品，赐银瓶一、金缕瓶一、马脑碗一，并实以珠。内厩良马两匹，兼宝装鞍辔。宅庄各一区。太宗初怒老僧之秘吝，俄以其年耄，不忍加刑。数月后，仍赐物三千段，谷三千石，便敕越州支给。辨才不敢将入己用，乃造三层宝塔。塔甚精丽，至今犹存。老僧因惊悸患重，不能强饭，唯歠粥，岁余乃卒。

帝命供奉榻书人赵模、韩道政、冯承素、诸葛真等四

二人纷争不定,各说各理,各持己见。辨才和尚自从将《兰亭序》拿给萧翼看后,便不再将它放回梁上暗穴中,而是将《兰亭序》和萧翼拿来的二王诸帖,一块儿放在书案上。这时的辨才和尚已有八十多岁了,每天还临窗临摹,不下数遍,真是老而好学到如此程度。自此以后萧翼来寺院的次数多了,辨才的童仆和徒弟们也不再猜疑他了。后来有一天,辨才和尚进城里去为氾桥南严迁家主持法事,萧翼便私自来到他的房前。他对童仆说:"我把一块手帕遗落在大师床上了。"童仆即开门让他进去。萧翼于是从书案上取走《兰亭序》和他拿来的御府二王杂帖,直接去了永安驿馆。他对驿长陵愬说:"我是朝廷的御史,奉皇上敕命来到这里。现在皇上亲手书写的敕令在此,可以去报告给你们的都督。"都督齐善行得报后,立即赶来拜见。萧翼向他宣示圣旨,告诉他情由。齐善行派官差到永欣寺去召见辨才和尚时,和尚还在城里严家主持法事没有回来。突然见到官府召见,不知发生了什么大事。又听来人说御史专门要见他。待他来见御史,才发现是这些天跟他在一起盘桓的萧翼。萧翼对他说:"我奉敕命来江南取《兰亭序》,现在《兰亭序》已经拿到手,特地召唤你来告别。"辨才和尚听了之后昏厥倒地,过了许久才苏醒过来。

萧翼便驾乘驿马疾行,返回京都,上奏太宗,太宗非常高兴。因为房玄龄荐人得力,赏赐锦彩千段;提拔萧翼为员外郎,加五品,并赏赐给他银瓶、金缕瓶、玛瑙碗各一个,装满了珍珠。又赐给他宫内好马两匹,并配有用珠宝装饰的鞍辔等。宅院与庄园各一座。唐太宗初时还生气辨才和尚吝惜《兰亭序》不肯给他,不久又考虑到辨才年事已高,不忍心再加刑在他身上。又过了几个月,太宗皇帝赐给辨才和尚锦帛等物三千段,谷三千石,下敕书让越州都督府衙支付。辨才和尚得到这些赏赐后,不敢将它们归为己有,用来造了一座三层宝塔。塔造得特别精丽,直到现在还在。他本人因为受刺激身患重病,不能吃饭,只能喝粥,过了一年多就去世了。

太宗命令侍奉拓书人赵模、韩道政、冯承素、诸葛真等四

人，各榻数本，以赐皇太子诸王近臣。贞观二十三年，圣躬不豫，幸玉华宫含风殿。临崩，谓高宗曰："吾欲从汝求一物，汝诚孝也，岂能违吾心耶，汝意何如？"高宗哽咽流涕，引耳而听受制命。太宗曰："吾所欲得《兰亭》，可与我将去。"后随仙驾入玄宫矣。今赵模等所榻在者，一本尚直钱数万也。出《法书要录》。

又

一说王羲之尝书《兰亭会序》。隋末，广州好事僧得之。僧有三宝，宝而持之。一曰右军《兰亭》书，二曰神龟，以铜为之，龟腹受一升，以水贮之，龟则动四足行，所在能去。三曰如意。以铁为文，光明洞彻，色如水晶。太宗特工书，闻右军《兰亭》真迹，求之得其他本，若第一本，知在广州僧，而难以力取。故令人诈僧，果得其书。僧曰："第一宝亡矣，其余何爱？"乃以如意击石，折而弃之；又投龟一足伤，自是不能行矣。出《纪闻》。

汉王元昌

唐汉王元昌，神尧之子，善行书。诸王仲季并有能名，韩王、曹王，亦其亚也。曹则妙于飞白，韩则工于草、行。魏王、鲁王，亦韩王之伦也。出《书断》。

欧阳询

唐欧阳询字信本，博览今古，官至银青光禄大夫率更令。书则八体尽能，笔力劲险。高丽爱其书，遣使请焉。

人,各拓数本,赏赐给皇太子及诸位王子和近臣。贞观二十三年,太宗皇帝身体不适,病卧在玉华宫含风殿。临去世前,对太子李治说:"我想向你要一件东西,你诚心尽孝怎么能违背我的心愿呢,你的意思怎么样?"太子李治泪流满面,哽咽着说不出话来,俯身伸耳听太宗皇帝的要求。太宗皇帝说:"我想要得到的东西就是《兰亭序》,让我将它带走吧。"太宗皇帝去世,《兰亭序》真本随葬在他的墓中。到今天,赵模等人拓的《兰亭序》,一本尚值钱数万。出自《法书要录》。

又

　　一说:王羲之曾书写过《兰亭会序》。隋末,广州一位好事的僧人得到了它。这个僧人有三样宝物,非常珍惜地收藏着。一是王羲之手书《兰亭会序》,二是神龟,用铜制成,龟腹容积有一升,装上水,龟的四肢就能爬动,哪里都能去。三是如意。以铁为纹,光亮剔透,色如水晶。唐太宗特别工于书法,听说有《兰亭》真迹,设法弄到的都是其他本,唯独这第一本,知道在广州这个好事僧人手中,而难以力取。于是,他派去一个人,用欺骗的手段,从这位僧人手里弄到了。僧人说:"第一宝物没有了,其余的还有什么值得爱的?"于是用如意击石,打断了扔了;又将铜龟的一只脚摔坏了,从此不能行走了。出自《纪闻》。

汉王元昌

　　唐汉王元昌,是唐高祖的儿子,擅长书写行书。诸位兄弟都有能书的名声,韩王、曹王也如此。曹王妙于飞白,韩王工于草书、行书。魏王、鲁王也像韩王一样。出自《书断》。

欧阳询

　　唐欧阳询字信本,博览古今群书,官至银青光禄大夫率更令。他能书八体,笔力劲险。高丽人爱他的书法,派使臣来求取。

神尧叹曰："不意询之书名，远播夷狄。"真观十五年卒，年八十五。询飞白、隶、行、草入妙，大篆、章草入能。出《书断》。

又

率更尝出行，见古碑索靖所书。驻马观之，良久而去。数步，复下马伫立。疲则布毯坐观，因宿其傍，三日而后去。今开元通宝钱，武德四年铸，其文乃欧阳率更书也。出《国史异纂》。

欧阳通

唐欧阳通，询子。善书，瘦怯于父。常自矜能书，必以象牙犀角为笔管，狸毛为心，覆以秋兔毫；松烟为墨，末以麝香；纸必须坚薄白滑者，乃书之。盖自重其书。薛纯陀亦效欧草，伤于肥钝，亦通之亚也。出《朝野佥载》。

虞世南

虞世南字伯施，会稽人也，仕隋为秘书郎。炀帝知其才，嫉其鲠直，一为七品十余年。仕唐至秘书监。文皇曰："世南一人，遂兼五绝。一曰博学，二曰德行，三曰书翰，四曰词藻，五曰忠直。有一于此，足谓名臣，而世南兼之。"行、草之际，尤所偏工。本师于释智永，及其暮齿，加以遒逸。卒年八十九。伯施隶、草、行入妙。出《书断》。

高祖感叹地说："没想到欧阳询的书法名声远传到了夷狄。"欧阳询死于贞观十五年,享年八十五岁。欧阳询的书法,飞白、隶书、行书、草书入妙,大篆、章草入能。<small>出自《书断》。</small>

又

　　欧阳询一次外出,看到一座古碑,碑文是索靖书写的。他停下马观看欣赏了好长时间才离去。行了几步,又下马立在碑前观赏。累了就将毯子铺在地上坐在上面观赏,到晚上就睡在古碑的旁边,三天后才离去。现今通用的开元通宝钱,是高祖武德四年铸造的,"开元通宝"这四个字就是欧阳询书写的。<small>出自《国史异纂》。</small>

欧阳通

　　唐欧阳通,是欧阳询的儿子。擅长书法,字体比他父亲的瘦弱。他常常自我夸耀能书。欧阳通书写用的笔,一定是用象牙、犀角做笔管,狸子毛做笔芯,外面覆围上秋兔毫;他用的墨用松烟为主料,掺入麝香沫;他用的纸必须是坚薄白滑的,否则不书。以示他对自己书法的重视。薛纯陀也仿效欧草,却失之于肥钝,跟欧阳通类似。<small>出自《朝野金载》。</small>

虞世南

　　虞世南字伯施,会稽人,在隋朝官任秘书郎。隋炀帝知道他有才能,又嫉恨他的为人耿直,让他在七品官的位置上一干就是十多年。到了唐朝,虞世南官至秘书监。唐太宗曾说过:"虞世南一个人身兼五绝。一是博学,二是有德行,三是擅长书写,四是有文采,五是忠直耿介。这五个长处有一种在身,就可以称得上名臣,然而虞世南都具备啊!"虞世南的书法,行书、草书,尤其是他最擅长的。虞世南原本师法佛门僧人智永。待到晚年,书体更为遒劲俊逸。虞世南享年八十九岁。他的隶书、草书、行书都入妙。<small>出自《书断》。</small>

褚遂良

褚遂良，河南人。父亮，太常卿。遂良官至仆射，善书。少则伏膺虞监，长则师祖右军，真书甚得其媚趣。显庆中卒，年六十四。遂良隶、行入妙，亦尝师受史陵。然史亦有古直，伤于疏瘦也。出《书断》。

又

遂良问虞监曰："某书何如永师？"曰："吾闻彼一字直五万，官岂得若此者？"曰："何如欧阳询？"虞曰："闻询不择纸笔，皆能如志，官岂得若此？"褚曰："既然，某何更留意于此？"虞曰："若使手和笔调，遇合作者，亦深可贵尚。"褚喜而退。出《国史异纂》。

薛稷

薛稷，河南人，官至太子少保。书学褚，尤尚绮丽媚好。肤肉得师之半矣，可谓河南公之高足，甚为时所珍尚。稷隶、行入能。出《书断》。

又

稷外祖魏徵家，富图籍，多有虞、褚旧迹。锐精模仿，笔态遒丽。当时无及之者。又善画，博采古迹，埒于秘书。出《谭宾录》。

褚遂良

褚遂良，河南人。父亲叫褚亮，官任太常卿。褚遂良官至仆射，擅长书法。他少年时师从虞世南研习书法，长大成人后又师法王羲之。褚遂良的真书颇得王羲之书法的妩媚之趣。褚遂良于唐高宗显庆年间去世，享年六十四岁。褚遂良隶书、行书入妙。褚遂良也曾师事史陵。然而史陵的书法太古直，失之于疏瘦。出自《书断》。

又

一次，褚遂良问虞世南："我的书法跟智永禅师的比，谁的更好些？"虞世南说："我听说智永禅师的书法一字值五万钱，你的字能卖到这个价吗？"褚遂良又问："跟欧阳询比较又怎么样呢？"虞世南说："我听说欧阳询不挑选纸笔。不论用什么样的纸和笔，都能随心所欲地书写。你能做到这样吗？"褚遂良说："既然如此，我何必再留意书法呢？"虞世南说："假如手、笔相协调，互相配合，你的作品也很可贵。"褚遂良高高兴兴地告辞了。出自《国史异纂》。

薛　稷

薛稷，河南人，官至太子少保。书法学习褚遂良体，尤其崇尚绮丽媚好。褚遂良书法的形体，他学得一半，可称褚遂良的好弟子，他的书法很为当时的人珍视崇尚。薛稷的隶书、行书入能。出自《书断》。

又

薛稷的外祖父魏徵家中，藏书很多，收藏有许多虞世南、褚遂良的书法作品。薛稷锐意精心临摹仿效，笔态遒劲中显露出俊丽之气。当时诸多仿效虞、褚二人书法的人都达不到他这种造诣。薛稷还擅长绘画，他博采古迹，与虞世南相当。出自《谭宾录》。

高正臣

高正臣,广平人,官至卫尉卿。习右军之法,睿宗爱其书。张怀素之先,与高有旧,朝士就高乞书,或凭书之。高常为人书十五纸,张乃戏换其五纸,又令示高,再看不悟。客曰:"有人换公书。"高笑曰:"必是张公也。"乃详观之,得其三纸。客曰:"犹有在。"高又观之,竟不能辨。高尝许人书一屏障,逾时未获。其人乃出使淮南,临别,大怅惋。高曰:"正臣故人在申州,正与仆书一类,公可便往求之。"遂立申此意。陆柬之尝为高书告身,高常嫌之,不将入秩。后为鼠所伤,乃持示张公曰:"此鼠甚解正臣意。"风调不合,一至于此。正臣隶、行、草入能。出《书断》。

王绍宗

王绍宗字承烈,官至秘书少监。祖述子敬,钦羡柬之。其中小真书,体象尤异。其行书及章草,次于真。常与人书云:"鄙夫书翰无工者,特由水墨之积习。恒精心率意,虚神静思以取之。"每与吴中陆大夫论及此道,明朝必不觉已进。陆后于密访知之,嗟赏不少。"将余比虞七,以虞亦不临写故也,但心准目想而已。闻虞眠布被中,恒手画腹皮,与余正同也。"承烈隶、行、草入能。出《书断》。

高正臣

高正臣,广平人,官至卫尉卿。高正臣学习的是王羲之的书法,唐睿宗喜爱他的作品。张怀素的先人与高正臣家有交往,朝中的官员们,有的通过张怀素向高正臣索要他的书法,高正臣有时就随意写给他。高正臣经常为向他索要墨迹的人写十五纸,张怀素开玩笑替换五纸,又拿给他看,高正臣没看出来其中有被人替换的。客人说:"有人替换了您的书法。"高正臣笑笑说:"一定是张公干的。"于是仔细审看,挑出来三纸。客人说:"还有。"高正臣又看,竟然辨认不出来了。高正臣曾答应为人书写一个屏障,过了约定的时间没写。这个人被派往淮南,临别前,感到非常遗憾。高正臣说:"我有位故交在申州,跟我写一样的书体,您可以就便请他为您写这个屏障。"于是立即寄信给他那位故人讲明这个意思。陆東之曾经亲自为高正臣书写一份任职文书,高正臣非常嫌弃,不去上任。后来,这份任职文书让老鼠给咬坏了,高正臣就拿着它给张怀素看,说:"这只老鼠很是了解我的心意。"陆、高两人的格调不同,竟然到了这种地步。高正臣的书法,隶书、行书、草书都入能。出自《书断》。

王绍宗

王绍宗字承烈,官至秘书少监。他效仿王献之,钦慕陆東之。其中小楷形体尤奇特。他的行书、章草,次于他的楷书。王绍宗曾对人说:"我在书法上没有什么造诣,只是对书写特别熟知而已。常常下定恒心悉心尽意地去领会,杜绝一切杂念地去思索,才有所进步。"他每次跟吴中陆大夫谈论这些道理后,第二天一定在不知不觉中书法就已经长进了。陆大夫后来经过密访知道了这件事情,没少感叹赞赏王绍宗。王绍宗说:"陆大夫将我和虞世南比,是因为虞世南也不临摹字帖的缘故,只是心里想到眼睛里就出现了所想到的字形而已。听说虞世南蒙着布被睡觉,总是用手在肚皮上写字,我跟他一样啊。"王绍宗隶书、行书、草书都入能。出自《书断》。

郑广文

郑虔任广文博士。学书而病无纸,知慈恩寺有柿叶数间屋,遂借僧房居止。日取红叶学书,岁久殆遍。后自写所制诗并画,同为一卷封进。玄宗御笔书其尾曰:"郑虔三绝。"出《尚书故实》。

李阳冰

李阳冰善小篆,自言斯翁之后,且至小生,曹喜、蔡邕不足言。开元中,张怀瓘撰《书断》,阳冰、张旭并不载。绛州有篆字与古不同,颇为怪异。李阳冰见之,寝卧其下,数日不能去。验其书是唐初,不载书者名姓。碑有"碧落"二字,时人谓之碧落碑。出《国史补》。

张 旭

张旭草书得笔法,后传崔邈、颜真卿。旭言:"始吾闻公主与担夫争路,而得笔法之意;后见公孙氏舞剑器而得其神。"饮醉辄草书,挥笔大叫。以头揾水墨中而书之,天下呼为"张颠"。醒后自视,以为神异,不可复得。后辈言笔札者,欧、虞、褚、薛,或有异论,至长史无间言。出《国史补》。

又

旭释褐为苏州常熟尉。上后旬日,有老父过状,判去。不数日复至。乃怒而责曰:"敢以闲事,屡扰公门。"老父

郑广文

郑虔官任广文博士。他学习书法而苦于没钱买纸，得知慈恩寺有柿树叶堆积了几间屋子，于是借住在寺内的僧房内。他每天用红叶学写书法，时间长了，写遍了寺中所积的柿树叶。后来他亲笔书写自己作的诗，和自己的画合为一卷封好后，进奉给皇帝。唐玄宗亲自在这卷书画的末尾写了"郑虔三绝"四个字。出自《尚书故实》。

李阳冰

李阳冰擅长小篆，自称自李斯之后，就算得上是他了，认为曹喜、蔡邕不值一提。开元年间，张怀瓘撰写《书断》，没有记载李阳冰、张旭。绛州有篆字跟古篆不同，很是怪异。李阳冰看见后，就睡在石碑下面，好几天没有离开。终于验证碑上的书法是唐初人写的，没有署上书写人的姓名。碑上有"碧落"二字，当时人叫它为碧落碑。出自《国史补》。

张　旭

张旭的草书深得笔法，后来又传给了崔邈、颜真卿。张旭说："开始时，我听说公主与挑夫争路而悟得草书笔法的意境；后来观看公孙大娘舞剑而悟得草书笔法的神韵。"张旭每次饮酒醉后就写草书，挥笔大叫。他将头蘸上墨汁用头书写，世上人称他为"张颠"。酒醒后看见自己用头书写的字，认为神异而不可重新得到。后人评论书法名家，对欧阳询、虞世南、褚遂良、薛稷四人，或许有不同的意见，至于论到张旭，都没有异议。出自《国史补》。

又

张旭始任官职为苏州常熟尉。他上任后十多天，有一位老人递上状纸告状，判案后离去。没过几天，这位老人又来了。张旭大怒，责备老人说："你竟敢用闲事来屡次骚扰公堂？"老人

曰:"某实非论事,但睹少公笔迹奇妙,贵为箧笥之珍耳。"长史异之,因诘其何得爱书。答曰:"先父受书,兼有著述。"长史取视之,信天下工书者也。自是备得笔法之妙,冠于一时。出《幽闲鼓吹》。

僧怀素

长沙僧怀素好草书,自言得草圣三昧。弃笔堆积,埋于山下,号曰"笔冢"。出《国史补》。

说："我实际上不是到您这里理论事情来的。我是看到您批示状纸的字写得奇妙,珍贵得可以放在篚筒中收藏起来呀!"张旭听后感到惊异,问老人为什么这样喜爱书法。老人回答说:"先父教我书法,还有著述。"张旭让他取来一看,确实是擅长书法的人。从此,张旭备得笔法之妙,堪称一时之冠。出自《幽闲鼓吹》。

僧怀素

　　长沙僧怀素喜爱草书,自称深得草圣张旭笔法的奥妙。僧怀素学习书法用过的废笔成堆,埋在山下,称为"笔冢"。出自《国史补》。

卷第二百九
书四

杂编

程邈已下

　　秦狱吏程邈善大篆,得罪始皇,囚于云阳狱。增减大篆篆体,去其繁复。始皇善之,出为御史。名书曰“隶书”。扶风曹喜,后汉人,不知其官。善篆、隶,小异李斯,见师一时。陈留蔡邕,后汉人,左中郎将。善篆,采喜之法。真定直父碑文,犹传于世,篆者师焉。杜陵陈遵,后汉人,不知官。善篆、隶,每书,一坐皆惊,时人谓为“陈惊坐”。上谷王次仲,后汉人,作八分楷法。师宜官,后汉,不知何许人。宜官为大字方一丈,小字方寸千言。《耿球碑》是宜官书。

杂编

程邈已下

秦狱吏程邈擅长大篆，获罪于秦始皇，被囚禁在云阳狱中。他对当时的大篆字体进行改造，或增或减，删去繁琐复杂的笔画。秦始皇认可他的工作，让他出狱任御史。因为这种书体是一个罪犯在狱中研究出来的，于是称它为"隶书"。扶风曹喜，后汉人，不知道他任过什么官职。擅长篆书、隶书，跟李斯的书体稍有不同，曾风行一时，被人效仿。陈留蔡邕，后汉人，官任左中郎将。擅长篆书，承继的是曹喜的书体。蔡邕书写的真定直父碑文，流传后世，学习篆书的人都研究、临摹它。杜陵陈遵，后汉人，不知道任过什么官职。擅长篆书、隶书。每次书写，在座的人都大吃一惊，当时人称他为"陈惊坐"。上谷王次仲，后汉人，创造了八分楷法。师宜官，后汉人，不知道他是哪个地方的人。师宜官书大字，大到长、宽各有一丈；书小字，小到方寸大的地方可以书写一千个字。《耿球碑》的碑文是师宜官写的。

甚自矜重，或空至酒家，先书其壁，观者云集，酒因大售。至饮足，削书而退。安定梁鹄，后汉人，官至选部尚书，乃师宜官法。魏武重之，常以书悬帐中。宫殿题署，多是鹄手也。出王僧虔《名书录》。

邯郸淳已下

陈留邯郸淳为魏临淄侯文学。得次仲法，名在鹄后。毛弘，鹄弟子。秘书八分，皆传弘法。又有左子邑，与淳小异，亦有名。京兆杜度为魏齐相，始有草名。安平崔瑗，后汉济北相，亦善草书。平符坚，得摹崔瑗书，王子敬云，极似张伯英。瑗子湜官至尚书，亦能草。弘农张芝高尚不仕，善草书，精劲绝伦。家之衣帛，必先书而后练。临池学书，池水尽墨。每书云："匆匆不暇草。"时人谓为"草圣"。芝弟昶，汉黄门侍郎，亦能草。今世人所云芝书者，多是昶也。出王僧虔《名书录》。

姜诩已下

姜诩、梁宣、田彦和及司徒韦诞，皆伯英弟子，并善草。诞最优，魏宫馆宝器，皆是诞书。魏明帝起凌云台，误先钉榜，而未之题。以笼盛诞，辘轳引上书之，去地二十五丈。诞甚危惧，乃戒子孙，绝此楷法。子少季亦有能称。罗晖、

师宜官特别矜持自重。有时他空手去酒店，先在酒店的墙壁上写上字，围观的人如流云一样集聚到这里，酒店里的酒因此卖得很快。待到师宜官酒喝足了，他就将写在墙壁上的字削掉回家。安定梁鹄，后汉人，官至选部尚书，他的书法学的是师宜官书体。魏武帝曹操非常看重梁鹄的书法，常常将他的书法墨迹悬挂在帐中观赏。宫殿的匾额题署，也多是梁鹄的手笔。出自王僧虔《名书录》。

邯郸淳已下

陈留邯郸淳，官任魏临淄侯文学。学得王次仲的书体，排名在梁鹄之后。毛弘，梁鹄的学生。秘书们的八分，都学的是毛弘的书体。还有个左子邑，他的书法跟邯郸淳稍有不同，也很有名。京都地区的杜度官任魏齐相后，开始以擅长草书而闻名。安平崔瑗，官任后汉济北相，也擅长草书。平定符坚后，得以临摹崔瑗的书帖，王献之说，很像张芝的书体。崔瑗的儿子崔湜官至尚书，也能书草书。弘农张芝，品德高尚不出来做官，擅长草书，笔力精妙遒劲，无与伦比。家中做衣服的布料，必定是先用它练习书法，然后再煮洗漂染。张芝在池塘边练习书法，池塘里的水都被他染黑了。每次写字都说："匆忙没有空闲，草草写成。"当时人称他为"草圣"。张芝的弟弟张昶，官任汉黄门侍郎，也能书草书。今天人们所说的张芝的书法真迹，多数都是张昶的墨迹。出自王僧虔《名书录》。

姜诩已下

姜诩、梁宣、田彦和及司徒韦诞，都是张芝的学生，都擅长草书。其中韦诞造诣最高，魏时的宫殿楼馆和珍贵器物上，都有韦诞的手迹。魏明帝建造凌云台，错误地先将台匾钉在上面，没有题书。明帝让人用笼盛韦诞，再用辘轳摇牵绳索将他带到台上钉匾的地方去题写，离地二十五丈。韦诞危惧万分，告诫子孙：再也不要研习楷书了。他的儿子少季，也以书法出名。罗晖、

赵恭不详何许人，与伯英同时，见称西州。而矜许自与，众颇惑之。伯英与朱宽书自叙云："上比崔、杜不足，下方罗、赵有余。"河间张起亦善草书，不及崔、张。刘德升善为行书，不详何许人。颍川锺繇，魏太尉。同郡胡昭，公车征，二家俱学于德升。而胡书肥，锺书瘦。有三体，一曰铭石之书，最妙者也；二曰章程书；三曰狎书，相闻者也。繇子会，镇西将军。绝能学人书，改易邓艾上章，事莫有知者。河东魏觊，魏尚书仆射。善草及古文，略尽其妙，草体微瘦，而笔迹精熟。觊子瓘为晋太保，采芝法，以觊法参之。更为草藁，藁是相闻书也。瓘子恒亦善书，博识古文字。燉煌索靖，张芝姊子孙，晋征西司马，亦善草。陈国何元公亦善草书。吴人皇象能草，世称沉著痛快。荥阳陈畅，晋秘书令史，善八分。出《名书录》。

王羲之

王羲之《告誓文》，今之所传即其藁本，不具年月日朔。其真本云："维永和十年三月癸卯九日辛亥。"刘禹锡《嘉话录》癸卯九日辛亥作癸卯朔九日辛亥，此有脱误。而书亦真。开元初，润州江宁县瓦棺寺修讲堂，匠人于鸱吻内竹筒中得之，与一沙门。至八年，县丞李延业求得上岐王，王以献上。留内不出。或云，其后却借岐王。十二年，王家失火，图书悉为灰烬，此书亦见焚矣。出《国史异纂》。

赵恭不知道他们是什么地方的人，与张芝同时代，在西州很有名气。但是他们高傲自大，经常夸耀自己，人们都很不理解。张芝在写给朱宽的书信中，评价自己的书法说："上跟崔瑗、杜度比较，我不如二位；下跟罗晖、赵恭比较，我绰绰有余。"河间张起也擅长草书，没有崔瑗、张芝的造诣高。刘德升擅长行书，不知道他是什么地方人。颍川钟繇，任魏太尉。他的同郡人胡昭，曾被公车征召，二人都学的是刘德升书体。但是胡昭的书法字体偏肥，钟繇的书法字体偏瘦。书有三体：一叫铭石书体，是最妙的；二叫章程书体；三叫狎书，是用来写笔札函牍之类的。钟繇的儿子钟会，任镇西将军。他的拿手本事是能模仿他人的书体，他改写过的邓艾上奏朝廷的奏章，没有人识破。河东魏凯，官任魏尚书仆射。他擅长草书和古文，大略通晓它们的精妙。魏凯的草书字体略微瘦些，而笔法非常熟练。魏凯的儿子魏瓘官任晋太保，他习的是张芝体，同时参考他父亲魏凯的字体。更为草藁，藁书是用来写笔札函牍的。魏瓘的儿子魏恒也擅长书法，精通古文字。燉煌索靖，是张芝姐姐的儿子的孙子，官任晋征西司马，也擅长草书。陈国何元公也擅长草书。吴人皇象能写草书，世人称沉着痛快。荥阳陈畅，官任晋秘书令史，擅长八分。<small>出自《名书录》。</small>

王羲之

现今所传的王羲之的《告誓文》，是它的底稿，没有标明年月日朔。它的真本上面标有："维永和十年三月癸卯九日辛亥。"<small>刘禹锡《嘉话录》癸卯九日辛亥作癸卯朔九日辛亥，此处有脱误。</small>而书法也是楷书。唐玄宗开元初年，润州江宁县瓦棺寺修建讲堂，工匠师傅在房脊鸱吻内的一只竹筒中发现了它，交给了一个和尚。到开元八年，县丞李延业得到了这个帖本，上献给岐王，岐王又进献给玄宗皇帝。从此就留存在宫内了。另有一说是，后来又让岐王借阅出来。开元十二年，岐王府上失火，府内藏书全都烧光了，此帖也被焚毁了。<small>出自《国史异纂》。</small>

王廙

王廙，羲之之叔也，善书画。尝谓右军曰："吾诸事不足道，唯书画可法。"晋明帝师其画，王右军学其书。出《尚书故实》。

潞州卢

东都顷年创造防秋馆，穿掘多蔡邕鸿都学所书石经，后洛中人家往往有之。王羲之《借船帖》，书之尤工者也。故山北卢匡，宝惜有年。卢公致书借之，不得。云："只可就看，未尝借人也。"卢除潞州，旌节在途，才数程，忽有人将书帖就卢求售。阅之，乃《借船帖》也。惊异问之，云："卢家郎君要钱，遣卖耳。"卢叹异移时，不问其价，还之。后不知落于何人。京师书侩孙盈者，名甚著。盈父曰仲容，亦鉴书画，精于品目。豪家所宝，多经其手，真伪无所逃焉。公《借船帖》，是孙盈所蓄，人以厚价求之，不果。卢公时其急切，减而赈之，日久满百千，方得。卢公韩太仲外孙也，故书画之尤者，多阅而识焉。出《尚书故实》。

桓玄

《晋书》中有饮食名"寒具"者，亦无注解处。后于《齐民要术》并《食经》中检得，是今所谓"馓饼"。桓玄尝盛陈法书名画，请客观之。客有食寒具，不濯手而执书画，因有污，玄不怪。自是会客不设寒具。出《尚书故实》。

王廙

王廙是王羲之的叔父,擅长书画。一次王廙对王羲之说:"我诸事不值一提,唯有书与画可供他人学习效法。"晋明帝司马绍学习过王廙的绘画,王羲之学他的书法。<small>出自《尚书故实》。</small>

潞州卢

东都洛阳近年建造防秋馆,挖掘出许多蔡邕在鸿都学所写的石经,之后洛阳人往往家家都藏有石经。王羲之的《借船帖》,书法尤其工稳精妙。因此,山北卢匡珍藏它有年月了。卢公写了封书信给他说要借《借船帖》一观,没有借到。卢匡回信说:"只能到我家中来观赏,从未借出去给人看。"后来,卢公官拜潞州,打着旌节等仪仗上路赴任,才走了几程,忽然有人拿着一本书帖向卢公出售。卢公一看,是《借船帖》。惊异地询问卖帖人,卖帖人说:"卢家公子需用钱,派我拿出来卖的。"卢公感叹了很久,不问售价,将书帖退还给他。后来就再也不知道《借船帖》的下落了。京都书侩孙盈,很有名气。孙盈父亲叫孙仲容,会鉴赏书画,精通名贵书画。京中富豪家中收藏的书画,许多都经他给鉴定过,是真是伪都逃不过他的眼睛。卢公的《借船帖》,是孙盈收藏的,有人出高价购买,没有买到手。待卢公购买时,看他诚恳急切,于是减价出售,卢公攒了很久,才凑够了百千,得到了这本《借船帖》。卢公是韩太仲的外孙,因此书画中的精品,他看得多而且能识别。<small>出自《尚书故实》。</small>

桓玄

《晋书》中记载有一种食物名叫"寒具",书中没有注释说明。后来在《齐民要术》和《食经》中查到了,就是今天所说的"馓饼"。桓玄有一次热情地将自家收藏的书法字帖和名画陈列出来给客人看。这位客人吃了寒具饼后没有洗手就去拿书画,书画被弄脏了,桓玄很不高兴。从此以后,不再用寒具招待客人了。<small>出自《尚书故实》。</small>

褚遂良

贞观十年,太宗谓魏徵曰:"世南没后,无人可与论书。"徵曰:"褚遂良后来书流,甚有法则。"于是召见。太宗尝以金帛购王羲之书迹,天下争赍古书,诣阙以献,时莫能辨其真伪。遂良备论所出,咸为证据,一无舛误。十四年四月二十三日,太宗为真、草书屏风,以示群臣。笔力遒利,为一时之绝。购求得人间真、行,凡二百九十纸,装为七十卷;草书二千纸,装为八十卷。每听政之暇,时阅之。尝谓朝臣曰:"书学小道,初非急务。时或留心,亦胜弃日。凡诸艺,未尝有学而不得者也。病在心力懈怠,不能专精耳。今人学古人之书,殊不学其形势,唯在求其骨力。得其形势,笔力自生。"出《谭宾录》。

《兰亭》真迹

太宗酷学书法。有大王真迹三千六百纸,率以一丈二尺为一轴。宝惜者独《兰亭》为最,置于座侧,朝夕观览。尝一日,附耳语高宗曰:"吾千秋万岁后,与吾《兰亭》将去也。"及奉讳之日,用玉匣贮之,藏于昭陵。出《尚书故实》。

王方庆

龙朔二年四月,高宗自书与辽东诸将。许敬宗曰:"□□□□□□□□□□□□□□。"上谓凤阁侍郎王方庆曰:"卿家合有书法?"方庆奏曰:"臣十代再从伯祖羲之,先有四十余纸。贞观十二年,先臣进讫。有一卷,臣近已进讫。

褚遂良

贞观十年，太宗跟魏徵说："打从虞世南去世后，没有人可与我谈论书法了。"魏徵说："褚遂良是后起的书法名家，在法书上很有些造诣。"于是，太宗召见褚遂良。唐太宗曾经用重金购买王羲之的书法真迹，天下士人争相带着古书，进宫献给皇帝，当时没有人能辨识真伪。褚遂良详细论述出处，都可以作为证据，从来没有出过差误。贞观十四年四月二十三日，太宗作楷书、草书屏风给群臣观看。笔力道劲流畅，为一时之绝。太宗收集、购买到流传在世间的楷书、行书作品，共二百九十纸，装订成七十卷；草书作品二千纸，装订成八十卷。每到处理完政务的空闲时间里，经常取出来观赏、把玩。太宗曾对朝臣们说过："书法是小道，原本不是一件急事。偶尔留心，胜过虚度光阴。各种技艺，没有你用心了而没有收获的。若没有收获，问题出在你不能集中精力钻研。今人学习古人的书法，并不特意学习它的形体结构，而在求其骨力。得其形体结构，笔力自然而然就有了。"出自《谭宾录》。

《兰亭》真迹

唐太宗酷爱学习书法。有王羲之的书法真迹三千六百纸，全都装成以一丈二尺为一轴的卷轴。最珍爱的是《兰亭序》，将它挂在座位旁边，不论早晨还是晚上都要欣赏把玩。有一天，太宗附在李治的耳边说："我去世之后，将《兰亭序》让我带去。"太宗病逝后，李治将《兰亭序》用玉匣盛着，随葬在太宗昭陵墓内。出自《尚书故实》。

王方庆

龙朔二年四月，高宗亲自写信给辽东诸将。许敬宗说："□□□□□□□□□□□□□□□。"高宗问凤阁侍郎王方庆："你家共有多少书法？"王方庆说："我十代再从伯祖羲之，先有四十余纸。贞观十二年，先父将它们全都进献了。有一卷，我近日也进献了。

臣十一代祖导，十代祖洽，九代祖询，八代祖昙首，七代祖僧绰，六代祖仲宝，五代祖骞，高祖规，曾祖褒，并九代三从伯祖晋中书令献之。已下二十八人书，共十卷，见在。"上御武成殿召群臣，取而观之。仍令凤阁舍人崔融作序，目为《宝章集》，以赐方庆，朝野荣之。出《谭宾录》。

二王真迹

开元十六年五月，内出二王真迹及张芝、张昶等书，总一百六十卷，付集贤院。令集字拓两本进，赐诸王。其书皆是贞观中，太宗令魏徵、虞世南、褚遂良等定其真伪。右军之迹，凡得真、行二百九十纸，装为七十卷；草书二千纸，装为八十卷。小王、张芝等迹，各随多少勒帙。以"贞观"字为印，印缝及卷之首尾。其草迹，又令褚遂良真书小字，帖纸影之。其中古本，亦有是梁、隋官本者。梁则满骞、徐僧权、沈炽文、朱异，隋则江总、姚察等署记。太宗又令魏、褚等，卷下更署名以记之。其《兰亭》本，相传云在昭陵玄宫中。《乐毅论》，长安中太平公主奏借出外拓写，因此遂失所在。五年，敕陆元悌、魏哲、刘怀信等检校换褾。每卷分为两卷，总见在有八十卷，余并失坠。元悌又割去前代记署，以己之名氏代焉。玄宗自书"开元"二字，为印记之。右军凡一百三十卷，小王二十八卷，张芝、张昶各一卷。右军真、行书，惟有《黄庭》《告誓》等卷存焉。又得滑州人家所藏右军扇上真《尚书宣示》，及小王行书《白骑遂》等二卷。其书有"贞观年"旧褾织成字。出《谭宾录》。

臣十一代祖导，十代祖洽，九代祖询，八代祖昙首，七代祖僧绰，六代祖仲宝，五代祖骞，高祖规，曾祖褒，同九代三从伯祖晋中书令献之。以下二十八人书，共十卷，现在还保存着呢。"高宗在武成殿召集群臣，取而观之。又令凤阁舍人崔融作序，取名《宝章集》，赏赐给王方庆。朝野上下都感到荣耀。出自《谭宾录》。

二王真迹

唐玄宗开元十六年五月，宫内取出王羲之、王献之真迹，及张芝、张昶等人的法书，共一百六十卷，交付集贤院。令集贤院集字拓两本进献，赐给诸王。这些法书都是贞观年间，唐太宗命令魏徵、虞世南、褚遂良等大臣审定真伪的。王羲之的真迹，共收集到真书、行书二百九十纸，装订成七十卷；草书二千纸，装订成八十卷。王献之、张芝等人的真迹，各自根据它们数量的多少编纂成卷。用"贞观"二字治印，印在书卷夹缝及首尾。他们的草书真迹，又令褚遂良用楷书体写成小字，附在里面。其中的古本，有的是梁、隋官本。梁朝的有满骞、徐僧权、沈炽文、朱异，隋朝的有江总、姚察等的题记。太宗又让魏徵、褚遂良等，在卷下再署名以记。其中的《兰亭序》，传说随太宗陪葬在昭陵中。《乐毅论》，在长安年间被太平公主上奏借出去拓写，后来就失去下落了。开元五年，玄宗皇帝又令陆元悌、魏哲、刘怀信等人查核察看，重新改换装裱。原来的一卷分为两卷，总计还有八十卷，其余的都散失了。陆元悌又割去以前朝代的记署，将自己的名字签署在上面取而代之。玄宗皇帝亲自书写"开元"二字，治印，印在上面作为标志。总计有王羲之真迹一百三十卷，王献之二十八卷，张芝、张昶各一卷。王羲之的楷书、行书，只有《黄庭经》《告誓文》等卷尚存在。又得到滑州人家收藏的王羲之扇上楷书《尚书宣示》，及王献之行书《白骑遂》等二卷。这二卷法书上面都有"贞观年"的旧标记。出自《谭宾录》。

八 体

张怀瓘《书断》曰："篆、籀、八分、隶书、章草、草书、飞白、行书,通谓之八体,而右军皆在神品。右军尝醉书数字,点画类龙爪,后遂有龙爪书。如科斗、玉箸、偃波之类,诸家共二十五般。"出《尚书故实》。

李 都

李都荆南从事时,与朝官亲熟。自京寓书,踪甚恶。李寄诗戏曰:"草缄千里到荆门,章草纵横任意论。应笑锺、张虚用力,却教羲、献枉劳魂。惟堪爱惜为珍宝,不敢留传误子孙。深荷故人相厚处,天行时气许教吞。"出《抒情诗》。

东都乞儿

大历中,东都天津桥有乞儿,无两手,以右足夹笔,写经乞钱。欲书时,先用掷笔高尺余,以足接之,未尝失落。书迹官楷书不如也。出《酉阳杂俎》。

卢弘宣

李德裕作相日,人献书帖。德裕得之执玩,颇爱其书。卢弘宣时为度支郎中,有善书名。召至,出所获者书帖,令观之。弘宣持帖,久之不对。德裕曰:"何如?"弘宣有恐悚状曰:"是某顷年所临小王帖。"太尉弥重之。出《卢氏杂说》。

八　体

张怀瓘在他撰写的《书断》中说："篆、籀、八分、隶书、章草、草书、飞白、行书,通常人们将这八种书称为八体,而王羲之的书法都列在神品之内。王羲之有一次喝醉后书写了几个字,点画像龙爪,后来就有龙爪书。再如蝌蚪、玉箸、偃波一类,诸家书体共有二十五种。"出自《尚书故实》。

李　都

李都任荆南从事时,跟京师中的朝官关系密切。一次有位朋友从京城给他寄去书信一封,字写得很不好。李都寄诗一首戏谑他:"草缄千里到荆门,章草纵横任意论。应笑锺、张虚用力,却教羲、献枉劳魂。惟堪爱惜为珍宝,不敢留传误子孙。深荷故人相厚处,天行时气许教吞。"出自《抒情诗》。

东都乞儿

唐代宗大历年间,东都洛阳天津桥有个讨饭的小孩儿,没有双手,用右脚夹笔书写经卷讨钱。想书写时,先用脚将笔扔起来,高有一尺多,再用脚将笔接住,没有接不住的时候。这个讨饭小孩儿用脚写出的字,一些官府中的人写的楷书都赶不上。出自《酉阳杂俎》。

卢弘宣

李德裕做宰相时,有人进献给他书帖。他得到后拿着观赏把玩,很喜爱上面的书法。卢弘宣当时官任度支郎中,他擅长书法的名声传播在外。李德裕将卢弘宣召来,拿出人家送给他的书帖让卢看。卢弘宣将书帖拿在手中,很久没说话。李德裕问:"怎么样?"卢弘宣有些惶恐地说:"这是我近年临的王献之的书帖。"李德裕更加看重他了。出自《卢氏杂说》。

岭南兔

岭南兔，尝有郡牧得其皮。使工人削笔，醉失之，大惧。因剪己须为笔，甚善。更使为之，工者辞焉。诘其由，因实对。遂下令，使一户输人须。或不能致，辄责其直。

出《岭南异物志》。

岭南兔

　　曾经有一个郡牧得到一张岭南兔皮,让工匠用兔毫做笔。这位工匠喝醉酒后将兔皮丢失了,非常恐惧。他于是剪下自己的胡须做成了笔。郡牧用这支笔写字,觉得很好使。让工匠再做一支这样的笔,工匠推辞不做。郡牧问他不做的原因,工匠不得已,将实情告诉了郡牧。于是郡牧下令让每家都送来胡须,有不能送来的,就责令交钱来代替。<small>出自《岭南异物志》。</small>

卷第二百一十
画一

烈　裔

　　秦有烈裔者,骞霄国人。秦皇帝时,本国进之。口含丹墨,喷壁以成龙兽。以指历地如绳界之,转手方圆,皆如规度。方寸内有五岳四渎,列国备焉。善画龙凤,轩轩然唯恐飞去。出《王子年拾遗记》。

敬　君

　　齐敬君善画。齐王起九重台,召敬君画。君久不得归,思其妻,遂画真以对之。齐王因睹其美,赐金百万,遂纳其妻。出刘向《说苑》。

烈 裔

　　秦朝时有个叫烈裔的人，是骞霄国人。秦始皇时代，本国将他当成贡品进献给秦朝。烈裔口含颜料，喷在壁上就形成龙兽形象。用手指划地面就像用绳子作尺度一样，手一转划出的方形和圆圈就像借助尺子、圆规等工具划出来的似的。烈裔可以在一寸见方那么大的地方画上五岳、四河，和各个国家的版图。他特别擅长画龙画凤，画出的龙凤仪态轩昂，观看的人唯恐它飞去。出自《王子年拾遗记》。

敬 君

　　齐国的敬君擅长绘画。齐王建造一座九重台，召敬君去作画。敬君很长时间没有回家，想念他的妻子，于是绘了一幅妻子的画像，天天可以看见。齐王看见了这幅画像，也觉得画的女人非常美丽，于是赏赐给敬君钱百万，将他的妻子纳入后宫。出自刘向《说苑》。

毛延寿

前汉元帝,后宫既多,不得常见,乃令画工图其形,按图召幸之。诸宫人皆赂画工,多者十万,少者不减五万。唯王嫱不肯,遂不得召。后匈奴求美人为阏氏,上按图召昭君行。及去召见,貌美压后宫。而占对举止,各尽闲雅。帝悔之,而业已定。帝重信于外国,不复更人。乃穷按其事,画工皆弃市。籍其家,资皆巨万。画工杜陵毛延寿为人形,丑好老少,必得其真。安陵陈敞,新丰刘白、龚宽并工牛马众势,人形丑好,不逮延寿。下杜阳望亦善画,尤善布色,同日弃市。京师画工,于是差希。出《西京杂记》。

赵 岐

后汉赵岐字邠卿,京兆杜陵人,多才艺,善画。自为寿藏于郢城中。画季札、子产、晏婴、叔向四人居宾位,自居主位,各为赞诵。献帝建安六年,官至太常卿。出范晔《后汉书》。

刘 褒

后汉刘褒,桓帝时人。曾画《云台阁》,人见之觉热;又画《北风图》,人见之觉凉。官至蜀郡太守。出张华《博物志》。

毛延寿

前汉元帝时,后宫里的嫔妃特别多。元帝不能经常都看到她们,于是令画工给这些嫔妃们每人画一幅像,元帝看着画像喜爱哪个就召幸哪个。后宫里的嫔妃们都纷纷贿赂画工,多的给十万钱,少的也得给五万钱,为的是让画工将自己画得妩媚漂亮些,好得到皇帝的宠爱。只有王嫱不肯贿赂画工,因此她始终没有被元帝召幸过。后来,匈奴请求将一位美女嫁给他们的单于为正妻。汉元帝按照画工们绘制的画像下诏将王嫱嫁给匈奴单于为妻。临行前召见,元帝才发现她的美丽容貌压倒后宫。而且应对举止都极闲雅。汉元帝后悔了,但是事情已成定局。元帝对外国讲求信誉,没有再更换人选。于是彻底追究这件事情,将宫内所有的画工都处死了。抄没画工们的家产时发现,每个画工的家产都极多。其中有一个画工叫毛延寿,杜陵人,他画人像,丑的、美的、老的、少的,都画得真实生动。安陵陈敞,新丰刘白、龚宽等,都擅长画牛马群图,然而画人像不管是美是丑都赶不上毛延寿。下杜阳望也擅长绘画,尤其擅长调配颜色,都在同一天被处死。京城中的画工因此而很少了。出自《西京杂记》。

赵 岐

后汉赵岐字邠卿,京都地区杜陵人,多才多艺,擅长绘画。他给自己绘了祝寿图藏在郢城中。画像上画有季札、子产、晏婴、叔向四人,位在宾座,他自己居主位。这四个人给他献赞礼祝寿。汉献帝建安六年,赵岐官任太常卿。出自范晔《后汉书》。

刘 褒

后汉刘褒是汉桓帝时代的人。他曾经画了《云台阁》,人们看了后感觉热;又画《北风图》,人们看了觉得凉。他官至蜀郡太守。出自张华《博物志》。

张　衡

后汉张衡字平子,南阳西鄂人。高才过人,性聪,明天象,善书。累拜侍中,出为河间王相,年六十二。昔建州满城县山有兽名"骇神",豕身人首,状貌丑恶,百鬼恶之。好出水边石上,平子往写之,兽入水中不出。或云,此兽畏写之,故不出。遂去纸笔,兽果出。平子拱手不动,潜以足指画之。今号"巴兽潭"。出郭氏《异物志》。

徐　邈

魏徐邈字景山,性嗜酒,善画。魏明帝游洛水,见白獭爱之,不可得。邈曰:"獭嗜鲻鱼,乃不避死。"遂画板作鲻鱼,悬岸。群獭竞来,一时执得。帝嘉叹曰:"卿画何其神也。"答曰:"臣未尝执笔,所作者自可庶几。"出《齐谐记》。

曹不兴

谢赫云:"江左画人吴曹不兴,运五千尺绢画一像,心敏手疾,须臾立成。头面手足,胸臆肩背,无遗失尺度。此其难也,唯不兴能之。"陈朝谢赫善画,尝阅秘阁,叹伏曹不兴所画龙首,以为若见真龙。出《尚书故实》。

卫　协

晋卫协。《抱朴子》云:"卫协、张墨,并为画圣。孙鸿

张　衡

　　后汉的张衡字平子,南阳西鄂人。他才高过人,生性聪慧,通晓天象,擅长书法。累官至侍中,后来出任河间王相,享年六十二岁。以前,建州满城县山中出现一只怪兽名叫"骇神",人头猪身,长相非常丑恶,各种山神鬼怪都厌恶它。这种怪兽喜欢在水边石头上出现,张衡前去山中想将它画下来,怪兽进入水中不出来。有人说,这只怪兽惧怕画它,因此不出来。于是张衡收起纸笔,怪兽果然出来了。张衡双手交叉着放在胸前,一动也不动,悄悄用脚指将它画下来。现在人们称作"巴兽潭"。<small>出自郭氏《异物志》。</small>

徐　邈

　　魏人徐邈字景山,嗜好喝酒,擅长绘画。魏明帝游赏洛水时,看见了一只白獭,非常喜爱而又不能捉到它。徐邈说:"獭特别爱吃鲻鱼,见到鲻鱼不怕死地抢着吃。"于是就在画板上画上鲻鱼,然后把它悬挂在岸边,果然引得群獭争相来食,终于捉到一只白獭。明帝赞叹地说:"徐卿你的画真是神妙啊!"徐邈回答说:"我没有执笔绘画,所作的画自然就可以跟真物差不多。"<small>出自《齐谐记》。</small>

曹不兴

　　谢赫说:"江左吴地有个画人叫曹不兴,在五千尺阔的绢上画人像,心敏手疾不一会儿就画好了。画上的人物头、脸、手、脚、胸腔、两肩、脊背,都非常合乎比例。这是很难做到的,只有曹不兴能画到这种程度。"陈朝谢赫也擅长作画,曾在宫中藏书室阅览叹伏曹不兴画的一只龙头,以为自己看到的是一只真龙头。<small>出自《尚书故实》。</small>

卫　协

　　晋人卫协。《抱朴子》说:"卫协、张墨,并列为画圣。孙鸿

之《上林苑图》，协踪最妙。又《七佛图》，人不敢点眼睛。"恺之论画云："《七佛》与《烈女》，皆协之迹，壮而有情势。《毛诗北风图》亦协手，巧密于情思。"此画短卷，长装八分。张彦远题云："元和，宗人惟素将来，余大父答以名马精绢二百匹，惟素后却又将货与韩愈。韩之子昶借与相国段文昌，却以模本归于昶。会昌元年见段家本，后于襄州从事见韩家本。"谢赫云："古画皆略，至此始精。六法颇为兼善，虽不备该，形似而有气韵，陵跨群雄，旷代绝笔。在第一品曹不兴下，张墨、荀勖上。"出《名画记》。

王献之

晋王献之字子敬，少有盛名，风流高迈。草、隶继父之美，妙于画。桓温尝请画扇，误落笔，就成乌驳牸牛，极妙绝。又书《驳牛赋》于扇上，此扇义熙中犹在。出《名画记》。

顾恺之

晋顾恺之字长康，小字虎头，晋陵人。多才气，尤工丹青，传写形势，莫不妙绝。谢安谓长康曰："卿画自生人已来未有。"又云："卿画苍苍，古来未有。"曾以一厨画暂寄桓玄，皆其妙迹所珍秘者，封题之。其后玄闻取之，诳云不开。恺之不疑被窃，直云："妙画通神，变化飞去，犹人之登仙也。"

的《上林苑图》，是卫协画作中最好的一幅。还有《七佛图》，画上的人物都不敢给他们画上眼睛。"顾恺之评论画说："《七佛图》与《烈女图》都是卫协的真迹，壮而有情势。《毛诗北风图》也出自卫协之手，情思巧密。"这是一幅短卷，长装八分。张彦远题字："唐宪宗元和年间，同族人惟素将这幅画带来，我的祖父答应用名马和精绢二百匹买这幅画。后来，惟素将这幅画卖给了韩愈。韩愈的儿子韩昶，借给了相国段文昌。段文昌留下了真迹，却将摹本还给了韩昶。会昌元年，见到了段文昌家中收藏的真本，后来又在襄州从事那里见到了韩家摹本。"谢赫说："古人的画都很简略，到了卫协才开始精美起来。作画的六种技法比较全面地运用了，虽不完善，但形似而有气韵，超越群雄，是世间从来未有过的绘画精品。他的作品在画坛第一品曹不兴之下，在张墨、荀勖之上。"出自《名画记》。

王献之

晋人王献之字子敬，年轻时就负有盛名，风流豪迈。他的草书、隶书继承他父亲王羲之之美，又擅长作画。桓温曾经请他画扇面，下笔有误，就着这一错笔而画出一头毛色黑白相间的母牛，极妙绝。又作一首《驳牛赋》，写在扇子上。这把扇子义熙年间还在。出自《名画记》。

顾恺之

晋人顾恺之字长康，小名叫虎头，晋陵人。顾恺之很有才气，尤其擅长作画。他所绘的图画，没有不绝妙的。谢安对顾恺之说："你的画是自从有人类存在以来没有过的。"又说："你的画气势恢宏，是自古以来所没有的。"顾恺之曾经将一厨柜的画暂时寄放在桓玄家里，都是他珍藏的妙作，题写了封条。后来桓玄听说后便将画取走了，并欺骗顾恺之说他并没有打开过柜子。顾恺之没有怀疑他柜子里的画是让人给偷走了，而是自我解释说："好画能通神，变化飞走了，就像人修炼成仙一样。"

恺之有三绝:才绝、画绝、痴绝。又尝悦一邻女,乃画女于壁,当心钉之。女患心痛,告于长康,康遂拔钉,乃愈。又尝欲写殷仲堪真,仲堪素有目疾,固辞。长康曰:"明府无病,若明点瞳子,飞白拂上,便如轻云蔽日。"画人物,数年不点目睛。人问其故,答曰:"四体妍蚩,本无关于妙处。传神写貌,正在阿堵之中。"又画裴楷真,颊上乃加三毛,云:"楷俊郎,有鉴识。具此,观之者定觉殊胜。"嵇康赠以四言诗,画为图。常云:"手挥五弦易,目送归鸿难。"又画谢幼舆于一岩中,人问其故。云:"一丘一壑,此子宜置岩壑中。"长康又尝于瓦棺寺北殿内画维摩居士,画毕,光辉月余。《京师寺记》云,兴宁中,瓦棺寺初置僧众,设刹会,请朝贤士庶宣疏募缘。时士大夫莫有过十万者,长康独注百万。长康素贫,众以为大言。后寺僧请勾疏,长康曰:"宜备一壁。"闭户不出一月余,所画维摩一躯工毕。将欲点眸子,乃谓僧众曰:"第一日观者,请施十万;第二日观者,请施五万;第三日观者,可任其施。"及开户,光照一寺。施者填咽,俄而及百万。刘义庆《世说》云:"桓大司马每请长康与羊欣讲论画书,竟夕忘疲。"出《名画记》。

又

《清夜游西园图》,顾长康画。有梁朝诸王跋尾处云,

顾恺之有三绝：才绝、画绝、痴绝。顾恺之曾经爱上了邻居的一位姑娘，在墙上画了她的画像，当心钉了一只钉子。这位姑娘患了心疼之病，将这事告诉了顾恺之。顾恺之于是拔走画像上的钉子，这位姑娘就好了。顾恺之曾经想为殷仲堪画一幅像。殷仲堪有眼疾，坚决辞谢。顾恺之说："您没有病，我若明点眼瞳，再用飞白法拂扫，便会如同轻云蔽日一样。"顾恺之画人物，多年不画眼睛。有人问他不画眼睛的原因，他回答说："画人物，身体四肢画得好与不好，没有多大关系。传神写貌，就在这眼睛上。"顾恺之给裴楷画像，在脸颊上加上了三根毛，说："裴楷长相俊，人们都知道。画上这个，看画的人一定会觉得更美。"嵇康赠给顾恺之四言诗一首，顾恺之将诗意绘成画。他曾说："挥手弹琴容易画，目送归飞的鸿雁难画。"顾恺之又画谢幼舆站在一座山岩中，有人问他怎么这样画，他回答说："一山一谷，这个人适合将他放在岩壑中。"顾恺之曾经在瓦棺寺北殿内画维摩居士像，画好后，华光四射，一个多月没消散。《京师寺记》上记载说，兴宁年间，瓦棺寺刚建成住进僧人，设置法会，请朝中贤士、世间庶人捐款赞助。当时的官员文士捐款没有超过十万钱的，唯有顾恺之捐资百万钱。他家一向清贫，人们都认为他在说大话。后来寺僧请他交款，顾恺之对僧人说："请准备一面墙壁。"顾恺之到了寺里，闭门不出一个月，绘了一幅维摩画像。将要画眼睛时，顾恺之对僧人说："这幅画作好后，第一天来观看的人，请让他向寺里施钱十万；第二天来观看的施钱五万；第三天来看的随便施多少都可以。"到画完开门迎客，壁上的维摩画像，光彩照耀整个寺院。前来观看布施的人群挤满了寺院，不到一会儿工夫，就集资上百万钱。刘义庆在《世说新语》中说："大司马桓温，每请顾恺之与羊欣讲论书画时，竟然一谈就是一个通宵，连疲劳都忘记了。"出自《名画记》。

又

　　《清夜游西园图》是顾恺之画的。卷尾有梁朝诸王写的跋：

图上若干人并食天厨。贞观中,褚河南诸贤题处具在。本张惟素家收得,至相国张公弘靖。元和中,宣惟素并锺元常写《道德经》,同进入内。后中贵人崔谭峻自禁中将出,复流传人间。惟素子周封前泾州从事在京,一日有人将此图求售,周封惊异之,遂以绢数匹易得。经年,忽闻款门甚急。问之,见数人同称,仇中尉愿以三百素绢,易公《清夜图》。周封惮其迫胁,遂以图授之。明日,果赍绢至。后方知诈伪,乃是一豪士求江淮大监院。时王涯判盐铁,酷好书画,谓此人曰:"为余访得此图,然遂公所请。"因为计取耳。及王家事起,复流一粉铺家。郭侍郎承嘏阍者以钱三百市得。郭公卒,又流传至令狐家。宣宗尝问相国有何名画,相国其以图对。后进入内。出《尚书故实》。

顾光宝

顾光宝能画。建康有陆溉,患疟经年,医疗皆无效。光宝常诣溉,溉引见于卧前,谓光曰:"我患此疾久,不得疗矣,君知否?"光宝不知溉患,谓溉曰:"卿患此,深是不知。若闻,安至伏室。"遂命笔,以墨图一狮子,令于外户榜之。谓溉曰:"此出手便灵异,可虔诚启心至祷,明日当有验。"溉命张户外,遣家人焚香拜之。已而是夕中夜,户外有窸

画上若干人一起吃天厨美味。唐太宗贞观年间,褚遂良等诸位贤人都有题署。《清夜游西园图》原来由张惟素家收藏,一直传到宰相张弘靖。唐宪宗元和年间,皇帝宣召张惟素将此画和锺繇写的《道德经》,同时进奉。后来宫内太监崔谭峻又从宫内将这幅画带出来,使它重又流入民间。张惟素的儿子前泾州从事张周封在京期间,一天,有人拿着《清夜游西园图》想卖给他。张周封非常惊异,马上付给这个人几匹绢买下来。过了一年,忽然听到有人急促地敲门。问这个人有什么事,看到门外有好几个人异口同声地说,仇中尉愿意用三百匹白绢换你的《清夜游西园图》。张周封惧怕这些人威胁他,立即将《清夜游西园图》取出来,给了这些人。第二天,果然有人如数运来了白绢。后来才知道,这是受了人家的欺诈。原来是,有一个豪士有求于江淮大监院。当时是王淮在那署理盐铁。此公酷爱书画,对求他的这个人说:"你能为我访得《清夜游西园图》,一定满足你的请求。"这才有这位豪士设计从张周封那里诈取《清夜游西园图》一事。待到王淮家犯事后,这幅画又流入一个粉铺家。侍郎郭承嘏家的看门人,用三百钱买到手里。郭侍郎去世后,这幅《清夜游西园图》又流入令狐家。唐宣宗有一次问宰相令狐藏有什么名画,令狐说他家藏有一幅《清夜游西园图》。后来,将这幅画进献给了皇帝。出自《尚书故实》。

顾光宝

顾光宝能画。建康人陆溉,身患疟疾有一年了,求医问药都不见效果。顾光宝有一次到陆溉家去,陆溉将他请到床前,说:"我患这种病很长时间了,怎么治也治不好,您知道吗?"顾光宝不知道他患有这种病,对他说:"你患了这种病,我确实不知道。若知道,哪会让你躺在室内这么久。"于是让人拿来笔墨,画了一幅墨狮子,让陆溉张贴在室外的门额上。并对陆溉说:"这幅画贴出去便灵验。你可在心里虔诚祷告,明天就会灵验的。"陆溉当即让人张贴在室外,并派家人焚香膜拜。到了半夜,室外有窸

窣之声，良久，乃不闻。明日，所画狮子，口中臆前有血淋漓，及于户外皆点焉。溉病乃愈，时人异之。出《八朝画录》。

王 廙

晋王廙字世将，琅琊临川人。善属词，攻书画。过江后，为晋朝书画第一。音律众妙毕综。元帝时为左卫将军，封武康侯。时镇军谢尚于武昌乐寺造东塔，戴若思造西塔，并请廙画。出《名画记》。

王 濛

晋王濛字仲祖，晋阳人。放诞不羁，书比廙翼。丹青甚妙，颇希高远。尝往驴肆家画辀车。自云："我嗜酒好肉善画，但人有饮食美酒精绢，我何不可也？"特善清谈，为时所重。出《名画记》。

戴 逵

晋戴逵字安道，谯郡铚县人。幼年已聪明好学，善琴攻画。为童儿时，以白瓦屑鸡卵汁和溲作郑玄碑，时称绝妙。庾道季看之，语逵云："神犹太俗，卿未尽耳。"逵曰："唯务允当，免卿此语。"出《名画记》。

又

戴安道幼岁，在瓦棺寺内画。王长史见之曰："此童非徒能画，亦终当致名，但恨吾老，不见其盛耳。"出《世说杂书》。

窣之声,过了好久,才听不到了。第二天,只见所画的墨狮子,口中胸前有淋漓的血迹,整个室外都溅有血点子。陆溆的病于是好了,当时的人都感到惊异。出自《八朝画录》。

王 廙

晋人王廙字世将,瑯瑘临川人。他擅长写作,又擅长书画。过长江后,是晋朝书画界第一妙手。王廙精通各种演奏乐器。晋元帝时官任左卫将军,封武康侯。当时正值镇军谢尚在武昌乐寺建造东塔,戴若思建造西塔,都请王廙为塔作画。出自《名画记》。

王 濛

晋人王濛字仲祖,晋阳人。他生性放诞不羁,书法与王廙齐名。绘画大妙,特别追求高远的境界。他曾去驴市那儿画丧车。王濛自嘲道:"我嗜酒好吃肉擅长绘画,如果有人肯拿出丰盛的菜肴、美酒、白丝绢,我为什么不可以为他作画呢?"王濛特别擅长清谈,为当时人所看重。出自《名画记》。

戴 逵

晋人戴逵字安道,谯郡铚县人。他幼年时就聪明好学,擅长弹琴和绘画。戴逵在孩童时,就用蛋液浸泡白瓦屑,作郑玄碑,时称绝妙。庾道季看了后,对戴逵说:"这座碑的神气还太俗,你还需努力。"戴逵说:"凡事要公允,我要用此话来勉励你。"出自《名画记》。

又

戴逵小时候在瓦棺寺内作画。王长史看到后说:"这孩子不只能作画,他终有一天会成名的。可惜我年迈了,见不到他享有盛名了。"出自《世说杂书》。

宗　炳

宋宗炳字少文,善书画,好山水。西涉荆巫,南登衡岳。因结宇衡山,以疾还江陵。叹曰:"老疾俱至,名山恐难遍游,当澄怀观道,卧以游之。"凡所游历,皆图于壁,坐卧向之。出《名画记》。

黄花寺壁

后魏孝文帝登位初,有魏城人元兆能以九天法禁绝妖怪。先邺中有军士女年十四,患妖病累年,治者数十人并无据。一日,其家以女来谒元兆所止,谒兆。兆曰:"此疾非狐狸之魅,是妖画也。吾何以知? 今天下有至神之妖,有至灵之怪,有在陆之精,有在水之魅,吾皆知之矣。汝但述疾状,是佛寺中壁画四天神部落中魅也,此言如何?"其女之父曰:"某前于云门黄花寺中东壁画东方神下乞恩,常携此女到其下。又女常惧此画之神,因夜惊魇,梦恶鬼来,持女而笑,由此得疾。"兆大笑曰:"故无差。"因忽与空中人语,左右亦闻空中有应对之音。良久,兆向庭嗔责之云:"何不速曳,亟持来。"左右闻空中云:"春方大神传语元大行,恶神吾自当罪戮,安见大行?"兆怒,向空中语曰:"汝以我诚达春方,必请致之。我为暂责,请速镤致之。"言讫,又向空中语曰:"召二双牙八赤眉往要,不去闻东方。"左右咸闻有风雨之声,乃至。兆大笑曰:"汝无形相,画之妍致耳,有何恃而魅生人也!"兆谓其女曰:"汝自辨其状形。"兆令

宗 炳

宋人宗炳字少文，擅长书画，喜好山水。他西边游历过荆山、巫山，南面登过衡山。并且在衡山建屋居住，后来因为有病才返归江陵。他感叹地说："老病都来了，天下的名山恐怕不能都游遍了。我该静心观道，躺在家里游吧。"于是将他游历过的名山大川都绘画在墙壁上，坐卧着观赏。出自《名画记》。

黄花寺壁

后魏孝文帝登位初年，有个魏城人叫元兆的，能用九天法禁绝妖怪。起先，郏中有个军士的女儿，十四岁，得上了一种邪病有好几年了。给这女孩治病的，先后有几十个人，都没有办法治好她。一天，这个军士带着女儿到元兆住的地方来求他给女儿治病。元兆说："她的病不是狐仙等妖魅作的怪，是画妖使她这样的啊。我怎么知道的？现在天下有至神之妖，也有至灵之怪，有在陆地之精，有在水之魅，我都知道。你所讲述的病状，是佛寺中壁画上面四天神部下的魅在这个女子身上作祟。我这话说得对不对？"女孩的父亲说："先前我在云门黄花寺中东壁画东方神下乞求他老人家施给我恩惠，经常带着我这个女孩儿一块儿去，我这女孩儿常常惧怕这壁画上的神仙，夜里梦魇，梦见恶鬼来了，抓住她大笑，从此得了这种邪病。"元兆大笑，说："那就没错了。"他忽然与空中人说话，旁边的人也听到空中有应答之声。过了好一会儿，元兆向室外庭院中生气地责备说："怎么不快快把他抓来？赶快将他押来！"旁边的人听到空中有人说："春方大神传话给元大行，恶神我自己会按罪处死，怎么还需要元大行呢？"元兆大怒，向空中说道："你为我转告春方大神，一定要把他抓来。由我来责罚他，请赶快将他锁上带来。"说完，又向空中说："召二双牙、八赤眉去要来，不用去告诉东方大神。"元兆身旁的人都听到有风雨声，原来是恶神被捉来了。元兆大笑说："你本来没有身形的，把你画出来，你仗恃着什么来迷惑生人？"又对患邪病的女孩儿说："你自己辨认一下，是不是他？"于是，他又命令

见形，左右见三神皆丈余，各有双牙长三尺，露于唇口外，衣青赤衣。又见八神俱衣赤，眼眉并殷色，共扼其神，直逼轩下。蓬首目赤，大鼻方口，牙齿俱出，手甲如鸟，两足皆有长毛，衣若豹鞟。其家人谓兆曰："此正女常见者。"兆令前曰："尔本虚空，而画之所作耳，奈何有此妖形？"其神应曰："形本是画，画以象真，真之所示，即乃有神。况所画之上，精灵有凭可通，此臣所以有感。感之幻化，臣实有罪。"兆大怒，命侍童取罐瓶受水，淋之尽，而恶神之色不衰。兆更怒，命煎汤以淋，须臾神化，如一空囊。然后令掷去空野，其女于座即愈，而父载归邺。

复于黄花寺寻所画之处，如水之洗，因而骇叹称异。僧云敬见而问曰："汝此来见画叹称，必有异耶，可言之。"其人曰："我女患疾，为神所扰。今元先生称是此寺画作妖。"乃指画处所洗之神，僧大惊曰："汝亦异人也。此寺前月中，一日昼晦，忽有恶风玄云，声如雷震，绕寺良久，闻画处如擒捉之声。有一人云，势力不加元大行，不如速去。言讫，风埃乃散。寺中朗然，晚见此处一神如洗。究汝所说，正符其事。"兆即寇谦之师也。出林登《博物志》。

恶神现出原形。元兆身旁的人看见有三位神灵在他们面前现形，都身高一丈多，每个神灵都长着三尺长的双牙，露在口外，穿青红色的衣裳。又看见有八位身穿红色衣裳，长着红眉毛、红眼睛的神灵，一块儿抓着恶神迫使他到窗下来。这位恶神头发蓬乱，双眼通红，鼻大口方，牙齿都露在外面，手上的指甲像鸟爪，两脚长着长毛，身上穿的衣服像豹皮。病女孩儿的父亲说："这正是我女儿常见到的那个。"元兆命令恶神到跟前来，说："你本来是没有形体的，只是在墙壁上将你画出来了，怎么会有了这种妖形呢？"恶神回答说："形本是画，画以象真，真之所示，即乃有神。况且所画的像上，精灵可以有所依托，我因此有了感受。有感之后幻化，我实在是有罪啊。"元兆大怒，让服侍他的童仆用罐瓶盛水浇他。水浇完了，恶神神色依然。元兆越发愤怒，又让童仆将水烧开了再浇，转眼间这位恶神化掉了，好像一个空袋子。元兆让童仆将这件东西扔到空野里去。那位患邪病的女孩儿也马上好了，父亲带着她回到邺中。

军士又来到黄花寺里画壁画的东墙前，那壁画像被水洗过似的，因而惊叹称奇。寺内僧人云敬看见他，问："你这次来见到壁画称怪，一定有特殊原因，请你说说。"军士说："我女儿患的邪病，是受到神怪的骚扰。元先生说就是你们这幅壁画作的妖。"于是用手指向壁画上被水浇洗之神。云敬僧人大惊，说："你也是个怪异的人。上个月有一天，大白天的，忽然寺院内变得昏暗如晦，狂风大作，黑云奔涌，响声如雷，绕着寺院转了好长时间。听到壁画这里像有人被捉拿的声音。有个声音说，我们的势力压不过元大行，不如赶快去吧。说完了，狂风才散去，寺院内又跟原先一样晴朗了。等到了晚上，才发现这壁画上有一具神像像被水洗去了似的。根据你刚才所说，正相符合。"元兆，就是寇谦的老师。出自林登《博物志》。

卷第二百一十一
画二

宗 测

南齐宗测字敬微,炳之孙也,代居江陵,不应招辟。骠骑将军豫章王嶷请为参军,测答曰:"何得谬伤海凫,横斤山木?"性善书画,传其祖业。志欲游名山,乃写祖炳所画《尚子平图》于壁。隐庐山,居炳旧宅。画阮籍遇孙登于行障上,坐卧对之。又永业寺佛影台,皆称臻绝。出《南齐记》。

袁 蒨

齐袁蒨,陈郡人。时南康郡守刘缜妹为鄱阳王妃,伉俪甚笃。王为齐明帝所诛,妃追伤过切,心用恍惚,遂成病病,医所不疗。袁蒨善图写,画人面,与真无别。乃令画王形像,并图王平生所宠姬,共照镜,状如偶寝。密令媪奶示

宗　测

　　南齐人宗测字敬微，是宗炳的孙子，世代居住在江陵，不应朝廷征召。骠骑将军豫章王嶷请他任参军，他回答说："为什么要滥杀海凫，滥砍山木？"宗测生来就爱好书法、绘画，传承其祖宗的事业。他立志要游历名山，于是将祖父宗炳的《尚子平图》，临摹在墙壁上。宗测隐居在庐山祖父的旧宅里。他将阮籍遇孙登的故事画在屏风上，或坐或躺在屏风前观看。宗测为永业寺的佛影台作的画，都称绝妙。出自《南齐记》。

袁　蒨

　　袁蒨，齐朝陈郡人。当时，南康郡守刘缋的妹妹嫁给鄱阳王为妃，夫妻俩很是相爱。后来，鄱阳王让齐明帝给杀掉了，王妃过于悲伤，心神恍惚，以致患上了痛病，请医生诊治怎么也治不好。袁蒨擅长绘画，画的人像跟真人没有什么两样。南康郡守就请袁蒨画了鄱阳王的画像，并将他平生所宠爱的姬妾画在他身边，共同照镜子，情形像要一块儿睡觉。又悄悄令老奶仆拿给

妃,妃见乃唾之,因骂曰:"斫老奴晚!"于是悲情遂歇,病亦痊除。 出谢赫《画品》。

梁元帝

梁元帝常画圣僧,武帝亲为作赞。任荆州刺史时,画《蕃客入朝图》,帝极称善。 具《梁书》。又画《职贡图》,并序外国贡献之事。 序具本集。又游春苑,白麻纸画鹿图、师利像、鹳鹤、陂池芙蓉、醮鼎图,并有题印传于代。 出《名画记》。

陶弘景

梁陶弘景字通明,明众艺,善书画。武帝尝欲征用,隐居画二牛:一以金羁头牵之,一则逶迤就水草。梁武知其意,遂不以官爵逼之。 出《名画记》。

张僧繇

梁张僧繇,吴人也。天监中,为武陵王国将军、吴兴太守。武帝修饰佛寺,多命僧繇画之。时诸王在外,武帝思之,遣僧繇传写仪形,对之如面也。江陵天皇寺,明帝置,内有柏堂。僧繇画庐舍那像及仲尼十哲。帝怪问:"释门内如何画孔圣?"僧繇曰:"后当赖此耳。"及后周灭佛法,焚天下寺塔,独此殿有宣尼像,乃不毁拆。又金陵安乐寺画四龙,不点眼睛。每云:"点之即飞去。"人以为妄诞,

王妃看。王妃看到后，啐了一口，骂道："怎么不早将他杀了呢！"于是，王妃的悲伤渐渐平息，病也随之痊愈了。出自谢赫《画品》。

梁元帝

梁元帝曾经画过圣僧，武帝亲自为他写赞词。梁元帝任荆州刺史时，曾经画过《蕃客入朝图》，武帝特别欣赏这幅画。《梁书》上有记载。梁元帝还画过《职贡图》，并在题词中记述了外国使臣进献贡品的情形。序收录在本集中。梁元帝游春苑后，用白麻纸画鹿图、师利像、鹳鹤、陂池芙蓉、醮鼎图。上面都有题款与用印，流传后世。出自《名画记》。

陶弘景

南北朝时梁人陶弘景，字通明，懂得各种技艺，擅长书法、绘画。梁武帝曾想征召他出来担任官职，他隐居起来，画了两头牛：一头牛让人用金笼头牵着，一头则随意在水边吃草。梁武帝知道了他隐居不愿为官的寓意，于是就不再用官爵来逼迫他了。出自《名画记》。

张僧繇

张僧繇，南北朝时梁吴地人。天监年间，官任武陵王国将军、吴兴太守。梁武帝修饰佛寺时，多命张僧繇给这些佛寺绘画。当时，梁武帝的几位王子都封在外地，梁武帝想念他们，便派张僧繇前往几位王子的封地给他们画像带回来，梁武帝看到这些王子的画像就像见了他们的面一样。江陵有个天皇寺，是齐明帝时建造的，里面设有柏堂。张僧繇在柏堂里画上庐舍那和孔子等十位哲人的画像。皇帝奇怪地问："佛门内怎么能画孔圣？"张僧繇回答说："以后还当仰仗这位孔圣人呢。"等到后周消灭佛法，焚烧天下寺庙、佛塔，唯独柏堂殿因为画有孔圣人的画像而没有被拆毁。张僧繇在金陵安乐寺内画了四条龙，不点眼睛。每次都说："若点上眼睛，龙就会腾空飞去。"有人认为妄诞，

因请点之。须臾，雷电破壁，二龙乘云腾上天，未点睛者见在。初吴曹不兴图青溪龙，僧繇见而鄙之，乃广其像于龙泉亭。其画留在秘阁，时未之重。至太清中，雷震龙泉亭，遂失其壁，方知神妙。

又画天竺二胡僧。因侯景乱，散拆为二。一僧为唐右常侍陆坚所宝。坚疾笃，梦胡僧告云："我有同侣，离拆多年，今在洛阳李家。若求合之，当以法力助君。"陆以钱帛，求于其处，果购得之。疾亦寻愈。刘长卿为记述之。其张画所有灵感，不可具载。出《名画记》。

又润州兴国寺，苦鸠鸽栖梁上秽污尊容。僧繇乃东壁上画一鹰，西壁上画一鹞，皆侧首向檐外看，自是鸠鸽等不复敢来。出《朝野金载》。

高孝珩

北齐高孝珩，世宗第二子，封广宁郡王、尚书大司徒同州牧，博涉多才艺。尝于厅壁画苍鹰，观者疑其真，鸠雀不敢近。又画《朝士图》，当时妙绝。为周师所虏，授开府，封县侯。孝珩亦善音律。周武宴齐君君臣，自弹琵琶，命孝珩吹笛。出《名画记》。

就请他给龙点眼睛。张僧繇点了两条龙的眼睛后，不多一会儿，电闪雷鸣，击穿墙壁，这两条龙驾着云彩飞上天去。没有点上眼睛的那两条龙还在那儿。初时，吴人曹不兴画青溪龙，张僧繇看了后很是瞧不上，于是将这幅图放大画在龙泉亭壁上，而将曹不兴的原画藏在秘阁中，当时人们也不太看重。到了梁武帝太清年间，雷击龙泉亭之后，龙从墙壁上消失了，人们才知道张僧繇画功的神妙。

张僧繇又曾画过两位天竺僧人像。因为侯景举兵叛乱，在战乱中画被拆散成两半。后来，其中一半胡僧像被唐朝右常侍陆坚所收藏。陆坚病重时，梦见一个胡僧告诉他："我有个同伴，离散了多年，他现在洛阳李家。您要是能找到他，将我们俩放在一起，我们当用法力帮助您。"陆坚到洛阳李家求购，真的买到了。过了不久，陆坚的病也痊愈了。刘长卿写了一篇文章记述这件事情。张僧繇的画有许多神奇的故事，在这里就不一一记载了。出自《名画记》。

又：润州兴国寺，苦于鸠鸽等栖在房梁上，它们拉下的粪便玷污了佛像。张僧繇在东面墙壁上画了一只鹰，在西面墙壁上画了一只鹞，都侧头向檐外睨视。从此，鸠鸽等再不敢到屋梁上来了。出自《朝野佥载》。

高孝珩

北齐高孝珩，是世宗的第二个儿子，受封广宁郡王、尚书大司徒同州牧。高孝珩知识渊博，多才多艺。他曾经在厅堂墙壁上画了一只苍鹰，看了的人都以为这只鹰是真的，鸠雀都不敢靠近。他又画过一幅《朝士图》，在当时称得上绝妙。后来，高孝珩被北周的军队俘虏，授予他开封，封为县侯。高孝珩还通晓音律。周武帝宴请北齐君臣，亲自弹奏琵琶，让高孝珩吹笛。出自《名画记》。

杨子华

　　北齐杨子华，世祖时，任直阁将军、员外散骑侍郎。常画马于壁。夜听，闻啼啮长鸣，如索水草声。图龙于素，舒之辄云气萦集。世祖重之，使居禁中。天下号为画圣，非有诏，不得与外人画。时有王子冲善棋通神，号为二绝。出《名画记》。

刘杀鬼

　　北齐刘杀鬼与杨子华同时，世祖俱重之。画斗雀于壁间，帝见之，以为生，拂之方觉。常在禁中，锡赉巨万。任梁州刺史，名见《北齐书》。出《名画记》。

郑法士

　　隋田、杨与郑法士同于京师光明寺画小塔。郑图东壁、北壁，田图西壁、南壁，杨画外边四面，是称三绝。杨以箪蔽画处，郑窃观之，谓杨曰："卿画终不可学，何劳障蔽？"郑托以婚姻，有对门之好，又求杨画本。杨引郑至朝堂，指以宫阙衣冠、人马车乘曰："此是吾之画本也。"由是郑深伏。光明寺改为大云寺，在长安怀远里也。出《名画记》。

阎立德

　　唐贞观三年，东蛮谢元深入朝。冠乌熊皮冠，以金络额，毛帔以裳，为行縢，著履。中书侍郎颜师古奏言："昔周武王治致太平，远国归款。周史乃集其事为《王会篇》。今

杨子华

北齐人杨子华,世祖时,官任直阁将军、员外散骑侍郎。杨子华曾经在墙壁上画马。夜里时,听到有马咬嚼长鸣,好像在索要水草。杨子华在白绢上画龙,展开后,则有云气萦集在白绢上面。世祖非常看重杨子华,让他住在宫内。当时世人称杨子华为画圣,没有世祖的御诏,他不得为别人作画。与他同时代还有一个人叫王子冲,擅长围棋,棋艺高超,似有神助,当时的人称他们为二绝。 _{出自《名画记》。}

刘杀鬼

北齐人刘杀鬼与杨子华是同一时代人,世祖对他们二人都很看重。刘杀鬼在墙壁上画斗雀,世祖看见了,以为是活雀,用手拂了一下才觉出是画的。刘杀鬼经常出入宫中,世祖赏赐了他巨额财物。刘杀鬼官任梁州刺史,名字见于《北齐书》。 _{出自《名画记》。}

郑法士

隋朝时,有田生、杨生,跟郑法士一同给京都光明寺画小塔。郑法士画东壁、北壁,田生画西壁、南壁,杨生画外边四面墙壁,当时人称他们为三绝。杨生用竹席遮蔽画画的地方,郑法士偷偷看了后,对他说:"你的画终究不可学,何必费力遮蔽?"后来,郑法士愿跟杨生结为姻亲,关系进了一层,求着要杨生的画稿。杨生带着郑法士到朝堂,指着宫殿衣冠、人马车乘说:"这就是我的画稿。"从此,郑法士深深折服杨生。后来,光明寺改名为大云寺,它位于长安城的怀远里。 _{出自《名画记》。}

阎立德

唐贞观三年,东蛮人谢元深入朝。他戴着黑熊皮帽,用金丝绕额头,穿着用毛皮做的衣服,绑裹腿,穿鞋。中书侍郎颜师古上奏皇帝说:"从前,周武王治理国家达到太平盛世,边远的国家都来归顺求和。周朝的史官就将这些事情编写成《王会篇》。现

圣德所及,万国来朝。卉服鸟章,俱集蛮邸,实可图写贻于后,以彰怀远之德。"从之,乃命立德等图画之。又赵郡李嗣真论画,其上品之第三,序右相博陵子阎立本,洎其兄工部尚书大安公立德之画曰:"大安、博陵,难兄难弟。自江左陆、谢云亡,北朝子华长逝,象人之妙,实为中兴。至如万国来庭,奉涂山之玉帛,百蛮朝贡,接应门之序位,折旋矩规,端簪奉笏之仪,魁诡谲怪、鼻饮头飞之俗,莫不尽该豪末,备得精神。"出《谭宾录》。

阎立本

唐太宗朝,官位至重,与兄立德齐名。尝奉诏写太宗真容,后有佳手,传写于玄都观东殿前间,以镇九五冈之气,犹可以仰神武之英威也。立德创《职贡图》,异方人物,诡怪之状。立本画国王粉本在人间。昔南北两朝名手,不足过也。时南山有猛兽害人,太宗使骁勇者捕之,不得。虢王元凤忠义奋发,自往取之,一箭而毙。太宗壮之,使立本图状。鞍马仆从,皆写其真,无不惊服其能。有《秦府十八学士》《凌烟阁功臣》等图,亦辉映前古。唯《职贡》《卤簿》等图,与立德同制之。俗传慈恩画功臣,杂手成色,不见其踪。其人物鞍马、冠冕车服,皆神也。李嗣真云:"师郑法士,实亦过之。后有王知慎、师范,甚有笔力。阎画神品。"出《唐画断》。

在，凡是皇上的恩德所施到的地方，许多国家都来朝拜修好。穿着各种式样衣服的使臣们都集中住在蛮邸里，实在有必要将这些使臣绘图画像留给后人，用来张扬我朝恩施边远的德政。"太宗皇帝批准了这一奏请，就让阎立德等人为这些使臣绘图画像。又有赵郡人李嗣真论画，将右相博陵子阎立本的画作列为上品之第三，论到阎立本的哥哥工部尚书大安公阎立德的画时说："阎立德与阎立本，难分高下。自从江左陆探微、谢赫死去，北朝杨子华去世，绘画人像之妙，到他们兄弟二人振兴起来。至于各国前来京城朝拜、献宝的使臣们的形象，为接待这些使臣所安排的仪式，以及这些使臣所展示的各种奇异的风俗，都被细致地绘画下来，而且深得神韵。"出自《谭宾录》。

阎立本

阎立本在唐太宗朝时，官至重位，与哥哥阎立德齐名。曾经奉太宗诏令，亲自为唐太宗画像。后来，有一位高手，临摹在玄都观东殿前间，以镇九五冈之气，犹可以从这幅临摹画像中，见到皇帝的英威之气。阎立德绘画的《职贡图》，画的都是外域的人物，形象非常怪异。阎立本绘画的国王稿本流传在民间。这以前南、北两朝的绘画高手，没有超过他们兄弟俩的。一次，南山出现一只凶猛的野兽伤害人，太宗派遣勇猛的勇士去捕捉，没有捕到。虢王元凤忠义奋发，亲自前去捕捉，一箭射死了这只猛兽。太宗赞许他，让阎立本将他射杀猛兽的场面画下来。鞍马仆从，都画得很逼真，看过这幅画的人，没有不惊叹和佩服他技艺的高超的。阎立本还画有《秦府十八学士图》《凌烟阁功臣图》等作品，也是光耀以前历代绘画名家的。只有《职贡图》《卤簿》等画，是跟他哥哥阎立德合作的。民间传说在慈恩寺画功臣，是很多人画的，不是阎立本的个人作品。阎立本画的人物鞍马、冠冕车服，都非常传神。李嗣真说："阎立本的画，师承郑法士，实际上已经超过了郑法士。在阎立本之后，还有王知慎、师范，作画也很见功夫。阎立本的画是神品。"出自《唐画断》。

太宗尝与侍臣泛春苑，池中有异鸟随波容与。太宗击赏数四，诏座者为咏，召阎立本写之。阁外传呼云："画师阎立本。"时为主爵郎中，奔走流汗，俯临池侧，手挥丹青，不堪愧赧。既而戒其子曰："吾少好读书，幸免墙面。缘情染翰，颇及侪流，唯以丹青见知。躬厮养之务，辱莫大焉。汝宜深戒，勿习此也。"至高宗朝，阎立本为右丞相，姜恪以边将立功为左相。又以年饥，放国子学生归，又限令史通一经。时人为之语曰："左相宣威沙漠，右相驰誉丹青。三馆学生放散，五台令史明经。"出《大唐新语》。

立本家代善画。至荆州，视张僧繇旧迹曰："定虚得名耳。"明日又往，曰："犹是近代佳手。"明日又往，曰："名下定无虚士。"坐卧观之，留宿其下，十日不能去。

又梁张僧繇作《醉僧图》。道士每以此嘲僧，群僧耻之。于是聚钱数十万，货阎立本作《醉道士图》。今并传于代。出《国史异纂》。

薛 稷

天后朝，位至少保。文章学术，名冠当时。学书师褚河南。时称买褚得薛不落节。画踪阎令。秘书省有画鹤，时号一绝。会旅游新安郡，遇李白。因留连，书永安寺额，

唐太宗有一次同侍臣们乘舟在御苑的池中游玩赏景,看到有怪鸟在水面上随波浮游。唐太宗数次拍手叫好,命令在座陪同的侍臣们当场赋诗赞咏,又命令宣召阎立本前来将怪鸟画下来。阁外传呼道:"召画师阎立本。"当时,阎立本任主爵郎中。听到传召后,他急忙跑步赶来,大汗淋漓,俯身池边挥笔绘画起来,满面羞愧。事后,阎立本告诫他的儿子说:"我小时候爱好读书,幸而没有成为一个不学无术的蠢材。在同行中,我的文章写得还是比较不错的。然而,我最知名的是绘画。可是,它却使我充任供奉之职,这是莫大的耻辱。你应该深以为戒,不要学习这种技艺了。"到唐高宗在位时,阎立本官为右丞相,姜恪原是守边将领,凭着战功做了左丞相。又遇上饥馑,国子监里的学生都放假让他们回家去了。同时又规定三省、六部及御史台的低级办事人员必须通晓一经。当时有人赋得打油诗一首:"左相宣威沙漠,右相驰誉丹青。三馆学生放散,五台令史明经。"<small>出自《大唐新语》。</small>

阎立本家世代擅长绘画。他有一次去荆州,观看张僧繇的遗画说:"从这画来看,他是空有虚名啊。"第二天又去看,说:"他还是近代的绘画高手。"过了一宿又去看,说:"盛名之下没有低手。"他在画前或坐或卧,观赏不已,晚上就睡在画旁边,过了十天了还不离开。

梁人张僧繇作《醉僧图》。道士们常常用这幅画来嘲笑僧人,僧众们感到羞辱。于是大家凑了几十万钱,雇阎立本画《醉道士图》。这两幅画同时流传下来。<small>出自《国史异纂》。</small>

薛 稷

薛稷在武则天执政时期,官至少保。他的文章学术,在当时享有盛名。薛稷的书法师承于褚遂良。当时人称买褚得薛不掉价。薛稷的画师承于阎立本。秘书省有薛稷画的一幅鹤图,在当时被称为一绝。一次,薛稷到新安郡去游玩,凑巧遇到了李白。他因此在新安郡逗留了一段时日,为永安寺书写了匾额,

兼画西方像一壁。笔力潇洒,风姿逸发,曹、张之亚也。二妙之迹,李翰林题赞见在。又闻蜀郡多有画诸佛菩萨、青牛之像,并居神品。出《唐画断》。

尉迟乙僧

唐尉迟乙僧,土火罗国胡人也。贞观初,其国王以丹青巧妙,荐之阙下云:"其国尚有兄甲僧,未有见其画踪。"乙僧今慈恩寺塔前面中间功德,又凹垤花西面中间千手千眼菩萨,精妙之极。光宅寺七宝台后面画降魔像,千怪万状,实奇踪也。然其画功德人物花草,皆是外国之象,无中华礼乐威仪之德。出《唐画断》。

王 维

唐王右丞维家于蓝田玉山,游止辋川。兄弟以科名文学冠绝当代,故时称朝廷左相笔,天下右丞诗者也。其画山水松石,踪似具生,而风标特出。今京都千福寺西塔院有掩障,一画枫戍,一图辋川。山谷郁盘,云水飞动,意出尘外,怪生笔端。常自题诗云:"夙世谬词客,前身应画师。"其自负也如此。慈恩寺东院,与毕庶子、郑广文,各画一小壁。时号三绝。故庚右丞宅,有壁图山水兼题记,亦当时之妙也。山水松石,妙上上品。出《唐画断》。

又维尝至招国坊庚敬休宅,见屋壁有画《奏乐图》。维熟视而笑。或问其故,维曰:"此《霓裳羽衣曲》第三叠第一拍。"好事者集乐工验之,无一差者。出《国史补》。

又绘制了一壁西方像。他笔力潇洒，风姿逸发，可以跟前人曹不兴、张僧繇比美。这两件美妙的作品，李白为其题写的赞诗还在。又听说薛稷在蜀郡画了许多佛菩萨画像和青牛，都属神品。出自《唐画断》。

尉迟乙僧

唐朝人尉迟乙僧，是土火罗国胡人。唐太宗贞观初年，土火罗国国王因为尉迟乙僧绘画巧妙而将他荐献给大唐帝国，并说："他还有个哥哥尉迟甲僧还在国中，但是没有见到过他的绘画作品。"现今慈恩寺塔前面中间的功德图，又凹垤花西面中间的千手千眼菩萨像，都是尉迟乙僧的作品，极精妙。他在光宅寺七宝台后画的降魔像，千怪万状，实在是神奇。然而，尉迟乙僧画的功德人物花草，都是异国的风格，没有我中华礼乐威仪之德。出自《唐画断》。

王　维

唐朝右丞王维，家住蓝田玉山，游息于辋川。王维兄弟以科举成绩优异和文学才华名冠当世，故当时人称：朝廷左相笔，天下右丞诗。王维画的山水松石，都栩栩如生，风度品格格外突出。现京城千福寺西塔院有影壁，一面画的是枫戍，一面画的是辋川。画面上那深幽盘绕的山谷，云水飞动的情态，超尘脱俗，诡谲奇绝出于笔端。王维曾自己在一幅画上题诗说："夙世谬词客，前身应画师。"如此自负。长安慈恩寺东院，有王维和毕庶子、郑广文各自画的壁画，当时被人称为三绝。已去世的庾右丞相的住宅里有王维的一幅山水壁画和题记，也是当时的一幅佳作。他画的山水松石，属于妙上上品。出自《唐画断》。

有一次，王维到位于招国坊里的庾敬休宅，看到室内墙壁上画有一幅《奏乐图》。王维仔细看了一会儿后笑了。有人问他笑什么，王维说："这幅画画的是演奏《霓裳羽衣曲》第三叠第一拍。"有好事者听说了这件事情后，特意请来乐工检验，一点儿不错。出自《国史补》。

李思训

唐开元中，诸卫将军李思训，子昭道为中舍，俱得山水之妙。时人云"大李将军""小李将军"是也。思训格品高奇，山川绝妙。鸟兽草木，皆其能。中舍之图，山水鸟兽，甚多繁巧。智思笔力不及也。天宝中，玄宗召思训，画大同殿壁兼掩障。异日因奏对，诏云："卿所画掩障，夜闻水声。通神之佳手，国朝山水第一。"思训神品，昭道妙上品。出《唐画断》。

韩　幹

唐韩幹，京兆人也。唐玄宗天宝中召入供奉。上令师陈闳画马，怪其不同，诏因诘之。奏云："臣自有师。陛下内厩马，皆臣之师也。"上甚异之。其后果能状飞龙之质，尽喷玉之奇。九方之识既精，伯乐之相乃备。且古之画马，有《周穆王八骏图》；国朝阎立本画马，似模展、郑，多见筋骨，皆擅一时之名，未有希代之妙。开元后，四海清平。外域名马，重译累至。然而砂碛且遥，蹄甲多薄。玄宗遂择其良者，与中国之骏，同颁马政。自此内厩有"飞黄""照夜""浮云""五方"之乘。奇毛异状，筋骨既健，蹄甲皆厚。驾御历险，若舆辇之安，驰骤应心，中韶濩之节。是以陈闳貌之于前，韩幹继之于后。写渥洼之状，不在水中；移骕骦之形，出于天上。韩故居神品。陈兼写真，居妙品

李思训

唐玄宗开元年间，诸卫将军李思训，和他的儿子中舍人李昭道，父子二人都画得一笔绝妙的山水画，当时人称"大李将军""小李将军"。父亲李思训的山水画，格调高雅，风格奇特，山川绝妙。画鸟兽草木都是他的拿手活儿。儿子李昭道所画的山水鸟兽，很是繁巧。不论是构思，还是笔力，都赶不上他父亲李思训。天宝年间，玄宗皇帝召见李思训，让他绘制大同殿的壁画和影壁。后来他因事上朝，玄宗皇帝对他说："你绘画的影壁，夜里听到了流水声。你真是笔能通神的高手，位居当今国内山水画的第一位。"李思训的画入神品，李昭道的画入妙上品。出自《唐画断》。

韩 幹

唐朝人韩幹，是京都地区人。唐玄宗天宝年间因他擅长绘画被召入宫中供奉。玄宗皇帝让韩幹师法陈闳画马，奇怪他画得不同，将他召来责问。韩幹说："我画马有自己的老师。皇上宫内马圈里的御马，都是我的老师。"玄宗皇帝听了后感到诧异。后来，韩幹果然能画出飞龙之质，喷玉之奇。韩幹对马的识别与鉴赏的能力赶上了著名相马专家九方皋、伯乐的水平。古代遗留下来的画马杰作有《周穆王八骏图》；本朝阎立本画马，仿佛展子虔、郑法士，画的马肌体筋骨都很有神，名扬一时，然而却没有画出能被称为稀世杰作的作品。开元以后，天下安定太平。外国名马不断地输入唐朝。然而走过沙漠，远途跋涉，它们的蹄甲大多很薄。玄宗从中挑选优良的马，同国内产的骏马交配，从此宫内马圈里就有了"飞黄""照夜""浮云""五方"等骏马。这些马奇毛异状，筋骨健壮，都有厚厚的蹄甲。骑着它们逾隘跨险，就像乘坐车辇一样安稳；它们可以随着你的心意奔跑，就像奏乐一样有节奏。是以前有陈闳，后有韩幹，为它们画像。韩幹画的渥洼、骕骦产的名马，将它们画得仿佛不在水中，就像出于天上。因此，韩幹画的马入神品。陈闳画的马兼顾写实，入妙品

上。宝应寺三门神，西院北方天王，佛殿前面菩萨，西院佛像，宝圣寺北院二十四圣等，皆其踪也。画马高会菩萨、西院鬼神等神品。出《唐画断》。

又幹闲居之际，忽有一人朱衣玄冠而至。幹问曰："何得及此。"对曰："我鬼使也。闻君善图良马，愿赐一匹。"幹立画焚之。数日因出，有人揖而谢曰："蒙君惠骏足，免为山川跋涉之劳，亦有以酬效。"明日，有人送素缣百匹，不知其来。幹收而用之。出《独异志》。

建中初，曾有人牵马访医，称马患脚，以二千求治。其马毛色骨相，马医未尝见。笑曰："君马酷似韩幹所画者，真马中固无也。"因请马主绕市门一匝，马医随之。忽值韩幹，幹亦惊曰："真是吾设色者。"乃知随意所匠，必冥会所肖也。遂摩挲。马若蹶，因损前足，幹心异之。至舍，视其所画马本，脚有一点黑缺，方知画通灵矣。马医所获钱，用历数主，乃成泥钱。出《酉阳杂俎》。

上。宝应寺三门神,西院北方天王,佛殿前面的菩萨,西院的佛像,宝圣寺北院的二十四圣像等画作,都是韩幹的作品。画的马高会菩萨、西院的神鬼,都入神品。出自《唐画断》。

又:韩幹闲居的时候,忽然有一位身穿朱红色衣服头戴黑色帽子的人来到他面前。韩幹问他:"为什么来这儿?"回答说:"我是鬼的使者。听说您擅长画马,请为我们阴界画一匹马。"韩幹立即为这位鬼使画了一匹马,然后将它烧掉了。过了几天,韩幹外出,途中遇到一个人向他举手作揖表示谢意,说:"承蒙您送给我一匹良马,免去我长途旅行翻山过河的劳累,我也要酬谢您。"第二天,不知从哪里来的人,送给韩幹素色细绢一百匹。韩幹收下,后来都使用了。出自《独异志》。

又:唐德宗建中初年,曾经有个人牵着一匹马找马医,说这匹马患了脚疾,要能治好,愿用二千钱酬谢。这匹马的毛色骨相,马医从来都没有见过。他笑着说:"您这匹马很像韩幹画的那些马,真马里面没有这样的。"马医请这匹马的主人牵马绕市门走一圈,马医跟在旁边。忽然遇见韩幹,韩幹也大为惊异地说:"这真是我画的马啊!"这时他才知道自己随意画的马,一定有暗中相似的。他于是抚摸马身。马像是要跌到,因而损伤了前蹄,韩幹心中很是奇怪。回到家里,看他画的马,果然蹄子上有一点黑缺,才知道画能通神灵。那位马医得到的酬金,用过一段时间、几经转手后,都变成了泥钱。出自《酉阳杂俎》。

卷第二百一十二
画三

吴道玄

　　唐吴道玄字道子，阳翟人也，少孤贫。天授之性，年未弱冠，穷丹青之妙。浪迹东洛，玄宗知其名，召入供奉。大略宗师张僧繇千变万状，纵横过之。两都寺观，图画墙壁四十余间，变像即同，人相诡状，无一同者。其见在为人所睹之妙者。上都兴唐寺御注金刚经院，兼自题经文。慈恩寺塔前面文殊普贤，西面降魔盘龙等。又小殿前门菩萨，景公寺地狱帝释龙神，永寿寺中三门两神，皆妙绝当时。朱景玄云："有旧家人尹老年八十余，尝云：'见吴生画中门内神，圆光最在后，一笔成。当时坊市老幼，

吴道玄

　　唐朝人吴道玄字道子，是阳翟人，他小时候是个贫穷的孤儿。吴道玄成为一名著名的画家，是上天给他的这种才能。他未长大成人就通晓绘画的奥妙。他在东都洛阳流浪，唐玄宗知道他擅长绘画的名声，将他召入宫中为皇家作画。吴道玄的画，大体上是师承张僧繇，但是他又发展变化了张僧繇的画法，不论从哪方面看，都超过了张僧繇。吴道玄为东都洛阳、西都长安的佛寺、道观绘制了四十多间壁画，变相类似，但人相形状怪异，没有雷同的，是当今人们能看到的这类题材的画当中画得最好的。京都长安兴唐寺中保存皇帝亲自注释的《金刚经》的宅院，这里的壁画也是吴道玄画的，并且上面的经文也是他题写的。慈恩寺塔前面的文殊、普贤二位菩萨，西面的降魔、盘龙等图像，小殿前门的菩萨，景公寺《地狱图》中的"帝释"护法神，永寿寺中山门上的两神，都是当时最绝妙的艺术品。朱景玄曾经讲过这样一件事："我家有位姓尹的老仆人，八十多岁了。一次，这位老仆人讲，他亲眼见到吴道玄给我家宗庙中门画家神时，最后画头顶的圆轮佛光，一笔就画成了。当时街坊邻里的老老少少，

日数百人，竞候观之。缚阑，施钱帛与之齐。及下笔之时，望者如堵。风落电转，规成月圆，喧呼之声，惊动坊邑。或谓之神也。'"又景公寺老僧玄纵云："吴生画此地狱变成之后，都人咸观，皆惧罪修善。两市屠沽，鱼肉不售。"又开元中驾幸东洛。吴生与裴旻、张旭相遇，各陈所能。裴剑舞一曲，张书一壁，吴画一壁。都邑人士，一日之中，获睹三绝。又画玄元庙，五圣千官，宫殿冠冕，势倾云龙，心若造化，故杜员外甫诗云"妙绝动宫墙"也。又玄宗天宝中，忽思蜀中嘉陵江山水，遂假吴生驿递，令往写貌。及回日，帝问其状。奏云："臣无粉本，并记在心。"遣于大同殿图之，嘉陵江三百里山水，一日而毕。时有李将军山水擅名，亦画大同殿壁，数月方毕。玄宗云："李思训数月之功，吴道玄一日之迹，皆极其妙也。"又画殿内五龙，鳞甲飞动，每欲大雨，即生烟雾。吴生常持《金刚经》，自此识本身。当天宝中，有杨庭光与之齐名。潜画吴生真于讲席。众人之中，引吴观之。亦见便惊。语庭光云："老夫衰丑，何用图之？"

每天有好几百人，都挤在那儿等候看吴先生作画。为了维持秩序，前面拦上绳索。观看的人纷纷布施钱物给吴先生。等到吴先生下笔绘画时，围观的人挤成了一堵墙。只见吴先生长笔一挥，如同风过电转，转瞬间在家神头顶上画出一个如圆月般的圆轮金光。人们的赞叹叫好声惊动了整个街区。有的人称吴道玄为天神。"还有一位景公寺的老僧人玄纵说："吴先生画成这个寺院的《地狱变》后，京都里的人都来观看，看后都惧怕死后受到惩罚而行善。两市的屠夫商贩都不卖鱼肉了。"开元年间，唐玄宗驾临东都洛阳时，吴道玄与裴旻、张旭相遇，他们各自展示自己的绝艺。裴旻舞了一曲剑，张旭书了一墙壁草书，吴道玄绘制了一幅壁画。洛阳城中的朝野人士一天中欣赏到三种绝艺。吴道玄又给玄元庙作过壁画。他在这里画的《五圣千官图》，画中的宫殿和唐高祖、太宗、高宗、中宗、睿宗及分列两厢的众位文武大臣头上的冠冕，胜过汉朝时的云龙，绘画构思巧妙不凡，如同大自然自己创造出来的一样。因此，诗人杜甫在诗中称赞他"妙绝动宫墙"。唐玄宗天宝年间，皇上忽然思念蜀中的嘉陵江山水，于是发给吴道玄一道手令，让沿途驿站为他提供车马，载他去嘉陵江边写生。待到他返回京都后，玄宗皇帝问他作画情况，吴道玄回答说："我没有写生的草本，都记在心中了。"玄宗皇帝命令他在大同殿的墙壁上画出来。嘉陵江三百里锦山秀水，他仅用一天时间就画完了。当时以擅画山水画而名扬京都的李思训将军，也在大同殿作壁画，他的山水壁画用了好几个月才画完。玄宗皇帝说："李思训花费好几个月的工夫绘完了一幅山水壁画，吴道玄仅用了一天时间就画完了。两幅壁画画得都好极了。"吴道玄又在殿内画《五龙图》。五条龙鳞甲飞动，像要腾飞似的，每当天要下雨时，画上就生出烟雾来。吴道玄经常随身携带《金刚经》，从《金刚经》中认识他自身。天宝年间，有个叫杨庭光的人跟吴道玄齐名。一次，杨庭光偷偷地给正在讲课的吴道玄画像，画好后当众拿给吴道玄看。吴道玄看到这幅画像后大吃一惊，对杨庭光说："我老了，衰弱多病又长相丑陋，怎么好劳你驾来给我画像呢？"

因斯叹伏。其画人物佛象鬼神、禽兽山水、台殿草木,皆神妙也,国朝第一。张怀瓘云:"吴生画,张僧繇后身,斯言当矣。"出唐《画断》。

又开元中,将军裴旻居母丧。诣道子,请于东都天宫寺画神鬼数壁,以资冥助。道子答曰:"废画已久。若将军有意,为吾缠结,舞剑一曲。庶因猛励,获通幽冥。"旻于是脱去缞服,若常时装饰。走马如飞,左旋右抽,掷剑入云。高数十丈,若电光下射。旻引手执鞘承之,剑透室而入。观者数千百人,无不惊栗。道子于是援毫图壁,飒然风起,为天下之壮观。道子平生所画,得意无出于此。出《独异志》。

又道子访僧请茶。僧不加礼,遂请笔砚。于壁上画驴一头而去。一夜,僧房家具并踏破,被恼乱不可堪。僧知是道子,恳邀到院祈求。乃涂却画处。出《卢氏杂说》。

又西明慈恩多名画。慈恩塔前壁有湿耳狮子趺心花,为时所重。圣善敬爱,亦有古画。圣善木塔院多郑广文画并书。敬爱山亭院有雉尾若真。砂子上有进士房鲁题名处,后有人题诗曰:"姚家新婿是房郎,未解芳颜意欲狂。见说正调穿羽箭,莫教射破寺家墙。"寺西北角有病龙院并吴画。出《卢氏杂谈》。

但是他非常叹服杨庭光的画。吴道玄画的人物、佛像、神鬼、鸟兽、山水、草木、台殿，都出神入化，是当时国内第一高手。张怀瓘说："吴先生的画，是张僧繇画法的延续，这种说法是恰当的啊！"出自《画断》。

开元年间，将军裴旻在家守母丧。他到吴道玄那儿，请吴道玄为他在东都洛阳的天宫寺绘制几幅状写神鬼的壁画，以此来给在阴间的母亲求得神佛的保佑。吴道子回答说："我已经很久不作画了。如果将军真的有意请我作画，请为我缠绸结作彩饰，舞一曲剑。或许因为你剑舞得勇猛凌厉，能让我的画重新跟阴界相通。"裴旻听了后立即脱去丧服，换上平常穿的衣裳，骑在马上奔跑如飞，左右舞剑。他将剑一下掷入空中，高几十丈，然后宝剑像电光一样射下来，裴旻伸手拿着剑鞘接着。从高空中坠落下来的宝剑，穿透了剑鞘。几千名围观的人，没有一个人不被这种惊险的场面所惊惧。吴道子于是挥笔在墙壁上作画。随着笔墨挥舞，天上飒飒地刮起了大风，真是天下的壮观。吴道子一生中画了许多画，他自认为这幅画是最得意的作品。出自《独异志》。

一次，吴道子到一个寺院里去向僧人讨茶喝，僧人没有理会他。于是他要来笔墨，在寺院的墙壁上画了一头驴就离开了。一天夜里，这个寺院僧人房里的家具都被踏坏。僧人又气又恼，不堪忍受。僧人知道这是吴道子在报复他们，就恳切地邀请他来寺院里请求他原谅。吴道子才将壁上画的驴涂去。出自《卢氏杂说》。

西明慈恩寺内有许多名画。慈恩塔前壁有湿耳狮子跐心花，为当时人看重。圣善寺和敬爱寺中也有古人作的画。圣善木塔院中多是郑广文的绘画与题字。敬爱山亭院画上的野鸡尾羽像真的一样，砂子上有进士房鲁的题名。后来有人题诗说："姚家新婿是房郎，未解芳颜意欲狂。见说正调穿羽箭，莫教射破寺家墙。"寺的西北角有病龙院和吴道子绘制的壁画。出自《卢氏杂谈》。

冯绍正

唐开元，关辅大旱，京师阙雨尤甚。亟命大臣遍祷于山泽间而无感应。上于龙池，新创一殿。因召少府监冯绍正，令于四壁各图一龙。绍正乃先于西壁画素龙。奇状蜿蜒，如欲振跃。绘事未半，若风云随笔而生。上及从官于壁下观之，鳞甲皆湿，设色未终，有白气若檐庑间出，入于池中。波涛汹涌，雷电随起。侍御数百人皆见白龙自波际，乘云气而上。俄顷阴雨四布，风雨暴作。不终日而甘泽遍于畿内。出《明皇杂录》。

张　藻

唐张藻衣冠文学，时之名流。松石山水，擅当代名。唯松树特出古今。能用笔，常以手握双管，亦一时齐下。一为生枝，一为枯枝。气傲烟雾，势逾风雨。其槎枒鳞皴之质，随意纵横。生枝则润合春泽，枯枝则干裂秋风。其山水之状，则高低秀绝，咫尺深重。石突欲落，泉喷如吼。其近也逼人而寒，其远也极天之净。图障在人间最多。今宝应寺西院山水松石，具有题记。精巧之迹也。松石山水，并居神品。出《画断》。

又后士人家有张藻松石障。士人云："兵部李员外约好画成癖，知而购之。其家弱妻，已练为衣里矣。唯得两幅，双柏一石在焉。嗟惋久之。"出《名画记》。

冯绍正

唐玄宗开元年间,关中一带大旱,京都长安雨水缺得尤其厉害。玄宗皇帝急迫地命令大臣们在山林川泽各处祈祷求雨,但一点反应也没有。玄宗皇帝命人在龙池旁边新造一座大殿,并召见少府监冯绍正,让他在新造的这座大殿的四面墙壁上各画一条龙。冯绍正先在西墙上画了一条白龙。这条龙形状奇特蜿蜒欲飞,没画到一半,似乎有风云随着笔的挥动而产生。玄宗皇上和侍从官们在壁下观看,龙身上的鳞片都湿了。着色还未完,有白气好像从厅堂的屋檐下飘出来,进入龙池中。龙池中波涛汹涌,接着电闪雷鸣,皇上身边的几百名侍从都看见一条白龙从龙池水中,乘着云气飞到天上。不一会儿阴云布满四周,风雨暴作。不到一天的工夫整个京都地区都普遍下了一场雨。出自《明皇杂录》。

张 藻

唐朝人张藻是文学士子,当时的社会名流。他在绘画松、石、山、水方面,在当时很有名气。他画的松树尤其出众,超过古今的名家高手。张藻会用笔,常常手握双笔,双笔齐下。一支笔画生枝,一支笔画枯枝。他画的松神韵傲视烟雾,气势超过风雨。画松枝和松干上的鳞片时,看他就像随便往上涂抹似的。然而他画出来的生枝像经过春雨的滋润一样,画出来的枯枝则像让秋风给吹裂了似的。张藻画的山水画,山势有高有低峻秀极了。咫尺大的地方,山岩深重,巨石突兀欲落,泉水喷涌仿佛发出吼叫。你离它近了就感觉寒气逼人,离远了给人像天际一样清净的感觉。张藻画的屏风在世间留存最多。现在宝应寺西院还有他画的山水松石,旁边还有他的题记,乃是精巧的墨迹。张藻画的松、石、山、水,都位居神品行列。出自《画断》。

后来有一位士人家藏有张藻画的松石屏风。这个人说:"兵部员外郎李约爱画成癖,知道后购买了去。他的年轻妻子已经将屏风画蒸煮漂白后作衣服里子了,只剩下一柏一石两幅了。李约对此感叹惋惜了很长时间。"出自《名画记》。

陈 闳

唐陈闳,会稽人。以能写真人物子女等,本道荐之,玄宗开元中召入供奉。每令写御容,妙绝当时。玄宗射猪鹿兔、按鹰等,并按舞图真容,皆受诏写貌。又太清宫肃宗真容。匪唯龙头凤姿,日角月宇之状。而笔力遒润,风彩英逸,合符应瑞。天假其能也。国朝阎令公之后,一人而已。今咸宜观天尊殿内画上仙图及当时供奉道士等真,皆其踪也。又曾为故吏部侍郎徐画本行经幡二口。有女能织成,妙绝无并。唯写真人神人物子女等,妙品上上。出《画断》。

韦无忝

唐韦无忝,京兆人也。玄宗朝,以画马异兽擅其名。时称韦画四足,无不妙也。曾见貌外国所献狮子,酷似其真。后狮子放归本国,唯画者在图,时因观览,百兽见之皆惧。又玄宗时猎,一箭中两野猪,诏于玄武北门写貌。传在人间,英妙之极也。夫以百兽之性,有雄毅逸群之骏,有驯扰之良,爪距既殊,毛鬣各异。前辈或状其怒则张口,善则垂头。若展一笔以辨其性情,奋一毛而知其名字,古所未能也,韦公能之。《异兽图》破分,人家往往有之。京都寺观无画处。其画兽等妙品上上。出《画断》。

陈闳

唐朝陈闳是会稽人。因为他会画男女人物画像,由本地道府推荐,在开元年间被唐玄宗召入宫内主给皇家作画。他每次奉命为皇上画的像,都是当时最好的画像。唐玄宗狩猎射野猪、麋鹿、野兔以及驾鹰等场面,按乐起舞的场面,陈闳都受皇上的诏令将它们绘画下来。太清宫的唐肃宗画像也是陈闳绘制的。陈闳不只将皇上、嫔妃们的风采画下来,而且把他们的福贵相也逼真地表现出来。他的笔力遒劲润韫,画出的人物风采英俊飘逸,而且符合应验的祥瑞。这是上天赋于他的才能啊。在本朝的阎立本之后,陈闳可算是擅长画人物像的第一高手了。现在咸宜观天尊殿内的仙人壁画和供奉道士的画像,都是陈闳的手笔。陈闳还曾为已故吏部徐侍郎画本行与经幡二口。他有个女儿会织布,织出的图案绝妙无双。陈闳的画,只画男女人物、神人的画像,位列妙品的上上。出自《画断》。

韦无忝

唐朝人韦无忝是京兆人。唐玄宗在位时,他以画马和奇兽而闻名。当时人称赞韦无忝画的四脚动物没有不好的。韦无忝曾经画过外国人进献的狮子,跟真狮非常相像。后来这头狮子放回本国去了,只有它的像绘在画上,供当时的人欣赏。百兽见了画上的狮子都惊恐惧怕。有一次,唐玄宗狩猎时一箭射中两只野猪。玄宗非常高兴,诏令韦无忝在玄武门北门画玄宗一箭射杀双猪的场面。这幅画后来流传在民间,画得好极了。百兽有百性。有雄毅超群的骏马,有经人工驯养性情温顺的良马,它们的蹄爪、毛鬃各不相同。前辈人画兽,画它发怒则张着口,画它温顺就垂下头。然而像只画一笔就能让人辨识它的性情,只画一根鬃毛就能让人知道它的名称,以前的古人是做不到的,只有韦无忝能有这么高的造诣。韦无忝画的《异兽图》,打破常例,京都人家里往往都有。京都的寺观没有韦无忝的画。韦无忝画的兽位列妙品上上。出自《画断》。

卢稜伽

唐卢稜伽，吴道玄弟子也。画迹似吴，但才力有限。颇能细画，咫尺间山水寥廓，物像精备。经变佛事，是其所长。吴生尝于京师画总持寺三门，大获众货。稜伽乃窃画庄严寺三门。锐思开张，颇臻其妙。一日，吴生忽见之，惊叹曰："此子笔力，常时不及我，今乃类我。是子也，精爽尽于此矣。"居一月，稜伽果卒。出《名画记》。

毕 宏

唐毕宏，大历二年为给事中。画《松石》于左省厅壁，好事者皆诗之。改京兆少尹为右庶子。树石擅名于代。树木改步变古，自宏始也。出《名画记》。

净域寺

唐大穆皇后宅。寺僧云："三阶院门外，是神尧皇帝射孔雀处。"禅院门内外，《游目记》云：王昭隐画门西里面，和修吉龙王有灵。门内之西，火目药叉及北方天王甚奇猛。门东里面，贤门野叉部落，鬼首蟠蛇，汗烟可惧。东廊树石崄怪。高僧亦怪。西廊庙菩萨院门里南壁，皇甫轸画鬼神及雕。鹗势若脱壁。轸与吴道玄同时。吴以其艺逼己，募人杀之。出《酉阳杂俎》。

卢稜伽

唐朝人卢稜伽是吴道玄的弟子。卢稜伽的画形似吴道子的画，但是他的才力不及吴道子。卢稜伽擅长工笔画。他的画咫尺之间可以山水寥廓，勾画特别细密精致。画佛画经变画是他的专长。吴道玄曾经给京都的总持寺画过山门，得到很多人的布施。卢稜伽暗中为庄严寺画山门，他的神思突然打开，绘的画像颇为精妙。一天，吴道玄突然看到这幅画像，惊异地赞叹道："稜伽的笔力过去赶不上我，现在跟我相近了。这个人啊，他的精神全都在这幅画像上用尽了。"过了一个月，卢稜伽果然死去了。出自《名画记》。

毕　宏

唐朝人毕宏，在唐代宗大历二年官任给事中。他曾在门下省厅堂的墙壁上画《松石图》，许多好事的人都写诗赞许他的这幅画。后来毕宏由京兆少尹改任右庶子。毕宏因擅长画树、石而闻名于世。我国的绘画史上改用古法画树木，自毕宏开始。出自《名画记》。

净域寺

净域寺原先是唐朝大穆皇后的宅第。寺里的僧人说："三层台阶的院门外面，是当年神尧皇帝射孔雀的地方。"禅院门内外，《游目记》上说：王昭隐居在画门西里面，和修吉龙王有神交。门里的西边，壁上画的火目药叉和北方天王都非常奇谲威猛。门里面东侧，墙壁上画的贤门野叉部落，个个都是鬼脑袋、盘曲的蛇身，满脸汗烟，让人恐惧。东廊上画的山石高峻，树木怪异，画上的僧人也怪异。西廊庙菩萨院门里的南墙壁上，是皇甫轸画的鬼神和大雕。大雕像要从壁上飞落下来的样子。皇甫轸和吴道子是同一时代的人。吴道子认为皇甫轸绘画的技艺有可能超过自己，于是花钱雇人将皇甫轸杀害了。出自《酉阳杂俎》。

资圣寺

资圣寺中门窗间,吴道子画《高僧》,韦述赞,李严书。中三门外,两面上层,不知何人画人物,颇类阎令。寺西廊北隅,扬坦画《近塔天女》。明睇将瞬。团塔院北堂有铁观音高三丈余。观音院两廊《四十二贤圣》,韩幹画,元载赞。东廊北《群马》,不意见者,如将嘶踯。圣僧中龙树商船和循绝妙。团塔上菩萨,李真画。四面花鸟,边鸾画。当药上菩萨顶上莪葵尤佳。塔中藏千部《法华经》。词人作诸画连句,柏梁体。吴生画勇矛戟攒,出奇骋变势万端。苍苍鬼怪层壁宽,睹之忽忽毛发寒。稜伽效之力所瘅,李真、周昉优劣难。活禽生奔推边鸾,花方嫩彩犹未干。韩幹变态如激湍。惜哉壁画势未殚,后人新画何漫汗。出《酉阳杂俎》。

老君庙

东郡北邙山有玄元观,观南有老君庙。台殿高敞,下瞰伊洛。神仙泥塑之像,皆开元中杨惠之所制。奇巧精严,见者增敬。壁有吴道玄画五圣真容及老子化胡经事,丹青妙绝,古今无比。杜工部诗云:"配极玄都閟,凭高禁籞长。守祧严具礼,掌节镇非常。碧瓦初寒外,金茎一气旁。山河扶绣户,日月近雕梁。仙李蟠根大,猗兰弈叶光。世家遗旧史,道德付今王。画手看前辈,吴生远擅场。森罗回地轴,妙绝动宫墙。五圣联龙衮,千官列雁行。冕旒俱秀发,旌旆尽飞扬。翠柏深留景,红梨迥得霜。风筝吹玉柱,露井冻银床。身退卑周室,经传拱汉皇。谷神如不死,养拙更何乡。"出《剧谈录》。

资圣寺

资圣寺中门窗之间有吴道子画的《高僧图》。上面有韦述撰写的赞词,李严书写。中间那道山门外,两面上层的人物画不知道是谁画的,很像阎立本的手笔。寺里西廊北角,有杨坦画的《近塔天女图》。天女的明眸在向你睇视,似乎马上就要移看别处。团塔所在的庭院北面殿堂里有铁铸观音塑像一尊,高三丈多。观音院两廊绘有《四十二贤圣图》,是韩幹画的,元载撰写的赞辞。东廊北面画有《群马图》,猛然看到的人,感到这是一群真马,正要奋蹄嘶鸣。画上圣僧中的龙树和商船,次序和谐,布局巧妙。团塔墙壁上的菩萨是李真画的,四面的花鸟是边鸾画的。药王菩萨头顶上的那支蜀葵,画得尤其精妙。团塔中藏有上千部《法华经》。有词人以柏梁体给这些画作了连句诗:"吴生画勇矛戟攒,出奇骋变势万端。苍苍鬼怪层层宽,睹之忽忽毛发寒。稜伽效之力所瘅,李真、周昉优劣难。活禽生奔推边鸾,花方嫩彩犹未干。韩幹变态如激湍,惜哉壁画势未殚,后人新画何漫汗。"出自《酉阳杂俎》。

老君庙

东郡北邙山有座玄元观,观南有座老君庙。这座庙台殿高大宽敞,居高临下俯瞰伊水、洛水一带。庙里的泥塑神仙,都是开元年间杨惠之塑的,塑功精细严整,造形奇异巧妙,见到神像的人顿增敬意。庙内墙壁上,有吴道子画的唐朝高祖、太宗、高宗、中宗、睿宗五位皇帝的画像,以及老子过函谷关化胡的事。这些画精妙到极致,古往今来无可比拟。杜甫曾写一首《冬日洛城北谒玄元皇帝庙》的五言排律赞颂这些画,诗称:配极玄都闷,凭高禁籞长。守桃严具礼,掌节镇非常。碧瓦初寒外,金茎一气旁。山河扶绣户,日月近雕梁。仙李蟠根大,猗兰弈叶光。世家遗旧史,道德付今王。画手看前辈,吴生远擅场。森罗回地轴,妙绝动宫墙。五圣联龙衮,千官列雁行。冕旒俱秀发,旌旗尽飞扬。翠柏深留景,红梨迥得霜。风筝吹玉柱,露井冻银床。身退卑周室,经传拱汉皇。谷神如不死,养拙更何乡。"出自《剧谈录》。

金桥图

玄宗封泰山回，车驾次上党。潞之父老，负担壶浆，远近迎谒，上皆亲加存问。受其献馈，锡赉有差。父老有先与上相识者，上悉赐以酒食，与之话旧。故所过村部，必令询访孤老丧疾之家，加吊恤之。父老欣欣然，莫不瞻戴，扣乞驻留焉。及卓驾过金桥，<small>桥在潞州</small>。御路萦转。上见数千里间，旗纛鲜洁，羽卫齐整，谓左右曰："张说言我勒兵三十万，旌旃经千里间，陕右上党，至于太原。<small>见《后土碑》。</small>真才子也。"左右皆称万岁。上遂召吴道玄、韦无忝、陈闳，令同制《金桥图》。圣容及上所乘照夜白马，陈闳主之。桥梁山水，车舆人物，草树鹰鸟，器丈帷幕，吴道玄主之。狗马驴骡，牛羊橐驼，猫猴猪貀，四足之属，韦无忝主之。图成，时谓"三绝"焉。<small>出《开天传信记》。</small>

崔圆壁

安禄山之陷两京，王维、郑虔、张通皆处于贼庭。洎克复，俱因于杨国忠旧宅。崔相国圆因召于私第，令画名画数壁。当时皆以圆勋贵莫二，望其救解。故运思精深，颇极能事。故皆获宽典。至于贬降，必获善地。<small>出《明皇杂录》。</small>

金桥图

　　唐玄宗泰山封禅归来,车驾留驻上党。潞州的父老百姓挑着吃的喝的,远近的都来迎接拜谒。玄宗都亲自加以问候,接受人民的馈献,给他们不同的赏赐。乡亲中有原先跟玄宗皇帝相识的,皇上都赏赐他们酒食,跟他们话旧。因此,凡是经过的村落,玄宗皇帝一定命令人前去询访孤老丧疾的人家,并给予吊唁与抚恤。乡亲们都非常高兴,所到之处没有不敬仰感戴的,并请求皇上暂时留驻在这里。待到圣驾路经金桥时,_{桥在潞州。}道路盘绕回转。玄宗皇帝看到几千里间,旌旗光艳,卫队齐整,于是对左右的侍从们说:"张说说我统率三十万大军,旌旗逶迤千里,从陕右的上党到山西的太原。_{见《后土碑》。}真是才子啊!"左右听了后,都山呼万岁。于是,玄宗皇帝召吴道玄、韦无忝、陈闳进见,命令他们共同绘制《金桥图》。玄宗皇帝和他骑的那匹照夜白马,由陈闳来画;桥梁山水、车舆人物、草树鹰鸟、器丈帷幕,由吴道玄来画;狗马驴骡、牛羊骆驼、猫猴猪獭等四足动物,由韦无忝来画。《金桥图》画成后,当时人称它为"三绝"。_{出自《开天传信记》。}

崔圆壁

　　安禄山反叛后攻陷东、西两京,王维、郑虔、张通都在安禄山的朝中任职。待到唐肃宗李亨清除叛乱、收复两京后,他们都被囚禁在杨国忠的旧宅。宰相崔圆将他们三人召到自己的家中,让他们在他家的几处墙上绘画。当时,这三个人都认为崔圆的功勋没有任何一个人可以赶得上,都希望他能帮忙解救自己,因此都精心构思,发挥了最好水平。壁画完成后,他们三个人都得到了宽大处理。有的人被贬降到外地,去的也是比较好的地方。_{出自《明皇杂录》。}

卷第二百一十三
画四

保寿寺

保寿寺本高力士宅。天宝九载，舍为寺。初铸钟成，力士设斋庆之，举朝毕至。一击百千。有规其意，连击二十杵。经藏阁规构危巧，二塔火珠授十余斛。河阳从事李涿性好奇古，与僧善，尝俱至此寺观库中旧物。忽于破瓮中得物如被，幅裂污坌，触而尘起。涿徐视之，乃画也。因以州县图三及缣三十换之。令家人装治，大十余幅。访于常侍柳公权，方知张萱所画《石桥图》也。玄宗赐力士，因留寺中。后为鬻画人宗牧言于左军，寻有小使领军卒数十人至宅，宣敕取之。即日进入。帝好古，见之大悦，命张于云韶院。出《酉阳杂俎》。

保寿寺

　　保寿寺本是宦官高力士的旧宅,唐玄宗天宝九年,舍为寺院。寺钟刚铸成时,高力士设斋祭仪表示庆贺,满朝文武大臣都来了。击一下钟就捐施钱成百上千。有人窥测到高力士的用意,连击二十下。寺内的经藏阁构造高峻精巧,二塔接受火齐球十多斛。河阳从事李涿禀性喜好珍奇古玩,跟寺里的僧人关系很好。一次,他跟寺里的僧人一块儿到寺观库中翻拣旧物,忽然在一只破瓮中发现一件像被子样的东西,破裂脏污,一触碰它立即尘埃四起。李涿仔细察看,发现原来是幅古画。于是他用三幅州县图和三十匹双丝细绢跟僧人换来这幅古画,让家人进行装裱。画有十余幅那么大。李涿求教常侍柳公权,才知道是张萱画的《石桥图》。当年唐玄宗赏赐给了高力士,因此留在寺中。后来,卖画人宗牧言将这件事告诉了左宝贵将军。过了不久,有一小使领着几十个兵卒来到李涿家,宣读敕书来取这幅画。当天,左宝贵就将这幅画进献给了皇上。肃宗皇帝也非常喜爱古物,看到这幅画特别高兴,让人将它张挂在云韶院。出自《酉阳杂俎》。

先天菩萨

有先天菩萨幀,本起成都妙积寺。开元初,有尼魏八师者常念大悲咒。双流县百姓刘乙名意儿,年十一,自欲事魏尼,尼遣之不去。尝于奥室禅。尝白魏云:"先天菩萨见身此地。"遂筛灰于庭。一夕,有巨迹数尺,轮理成就。因谒画工,随意设色,悉不如意。有僧杨法成自言能画。意儿常合掌仰祝,然后指授之,以近十稔。工方后素。先天菩萨凡二百四十二首。首如塔势,分臂如蔓。画样十五卷。柳七师者崔宁之甥,分三卷,往上都流行。时魏奉古为长史,进之。后因四月八日赐高力士。今成都者是其次本。出《酉阳杂俎》。

王 宰

唐王宰者家于西蜀。贞元中,韦皋以客礼待之。画山水树石,出于象外。故杜甫赠歌云:"十日画一松,五日画一石。能事不受相促迫,王宰始肯留真迹。"又尝于席夔厅见图一障。临江双松一柏,古藤萦绕。上盘半空,下著水面。千枝万叶,交查屈曲,分布不杂。或枯或茂,或垂或直。叶叠千重,枝分四面。精人所难,凡目莫辨。又于兴善寺见画四时屏风,若移造化。风候云物,八节四时,于一座之内,妙之至也。山水松石,并上上品。出《画断》。

先天菩萨

　　有帧先天菩萨图。绘画这幅画的缘由起自成都的妙积寺。开元初年,妙积寺中有个叫魏八师的尼姑常常念大悲咒。双流县有名百姓刘乙,名意儿,这年十一岁,自愿以师徒之礼事奉魏八师,魏八师赶他也不走。刘乙曾在内室参禅。一次,他对魏八师说:"先天菩萨现身在这个地方。"于是就在寺内庭院洒上柴灰。一天晚上,灰上出现了几尺大的脚印,连菩萨脚掌上的轮形印纹都清清楚楚。因此请来画工讲明这件事,让画工随心所欲地调配颜色,但是都不令人满意。僧人杨法成说他能画。刘乙双手合什仰祝上天,然后告诉他如何画。杨法成画了近十年才画成先天菩萨的形象,最后涂上白色,才完成了这幅画。刘乙、杨法成绘画的先天菩萨共有二百四十二个头,排列如塔形,手臂像蔓一样分开向外伸。画样共十五卷。崔宁的外甥柳七师分去三卷,带往京都长安去传播。当时,魏奉古为长史,见到画卷后进献给皇上。后来就在四月八日这天,玄宗皇帝将它赏赐给高力士。现在成都收存的是它的次本。出自《酉阳杂俎》。

王　宰

　　唐朝人王宰家住西蜀。唐德宗贞元年间,韦皋用接待宾客的礼节将王宰请到家中。王宰画的山水树石,跟一般人不一样。因此,杜甫在《戏题王宰画山水图歌》一诗中,说他"十日画一松,五日画一石。能事不受相促迫,王宰始肯留真迹"。他又曾经在席夔厅看到王宰的一轴画:临江画有一株柏树、两株松树,松柏树上缠绕着古藤。上边遮蔽半面天空,下边紧挨水面。千枝万叶,交叉盘曲。有的树枝枯死了,有的欣欣向荣;有的垂向水面,有的直插天空。树枝向四面伸展,树叶重重叠叠。画得精明的人也难辨识出是画上去的。又在兴善寺见到王宰画的一幅四时屏风,就像将自然界的四时景物移到屏风上来似的。画家凭借对风、云、物象的精当表现,将一年中的八节四时准确无误地再现在屏风上面,真是妙到极点了。王宰的画以山水松石著称于世,都是上上品。出自《画断》。

杨 炎

杨炎,唐贞元中宰相。气标王韩,文敌扬马。画松石山水,出于人之表。初称处士,谒卢黄门,馆之甚厚。知有丹青之能,意欲求之,未敢发言。杨恳辞去,复苦留之。知其家累洛中,衣食乏少,心所不安。乃潜令人将数百千至洛供给。取其家书回,以示杨公。公感之,未知所报。卢因从容,乃言欲一踪,以子孙宝之,意尚难之。遂月余图一障。松石云物,移动造化,世莫睹之。其迹妙上上品。出《唐画断》。

顾 况

唐顾况字逋翁。文词之暇,兼攻小笔。尝求知新亭监,人或诘之,谓曰:"余要写貌海中山耳。"仍辟画者王默为副。出《尚书故实》。

周 昉

唐周昉字景玄,京兆人也。节制之后,好属学,画穷丹青之妙。游卿相间,贵公子也。长兄皓善骑射,随哥舒往征吐蕃。收石堡城,以功授执金吾。时德宗修章敬寺,召皓谓曰:"卿弟昉善画,朕欲请画章敬寺神,卿特言之。"经数日,帝又请之,方乃下手。初如障蔽,都人观览。寺抵国门,

杨 炎

杨炎在唐朝贞元年间官至宰相。他的气节,可以做王维、韩愈的榜样;他的文章,可以同扬雄、司马迁匹敌。他画的松石山水,高出一般人。杨炎起初只是位隐士。他曾经拜见过在宫内任给事的卢黄门,受到优厚的款待。卢给事知道他擅长绘画,有心求他给绘一幅画,又不好意思开口。杨炎要告辞回家,卢给事又苦苦挽留他。得知杨炎家在洛阳,缺衣少食,卢给事心中很不安。他暗中派人带着几百千钱去洛阳杨炎家,供给他家人的日常用度,并带回一封家书给杨炎。杨炎非常感动,不知道怎样去报答。卢黄门这时才说他想请杨炎画张画,传给后代子孙珍藏,但是始终不好意思说。杨炎听了后,就用了一个多月的时间为卢黄门画了幅山水。画上的松石云等物像,就像将大自然中的真景实物移到画上来似的,人们从未见过这么好的山水画。这幅山水画为妙品的上上品。出自《唐画断》。

顾 况

唐朝人顾况,字逋翁。他在写文章、词赋之余,还练习绘画。顾况曾请求担任新亭监,有人询问他缘由,他说:"我要画海中的山而已!"后来顾况被举荐给画家王默,作了王默的副手。出自《尚书故实》。

周 昉

唐朝人周昉字景玄,是京兆人。他是节度使的后人,喜好学习,他的画穷尽丹青之妙。他交游于达官贵人之间,是位贵公子。周昉的哥哥周晧擅长骑马射箭,曾随同大将哥舒翰远征吐蕃,收回石堡城,因战功官授执金吾。当时,唐德宗正在修章敬寺,他召见周晧说:"爱卿,你的弟弟周昉擅长绘画,我想请他画章敬寺的神像,请你告诉他。"过了一些天,德宗又让周晧请了一次,周昉才开始画。最初画出来的神像,周昉将它像屏风一样放在寺院里,整个京都的人都可以去看。章敬寺就在皇宫门前,

贤愚必至。或有言其妙者,指其瑕者,随日改之。经月余,是非语绝,无不叹其妙。遂下笔成之。为当代第一。

又郭令公女婿赵纵侍郎尝令韩幹写真,众皆称美。后又请昉写真,二人皆有能名。令公尝列二画于座,未能定其优劣。因赵夫人归省,令公问云:"此何人?"对曰:"赵郎。""何者最似?"云:"两画总似,后画者佳。"又问:"何以言之?""前画空得赵郎状貌,后画兼移其神思情性笑言之姿。"令公问:"后画者何人?"乃云:"周昉。"是日定二画之优劣,令送锦彩数百匹。

今上都有观自在菩萨,时人云水月,大云西佛殿前行道僧,广福寺佛殿前面两神,皆殊妙也。后任宣州别驾,于禅定寺画北方天王。常于梦中见其形像。画子女为古今之冠。有《浑侍中宴会图》《刘宣武按舞图》《独孤妃按曲粉本》。又《仲尼问礼图》《降真图》《五星图》《扑蝶图》,兼写诸真人、文宣王十弟子,卷轴至多。贞元末,新罗国有人于江淮,尽以善价收市数十卷。将去,其画佛像真仙人物子女,皆神也。唯鞍马鸟兽,竹石草木,不穷其状也。出《画断》。

范长寿

唐范长寿善风俗田家景候人物之状。人间多有月令屏风,是其制也。凡山川水石,牛马畜类,屈曲远近,牧放

不论是贤良的人还是愚鲁的人，都去看画像。有人说画得好，有人挑出毛病来，周昉随时进行修改。历经一个多月，评论好坏的人没有了，人们都赞叹这幅神像画得好。他这才下笔完成了。这幅画在当时世上数第一。

郭子仪的姑爷侍郎赵纵，曾经让韩幹画过一幅画像，大家都称赞画得好。后来，他又请周昉画像。韩、周都是当时有名气的画家。一次，郭令公将这两张画像放在一块儿，让人们评品优劣，谁也评定不出来。正赶上他女儿赵夫人回来探亲，令公问："这两副像画的是谁？"回答说："是赵郎。"问："哪幅画像最像？"答："两幅画像都很像。但是后一幅更好。"问："为什么这样说呢？"答："前一幅画像只画出了赵郎的容貌，后一幅神态、表情、说笑的姿态都画出来了。"令公问："后一幅是谁画的？"有人回答说："是周昉画的。"当天定出两幅画像的优劣，郭子仪让人给周昉送去锦彩几百匹，以表谢意。

如今京都长安的一座道观里有观自在菩萨像，当时人说是水月观音。大云西佛殿前的行道僧画像，广福寺佛殿前的两面神画像，都很绝妙。周昉后来官任宣州别驾。在任期间，他为禅定寺画过一幅北方天王像。画定后，他常常在梦中见到这位天王。周昉画人世间的男人和女人，可称得上是古今第一圣手。这类画有《浑侍中宴会图》《刘宣武按舞图》《独孤妃按曲粉本》。还有《仲尼问礼图》《降真图》《五星图》《扑蝶图》，以及诸位真人、孔子十弟子的画像等等，有许多幅。唐德宗贞元末年，有一位从新罗来的人，在江淮一带，用很高的价码收买了几十卷周昉的画。他要离去时，发现他买的这些画上的佛像、仙人、真人和男人、女人都很神奇。只有鞍马鸟兽、竹石草木，不够特别生动。出自《画断》。

范长寿

唐朝人范长寿擅长画风俗画，描摹农家的景物、人物的样子。民间有许多月令屏风都是范长寿画的。范长寿画的山川水石、牛马畜类，或曲或直，或远或近，或盘或卧，或零散放牧在

闲野,皆得其妙,各尽其趣。梁张僧繇之次也。僧彦悰《续画品》云:"博赡繁多,未见其能也。其画并妙品上。"又时号何长寿齐名,次之。出《画断》。

程修己

唐程修己,其先冀州人,性好学。时周昉任赵州长史,遂师事焉,二十年。凡画之六十病,一一口授,以传其妙。宝历中,修己应明经举,以昉所授付之。太和中,文宗好古重道。以晋明帝卫协画《毛诗图》,草木鸟兽贤士忠臣之象,不得其真。遂召修己图之。皆据经定名,任土采拾。由是冠冕之制,生植之姿,远无不审,幽无不显矣。又尝画竹障于文思殿。帝赐歌云:"良工运精思,巧极似有神。临窗乍睹繁阴合,再盼真假殊未分。"当时学士,皆奉诏继和。自贞元后,以艺进身。承恩称旨,一人而已。尤精山水竹石,花鸟人物,古贤功德异兽等,并入妙上品。出《画断》。

边 鸾

唐边鸾,京兆人。攻丹青,最长于花鸟折枝之妙,古所未有。观其下笔轻利,善用色。穷羽毛之变态,奋春华之芳丽。贞元中,新罗国献孔雀,解舞。德宗召于玄武门

山野河边，都能画出它们的妙处，各尽其趣。他的画作可称得上是南梁张僧繇第二。僧人彦悰在《续画品》上说："我看过很多绘画作品，没有见到过能跟范长寿的画相媲美的。范长寿的画都可列为妙品上。"又，当时有位叫何长寿的人跟范长寿齐名，实际他的画不如范长寿。<small>出自《画断》。</small>

程修己

　　唐朝人程修己，他的先祖是冀州人氏。程修己禀性好学。当时周昉任赵州长史，他就拜周昉为老师，跟周昉学画二十年。在这二十年的时间里，周昉将自己总结出来的绘画六十病，一一亲口传授给他，使他完全学到了周昉绘画的技巧。宝历年间，程修己参加"明经射第取士"，就是用周昉传授给他的绘画技艺应举的。太和年间，文宗好古重道，认为晋朝明帝时的卫协绘画的《毛诗图》，草木鸟兽贤士忠臣的形像都不够真实，就召程修己再画一幅。程修己把画上的每位贤士忠臣，都根据经史上的记载来确定；画上的草木鸟兽，都随着方位、地形、地貌来具体地绘画出它们的特色来。这样，画上人物的衣饰冠冕，草木鸟兽的姿态、神情，遥远的也无不精准，细微的也无不彰显。程修己还曾给文思殿画了一副竹屏风。皇上为他赐诗说："良工运精思，巧极似有神。临窗乍睹繁阴合，再盼真假殊未分。"当时翰林院的学士们都奉皇上的诏示写诗来奉和。从贞元年间以后，因为才艺而进身仕途、承受圣恩符合上意的，仅程修己一人而已。程修己尤其擅长画山水竹石、花鸟人物、古代圣贤、佛经故事、怪异野兽等。他的这类题材的作品，都列入妙上品。<small>出自《画断》。</small>

边　鸾

　　唐朝边鸾是京兆人。他能画画，最擅长画花鸟折枝。这种画法是以前从来未有过的。看边鸾下笔轻快，善用颜色，能得心应手地表现鸟雀羽毛的万态变化，春花绽放的芬芳艳丽。贞元年间，新罗国进献来一对孔雀，会跳舞。德宗宣召边鸾在玄武门

写貌。一正一背。翠彩生动,金钿遗妍。若运清声,宛应繁节。后以困穷,于泽潞貌五参连根,精妙之极也。近代折枝花,居其首也。折枝花卉蜂蝶并雀等,妙品上。出《画断》。

张 萱

唐张萱,京兆人。尝画贵公子鞍马、屏帷、宫苑子女等,名冠于时。善起草,点簇位置。亭台竹树,花鸟仆使,皆极其态。画《长门怨》,约词掫思,曲尽其旨。即金井梧桐秋叶黄也。粉本画《贵公子夜游图》《宫中七夕乞巧图》《望月图》,皆绡上幽闲多思,意逾于象。其画子女,周昉之难伦也。贵公子鞍马等,妙品上。出《画断》。

王 墨

唐王墨,不知何许人,名洽。善泼墨,时人谓之“王墨”。多游江湖,善画山水松柏杂树。性疏野好酒,每欲图障,兴酣之后,先已泼墨。或叫或吟,脚蹙手抹。或拂或干,随其形象。为山为石,为水为树,应心随意,倏若造化。图成,云霞澹之,风雨扫之,不见其墨污之迹也。出《画断》。

画孔雀。一只孔雀画的是正面,一只画的是侧背。翠绿的孔雀羽毛灿烂生辉,仿佛是一只只华美的金、翠首饰。两只孔雀像在轻声鸣唱,又像在用礼仪迎接贵宾的到来。边鸾后来因为生活困顿穷苦,曾在泽潞镇画了一幅根部连在一起的五棵人参图,画得好极了。在近代折枝画法中,边鸾位居魁首。边鸾的折枝花卉和蜂蝶鸟雀画等,都位列妙品上。出自《画断》。

张 萱

唐朝张萱是京兆人。张萱曾画骑在马上的达官贵人,以及屏风、帷幛、宫苑男女等画,在当时名列众画师之首。张萱擅长勾画草图,以点簇法布置画面。他画的亭台竹树、花鸟仆使,都各尽其态。他画的《长门怨》,按照李白原诗的每一句精心地去构思,将诗的意韵含蓄地表现出来。即在画中充分运用金井梧桐和飘落的秋叶,点染出一片肃杀凄凉,从而表现出宫中旷女的哀怨与凄愁。张萱的画稿《贵公子夜游图》《宫中七夕乞巧图》《望月图》等,都是在白绢上精心表现那些贵家公子、宫中怨女的闲适和幽思。他的画意蕴幽远,远远超过画面上的物像。张萱画男女人物,周昉很难跟他相比。他画的贵家公子骑马游逸图,位列妙品上。出自《画断》。

王 墨

唐朝王墨,不知道是什么人。他的名字叫王洽,因为擅长泼墨,因此当时人都称他为"王墨"。王墨多数时间都在民间游走,擅长画松柏杂树类山水画。他性情疏懒狂野,喜好饮酒。每当他要作画时,都在酒喝到兴奋后,先将墨泼在画布或纸上。或者大声吼叫,或者浅吟低唱。这时候,他手脚并用,又拂又抹,又蹭又踹。出现的物象,或山或石,或水或树,随着心意涂抹。这些景物,仿佛是转瞬间自然生出来的一样。成画后,整幅画就像让云霞淡淡地浸染过、让风雨涤荡过似的,不见些许的墨污痕迹。出自《画断》。

李仲和

唐李仲和，渐之子。渐尝任忻州刺史，善画番人马。仲和能继其艺，而笔力不及其父。相国令狐绹，奕代为相，家富图画。即忻州外孙。家有小画人马障，是尤得意者。会宪宗取置禁中，后却赐还。出《名画记》。

刘 商

唐刘商，官至检校礼部郎中汴州观察判官。少年有篇咏高情，攻山水树石。初师张藻，以造真为意。自张贬窜后，惆怅赋诗云："苔石苍苍临涧水，溪风袅袅动松枝。世间唯有张通会，流向衡阳那得知。"出《名画记》。

历归真

唐末，江南有道士历归真者，不知何许人也。曾游洪州信果观。见三官殿内功德塑像，是玄宗时夹纻，制作甚妙，多被雀鸽粪秽其上。归真遂于殿壁画一鹞，笔迹奇绝。自此雀鸽无复栖止此殿。其画至今尚存。归真尤能画折竹野鹊，后有人传。归真于罗浮山上升。出《玉堂闲画》。

圣 画

云花寺有圣画殿。长安中谓之《七圣画》。初殿宇既制，寺僧召画工，将命施彩饰。会贵其直，不合寺僧祈酬，

李仲和

唐朝人李仲和是李渐的儿子。他的父亲李渐曾经担任过忻州刺史，擅长画西北部边疆一带少数民族骑马行猎的画。李仲和承继了父亲的绘画技艺，但是笔力不及他的父亲。宰相令狐绹家世代官任宰相，藏有许多名画。令狐绹就是李渐的外孙。令狐绹家收藏的画中，有一组屏风人马小品，是最满意的。这组屏风曾经被宪宗要来收藏在宫中，后来又赐还给令狐家。出自《名画记》。

刘　商

唐朝人刘商官至检校礼部郎中汴州观察判官。他年少时就写过一篇赞美高尚情操的诗。刘商专门学画山水树石。起初他拜张藻为师，专门画写实的作品。自张藻遭贬职离开京城后，他深感惆怅，曾为这件事写过一首诗："苔石苍苍临涧水，溪风袅袅动松枝。世间唯有张通会，流向衡阳那得知。"出自《名画记》。

厉归真

唐朝末年，江南有个叫厉归真的道士，不知道是什么人。他曾经游览洪州的信果观，看见三官殿里的神灵塑像，是唐玄宗时期用夹纻法塑成的，塑得精妙绝伦，但是却被栖宿在屋梁上的鸽、雀的粪便污秽得不像样子。于是，厉归真便执笔在殿内墙壁上画了一只鹞鹰，笔力神奇绝妙。从这以后，鸽雀等再也不在这座殿里栖息了。这幅鹞鹰现在还在。厉归真尤其擅长画折竹、野鹊，后来有人承继了他的这种画法。厉归真后来在罗浮山飞升。出自《玉堂闲画》。

圣　画

云花寺有圣画殿，长安城里的人称它为《七圣画》。殿堂刚建成时，寺里的僧人将画工们请来，让他们给殿堂彩绘雕饰。但这些画工要的工钱太贵了，寺里的僧人没有求化到这么多的钱款。

亦竟去。后数日，有二少年诣寺来谒曰："某善画者也，今闻此寺将命画工，某不敢利其价，愿输功可乎?"寺僧欲先阅其迹。少年曰："某弟兄凡七人，未尝画于长安中，宁有迹乎?"寺僧以为妄，稍难之。少年曰："某既不纳师之直，苟不可师意，即命圬其壁，未为晚也。"寺僧利其无直，遂许之。后一日，七人果至。各挈彩绘，将入其殿。且为僧曰："从此去七日，慎勿启吾之门，亦不劳饮食。盖以畏风日所侵铄也，可以泥锢吾门，无使有纤隙。不然，则不能施其妙矣。"僧从其语。如是凡六日，阒无有闻。僧相语曰："此必他怪也，且不可果其约。"遂相与发其封。户既启，有七鸽翩翩，望空飞去。其殿中彩绘，俨若四隅，唯西北墉未尽其饰焉。后画工来见之，大惊曰："真神妙之笔也。"于是无敢继其色者。出《宣室志》。

廉　广

廉广者，鲁人也。因采药，于泰山遇风雨，止于大树下。及夜半雨晴，信步而行。俄逢一人，有若隐士。问广曰："君何深夜在此?"仍林下共坐。语移时，忽谓广曰："我能画，可奉君法。"广唯唯。乃曰："我与君一笔，但密藏焉。即随意而画，当通灵。"因怀中取一五色笔以授之。广拜谢讫，

这些画工竟然不给彩绘而走了。过了几天,有两位少年来到寺里拜访僧人说:"我们是擅长绘画的人,听说你们寺里要请画工。我不敢挣你们的钱,情愿出力可以吗?"寺里的僧人想先看看他们的作品,少年说:"我们兄弟七人,没有在长安绘过画,哪能看到我们的作品呢?"寺里的僧人认为这个少年是在胡说,又提出几个问题习难他。少年说:"我们既然不收师父的工钱,如果我们绘制的不合乎师父们的心意,就让我们将它抹掉,也不算晚。"寺里的僧人图他们不要工钱,于是就答应下来了。第二天,果然来了七个人,每个人手中都拿着彩绘的所需用品。进殿之前,少年对僧人说:"从今天算起,七天之内请不要打开进入殿堂的这道门,也不用你给我们送饮食。因为我们的彩绘没绘完前怕风日的侵蚀。最好用泥将门缝也抹死。不这样做则不能得到最佳的效果。"僧人听从了他们的要求,用泥将门封死。已经过了六天了,殿堂里一点动静也没有。寺里的僧人互相议论说:"这些人一定是什么妖怪变的,我们不能按他们的约定。"于是僧人一齐动手拆掉泥封,打开殿堂的大门。门刚一打开,只见有七只鸽子从殿堂里面飞出来,飞向天空。僧人看见殿堂里的四面墙壁几乎都彩绘完了,只乘下西北边的墙壁还没有全绘制完。后来,画工们来寺里观看这些彩绘,非常吃惊地说:"真是神妙的手笔啊!"于是,没有哪个画工敢将北墙壁没绘完的那部分接着绘制完。出自《宣室志》。

廉 广

廉广是鲁人。他因为采药在泰山遇到风雨,在大树下避雨。到半夜雨过天晴,廉广信步而行。走了不一会儿遇到一个人,像一位隐士。这个人问廉广:"你因为什么深夜在这里?"于是两人一同坐在树下。两人说了一会儿话,这个人忽然对廉广说:"我会绘画,可以教你绘画的方法。"廉广连说好。这个人又说:"我送给你一支笔,但是你要藏好它。用这支笔可以随意画,能和神灵相通。"说着从怀中取出一支五彩笔交给廉广。廉广接笔拜谢,

此人忽不见。尔后颇有验，但秘其事，不敢轻画。后因至中都县，李令者性好画，又知其事，命广至。饮酒从容问之，广秘而不言。李苦告之，广不得已，乃于壁上画鬼兵百余，状若赴敌。其尉赵知之，亦坚命之。广又于赵廨中壁上，画鬼兵百余，状若拟战。其夕，两处所画之鬼兵俱出战。李及赵既见此异，不敢留，遂皆毁所画鬼兵。广亦惧而逃往下邳。下邳令知其事，又切请广画。广因告曰："余偶夜遇一神灵，传得画法，每不敢下笔。其如往往为妖，幸察之。"其宰不听。谓广曰："画鬼兵即战，画物必不战也。"因命画一龙。广勉而画之。笔才绝，云蒸雾起，飘风倏至，画龙忽乘云而上。致滂沱之雨，连日不止，令忧漂坏邑居。复疑广有妖术，乃收广下狱，穷诘之。广称无妖术。以雨犹未止，令怒甚。广于狱内号泣，追告山神。其夜，梦神人言曰："君当画一大鸟，叱而乘之飞，即免矣。"广及曙，乃密画一大鸟。试叱之，果展翅。广乘之，飞远而去，直至泰山而下。寻复见神，谓广曰："君言泄于人间，固有难厄也。本与君一小笔，欲为君致福，君反自致祸，君当见还。"广乃

这个人却忽然不见了。这之后，真的像这个人说的那样，这支笔确实很有灵验。但是，廉广遵嘱保守这个密秘，轻易不敢用这支笔画什么。后来他有事来到中都县。中都县的县令姓李，喜爱绘画，又知道廉广会绘画的事，就将廉广请来，一边饮酒一边问廉广此事。廉广严守秘密，一句话也不说。李县令苦苦恳求他，廉广万不得已，才在墙壁上画了一百多个鬼兵，气势像去杀敌。这个县的赵县尉知道这件事后，也强令廉广给他画幅画。廉广又在赵县尉的官署墙壁上画了一百多个鬼兵，气势像准备打仗。这天夜里，两个地方所画的鬼兵都出来打仗。李县令与赵县尉都亲眼看见了这件怪事，吓得他们再也不敢挽留廉广住在县里了，于是将墙上所画的鬼兵全都毁掉了。廉广也因惧怕获罪而逃到下邳县。下邳县令得知廉广会画后，也恳请他为自己画一幅。廉广于是告诉他："我在一天夜里偶然遇到一位神人，传给我绘画的方法。但是我常常不敢下笔。因为如果下笔绘画，画出来的东西往往会兴妖作怪。幸好我察觉了这一点。"下邳县令不听，对廉广说："你在中都县画的鬼兵走下墙来战斗撕杀，你要是画物，一定不会打仗吧。"于是让廉广为他画一条龙。廉广勉强答应给他画。刚画完，只见画龙的地方开始升出云雾，大风也立即刮起来。画上的那条龙忽然乘云驾雾飞上天空，紧接着就下起了滂沱大雨，一连下了好几天也不停止。下邳县令担忧雨水淹毁市区居民的住宅，又怀疑廉广会妖术，就将廉广抓起来关到牢狱里，一再审问他会不会妖术。廉广说他不会妖术，但是雨还是下个没完。下邳县令更加发怒。廉广在狱中大哭不止，哀告山神快来解救他。这天夜里，廉广梦见那位神人告诉他："你当画一只大鸟，呵叱它，乘着这只大鸟飞出牢狱，就可以免除灾祸。"廉广天亮后秘密画了一只大鸟，画完后试着呵叱它，大鸟果然展翅欲飞。于是廉广乘上大鸟飞走了，一直飞到泰山才落下来。过了一会儿，那位神人又出现在廉广面前，对廉广说："你将秘密泄露在人间了，因此遭到了灾难。我给你一支小笔本意是想给你带来福气。你应当将这支笔还给我。"于是廉广

怀中探笔还之，神寻不见。广因不复能画。下邳画龙，竟
为泥壁。出《大唐奇事》。

范山人

李叔詹常识一范山人，停于私第。时语休咎必中，兼
善推步禁咒，止半年，忽谓李曰："某将去，有一艺，欲以为
别。所谓水画也。"乃请后厅上掘地为池方丈，深尺余，泥
以麻灰，日汲水满之。候水不耗，具丹青墨砚。先援笔叩
齿良久，乃纵毫水上。就视，但见水色浑浑耳。经二日，拓
以致绢四幅。食顷，举出观之。古松怪石，人物屋木，无不
备也。李惊异，苦诘之，唯言善能禁彩色，不令沉散而已。
出《酉阳杂俎》。

韦叔文

唐进士韦叔文善画马。暇日，偶画二马札绢而未设
色。赴举，过华岳庙前。恍然如梦。见庙前人谒己云："金
天王奉召。"叔文不觉下马而入，升殿见王。王曰："知君有
二马甚佳，今将求之，来春改名而第矣。"叔文曰："己但有
所乘者尔。"王曰："有，试思之。"叔文暗思有二画马，即对
曰："有马，毛色未就。"曰："可以为惠。"叔文曰："诺。"出
庙，急于店中添色以献之。来春改名而第。出《闻奇录》。

从怀中取出笔还给了他，神人立刻不见了。廉广由此不再会绘画了。下邳县他画龙的地方，后来重新还原成泥壁。_{出自《大唐奇事》。}

范山人

李叔詹曾经认识一位范山人，请他到家中来。这位范山人预告出来的吉凶福祸都能应验。他还会算命以及施行禁咒术。范山人在李家住了半年，忽然有一天对李叔詹说："我要离开这里了。我有一种技艺，想用它来作为我临别时的赠礼。就是所说的水画。"于是请人在后厅地上挖一个池子，长宽各约一丈，深一尺多，用麻灰抹好。每天都将它灌满水，等到水再不往下渗了，将颜色、墨砚准备好。范山人先握笔叩齿好一阵子，才纵笔在水中涂划。再看看池水，只见水色浑浑的。过了两天，将四幅素白细绢放在池水中拓；约一顿饭工夫，再将四幅细绢取出来观看。只见细绢上古松怪石、人物房屋树木俱全，像真画一样。李叔詹深感惊异，再三询问范山人，他只说自己能够对颜色施禁咒术，不让它沉散罢了。_{出自《酉阳杂俎》。}

韦叔文

唐朝时，进士李叔文擅长画马。一天闲暇，李叔文在札绢上画了两匹马却没有着色。这天，他去参加科举考试，路过华山寺庙前，恍惚中好像做了一个梦。他见到庙前有人参拜他，说："奉金天王的命令你前去见他。"李叔文不觉下马进去，升殿拜见金天王。天王说："得知你有两匹良马，现在我请你将它们送给我。明年春天，请你改换个名字再参加科举考试，一定会考中的。"李叔文说："我只有现在所骑的这匹马呀。"天王说："有，你再想想。"李叔文暗暗想到自己在家画的那两匹马，就回答说："我有两匹马，只是还没有涂上颜色呢。"天王说："可以绘上色。"李叔文说："是的。"李叔文走出庙门，急忙骑马来到店中，给两匹马涂上颜色献给天王。第二年春天，李叔文改名参加科举考试，果然考中了。_{出自《闻奇录》。}

卷第二百一十四
画五

贯　休　楚　安　应天三绝　八仙图　黄　筌
杂　编

贯　休

唐沙门贯休，本婺州兰溪人也，能诗善书妙画。王氏建国时，来居蜀中龙华之精舍。因纵笔，用水墨画罗汉一十六身并一佛二大士。巨石紫云，枯松带蔓。其诸古貌，与他人画不同。或曰：“梦中所睹，觉后图之，谓之‘应梦罗汉’。”门人昙域、昙弗等，甚秘重之。

蜀主曾宣入内，叹其笔迹狂逸，供养经月，却令分付院中。翰林学士欧阳炯亦曾观之，赠以歌曰：“西岳高僧名贯休，孤情峭拔凌清秋。天教水墨画罗汉，魁岸古容生笔头。时捐大绢泥高壁，闭目焚香坐禅室。或然梦里见真仪，脱去袈裟点神笔。高抬节腕当空掷，窸窣毫端任狂逸。逡巡便是两三躯，不似画工虚费日。怪石安排嵌复枯，真僧列坐连跏趺。形如瘦鹤精神健，顶似伏犀头骨粗。倚松根，傍岩缝，曲录腰身长欲动。看经弟子拟闻声，瞌睡山童疑有梦。

贯 休

　　唐朝时的僧人贯休是婺州兰溪人。他能吟诗,擅长书法和绘画。王建建立前蜀王朝时,他来到蜀中,居住在龙华寺精舍里。他用水墨画法为寺里画了十六个罗汉和一幅佛像、二幅菩萨像。画上,巨大的岩石萦绕着云雾,枯槁的老松上盘绕着古藤。而佛、菩萨和十六位罗汉的相貌都古岸异常,跟别的画师画得不一样。贯休自己时常说:"我是在梦中见到了这些神佛,醒来后将他们画出来的,也可以称他们为'应梦罗汉'。"他的弟子昙域、昙弗等人,将这些画秘密收藏起来,看成珍贵的艺术品。

　　蜀国君主曾经宣召贯休进宫。蜀主非常赞赏他的画,说他用笔狂放飘逸。在宫中供养了一个月后,便分配他到翰林院。翰林学士欧阳炯也曾观察过贯休和尚作画,并写了一首诗赠送给他,诗称:"西岳高僧名贯休,孤情峭拔凌清秋。天教水墨画罗汉,魁岸古容生笔头。时捐大绢泥高壁,闲日焚香坐禅室。或然梦里见真仪,脱云袈裟点神笔。高抬节腕当空掷,窸窣毫端任狂逸。逡巡便是两三躯,不似画工虚费日。怪石安排嵌复枯,真僧列坐连跏趺。形如瘦鹤精神健,顶似伏犀头骨粗。倚松根,傍岩缝,曲录腰身长欲动。看经弟子拟闻声,瞌睡山童疑有梦。

不知夏腊儿多年，一手揩颐偏袒肩。口开或若共人语，身
定复疑初坐禅。案前卧象低垂鼻，崖畔戏猿斜展臂。芭蕉
花里刷轻红，苔藓纹中晕深翠。硬筇杖，矮松床，雪色眉毛
一寸长。绳开梵夹两三片，线补衲衣千万行。林间乱叶纷
纷堕，一印残香断烟火。皮穿木屐不曾拖，笋织蒲团镇长
坐。休公休公，逸艺无人加，声誉喧喧遍海涯。五七字句
一千首，大小篆书三十家。唐朝历历多名士，萧子云兼吴
道子。若将书画比休公，只恐当时浪生死。休公休公，始
自江南来入秦，于今到蜀无交亲。诗名画手皆奇绝，觑你
凡人争是人。瓦棺寺里维摩诘，舍卫城中辟支佛。若将此
画比量看，总在人间为第一。"出《野人闲话》。

楚　安

　　西蜀圣寿寺僧楚安妙画山水，而点缀甚细。至于尺素
之上，山川林木，洞府峰峦，寺观烟岚人物，悉皆有之。每
画一小团扇，内安姑苏台或画滕王阁，其有千山万水尽在
目前。然须一季已来，方就一扇。其时诸王宰辅竞相有
请，得之者奉遗甚厚，有不得画者恨恨然。楚安言山僧自
以此适意而已。归寂后，有好事者，往往收得其笔踪。或
谓之"墨宝"也。出《野人闲话》。

应天三绝

　　唐僖宗皇帝翠华西幸之年，有会稽山处士孙位随驾止
蜀。位有道术，兼攻书画，皆妙得笔精。曾于应天寺门左
壁上画天王一座，部从鬼神。奇怪斯存，笔势狂纵，莫之与
京。三十余年无有敌者。景焕其先亦专书画，尝与翰林欧
阳学士炯乃忘形之交。一日连骑同游兹寺，偶画右壁天王

不知夏腊几多年，一手撑颐偏袒肩。口开或若共人语，身定复疑初坐禅。案前卧象低垂鼻，岸畔戏猿斜展臂。芭蕉花里刷轻红，苔藓纹中晕深翠。硬筇杖，矮松床，雪色眉毛一寸长。绳开梵夹两三片，线补衲衣千万行。林间乱叶纷纷堕，一印残香断烟火。皮穿木屐不曾拖，笋织蒲团镇长坐。休公休公，逸艺无人加，声誉喧喧遍海涯。五七字句一千首，大小篆书三十家。唐朝历历多名士，萧子云兼吴道子。若将书画比休公，只恐当时浪生死。休公休公，始自江南来入秦，于今到蜀无交亲。诗名画手皆奇绝，觑你凡人争是人。瓦棺寺里维摩诘，舍卫城中辟支佛。若将此画比量看，总在人间为第一。"出自《野人闲话》。

楚　安

　　西蜀圣寿寺僧人楚安山水画画得非常好，而且画得特别细腻。以至于在一尺宽的白细绢上，山川林木、洞府峰峦、寺观烟雾岚气及人物都能画出来。他就是画一柄小小的团扇，也可以在上面画出来姑苏台或滕王阁等楼台亭榭，可以让你在团扇上看到千山万水。然而，楚安画扇一个季度只画一柄。当时众王公大臣争着请他去画扇子，得到他画的扇子的人给他很丰厚的酬金，没得到的很是不满。但是楚安自己说他画扇子仅仅为了好玩罢了。楚安去世后，有喜爱收藏的人，每每得到楚安生前的笔迹。有人说这是"墨宝"。出自《野人闲话》。

应天三绝

　　唐朝僖宗皇帝巡视西蜀那年，有位会稽山的隐士孙位随驾一起来到蜀地。孙位会道术，还擅长书法、绘画，每有作品都是上乘之作。他曾在应天寺门左面墙壁上画了一幅天王像，天王的随从鬼神形像怪异，笔势狂放，没有比这幅画画得更好的了。三十多年来，没有超过孙位的人。景焕从前也专门学习过书法、绘画，曾经跟翰林学士欧阳炯是彼此随意的朋友。一天，他们一同骑马游应天寺。景焕在寺门右边墙壁上也画了一幅天王像，

以对之。渤海在旁观其逸势,复书歌行一篇以纪之。续有草书僧梦龟后至,又请书之于廊壁上。故书画歌行,一日而就。倾城人看,阗咽寺中,成都之人故号为"应天三绝"。

歌行今亦录附曰:"锦城东北黄金地,故迹何人兴此寺。白眉长老重名公,曾识会稽山处士。寺门左壁图天王,威仪部从来何方。鬼神怪异满壁走,当檐飒飒生秋光。我闻天王分理四天下,水精宫殿琉璃瓦。彩仗时驱拂琳装,金鞭频策骐骥马。毗沙大像何光辉,手擎巨塔凌云飞。地神对出宝瓶子,天女倒披金缕衣。唐朝说著名公画,周昉毫端善图写。张僧繇是有神人,吴道子称无敌者。奇哉妙手传孙公,能于此地留神踪。斜窥小鬼怒双目,直倚越狼高半胸。宝冠动揔上声。生威容,趋跄左右来倾恭。臂横鹰爪尖纤利,腰缠去声。虎皮斑剥红。飘飘但恐入云中,步骤还疑归海东。蟒蛇拖得浑身堕,精魅搦来双眼空。当时此艺实难有,镇在宝坊称不朽。东边画了空西边,留与后人教敌手。后人见者皆心惊,尽为名公不敢争。谁知未满三十载,或有异人来间生。匡山处士名称朴,头骨高奇连五岳。曾持象简累为官,又有蛇珠常在握。昔年长老遇奇踪,今日门师识景公。兴来便请泥高壁,乱抢去声。笔头如疾风。逡巡队仗何颠逸,散漫奇形皆涌出。交加器械满虚空,两面或然如斗敌。圣王怒色览东西,剑刃一挥皆整齐。腕头狮子咬金甲,脚底夜叉擎络鞉。马头壮健多筋节,乌嘴弯环如屈铁。遍身蛇虺乱纵横,绕颔髑髅干子裂。眉粗眼竖发如锥,怪异令人不可知。科头巨卒欲生鬼,半面女郎安小儿。况闻此寺初兴置,地脉沉沉当正气。如何请得二山人,下笔咸成千古事。君不见,明皇天宝年,画龙致雨非偶然。包含万象藏心里,变现百端生眼前。后来

想跟孙位画的那幅比试高低。欧阳炯在旁边看到景焕画的这幅天王像笔势峻逸，又作了一篇歌行诗来记载这件事情。后来擅长草书的僧人梦龟刚巧也来了，于是请他将这篇歌行题书在廊壁上面。由此，书法、绘画、歌行一天内都完成了。全城的人都争相来观看，整个应天寺内拥挤喧嚷，成都人因此称之为"应天三绝"。

现将这首歌行诗也附录在下面：锦城东北黄金地，故迹何人兴此寺。白眉长老重名公，曾识会稽山处士。寺门左壁图天王，威仪部从来何方。鬼神怪异满壁走，当檐飒飒生秋光。我闻天王分理四天下，水精宫殿琉璃瓦。采仗时驱拂琳装，金鞭频策骐骥马。毗沙大像何光辉，手擘巨塔凌云飞。地神对出宝瓶子，天女倒披金缕衣。唐朝说著名公画，周昉毫端善图写。张僧繇是有神人，吴道子称无敌者。奇怪妙手传孙公，能于此地留神踪。斜窥小鬼怒双目，直倚越狼高半胸。宝冠动揿上声。生威容，趑趄左右来倾恭。臂横鹰爪尖纤利，腰缠去声。虎皮斑剥红。飘飘但恐入云中，步骤还疑归海东。蟒蛇拖得浑身堕，精魅搦来双眼空。当时此艺实难有，镇在宝坊称不朽。东边画了空西边，留与后人教敌手。后人见者皆心惊，尽为名公不敢争。谁知未满三十载，或有异人来间生。匡山处士各称朴，头骨高奇连五岳。曾持象简景为官，又有蛇珠常在握。昔年长老遇奇踪，今日门师识景公。兴来便请泥高壁，乱抢去声。笔头如疾风。逶巡队仗何颠逸，散漫奇形皆涌出。交加器械满虚空，两面或然如斗敌。圣王怒色览东西，剑刃一挥皆整齐。腕头狮子咬金甲，脚底夜叉擎络鞬。马头壮健多筋节，乌嘴弯环如屈铁。遍身蛇虺乱纵横，绕颔髑髅干子裂。眉粗眼竖发如锥，怪异令人不可知。科头巨卒欲生鬼，半面女郎安小儿。况闻此寺初兴置，地脉沉沉当正气。如何请得二山人，下笔咸成千古事。君不见，明皇天宝年，画龙致雨非偶然。包含万象藏心里，变现百端生眼前。后来

画品列名贤,唯此二人堪比肩。人间是物皆求得,此样欲于何处传? 尝忧壁底生云雾,揭起寺门天上去。"出《野人闲话》。

八仙图

西蜀道士张素卿,神仙人也。曾于青城山丈人观,绘画五岳四渎真形并十二溪女数堵。笔迹遒健,精彩欲活。见之者心辣神悸,足不能进。实画中之奇绝也。蜀主累遣秘书少监黄筌令取模样。及下山,终不相类。因生日,或有收得素卿所画《八仙》真形八幅,以献孟昶。观古人之形相,见古人之笔妙,欢赏者久之。且曰:"非神仙之人,无以写神仙之质也。"赐物甚厚。一日,令伪翰林学士欧阳炯次第赞之,又遣水部员外郎黄居宝八分题之。每观其画,叹笔迹之纵逸;览其赞,赏文词之高古;视其书,爱点画之宏壮。顾谓"八仙",不让"三绝"。八仙者,李己、容成、董仲舒、张道陵、严君平、李八百、长寿、葛永璝。出《野人闲话》。

黄 筌

昔吴道子所画一锺馗,衣蓝衫,鞹一足,眇一目,腰一笏,巾裹而蓬发垂鬓。左手捉一鬼,以右手第二指抉鬼眼睛。笔迹遒劲,实有唐之神妙。收得者将献伪蜀主,甚爱重之,常悬于内寝。一日,召黄筌令看之。筌一见,称其

画品列名贤,唯此二人堪比肩。人间是物皆求得,此样欲于何处传？尝忧壁底生云雾,揭起寺门天上去。出自《野人闲话》。

八仙图

　　西蜀道士张素卿是神人。张素卿曾经在青城山丈人观的几堵墙上,绘画泰山、华山、衡山、恒山、嵩山等五岳,长江、黄河、淮水、济水等四渎和十二溪女等。他的画笔力道健,栩栩如生,呼之欲活。看到这些壁画的人都不由得心惊胆颤,不敢迈步。这些画真是画中的神奇绝妙之作。后蜀君主孟昶多次派秘书少监黄筌去丈人观取这些壁画的摹写图本,但是拿回来的图本始终都不像原壁画。孟昶过生日,有人得到张素卿所画的《八仙图》,献给孟昶。观看画上的古人形像,欣赏古人的妙笔,孟昶久久地欣赏把玩这幅《八仙图》,说:"不是神人,不能绘出神仙的特质啊!"他给献画的人很丰厚的赏赐。一天,孟昶又让前朝翰林学士欧阳炯按着顺序为《八仙图》写赞词,又让水部员外郎黄居宝用八分书体题写在画上。孟昶每次观赏《八仙图》,都不由得称赞这幅画笔力恣肆飘逸,称赞画上的赞词文彩高雅古拙,称赞画上的题书笔势宏壮。他说:"《八仙图》一点也不比应天寺的'三绝'壁画逊色。"八仙,分别是李己、容成、董仲舒、张道陵、严君平、李八百、长寿、葛永璝。出自《野人闲话》。

黄　筌

　　从前,唐朝人吴道子画的一幅《锺馗捉鬼图》,画上的锺馗穿着蓝衣衫,一只脚用皮裹着,一只眼睛瞎了,腰上插着一只笏板。头上裹着一头巾,蓬乱的头发一直垂到鬓角。他左手捉住一只鬼,用右手第二指剜鬼眼睛。这幅画笔力道劲,实在是深得唐朝时绘画的神妙。收藏这幅画的人将它进献给后蜀君王孟昶,孟昶非常爱惜这幅画,曾一度将它悬挂在宫寝内。一天,孟昶召见黄筌,让他来欣赏这幅《锺馗捉鬼图》。黄筌一看到这幅画,连称

绝妙。谢恩讫。昶谓曰："此锺馗若母指掐鬼眼睛，则更校有力。试为我改之。"筌请归私第。数日看之不足。别绾绢素，画一锺馗，以母指掐鬼眼睛。并吴本一时进纳。昶问曰："比令卿改之，何为别画？"筌曰："吴道子所画锺馗，一身之力，气色眼貌，俱在第二指，不在母指，所以不敢辄改。筌今所画，虽不及古人，一身之力，意思并在母指。"昶甚悦，赏筌之能。遂以彩段银器，旌其别识。出《野人闲话》。

杂 编

敬爱寺复有雉尾病龙，莫知画者谁氏。绘素奇巧，皆入神之迹。雉尾在东廊观音院，天王部从中，绯衣神人抱野鸡一只，遍而观之，势若飞动也。原缺出处，明抄本作出《尚书谈录》，今见出《剧谈录》。

国朝李嗣真评画云："顾画屈居第二。"然虎头又伏卫协画《北风图》。此图尝在韩吏部家。张弘靖平康里宅，乃崔司业融旧第。有司业题壁处犹在。出《尚书故实》。

僧道芬，会稽人。荥阳人郑町，处士梁洽，处士项容。青州处士吴恬，一名汾，字建康。已上并画山水。道芬格高，郑町雅淡，梁洽美秀，项容顽涩。吴恬险巧，有画《山水录》，记平生所画在绢素者凡百余面，传之好事。自云："初梦有神人指授画法。"恬好为顽石，气象深险，能为云雨气象。又有王默，师项容，风颠酒狂。松石虽有高奇，流俗所好。

妙绝。黄筌谢过恩后，孟昶说："画上的锺馗如果用拇指掐鬼眼睛，会更有力些。请你试着为我修改一下。"黄筌听了后请孟昶允许他拿回家里去改。他仔细捉摸了好几天，还是觉得没法改动。于是另外绷好一幅白绢，重画了一幅《锺馗捉鬼图》，画上的锺馗正用拇指掐鬼眼睛。他把这幅画和吴道子的原画一起进献给孟昶。孟昶看了后问："我本来让你改画，为什么另画了一幅？"黄筌回答说："吴道子所画的锺馗，全身的力量，人物的神情、眼神，都集聚在第二指上，不在拇指。所以，我不敢轻易改动。我现在画的这幅，虽然赶不上吴道子画的那幅，但是人物全身的力气和心思都集聚在拇指上了。"孟昶听了后非常高兴，非常赞赏黄筌的才能。于是赏赐给他彩缎、银器等物，用以表彰他的卓有见识。出自《野人闲话》。

杂 编

敬爱寺还有雉尾病龙，不知道是谁绘画的。这幅画奇异精巧，都可以列入神品行列。雉尾在东廊观音院，天王的部从中有一名绯衣神人怀抱一只野鸡，周遍地看，这只野鸡的气势像在飞动一样。原来缺少出处，明抄本写成"出自《尚书谈录》"，今天所见的本子出自《剧谈录》。

本朝李嗣真论评绘画说："顾恺之的画屈居第二位。"然而顾恺之又佩服卫协画的《北风图》。《北风图》曾经收藏在韩愈家中。现在藏在张弘靖平康里的宅第里。张家的这所宅第，乃是司业崔融的旧宅。崔融当年在墙壁上题的字还在。出自《尚书故实》。

僧人道芬是会稽人。荥阳人郑町、隐士梁洽、隐士项容。青州隐士吴恬，还有一个名字叫"汾"，字建康。上述这些人都擅长画山水。道芬的画格调高，郑町的画雅淡，梁洽的画美秀，项容的画顽冥晦涩。吴恬的画险巧，有画《山水录》，上面记载着他平生在绢素上画的画，一共有一百多幅，传给喜爱画的人。他自己说："最初我梦见神人教授我画法。"吴恬喜爱画顽石。他画的顽石景象深奇幽险，能生出云雨等气象。还有王默，师法项容，性情颠狂好饮。他画的松石虽然高雅奇异，也为一般人所喜爱。

醉后以头髻抵于绢素。王默早年受笔法于台州郑虔。贞元末,于润州殁。举枢若空,时人多言化去。平生大有奇事。顾著作知新亭监时,默请为海中都巡。问其意,云:"要见海中山水耳。"为职半年后解去。尔后落笔有奇趣。乃项生弟子耳。彦远从兄监察御史厚,与余具言此事。然余不甚觉默画有奇也。出《名画记》。

有别画者,与人同游寺。看壁画音声一铺曰:"此凉州第几遍。"不信,召乐官奏凉州。至画处,用指更无差异。出《卢氏杂说》。

故德州王使君椅家有笔一管约一寸,粗于常用笔管,两头各出半寸以来。中间刻《从军行》一铺。人马、毛发、屋木、亭台、远水,无不精绝。每一事刻《从军行》两句,若"庭前琪树已堪攀,塞外征人殊未还"是也。似非人功。其画迹若粉描,向明方可辨之。云,用鼠牙刻。故崔郎中铤文,有《王氏笔管记》是也。类韩文公《画记》。椅,玄质子,绍孙,高雅博古,善琴阮。余旧宅在东洛归德坊南街,厅屋是杏木梁。西壁有韦旻郎中散马七匹,东壁有张旭草真踪数行。旭世号"张颠"。宅之东果园,《两京新记》是马周旧宅。出《卢氏杂说》。

荥阳外郎赞宰万年日,有荷校者以贼呼之。言尝给妇人廉市马画。赞责之,命取以视。则古丝烟晦,幅联三四。蛮鬶裁缥,斑鼍皮轴。赞曰:"是画也。"太尉李公所宝惜,

王默喝醉了后，用头顶的发髻在白绢上作画。王默早年跟台州人郑虔学画。唐德宗贞元末年，王默在润州病逝。出殡时，抬着他的灵柩像抬空柩一样轻。当时有很多人说他是羽化升仙了。王默一生中有很多奇异的事情。顾况任新亭监时，王默请求担任海中都巡。问他有什么用意，回答说："我要看看海中的山水啊！"王默担任了半年海中都巡后离职而去。从这以后，他每有画作必有奇趣。王默是项容的弟子。我的堂兄张彦远官任监察御史，跟我的关系很好，把王默的这些奇事都跟我讲了。然而我并不觉得王默的画有什么奇异之处。出自《名画记》。

另外有一个画家，和人同游一处寺院，看到寺内墙壁上画着演奏乐曲的壁画。这个画家指着其中的一幅壁画说："这幅绘的是演奏《凉州曲》第几遍。"同去的人不相信，召来乐师演奏《凉州曲》，演奏到他指的那幅画中，指法果然一点不差。出自《卢氏杂说》。

已故德州人王椅家中有一管笔。这支笔粗约一寸，比一般的笔管粗，两端各长出半寸多，中间雕刻着《从军行》一幅。画中的人马、毛发、屋木、亭台、远水，无不精彩绝伦。每一件事刻着《从军行》诗二句，例如"庭前琪树已堪攀，塞外征人殊未还"。不像人工刻的。这幅画像用的白描笔法，迎着光亮可以看到。据说是用鼠牙雕刻上去的。已故郎中崔铤文撰写过一篇《王氏笔管记》，记载了这件事情。这篇文章类似韩愈的《画记》。王椅，是王玄质的儿子，王绍的孙子。他性情高雅，通晓古代的事情，擅长弹奏阮琴。我家的旧宅在东都洛阳归德坊南街，厅堂是杏木房梁，西墙壁上有郎中韦旻画的散放着的七匹马，东墙壁上有数行张旭的草书真迹。世人称张旭为"张颠"。旧宅东边的果园，《两京新记》上说是马周的旧宅。出自《卢氏杂说》。

荥阳员外郎赞任万年县知县时，有一个负枷的囚犯窃贼，说他曾欺骗了一位妇女，用非常便宜的价钱买下了她的绘有马的画。赞追问他，命令这个窃贼将画拿来看。只见丝绢已很古旧，上面烟气熏染遍是污迹，约三四幅绢联在一起，用蛮毡裁裱，用樊龟的皮做的轴。赞看完后说："确实是画。"李太尉珍藏过这幅画，

有赞皇图书篆焉。人有七万购献牢盆者,得漕渠横梁梗舥倅职。因出妓于阁,又落民间。言是寇幸其不鉴,以卑价市之。为妓人自他方归所诉,请以所亏价书罪。赞不能决。时延寿里有水墨李处士,以精别画品游公卿门。召之辨之。瞪目三叹云:"韩展之上品也。"黄沙之情已具,丹笔之断尚疑。会有赏籍自禁军来认者。赞以且异奸盗,非愿苟留,因并画径送。后永绝其耗。出《唐阙史》。

晋以前目所不睹,难以平议。晋以来,厥迹存者,可得而言,顾长康、张僧繇、陆探微,异才间出,是为三祖。后世虽有作者,难可加焉。昔萧武帝博学好古,鸠集图画。令朝臣攻丹青者,详其名氏,并定品第,藏于秘府,以备阅玩。及侯景之乱,元帝迁都。而王府图书,悉归荆土。洎周师来伐,帝悉焚之。历周隋至国朝,重加购募,稍稍复出。无何,遂盈秘府。长安初,张易之奏召天下名工,修葺图画。潜以同色故帛,令各推所长,共成一事。仍旧缥轴,不得而别也。因而窃换。张氏诛后,为少保薛稷所收。稷败后,

上面有赞皇县篆文的图书印迹。有个人用了七万钱将这幅画买到手,进献给了监务官,换来个在漕运河上掌管横梁梗船的副职。正在这时,从别处来了一位妇女,她自述说:"当年我从家里出来作了妓女,沦落民间。因为偶然的机会,遇见了你们关押的这个贼人。他侥幸欺骗了我,用很低的价钱将画买了去。现在请知县大人根据他用很少的钱骗买我的家传名画来给他定罪。"赞鉴别不了这幅画的真伪优劣。当时延寿里有个会绘画的李处士,凭着鉴别画品的高超技艺出入于达官贵人家。赞将李处士请来鉴别这幅画。李处士拿过来一看,吃惊地瞪大了眼睛,连连称赞道:"这是古人韩展的上品画啊!"一幅古画沉没黄沙,现在终于又让它重见天日了。但是这幅画的来龙去脉还有可疑之处。正在这时,有人携带着禁军户籍来认领这位妇女。赞认为这一男一女不是奸盗之徒,不愿意再扣留下去,于是将他们和这幅古画一起送走了。从这以后再也没有这幅古画的下落消息了。出自《唐阙史》。

晋朝以前的画看不到了,难以评论它们的优劣。晋朝以后,尚存在世间的这些画中,从可以见得到的来看,顾长康、张僧繇、陆探微三家,都是具有特殊才能的人,可称为画界的三位宗师。后来虽然也有新的画家不断出现,但是都不能跟他们三位相媲美。从前梁武帝萧衍知识广博,爱好古玩字画。他曾收集历代的许多绘画作品,让朝臣中通晓绘画的人,查清每幅画的作者,并评定品第;然后将这些画藏在秘密的地方,以供自己欣赏把玩。到侯景之乱的时候,梁元帝迁都江陵,王府中的书画都被运到了江陵。后来北周来征讨,敬帝将这些书画全付之一炬。历经周、隋到本朝,重新收购征集,又得到一些。没多久,就充实了秘府。建都长安之初,张易之奏请召集天下名工修葺这些画。他暗地里用同一颜色的古绢,让这些画工各以自己所擅长的技能来一同完成。仿制的画依然用旧的缥轴,让人很难辨识出来。于是,张易之用这些仿制品将古画真迹偷换出来窃为己有。张易之被处死后,这些画由少保薛稷收藏。薛稷事情败露后,

悉入岐王。初不奏闻，窃有所虑，因又焚之。于是图画奇迹，荡然无遗矣。出《谭宾录》。

这些古画都落入岐王手中。起初，岐王没将这些画上奏朝廷，后来有所顾虑，因此将这些古画又都焚烧了。于是历代遗留下来的古画奇迹就荡然无存了。出自《谭宾录》。

卷第二百一十五
算术

郑　玄

汉郑玄在马融门下。三年不相见，高足弟子传授而已。常算浑天不合，问诸弟子，弟子莫能解。或言玄，融召令算，一转便决。众咸骇服。及玄业成辞归，融心忌焉。玄亦疑有追者，乃坐桥下，在水上据屐。融果转式逐之，告左右曰："玄在土下水上而据木，此必死矣。"遂罢追。玄竟以免。一说，郑康成师马融，三载无闻，融鄙而遣还。玄过树阴假寐，见一老父，以刀开腹心。谓曰："子可以学矣。"于是寤而即返。遂精洞典籍。融叹曰："诗书礼乐，皆已东矣。"潜欲杀玄，玄知而窃去。融推式以筭玄，玄当在土

郑　玄

汉朝人郑玄拜马融为师,三年没有见到马融的面,马融只是让他的一个学得较好的学生教郑玄而已。一次,马融计算浑天历法算得不符合,问他的弟子们,没有一个能算出来的。有个弟子说郑玄能算,马融就将郑玄召来让他计算,一转眼的工夫就算出来了。大家都既吃惊又佩服。等到郑玄学成后辞别老师回归故里时,马融心里忌恨郑玄。郑玄也怀疑有人追赶他,于是坐在一座桥的下面,将穿着木屐的脚放在水面上。马融果然运转卜具推算出他离去的方位,带领人去追杀郑玄。看见郑玄后,对跟他一起来追杀郑玄的人说:"郑玄在土下水上而依靠着木,这回他必定得死。"于是不再追杀郑玄,郑玄方免一死。还有一种说法:郑玄跟马融学习,三年时间过去了,没有什么成就,马融鄙视他因而将他赶出师门。郑玄在回去的路上经过一株大树,便在树荫下闭眼休息。他看见一位老翁,老翁用刀割开他的肚腹看看他的心,说:"你还是可以学成的。"于是,郑玄醒来后马上回去重新跟马融学习,很快便精通了所有的典籍。马融感叹地说:"诗书礼乐,郑融都精通啦!"心中暗暗产生杀机。郑玄觉察出老师有杀他的想法,偷偷离去。马融推算出郑玄此时的方位应在土

木上。躬骑马袭之。玄入一桥下，俯伏柱上。融踟蹰桥侧云："土木之间，此则当矣，有水非也。"从此而归。玄用免焉。出《异苑》。

又郑康成以永建二年七月戊寅生。玄八九岁能下筹乘除。年十一二随母还家，腊日宴会，同时十许人皆美服盛饰，语言通了。玄独漠然，状如不及。母私督数之。乃曰："此非玄之所志也。"出《玄列传》。

真玄兔

汉安定皇甫嵩、真玄兔、曹元理，并善算术，皆成帝时人。真常自算其年寿七十三，于绥和元年正月二十五日晡时死。书其屋壁以记之。二十四日晡时死。其妻曰："见算时常下一筹。欲以告之，虑脱有旨，故不告，今果先一日也。"真又曰："北邙青冢上，孤槚之西四丈所，凿之入七尺。吾欲葬此地。"及真死，依言往掘，得古时空椁，即以葬焉。出《西京杂记》。

曹元理

曹元理尝从真玄兔友人陈广汉。广汉曰："吾有二困米，忘其硕数，子为吾计之。"元理以食著十余转曰："东困七百四十九石二斗七合，西困六百九十七石八斗。"遂大署困门。

木上，就亲自骑马去袭杀他。郑玄见老师骑马追来，慌忙跑到一座桥下，全身卧伏在桥柱子上躲藏起来。马融追到近前，下马来回寻找却不见郑玄，就自言自语地说："郑玄此时应当在土木之间，就是这个地方啊。这里还有水，看来不在这儿。"于是马融骑马走了。郑玄躲过了死亡。出自《异苑》。

又：郑玄生于汉顺帝永建二年七月戊寅日。他长到八九岁时就能用筹码进行乘除法的运算。他十一二岁随母亲回到家里，正逢腊月宴会，同席的十多个人个个衣着华美，能说会道，唯独郑玄神情漠然，好像比不上别人的样子。母亲几次暗中督促郑玄，让他也跟同席人说说话。郑玄说："说话闲聊练嘴皮子，这不是我的志向。"出自《玄列传》。

真玄兔

汉朝时安定人皇甫嵩、真玄兔、曹元理都精通算术。他们都是汉成帝时期的人。真玄兔曾自己算出他的年寿是七十三岁，应当在绥和元年正月二十五日晡时死。他将这个日子写在屋内墙壁上。绥和元年正月二十四日晡时，真玄兔死去。临死前，他的妻子告诉他："当年你计算死去的时间时，我看见你曾向下多拨下一个筹码。我打算告诉你，又考虑或许你是故意这样做的，因此没有告诉你。现在你果然早一天到了死期啊！"真玄兔又对妻子说："北邙山上有座坟墓，坟墓旁边长着一株楸树。在楸树西侧四丈远的地方，往下挖七尺深，我想葬在那里。"等真玄兔死后，家人按照他指示的方向位置去挖，挖到七尺深时，发现一具古时候的空椁，就将他下葬在这具空椁里了。出自《西京杂记》。

曹元理

曹元理有一次到真玄兔的朋友陈广汉家。陈广汉说："我有两囷米，忘记一共是多少石了。请你为我计算一下。"曹元理用吃饭的筷子量了十多圈，说："东囷有米七百四十九石二斗七合，西囷有米六百九十七石八斗。"于是陈广汉将囷门关好贴上封条。

后出米,西囷六百九十七石七斗九升,中有一鼠,大堪一升,东囷不差圭合。元理后岁复遇广汉,广汉以米数告之。元理以手击床曰:"遂不知鼠之食米,不如剥面皮矣。"广汉为之取酒。鹿脯数胏,元理复筭曰:"甘蔗二十五区,应收一千五百三十六枚。蹲鸱三十七亩,应收六百七十三石。千牛产二百犊。万鸡将五万雏。"羊豕鹅鸭,皆道其数。果蓏穀核,悉知其所。乃曰:"此资业之广,何供具之褊。"广汉惭曰:"有仓卒客,无仓卒主人。"元理曰:"俎上蒸肫一头,厨中荔枝一盘,皆可以为设。"广汉再拜谢罪。入取,尽日为欢。其术后传南季,南季传项滔,项滔传子陆。皆得其分数,而失其立妙焉。出《西京杂记》。

赵 达

吴太平二年,长沙大饥,杀人不可胜数。孙权使赵达占之云:"天地川泽相通,如人四体,鼻衄灸脚而愈。今余干水口,常暴起一洲,形如鳖,食彼郡风气,可祠而掘之。"权乃遣人祭以太牢,断其背。故老传云,饥遂止。其水在饶州余干县也。出《洽闻记》。

后来陈广汉家往外出米，西囷出了六百九十七石七斗九升，囷中有一只老鼠，大约有一升那么大。东囷所出米的数量和曹元理算的不差厘毫。第二年，曹元理又遇到了陈广汉，陈广汉将出囷时量的米的石数告诉曹元理。曹元理用手拍床说："我怎么就不知道老鼠吃米呢？不如将我的脸皮剥下来算了。"陈广汉为他取来了酒和几块鹿肉干，曹元理又用筹码计算后说："甘蔗田二十五畦，应该收一千五百三十六枚。大芋三十七亩，应收六百七十三石。有一千头牛，产二百头牛犊。有一万只鸡，将孵出五万只鸡雏。"羊猪鹅鸭，他都能说出它们的数目；瓜果蔬菜，都知道它们有多少。曹元理又说："你有这么多的家业，怎么才拿出这么少的食物来招待我？"陈广汉惭愧地说："客人突然到来，仓促中招待不周。"曹元理说："你有那么多的猪鸡鸭鹅，有那么多的瓜果蔬菜，盛上一头蒸肫，再盛上一盘荔枝，不都可以招待我吗？"陈广汉向他拜了两拜谢罪，进到厨房里重新取来菜肴，两人高兴地喝酒，一直喝到晚上才散。曹元理的算学后来传给了傅南季，傅南季传给了项滔，项滔又传给了他的儿子项陆。但是这些人都只学到了曹元理的部分，而没有真正继承下来他在算学上的建树。出自《西京杂记》。

赵 达

吴国会稽王孙亮太平二年，长沙发生大饥荒，死人不计其数。孙权派赵达去占算，赵达占算后说："天地川泽相互连通，就像人的四肢互相连通似的。鼻子出血了，灸脚就会医好它。现在余干县水口突然升起一渚沙洲，沙洲的形状像鳖一样，将这个地方的风水给吃掉了，可以在祭祀后将这渚沙洲挖掉。"于是孙权派人用牛、羊、猪三样牺牲为这渚沙洲举行了祭祀，然后让人掘断了它的脊背。据从前的老人们说，之后饥荒就解除了。挖出的这条河渠就在饶州的余干县境内。出自《洽闻记》。

贞观秘记

唐贞观中秘记云："唐三世后，有女主武王代有天下。"太宗密召李淳风访之。淳风奏言："臣据玄象，推算已定。其人已生在陛下宫内，从今不满四十年，当有天下，诛杀子孙殆尽。"太宗曰："疑似者杀之，何如？"淳风曰："天之所命，必无禳避之法。王者不死，枉及无辜。且据占已长成，在陛下宫内为眷属。更四十年又当衰老，老则仁慈，恐伤陛下子孙不多。今若杀之为仇，更生少壮，必加严毒，为害转甚。"遂止。出《感定录》。

一　行

沙门一行，俗姓张名遂，郯公公瑾之曾孙。年少出家，以聪敏学行，见重于代。玄宗诏于光大殿改撰历经。后又移就丽正殿，与学士参校。一行乃撰《开元大衍历》一卷，《历议》十卷，《历成》十二卷，《历书》二十四卷，《七政长历》三卷。凡五部五十卷。未及奏上而卒。张说奏上之，诏令行用。初，一行造黄道游仪以进。御制《游仪铭》付太史监，将向灵台上，用以测候。分遣太史官大相元太等，驰驿往安南、朗、衮等州，测候日影。同以二分二至之日午时，量日影，皆数年方定。安南极高二十一度六分，冬至日影长七尺九寸二分，春秋二分长二尺九寸三分，夏至日在表南三寸一分；蔚州横野军北极高四十度，冬至日影长一丈

贞观秘记

唐太宗贞观年间，有本秘记上说："唐朝三世后，有女主武王取代李姓而有天下。"唐太宗密召李淳风察访这件事。李淳风上奏太宗说："我根据天象，已经推算出来了。这个女人现在就在陛下您的后宫里，从现在算起不满四十年她当得天下，将您的皇子皇孙几乎杀尽了。"唐太宗说："把疑似之人都杀死，怎么样？"李淳风说："这是上天命定的，没有什么祭神之法能躲避过去。帝王不会被杀死，只会白白杀死无辜的人。况且，根据我的占算这个女人已经长大成人，就在您的后宫中为嫔妃。过了四十年后她将衰老，人老了就仁慈，恐怕不会伤害您太多的皇子皇孙的。现在若将她杀了结下仇怨，再生个更年轻的，必将更加严厉狠毒，危害也将更严重。"于是唐太宗打消了杀死嫌疑者的念头。

出自《感定录》。

一　行

僧人一行，俗姓张名遂，是郑公张公瑾的曾孙。一行和尚从小就出家为僧人，以聪敏的学问品行为当代人所看重。唐玄宗下诏让他于光大殿改写历书，后来又移到丽正殿，跟翰林学士们一起检验校核。一行和尚撰写成了《开元大衍历》一卷、《历议》十卷、《历成》十二卷、《历书》二十四卷、《七政长历》三卷，一共五部五十卷，未来得及上报给玄宗皇帝他就病逝了。宰相张说将一行和尚的遗著上报给玄宗皇帝后，玄宗下诏书命令使用一行撰写的新历。初时，一行和尚制造了一部黄道游仪进献皇上。玄宗皇帝亲自在上面撰写了《游仪铭》，交付太史监，将它放置在观测天象的灵台上用来测量时辰，并且分别派遣太史官大相、元太等人，乘驿车赶往安南、朗、衮等州，去测量日影。同时在春分、秋分、夏至、冬至这几天的午时，测量日影，都测量好几年才定下来。安南州最高处二十一度六分，冬至那天日影长七尺九寸二分，春分、秋分日长二尺九寸三分，夏至这天日影在表南长三寸一分。蔚州横野军最北边高四十度，冬至这天日影长一丈

五尺八分,春秋二分长六尺六寸二分,夏至影在表北二尺二寸九分。此二所为中土南北之极。朗、兖、太原等州,并差互不同。用句股法算之云:"大约南北极,相去才八万余里。"修历人陈玄景亦善算。叹曰:"古人云:'以管窥天,以蠡测海。'以为不可得而致也。今以丈尺之术而测天地之大,岂可得哉?若依此而言,则天地岂得为大也。"其后参校一行《历经》,并精密,迄今行用。出《大唐新语》。

邢和璞

邢和璞好黄老之道,善心筹,作《颍阳书疏》。有叩奇旋入空,或言有草,初未尝睹。段成式见山人郑昉说,崔司马者寄居荆州,与邢有旧。崔病积年且死,心常恃于邢。崔一日觉卧室北墙,有人劚声。命左右视之,都无所见。卧空室之北,家人所居也。如此七日,劚不已。墙忽透,明如一粟。问左右,复不见。经一日,穴大如盘。崔窥之,墙外乃野外耳。有数人荷锹镢,立于穴侧。崔问之,皆云,邢真人处分开此。司马厄重,倍费功力。"有顷,导骑五六。悉平帻朱衣。辟曰:"真人至。"见邢舆中,白帢垂缕,执五明扇,侍卫数十,去穴数步而止。谓崔曰:"公算尽,仆为公再三论,得延一纪。自此无苦也。"言毕,壁合如旧。旬日

五尺八分,春分、秋分日长六尺六寸二分,夏至这天日影在表北,长二尺二寸九分。这两个地方是中华国土的南极与北极。朗、衮、太原等州,差得各不相同。用勾股法计算,说:"大约南北极相距才八万多里。修历书的人陈玄景也精通算学,他感叹地说:"古人说'用管来观察天象,用瓢来测量海水',认为是办不到的事情。现在一行僧人用丈、尺为单位来测量天地的大小,怎么可以测量出来呢? 若按一行僧的说法,天与地又怎么能称得上大呢?"后来,陈玄景参加检查校核一行僧人撰写的《历经》,使它更加精密。直到现在使用的还是这部《历经》。出自《大唐新语》。

邢和璞

邢和璞爱好黄帝、老子的道学,擅长心算,曾写过一本《颍阳书疏》。他能够依靠奇异的飞旋功夫升入天空,还有人说他会占卜,起初没有人看到他这些特异的功能。段成式一次遇见隐士郑昉,讲了这样一件事:有位姓崔的司马居住在荆州,是邢和璞的一位朋友。崔患病多年,快要死了,心里常想如果邢和璞在就好了。一天,崔司马觉得卧室的北墙外有人挖掘的声响,让仆人去看,都没看见什么。他卧室空屋的北面,住着家人仆夫。一连七天,崔司马都听到有人在掘墙。忽然他看到北墙掘透,露出米粒大小的洞。他问手下人,还是没有看见什么。又过了一天,北墙上的小洞掘成磨盘那么大了。崔司马向洞外面看,外面是野地。有几个人手执锹镬站在洞口两边。崔司马问他们在干什么,都回答说:"邢真人让我们将这掘开。崔司马你的灾难很重,让我们加倍耗费气力。"过了一会儿,有五六个人驾车来到近前,都穿着大红衣裳戴着平巾帽子,大声喝道:"真人驾到!"崔司马看见邢和璞从车里走出来。他头戴白色的帽子,帽后垂着绶带,手拿一把五明扇,几十个卫兵簇拥着他。他走到离墙洞几步的地方停下来,对崔司马说:"你的期数本来已尽,我到阴曹那里再三为你理论,才得以延长你十二年阳寿。从此之后你不会再有病痛之苦了。"说罢,墙上的洞合上了,像原先一样。过了十多天,

病愈。

又曾居终南。好道者多卜筑依之，崔曙年少亦随焉。伐薪汲泉，皆是名士。邢尝谓其徒曰："三五日有一异客，君等可为予各办一味也。"数日，备诸水陆，遂张筵于一亭。戒无妄窥，众皆闭户，不敢謦欬。邢下山延一客，长五尺，阔三尺，首居其半。绯衣宽博，横执象笏。其睫疏长，色若削瓜。鼓髯大笑，吻角侵耳。与邢剧谈，多非人间事故也。崔曙不耐，因走而过庭。客熟视，顾邢曰："此非泰山老师耶？"应曰是。客复曰："更一转则失之千里矣，可惜。"及暮而去，邢命崔曙谓曰："向客上帝戏臣也，言泰山老师，颇记无？"崔垂泣言："某实泰山老师后身，不复忆。"

少常听先人言之，房琯太尉祈邢算终身之事，邢言若由东南止西北，禄命卒矣。降魄之处，非馆非寺，非途非署。病起于鱼飧，休材龟兹板。后房自袁州除汉州。罢归，至阆州，舍于紫极宫。适顾工治木，房怪其木理成形，问之，道士称："数月前，有贾客施数断龟兹板，今治为屠苏也。"房始忆邢之言。有顷，刺史具鲙邀房。房叹曰："邢君神人也。"乃具白于刺史，且以龟兹板为托。其夕，病鲙而终。<small>出《酉阳杂俎》。</small>

崔司马的病就完全好了。

邢和璞曾经住在终南山。许多求道的人都来到这里修建房子住下来，跟他一起修道。崔曙年轻时也来跟邢和璞学道。在这里砍柴汲水的都是些有名望的士人。一天，邢和璞跟徒弟们说："过三五天，有一位奇异的客人到咱们这里来。你们每个人要为客人准备好一份菜肴。"过了几天，山珍海味都准备齐全了，于是在一间亭子里摆下了宴席。邢和璞事先告戒大家不要随便乱看，于是大家都将门窗关严，不敢咳嗽一声。邢和璞到山下去请来了一位客人。这个人身高五尺，宽三尺，脑袋占身体的一半；身穿宽大的大红衣裳，手中横拿着象牙笏板。他的眼睫毛稀而长，脸是青绿色。他鼓动胡须大笑的时候，嘴角快到了耳朵。他跟邢和璞谈得非常热烈，谈的多半都不是人世间的事。崔曙在屋内待得有些不耐厌了，于是走出屋来穿过庭院。这位客人仔细看看他，对邢和璞说："这不是泰山老师么？"邢和璞回答说："是的。"客人又说："再一转世跟他原来差有千里远啊！真可惜！"到傍晚这位客人才告辞下山。邢和璞让崔曙到他身边，对他说："这位客人是上帝的戏臣，他刚才说你是泰山老师转世，你还记得吗？"崔曙流着眼泪说："我确实是泰山老师转世。但是，对从前的事情一点也不记得了。"

我小时候曾听先人讲，太厨房琯让邢和璞卜算一下自己寿终的事。邢和璞说："你从东南回到西北的时候，就是你的寿禄终止的日子。你死的地方，不是驿馆也不是寺院；不在途中，也不在衙署内。你的病起于吃鱼，死后将用龟兹板为棺。"后来，房琯自袁州改任汉州，辞职后返回故里时途径阆州，住在紫极宫里。正赶上观里雇几位木匠做器具，房琯觉得木板的纹理特殊，就问道士。道士说："几个月前，有位商人施舍给道观几块龟兹板，现在用它打个屏风。"房琯才想起邢和璞的话。过了一会儿，阆州刺史准备好了鱼鲙邀请房琯。房琯叹息说："邢君真是神人啊！"于是，他将事情的缘委讲给刺史听，并且托付阆州刺史，他死后一定用龟兹板为棺入殓。这天晚上，房琯因吃鱼得病死了。出自《酉阳杂俎》。

满　师

西京太平坊法寿寺有满师善九宫。大理卿王璿尝问之，师云："公某月当改官，似是中书门下，甚近玉阶。"璿自谓黄门侍郎未可得也，给舍又已过矣。后果改为金吾将军，常侍玉阶。满公又云："王铼一家尽成白骨。"有所克皆验。

马处谦

扶风马处谦病瞽，厥父俾其学易，以求衣食。尝于安陆鬻筮自给。有一人谒筮，谓马生曰："子之筮未臻其妙。我有秘法，子能从我学之乎？"马生乃随往。郡境有陶仙观，受星算之诀，凡一十七行。因请其爵里，乃云："胡其姓而恬其名。"诫之曰："子有官禄，终至五十二岁。幸勿道我行止于王侯之门。"马生得诀，言事甚验。赵匡明弃荆入蜀，因随至成都。王先主尝令杜光庭先生，密问享寿几何。对曰："主上受元阳之气，四斤八两。"果七十二而崩。四斤八两，即七十二两也。马生官至中郎金紫，亦五十二而殒。出《北梦琐言》。

袁弘御

后唐袁弘御为云中从事，尤精算术。同府令算庭下桐树叶数。即目起量树，去地七尺，围之，取围径之数布算。

满　师

位于西京长安太平坊内的法寿寺,有个僧人叫满师,擅长推算九宫八卦。一次,大理卿王璠让他给自己推算一下前程。满师推算后说:"你某月当变更官职,似乎是到中书门下,特别靠近皇上。"王璠自己认为任黄门侍郎是不太可能的,任给事中或者中书舍人又过了。后来,王璠改任金吾将军,经常站在玉阶前守卫皇上。满师又说道:"王铣一家人都得死去,变成一堆白骨。"后来他说的都应验了。

马处谦

扶风人马处谦因患病双眼失明。他父亲让他学习易经,用它来谋生。一次,马处谦在安陆卖卜。一个人过来看他占卜后,对他说:"你占卜的技艺还没有达到绝妙的程度。我有不为他人所知的占卜秘法,你愿意跟我学习吗?"马处谦就跟这个人来到安陆郡内的陶仙观。这个人在观中传授他占卜秘法,一共十七种。马处谦问这个人任什么官职,家在哪里,这个人回答说:"我叫胡恬。"接着他告诫马处谦:"你命中能做官,食皇家俸禄,能活到五十二岁。请不要将我的来历告诉官宦人家。"马处谦跟胡恬学到占卜的秘法后,每次占卜预测都很灵验。赵匡明离开荆州到蜀地,马处谦也随同前往。到了成都后,一次蜀王派杜光庭秘密让马处谦占卜他能享多少阳寿。马处谦卜完后说:"主上受元阳之气四斤八两。"后来,蜀王果然活到七十二岁。四斤八两,即七十二两。马处谦官至中郎,也是五十二岁那年去世的。出自《北梦琐言》。

袁弘御

后唐袁弘御官任云中从事,他尤其精通算术。同府的同事让他计算一下院里一株桐树有多少片叶子。他立即丈量桐树,在离桐树七尺远的地方围树画一个圆,量取圆直径的尺寸进行运算。

良久曰："若干叶。"众不能覆。命撼去二十二叶，复使算。曰："已少向者二十一叶矣。"审视之，两叶差小，止当一叶耳。节度使张敬达有二玉碗，弘御量其广深，算之曰："此碗明年五月十六日巳时当破。"敬达闻之曰："吾敬藏之，能破否？"即命贮大笼，籍以衣絮，镵之库中。至期，库屋梁折，正压其笼，二碗俱碎。太仆少卿薛文美同府亲见。出《稽神录》。

过了许久,说:"约有若干片树叶。"同事们没法查核,就让人撼掉二十二片叶子,又叫他算。袁弘御说:"照比刚才少了二十一片树叶。"仔细检查,看到掉落的叶中有两片略小点,当成一片树叶了。节度使张敬达有两只玉碗,袁弘御量了一下碗的深度与宽度,运算之后说:"这两只碗明年五月十六日巳时一定会碎裂。"张敬达听了后说:"我将它们小心地藏起来,看它们还能破碎吗?"随即让人将两只玉碗用衣絮等物包裹好,装在一个大竹笼里面,锁在库房中。到了来年五月十六日巳时,库房的屋梁突然折断了,掉下来刚好压在藏碗的竹笼上,两只玉碗都被砸碎了。太仆少卿薛文美同在府中,亲眼见了这件事情。出自《稽神录》。

卷第二百一十六

卜筮一

管　辂

　　管辂洞晓术数。初有妇人亡牛，从卜。曰："可视东丘冢中，牛当悬向上。"既而果得。妇人反疑辂，告官按验，乃知是术数所推。又洛中一人失妻，辂令与担豕人斗于东阳门。豚逸入一舍，突坏其墙，其妇出焉。辂乡里范玄龙苦频失火。辂云："有角巾诸生驾黑牛，从东来，必留之宿。"后果有此生来，玄龙因留之。生急求去，不听，遂宿。主人罢入。生惧图己，乃持刀门外，倚薪假寐。忽有一物，以口吹火。生惊斫之死，而视之则狐也。自是不复有灾。

管　辂

　　管辂通晓术数。起初,有个妇女丢了一头牛,让管辂给卜算一下。管辂说:"你到东边山丘的坟墓中去看看,你丢的那头牛就在那里悬空躺着呢。"到那里一看,果然看到牛在坟坑内悬空躺着。这位丢牛的妇女反而对管辂起了疑心,报告了官府。官府派人来察验,才知道他是用术数推算出来的。又有一次,洛中有一个人的妻子丢失了。管辂让他跟一个挑猪人在东阳门相打斗,猪从挑猪人的萝筐里跑出来,跑到一家院里,撞坏了院墙;从屋里走出来一个女人,正是问卜人的妻子。管辂住的乡里范玄龙家中接连不断地失火,找管辂卜算。管辂说:"如有一位戴着角巾的男人驾着黑牛从东边来,你一定留他住下。"后来果然有这么一个男人来了,范玄龙就留他在家中住下。这个男人急着赶路,范玄龙不放他走,他只好住下了。天黑后,范玄龙一家不进屋去睡。这个男人怕他们谋害他,就手中持刀在里屋门外,倚着柴堆打盹。忽然看见一个东西用口往外喷火,这个男人惊恐地用刀将它砍死。上前去看,原来是只狐狸。从这以后,范玄龙家再也不闹火灾了。

又有人捕麃，获之，为人所窃。诣辂为卦云："东巷第三家，候无人时，发其屋头第七椽，以瓦著椽下。明日食时，自送还汝也。"其夜盗者父患头痛，亦来自占，辂令归之，病乃愈。又治内吏失物，辂使候人静，于寺门，令指天画地，举手四向。暮果获于故处。出《异苑》。

又平原太守刘邠取山鸡毛置器中，使辂筮之。辂曰："高岳岩岩，有鸟朱身。羽翼玄黄，鸣不失晨。此山鸡毛也。"出《异苑》。

淳于智

鲍瑗家多丧及病，淳于智为筮之。卦成云："宜入市门数十步，有一人持荆马鞭，便就买取，悬东北桑树上，无病。三年当得财。"如其言。后穿井得钱，及铜器二十万。出《独异志》。

柳林祖

有日者柳林祖善卜筮。其妻曾病鼠瘘，积年不差，渐困垂命。林祖遂占之，得"颐"之"复"。按卦曰："应得姓石者治之，当获灸鼠而愈也。"既而乡里有一贱家，果姓石。自言能除此病，遂灸病者头上三处。觉佳。俄有一鼠，色黄秀，径前，唅唅然伏而不动。呼犬噬杀之。视鼠头上，有

又有一个人，他捕获了一头鹿却让人偷走了，就到管辂这儿推算。管辂告诉他："东巷第三家，等他们家里没人的时候，掘开他家屋上第七根椽子，将瓦放在椽子下面。到明天吃饭的时候，有人就会将鹿送给你的。"这天夜里偷鹿人的父亲头痛得厉害，也到管辂这来占卜。管辂让他将偷来的鹿还回去，于是他父亲的头立时不痛了。又有一次，辖区内的官吏丢失了物品。管辂让他在人静时在寺门旁指天画地，向四方举着手。到了傍晚，丢失的物品果然又回到原来的地方了。_{出自《异苑》。}

又：平原太守刘邠拿一根野鸡毛放在一个容器里，让管辂卜算是什么东西。管辂卜算说："在高高的山上，有只鸟身子是朱红色的，羽翼是玄黄色的，每天早晨它都鸣叫。你容器里装着的是根山鸡毛。"_{出自《异苑》。}

淳于智

鲍瑗家里的人大多病了或死了，淳于智给他占卜，卦成后淳于智说："你赶快到离市门几十步的地方，看见一个人拿着荆条马鞭，就将马鞭买下来，拿回家悬挂在东北面桑树上，就会免生疾病，而且三年之内还将得到一笔外财。"鲍瑗按照淳于智的话去做了，果然像他说的那样没有再生病了。后来挖井又挖到铜钱及二十万枚铜器。_{出自《独异志》。}

柳林祖

有个以占卜为生的人叫柳林祖，非常精通占卜术。他的妻子曾经得过老鼠疮，好几年了也不见好，而且眼看病重到危及生命的地步了。柳林祖于是占卜推算，得到《颐》和《复》两卦。按着卦象说："应该让一位姓石的人医治，而且在捉到灸鼠的时候就能痊愈。"过了一段时间，乡里有一户贫贱的人家，果然姓石，说能治这种病。于是在患者头上灸了三处，她感觉好了。过了一会儿，有一只亮黄色的老鼠径自走到跟前来，伏在地上望着他们一动不动。叫唤狗来将这只老鼠捕住吃掉，看见老鼠头上有

三灸处。病者自差。出《洞林》。

隗 炤

晋隗炤善易,临终谓妻子曰:"后虽大荒,勿卖宅。后五年,诏使龚负吾金,以吾所书板告之。"后如其言。妻赍板诣之。使者惘然,沉吟不悟。取蓍筮之,卦成曰:"妙哉隗生,吾不负金。贤夫自藏金,以待太平。知吾善易,书板寄意。金有五百斤,盛以青瓷,埋在堂屋。去壁一丈,入地九尺。"妻掘之,果得金也。出《国史补遗》。

郭 璞

扬州别驾顾球姊生十年便病,至年五十余。令郭璞筮之,得"大过"之"升"。其辞曰:"大过卦者义不嘉,冢墓枯杨无英华。振动游魂见龙车,身被重累婴天邪。法由斩树杀灵蛇,非己之咎先人瑕。"案卦论之可奈何,球乃访迹其家事。先世曾伐大树,得大蛇杀之,女便病。病后有群鸟数千回翔屋上,人皆怪之,不知何故。有县农行过舍边,仰视,见龙牵车,五色晃烂,甚大非常。有顷遂灭。出《搜神记》。

蔡 铁

宋南郡王义宣在镇,府史蔡铁者善卜。王尝在内斋见

三处被灸。从此,柳林祖妻子就自己痊愈了。出自《洞林》。

隗 炤

晋朝人隗炤擅长《周易》,临死时他对妻子说:"以后即使遇到大荒年,也不要卖掉房屋。再过五年,皇帝的特使会携带我的黄金来,你将我写的这块书板给他看。"后来果然像隗炤说的那样。他的妻子带着书板来见使者。使者看书板后不懂是什么意思,想了半天还是不明白。取出蓍草占卜,占成一卦后说:"真妙啊隗炤。我不欠你的金子,是你这位善良的丈夫生前自己藏着金子,准备太平时用。他知道我擅长易经,将它书写在板上。有五百斤黄金,装在青瓷罐中,埋在堂屋里离墙一丈远的地方,入地有九尺深。"隗炤的妻子按卦上说的位置挖地,果然挖到了黄金。出自《国史补遗》。

郭 璞

扬州别驾顾球的弟媳生下来后,十岁便生病了,到五十多岁了还没好。顾球让郭璞给卜算一卦,卜得《大过》和《升》卦。卦上说的是:"得《大过》卦的是在'义'上不好,他家坟地上的杨树枯死不长叶子。受振的游魂看见龙车,身患重病是遭受天邪。受到这么重的惩罚是由砍树杀灵蛇引起的,罪过不在患病的人而在她的先人。"为查考卦象的说法,顾球去访察弟媳娘家的情况,得知她的先人确曾伐过大树,斩杀过大蛇。从这之后,他弟媳便患病在身了。她患病后,有一群鸟,大约几千只,绕屋飞来飞去。人们都感到奇怪,不知这是为什么。有一位本地的农夫经过他弟媳家,抬头看见一条龙拉着车,五彩斑斓,金光耀眼,不是一般的大,过了一会儿就消失了。出自《搜神记》。

蔡 铁

南北朝时期,南朝宋的南郡王刘义宣在镇守南郡期间,属下有个叫蔡铁的府史擅长占卜。有一次,刘义宣在书房里看见

一白鼠缘屋梁上,命左右射得之。内函中,命铁卜函中何物。卦成笑曰:"得之矣。"王曰:"状之。""白色之鼠背明户,弯弧射之,绝其左股。鼠孕五子,三雄二雌。若不见信,剖腹而立知。"王便剖之,皆如铁言。赐万钱。出《渚宫旧事》。

吴中察声者

后魏末,有吴士至北间,目盲而妙察声。丞相嗣渤海王澄使试之。闻刘桃枝之声曰:"当代贵王侯将相死于其手。然譬如鹰犬,为人所使耳。"闻赵道德之声曰:"亦贵人也。"闻太原公洋之声曰:"当为人主。"闻澄之声,不动。崔暹私掐之,乃缪言:"亦国王也。"王曰:"我家群奴,犹当极贵,况吾身手。"后齐诸王大臣赐死,多为桃枝之所拉杀焉。而澄竟有兰京之祸,洋受禅,是为文宣王。出《三国典略》。

王子贞

唐贞观中,定州鼓城县人魏全家富,母忽然失明。问卜者王子贞,子贞为卜之曰:"明年有从东来青衣者,三月一日来疗,必愈。"至时,候见一人着青绉襦,遂邀为重设饮食。其人曰:"仆不解医,但解作犁耳,为主人作之。"其持

一只白鼠缘着屋梁向上爬,就让左右的仆人将它射下来,装在一个匣子里,让蔡铁卜算匣子里装的是什么。蔡铁卜完笑着说:"卜到了!"刘义宣说:"你说说这件东西的样子。"蔡铁说:"是一只白鼠背对着明亮的窗户。弯弓射它,射断了它的左腿。这只老鼠肚中怀着五只小鼠,三只雄鼠两只雌鼠。若不相信,将白鼠的肚子剖开立时就清楚了。"刘义宣便让人将白鼠肚子剖开,果然像蔡铁说的那样。刘义宣赏赐给蔡铁一万钱。出自《渚宫旧事》。

吴中察声者

后魏末年,有个吴地的士人来到北方。这名吴士虽然目盲,却擅长听声音卜算人的吉凶祸福。丞相高欢的世子渤海王高澄让他试听一下。他听了刘桃枝的声音后说:"当代显贵的王侯将相都将死在这个人的手里。然而这个人就像鹰犬,是听受人的指使。"听了赵道德的声音后说:"这也是位贵人啊。"听了太原公高洋的声音后说:"你会成为人主。"听了高澄的声音后不言语了。崔暹暗中掐了他一下,他才胡说:"也是国王啊。"高澄听了说:"我家里的仆人都极富贵,何况我本人呢!"后来,北齐的诸王、大臣被处死,多数都是由刘桃枝拉出去砍头的。高澄也遭遇了兰京之祸,被家中一个做饭的仆夫兰京杀死。高洋接受东魏皇帝禅让作了北齐的开国君王,就是文宣帝。出自《三国典略》。

王子贞

唐太宗贞观年间,定州鼓城县有个叫魏全的人,家中富有。他母亲有一天忽然双眼失明。到占卜人王子贞那儿去问卜,王子贞为魏全母亲卜算说:"明年,有个穿青衣的人从东边来。三月一日让他给治疗一定能治愈。"到了第二年的三月一日,魏全果然等到一个身穿粗绸青衣短衫的人。于是魏全邀请这个人到家里,用好酒好菜招待他,请他给自己的母亲治眼疾。这个人说:"我不懂得医道,我只会做犁。我就为你做一张吧。"这个人手拿

斧绕舍求犁辕，见桑曲枝临井上，遂斫下。其母两眼焕然见物。此曲枝叶盖井之所致也。出《朝野佥载》。

张璟藏

周郎中裴珪妾赵氏，有美色。曾就张璟藏卜年命。藏曰："夫人目长而慢视，准相书，猪视者淫。妇人目有四白，五夫守宅。夫人终以奸废，宜慎之。"赵笑而去。后果与人奸，没入掖庭。出《朝野佥载》。

凑州筮者

杜景佺，信都人也，本名元方，垂拱中更为景佺。刚直严正，进士擢第。后为鸾台侍郎平章事。时内史李昭德以刚直下狱，景佺庭称其公清正直。则天怒，以为面欺，左授凑州刺史。初任凑州，会善筮者于路，言其当重入相，得三品而不着紫袍。至是夏终，服紫衫而终。出《御史台记》。

蔡微远

瀛州人安县令张怀礼，沧州弓高令晋行忠，就蔡微远卜。转式讫，谓礼曰："公大亲近，位至方伯。"谓忠曰："公得京官，今年禄尽。宜致仕可也。"二人皆应举。怀礼授左补阙，后至和复二州刺史。行忠授城门郎，至秋而卒。出《朝野佥载》。

斧子绕着房舍周围找能够做犁辕的材料。他看见一株弯曲的桑树枝干遮临井上，就将它砍下来。这时，魏全母亲的两眼突然重见光明。原来是这株弯曲的桑树枝叶将井盖住而导致了她双目失明。出自《朝野佥载》。

张璟藏

周时郎中裴珪的妾赵氏很有姿色。她曾经向张璟藏占卜年寿和命运。张璟藏说："夫人你的眼睛细长而且妩媚看人。根据相书上说的，用妩媚的目光看人的人，性情淫荡。夫人你眼珠小四围露白，将有五个男人跟你有奸乱的关系。你最终还是因为奸情而受到惩处，应慎重啊。"赵氏听了后笑着离去。后来，赵氏果然因为与人通奸被收入掖庭。出自《朝野佥载》。

凑州筮者

杜景佺是信都人。他原来的名字叫元方，垂拱年间改名为杜景佺。杜景佺为人刚直严正。他进士及第，后来官任门下省侍郎，行使宰相的权力。当时，内史李昭德因为性情刚直，触怒了武则天而被打入牢狱。杜景佺在大殿说李昭德公正清廉，刚直不阿。武则天大怒，认为他当面欺君，将他贬到凑州任刺史。杜景佺刚到凑州上任时，在路上遇见一个会占卜的人，说他能重新任宰相，官为三品而不穿紫袍。这年夏天结束时，杜景佺身穿紫袍死了。出自《御史台记》。

蔡微远

瀛州人安县县令张怀礼和沧州弓高县令晋行忠，到蔡微远那问卜。蔡微远占卜后对张怀礼说："你的父母离你很近，你可以官至一方首领。"对晋行忠说："你能得到一个京官的位置，今年气运将会完结，辞去官职就可以了。"这年，二人都去参加科举考试。张怀礼官授左补缺，后来官至和、复二州刺史。晋行忠官授城门郎。他没有辞去这个官职，结果这年秋就死去了。出自《朝野佥载》。

车　三

　　车三者,华阴人,善卜相。进士李蒙宏词及第,入京注官。至华阴,县官令车三见,诳云李益。车云:"初不见公食禄。"诸公云:"应缘不道实姓名,所以不中。此是李蒙,宏词及第,欲注官去。看得何官?"车云:"公意欲作何官?"蒙云:"爱华阴县。"车云:"得此官在,但见公无此禄。奈何。"众皆不信。及至京,果注华阴县尉授官。相贺于曲江舟上宴会。诸公令蒙作序,日晚序成,史翱先起,于蒙手取序看。裴士南等十余人,又争起看序。其船偏,遂覆没。李蒙、士南等,并被没溺而死。出《定命录》。

李　老

　　开元中,有一人姓刘不得名。假荫求官,数年未捷。忽一年铨试毕,闻西市有李老善卜,造而问之。老曰:"今年官未合成。"生曰:"有人窃报我,期以必成。何不然也?"老人曰:"今年必不成,来岁不求自得矣。"生既不信。果为保所累,被驳。生乃信老人之神也。至明年试毕,自度书判微劣,意其未遂。又问李老,李老曰:"勿忧也,君官必成,禄在大梁。得之,复来见我。"果为开封县尉。又重见老人。老人曰:"君为官,不必清俭,恣意求取。临满,

车 三

车三是华阴人,擅长占卜相面。李蒙参加科举考试以宏词科进士及第,进京去听候任命官职。到了华阴县,县令让车三给李蒙相一面,并且欺骗他说叫李益。车三相完面,说:"开始见不到你能享受到朝廷的俸禄。"诸位官员们说:"大概是没有说出真实姓名,所以没有相对。这位叫李蒙,由宏词科进士及第,正要进京听候任命官职。你看看他能被任命个什么官职?"车三问李蒙:"你想担任什么官职?"李蒙说:"我爱到华阴县来任职。"车三说:"你会被安排在华阴县,只是从你的面相上看,你没有在华阴做官的命。没办法。"众人都不相信车三的话。等李蒙到京后,果然被授任华阴县尉。同事们在曲江船上设宴为他祝贺。众人让李蒙作序记载曲江游宴这件事。傍晚序写出来了,史翔先起身,从李蒙手中拿过序来读。后来裴士南等十多人争相起身看序,使船偏向一边。于是船翻了,李蒙、裴士南等都落水而死。

出自《定命录》。

李 老

唐玄宗开元年间,有一个姓刘的人,不知道叫什么名字。他凭借先人的荫庇求官作,一连几年没有成功。这一年选授官职的考核结束后,刘生听说西市有个李老汉擅长占卜,就前去造访问卜。李老汉说:"今年你是选授不上官职了。"刘生问:"有人私下告诉我,今年这期选授官职肯定有我。你怎么说选授不上呢?"李老汉说:"今年肯定选授不上,来年你不去谋取自然就能得到官职。"刘生不信李老汉的卜算。后来他受保人的连累,被从选授的名单中除了名,他这才相信李老汉的神奇。第二年考试完了,刘生自认为这次书法和文章都考得不好,心想一定考不上了,就又去问李老汉。李老汉说:"不用担忧,你这次一定能做成官,将被选授在大梁任职。你接到任命的通知后,再来见我。"刘生果然被授任开封县尉。接到任命后他又去见李老汉。李老汉说:"你在任职期间不必清廉节俭,尽可以随意求取。快到任时,

请为使入城。更为君推之。"生至州，果为刺史委任。生思李老之言，大取财贿。及满，贮积千万。遂谒州将，请充纲使。州将遣部其州租税至京，又见李老。李老曰："公即合迁官。"生曰："某今向秩满后选之，今是何时，岂得更有官也？"老曰："但三日内得官，官亦合在彼郡得之，更相见也。"生疑之，遂去。明日，纳州赋于左藏库，适有凤凰见其处。敕云："先见者与改官。"生即先见，遂迁授浚仪县丞。生益见敬李老，又问为官之方。云："一如前政。"生满岁，又获千万。还乡居数年，又调集，复诣李老。李老曰："今当得一邑，不可妄动也，固宜慎之。"生果授寿春宰。至官未暮，坐赃免。又来问李老。老曰："今当为君言之，不必惭讳。君先代曾为大商，有二千万资，卒于汴州，其财散在人处。故君于此复得之，不为妄取也。故得无尤。此邑之人，不负君财。岂可过求也？"生大伏焉。出《原化记》。

开元中二道士

开元二年，梁州道士梁虚舟以九宫推算张鷟云："五鬼加年，天罡临命，一生之大厄。"以《周易》筮之，遇"观"之"涣"，主惊恐。后风行水上，事即散。又安国观道士李若

请求让上峰委派你为进京的使臣。这样,你的官职还可以再升一步。"刘生到州府报到后,果然被刺史所信任。他想到李老汉说的话,就大肆索取贿赂。快到任期满时,他已经聚了千万家财。于是他前去拜见州将,请求担任往京都运送货物的纲使。州将果然委派他押运本州的租税去京都。刘生得到这一任命后,又去见李老汉。李老汉告诉他:"你这次又该升官了。"刘生说:"依贯例任期满后才能升迁。我的任期现在还未满,怎么能够再升迁呢?"李老汉说:"你在三日内一定能升官。而且,这个官职就在你要去的京城里得到。得到后再来见我。"刘生疑惑地离开了李老汉。第二天,他将押运来的租税送往左藏库,正好遇上凤凰在库房边显现。皇上发下告示说:"最先见到凤凰的人,为他晋升官职。"刘生是最先看到凤凰的人,于是被晋升为浚仪县丞。刘生越发恭敬李老汉,又问李老汉这次做官的方法。李老汉说:"和你前任时一样。"刘生在浚仪任县丞仅一年,又搜刮聚敛钱千万,然后告退还乡过了几年归隐生活。朝廷又调他出来做官,他再次找李老汉讨教。李老汉说:"这次到一个新的城市去做官,不能再聚敛钱财了,应当谨慎小心。"刘生果然被授予寿春县令。这次做官还没到岁末,他就因贪赃枉法而被就地免职。刘生又来找李老汉询问原因。李老汉说:"现在我可以如实告诉你了,不必再隐瞒保密了。你的先人曾经是大商人,聚积了两千万的家资。他死在汴州,家产失散在当地。因此,你在汴为官时聚敛的钱财是将你先人散失的家产重新收回来,不是不义之财,所以不会给你带来祸患。但是寿春县的人不欠你家的钱财,怎么可以过多地敛取呢?"刘生非常佩服这位李老汉。出自《原化记》。

开元中二道士

唐玄宗开元二年,梁州道士梁虚舟用"九宫"之法为张鹭推算命运,说:"五鬼侵凌,天罡临命,今年是你一生中的一个大灾年。"他用《周易》再为张鹭卜算,得到《观》卦与《涣》卦,主惊恐。之后风行水上,灾祸才消去。梁虚舟又让安国观道士李若

虚不告姓名，暗使推之。云："此人今年身在天牢，负大辟之罪，乃可以免。不然，病当死，无有救法。"果被御史李全交致其罪，敕令处死。而刑部尚书李日知，左丞张庭珪、崔玄昇，侍郎程行谋咸请之，乃免死，配流岭南。二道士之言，信有征矣。出《朝野金载》。

蒋 直

天宝十二载，永嘉人蒋直云："郡城内有白幕，太守李江忽丁忧。"李欲归江北。蒋又云："公至缙云郡却回。当有一绯一绿一碧人来相推按，然终无事。"后果采访使张愿着绯，大理司直杜乔着绿，判官张璘着碧，来推。遇赦而止。出《定命录》。

虚再给张鷟推算一下,不告诉他姓名。推算之后,李道士说:"这个人今年关在天牢,身遭死罪,才可以免去他的大灾。不然,就会生病死去,没有挽救的办法。"后来张鷟果然被御史李全交弹劾而定罪,皇上下令处死他。而刑部尚书李日知,左丞相张庭珪、崔玄昇,侍郎程行谋都为他求情,这才免去死罪,改为发配岭南。这两位道士的话果然得到了验证。出自《朝野金载》。

蒋　直

　　唐玄宗天宝十二载,永嘉人蒋直说:"郡城内有孝幔,太守李江会突然遇到父母的丧事。"太守李江听了后,想回江北老家去看看。蒋直又说:"你回江北途中到缙云郡时,一定要返回来。这时会有一红、一绿、一碧三个人来推究审问你。然而最后会逢凶化吉什么事情也没有。"后来,果然是采访史张愿身着红色官服、大理寺司直杜乔身着绿色官服、判官张璘身着碧色官服,奉命来推审李江,遇上皇上大赦而中止。出自《定命录》。

卷第二百一十七
卜筮二

沈　七　　颍阴日者　王栖岩　　路　生　　邹　生
五明道士　黄　贺　　邓州卜者

沈　七

　　有沈七者,越州人,善卜。李丹员外谓之曰:"闻消息,李侍郎知政事,某又得给事中,如何?"沈七云:"李侍郎即被追,不得社日肉吃,后此无禄。公亦未改,不得给事中。"其时去社才十四日,果有敕追李侍郎。去社两日而上道,至汴卒。李亦不得给事中。出《定命录》。

　　又天宝十四年,王诸应举,欲入京。于越州沈七处卜。得纯《乾》卦,下四位动,变《观》卦。沈云:"公今应举,得此卦,观国之光,利用宾于王,本是嘉兆。然交动,群阴咸阳。下成《乾》卦,上变至四,又不至五。五是君位,未得利见大人。恐公此行,不至京而回。"果至东京,属安禄山反,奔走却归江东。出《定命录》。

沈 七

　　沈七是越州人，擅长占卜。李丹员外对他说："听说李侍郎要执掌朝政，我还能升任给事中，你说可能吗？"沈七说："李侍郎即将让朝廷追请回来，但是他却吃不到社日的肉了。他从此不能再拿朝廷的俸禄。你的官职也没有变动，不能升任给事中。"说这话的时候离社日只有十四天，果然朝廷下诏召李侍郎进京。李侍郎离社日还有两天便上路赴京，到汴京就死了。李丹也没有升任给事中。出自《定命录》。

　　又：唐玄宗天宝十四年，王诸参加科举考试，想进京。他在越州沈七那儿占卜。卜得一纯《乾》卦，下四位动，变为《观》卦。沈七说："你现在进京去参加科举考试，卜得此卦，观赏国都的风光，作为宾客的你会借助皇上而发达，这原本是好的兆头。然而逢遇动乱，众奸小都阳气旺盛。下成《乾》卦，上变到第四位，而没有变到第五位。五是君位，不能顺利地见到皇帝。从这种卦象上看，恐怕你这次进京参加考试，没有到京就得中途返回。"果然，王诸走到东都洛阳，赶上安禄山反叛，于是他连忙返回江东。出自《定命录》。

颍阴日者

陈澍为颍阴太守。属安禄山反，遣县尉姓孙向东京，孙不肯行，陈怒挞之。至东京，遇禄山，请往颍阴取陈澍头。禄山补孙为颍阴太守，赐绯，并领二十余人取澍。澍闻便欲至，薄晚，出城走。录事参军扣马令回。澍忧闷，服痢药托疾。令一日者卜之。曰："从今五日，当有家便，未取公。然有五百车禄在，必亦不死。至七日食时，公无恙矣。然当去此，求住不得。"后五日孙到，陈于是潜以库物遗诸衙内人。至夜后，伪作敕书。追入京。令向西两驿上，差人逆来。夜半敕书至。明早，召集诸官宣敕。便令手刃就馆中诛杀孙，并手刃二十余人，杀录事参军。其孙尉先令人取妻及女等，夜半齐到，明日平明，尽杀之。令上住知州事，便发入京。以官绢五匹赏卜者。出《定命录》。

王栖岩

王栖岩自湘川寓江陵鹭白湖，善治易，穷律候阴阳之术。所居桃杏手植成数十列，四藩其宇。时人比董奉。栖岩笑曰："吾独利其花核，祛风导气耳。安取迹古人余事？"

颍阴日者

颍阴太守陈澍,在安禄山起兵叛乱时,派孙县尉去东都洛阳向朝廷报告。孙县尉不肯去,陈澍一怒之下鞭打了他。孙县尉到达洛阳后,正逢叛军攻占了洛阳,于是他投靠叛军,并向安禄山请求派他前往颍阴取陈澍脑袋。安禄山补任孙县尉为颍阴太守,赏赐给他红服,让他带领二十多个军校去取陈澍的人头。陈澍听到孙县尉就要到达颍阴了,就在傍晚出城逃跑。但是录事参军拉住他的马头命令他回到城里去。陈澍很是忧虑担心,假称拉痢疾吃药,躲在家中不出来,暗中找来一个会占卜的人为他卜算凶吉。占卜人说:"从今天起五天以后,你全家就会平安顺利了。孙县尉他们拿不走你的人头。你还有五百车的俸禄呢,肯定死不了。到第七天吃饭的时候,你就会平安无事了。但是你应当离开家里,这儿住不得。"五天后孙县尉带领二十多人到达颍阴,陈澍暗中将府库中的资财送给府内的同僚与下属,将这些人收买。到了晚上,他伪造了一份皇帝诏书,让人带着这份假诏书出城去京都,往西走两驿站再返回来。到了半夜,假诏书到了。天明后,陈澍将府内全体官员召集到一起,当面宣读"诏书",之后下令就在驿馆中将孙县尉杀死,并且杀了他带来的那二十多人和阻挡他离城出走的录事参军。在这之前,孙县尉派人去接他的妻女家眷。这天半夜,他的家眷都到了颍阴,天亮后全部被陈澍下令斩杀。陈澍让人拟好自己继续留任太守、执掌颍阴的军政要务的奏折,立即发往京城,并从官衙库中取出五匹绢赏给占卜人。出自《定命录》。

王栖岩

王栖岩从湘川移居江陵鹭白湖。他擅长用《周易》占卜,精通四候节令的变化和阴阳之术。他在住屋周围亲手栽植了几十行桃树、李树,将自己的住屋围在当中。邻人们把他比作三国时的吴人董奉。王栖岩笑着说:"我是想利用它们的花与果核为药,来去除风邪导引气息而已。哪里是效取古人的轶事呢?"

每清旦布著，为人决事。取资足一日为生，则闭斋治园。大历中，尝有老父持百钱求筮。卦成，参验其年。栖岩惊曰："家去几何？父往矣。不然，将仆于道。"老父出，栖岩顾百钱，乃纸也。因悟其所验之辰，则栖岩甲子。乃叹曰："吾虽少而治易，不自意能幽入鬼鉴。死复何恨？"乃沐浴更新衣，与妻子诀。少时而卒。出《渚宫旧事》。

路　生

赵自勤尝选，访卜于长安县路生。路云："公之官，若非重日，即是重口。"后六月六日又卜。路云："公之官，九日不出，十二日出。"至九日，宰相果索吏部由历，至十二日敕出，为左拾遗。"拾遗"之字，各有一口。又补阙王晃，七月内访卜于路生。路云："九月当入省，官有'礼'字。"时礼部员外陶翰在座，乃曰："公即是仆替人。"九月，陶病请假，敕除王礼部员外。后又令卜，云："必出当为'仓'字官。"果贬温州司仓。既而路生以其二子托晃。晃又问："毕竟当何如？"路云："某所以令儿托公，其意可知也。"

邹　生

武宗朝，宰相李回旧名躔，累举未捷。尝之洛桥，有二

王栖岩每天早晨起来就为人占卜算卦,排解求卦人的忧虑疑难。收取的费用够一天的花费用度后,就停止占卜,关闭院门,专心莳弄果园。唐代宗大历年间,有位老者拿着一百文钱到王栖岩这儿求卜。卦成后,核验老者提供的生辰八字,王栖岩大惊,问他:"你家离这儿多远?老人家,按卦上说你早已经死了。不然,也将死在回家途中啊。"老者离去后,王栖岩看看老者给他的卜资,竟是纸钱。他这才想到老者提供的生辰八字正是他自己的。王栖岩感叹地说:"我虽然从少年时就研习《周易》,却没有想到能够让阴界的鬼来提醒自己。我死又有什么值得遗憾的呢?"于是沐浴换上新衣,跟妻子道别。过了一会儿他就去世了。出自《渚官旧事》。

路　生

赵自勤曾在等候选官期间,向长安县一个叫路生的卜人问卜他这次能选任什么官职。路生说:"你这次被任命的官职不是重日,就是重口。"六月六日,他又去问卜。路生说:"你被选派的官职九日不公布,十二日肯定能公布。"到了九日那天,宰相向吏部要去待选人员的履历档案。到了十二日那天,朝廷颁发了任职命令,赵自勤被选任左拾遗。"拾遗"二字,各有一个"口"字,果然应验了"重口"之说。在京都等候补缺的王晃,七月里向路生问卜。路生说:"九月你命当入省,你的官职有'礼'字。"当时礼部员外陶翰就在旁边坐着,说:"你就是我的接班人。"九月,陶翰因病告退,朝廷任命王晃为礼部员外。后来,王晃又让路生为他卜算一卦。路生说:"这回你将出任'仓'字官。"王晃果然被降职为温州司仓。过了一些时日,路生将自己的两个儿子托付给王晃。王晃问:"你到底让我怎么办?"路生说:"我之所以将两个儿子托付给你,其中的用意就明白了。"

邹　生

唐武宗时期,宰相李回原名叫李躔。他在没有担任官职前,曾经屡次参加科举考试而没有考中。他曾去洛桥,那里有两个

术士。一能筮，一能龟。乃先访筮者曰："某欲改名赴举，如之何？"筮者曰："改名甚善。不改，终不成事也。"又访龟者邹生。生曰："君子此行，慎勿易名，名将远布矣。然则成遂之后，二十年终当改名。今则已应玄象，异时方测余言。"将行。又戒之曰："郎君必策荣名，后当重任。接诱后来，勿以白衣为隙。他年必为深衅矣。"长庆二年，李及第。至武宗登极，与上同名，始改为回。从辛丑至庚申，二十年矣。乃曰："筮短龟长，邹生之言中矣。"李公既为丞郎，魏暮为给事。因省会，谓回曰："昔求府解，侍郎为试官。送一百二人，独小生不蒙一解。今日还忝金章，厕诸公之列也。"合坐皆惊此说，欲其逊容。回曰："如今脱却紫衫，称魏秀才，仆为试官，依前不送公。公何以得旧事相让耳。"回乃寻秉独坐之权，三台肃畏。而升相府。后三五年，魏公亦自同州入相，而回累被贬谪。跋涉江湖，喟然叹曰："洛桥先生之诫，吾自取尤耳。然亦命之所牵也。"出《云溪友议》。

五明道士

　　长庆之代，邺中有五明道士者不知何许人，善阴阳历数，尤攻卜筮。成德军节度田弘正御下稍宽，而冒于财贿，诛求不息。民众怨咨。时王庭凑为部将，遣使于邺。

占卜人,一位用蓍草占卜,一位用龟板占卜。李回先问用蓍草占卜的人,说:"我想改换个名字参加科考,怎么样?"回答说:"改名很好。不改名字,始终考取不上。"又问用龟板占卜的邹生。邹生说:"你这次参加科举考试,千万不要改名。你这个名字将要传播到很远的地方。然而考中之后二十年,最后还得改名。现在已经应了天象,以后才能测试出我后边的话是否灵验。"李回临走时,用龟板占卜的术士又告诫他说:"你此去一定会荣列金榜,它年定当重任。但是你担当重任后,不要跟没有科举出身的人闹矛盾。否则以后会结深仇的。"唐穆宗长庆二年,李回考中。到武宗登极时,他因为与武宗同名,才改名叫李回。从辛丑年到庚申年,已经二十年了。李回说:"用蓍草占卜的那个人技艺不行,还是用龟板占卜的邹生卜得准啊,果然被他言中了。"后来,李回任丞郎,魏謩在门下省任给事中。一次,三省在一起集会议事,魏謩对李回说:"当年我在京都参加会试,您任考试官。进京来应试的举子共计一百零二人,唯独我您一道试题也没有考问过。现在我惭愧地位列国家重臣,跟诸位要员在一块就座啊。"魏謩的这番话让在座的重臣要员深感吃惊,都想让李回退让一下。李回说:"现在就请你脱去紫袍官服,改称魏秀才,我马上再考考你。如果考不合格,照旧不选送你。看你还怎么用过去的事情责难人?"于是李回开始寻找机会独握大权。中书省、门下省、尚书省的官员们都敬畏惧怕他。李回终于升任宰相。又过了三四年,魏謩也由同州升任宰相,而李回却屡次遭受贬降,奔波在朝外。李回喟叹说:"洛桥邹生早就告诫我了,我是自己找不是呢。不过这也是命中注定的啊。"出自《云溪友议》。

五明道士

　　唐穆宗长庆年间,邺中有个五明道士,不知他是个什么人。他擅长阴阳历数,尤其精通占卜。成德军节度使田弘正放纵下属,治军不严,而且他贪取财物、敲诈勒索无尽无休,百姓们都非常怨恨他。当时王庭凑在他属下任部将,被田弘正派到邺中。

既至，忽有微恙。数日，求医未能愈。因诣五明，究平生否泰。道士即为卜之，卦成而三钱并舞，良久方定。而六位俱重。道士曰："此卦纯乾，变为坤。坤，土也，地也。大夫将来秉旄不远，兼有土地山河之分。事将集矣，宜速归乎。"庭凑闻其言，遽自掩其耳。是夜，又梦白须翁形容伟异，侍从十余人，皆手持小玉斧。召王公而前，谓曰："患难将及，不可久留。"既觉，庭凑疑惧，即辞魏帅而回。

比及还家，未逾旬，值军民大变。弘正为乱兵所害。士大夫将校，共推庭凑。庭凑再三退让，众不听，拥胁而立之。翌日，飞章上奏。朝廷闻之大骇，征兵攻讨。以裴度为元帅。赵人拒命二年，王师不能下。俄而敬宗即世，文皇帝嗣位。诏曰："念彼生灵，久罹涂炭。虽元凶是罪，而赤子何辜。宜一切赦而宥之，就加节制。"仍诏庭凑子元逵入侍。因以寿春公主妻焉。庭凑既立，甚有治声，朝廷称之。在位十三年卒。赠太师。子元逵继立，官至太尉。二十六年薨。长子绍懿立二年，荒淫暴乱，众议废而杀之。立其弟绍鼎。绍鼎立六年卒。子景崇立十三年，官至中书令，爵常山王卒。子镕立，即赵王也。后恣横不道，为下所杀，立四十一年。自庭凑至镕，凡五世六主，一百余年灭。初，庭凑之立也，遣人诣邺，取五明置于府。为营馆舍，号

王庭凑到达邺中后,忽然身患小病。过了几天,找医生治疗不见效,于是到五明道士那里问卜一生的吉凶。五明道士当即为他卜卦,卦成后三枚卜钱同时施出,好长时间才停下来,而且六爻俱重。五明道士说:"这是纯《乾》卦变为《坤》卦。坤乃是土地。将军不久就会手握大权,并有部分疆土。事情很快就会到来的,还是急速回去为好。"王庭凑听五明道士这样讲,赶忙用手捂住双耳。这天夜里,他又梦见一个容貌伟岸的白须老翁,身边有侍从十多人,每人手持一把小玉斧。老翁召王庭凑到身边,对他说:"灾难就要降临了,此地不可久留。"醒来后,王庭凑很是疑惑惧怕,立即告辞魏帅回到他的驻地。

待他回到驻地,没过十天,就发生了军士和百姓的哗变。田弘正为乱军所杀,文武属员共同推举王庭凑为节度使。王庭凑再三退让,众人不听,用强制的手段硬立他为节度使。第二天,将拥立王庭凑为节度使这件事飞马报告朝廷。朝廷闻听异常惊恐,立即派兵征讨,委派裴度为兵马大元帅。王庭凑及手下将士拒不接受朝廷的命令,据守赵地两年,朝廷的军队也没能剿灭他们。不久敬宗死去,文宗皇帝继承皇位,颁发诏书说:"念你们这些百姓长期遭受战争的苦难,罪在元凶,你们是无辜的,因此,赦你们无罪,就委任王庭凑为节度使。"后来文宗皇帝又诏令王庭凑的儿子王元逵入朝奉侍,又将寿春公主许配给他作妻子。王庭凑被拥立为节度使后,很有政绩,朝廷也称赞他。他在任十三年后死去,死后赠封太师。他的儿子王元逵继承父业,官至太尉,历任二十六年去世。王元逵的长子王绍懿接任节度使。两年后因为他荒淫暴乱,被属下众人废掉杀死。接着立他的弟弟王绍鼎为节度使。六年后王绍鼎死去,他的儿子王景崇承继父业,一直升任中书令,封为常山王,在位十三年。王景崇死后,他的儿子王镕承继父业,就是赵王。赵王在位四十一年,后因恣意横行无道被下属杀死。自王庭凑被拥立为节度使起,到王镕被杀止,共历五世六位君王,一百多年。王庭凑被拥立之初,他派人到邺中将五明道士接来,新建一套馆舍给他住,起名叫

"五明先生院"。公曾从容问曰:"某今已忝藩侯,将来禄寿,更为推之。"道人曰:"三十年。愿明公竭节勤王,爱民恤物。次则保神啬气,常以清俭为心。必享殊寿。后裔兼有二王,皆公余庆之所致也。《春秋》所谓五世其昌,八世之后,莫之与京。"公曰:"幸事已多,素无勋德,此言非所敢望。"因以数百金为寿。道士固辞不受,公亦固与之,载归其室。数日尽施之,一无留焉。二王:景崇封常山王,镕为赵王也。出《耳目记》。

黄 贺

唐昭宗时,有黄贺者,自云巩洛人也。因避地来,涉河游赵,家于常山,以卜筮为业,而言吉凶必效。时赵王镕方在幼冲,而燕军寇北鄙。王方选将拒之。有勇士陈立、刘幹投刺于军门。愿以五百人尝寇,必面缚戎首。王壮而许之。翌日,二夫率师而出,夜击燕垒,大振捷音。燕人骇而奔退。立卒于锋刃之下。幹即凯唱而还。王悦,赐上厩马数匹,金帛称是。俄为阉人所谮曰:"此皆陈立之功,非幹之效。"王母何夫人闻之曰:"不必身死为君,未若全身为国。"即赐锦衣银带,加钱二十万,擢为中坚尉。初,幹曾诣贺卜。卦成而谓幹曰:"是卦也,火水未济,终有立也。

"五明先生院"。王庭凑曾问:"我现在已经位列藩侯,将来的寿禄,还望先生给推算一下。"五明道人说:"你有三十年的禄寿。希望你能尽忠奉侍皇上,爱惜百姓,体恤财物。其次要保养精神,珍惜元气,时常将清廉节俭放在心上。这样就一定会高寿的。你的后代会有二人封王,都是明公你余下的福分所给与他们的。《春秋》上说五世昌盛,八世之后就不能相比了。"王庭凑说:"现在值得庆幸的事情已经够多的了。我们王家向来没有积下什么勋业功德,你刚才讲的那些不是我敢希望的啊。"王庭凑送给五明道士几百两黄金祝他长寿,五明道士坚决辞谢不接受,王庭凑一定要送给他。五明道士将这些黄金带回住室后,几天之内都布施给其他人了,一点也没留。所谓有二人封王,即王庭凑的重孙王景崇封常山王,他的重孙的儿子王镕封赵王。出自《耳目记》。

黄　贺

　　唐昭宗时期,有个叫黄贺的人,自称是巩洛人,因躲避战乱,渡过黄河来到赵地。黄贺来到赵地后,居住在常山,从事占卜。他占卜吉凶都极准,事后一定应验。当时赵王王镕还在幼年。一次燕军进犯北部边境,赵王刚要选派将领去抵挡,有两个叫陈立、刘幹的勇士向军帐投递名帖,说愿意率领五百军士跟敌寇一战,一定虏获敌军的首领。赵王鼓励了二人一番,批准了他们的请战。第二天,两位勇士率领军队出征,当夜袭击燕军营寨,获得大捷。燕军惊恐地四处逃窜,赵军乘胜追击。陈立战死,刘幹率部队高歌凯旋。赵王很高兴,赏赐给刘幹几匹好马和相应的黄金布帛。但是不久,有个太监向赵王进谗言,说:"这次大胜敌军都是陈立的功劳,不是刘幹的功劳。"赵王的母亲何夫人听到后说:"不必要都战死才算报效国君,战死还不如为国活着。"于是,王太后又尝赐给刘幹锦衣银带,外加钱二十万,并提升刘幹为中坚尉。在出击燕军之前,刘幹曾到黄贺这儿来问卜凶吉。卦成后黄贺对刘幹说:"这卦啊,水与火没有相遇,最终一定有所成立。

九二之动,曳轮贞吉。以正救难,往有功也。变而之晋,明出地中。奋发光扬,恩泽相接。子今行也,利用御戎,大获庆捷。王当有车马之赐。其间小衅,不足忧之。"

行军司马路晏,曾夜适厕,有盗伏焉。晏忽心动,取烛照之。盗即告言:"请无惊惧。其禀命有自,察公正直,不忍制刃。"即匣剑而去。晏由是昼夜警惕,以备不虞。召黄生筮之。卦成贺曰:"惕号暮夜,有戎勿恤。察象征辞,人有害公之意。然难已过矣。但守其中正,请释忧心。"晏亦终无患也。又赞皇县尉张师曾卧病经年。日觉危殆,良医不复进药。请贺卜之。卦就,黄生告曰:"无妄之疾,勿药有喜。请停理疗五日,必大瘳也。"师果应期而愈。又数十年,师梦白鸟飞翔,坠入云际。既觉,心神恍惚。召贺卜筮之。贺即决卦,惨然而问师曰:"朝来寝息,不有梦乎?必若有梦,其飞禽之象乎?且雷震山上,鸟堕云间,声迹两消,不可复见。愿加保爱。乐天委命而已。"张竟不起,时年七十一也。

又有段诲者,任藁城镇将。曾夜宿邮亭,马断缰而逸,数日不知所适。使人诣肆而筮之。贺曰:"据卦暌也。初九动者,应有亡失之事。无乃丧马乎?勿逐自复,必有絷而送之者也。"回未及舍,已有边鄙恶少,牵而还之。贺所

阳爻第二爻动,见龙在田,君德广施,预示着你将大承恩泽。贞吉是正,以正来解救危难,出师一定会建立功勋的。变化后又成为《晋》卦,光明出于地中。奋发光扬,将会连续得到恩泽。你今日出去,有利于打击敌寇,一定能大获全胜。赵王必定赐给你车马等物,中间有些小差错,不必忧虑。"

行军司马路晏,一次夜间上厕所,发现有一个盗贼藏在那儿。路晏心念一动,急忙取烛火照看。这位盗贼出来告诉他:"请将军不要惊惧,我是奉命来刺杀你的。但是看到将军为人公正耿直,不忍心出手相刺。"说完还剑于鞘内转身离去。路晏从此昼夜警惕,防备再出现意外的事情。他召请黄贺问卜,卦成后黄贺说:"有刺客而没有惊恐,观卦象看征兆,是有人想加害将军,但此难已经过去了。只要将军你坚守为人的中正之道即可。请你放宽心吧。"从这以后,路晏始终再没遇到什么祸患。又:赞皇县尉张师曾经身患重病,一年多不见好转,而且感觉一天重似一天,最好的医生都不给他开处方下药了。张师请黄贺来给他算一卦。卦成后,黄贺告诉他说:"不是什么病,不用药还有喜事。请你停止治疗五天,一定会完全康复的。"张师的病果然到第六天就痊愈了。又过了几十年,张师梦见一只鸟,飞着飞着就从云端坠落下来。梦醒后,他感到心神恍惚,就召请黄贺来算。黄贺当即给他卜算。卦成,黄贺神色惨然地说:"你早晨睡觉时做了一个梦吧?若是做梦一定梦见鸟飞了。雷震山上,鸟坠云间,声迹两消,不可能再见到了。希望你自己多加保重,乐天听命吧。"张师终究没再起来,享年七十一岁。

还有一个叫段诲的人,官任藁城镇将。有一次段诲外出,夜里睡在邮亭里。他的坐骑挣断缰绳走了,好几天了也不知道这匹马究竟跑到哪里去了。派人到市场黄贺的卦摊去卜算,黄贺说:"这是《睽》卦,主小事吉利。起始九动,应有丢失的事情发生。难道是丢失马了吗?不用去找,它自己会回来的。一定会有人牵着马给你送回来的。"去问卜的人还没有回到府上,就有一个边境上的顽劣少年,牵着这匹走失的马送上家门。黄贺所

占卜,皆此类也。时人谓之"易圣公"。刘岩曾诣之,生谓曰:"君他日必成伟器,然勿以春日为恨。"初不晓其意,及老悟。盖迟迟之谓也。出《耳目记》。

邓州卜者

有书生住邓州。尝游郡南,数月不返。其家诣卜者占之。卜者视卦曰:"甚异。吾未能了,可重祝。"祝毕,拂龟改灼。复曰:"君所卜行人,兆中如病非病,如死非死。逾年自至矣。"果半稔,书生归云:"游某山深洞,入值物蛰。如中疾,四支不能动,昏昏若半醉。见一物自明入穴中,却返。良久又至,直附身,引颈临口鼻。细视之,乃巨龟也。十息顷方去。"书生酌其时日。其家卜时吉焉。出《酉阳杂俎》。

占卜的大都是这一类的卦，都非常灵验。当时人称他为"易圣公"。有个叫刘岩的人曾到黄贺那儿去问卜，黄贺告诉他："你日后一定能成为一个大人物，然而不要以春日为遗憾。"起初，刘岩并不晓得这句话是什么意思，到老了的时候才醒悟过来：原来是自己迟迟没有功成名就，直到老了才成就了一番事业。出自《耳目记》。

邓州卜者

有一位读书人住在邓州。一次，他到郡南去野游，好几个月没回家。他的家人到一个占卜人那里去算卦，占卜人看着卦象说："奇怪呀！我决断不了，重新祈祷一下。"他祷告完了改用龟卜，砍一块龟板烧灼，说："你们问卜的这个人，在龟卜的显象中像病了却没有病，像死了却没有死。过了年他自己会回来的。"果然过了半年，这位读书人回到家来，说："我进入山中的一个深洞里，让一种东西垫了一下，像患了病，四肢不能动弹；脑袋昏昏沉沉的，像喝醉了酒。后来，看见一个怪物从明处爬进洞里，又返回去。过了好一会儿又来了，一直爬到我身上，伸出脖颈贴近我的嘴和鼻子。我仔细一看，原来是一只巨龟。停了约喘十口气的工夫才离去。"家里人将当时问卜的情形告诉给这位书生，书生算了一下时间，正是在他见到巨龟的时候，家里为他占的卜。出自《酉阳杂俎》。